Catherine Aurel

Der Turm der Liebenden

Historischer Roman

PENGUIN VERLAG

MIX
Papier aus verantwortungsvollen Quellen
FSC® C014496

Verlagsgruppe Random House FSC® N001967

PENGUIN VERLAG

1. Auflage 2019

Das Werk wurde vermittelt durch die
Literarische Agentur Thomas Schlück GmbH, 30161 Hannover.
Das Zitat auf S. 600 stammt aus:
Dante Alighieri, *Die Göttliche Komödie*, Askanischer Verlag.
Umschlag: Bürosüd
Umschlagmotiv: Bürosüd
Satz: Uhl + Massopust, Aalen
Druck und Bindung: GGP Media GmbH, Pößneck
Printed in Germany
ISBN 978-3-328-10410-0
www.penguin-verlag.de

Dieses Buch ist auch als E-Book erhältlich.

Personenverzeichnis

(Historische Persönlichkeiten sind mit einem * versehen)

Das Haus Gherardesca

Ugolino della Gherardesca (*), Oberhaupt der guelfischen Linie des Hauses Donoratico
Capuana (*), Ugolinos zweite Ehefrau
Guelfo (*), Gaddo (*), Uguccione (*), Lotto (*), Ugolinos Söhne aus erster Ehe
Matteo (*) und Beatrice (*), Ugolinos Kinder aus zweiter Ehe
Nino (*), Enrico (*) und Anselmuccio (*), Ugolinos Enkelsöhne
Bianca, Enricos Frau
Guelfuccio (*), Enricos Sohn
Baccio da Caprona (*), ein treuer Gefolgsmann der Gherardesca

Bonifazio (*), Vetter von Ugolino und Oberhaupt der ghibellinischen Linie des Hauses Donoratico
Ranieri, genannt Neri (*), Bonifazios Bruder
Gaddo (*), Bonifazios Sohn

Nino Visconti (*), Ugolinos Neffe, Oberhaupt der guelfischen Visconti
Ganno Scornigiano (*), ein Gefolgsmann der Visconti

Die Ghibellinen von Pisa

Das Haus Sismondi (*)
Das Haus Lanfranchi (*)
Das Haus Gualandi (*)

Abelardo Gualandi, Pisaner Kaufmann
Riccia, seine Frau
Bona, Riccias Dienerin
Aziza, Abelardos Ziehtochter
Marcantonio, Azizas Hauslehrer
Bella, Azizas Tochter
Witwe Petrulia, Bellas und Bonas Nachbarin

Künstler

Giovanni di Simone (*), Pisaner Architekt und Baumeister
Jalil, arabischer Bauarbeiter
Nicola (*) und Giovanni (*) Pisano, Tino di Camaino (*), Tommaso Pisano (*), Pisaner Bildhauer
Gironimo und Fabrice, Lehrlinge von Tino di Camaino
Elia, junger Pisaner Bildhauer
Michele Scacceri (*), Verwalter der Pisaner Dombauhütte
Gabriele, ein Glockenbauer
Fiora, seine Frau
Aiutamicristo, genannt Cristo, Gabrieles Gefährte

Politiker

Alberto Morosini (*), Guido da Montefeltro (*), Uguccione della Faggiola (*), Piero Gambacorta (*), Herren von Pisa im 13. und 14. Jahrhundert

Castruccio Castracani (*), Herr von Lucca

Klerus

Ruggieri degli Ubaldini (*) und Otto von Sala (*), Erzbischöfe von Pisa

Maurizio (*), Ruggieris Neffe

Lotario, Waisenknabe, später Domkanoniker und Rechtsgelehrter

Bruder Gismondo, ein Mönch

Prolog

Pisa 1373

»Eines schönen Tages erwachte der große Baumeister Bonanno beim ersten Dämmerlicht. Sobald er sich aus dem Bett erhoben hatte, richtete er wie immer ein Gebet an Gott, ein zweites an die Jungfrau Maria, ein weiteres an den Heiligen Ranieri, einen großen, gleichwohl sehr bescheidenen Sohn Pisas. Erst dann schlüpfte er in seinen Kittel, klopfte sich den Staub ab, spülte seinen Mund mit Wein – und just in diesem Augenblick fiel sein Blick auf den Domplatz. Der Weinkrug entglitt Bonannos Händen. Sie zitterten, als er sich bekreuzigte, ein Ruf des Entsetzens kam über seine Lippen.«

Der Mönch machte eine kunstvolle Pause. Erst als er sich sicher war, dass die Blicke sämtlicher Umstehenden auf ihn gerichtet waren, fuhr er heiser raunend fort: »Bonanno starrte auf den frei stehenden Glockenturm – oder vielmehr auf das, was ein solcher werden sollte. Er selbst überwachte seit nunmehr einem Jahrzehnt die Bauarbeiten, erst kürzlich war das dritte Stockwerk fertiggestellt worden. Doch nun musste er Schreckliches feststellen.«

Eine noch längere Pause folgte, bis die Versammelten den Atem anhielten, obwohl sie den Ausgang der Geschichte längst kannten.

»Der Turm hatte sich über Nacht geneigt«, flüsterte der Mönch, »er wuchs nicht mehr gerade zum Himmel empor, er stand so schief wie ein vom Sturm umgeknickter Baum.«

Ein Raunen ging durch die Menge, lauter noch als das Rauschen der Pinie, die gleich neben der Eremitage des Mönchs wuchs. Sie war an jener breiten Straße entlang des linken Ufers des Arnos errichtet, die von

Pisa zum Hafen führte, und nur ein kleines Stück von weiteren Hütten entfernt, in denen ebenfalls Männer Gottes wohnten. Die Mönche taten den ganzen Tag nichts anderes, als zu beten und um Almosen zu betteln – und dann und wann Geschichten zu erzählen. Es waren spannende, wundersame, schreckliche und lustige Geschichten, und sie veranlassten die Reisenden, eine Pause einzulegen, neugierig zu lauschen und hinterher ergriffen ihre Geldbörse zu zücken.

Nicht dass sich der Mönch, der soeben die Geschichte des Baumeisters Bonanno und des Glockenturms der Stadt erzählte, allein darauf verließ. Neben der Holzhütte war ein Schaf angebunden, das ihn mit Wolle und Milch versorgte, sich heute jedoch leider als Störenfried erwies, weil es just in diesem Moment laut mähte. Das führte dazu, dass wiederum das Huhn im Holzverschlag aufgeregt gackerte, wie es das ansonsten nur tat, wenn es ein Ei legte – und schon war es dahin mit der Spannung.

Ein Kaufmann – zumindest ließ sein Gewand aus mit Gold bestickter Seide, vor allem die kostbaren Stoffknöpfe, mit denen die Tunika an der Brust geschlossen wurde, vermuten, dass er einer war – sagte forsch: »Na und? Jeder, der je in Pisa war, weiß, dass unser Glockenturm schief ist und das seit nunmehr zweihundert Jahren. Und fast jeder, der mit den Pisanern darüber gesprochen hat, weiß, wer Schuld daran hat.«

Nun war es der Mönch, der den Atem anhielt, nicht vor Aufregung, vielmehr vor Empörung, weil seine Erzählung so dreist unterbrochen wurde. Ebenso verdrossen war Cristo, der sich zu den Umstehenden gesellt hatte. Ihn hatte nicht die Geschichte herbeigelockt – er hatte sie oft genug gehört –, sondern die Geldbörsen der Passanten, ihre kostbaren Gürtel und ihr Schmuck.

Eben hatte er sich an den Kaufmann heranpirschen wollen, um unbemerkt den Dolch von seinem Gürtel zu klauen. Doch nun waren alle Blicke auf diesen Mann gerichtet, und Cristo musste in den Schatten der Pinie treten und so tun, als wäre er einzig an den Worten des Kaufmanns interessiert.

»Guglielmo von Innsbruck trägt die Verantwortung dafür, dass der Turm schief ist«, fuhr der Kaufmann fort, die finstere Miene des Eremiten missachtend. »Er hatte einen größeren Buckel, als meine Katze ihn macht, wenn sie einem knurrenden Köter begegnet, und er hat für Bonanno die Steine des Turms so aufeinandergeschichtet, dass der Turm am Ende seinem schiefen Rücken glich. Es heißt, er wollte sich an Gott für seinen Buckel rächen – oder an den Pisanern, die ihn deswegen verspotteten.«

Der Mönch musterte den Mann grimmig, Cristo hingegen sah sich lieber nach seinem nächsten Opfer um.

Cristo hieß eigentlich Aiutamicristo – Hilf mir, Christus –, und bis heute hatte er keine Ahnung, ob seine Mutter die Hilfe Christi ihm oder sich selbst gewünscht hatte, als sie ihn so hatte taufen lassen. Als er alt genug gewesen war, um diese Frage zu stellen, nämlich vier, war sie schon tot gewesen. Und mit seinen mittlerweile zehn Jahren war er längst zu dem Schluss gekommen, dass man nicht auf Christus zählen sollte, sondern sich selbst helfen musste.

Könnte er vielleicht die junge Gattin eines Greises, deren Augen fast aus den Höhlen und deren Brüste fast aus dem engen Kleid quollen, bestehlen? Diese war im Übrigen ebenfalls der Meinung, sie könnte mitreden, denn soeben erklärte sie: »Guglielmo hat den Turm nicht schief gebaut, weil er selbst einen schiefen Rücken hatte, sondern weil Bonanno ihm nicht den vereinbarten Lohn bezahlt hat. Daraufhin wurde er so zornig, dass er dem Turm den Befehl gab, sich zur Seite zu neigen.«

Cristo pirschte sich unmerklich an die Frau heran, die zwar keine Geldbörse trug, am Ausschnitt des engen Kleides aber ein paar Perlen. Ob er eine abreißen könnte, ohne dass sie es bemerkte? Allerdings könnten diese nur allzu schnell in den Schlitz ihrer Brüste kullern. Besser, *er beklaute den jungen Mann, der am Holztisch vor der Eremitage saß. Zugegeben, dieser war nicht besonders elegant gekleidet. Weder trug er Samt und Seide noch Stoffknöpfe und erst recht keine Perlen, sondern lediglich eine schlichte Tunika aus Schafwolle. Aber an seinem Gürtel hing ein Beutel, und der sah sehr schwer aus. Cristo hätte schwören können, dass er randvoll mit Münzen war, und es begann ihm in den Fingern zu jucken!*

Den Eremiten juckte gar nichts, er hob drohend die Hand, die er eben noch in seiner rauen Kutte versteckt gehalten hatte. »Was für ein Unsinn! Kein Mensch vermag es, einem Turm zu befehlen, schief zu werden, der eben noch gerade stand! Kein Fluch wäre mächtig genug! Gott allein hat die Macht, ganze Türme zu zerstören.«

»Aber dass der Turm verflucht ist, leugnest du nicht«, warf die Frau mit den großen Brüsten ein. »Kein Wunder, er wurde schließlich in der Nähe eines Gräberfeldes errichtet. Und in diesen Gräbern liegen nicht nur gute Christenmenschen begraben, auch Sarazenen und Juden.«

Cristo hatte den jungen Mann erreicht, stellte fest, dass der Sack, in dem sich wohl etliche Münzen befanden, mindestens zweimal verknotet war. Verdammt! Cristo war nicht gut darin, Knoten zu lösen, zumindest nicht so gut wie Silvio, mit dem er sich manchmal das taubenverschissene Eckchen hinter dem Brunnen von San Cristofano teilte. Wobei er Silvio nicht unbedingt brauchte, Cristo trug ja sein kleines Messer mit sich, mit diesem konnte er den Lederbeutel aufschlitzen und … Himmel!

Der Mann, der eben noch gemächlich am Holztisch gesessen hatte, erhob sich abrupt. »Wenn man zu erklären versucht, warum der Turm schief ist, sollte man nicht allein von Gott und von Männern reden«, sagte er, »nein, wenn man die Geschichte des Turms erzählt, sollte der Name einer Frau fallen.«

Alle fuhren zu ihm herum, und Cristo überlegte, ob ihm das zum Vorteil oder Nachteil gereichte. Zwar starrten alle neugierig in das

Gesicht des Mannes, jedoch nicht auf seinen Gürtel. Leider hatte sich der Mann aber soeben leicht von ihm weggedreht.

»Von welcher Frau redest du?«, fragte der Kaufmann und haderte sichtlich damit, dass ein anderer noch vorlauter war als er.

»Nun, von … Aziza.«

Ein heiserer Schrei ertönte, von dem Cristo kurz nicht sagen konnte, wer ihn ausgestoßen hatte. Der Kaufmann jedenfalls nicht, der murmelte nur, dass er diesen Namen noch nie gehört hatte. Erst verspätet erkannte Cristo, dass er aus der Richtung des Mönchs gekommen war. Dessen Gesicht, gefurcht wie der Stamm der Pinie, lief rot an. Seine Miene verriet kein geringeres Entsetzen, als es Bonanno beim Anblick des schiefen Turms überkommen haben musste. Er schnappte nach Atem, als hätte der junge Mann nicht einfach nur einen Namen genannt, sondern ihm vielmehr die Hände um den Hals gelegt und zugedrückt. Seine Augen schienen feucht zu werden, sich dann in den Höhlen zu verstecken, als wäre es eine Zumutung, die Welt betrachten zu müssen. Und noch etwas war da in seiner Miene zu lesen, kein kurz aufflackerndes Gefühl, sondern etwas, das schon seit vielen Jahren sein Leben verdunkelte. Schlechtes Gewissen. Verzweiflung. Trauer.

»Wage nie wieder, den Namen dieser Frau in meiner Gegenwart auszusprechen«, knurrte er, »und ihr anderen … ihr anderen verschwindet jetzt!«

Er stampfte auf, um seinen Worten Nachdruck zu verleihen, wandte sich ab, ohne abzuwarten, ob sein Befehl befolgt wurde, und betrat hastig seine winzige Hütte. Er schlug die Tür so heftig zu, dass das ganze Gebäude erzitterte. Das Schaf mähte wieder, das Huhn gackerte noch närrischer. Kaum weniger nervös klang das Kichern aus dem Mund der jungen drallen Frau. Rasch riss es wieder ab, denn auf die brennende Neugierde folgte bald die Einsicht, dass diese hier und heute nicht gestillt werden würde. Sie zerrte ihren greisenhaften Mann mit sich, auch der Kaufmann ging zu seinem Diener, der mit den Pferden beim Wagen wartete, und bald zerstreute sich der Rest. Nur der junge Mann, auf dessen Vermögen es Cristo abgesehen hatte, trat zur Tür der Eremitage, verharrte dort, schien kurz zu überlegen, ob er klopfen, sich gar gewaltsam Einlass verschaffen sollte. Am Ende tat er aber nichts von beidem, sondern ließ sich gedankenverloren, nahezu verstört auf die Bank fallen.

Endlich! Lautlos schlich sich Cristo an ihn heran, zückte sein Messer. Nur mehr ein kleiner Schnitt, dann würde wenigstens eine Münze hervorkullern, er müsste sich nur bücken und … Die Klinge berührte das Messer noch nicht, als der Mann herumfuhr, ihn am Handgelenk packte, es leicht drehte, bis ihm vor Schmerz das Messer entglitt. Verdammt, es war doch sein einziger Besitz! Wobei der ihm im dunklen Kerker nichts helfen würde, in dem er jetzt unweigerlich landen würde!

»Was machst du denn da?«

Bis jetzt hatte Cristo den jungen Mann nur von hinten gesehen, festgestellt, dass er die Haare länger trug als die meisten Pisaner, außerdem weiche Locken hatte. Nun starrte er in Züge, so fein, als wären sie aus Elfenbein gemeißelt wie die vielen Madonnenstatuen der Stadt. Das Ebenmaß täuschte allerdings nicht über das Misstrauen hinweg, das aus der Miene sprach.

Cristo deutete hastig auf das Schaf, obwohl das ein geraumes Stück von ihm entfernt stand. »Ich wollte das Schaf scheren, um mir aus der Wolle Schuhe zu machen«, log er und deutete auf seine Füße, denen man ansah, dass sie nie Schuhwerk getragen hatten. Die Haut war verhornt, verschorft, die Nägel gelb und viel zu lang.

»Schuhe aus Wolle werden dir nichts nützen. Was du brauchst, ist Leder.«

Cristo nickte vermeintlich zerknirscht. Wenn der andere schon von Leder sprach, würde er sich womöglich gleich seines Lederbeutels und dessen Inhalts vergewissern, und damit sank die Chance, ihn doch noch zu bestehlen, endgültig. Nun, Hauptsache, er wurde losgelassen, doch obwohl sich der Griff nun etwas lockerte, gab der Mann sein Handgelenk nicht frei. »Wenn du Geld für Leder von mir haben willst, musst du es dir verdienen.«

Cristo unterdrückte ein Stöhnen. Der Letzte, der ihm angeboten hatte, für ihn zu arbeiten, war ein Gerber gewesen, der von ihm verlangte, er müsse stundenlang im kalten Wasser stehen, die Häute spülen und sie hinterher in der stinkenden Gerbergrube einweichen. Nein danke!

Doch der Fremde fuhr fort: »Du stammst doch von hier, nicht wahr? Hast gewiss auch viele Geschichten und Legenden gehört. Ich … ich brauche deine Hilfe, um ein Geheimnis aufzudecken.«

Cristo fing sich rasch wieder. Er hatte die Erfahrung gemacht, dass Geheimnisse wie Gerbergruben stanken, und hatte nicht vor, bis zu den Oberarmen darin zu wühlen. Dennoch behauptete er dreist: »Oh, ich kenne jedes Geheimnis von Pisa!«

»Dann weißt du auch, warum der schiefe Turm schief ist?«

»Durchaus«, nickte Cristo eifrig, hatte er den Eremiten doch schon öfter davon erzählen gehört – nicht immer in der hanebüchenen Variante von heute. »Natürlich war nicht der krumme Guglielmo daran schuld, was für ein Unsinn, sondern der feuchte Untergrund. Schließlich senkte sich der Turm nicht von einem auf den anderen Tag, sondern erst mit den Jahren. Nach den ersten drei Stockwerken ließ man den Bau deswegen ruhen, nahm ihn erst hundert Jahre später wieder auf, errichtete weitere Stockwerke. Ob der Turm aber nun krumm ist oder nicht, er bleibt ein Zeichen für den Ruhm Gottes. Die Menschen haben ja auch krumme Seelen, und Gott hört trotzdem nicht auf, ihnen seine Barmherzigkeit zu erweisen.«

Das hatte er sich nicht selbst ausgedacht, er gab nur die Worte des Eremiten wieder, um den jungen Mann zu beeindrucken. Der schien allerdings enttäuscht. »Du hast mich falsch verstanden. Es geht mir nicht darum, warum der Turm schief ist, sondern warum er schief blieb.«

»Weil … weil …« Cristo geriet ins Stocken. Er hatte nie von Versuchen gehört, den Turm zu begradigen.

»Der Name Aziza ist dir also auch fremd, oder?« Der junge Mann klang plötzlich unendlich traurig, als er hinzufügte: »Der Turm ist … er war ein Symbol für ihre Liebe.«

Cristo hob skeptisch seine rechte Augenbraue. »Viele Pisaner sehen im schiefen Turm ein sichtbares Zeichen dafür, dass Pisas große Zeit vorbei ist, aber ganz sicher nicht von Liebe«, murmelte er.

Der Mann zuckte die Schultern, ließ ihn endlich los, erhob sich. Obwohl er jung und sehnig war, ging er mit gesenktem Haupt und hängenden Schultern davon, als schleppe er eine schwere Last mit sich.

»Warte!«, rief Cristo. »Warum hast du den Eremiten überhaupt nach dieser Aziza gefragt?«

»Wer ihre Geschichte kennt, weiß womöglich noch mehr und kann mir helfen …«

»Helfen, das Geheimnis zu lüften, von dem du sprachst? Warum ist dir das so wichtig?«

»Weil … weil mein Leben davon abhängt.« Seine Lippen verzogen sich zu einem Lächeln, aber es war traurig wie der Rest der Miene. »Nein«, berichtigte sich der junge Mann, »das ist übertrieben. Nicht mein Leben hängt davon ab, nur mein Glück. Es ist ja ein Irrtum zu glauben, dass das Leben und das Glück unweigerlich zusammengehören. Genauso wenig tun es die Liebe und das Glück. Eigentlich macht nichts so unglücklich wie die Liebe.«

Cristo wusste nichts von der Liebe. Und Glück war für ihn, einen vollen Magen und einen windgeschützten, nicht völlig verdreckten Schlafplatz zu haben.

»Nun, es stimmt«, sagte er, »ich habe noch nie etwas von Aziza gehört. Aber wenn du mir von ihr erzählst, kommt mir vielleicht eine Idee, wer dir weiterzuhelfen vermag, und zu diesem Menschen kann ich dich bringen.«

Der andere blickte ihn erst nachdenklich an, dann nickte er schließlich. »Bevor ich dir von Aziza erzähle, sollte ich mich vielleicht vorstellen.« Er machte eine kurze Pause. »Ich heiße Gabriele.«

Das Zögern vor dem Namen erweckte in Cristo den Verdacht, dass der junge Mann nicht wirklich so hieß. Aber das bekümmerte ihn nicht weiter, er hatte den anderen schließlich auch belogen. Sein Versprechen, ihm zu helfen, war nichts wert. In Wahrheit wollte er Azizas Geschichte nur hören, um doch noch eine Münze aus dem Lederbeutel stehlen zu können.

I.

Das Schandmal der Stadt

1269 - 1276

Wenn in Bugia, jener von schroffen Klippen und mächtigen Bergen umgebenen Stadt in Nordafrika, einem Kind das Leben geschenkt wurde, wurde es in Blumenwasser gebadet. Eine Dienerin lief mit Salz durch den Raum, um die *dschinn* zu vertreiben, jene aus rauchlosem Feuer erschaffenen Dämonen, und nicht weit von der Wiege entfernt brannte ein starkes Feuer, an dem drei Tage und drei Nächte lang kein Mensch vorbeischreiten durfte, ansonsten brachte er Unglück über das Kind. Am allerwichtigsten aber war, dass man dem Kleinen Brot, Zucker und Gold in die Wiege legte: Zucker, damit es freundlich werde, Brot, damit es lange lebe, Gold, damit das Glück ihm lache.

Ja, das geschah, wenn in Bugia, einer der wichtigsten Hafenstädte in Nordafrika, ein Kind geboren wurde – zumindest wenn es das Kind einer reichen Familie war. Die Eltern von Aziza aber waren nicht reich, sie waren so bitterarm, dass ihre Hütte nicht einmal mit Stroh bedeckt war, nur mit Fladen aus getrocknetem Ziegenmist. Die erste Mahlzeit ihrer Mutter nach der Geburt war keine Suppe aus Weizenmehl, Hammelfett und Traubenmus gewesen, und Aziza wurde kein Brot, Zucker und Gold in die Wiege gelegt. Kein Wunder also, dass die Menschen, denen sie in den ersten Jahren ihres Lebens begegnete, sie nicht für freundlich, sondern für verblödet hielten. Sie erwarteten, dass sie bald wie eine der nutzlosen schwarzen

Fliegen dahingerafft werden würde, und glaubten nicht daran, dass sie jemals ihr Glück fände.

Zunächst schienen sie recht zu behalten. Ihre Eltern starben so früh, dass sie sich nicht an sie erinnern konnte – nur manchmal vermeinte sie in ihren Träumen das Echo vom Singen und Lachen der Mutter zu hören. Ihre Tante, die sie nach deren Tod aufnahm, sang und lachte nicht. Sie beklagte sich ständig über das Schicksal, das ihr eine solch nutzlose Last aufgebürdet hatte.

»Wenn du wenigstens gut im Weben wärst!«, rief sie oft, aber in Azizas Händen verknotete sich jeder Faden.

»Wenn du wenigstens ein Kunststück vollbringen könntest!«, jammerte sie, aber die einzigen Kunststücke unter ihrem Dach vollbrachte die einohrige Katze, die noch die schnellste Maus fing.

»Und wenn du wenigstens ein liebreizendes Lächeln hättest«, kam es schließlich, »die Menschen würden nicht achtlos an dir vorbeigehen, sondern dir mehr Geld zustecken.«

Nun, Aziza konnte durchaus lächeln, aber wenn sie am Boden lungerte und bettelte, wie die Tante es befahl, hob sie den Kopf nicht weit genug, um den Menschen, die an ihr vorbeischritten, ins Gesicht zu sehen. Auch ihre Tante lächelte sie sehr oft an, meist entschuldigend, weil sie ihr das Leben schwer machte, aber die bemerkte es gar nicht. »Du taugst einfach zu gar nichts«, erklärte sie nur.

Eines Morgens setzte sie sie wieder einmal in einer der Gassen ab, kam am Abend jedoch nicht zurück, um sie wieder nach Hause zu holen. Auch am nächsten Tag erschien sie nicht.

Aziza, die durch das Labyrinth an Straßen und Gassen unmöglich den Heimweg finden würde, blieb sitzen. Sie kaute tagsüber an Schalen von Feigen, die jemand achtlos weggeworfen hatte, und leckte Wasser aus einem undichten Rohr, das vom nächstgelegenen Hamam wegführte. Irgendwo tief drinnen wucherten Schmerz und Angst. Zugleich hoffte sie ganz selbstlos, die Tante würde nun, da sie sie los war, fröhlicher sein, den ganzen Tag singen und lachen. Sie nahm ihr nichts übel. Sie war ja selbst der Meinung, dass sie zu nichts taugte.

Doch ihre Tante und sie irrten sich beide. Aziza hatte durchaus ein großes Talent, obwohl noch niemand davon wusste, und sie verhungerte nicht im Staub der Straße. Stattdessen wurde sie mit nunmehr sechs Jahren ein zweites Mal geboren, und an diesem Tag – oder vielmehr war es die dritte Nacht, die sie mittlerweile im Freien verbrachte – wurde ihr ein Schatz geschenkt, kostbarer als Gold, Brot und Zucker.

Der Mann, der Aziza diesen Schatz anvertraute, war Abelardo Gualandi, ein Pisaner Kaufmann. An dem Tag, da er Aziza ein zweites Leben schenkte, war er zuvor zweimal dem Tod begegnet. In den frühen Morgenstunden gebar seine Frau Riccia nach langen Monaten des Leidens ein Kind, so blau wie der abendliche Himmel, wenn die nahende Nacht fast sämtliches Licht und Wärme verscheuchte, und faltig wie ein Greis, als wäre es im Mutterleib nicht einfach nur gewachsen, sondern unaufhörlich gealtert. Es hatte Kraft für genau sechs Atemzüge, dann war es tot. Die Hebamme, die weniger von Geburten, dafür umso mehr von Zauberei verstand, meinte, es wären besser sieben oder zwölf gewesen. Die Sieben stände für die Unendlichkeit, die Zwölf für Vollständigkeit.

Abelardo befahl ihr zu schweigen. Mit dem leblosen Bündel in den Händen trat er an das Bett seiner Frau. Riccias dunkelbraunes Haar, das ihr sonst in geschmeidigen Locken über den Rücken fiel, klebte am bleichen Gesicht. Sie hatte während der

Geburt viel Blut verloren, viel zu viel Blut, wie die Hebamme mehrmals klagend gerufen hatte. Ihre Kraft reichte gerade noch für eine letzte Frage.

»Lebt es?«, wollte sie wissen, ehe ihr Kopf schwer zurückfiel, sie das Bewusstsein verlor.

»Ja«, sagte er, und er würde nie erfahren, ob sie diese Lüge noch gehört und geglaubt hatte. Ihre Atemzüge zählte er nicht; bis zu ihrem Tod dauerte es noch quälende, keuchende, rasselnde Stunden, in denen die Hebamme vergebens versuchte, den fortwährenden Blutfluss zu stoppen.

Als sie nicht länger nach Luft rang, legte er das Kind auf jene Brust, nach der es nie schnappen und aus der niemals ein Tropfen Milch quellen würde, und er fühlte sich so trostlos und verzweifelt, dass er sich am liebsten dazugelegt und gewartet hätte, bis der Tod auch ihn holte.

Die junge Bona, die seit zwei Jahren Riccias Dienerin war, breitete erst ein weißes Tuch über ihre Herrin aus, dann ein weiteres über das blaue Kind. Sie weinte immerzu und klagte: »Wenn sie wenigstens in Pisa hätte sterben können. Pisa war doch ihr Zuhause.«

Mehr sagte sie nicht, aber er konnte all die Fragen hören, die ihr auf den Lippen lagen. Warum war er ständig unterwegs, anstatt das Leben in seinem prächtigen Palazzo zu genießen? Warum zog es ihn ausgerechnet in das Land der Heiden, obwohl die Kirche wetterte, man solle keinen Handel mit ihnen treiben? Und warum war Riccia bloß nicht stark genug gewesen, ihm laut zu trotzen, und er so blind, dass er nicht bemerkte, wie sie es leise tat – indem sie ständig kränkelte, meist im Bett lag?

»Ich … ich bin doch ein Kaufmann«, stammelte Abelardo. »Und ein Kaufmann reist. Es war ihre Entscheidung, mich zu begleiten.«

Bona weinte noch mehr, sagte nichts mehr, aber Abelardo wusste auch so: Riccia hatte ihn nicht begleiten wollen, es jedoch tun müssen, um ihn überhaupt noch zu Gesicht zu bekommen.

Was ihn im Übrigen in ferne Städte trieb, ob Damietta und Alexandrien, Kairo und nun eben Bugia, war nicht nur die Gier eines Kaufmanns. Er verkaufte zwar Weizen aus Sizilien gegen Gold aus Ghana, Holz und Eisen gegen Kupfer und Salz, Olivenöl und Wein gegen Tierhäute. Seine wahre Gier aber galt etwas anderem, und dem jagte er nicht nur selbst nach, er hatte Riccia dabei stets hinter sich hergezerrt. Am Ende hatte es ihm aber bloß ein totes Weib, einen toten Säugling und ein klaffend leeres Herz eingebracht.

Er schaffte es nicht, in dessen Abgrund zu schauen. Er schaffte es nicht einmal, die tote Frau und das tote Kind unter den Leinentüchern liegen zu sehen. Hastig floh er aus dem Haus – eines der prächtigsten im Fondaco der Pisaner, wie man an der Küste Nordafrikas die Stadtviertel der ausländischen Händler nannte. Man fand dort alles, was man zum Überleben brauchte und was das Leben obendrein annehmlich machte: Herbergen und Handelskontore, Lagerräume und Kirchen, Fleischereien und Bäckereien. Nur das, was Abelardo suchte, ließ sich heute nirgendwo finden. Er hoffte nicht einmal auf Trost oder Seelenfrieden, er hoffte auf einen Funken Gewissheit – nicht größer als ein Senfkorn –, dass er in seinem Leben nicht alles falsch gemacht hatte, dass er nicht sinnlos dem falschen Schatz nachgejagt war.

Er hatte zum Hafen gehen wollen, um sich vom Anblick des Meeres bestärken lassen. Ob es nun bedrohlich rauschte oder türkis glitzerte – mit jedem Wellenschlag bewies es, dass des Menschen Geist für die Weite gemacht ist, nicht für die Enge.

Doch der eigene Geist schien ein paar Schritte vor oder hinter ihm zu gehen, und er selbst war eine Hülle, die bald nur mehr den Wunsch verspürte, in einer ärmlichen Gasse von einem Dieb gemeuchelt zu werden.

Leider war hierzulande auf Diebe kein Verlass. Im fernen Byzanz gab es ununterbrochen Überfälle, Messerstechereien und Plünderungen, weil die Pisaner den Venezianern nichts gönnten und die Venezianer nichts den Genuesen. Im heidnischen Nordafrika aber galten die christlichen Händler als Gäste, und wer ihnen unrecht tat, wurde genauso hart bestraft, als hätte er die Hand gegen seinesgleichen erhoben. Einem Dieb begegnete er also nicht, in eine ärmliche Gasse geriet er allerdings schon. Er musste den Kopf einziehen, weil so viele Lumpen zum Trocknen aufgehängt waren, riss dennoch einen mit sich und sah nun nichts mehr. Erst als er fast über einen Köter fiel, der aufsprang, knurrte, die Zähne fletschte, danach aber leider floh, anstatt ihn totzubeißen, zog er den Lumpen wieder vom Gesicht. Wenige Schritte später stolperte er dennoch wieder – diesmal über ein Bündel Stoff. Bis er erkannt hatte, dass sich unter dem Bündel ein Mensch befand, war er schon dem Kopf voran auf den Boden gekracht, und es wurde schwarz um ihn.

Als er wieder erwachte, schien der Himmel auf ihn zu fallen und zu zerbrechen, als wäre er aus Glas. Allerdings schnitt sich keine Scherbe in seine Haut, stattdessen fühlte er eine Hand, eine weiche, kleine Hand, die ihn vorsichtig anstupste. Natürlich gelang es dieser Hand nicht, ihn auf den Rücken zu wälzen, dazu war sie zu schwach. Er versuchte es selbst, schaffte es allerdings ebenfalls nicht, ein Stöhnen entfuhr ihm. Immerhin konnte er die Augen aufschlagen, und als er das Mädchen musterte, das da vor ihm kauerte, vergaß er fast, dass er heute zweimal dem Tod begegnet war. Das Mädchen mochte dreckig sein, das schwarze Haar vor Schmutz starren, es war viel zu dünn für seine Größe und das Gesicht vom fahlen Ton eines Menschen, der niemals aufs offene Meer geschaut, den salzigen Wind eingesogen hatte. Aber ihre Züge waren von solchem Ebenmaß, das er bislang nur den berühmten Pisaner Bauwerken, strikt nach den Gesetzen der Geometrie erbaut, zugesprochen hatte. Und was noch mehr als diese Schönheit seine Lebensgeister weckte, war ihr Blick, der mehr Neugierde auf das Leben verriet als Angst.

Was sie wohl sah, wenn sie ihn betrachtete? Hielt sie ihn für einen Kranken, einen Betrunkenen? Nun, als Christ war er nicht zu erkennen, denn er hatte heute vergessen, sich den hellen Gürtel anzulegen und das Kreuz umzuhängen, wie es vorgeschrieben war. Ganz sicher hielt sie ihn für alt, waren seine Haare, obwohl buschig, doch längst von weißen Fäden durchzogen, die Haut, die sich über spitze Wangenknochen und eine nicht minder markante Nase spannte, von Luft und Sonne gegerbt und gefurcht. Wobei es nicht das war, was ihre Aufmerksamkeit auf sich zog.

»Deine Augen sind ja blau«, stellte sie fest, »blau wie das Meer.«

Er richtete sich etwas auf, stellte fest, dass ihre Augen schwarz waren – und nicht nur Neugierde darin stand, sondern auch Güte. Jede andere hätte seinen Leib nach Schmuck oder Geldmünzen abgetastet, hätte ihm die rote weiche Mütze vom Kopf gezogen und die seidigen Hosen von den Beinen, doch das Mädchen streichelte in einem fort über sein Gesicht, warnte schließlich: »Du solltest nicht hier sein, sonst wird man dich bestehlen.«

Rührung überkam ihn, weil ihr an seinem Wohl mehr zu

liegen schien als an dem eigenen. »Für dich … für dich ist es doch auch gefährlich, hier zu sein.«

»Warum?«, fragte sie ehrlich erstaunt. »Ich habe nichts, was man mir nehmen könnte. Meine Tante sagt immer, jemand wie ich wäre der Staub, der anderen an den Sohlen klebt.«

Wie konnte man Derartiges zu einem so hübschen Kind sagen! Die Wut, die ihn auf die Tante überkam, gab ihm die Kraft, sich endgültig aufzusetzen, sich umzublicken. Die Häuser standen hier so dicht nebeneinander, dass kaum mehr als zwei Menschen auf einmal durch diese Gasse gehen könnten, der Köter, über den er vorhin gestolpert war, war wieder näher gekommen, knurrte aber nicht. Wahrscheinlich hockte er häufig bei Verhungernden und wartete geduldig darauf, bis sie starben und er sich an ihnen gütlich tun konnte.

Er aber würde nicht sterben. Und dieses Mädchen, so entschied er jäh, würde auch nicht sterben. Er tastete sein Wams ab, fand ein Ledersäckchen und holte Nüsse und Feigen heraus. Beides wurde hierzulande Ziegendreck genannt, doch er fand, dass es gut schmeckte und vor allem satt machte. Das Mädchen war lange nicht satt gewesen, vielleicht noch nie. Als er ihr das Essen reichte, blickte es ihn kurz fragend an, machte sich dann schmatzend darüber her. Auf Abelardos Lippen lag die Frage, wie sie hieß, aber noch stellte er sie nicht.

So war es schließlich sie, die als Erstes wieder sprach. »Dass du blaue Augen hast, verrät, dass du nicht von hier stammst. Warum beherrschst du dennoch meine Sprache?«

»Ich bin Pisaner, und die Pisaner rühmen sich, viele Sprachen zu sprechen. Ich verstehe sogar derer alle.«

»Alle Sprachen der Welt?«

»Nun ja, alle, die ich jemals gehört habe, habe ich auch zu lernen versucht. Auf diese Weise habe ich meinen Schatz gemehrt.«

»Welchen Schatz?«

Er ging nicht darauf ein. »Deine Sprache habe ich mir übrigens angeeignet, um den Koran nicht nur in der Übersetzung zu lesen, auch im Original. Du weißt doch, was der Koran ist, oder? Das Heilige Buch der Muslime! Wenn du hier geboren wurdest, bist du auch eine von ihnen.«

Sie starrte ihn fragend an. Wie war es möglich, dass in ihrem Blick so viel Hunger auf die Welt stand, wenn ihr Geist zugleich so leer schien? Aber vielleicht war das nicht widersinnig, denn wo es viel Leere gab, gab es auch viel Platz, diese zu füllen.

Er rappelte sich auf, begann zu sprechen, erklärte dem Mädchen, so wie er es Riccia so oft zu erklären versucht hatte, was ihn in die Welt trieb. Es war nicht der Handel mit teuren Waren, es war der Handel mit Wissen. Dieses galt es unaufhaltsam zu vermehren. Das Gute war, dass man es tauschen konnte – zum Beispiel, indem er mit Rabbinern und Muftis disputierte –, ohne etwas dabei zu verlieren. Man konnte auch Wucher treiben, ohne Angst vor der Höllenstrafe zu haben, und selbst geringster Einsatz erbrachte mannigfaltige Zinsen. Das Vermögen, das man sich verdiente, konnte man zwar nicht einfach in einer dunklen Lagerhalle absperren, man musste sich stets aufs Neue vergewissern, dass man es noch besaß. Aber anders als ein Beutel Münzen ging der Wissensschatz nie zur Neige – selbst wenn man ihn mit vollen Händen ausgab.

Riccia hatte nie verstanden, was er meinte. Sie wollte in Pisa bleiben, schöne Kleider tragen, auf den Marktplatz gehen und Schmuck kaufen. Ob das Mädchen ihn verstand, wusste er nicht, es starrte ihn nur mit offenem Mund an.

»Wie gesagt: Ich habe den Koran gelesen und die Bibel, den Talmud und die Schriften vieler Philosophen. Und ich bin überzeugt, dass Gottes Botschaft nicht nur etwas ist, wofür wir unser Herz öffnen müssen, sondern das auch unsere Vernunft erfassen kann. Diese Vernunft ist ein Schatz, noch kostbarer als Münzen aus Gold. Würden Menschen sie wie diese horten, es würde keine Gewalt mehr geben, keinen Streit, keine Kriege, es würde keinen ...«

Er brach ab, denn etwas schnitt in seine Gedanken, einem Splitter gleich.

Den Tod aber würde es immer noch geben, dachte er. Der Tod ist stärker als die Vernunft.

Gerade erst heute hatte der ihm seine Fratze gezeigt, hatte ihn daran gemahnt, dass er – sein geschliffener Verstand hin oder her – irgendwann zu Staub werden würde.

Dieser Gedanke tat so weh, dass er unvermittelt jene Frage stellte, die er vorhin vermieden hatte. »Wie heißt du?«

»Aziza.«

Er wiederholte den Namen einmal, mehrmals, und sie lauschte mit der gleichen Verwunderung, mit der sie vorhin seinen Worten gelauscht hatte.

Schrecken, Hoffnungslosigkeit, Trostlosigkeit überkamen ihn. Allerdings spiegelte sich nichts davon in den dunklen Augen des Mädchens. Es sah ihn immer noch neugierig an, schien von dem Tod zu wenig zu wissen, um ihn zu fürchten – oder vielleicht zu viel.

Und plötzlich kam ihm ein Gedanke. Wenn man in einem solchen Mädchen die Vernunft erweckte, konnte man zwar nicht dem Tod trotzen, jedoch allen Menschen bekunden, dass diese Vernunft eine unerschöpfliche, niemals versiegende Quelle war. Man konnte beweisen, dass sie wirklich in jedem wohnte, sogar in einem Heidenkind, in einem Wesen, das dreckig war und in Lumpen steckte.

Der König braucht eine Krone, der Händler Gold, der Krieger ein Schwert, dachte er, aber die Vernunft ist die größte Macht, sie bedarf keiner schillernden Insignien, sie bedarf nur dieses wachen Blickes.

Anstatt seiner Idee Zeit zum Reifen zu geben, rappelte er sich auf, streckte ihr die Hand entgegen und sagte: »Komm mit.«

Sie hatte wohl erwartet, er würde weiterhasten, starrte verwirrt auf seine Hand, nahm sie schließlich zögerlich.

Er zog sie hoch und ging in die Hocke, damit er ihr geradewegs ins Gesicht schauen konnte. »Willst du … willst du künftig bei mir leben?«, fragte er. »Willst du mir helfen, meinen Schatz zu mehren?«

Aziza war nicht sicher, ob sie seine Frage richtig verstanden hatte. Eigentlich war sie sich schon die ganze Zeit über unsicher gewesen, wovon er redete. Ihr fiel es schwer, sich vorzustellen, wie die Vernunft aussah. Am ehesten, kam sie zu dem Schluss, glich sie wohl Ameisen. Diese vermehrten sich ebenfalls unablässig, und wenn man ein paar zerquetschte, kamen neue nach. Allerdings krabbelten über das Gesicht des Mannes keine Ameisen, und über seinen Leib auch nicht. Sie entdeckte dort jedoch etwas anderes, sehr Merkwürdiges: dass sein Bauch nämlich die Form eines Vierecks hatte. Alle Bäuche, die sie bislang gesehen hatte, waren ausschließlich rund gewesen. Zögernd hob sie die Hand, berührte den Bauch. Er war nicht nur viereckig, er war hart.

»Was ist das?«

Der Kaufmann folgte ihrem Blick, zog etwas unter dem Wams hervor. Und nun erkannte sie es – sein Bauch war nicht viereckig, nur dieses Ding, das er bei sich trug. Was es war, wusste sie nicht, seine Oberfläche fühlte sich jedenfalls warm an.

»Was ist das?«, fragte sie wieder, und ihr Erstaunen wuchs, als der Kaufmann das Ding öffnete. Es bestand aus dünnen gelblichen Blättern, die von Zeichen übersät waren. Entfernt erinnerten sie sie an die Spuren, die Tiere im Staub hinterließen, der Hund, das Huhn, die Katze. Doch als sie sich darüberbeugen wollte, sie eingehender betrachten, schlug er das Ding wieder zu.

»Das ist ein Buch«, sagte er, »ich … ich werde dich lehren, Bücher zu lesen. Ich werde dich auch lehren, Bücher zu schreiben. Ich werde dich mit nach Pisa nehmen, werde dir alle Sprachen beibringen, die ich kenne, und dafür sorgen, dass du noch mehr lernst. Ich werde der Welt beweisen, dass es kein Fehler ist, auf die Vernunft zu setzen. Allerdings ist dieses Buch kein gewöhnliches. Nicht jeder kann es lesen … nicht jeder *darf* es lesen.«

Das Gebilde war also ein Buch. Aziza war dankbar, dass sie nun mehr wusste als zuvor, allerdings wusste sie immer noch viel zu wenig, um zu erkennen, welchen Zweck ein solches Ding erfüllte. Erst recht hatte sie keine Ahnung, ob er das Angebot, bei ihm zu leben, ernst meinte und was sie davon halten sollte. Ihr Blick ging zu ihrem staubigen Plätzchen, wo sie die letzten Tage über gekauert hatte, armselig zwar, aber vertraut. Sie kannte alle Köter hier, obwohl die meisten sie ankläfften, auch die anderen Bettler, obwohl die meisten sie beschimpften.

»Kommst du nun mit?«, fragte der Kaufmann.

Eine Weile war sie nicht sicher, ob sie es wollte. Dann war sie sich nicht sicher, ob sie konnte. Als sie einen Schritt machte, drohten ihre schwachen Beine jedenfalls nachzugeben. Da aber hielten seine Hände sie schon fest, kräftige, gleichwohl weiche

Hände, ganz ohne Schwielen. Er hob sie mühelos hoch, presste sie an seinen warmen Leib, trug sie mit sich. Sie fühlte sich beschützt, wie sie sich noch nie beschützt gefühlt hatte – höchstens, wenn ihre Mutter sang oder lachte. Aber das Echo dieses Klangs wurde selbst in ihren Träumen immer leiser, während das, was sie eben erfuhr, kein Traum war. Und auch wenn der Kaufmann nicht sang und lachte – er versprach erneut, ihr die Welt zu erklären, und das war ihr genauso recht.

»Ja«, sagte sie, »ja, ich will mit dir kommen … bei dir leben … alles lernen …«

Ihr Gesicht sank gegen seine Brust. Sein Geruch war fremd, aber angenehm. Sie hörte sein Herz pochen, vielleicht war es auch ihr eigenes. Zärtlich strich er ihr über den Kopf.

»Du wirst nun frische Kleidung bekommen, etwas zu essen, ein weiches Bett …«

Aziza wusste nicht, was ein weiches Bett war. Erst recht hatte sie nie so ein schönes Haus gesehen wie das, in dem sie wenig später ankamen. Vor Staunen stand ihr der Mund offen.

Wer nicht minder staunte, war die junge Frau, die sie erwartete, die Dienerin Bona, der der Kaufmann den Befehl erteilte, sich um dieses fremde verwahrloste Mädchen zu kümmern.

»Großer Gott! Ihr habt über den Tod von Frau und Kind den Verstand verloren!«

Erstaunlicherweise klang sie nicht entsetzt, eher erleichtert, war sie offenbar der Meinung, dass der Verstand nicht so wichtig war wie das Herz. Dass sie selbst ein sehr großes hatte, zeigte sich, als sie dem Kaufmann das Mädchen abnahm, mit ihm in die Küche ging und es dort mit Naschwerk zu füttern begann, so süß, dass Aziza vermeinte, die Zunge würde vor lauter Wohlgefühl platzen.

Ja, bei Azizas zweiter Geburt gab es kein Gold, kein Brot –

aber überreichlich Zucker. Und das bedeutete, dass ihr das Glück vielleicht nicht immer geneigt sein und sie kein langes Leben haben, dass sie aber ein freundlicher Mensch sein würde. Sie bewies es noch an diesem Abend, als sie Bona einen Kuss auf die Wange hauchte und sie dankbar anlächelte. Dass sie auch so klug war, wie der Kaufmann erhoffte, stellte sich dagegen erst viele Jahre später heraus.

Eine Woche nachdem Riccia gestorben war, kehrte Abelardo mit Aziza und Bona zurück nach Pisa. Aziza blieb nicht das einzige Waisenkind, das er danach in seinem dortigen Palazzo aufnahm. Im Laufe der nächsten Jahre – er ging nun weitaus seltener auf Handelsreise – kamen weitere hinzu, alles Sklavenkinder, die er freikaufte. Leider blieben diese Kinder nur kurz. Ein Junge mit schneeweißem Haar sehnte sich so schmerzlich nach seiner Heimat im Nordosten, dass Abelardo ihn dorthin zurückschickte. Ein Mädchen, dessen Haut fast schwarz war, konnte sich nicht an seine Heimat erinnern, hatte aber so schreckliche Angst vor jedem Mann, dass er sie am Ende Nonnen anvertraute. Welche Haut- und Haarfarbe die anderen drei hatten, wusste Aziza später nicht mehr – nur, dass sie die erste Gelegenheit, die sich zur Flucht bot, nutzten. Abelardo schüttelte den Kopf über ihre Dummheit und ließ sie erst gar nicht suchen. Hauptsache, Aziza blieb – wobei Aziza ihn von allen zunächst am meisten enttäuschte.

Gewiss, sie hatte zu lesen und schreiben gelernt, tat alles, was man von ihr verlangte. Allerdings, mäkelte Marcantonio – als Lehrer an den öffentlichen Schulen der Stadt hatte er so wenig verdient, dass er liebend gerne für einen deutlich höheren Verdienst Aziza unterrichtete –, allerdings zeigte sie an nichts von sich aus Interesse.

Als die beiden Männer eines Tages über sie redeten, hielt sich Aziza im selben Raum auf und tat wie immer so, als würde sie nicht lauschen, obwohl sie sich jedes Wort einprägte. Es stimmte nicht, was Marcantonio behauptete – dass alles sie kaltließe. Sie brannte durchaus für das Lernen, sie war nur daran gewohnt, sich unauffällig, nahezu lautlos zu verhalten.

»Hat sie denn nicht schon erste Worte Latein gelernt?«, fragte Abelardo soeben.

»Nicht nur die ersten Worte, sie kann ganze Sätze aus der *summa grammaticalis* übersetzen.«

»Und mit Griechisch habt ihr auch begonnen, nicht wahr?«

»Sie liest mittlerweile mühelos alle Buchstaben, mit dem Hebräischen wird sie sich nicht schwerertun.«

»Und es stimmt doch auch, dass sie etliche Gedichte rezitieren kann?«

»Bereits alle, die von Guido Guinizelli verfasst wurden, oder zumindest die, die ich von ihm kenne.«

»Dann verstehe ich nicht, was Euch bekümmert.«

Marcantonios Gesichtsausdruck war wie so oft etwas verdrossen. Er teilte Abelardos Überzeugung, dass jeder Mensch Vernunft besäße, doch während der Kaufmann daraus die Hoffnung zog, dass jeder Mensch diese Vernunft irgendwann auch nutzen würde, hielt er die Trägheit des Geistes für größer als den Eifer. »Ihr seid doch nicht nur selbst Kaufmann, sondern auch der Sohn eines solchen«, gab Marcantonio zurück. »Welches war die längste Reise, die Euer Vater jemals unternommen hat?«

»Ich denke, sie führte ihn nach Sizilien, um Getreide zu kaufen.«

»Nicht auch Zucker?«

»Zucker wird in Sizilien nicht mehr angebaut, seitdem die Sarazenen, die etwas davon verstanden haben, von dort vertrieben worden sind.«

»Aber Ihr handelt doch mit Zucker.«

»Ja, weil ich anders als mein Vater nicht nur nach Sizilien gereist bin, ich habe mir die *licentia intrandi terras sarracenorum* eingeholt, die Erlaubnis des Papstes, mit den Heiden zu handeln. Deswegen kam ich ja bis nach Bugia.«

»Ihr hattet also keine Angst vor der Fremde, habt Euch nicht damit begnügt, in die Länder zu reisen, die Euch der Vater zeigte. Und seht Ihr, das meine ich.«

Aziza hatte keine Ahnung, was Zucker mit ihrem Lerneifer zu tun hatte. Sie freute sich immer noch, wenn Bona ihr heimlich Naschwerk zusteckte, aber wahrscheinlich hätte sie auch ohne dieses Fortschritte im Griechischen und Lateinischen gemacht. Warum nickte Abelardo trotzdem bekümmert, ließ ihre Angst anschwellen, die sie nie ganz hatte abschütteln können – dass er ihrer eines Tages überdrüssig würde, weil sie zu einfältig war, dass er sie zurückschickte in den Staub, aus dem sie gekommen war?

»Nun gut«, fügte Marcantonio hinzu, »eine Sache mag beweisen, dass sie nicht einfach nur gehorsam, sondern auch strebsam ist.« Er machte eine kurze Pause. »An dem Tag, da sie Euch das erste Mal begegnet ist, habt Ihr offenbar ein Buch bei Euch getragen. Sie fragt beständig, wann sie dieses Buch lesen darf.«

Abelardo ließ den Blick auf ihr ruhen, woraufhin Aziza prompt den Kopf einzog. Sie konnte nicht länger in seiner Miene lesen, jedoch deutlich hören, was er sagte. »Dieses Buch darf sie unter keinen Umständen lesen. Schon damals habe ich gesagt, dass es nicht jedermann bestimmt ist. Was ich verschwieg, war, welche Folgen es hätte, würde der Falsche darin lesen. Dieses Buch ist … gefährlich.« Er machte eine Pause, senkte die Stimme. »Mehr noch: Es ist nahezu tödlich für einen Menschen, dessen Verstand nicht genügend geschult ist, um es zu begreifen.«

Aziza schlug das Herz noch höher, die Angst wuchs. Wenn Abelardo ihr tatsächlich zutraute, solchen Unsinn – dass Bücher töten könnten – zu glauben, würde er sie wohl wirklich nicht mehr lange bei sich leben lassen! Wenn er sie allerdings verjagte, wollte sie zuvor wenigstens einen Blick in das geheimnisvolle Buch werfen.

Wenig später trug Marcantonio ihr ein paar Grammatik- und Logikübungen auf, verkündete, dass er ihr morgen zeigen würde, wie man einen Geschäftsbrief verfasste, und zog sich zurück, um sich in der Bibliothek im Erdgeschoss seinen eigenen Studien hinzugeben. Aziza blieb sitzen, erledigte brav alle Aufgaben, stand dann aber auf. In der Bibliothek konnte sie schon mal nicht nach Abelardos Buch suchen, weil dort Marcantonio saß. Wenn Abelardo es wiederum wie so häufig bei sich trug, wäre es erst recht unmöglich, einen Blick darauf zu erhaschen. Allerdings vermutete sie, dass er es in seinem Gemach zurückließ, wenn er seinen Geschäften nachging.

Dieses Gemach hatte Aziza nie betreten, so wie sie auch manch anderen Raum von Abelardo Gualandis Stadthaus nicht kannte. Es bestand aus einem hohen Turm, von dem aus einst Kämpfe ausgefochten worden waren, wo man mittlerweile aber wohnte, und etlichen weiteren Gebäuden – Lagerhallen, dem Stall, dem Speicher und der Küche. In der Küche war sie regelmäßig, weil Bona ihr dort ihr Essen gab, im Hof zwischen Küche und Wohnturm nur selten, noch nie war sie ein Stockwerk höher gestiegen, wo Abelardo seit Riccias Tod ganz für sich allein wohnte.

Sie vermutete, dass ein Mann, der stets edel gekleidet war – vorzugsweise in Rot, weil das die Farbe von Pisas Wappen war –, auch in einem entsprechend edel eingerichteten Zimmer lebte. Als Aziza sich nach langem Zögern aber endlich überwand, emporzusteigen, die Tür zu öffnen und einzutreten, gab es nichts Farbenprächtiges, an dem sich ihre Augen festhalten konnten. Der gemauerte Kamin war grau, die hölzerne Truhe, die in der Wandnische gegenüber stand, braun, die von Ornamenten übersäten Wandteppiche waren in dunklem Blau gehalten. Und es fehlte nicht nur an bunten Farben, da war auf den ersten Blick auch kein Buch. Auf dem einzigen Tischchen lag nur eine Pergamentrolle, die weitere Erinnerungen weckte, diesmal an die Schiffsfahrt von Bugia nach Pisa, als Wellen gegen den Bug geklatscht waren und Abelardo ihr ein Portulan, eine Seekarte, gezeigt hatte. Gleich neben dem Portulan lag ein Gebilde, das sie auch schon einmal gesehen hatte und dessen zuckende Nadel die Aufgabe hatte, auf dem Meer die Richtung anzugeben. Ob dieses Ding einen Namen trug, wusste Aziza nicht. Sie hatte nicht nachgefragt, hatte sie doch herausgefunden, dass man die meisten Antworten von selbst bekam, wenn man nur geduldig genug war. Auch jetzt war sie geduldig, suchte und suchte, fand schließlich das Buch. Es lag geradewegs unter der Pergamentrolle.

Mittlerweile wusste sie, dass das Leder, mit dem es eingebunden war, nicht irgendein Leder war, es war Corduanleder von den Balearen, besonders fein und besonders strapazierfähig. Sie strich darüber, zuckte gleich wieder zurück. Konnte es sein, dass das Leder vergiftet war und das Buch deswegen als tödlich galt? Aber Abelardo hatte es ja oft genug gehalten, oft genug geöffnet. Sie atmete tief durch und tat es nun auch. Leicht war es nicht, die Seiten klebten etwas aneinander, aber mit hartnäckigem Druck gelang es ihr, die erste aufzuschlagen. Damals hatte sie die merkwürdigen Zeichen für die Abdrücke von Hufen und Pfoten gehalten. Jetzt wusste sie sofort, dass es etwas anderes sein musste – allerdings keine Buchstaben, zumindest keine lateinischen und keine griechischen. Arabische auch nicht, von denen hatte nicht Marcantonio, aber Abelardo ihr manche gezeigt. Vielleicht waren es überhaupt keine Buchstaben, sondern magische Zeichen, und man starb, wenn man versuchte, ein Wort daraus zu bilden? Da sie die Zeichen allerdings nicht kannte, konnte sie sie auch nicht verbinden.

Aziza blätterte weiter, und auf einer Seite gab es nun doch Wörter zu lesen, italienische sogar, und sie klangen ganz und gar nicht nach einem Zauberspruch.

»Dies sind die neun indischen Zahlen«, stand da, und dann folgten wieder diese Zeichen.

9 8 7 6 5 4 3 2 1

Es gab also neun verschiedene davon. Oder nein, es waren zehn. Denn unter den Zahlen stand:

»Mit diesen neun Zeichen, und mit dem Zeichen 0, das die Araber *zephir* nennen, werden alle Zahlen geschrieben. Eine Zahl ist die Summe von Einheiten oder eine Sammlung von Einheiten, durch Addition können die Zahlen zunehmen ohne Ende.«

»Addition«, murmelte Aziza, versuchte sich zu erinnern, ob sie dieses Wort jemals gehört hatte. Sie glaubte nicht. Aber dass etwas zunehmen konnte, ohne ein Ende zu erreichen – das hatte sie bereits gehört. Gleiches galt für die Vernunft.

Sie blätterte weiter, las mehr über diese Addition.

60 und 60 macht 120
90 und 90 macht 180

Was genau dieses Zeichen 0, das man *zephir* nannte, wohl bedeutete? Wenn man es an eine Zahl anhängte, steigerte es offenbar diesen Wert, so wie Eifer und Strebsamkeit dem Verstand Flügel verliehen. Warum war nur der eigene Verstand trotz Eifer so lahm? Warum verstand sie nicht, wie Addition funktionierte, wie es möglich war, dass Zahlen kein Ende hatten wie ein Gedicht?

Was jedenfalls bald zu Ende sein würde, wäre ihr Leben in diesem Haus.

Zumindest war sie davon überzeugt, als sie hinter sich plötzlich ein Quietschen hörte, die Nadel in dem runden Gebilde erzitterte, auch die Seekarte, weil sie von einem Luftzug getroffen worden war. Nur die Seiten im Buch regten sich nicht, dieses hielt sie fest umklammert, als sie herumfuhr, Abelardo dastehen sah. Selten blickte sie höher als bis zu seinem Bauch, nun starrte sie überhaupt nur auf seine Füße, war sie doch überzeugt, dass seine Miene von Zorn verzerrt war. Aus seiner Stimme war dieser aber nicht herauszuhören. »Du bist also nicht in Sizilien geblieben«, sagte er.

Sie musste sich erst wieder mühsam in Erinnerung rufen, dass er über diese Insel vorhin mit Marcantonio gesprochen hatte, auch darüber, dass sein Vater nicht weiter gereist war, er hingegen das Vertraute früh hinter sich gelassen hatte, um ins Fremde vorzustoßen.

Aziza wollte, dass die fremden Zahlen für sie vertraut wurden, und als sie es schließlich wagte, den Blick zu heben, ahnte sie, dass ihr dafür doch genügend Zeit bleiben würde. Abelardo nämlich lächelte. »Du hast dich nicht von Furcht leiten lassen, sondern von Neugierde«, sagte er, schien regelrecht ergriffen, ging in die Knie, sodass sie gleich groß waren.

»Dieses Buch …«

»Es ist der *liber abaci* und stammt aus der Feder eines berühmten Pisaners. Leonardo Fibonacci war sein Name.«

»Diese Zahlen …«

»Leonardo Fibonacci hat seine Jugend in Nordafrika verbracht, sein Vater leitete eine Pisaner Handelsniederlassung. Er selbst war lange Zeit als Schreiber der Pisaner Kaufleute im Zollamt von Bugia, deiner Heimatstadt, tätig. Du hast diese Seiten der Stadt nie kennengelernt, aber in Bugia wird nicht nur reger Handel getrieben, es werden auch Wissenschaften gelehrt. Und als Königin dieser Wissenschaften gilt in Bugia die … Mathematik.«

Dieses Wort war ihr so fremd wie Addition. Aber einst war ihr auch Reichtum fremd gewesen, und diesen hatte sie mittlerweile kennengelernt.

»Leonardo Fibonacci hat von den größten Gelehrten in Bugia alles über Mathematik gelernt, was sie wussten«, fuhr Abelardo fort, »und später ist er nach Ägypten und Syrien, nach Byzanz und in die Provence gereist, um weitere Gelehrte zu treffen und noch mehr zu lernen. Und wieder später hat er seinen *liber abaci* geschrieben, in dem er zeigt, wie die Araber rechnen, mit Zahlen nämlich, die sie selbst von den Indern gelernt haben und die das Multiplizieren viel leichter machen als mit den uns geläufigen römischen Zahlen.«

»Multi… multiplizieren?«, fragte sie. »Ich fürchte, ich verstehe nicht, was das heißt. Aber … aber ich will es verstehen! Ich will es lernen!«

Abelardos Lächeln war schmerzlich und befreit zugleich. »Ich wusste, dass du nicht zögern würdest, das Buch zu suchen.«

»Aber warum hast du gesagt, es wäre gefährlich? Gar tödlich?«

»Oh, die Menschen hierzulande glauben tatsächlich, dass es das ist. Sie halten alle Sarazenen für Hexer und diese Zahlen für Zauberwerk. Aber das liegt daran, dass sie dumm sind, und du bist das nicht. Du bist wissbegierig, du bist der Beweis, dass die Vernunft stärker ist als die Angst. Du hast meine Worte angezweifelt, und der Zweifel ist der wichtigste, der größte Sohn der Vernunft, denn er bringt uns dazu, das Unmögliche möglich zu machen. Du hast dich meinem Verbot widersetzt, du hast gewagt, selbst zu denken, du hast dich nicht zurückgelehnt, sondern auf die Suche gemacht.«

Er lächelte so breit, dass Aziza gar nicht anders konnte, als das Lächeln zu erwidern. Abelardo drückte ihre Schultern. »Oh, Aziza! Marcantonio wird dich in Mathematik unterrichten, und wenn er nicht weiterweiß, werde ich neue Lehrer anstellen. Irgendwann wird keiner von ihnen dir noch etwas beibringen können. Denn irgendwann wirst du die klügste Frau sein, die jemals in Pisa gelebt hat.«

Fünf Jahre nachdem Aziza die Bekanntschaft mit den Zahlen gemacht hatte – mittlerweile war sie zwölf Jahre alt –, wurde Bona von großen Sorgen geplagt. Eigentlich hatte sie sich diese Sorgen schon zuvor gemacht, aber da war Aziza noch ein Kind gewesen, und bei einem Kind wuchs sich manch schlechte Angewohnheit aus. Irgendwann lernten sie zu gehen, ohne zu stolpern, zu essen, ohne sich zu beflecken, sich wehzutun, ohne zu weinen – und irgendwann, so hoffte Bona, würde Aziza die Lust an diesen merkwürdigen Zahlen verlieren.

Doch jetzt war sie kein Kind mehr, jetzt war sie bald eine junge Frau, und es wurde immer offensichtlicher, dass Abelardo recht behalten würde – sie nämlich die klügste Frau Pisas sein würde. Eine der schönsten Frauen Pisas im Übrigen auch. Aziza hatte seidig glänzendes schwarzes Haar, ebenso dunkle Augen und solch filigrane, ebenmäßige Züge, als hätte Gott sie nicht einfach nur mit seinen Händen geformt, sondern ein Gerät zu Hilfe genommen, das Aziza Bona einmal gezeigt hatte und das man Zirkel nannte. Und darüber – also, nicht den Zirkel, aber die außergewöhnliche Schönheit und Klugheit – war Bona zutiefst unglücklich. Sie fand, dass es die Schwächen waren, die einen Menschen zum Menschen machten, dass es in allem das Mittelmaß anzustreben galt, weil man damit am besten durchs Leben kam. Wer zu groß war, schlug sich den Kopf an, wer zu klein war, auf den wurde eingeprügelt, wer aber nicht zu groß, nicht zu klein war, fiel nicht weiter auf.

Abelardos Frau Riccia war auch ein mittelmäßiger Mensch gewesen, durchaus hübsch zwar, aber mit etwas zu kleinen Augen, durchaus klug, aber nicht bereit, sich die Namen der Länder zu merken, in die Abelardo sie schleppte. Gewiss, sie hatte über das Maß gekränkelt, aber Bona hatte – von ihrer Sterbestunde abgesehen – immer das Gefühl gehabt, ihr etwas Gutes tun zu können, und sobald Riccia sich wieder erholt hatte, hatten sie gemeinsam der Lust an schöner Kleidung gefrönt. Bei Bona wurde diese Lust schon befriedigt, wenn sie sie nur betrachtete, bei Riccia erst dann, wenn sie sie trug. So oder so durchstreiften sie gemeinsam Märkte, betrachteten Purpurgewänder mit Perlmuttknöpfen, kostbaren Pelzbesätzen oder jenen legendären Stoff, der im Morgenland gewebt wurde und der je nach Tageszeit seine Farbe wechselte.

»Das hat nichts mit der Tageszeit zu tun«, erklärte Aziza, als Bona ihr einmal davon vorschwärmte, »nur mit dem Winkel, aus dem das Sonnenlicht auf den Stoff fällt.«

Aziza machte nie Anstalten, feine Stoffe zu befühlen, geschweige denn sie zu tragen, sie begnügte sich mit ihrem grauen Leinenkleidchen. Und während Bona ihr früher immerhin noch Naschwerk hatte zustecken können – kandierte Rosenblätter oder Honigfeigen –, verlor sie den Geschmack daran, als sie älter wurde. Ein Lächeln lag immer nur dann auf ihren Lippen, wenn sie über ihren Übungen saß.

»Willst du nicht eine kurze Pause machen, Täubchen«, fragte Bona, »und in den Hof gehen?«

Bona durfte sie nur Täubchen nennen, wenn Abelardo nicht in der Nähe war, war der doch der Meinung, dass Aziza rein gar nichts mit diesen lästigen grauen Vögeln gemein hatte. Bona fand das eigentlich auch, aber in irgendein Wort musste sie ihre Liebe doch kleiden – die Liebe, die sie erfasst hatte, seit Aziza sie seinerzeit auf die Wange geküsst hatte, auf denen noch Tränen um Riccia und ihr totes Kind geklebt hatten. Diese Liebe war leider auch zu groß, um als mittelmäßig, folglich als gesund durchzugehen.

»Ich habe vorhin 123586 durch 13 geteilt«, erklärte Aziza, ohne auf ihren Vorschlag einzugehen. »Und jetzt habe ich mir das vierzehnte Kapitel aus dem *liber abaci* vorgenommen, darin geht es um die Wurzelrechnung.«

Bona war der Meinung, dass man mit manchen Wurzeln kochen konnte – ganz sicher aber nicht mit ihnen rechnen.

Sie seufzte laut, Aziza seufzte auch. »Ach, bald kenne ich den *liber abaci* auswendig. Abelardo hat mir neue Bücher versprochen, vom berühmten Mathematiker al-Khwarizmi, aber bis jetzt konnte er sie nirgendwo kaufen.«

Wie konnte man bloß diesen Namen aussprechen, ohne sich die Zunge zu verknoten und die Seele mit Sünde zu beflecken, weil ein Mensch, der einen solchen Namen trug, gewiss ein Heide war?

Bona versuchte es erst gar nicht; als Aziza fortfuhr und erklärte, dass dieser al-Khwarizmi die Algebra erfunden hätte, das Rechnen mit Unbekannten in Gleichungen, stieß sie mit einem klagenden Unterton aus: »Himmel!«

Aziza blickte erstmals hoch. »Hältst du die Zahlen etwa auch für sarazenische Hexerei?«, fragte sie verwundert. Erst kürzlich war ein Dienstmädchen schreiend aus dem Haus gelaufen, weil sie in Azizas Raum den Staub abgewischt hatte und ihr Blick auf den *liber abaci* gefallen war. Gut möglich natürlich, dass sich dieses dumme Ding nur am Zirkel gestochen hatte.

»Von all diesen Dingen wird dir der Kopf so schwer, dass du eines Tages mit der Stirn auf den Tisch krachen wirst«, sagte Bona.

Aziza lächelte auf eigentümliche Weise. Der Mund verzog sich dabei kaum, aber ihre Augen leuchteten. »Wenn ich rechne, wird mein Kopf ganz leicht. Mehr noch, ich … ich habe das Gefühl, ich würde fliegen.«

Bona runzelte die Stirn. Vom Fliegen hatte sie dieselbe Meinung wie von übermäßiger Schönheit und übermäßiger Klugheit: Der Mensch war nicht dafür gemacht. Den Kopf konnte er ja gerne zum Himmel hochrecken, aber seine Füße hatten gefälligst fest am Erdboden zu stehen. Für heute gab sie es allerdings auf, das Mädchen ins Freie zu locken, und sie fürchtete, dass es ihr auch morgen nicht gelingen würde. Nein, um ihr deutlich zu machen, dass die Welt nicht nur aus Zahlen bestand und dass man, wenn man sich zu viel mit Wurzeln beschäftigte, blind für die im Sonnenlicht silbrigen Blätter wurde, musste sie Abelardo um Hilfe bitten.

Nicht dass das einfach werden würde. Anders als sie war Abelardo ja durchaus glücklich darüber, dass Aziza am liebsten über Büchern saß. An Feiertagen nahm er sie manchmal zur Messe in Santo Stefano mit – bald nach ihrer Ankunft in Pisa hatte er sie seinerzeit dort taufen lassen –, ansonsten hatte er kaum je das Haus mit ihr verlassen. Er war der Meinung, dass sie hier alles hatte, was sie brauchte, und ein hübsches, zartes Mädchen Freiheit fand, wenn es die Welt des Geistes erforschte, nicht die unzähligen, schmutzigen Gässchen von Pisa. Irgendwann, wenn sie ihre Studien abgeschlossen hätte, würde er sämtlichen Bekannten und Freunden den Beweis erbringen, dass die Vernunft in jedem wohnte – auch in einer jungen Frau wie Aziza –, aber noch sollte deren Weisheit im Geheimen reifen.

Bona wusste allerdings, dass Abelardo eine Schwäche hatte. Nicht nur eine Schwäche für Bildung und für Reisen in ferne Länder – auch für die Stadt, in der er geboren war und die beides überhaupt erst möglich gemacht hatte. In Pisa – der Stadt, die Handel mit der ganzen Welt trieb und in der Menschen aller Länder lebten – gab man noch mehr als anderswo der Weite den Vorzug vor dem Engen, dem Exotischen vor dem Vertrauten, dem Aufbruch vor der Heimkehr.

Und diesen Stolz für seine Heimatstadt gedachte Bona zu nutzen, als sie am nächsten Tag an die Tür von Abelardos Gemach klopfte.

Er blickte sie fragend an, nachdem sie eingetreten war, doch anstatt etwas zu sagen, machte sie ein bekümmertes Gesicht und stieß ein tiefes Seufzen aus. »Ist etwas passiert?«, fragte Abelardo verwirrt.

»Ach herrje«, stieß Bona aus, und ihre Stimme nahm den gleichen klagenden Tonfall an wie an dem Tag, da Riccia gestorben war, »ich mache mir ja solche Sorgen!«

Abelardos Miene glättete sich. »Wieder einmal um Aziza? Ach, Bona, es hat schon seine Richtigkeit, dass sie …«

»Nein«, fiel sie ihm ins Wort, »ich mach mir keine Sorgen um Aziza, ich mache mir Sorgen um … Pisa.«

Seine Stirn runzelte sich. »Um Pisa?«

Bona nickte eifrig. »Ach, ich bin ja so froh, dass Aziza das Haus so gut wie nie verlässt. Hier ist sie wenigstens in Sicherheit.«

»In Sicherheit vor was?«

»Man hört so schreckliche Geschichten, und alle haben mit Gewalt und Betrug und Verrat zu tun. Letztes Jahr ist auch noch dieser Bürgerkrieg ausgebrochen. Nicht dass ich viel von Politik verstehe, aber jedes Kind weiß: Es gibt so viele Feinde von außen, ob nun Lucca oder Florenz, die die Stadt bedrohen, und Feinde von innen, bösartige Familien, die die Stadt ruinieren … ach, ich bin nicht sicher, ob Pisa eine ganz und gar verdorbene Stadt ist oder eine ganz und gar verlorene. Beides erfüllt mich jedenfalls mit Gram.«

Abelardo hatte sich erhoben, und seine Stimme nahm einen gleichzeitig belehrenden wie nachsichtigen Tonfall an, als würde er mit einem kleinen Kind sprechen – keinem klugen Kind wie Aziza, sondern einem beschränkten. »Was du sagst, ist nicht grundfalsch. Pisa geht immer wieder durch schwere Zeiten. Doch nach jeder Niederlage ist sein Wohlstand nur gewachsen, nach jedem Zerwürfnis war die Stadt umso stärker.

Und nach jedem Ausbruch der Gewalt siegt am Ende ja doch wieder die Vernunft.«

Befriedigt stellte sie fest, dass leiser Zweifel durch seine Stimme klang. Einem kleinen Sprung glich dieser, nicht so tief gehend wie der in der Schüssel, die ihr gestern entglitten und in zwei Teile gebrochen war, aber tief genug, um weiterzubohren. »Pisa wird also nicht untergehen?«

»Himmel, Bona, wo denkst du bloß hin?«

»Aber Ihr könnt doch nicht leugnen, dass es immer schlechter um Anstand und Sitten bestellt ist. Brave Ehefrauen werden verführt, junge Mädchen geschändet, ehrwürdige Bürger verprügelt und Müll auf die Straße geworfen. Der Arno ist wieder einmal über das Flussbett getreten – irgendwann werden wir alle ersaufen –, der Pisaner Denar wurde wieder einmal abgewertet, und dem Erzbischof hat man jede Menge Befugnisse geraubt. Er meinte gar, Pisa wäre eine gottlose Stadt. Kein Wunder, dass die Frauen von Pisa so schnell altern, dass sie mit nicht einmal dreißig Jahren wie Eidechsen aussehen.«

Die ersten Punkte waren Abelardo wohl nicht unbekannt – nun aber weitete er doch die Augen. »Eidechsen? Wer behauptet denn so etwas?«

»Na … alle. Oder zumindest viele. Zu viele erklären auch, dass das stolze, große Pisa am Ende ist. Oh, was bin ich froh, dass Ihr euch mit dem Mädchen hier verkriecht, dass Aziza so versunken in ihre Bücher ist, dass sie nichts von all dem Elend, von dieser schändlichen, schrecklichen Welt mitbekommt, dass es ihr erspart bleibt, ihren Fuß auf die Straßen dieser unwürdigen Stadt zu setzen …«

Zorn verdunkelte Abelardos Gesicht. »Nun hör aber auf!«, fiel er ihr hart ins Wort. »Vergiss nicht, von welcher Stadt du sprichst. Einst war sie die Hauptstadt Tusciens, nun ist sie das

Tor der Welt, die Zunge von Rom. Die Pisaner galten lange Zeit als Gottes auserwähltes Volk, weil keine Stadt so reich war, keine Stadt so prunkvoll, in keiner Stadt so viele Menschen aus aller Herren Länder lebten und das auch noch friedlich. Und es gibt keinen Dom wie den zu Pisa, der zum ewigen Ruhm Gottes und der Stadt errichtet wurde.«

Bona tat so, als würde sie voller Furcht ob seines Ausbruchs den Kopf senken – in Wahrheit verbarg sie nur ihr befriedigtes Lächeln, weil ihr Plan aufgegangen war. »Hm«, machte sie. »Mich erstaunt, Euch so über Pisa sprechen zu hören. Wenn Ihr glaubt, was Ihr sagt, warum habt Ihr Aziza noch nie die Stadt gezeigt mit all ihren Gässchen und Plätzen und Brücken? Und wenn der Dom für Euch mehr ist als eine Kirche wie jede andere, warum habt Ihr mit Aziza, die schließlich kein Heidenkind mehr ist, nie den Gottesdienst dort besucht, ihn ihr noch nicht einmal gezeigt?«

Sie wollte erneut hinzufügen, dass sie darüber insgeheim froh wäre, aber so weit musste sie gar nicht gehen.

»Nun, ich dachte, Aziza hat hier zu Hause ohnehin alles, was sie braucht, und dass es auf den Straßen von Pisa zu gefährlich für sie wäre«, sagte er, fügte allerdings energisch hinzu: »Aber du hast recht! Es war ein Versäumnis, ihr all die Wunder der Stadt vorzuenthalten. Ich werde sie ihr demnächst zeigen, zumal sie schließlich selbst eines ihrer größten sein wird.«

Es war Abelardo deutlich anzusehen, dass ihm die Worte im Eifer herausgerutscht waren. Aber gesagt war gesagt, und Bona ließ ihm nicht die Zeit, sie wieder zurückzunehmen. Mit weiterhin geducktem Kopf und zuckenden Mundwinkeln wandte sie sich ab. »Wenn Ihr es so wollt«, erklärte sie im Hinausgehen. »Wer bin ich denn, Euch zu sagen, was Ihr tun und lassen sollt.«

Sie klang, als würde sie seine Entscheidung tief bedauern, in Wahrheit lächelte sie immer noch.

Der Dom von Pisa war doch keine Kirche wie jede andere! Wo dachte Bona nur hin!

Für die Pisaner war er ein Zeichen ihres Triumphes über Feinde – nur reiche Kriegsbeute hatte ermöglicht, ihn zu bauen –, für Abelardo stellte das Gebäude vor allem den Sieg der Vernunft über den Stein dar, hatte man es schließlich geschafft, schneeweißen Marmor oder zumindest marmorgleichen Kalkstein in vollendete geometrische Formen zu gießen und so zu beweisen, dass das Universum einer göttlichen Ordnung unterlag.

Der Dom erzielte seine Wirkung am besten, wenn man durch die Porta Leona trat: Von hier aus betrachtet, glich er einem gewaltigen, nach Übersee gerichteten Schiff. Das Meer war zwar nicht zu sehen, noch nicht einmal der Arno, ein Plätschern ließ sich dennoch hören – es kam von jenem Brunnen zwischen Stadt und Dom, in dem jeder sich erst einmal reinigte, bevor er das Gotteshaus betrat. Abelardo war nicht der Meinung, dass dieses Gebot auch für ihn galt. Allein der Anblick des weißen Doms mit all den Bögen und Säulen, Nischen und Loggien, den Mauerblenden, die von Rhomben und Rosetten gekrönt waren, und schließlich den mächtigen Bronzeportalen reinigte auch ohne eigenes Zutun die Seele von allen Schlacken, auch von dem Zweifel, der Mensch wäre nur eine armselige Kreatur. Nein, Gottes Ebenbild war dieser vielmehr, von seinem Geist geschaffen, um selbst etwas wie den Dom zu errichten.

Das sagte er soeben zu Aziza, die bis jetzt hinter ihm hergegangen war. Das größte Stück des Weges hatten sie in einer

Sänfte zurückgelegt, erst das letzte zu Fuß. Schon nach wenigen Schritten hatte sie den Kopf eingezogen, vom ungewohnten Sonnenlicht geblendet und vom ungewohnten Lärm verschreckt. Abelardo hörte trotzdem nicht auf, diesen Kopf mit Wissen zu füllen, als sie die Fassade des Doms entlanggingen.

Der Dom war auf Wunsch der großen Kirchenreformer weiß, weil einzig die Kirche von Sünden reinzuwaschen befähigt war. Die fünf Längs- und drei Querschiffe hatten die Form des lateinischen Kreuzes, weil es schließlich Christi Kreuz war, das die Welt trug. Den Baustil nannte man wiederum »Pisaner« Stil, und er war zum Vorbild für die ganze Toskana geworden.

Aziza hob den Kopf, aber nur ganz kurz.

»Dass sich der Dom außerhalb des Stadtzentrums befindet, ist ungewöhnlich, aber andernorts drohen Überschwemmungen des Arnos. Hier ist der Boden nicht ganz so sumpfig, weswegen … sag, hörst du überhaupt zu?«

Aziza hob den Kopf wieder, starrte immerhin auf den Dom. »Dieser Vogel dort oben – ist das eine Taube?«

Abelardo war etwas enttäuscht, dass sie dem Vergänglichen mehr Aufmerksamkeit zukommen ließ als dem Ewigen. Als er aber ihrem Blick folgte, stellte er fest, dass der Vogel nicht aus Fleisch und Blut war, er war aus Bronze, und er war überdies keine Taube, sondern ein Greif. Dieses Mischwesen aus Löwe und Raubvogel krönte das Dach des Hauptschiffes, etwas niedriger dieses als die Kuppel, aber gut zu sehen, wenn man – wie mittlerweile sie beide – links von jenem Portal des Doms stand, das dem Heiligen Raniero geweiht war.

Was man von hier aus hingegen nicht erkennen konnte, war die Inschrift aus kufischen Buchstaben – jene, die die Araber nutzten und die verrieten, dass sie es waren, die den Greif hatten gießen lassen. Abelardo wollte Aziza eben erzählen, dass die Pisaner ihnen den Greif entrissen hatten, als sie 1064 im Hafen von Palermo einen großen Sieg über die Sarazenen erringen konnten, doch da gewahrte er, dass Aziza sich nicht länger für den bronzenen Greif interessierte. Sie war ein paar Schritte weitergegangen, betrachtete nun nicht länger den Dom. Sie hatte sich umgedreht und deutete auf das Gebäude im Südosten, das an die zwei Dutzend Schritte vom Dom entfernt war.

Wobei es eigentlich kein Gebäude war, sondern eher einer Ruine glich, weswegen Abelardo im ersten Moment nicht verstand, warum Aziza unvermittelt fragte: »Warum ist das da so schief?«

»Was?«

»Das Gebäude dort hinten – warum ist es so schief?«

»Ach so, du meinst den Campanile.«

»Campanile?«

»Das ist der Name für einen frei stehenden Turm, in dem sich Glocken befinden.«

»Turm?«, fragte Aziza zweifelnd, denn dieses Gebilde war um einiges niedriger als der Turm seines eigenen Palazzos.

»Na ja, das da ist noch nicht wirklich ein Campanile. Es ist bloß das, was ein Campanile hätte werden sollen. Noch höher als den Glockenturm von Ravenna hat man ihn bauen wollen und in gleicher zylindrischer Form, solcherart einem Leuchtturm gleichend, auf den das Schiff der Kirche zustrebt. Aber im Moment ist er gerade mal drei Stockwerke hoch.«

Abelardo klang zunehmend verdrossen. Als wären diese drei Stockwerke allein nicht schon mickrig genug, stand der unfertige Turm obendrein so grässlich schief, dass Abelardo immer an den Zahn eines Alten denken musste, der im weich gewordenen Gebiss nicht mehr genügend Halt fand. Kein Wunder, dass niemand vom Campanile sprach, nur vom Schandmal der Stadt.

»Warum … warum ist er nun aber so schief?«, fragte Aziza.

Das Gefühl von Erhabenheit, das Abelardo beim Anblick des Doms überkommen hatte, schwand endgültig. Vom missratenen Campanile wurde nur dann gesprochen, wenn man wieder einmal den Niedergang Pisas beklagte – so wie Bona es getan hatte, als sie dreißigjährige Frauen mit Eidechsen verglich. Eidechsen, also wirklich! »Achte nicht länger darauf«, sagte Abelardo schnell, »lass uns zum Baptisterium gehen, das ist die Bezeichnung für eine Taufkirche.« Rasch wollte er wieder am Dom entlanglaufen, diesmal Richtung Hauptportal, um Aziza das runde, gleichfalls frei stehende Gebäude dahinter zu zeigen. Noch hatte das Baptisterium keine Kuppel, aber diese würde es schon noch bekommen, während der missratene Campanile … Himmel, warum nur starrte Aziza immer noch dorthin?

»Warum ist er so schief?«, wiederholte sie.

Weil er verflucht ist. Weil Pisa verflucht ist.

Die Worte kamen ihm wie von selbst in den Sinn, obwohl er sie nie laut ausgesprochen hätte. Es war finsterer Aberglaube, zu denken, der Bau des Campanile hätte Gott erzürnt wie einst der Turmbau zu Babel, weil schließlich ihm allein der Himmel gehört und der Mensch nicht zu diesem emporsteigen darf.

»Es sind über hundert Jahre vergangen, seit man den Bau begann, jedoch schon nach kurzer Zeit wieder ruhen ließ, weil der Turm sich senkte«, murmelte er. »Es ist nicht sicher, ob man ihn jemals fortsetzt, deswegen hat man auf den drei fertigen Stockwerken diese kleine Kuppel errichtet. Aber das ist nicht weiter wichtig. Schau, hier gibt es viel mehr zu sehen, nicht nur das Baptisterium, auch das Haus der Kanoniker und das Ospitale, das …«

»Man hat den Bau ruhen lassen? Und man hat den Turm gar nicht schief, sondern im rechten Winkel erbauen lassen wollen? Um wie viel Grad genau hat er sich gesenkt? Ich denke, man könnte es berechnen, indem man ...«

»Jetzt ist es aber genug!«, schimpfte Abelardo. Wieder sah er sich nach etwas um, womit er Aziza ablenken könnte – und wurde fündig. Um die Sakralbauten drängte sich manches Wohn- und Bauernhaus, außerdem befanden sich in ihrer unmittelbaren Nähe mehrere Werkstätten, und vor einer stand ein Mann, den Abelardo gut kannte und auf den er nun deutete. Der Mann war dabei, Pigmente herzustellen oder aus diesen Pigmenten Farbe – aus der Ferne ließ sich das nicht so genau erkennen. Was hingegen deutlich zu sehen war und was Aziza bewog, sich endlich vom schiefen Zahn ... vom schiefen Turm abzuwenden, war die Tatsache, dass der Mann fremdländisch gekleidet war. Die Handwerker trugen hierzulande einen Lendenschurz oder eine knielange Tunika – bei ihm fiel diese bis zum Boden. Und war ansonsten Braun und Grau die angemessene Farbe für seinen Stand, kleidete er sich in leuchtender Seide, und um den Kopf trug er ein Gebilde, das einem Vogelnest glich. Am deutlichsten jedoch unterschied sich der Mann von den Pisanern durch seine Hautfarbe. Sie war dunkler als Azizas, obwohl Bona behauptet hatte, kein Mensch könne eine noch braunere haben. Eine Weile hatte sie ihr das Gesicht jeden Abend mit Mandelmilch eingerieben, aber damit keinen Erfolg erzielt.

»Ist er ein Heide wie ich?«, fragte Aziza, als Abelardo sie in seine Richtung zog.

»Du bist keine Heidin, ich habe dich taufen lassen«, sagte Abelardo.

»Man kann seine Herkunft nicht von der Seele waschen – so wenig wie die Farbe vom Gesicht«, murmelte sie.

»Wer hat das gesagt? Bona?«

»Eines der Dienstmädchen.«

»Was für ein Unsinn!«, entfuhr es Abelardo.

»Dann ist er also kein Heide.«

Abelardo zuckte die Schultern. »Nun, Jalil stammt in der Tat aus dem selben Land wie du, und anders als du ist er nicht getauft. Und ja, die Pisaner nennen ihn Heide oder Sarazene oder Agareno, wenn sie es denn gut mit ihm meinen. Manche sprechen auch vom Teufel oder vom Unrat, der unsere Stadt beschmutzt. Ich hingegen nenne ihn Künstler, denn sieh nur, was er Großes tut.« Mittlerweile hatten sie die Werkstatt gegenüber des Seitenschiffes vom Dom erreicht, wo Jalil eben viereckige Scheiben bemalte. Das wären Keramikfliesen, erklärte Abelardo, und er fuhr eifrig fort: »Pisa ist reich geworden, weil es nicht nur gegen die Heiden kämpfte, sondern auch mit ihnen handelte – nicht umsonst wird Pisa die Stadt genannt, die den Orient mit dem Okzident verbindet. Und Pisa ist so schön geworden, weil es unter den Heiden Handwerker und Künstler angeworben hat, deren Werke unsere in den Schatten stellen. Ihre Schwerter schneiden schärfer, ihre Kuppeln sind stabiler, außerdem wissen sie, wie man Keramik herstellt und richtig glasiert.«

Jalil hatte bisher schweigend zugehört. Nun nickte er und erklärte: »Fast alle Kirchen Pisas sind mit mindestens einer dieser Fliesen geschmückt, diese hier ist für die Außenwand des Dom bestimmt, wird in eine Zierraute eingefügt werden und …«

Er brach ab, war ihm doch nicht entgangen, dass er nicht länger Azizas Aufmerksamkeit hatte. Auch Abelardo bemerkte es, rief streng: »Himmel, Aziza, sag bloß, du hörst schon wieder nicht zu?«

Aziza war in der Tat unaufmerksam. Zwar starrte sie nicht länger auf den Campanile, sondern auf Jalil, doch schließlich fragte sie: »Weißt du, warum der Turm dort so schief ist?«

Jalils Augen waren so dunkel wie ihre – nur funkelte in diesen Spott. »Ich würde sagen, dass der Allmächtige es so gewollt hat.«

Aziza schien sich damit nicht zufriedenzugeben. »Wenn Gott will, dass eine Fliese zerspringt, dann lässt er sie aus deinen Händen fallen. Wenn er will, dass dieser Turm schief bleibt, noch nicht einmal fertig gebaut wird, was hat er den Baumeister falsch machen lassen?«

»Gar nichts!«, mischte sich Abelardo ein. »Es hat sich lediglich herausgestellt, dass der Boden zu weich ist, zumindest auf der einen Seite. Vielleicht ist eine unterirdische Quelle daran schuld, vielleicht Überschwemmungen des Arnos, vielleicht hat einst das Meer bis hierher gereicht. Es gibt Dinge, die wir nicht wissen.«

»Hast du nicht gesagt, dass es nichts gibt, was der Verstand nicht begreifen kann?«

»Ich habe gesagt, dass es nichts gibt, was der Mensch nicht zu begreifen *versuchen* sollte. Nur weil man nicht mit Gewissheit sagen kann, ob man sein Ziel erreicht, heißt das nicht, dass wir uns gar nicht erst auf den Weg begeben sollten.«

»Können wir uns denn auf den Weg zum Turm begeben? Ich will ihn mir ganz aus der Nähe ansehen.«

Jalil stieß ein heiseres Lachen aus. »Über das Bein, das man sich selbst stellt, stürzt man am schmerzhaftesten«, spottete er.

Abelardo sah ihn finster an. Es stimmte, dass Aziza ihn mit den eigenen Waffen geschlagen hatte, doch diese Waffen waren immerhin nur aus Worten geschmiedet, konnten folglich nicht ernsthaft verletzen. Widerwillig sagte er: »Also gut, wir können uns den Turm ansehen, zuvor will ich nur …«

Wieder brach er ab, doch diesmal nicht, weil Aziza ihm erneut nicht zuhörte, sondern weil plötzlich ein Junge näher kam. Er blickte ihn schräg von unten an, gleich so, als läge ihm eine Frage auf den Lippen. Doch als Abelardo sich zu ihm beugte, um ihn besser zu verstehen, wurde aus dem treuherzigen, schüchternen Lächeln jäh ein bösartiges. Blitzschnell fuhr seine Hand an Abelardos Gürtel – und ebenso blitzschnell hatte der Junge ihm seine Lederbörse entwendet.

»He!«

Bis Abelardos empörter Aufschrei verklungen war, war der Junge schon davongelaufen.

»Warum hat er das getan?«, fragte Aziza eher nachdenklich als irritiert, »er ist doch fein gekleidet, scheint keine Not zu leiden.«

Abelardo war das gar nicht aufgefallen, doch es machte keinen Unterschied. Ob der Junge ihn aus Not oder aus Gemeinheit bestohlen hatte – er würde es sich nicht bieten lassen, dass man seine Freundlichkeit so ausnutzte.

»Na warte«, rief er und begann gleichfalls zu rennen.

Kurz war er überzeugt, den Jungen nie und nimmer einholen zu können, doch der war wohl tatsächlich kein Bettler und von Hunger getrieben – sonst würde er nicht jenes Spiel mit ihm spielen, das die Katze mit der Maus spielt. Als sie die Höhe des Kapitelhauses – gleich neben dem Turm – erreicht hatten, verlangsamte der Junge seine Schritte und ließ Abelardo zu ihm aufschließen. Doch kaum glaubte er ihn am Schlafittchen zu packen, schlug er einen Haken, und Abelardo griff ins Leere. Mehrfach wiederholte sich das, doch als Abelardo, längst ins Keuchen geraten, aufgeben wollte, hob der Junge herausfordernd grinsend die Börse und schwenkte sie in der Luft.

Das war zu viel. Mit einer Kraft, die er eigentlich nicht mehr hatte, machte Abelardo einen Satz auf ihn zu, und diesmal griff er nicht ins Leere, diesmal erwischte er den Jungen am Kragen. Wie er quietschte! Ha! Wer jetzt wohl die Maus war!

Abelardo wollte ihn ordentlich durchschütteln, doch in diesem Augenblick fiel ein Schatten auf ihn, und als er herumfuhr, wurde ihm der Mund trocken. Ein Hüne von einem Mann ragte neben ihm auf. Und damit nicht genug – von der anderen Seite kamen zwei weitere, nicht ganz so groß, aber mit Dolchen bewaffnet.

»Lasst Enrico sofort los!«

Dass der Junge Enrico hieß, hatte Abelardo bis dahin nicht gewusst. Der Name der beiden Männer, vor allem der ihrer Familie, war ihm hingegen sofort in den Sinn gekommen. Sein Mund wurde noch trockener.

»Meine Börse!«, stieß er heiser aus. »Er hat doch meine Börse gestohlen.«

Als ob man ihm glauben würde, dass er sich nur gewehrt hatte! Als ob man ihm glauben *wollte*!

Der Junge hatte ihn von Anfang an nicht bestehlen, er hatte ihn provozieren wollen – und er war so dumm, dass er ihm in die Falle gegangen war.

Nur wenige Augenblicke waren vergangen, und doch war Abelardo überzeugt, die Welt wäre kurz stehen geblieben. Die beiden Männer und der Hüne hatten das leider nicht getan, sie kreisten ihn ein, die Klingen ihrer Dolche blitzten im grellen Licht.

»Also gut!«, rief Abelardo schnell. »Er hat mich nicht bestohlen, ich wollte ihm grundlos eine Abreibung verpassen. Aber das war nicht meine Idee, es war die Idee meines Bruders …«

Abelardo hatte nie einen Bruder gehabt. Aber dessen Erwähnung bewirkte genau das, was er bezweckte. Die Männer drehten sich gerade lange genug um, dass Abelardo sich an ihnen vorbeidrängen konnte, wieder zu rennen begann. Nicht, dass er glaubte, er würde sehr weit kommen. Tatsächlich hörte er prompt einen Fluch, gefolgt von einem heiseren Atem, was bewies, dass ihm zumindest der Hüne dicht auf den Fersen war. Aber wenn er schon verprügelt wurde, sollte das nicht auf dem Domplatz geschehen, wo Aziza ihn sehen könnte. Es gelang ihm, diesen hinter sich zu lassen, in ein schmales Gässchen abzubiegen, und erst am Platz an dessen Ende schloss der Hüne endgültig zu ihm auf, streckte die Hand nach ihm aus.

Abelardo wappnete sich gegen einen eisernen Griff. Doch bevor er gepackt wurde, geschahen zwei Dinge gleichzeitig. Vielleicht geschahen sie auch hintereinander, so genau konnte er das nicht sagen. Jedenfalls traf ein Stein den Hünen – und etwas Schwarzes einen der anderen Verfolger. Abelardo hielt es für einen Holzbalken, um dann zu sehen, dass es ein Schuh war. Den Schuh ausgezogen hatte wiederum ein Mann, der wie aus dem Nichts gekommen war und nun seinen Verfolger anschrie: »Verflucht seist du, Gaddo della Gherardesca!«

Der Schuh hatte Gaddo kaum an der Brust getroffen, schon stürzte er auf Abelardos Retter zu. Wie der hieß, wusste Abelardo nicht: Vielleicht war er ein Gualandi, folglich ein weit entfernter Verwandter. Vielleicht auch ein Lanfranchi oder Sismondi – Familien, die mit den Gualandi verbündet waren und mit den della Gherardesca verfeindet. Jedenfalls strömten von allen Seiten weitere Männer herbei, die entweder der einen oder anderen Partei angehörten, und ihrer aller

Gesichter waren von der Aussicht auf einen Straßenkampf gerötet. Keiner stellte die Frage, was überhaupt geschehen war, ein jeder zückte seine Waffe, und wer keine hatte, wickelte sich schnell ein Stück Leder um die Finger, um später mit der Faust besser zuschlagen zu können.

Abelardo duckte sich, wollte fliehen, geriet ins Stolpern. Vielleicht hatte ihm jemand das Bein gestellt, doch als er hochblickte, sah er weder den Hünen noch Enrico. Er sah allerdings jede Menge Ellbogen, und einer rammte sich in seine rechte Schläfe. Das Bild vor ihm verschwamm. Wahrscheinlich hätte er in diesem Moment den Turm oder das, was einer hätte werden sollen, auch dann für schief gehalten, wenn er gerade gebaut worden wäre. Er fiel zu Boden, und dann war da nur noch Schwärze.

»Ich glaube nicht, dass er ihn einholt«, murmelte Aziza, als sie Abelardo und dem jungen Dieb nachstarrte.

Jalil hielt den Kopf schräg. »Warum nicht? Er hat schließlich längere Beine und kann größere Schritte machen.«

»Aber das kostet mehr Zeit – und Kraft.«

»Nun, die Wut scheint ihm jede Menge Kraft zu verleihen.«

Aziza wirkte ratlos. »Aber warum ist er wütend? Nur weil ihm Geld gestohlen wurde? Er hat ja so viel!«

Jalil lachte in sich hinein. »Ich zumindest habe nur wenig Geld, deswegen muss ich mich jetzt wieder an die Arbeit machen. An Keramikfliesen bist du ja nicht interessiert, oder? Nur an dem Turm. Na los, schau ihn dir an! Der Allmächtige erwartet vom Menschen, dass er jede Mücke inspiziert, um darin seine Handschrift zu erkennen.«

Aziza hatte keine Ahnung, was eine Mücke mit einem Turm zu tun hatte. Was wiederum die Handschrift anbelangte, waren ihr Zahlen lieber als Buchstaben. Als Jalil sich wieder seiner Arbeit zuwandte und irgendetwas zerstampfte, was von einem durchdringenden Blau war, wandte sie sich jedenfalls ab. Von Abelardo und dem Jungen war nichts mehr zu sehen, aber der unfertige Campanile hob sich deutlich vom Himmel ab. Sie ging auf das Gebäude zu, stand bald so dicht davor, dass sie nur die Hand hätte heben müssen, um das Podium – bestehend aus fünfzehn blinden Bögen, die auf ebenso vielen Säulen ruhten, zu berühren. Wie konnte man diesen Turm bloß Schandmal nennen? Gewiss, er war schief und nicht sehr hoch, aber die drei Stockwerke waren immerhin schon mit etwas verkleidet, was Abelardo als Loggienreihe bezeichnet hatte. Noch spannender fand sie, dass der unfertige Turm die Form eines Zylinders hatte, und sie versuchte sich zu erinnern, wie man die Größe und den Umfang eines solchen berechnete. Marcantonio hatte gemeint, sie wäre zu jung, um das zu lernen, aber in Wahrheit war schlichtweg er zu alt, um es sie zu lehren. Er konnte sich ja nicht einmal mehr genau daran erinnern, wie man die Oberfläche einer Kugel …

»Che bella!«, ertönte plötzlich eine Stimme.

Sie fuhr verwundert herum, sah niemanden in ihrer Nähe. Jalil war beschäftigt, Abelardo immer noch nicht zurück, und vor ihr stand doch nur der Turm.

»Che bella!«, tönte es wieder, und da sah sie hinter der Loggienreihe des ersten Geschosses einen Jungen zwischen zwei Säulen sitzen. Er lehnte mit dem Rücken an der einen, stützte seine Füße an der anderen ab und betrachtete sie eingehend. Sein Haar war von einem warmen braunen Ton und fiel in weicheren Locken bis zum Kinn, als sie sie je bei einem Jungen gesehen hatte. Wobei sie noch nicht vielen Jungen begegnet war, eigentlich überhaupt kaum Männern. Wahrscheinlich war er nicht viel älter als sie, sein Lächeln wirkte jedenfalls freundlich, und die Zähne, die dahinter hervorblitzten, waren strahlend weiß. Warum rief er aber nun schon zum dritten Mal: »Che bella!«

»Ich heiße nicht Bella«, erklärte sie ernst.

Sein Rücken löste sich von der Säule, er beugte sich gefährlich weit zu ihr vor. Nach wie viel Zentimetern würde er endgültig nach vorne kippen? Um das herauszufinden, müsste sie allerdings wissen, wie schwer er war. Und um den Durchmesser des Zylinders … des Turms zu berechnen, müsste sie wissen, ob …

»Ich nenne dich nicht Bella, weil du so heißt, sondern weil du das bist – eine Schönheit nämlich«, riss er sie aus den Gedanken.

Bona behauptete dasselbe, wenn sie ihr schwarzes Haar kämmte, bis es glänzte. Aziza hatte keine Ahnung, was damit gemeint war, sie zuckte mit den Schultern.

»Weißt du etwa nicht, dass du schön bist?«

»Ich … ich habe keine Ahnung, wie man Schönheit berechnet.«

Er lachte hell. »Ich denke nicht, dass man das kann. Das ist auch nicht notwendig. Schönheit erkennt man, wenn man sie sieht. Du … du hast so ebenmäßige Züge, eine so gerade Nase.«

Sie unterdrückte den Drang, sich an selbige zu fassen. »Warum ist eine gerade Nase schöner als eine schiefe? Gerade Zahlen sind auch nicht schöner als ungerade. Sie erfüllen doch alle ihren Zweck.«

»Hm«, machte er, »da hast du auch wieder recht. Mit Zahlen kenne ich mich zwar nicht aus, aber ich wüsste nicht, ob der Turm schöner wäre, wäre er gerade. Dass er so schief ist, macht ihn doch einzigartig, wie kann man ihn bloß das Schandmal der Stadt nennen?«

Das hatte sich Aziza auch gefragt, doch laut sagte sie nur: »Wenn du dich noch weiter vorlehnst, wirst du nach unten fallen – und dann ist nicht nur deine Nase, sondern auch dein Rücken schief.«

Trotz ihrer Mahnung beugte er sich weiter vor, hielt sich aber rechtzeitig an einer Säule fest. »Hast du etwa Angst um mich?«, rief er keck.

Mit Angst verhielt es sich für Aziza wie mit der Schönheit. Sie war etwas, das man nicht berechnen konnte. Trotzdem schrie sie auf, als er unvermittelt die Säule losließ, in die Tiefe fiel. Nein, er fiel nicht ... er sprang, und er krachte nicht auf den Boden, landete vielmehr auf einem Stapel Steine, der sich gleich neben dem Turm befand, nicht ganz so hoch wie das Podium. Von dort sprang er auf das Stück Wiese, das zwischen Turm und Domplatz klaffte, und auch wenn der Abstand nicht mehr ganz so hoch war, fiel er ob der Wucht des Aufpralls auf die Knie. Er versuchte das zu verbergen, indem er einen Purzelbaum machte, und prompt verfingen sich Grashalme in den braunen Locken.

»Von wegen!«, sagte er und kam wendig wie eine Katze auf die Beine. »Meine Nase ist nicht krumm, mein Rücken auch nicht.«

»Die Geschwindigkeit deines Falls hat ausgeglichen, dass dein Kopf schwerer ist als ...«

»Himmel, mein Kopf wird gleich platzen, wenn du so weitermachst.«

Aziza presste die Lippen aufeinander. So etwas Ähnliches hatte Bona auch gesagt, was bedeutete, dass beide sie nicht verstanden. Abelardo tat das auch nicht immer, zumindest aber hörte er ihr gerne zu, wenn sie über Zahlen sprach. Sie blickte sich um, konnte ihn immer noch nirgendwo entdecken. Der

Junge strich sich unterdessen die Grashalme aus dem Haar, trat dicht an sie heran. Er war um einen Kopf größer als sie, sein Körper wirkte unter der weißen Tunika schlaksig.

»Verzeih«, sagte er, »ich wollte dich nicht kränken.«

Aziza wusste nicht, wie es sich anfühlte, gekränkt zu werden. Das Lächeln, zu dem sich seine Lippen verzogen, war jedenfalls nicht herablassend, einfach nur warm. Einer der Grashalme steckte in seinem Mundwinkel, und das sah so komisch aus, dass sie unwillkürlich lachen musste. Zumindest hielt sie dieses gluckernde Geräusch, das aus ihrem Mund kam, für ein Lachen – es kam kaum je vor, dass sie lachte, und erst recht weinte sie nicht.

Er spuckte den Grashalm in weitem Bogen aus.

»Übrigens ist der Turm gar nicht schief«, behauptete er.

Das Lachen brach ab, sie runzelte die Stirn. »Aber …«

»Nun komm mit!« Er streckte die Hand aus, ergriff die ihre. Aziza konnte sich nicht erinnern, jemals jemandes Hand gehalten zu haben. Bona hatte sie manchmal auf die Wange geküsst oder ihr über den Kopf gestreichelt, Abelardo hatte sie damals in Bugia nach Hause getragen, danach nicht wieder berührt. Rau fühlte sich die Hand des Jungen an, aber auch warm. Sie merkte kaum, dass er sie ganz dicht zum Turm heranzog, genau zu jener Stelle, wo er sich neigte. »Wenn du jetzt hoch zum Himmel starrst, ist der Turm nicht mehr schief.«

Sie folgte seinem Blick, die Sonne blendete sie wie der weiße Stein. »Er *wirkt* nicht mehr schief, das ist ein Unterschied«, sagte sie und löste ihre Hand aus seiner. »Das, was wir sehen, kann uns täuschen. Nur Zahlen täuschen nicht.« Sie trat ein wenig zurück. »Wenn man eine unsichtbare Linie zöge – von der höchsten Stelle des Turms bis zum Boden, würde man ein Dreieck bilden. Auf diese Weise ließe sich der Neigungswinkel berechnen. Allerdings weiß ich nicht, wie hoch der Turm ist … was hast du denn?«

Der Junge hatte sich plötzlich an die Schläfen gefasst und sie gerieben, als litte er unter Kopfschmerzen, sich dann gekrümmt, als hätte ihn eine Faust in der Magengrube getroffen. Mittlerweile war er auf die Knie gesunken, stieß ein Stöhnen aus, krümmte sich noch mehr, als würde ihm ein Pfeil im Rücken stecken. Aber da war kein Pfeil.

»Was hast du denn?«, fragte Aziza wieder, trat näher, weil er nicht hochblickte. Vorsichtig legte sie die Hand auf seine Locken, zuckte wieder zurück, als hätte sie sich verbrannt. Die Locken waren so weich, wie sie aussahen. Er stöhnte wieder, woraufhin sie über seine Schultern streichelte, und unvermittelt riss das Stöhnen ab. Blitzschnell kam er wieder auf die Beine, und ehe sie begriff, warum er sie getäuscht hatte, zog er sie wieder mit sich, diesmal zum Eingang des Turms – eine kleine, tiefer gesetzte Tür.

»Ich habe dich doch gewarnt, dass mein Kopf gleich platzen wird!«, rief er. »Und deswegen hältst du jetzt kurz den Mund und konzentrierst dich aufs Sehen. Du musst ja nicht mich anschauen – aber das hier.«

Die Tür ließ sich tatsächlich öffnen, und dahinter befand sich ein kreisrunder Raum. Auf der Wand war ein Fisch eingemeißelt. »Die Fische rechnen nicht, sie kennen keine geraden und ungeraden Zahlen, sie haben auch keine krummen Nasen, weil sie überhaupt keine Nasen haben, aber sie durchqueren doch munter das Meer.«

Aziza ärgerte sich insgeheim immer noch, dass er sie getäuscht hatte, konnte aber nicht anders, als sich umzublicken.

»Wenn ich den Durchmesser dieses Raumes kennen würde, könnte ich den Umfang berechnen, und zwar indem ich …«

»He! Hast du mir nicht zugehört? Warum nimmst du dir kein Beispiel an den Fischen?«

»Warum sollte ich?«

»Weil es das Schönste auf Erden sein muss, von allen Pflichten befreit im Meer zu schwimmen.«

»Dieser Fisch schwimmt nicht im Meer, er ist aus Stein.«

Er seufzte. »Das ist auch wieder wahr. Aber du könntest es dir doch vorstellen.«

»Im Meer zu schwimmen?«, fragte sie verwundert. Wenn sie ans Meer dachte, so an jene unruhige Fahrt auf dem Handelsschiff, in deren Verlauf Abelardo ihr Buchstaben beigebracht hatte.

»Das auch … und noch viel mehr.« Er nahm sie wieder an der Hand, führte sie in die Mitte des Raumes. Dort hob er den Blick und befahl ihr, es ihm gleichzutun. Die vorläufige Kuppel, die man angebracht hatte, war nicht vollständig. Das Loch an ihrer Spitze gerade groß genug, um den blauen Himmel zu sehen.

»Du könntest dir auch vorstellen, ein Vogel zu sein und zu fliegen.«

Aziza blickte starr nach oben. »Die Augen werden erneut getäuscht – der Turm scheint auch hier gerade zu sein. Wie merkwürdig, dass man etwas anderes fühlt, als man weiß.«

»Und was ist wichtiger? Das Fühlen oder das Wissen?«

Sie senkte den Kopf, erwiderte seinen Blick, ja versank regelrecht in den braunen Augen, von einem Ton wie Honig, jenem würzigen, in den man Kräuter des Waldes mischte. Und kurz wusste sie nichts, aber fühlte alles … oder fühlte zumindest etwas, das ihr fremd war, ein Kribbeln im Magen, vielleicht das, was ein Fisch fühlte, wenn er durchs Meer schwamm, oder was ein Vogel fühlte, wenn er die Flügel ausstreckte und über den Wolken segelte. Für dieses Gefühl gab es keine Zahl, ebenso kein Wort, aber als sie ihn mit trockenem Mund anstarrte, musste sie auch nichts sagen. Sie wusste, er fühlte das Gleiche, die sachte Röte auf den braun gebrannten Wangen verriet es.

»Nun ja«, sagte er, wandte seinen Blick nicht von ihr, zog sie wieder zur Wand neben der Eingangstür, »hier fühlt man das, was man auch weiß – dass der Turm nämlich schief ist. Wenn man sich vor die nördliche Wand stellt und sich dagegenpresst, scheint man förmlich weggedrückt zu werden.«

»Du scheinst ziemlich oft hier zu sein, wenn du all das weißt«, fragte Aziza.

»Nur wenn ich mich nach Freiheit sehne.«

»Du fühlst dich hier frei?«

»Nun ja … nicht unbedingt hier … in diesem Schacht. Ich stelle es mir schrecklich vor, an einem Ort gefangen zu sein, in dem es kein Fenster gibt, nur der Blick zum Himmel möglich ist, dieser aber unerreichbar für Wesen ohne Flügel bleibt. Es muss so sein, als befände man sich im … Nichts.«

Bis jetzt hatte Aziza das Nichts für das Gleiche wie die Zahl Null gehalten. Die Null war nicht gefährlich, hatte zwar keinen Wert, aber man konnte so viel mit ihr berechnen. Doch das Nichts war etwas anderes, war kälter als Stein, schwarz. Das wurde ihr jetzt klar. Ehe das Unbehagen wuchs, zog der Junge sie aber wieder mit sich, diesmal zu einer in die Wand eingehauenen Wendeltreppe, die sich um den schachtartigen Zylinderwand und zum ersten Stockwerk führte. Die Treppe war eigentlich nicht breit genug, um nebeneinanderzugehen, sie taten es trotzdem, obwohl das bedeutete, dass Aziza an den kalten Stein des Schachts gepresst wurde.

»Aber hier«, sagte er, als sie eine Öffnung erreichten, von

dort zur Säulengalerie des ersten Stockwerks gelangten, in der der Junge vorher gesessen hatte. »Hier fühle ich mich frei. Von hier aus kann man bei schönem Wetter den Arno sehen, sogar das Meer.«

Aziza stellte sich auf Zehenspitzen, war nun so groß wie er, sah nun den Dom und dahinter das Baptisterium, sogar Teile von Jalils Werkstatt und weitere Gebäude wie das Krankenhaus oder das Kapitelhaus. Was sie aber nicht sah, war … Wasser.

»Das stimmt doch gar nicht!«, rief sie.

»Es stimmt *noch* nicht. Wenn der Turm erst mal weitergebaut wird, es nicht nur drei Stockwerke, sondern derer sieben gibt … zwölf … fünfzig … hundert, dann kann man das Meer sehen.«

»Es ist nicht möglich, dass man einen so hohen Turm baut, ohne dass er umkippt.«

»Das Meer wird man eines Tages trotzdem von seiner Spitze aus sehen können, das verspreche ich dir. Und schon jetzt kannst du die Augen schließen und es dir vorstellen. Ich bin mir nicht sicher, ob die Dinge, die man weiß, wichtiger sind als die Dinge, die man fühlt. Am allerwichtigsten jedenfalls ist, wovon man träumt.«

Die Worte verwirrten sie, weil sie nicht sicher war, ob er richtiglag. Ob seines ebenso traurigen wie sehnsuchtsvollen Tonfalls fühlte sie aber instinktiv, wovon er träumte – nicht nur wie ein Fisch im Meer zu schwimmen, nicht nur wie ein Vogel im Himmel zu fliegen, nicht nur den Blick in die Weite zu richten. Er träumte davon, ganz allein zu bestimmen, was er tat, wie er lebte … wer er war.

Dies war kein Traum, den sie jemals geteilt hatte. Nicht in den Staub getreten zu werden, war einst kein Traum, es war ein banger Wunsch gewesen. Dass sie zu einer Gelehrten wurde, war wiederum Abelardos Traum, und weil sie ahnte, dass sie diesen erfüllen konnte, hatte sie sich nie dagegen gewehrt. Aber nun ging ihr plötzlich etwas durch den Kopf, was nur sie selbst sich erträumte – nicht der Kaufmann.

»Wenn der Turm fertig gebaut sein wird«, sagte sie, »dann will ich mit dir hier oben stehen und das Meer sehen.«

Er blickte sie von der Seite an, lächelte. »Ja«, sagte er, und nun klang seine Stimme nur noch sehnsuchtsvoll, nicht traurig, »ja, das will ich auch.«

Schweigend gingen sie wieder hinunter. Erst als sie ins Freie getreten waren, fand sie die Sprache wieder, wollte von ihm wissen, wie er hieß.

»Nino«, sagte er, klang mit einem Mal gepresst, ganz so als wäre es schon zu viel, ihr das anzuvertrauen, geschweige denn auch seinen Familiennamen. Ehe sie nachbohren konnte, fragte er: »Und du?«

»Aziza.«

»Aziza«, wiederholte er ganz ohne die Verachtung, mit der sie Menschen manchmal ihren Namen hatte aussprechen hören – Menschen, die ihn für fremd hielten und das Fremde für schmutzig. »Das klingt ja mindestens so schön wie Bella.«

Röte senkte sich auf ihre Wangen. Sie hatte heute viel über Träume und Freiheit gelernt, aber was Schönheit war, hatte sie immer noch nicht herausgefunden. Dennoch machte es sie glücklich, dass er sie schön fand, auch, dass sie sich weiterhin nicht losließen, dass er andächtig ihrer beider Namen aussprach: »Nino und Aziza.« Es war mehr als einfach nur zwei Namen, ganz so als hätte man sie addiert, obwohl das bei Namen eigentlich unmöglich war.

»Vorhin hast du gesagt, dass du herkommst, um dich frei zu fühlen. Wo lebst du sonst? Und warum bist du dort nicht frei?«

Sein Blick verdunkelte sich. »Weil ich zu Hause tun muss, was meine Familie von mir erwartet«, sagte er, und in den honigbraunen Augen stand eine Bitterkeit, die nicht zu seinen Locken passte. Wie ihr glattes Haar tanzten sie im aufziehenden Wind.

Abelardo war alsbald wieder aus der Ohnmacht erwacht – gerade noch rechtzeitig, um einem Fuß auszuweichen. Wem dieser Fuß gehörte, erkannte er nicht. Längst war aus dem halben Dutzend erwachsener Männer und einigen Knaben in Enricos Alter ein unentwirrbares Menschenknäuel entstanden. Das Einzige, was herausragte, war der Kopf des Hünen, der den Gherardesca diente und der, wie Abelardo jetzt wieder einfiel, Baccio hieß.

Woher er stammte, wusste Abelardo nicht. Wahrscheinlich war er ein Verbrecher, den die Gherardesca aus dem Gefängnis freigekauft hatten, damit er ihnen fortan treu diente. Den Gherardesca war so einiges zuzutrauen – allerdings auch ihren Feinden, wie sich im nächsten Augenblick herausstellte. Da griff nämlich einer der Lanfranchi Baccio von hinten an, und das nicht mit einem Dolch oder der Faust, sondern mit einem Strick, den er ihm um den Hals schlang. Und als Baccio danach griff – gewiss hätte er die Kraft gehabt, ihn zu zerreißen –, hielten ihn ein Sismondi und ein Gualandi an den Händen fest, während ihm ein weiterer eine Faust in den Bauch rammte. Baccio röchelte, spuckte Rotz und Blut, doch prompt kamen ihm die Gherardesca zu Hilfe: Gaddo, sein Bruder Uguccione, sogar der kleine Enrico. Noch mehr Fäuste flogen, manch Knie oder Fußspitze rammte sich zwischen die Beine eines anderen. Nicht lange, und das Menschenknäuel ging geschlossen zu Boden, und Abelardo konnte nicht mehr erkennen, wer nun wen würgte oder schlug oder biss oder kratzte. Eigentlich war es ihm auch gleich, Hauptsache, er konnte weit genug wegrobben, damit ihn nicht wieder ein Fuß traf. Schnaufend entfernte er sich, während sich weitere Männer, die vom Kampf herbeigelockt wurden, ins Gewühl stürzten.

Gut, dass die Rauferei weit genug von Jalils Werkstatt entbrannt ist, dachte Abelardo, sonst hätte manch eine seiner Keramikfliesen dran glauben müssen.

Nicht ganz so weit entfernt stand dort hinten ein Wagen, von zwei Maultieren gezogen und mit Steinen beladen. Abelardo erhob sich, überwand die letzte Distanz, kletterte rasch auf die Steine. Zuletzt zog er sich das Tuch über seinen Körper, mit dem diese teilweise bedeckt waren, und dann betete er, dass sich später niemand mehr an den Anlass für die Prügelei erinnern und nach ihm Ausschau halten würde.

Dass die Kampfgeräusche nicht näher kamen, erschien ihm als gutes Zeichen. Dass sie jedoch nicht abrissen, die Flüche lediglich immer mehr in Gejaule übergingen, brachte ihn zum Verzweifeln. Just als er überlegte, sich aufzurichten und das Tuch wegzuziehen, setzte sich der Wagen in Bewegung. Er hielt trotzdem still, zumindest so lange, bis die Kampfgeräusche etwas leiser wurden. Dann erst befreite er sich vom Tuch, woraufhin prompt Gelächter ertönte. »Abelardo, alter Freund, soll ich dich etwa anstelle einer Säule einbauen?«

Abelardo richtete sich auf, klopfte sich den Steinstaub von seinem Umhang, seufzte erleichtert. Der Mann, der ihm die Hand entgegenstreckte, um ihm aus dem Wagen zu helfen, gehörte keiner der großen, miteinander bis aufs Blut verfeindeten Familien Pisas an. Weder den Gualandi noch den Gherardesca. Und dass seine Hand schwielig war, lag nicht daran, dass er sie häufig zum Faustkampf einsetzte, sondern daran, dass er so viel mit Steinen arbeitete.

Giovanni di Simone war ein Architekt und Baumeister, unter dessen Leitung manches Gebäude in Pisa entstanden war – sowohl Palazzi als auch Kirchen –, und Abelardo kannte ihn, weil Simone sich manches Mal von ihm hatte erzählen lassen, wie Gebäude in südlicheren Ländern aussahen, voller Neugierde und auch mit ein wenig Angst, dass die Heiden großartigere Bauwerke schufen als er. Abelardo dagegen fand, dass es sich mit der Baukunst grundsätzlich so verhielt wie mit dem Verstand: Sie wurde nicht weniger, wenn man sich darin maß, sondern nahm nur zu.

Dass sich hier und heute Simones Gesicht verdunkelte, hatte jedenfalls nichts damit zu tun, dass ein anderer ihn übertrumpfen konnte, sondern mit den Schreien der sich Prügelnden, die auch noch von hier – der Straße, die auf den Domplatz zuführte – zu hören waren. »Eine Schande«, murrte Simone.

Abelardo zuckte die Schultern. »Dass sich Pisas junge Männer prügeln, und zwar nicht nur arme Taugenichtse um Knochen, sondern Mitglieder der reichen, ehrwürdigen Familien um Ehre? Nun, das haben sie schon immer getan.«

Nur er hatte immer versucht, sich herauszuhalten. Er hatte von Jugend an lieber über Büchern gesessen und sich von seinem Vater fragen lassen müssen, warum er selbige nicht auf die Köpfe seiner Widersacher schlug.

»Dass Hände hier schnell zu Fäusten geballt werden, ist tatsächlich nichts Neues«, sagte Simone, »aber früher ging man auf die Luccheser und Florentiner los, wenn die es wieder mal gewagt hatten, sich als Pisaner zu bezeichnen, um mehr zu verkaufen. Heute ist es keine Auszeichnung mehr, als Pisaner zu gelten. Die Genuesen überholen uns ebenso wie die Venezianer.«

»Im Handel gewiss, aber Pisas Ruhm war nie auf diesen beschränkt.«

»Das sagt ausgerechnet ein Kaufmann?« Simones Lachen klang verdrossen. »Nun, ich verdiene mein Geld nicht mit dem Handel, aber wo dieser die Menschen reich macht, wird großzügig an die Dombauhütte gespendet und entsprechend viel gebaut.«

Die Dombauhütte, oft schlichtweg »Opera« genannt, war jener Zusammenschluss freier Pisaner, die seit nunmehr zweihundert Jahren dafür sorgten, dass genug Geld für den Dombau zusammenfloss, es gut verwaltet und der Bau tatkräftig vorangetrieben wurde.

Abelardo deutete auf die Steine, die im Wagen transportiert wurden. »Nun, die Domopera scheint genug Geld zu haben, um sich den Stein hier zu leisten.«

»Oh, gewiss, dieser wurde mir tatsächlich zur Verfügung gestellt. Es ist nicht nur Marmor, auch marmorierter weißer Kalkstein von San Giuliano und grauer Kalkstein von Filettole. Aber sieh dich um! Siehst du jemanden, der bereit ist, Geld für Arbeitskräfte zu spenden, damit der Stein behauen, daraus Wände errichtet werden? Nein, es wird sträflich an Bauarbeitern gespart.« Er seufzte. »In Pisas großen Zeiten bewies die Stadt ihre Stärke *per sapientiam*, durch Weisheit, nicht *per potentiam*, durch Kraft. Heute sucht man Weisheit vergebens, und die Kräfte werden verschleudert, anstatt sie in meine Dienste zu stellen.«

Abelardo konnte seinen Kummer durchaus nachfühlen. »Für welches Bauwerk sind diese Steine denn bestimmt?«, fragte er und strich über deren glatte Oberfläche.

»Nun, für welches schon? Was fehlt denn unserer Stadt, wenn nicht ein stattlicher Campanile?«

»Der Turm soll weitergebaut werden?«, entfuhr es Abelardo verdutzt.

»Nach fast hundert Jahren, da der Bau ruhte, wird es Zeit, oder? Zumal er sich ja schon seit Jahrzehnten nicht weiter gesenkt hat, was ein Zeichen ist, dass sich der Boden erhärtet hat. Eigentlich wurde ich schon vor sieben Jahren damit beauftragt, aber zunächst war ich anderweitig beschäftigt: Ich musste den Glockenturm von Santa Caterina vollenden, außerdem Arbeiten an San Francesco durchführen. Nun wünscht sich unser Erzbischof Federico Visconti, dass es endlich vorangeht. Wie ich träumt er von einem Campanile, der einer riesigen Säule gleicht, an die hundert Ellen hoch ist, vielleicht sogar in einer vergoldeten Spitze mündet. Aber du weißt ja selbst: Sich etwas zu wünschen und etwas auch zu bekommen, sind zweierlei Dinge. In unserer Stadt wird so ein Bau nun mal nicht von der Kirche finanziert, sondern von reichen Bürgern.«

Abelardo konnte kaum fassen, was er da hörte. Vielleicht hatte er doch einen Schlag abbekommen, und in seinem Kopf kam etwas anderes an, als in die Ohren hineinging. »Der unfertige Turm ist das Schandmal der Stadt!«

»Was Schande über Pisa bringt, sind diese Straßenkämpfe.« Simone deutete hinter sich. »Auch, dass die reichen Familien lediglich ihr eigenes Wohl im Sinn haben und ihre Macht nur nutzen, damit sie sich bereichern können. Aber ganz sicher ist kein Gebäude, das eines der größten seiner Art werden soll, eine Schande! Nur in den Städten, wo die Arbeit am Dom erlahmt, beginnt endgültig der Verfall.«

»Wir reden nicht vom Dom, wir reden vom Campanile.«

»Der Dom bleibt stumm, wenn keine Glocken läuten. Und anders als der Dom wäre der Turm von sämtlichen Richtungen zu sehen und würde – mehr noch als die Türme unseres Hafens – Pisas Macht bekunden.« Er machte eine kurze Pause, fuhr danach energisch fort: »Du suchst keine Macht wie die

Männer, die sich dort hinten prügeln, du suchst nach Weisheit. Aber könnte nicht vielleicht der Turn ein Zeichen für diese werden? Einen hohen geraden Turm zu bauen, schafft jeder. Einen hohen schiefen Turm zu bauen, vielleicht so, dass er etwas gerader wirkt, nur die mit viel Können.«

Etwas von Simones Begeisterung schwappte auf Abelardo über, und als sie nun die Straße weitergingen, sich dem Turm näherten und er diesen von Weitem betrachtete, sah er ihn mit neuen Augen, nicht als etwas Missratenes, etwas Unfertiges, etwas Gescheitertes, sondern als Chance. Doch als sie näher herantraten, er nunmehr nach Aziza Ausschau hielt, schwand das Lächeln, zu dem sich eben seine Lippen verzogen hatten. Und kaum erklärte Simone, Abelardo wäre doch Mitglied der Domopera, hätte bislang viel gespendet und sollte sich überlegen, es jetzt wieder zu tun, entfuhr ihm ein barsches: »Du Lump!«

Simone blickte ihn verständnislos an. »Aber …«

»Dich meine ich doch gar nicht!«

Abelardo ließ den Architekten ohne weitere Erklärung stehen, begann wieder zu rennen, verfluchte sich dafür, dass er sein Haus verlassen hatte, verfluchte erst recht den Jungen dort hinten. Wie konnte er es wagen, sich Aziza zu nähern … mit ihr zu reden … ihre Hand zu halten! Und all diese Vergehen wogen noch schwerer, als er näher kam, feststellte, dass es nicht irgendein Junge war, dieser ihm vielmehr höchst bekannt vorkam. Fast aufs Haar glich er jenem, der ihm vorhin die Geldbörse gestohlen und ihn in die Falle gelockt hatte, nur etwas kleiner war er. Und er wollte ihm offenbar einen noch größeren Schatz stehlen, nämlich Aziza!

»Unterstehe dich, ihr zu nahe zu kommen!«

Wie unsinnig, das zu sagen. Längst waren sich die beiden nähergekommen, als zwei Menschen es sollten, wenn sie nicht gerade Mann und Frau oder Mutter und Kind waren. Das sah Abelardo nicht nur, er fühlte auch, dass die Initiative nicht allein vom Jungen ausging, Aziza sich nämlich mitnichten gegen seine Hand wehrte, die die ihre hielt, ihre Schultern überdies an seine presste. Erst als er sie fast erreicht hatte, zuckte sie zusammen und starrte ihn an, als erwachte sie aus einem langen, schönen Traum. Der Junge immerhin reagierte nicht nur mit Verwirrung, auch mit Schrecken.

»Hinfort mit dir!«, brüllte Abelardo, und was ihn vorhin empört hatte – dass Pisas Männer so schnell ihre Fäuste schwangen –, wurde nun zur ernsthaften Versuchung.

Auch ohne dass er zuschlagen musste, ließ der Junge Aziza los, ergriff allerdings nicht die Flucht, sondern blickte sie nur sehnsüchtig an.

»Wenn du Hilfe von deiner Familie suchst – die kämpft gerade nicht weit von hier«, fuhr Abelardo ihn an. »Aber gut möglich, dass sie in Wahrheit deine Hilfe brauchen, weil sie unterliegen.«

Die Kampflaute klangen nur gedämpft zu ihnen, aber ob es nun sie waren oder er selbst dem Jungen Angst machte – er nickte knapp und ging davon, wenn auch nur langsam. Es dauerte, bis er hinter den nahen Häusern verschwunden war, und so lange starrte Aziza ihm nach, schien blind für alles außer ihm, taub auch für die Fragen, die Abelardo stellte. Warum sie nicht bei Jalil geblieben war, warum sie mit diesem Lumpen geredet hatte, warum …

»Er ist kein Lump«, ließ sich plötzlich Azizas Stimme vernehmen, »er heißt Nino.«

»Und kennst du auch den Namen seiner Familie? Della Gherardesca!«

Aziza blickte ihn fragend an. »Wer sind die della Gherardesca?«

»Es sind verdammte Guelfen.«

»Und … und wer sind Guelfen?«

»Alles das, was wir Ghibellinen nicht sind!«

»Und wer sind die Ghibellinen?«

Zum ersten Mal verstörte Abelardo, was ihn sonst doch mit größter Befriedigung erfüllte – dass Azizas Denken sich nur um Zahlen drehte. Wobei sie, so wie sie blickte, nun auch diesen Jungen im Kopf hatte. Er musste ihn ihr schleunigst austreiben, und ebenso musste er ihr einbläuen, was doch jedes Kind von Pisa … von Norditalien wusste.

»Man kann nicht gleichzeitig plus und minus rechnen. Und einst gab es Zeiten, da man nicht gleichzeitig dem Kaiser dienen konnte, der ein Staufer war, und dem Papst, der sich für seinen Rivalen aus dem Haus der Welfen starkmachte. Wer für Ersteren Partei ergriff, wurde fortan als Ghibelline bezeichnet, wer sich auf die Seite von Zweiterem stellte, als Guelfe.«

»Und wer davon war das Plus, wer davon das Minus?«

Dass sie ihn aber auch immer wörtlich nahm! »Wir Pisaner sind jedenfalls kaisertreue Ghibellinen. Diese haben die Stadt mächtig gemacht und reich und …«

Und sie isoliert. Und ständig neue Kriege gegen die papstfreundlichen Guelfenstädte wie Lucca und Florenz geführt.

Doch das sagte er nicht laut, da er nicht sicher sein konnte, ob sie es verstehen würde. Eigentlich hatte er ja selbst nie verstanden, dass der alte Streit für eine so tiefe, stets eiternde Wunde sorgte, dass man, anstatt sie zu reinigen und zu verbinden, ständig Dreck hineinwarf, damit sie sich erneut entzündete.

Er wollte sie mit sich ziehen, doch Aziza versteifte sich. »Die della Gherardesca sind also das Minus?«, fragte sie.

»Nun, die Gherardesca waren einst Ghibellinen wie wir alle. Aber dann sind sie zu Verrätern geworden …«

»Ich dachte, zu Guelfen.«

»Das ist das Gleiche! Deswegen hat man sie auch vor einigen Jahren aus der Stadt vertrieben. Leider durften sie kürzlich wieder zurückkehren, und die Folge sind Gewalt und Prügeleien und eine zerrissene Stadt … eine Stadt, die zu wenig Geld hat, um Bauarbeiter zu finanzieren, auf dass der Turm endlich fertiggestellt wird.«

Ein Ruck ging durch Aziza. »Der Turm soll fertiggestellt werden?«

Abelardo fühlte sich mit einem Mal sehr erschöpft. »Wir gehen jetzt nach Hause«, entschied er ermattet, doch Aziza tat etwas ganz und gar Ungehöriges: Sie stampfte mit dem Fuß auf, ihr Gesicht wurde finster. »Nein, ich will wissen, ob der Turm weitergebaut wird. Und auch, warum du die Gherardesca Verräter nennst. Wenn alle Menschen über einen Verstand verfügen, selbst ich, obwohl ich ein armes Mädchen aus dem Heidenland bin, warum nicht auch sie? Und wenn die Vernunft eines Tages dafür sorgt, dass alle Menschen friedlich zusammenleben, warum nicht auch die Guelfen und die Ghibellinen?«

Abelardo fühlte, wie ihm aus den eigenen Worten ein Fallstrick gelegt wurde. Er hatte keine Ahnung, wie er darübersteigen sollte – er konnte sich lediglich bücken, um irgendwie darunter hindurchzukriechen. »Nun, deinen eigenen Verstand gilt es noch weiter zu schulen, und deswegen ist es jetzt genug mit Zerstreuungen aller Art, komm endlich mit.«

»Nein!« Sie wehrte sich heftiger gegen seinen Griff. »Seinen Verstand zu schulen, heißt, an allem zu zweifeln und Fragen zu stellen. Warum schließen die Ghibellinen von Pisa keinen Frieden mit den della Gherardesca? Warum darf ich nicht mit Nino sprechen? Wann genau wird der Turm weitergebaut? Wer wird berechnen, welche Höhe man anstreben kann, ohne dass er kippt? Hierfür müsste man übrigens den Neigungswinkel kennen, das Gewicht, den Umfang und ...«

Abelardo hob die Hand, um sie zum Schweigen zu bringen, und tatsächlich verstummte sie. So herausfordernd, wie sie ihn anblickte, würde er sie aber nicht nach Hause bekommen, ehe er ihre Fragen beantwortet hatte ... oder zumindest eine davon.

»Diese Berechnungen möchtest du anstellen, nicht wahr?«, sagte er. »Auf diese Weise könntest du dafür sorgen, dass der Turm höher und höher wird, zum Zeichen von Macht und Ruhm, zum Zeichen des Sieges der Vernunft über den Stein.«

Sie nickte.

»Nun, ich könnte der Opera, das ist die hiesige Dombauhütte, einen ordentlichen Betrag spenden, sodass es nicht nur für weißen Marmor reicht, auch für Bauarbeiter, die Giovanni di Simone zuarbeiten. Das ist ein Architekt, den ich eben getroffen habe – dort hinten steht er und sieht sich den Turm an. Er könnte Unterstüzung gebrauchen – in allen Belangen.« Abelardo machte eine kurze Pause. »Soll ich das tun? Soll ich dafür sorgen, dass der Turm weitergebaut wird?«

Sie nickte wieder. »Wenn der Turm hoch genug ist, wird man zum Meer sehen können«, murmelte sie.

Er verstand nicht, worauf sie anspielte, aber vorerst genügte es, dass ihr Widerstand brach, sie sich endlich mit ihm auf den Heimweg machte. Bis sie seinen Palazzo erreichten, sprach sie nur noch vom Neigungswinkel des Turms, nicht mehr von diesem unseligen Gherardesca.

War Bona nach Azizas und Abelardos Rückkehr zunächst zufrieden – das Mädchen wirkte verändert, die Züge waren weicher, die Wangen hatten einen rosigen Glanz angenommen, und die Augen hatten zwar immer noch die Farbe von Kohlestücken, aber von solchen, die wärmen konnten –, erlebte sie nach einigen Tagen eine bittere Enttäuschung. Abelardo empfing einen Gast, einen gewissen Giovanni di Simone, und unterhielt sich angeregt mit ihm, während Bona Brot und Hirschschinken servierte, außerdem eine Pastete aus Datteln und Zimt. Als sie später auch Getränke brachte, ließ sie fast den Krug mit *nectar* – einem Wein mit Gewürzen und Honig – fallen, denn Abelardo erklärte soeben: »Ich werde dich nicht nur mit einer großzügigen Geldspende beim Bau des Turms unterstützen, sondern auch mit dem Wissen, wie er sich vielleicht begradigen lassen könnte.«

Dieser Simone schien nicht minder erstaunt über die Worte als Bona, er stellte prompt die Frage, die ihr selbst durch den Kopf ging: »Mit Verlaub, ich weiß, du bist ein guter Kaufmann und ein gelehrter Mann. Doch meines Wissens gehört die Architektur nicht zu den Disziplinen, in denen du dich je hervorgetan hast.«

Simone sprach in einem arroganten Tonfall, der bekundete, dass er in besagter Disziplin nicht nur ein Könner war, sondern der Größte schlechthin.

Abelardo widersprach nicht. »Von Baukunst verstehe ich nicht viel, umso mehr aber von dem, was der Baukunst zugrunde liegt.« Und als er fortfuhr, sank Bonas Hoffnung, Aziza würde künftig etwas weniger Zeit hinter Büchern, dafür mehr Zeit im Freien zubringen. Abelardo sprach von der Schiefstellung des Turms, der Beschaffenheit des Bodens, den Kräften des Windes und dass man, bevor man weiterbauen könnte, erst wissen müsse, wie hoch er werden dürfe, ohne umzukippen wie ein kenterndes Schiff. »Und genau das lässt sich berechnen!«, fügte er hinzu.

Bona war der Meinung, dass man sich, sobald ein Schiff kenterte, schnell auf ein Boot oder ein Holzbrett retten, ganz sicher nicht mit Zahlen um sich werfen sollte. Mit Zahlen warf auch Abelardo nicht herum, jedoch mit absonderlichen Begriffen wie Stabilitätsgleichung oder Neigungswinkel.

Immerhin erfüllten diese nicht nur sie mit Missfallen. Auch Simone machte ein Gesicht, als wäre der Wein, den sie dann doch in seinen Kelch zu gießen imstande war, nicht süß, sondern sauer. »Architektur ist eine Kunst, keine Wissenschaft.«

»Mit Verlaub«, sagte Abelardo wieder, »das mag für ein Gebäude wie den Dom gelten, nicht für den Campanile. Aus dem Nichts Großes zu erschaffen, ist eine geringere Herausforderung als aus einem Schandmal das Allergrößte. Es ist nicht ehrenrührig, sich hierfür Hilfe von einer Wissenschaft zu suchen, die ihrerseits zu den größten gehört, nämlich der Mathematik.«

Abelardo fuhr fort, aber Bona hörte nicht länger zu. Sie würde ja ohnehin nicht nachvollziehen können, was er meinte. Sie verstand hingegen nur allzu gut, was er bezweckte – all das Leichte und Schöne aus dem Leben des Mädchens zu verbannen, es allein auf die Wissenschaft einzuschwören. Und sie fürchtete, dass Aziza sich dagegen nicht wehren würde. Als sie wenig später ihr Zimmer betrat, saß sie tatsächlich einmal mehr über das Schreibpult gebeugt und schrieb etwas auf ein Stück Pergament.

»Alles, was Abelardo zu Simone sagt, hat er von dir, nicht wahr?«, fragte Bona.

Aziza blickte nicht hoch, schrieb weiter, begann dann aber doch gedankenverloren zu sprechen. »Ich glaube, er hat noch nicht verstanden, wie leicht jedwede Berechnung ist. Da der Turm genau in der Neigungsrichtung zu betrachten ist, kann das ganze Problem zweidimensional angegangen werden. Der Höhenwinkel ist der Winkel, der …«

»Schluss jetzt«, sagte Bona und konnte nicht fassen, dass Aziza mit noch mehr Zahlen im Kopf vom Domplatz zurückgekehrt als dorthin aufgebrochen war. Abelardo war gestern wiederum mit einem merkwürdigen Gebilde zurückgekehrt, das nun neben Aziza stand, ein aus einer Messing- und Holztafel bestehendes Quadrat mit diversen Linien und Kreisen, auf dem noch mehr Bögen, gleichfalls aus Messing und Holz, befestigt waren. »Was ist denn das?«

Aziza blickte immer noch nicht hoch, starrte beharrlich auf das Pergament. »Ein geometrisches Quadrat«, murmelte sie. »Ich glaube, es ist das einzige, das es in Pisa gibt. Abelardo hat es mir beschafft. Er will alles auftreiben, was ich für meine Berechnungen brauche.«

»Herrgott!«

»Was denn? Es ist unverzichtbar für die Messung von Höhenwinkeln, zumindest wenn man die Höhe eines Turmes nicht kennt, und deswegen …«

»Herrgott«, rief Bona wieder, »ich verstehe nichts von Winkeln und Quadraten. Aber ich verstehe etwas vom Leben. Und das Leben ist nie kreisrund und nie ein Quadrat. Immer wackelt es irgendwo, immer gibt es einen Strich, der zu kurz oder zu lang ist. Aber was soll's: Wer zufrieden sein will, muss lernen, auf krummen Linien zu gehen, ja zu tanzen. Und das lernst du nicht, wenn du solche Geräte in der Hand hältst, sondern wenn du mit besagter Hand wühlst – in Dreck und Stoff und Gartenerde und Teig … Sag, hörst du überhaupt zu?«

Aziza hatte nicht aufgehört zu schreiben, und mittlerweile

war Bona so dicht an sie herangetreten, dass sie sich über ihre Schulter beugen konnte, erkennen, dass da keine Zahlen geschrieben standen, vielmehr Buchstaben. »Was schreibst du überhaupt?«

Bona hatte nie wirklich schreiben gelernt, sie kannte höchstens jeden zweiten Buchstaben. Doch sie hätte schwören können, dass auf dem Pergament ein Name stand, immer und immer wieder, kein anderes Wort dazwischen, auch keine Zahl. Aziza wollte das Pergament zwar bedecken, aber Bona war flinker, riss es vom Schreibpult und hielt es hoch über den Kopf, sodass Aziza es nicht erwischen konnte.

Bona lachte triumphierend, ließ schließlich aber doch die Hand sinken und gab kleinlaut zu: »Ich kann nicht lesen.«

Aziza sank auf den Stuhl zurück, wirkte mit einem Mal bekümmert. »Ob er es kann, weiß ich auch nicht.«

»Wer ist … *er*?«

Das Mädchen ging nicht auf diese Frage ein. »Ich habe mir überlegt, ihm einen Brief zu schicken. Aber ich weiß nicht, was ich schreiben soll. Und ich weiß auch nicht, ob er lesen kann.«

Wieder hatten sich ihre Wangen sachte gerötet, und die Farbe schwand nicht, als sie auf das Pergament starrte. Bona versuchte das Wort zu entziffern. »Heißt das Mimo?«

»Nein, Nino.« Aziza war ansonsten sparsam mit Worten, doch jetzt sprudelte es plötzlich aus ihr hervor: »Ich habe ihn beim Turm kennengelernt, doch Abelardo will mir nicht erlauben, ihn wiederzusehen. Aber … aber ich muss doch.«

»Er will nicht, dass du einen Jungen triffst?«

»Er will nicht, dass ich einen della Gherardesca treffe.«

Das Pergament entglitt beinahe Bonas Händen, als sie diesen Namen hörte.

Die della Gherardesca …

Keine Familie von Pisa war so berühmt wie sie, keine so berüchtigt. Für den eigenen Vorteil kämpften hier alle, niemand tat es so rücksichtslos wie sie. Auch Betrügen gehörte zum guten Handwerk, aber Ugolino della Gherardesca, das Oberhaupt der Familie, ein Mann, der älter war, als Männer eigentlich werden sollten, war nicht einfach nur ein Betrüger. Ein Verräter war er, der gemeinsame Sache mit den Guelfen machte. Und Verrat, das wusste doch jeder, war wie ein schleichendes Gift. Allerdings schien Azizas Herz so ganz und gar nicht vergiftet zu sein, im Gegenteil, sie schien aufzublühen wie nie!

»Es … es hat sich so merkwürdig angefühlt, mit ihm zusammen zu sein«, murmelte sie. »Ich kann es gar nicht beschreiben. Es war, als würde man am ganzen Leib gekitzelt werden … aber nicht auf unangenehme Weise. Im Gegenteil: Es tat so … gut. Und wenn ich an ihn denke, tut es auch so … gut. Und zugleich macht es mich unendlich traurig, dass ich ihn womöglich niemals wiedersehe.«

O mein Gott, dachte Bona, das Mädchen hat sich verliebt!

Dieser Gedanke vertrieb sämtliches Unbehagen, das bei der Erwähnung der della Gherardesca in ihr hochgestiegen war. Wenn das Schicksal so machtvoll war, dem Mädchen die Zahlen aus dem Kopf zu treiben, dann konnte es ihr die Furcht vor den Gherardesca nehmen.

»Natürlich wirst du ihn wiedersehen!«, rief sie.

»Aber wie nur?«, fragte Aziza verzagt. »Ich stelle diese Berechnung zum Turm nur an, weil ich hoffe, dadurch bei den Bauarbeiten dabei zu sein. Vielleicht könnte auch Nino dorthin kommen.«

»Nun«, erklärte Bona energisch, »genau das wirst du ihm in einem Brief schreiben, und ich werde den Brief zu ihm bringen. Ich werde dafür sorgen, dass du Nino wiedersiehst, und ich …«

Sie brach ab, fragte sich, ob sie sich gerade auch zur Verräterin machte, zumindest in Abelardos Augen. Allerdings hatte sie dem Mädchen stets eingebläut, dass man auf krummen Linien tanzen lernen musste, um Zufriedenheit zu erlangen. Und geschah nicht genau das, wenn ein schiefer Turm weitergebaut wurde und zwei Menschen starke Gefühle füreinander entwickelten, deren Familien verfeindet waren?

»… ich werde dir ein schönes Kleid nähen«, beendete Bona ihren Satz, und der letzte Zweifel schwand. Aziza machte zwar nicht den Eindruck, als wäre sie an hübschen Stoffen mehr interessiert als zuvor, aber sie nickte, und dann lächelte sie, wie sie nie gelächelt hatte, etwas scheu, etwas verschämt, vor allem glücklich. Wenn ich es richtig anstelle, dachte Bona, werden am Ende alle das bekommen, was sie wollen, und nichts davon muss sich gegenseitig ausschließen: Nino und Aziza das Glück, Abelardo eine gelehrte Ziehtochter und die Stadt einen Campanile.

1373

»Sag, hörst du mir überhaupt zu?«

Cristo zuckte zusammen. Zunächst hatte er der Geschichte des jungen Mannes, der sich vorhin als Gabriele vorgestellt hatte, neugierig gelauscht, hatte wirklich wissen wollen, wer diese Aziza war, was sie mit dem Turm zu tun hatte und warum der Eremit allein bei der Erwähnung ihres Namens erbleicht war. Er selbst war ebenfalls erbleicht, als an einer Stelle der Geschichte ein anderer Name fiel – der von Ugolino della Gherardesca. Jeder Pisaner kannte diesen Namen, jeder wusste von seinem Ende, und fast jeder bekreuzigte sich, wann immer er fiel – was übrigens eine gute Gelegenheit war, Menschen die Geldbörse aus der Tasche zu ziehen.

Mittlerweile aber hatte sein Interesse an der Geschichte nachgelassen. Cristos Magen knurrte schmerzhaft, und er ließ seinen Blick schweifen, überlegte, wie er Gabriele ablenken könnte, um endlich an den Sack Münzen zu kommen.

»Schau!«, rief er und deutete auf den Flusshafen, »dort hinten ist wieder mal ein Schiff im Schlamm stecken geblieben!«

Gabriele folgte dem Blick nur kurz, sagte nichts dazu, fuhr jedoch auch nicht fort, über Aziza, Nino und den Turmbau zu sprechen.

»Und die Mönche dort hinten bauen gerade an einer Kapelle!«, rief Cristo. Gabriele schien es gleich zu sein, ob die Ponte Nuovo eine Kapelle bekam oder nicht; sein Blick ruhte auf ihm, seine Hand beharrlich auf dem Sack mit Münzen. Immerhin wollte er wissen, wo sich der nächste Brunnen befand, weil er durstig war – und

Cristo frohlockte. Gabriele würde sich vorbeugen, gierig trinken, und dann …

»Komm mit!«, sagte er, beschleunigte den Schritt, und bald erreichten sie die Piazza San Niccola, wo um einen Brunnen stets großer Trubel herrschte. Der Platz lag gleich in der Nähe der Kais des Stadthafens, wohin die Schiffe Waren brachten, und deswegen standen hier jede Menge Verkaufsbuden. Angepriesen wurden orientalische Stoffe, sinizi *genannt und mit Goldfäden durchwirkt, weitere Schätze Arabiens, von Weihrauch über Elfenbein bis hin zu Gepardenfellen, und etwas preiswertere, wenngleich nicht billige Waren wie Leinsamen und Kampfer, Kardamom und Pfeffer.*

Als Letzterer ihm in die Nase stieg, nieste Cristo, und kaum dass er wieder atmen konnte, erweckte der Geruch nach den frischen Brathähnchen wieder schrecklichen Hunger. Es konnte ihm nicht schnell genug gehen, endlich den Brunnen zu erreichen und Gabriele zu bestehlen, doch als er sich schon an den Menschenmassen vorbeidrängen wollte, notfalls unter Einsatz seiner Ellbogen, hielt Gabriele ihn auf. Einmal mehr fiel Cristo auf, welch feine Hände er hatte … Hände, die wohl nie harte Arbeit verrichtet, nie gekämpft, vielleicht viel gebetet hatten, wobei dieser Mann zu schön war, um ein Mönch zu sein. Freundlich war er auch, denn er fragte: »Kann es sein, dass du schrecklichen Hunger hast?«

Diese Frage hatte Cristo noch nie jemand gestellt. Hunger – das war seine Sache. Und er war ja auch stolz, sich ganz allein durchzuschlagen, nicht auf solch erbärmliche Weise wie die alte Maddalena, die mit einem Leichenteil von Hingerichteten vor der Kirche San Sisto bettelte. Das hieß, nur er wusste, dass es sich um ein Leichenteil handelte, die Vorbeikommenden machte sie glauben, dass die blaue, stinkende Hand die eigene wäre.

»Ja …«, bekannte er zögernd und schluckte seinen Stolz hinunter, »kann ich … kann ich etwas zu essen bekommen?«

Gabriele musterte ihn aufmerksam, und erstmals ging Cristo auf, dass seine Augen nicht blau, sondern von einem eigenwilligen Grünton waren, ein wenig dem Wasser am Flusshafen gleichend, nur leuchtender. »Du bist ein Waisenjunge, nicht wahr? Und hast kein Zuhause.«

Cristo kämpfte darum, eine betrübte Miene aufzusetzen, als er nickte.

»Gibt es hier nicht Klöster, wo Waisenkinder versorgt werden?«

Gott behüte! Als man ihn einmal in eins stecken wollte, war er sofort abgehauen. »Dort wurde ich immer geschlagen«, sagte er zerknirscht.

Er überlegte, noch grässlichere Geschichten zu erzählen – von Mönchen, die ihn gezwungen hatten, auf Nüssen oder gar abgeschnittenen Fingernägeln zu knien. Doch es bedurfte keiner weiteren Worte – auch so griff Gabriele an den Gürtel, wo nicht nur der Geldsack hing, auch ein Beutel mit Proviant. Wenig später hatten sie sich in einem schattigen Plätzchen in der Nähe des Brunnens niedergelassen, und Cristo machte sich gierig über das Essen her – Pökelfleisch, Käse, Bohnen und ein dünner Brotfladen, der mit einem schmackhaften Aufstrich aus Knoblauch, Zwiebel und Rosmarin bestrichen war. Noch nie hatte er so viel auf einmal gegessen, und eine Weile konnte er nichts anderes, als alles in sich hineinzustopfen, dieses wohlige Gefühl zu genießen, wie sich sein Magen füllte. Er aß selbst dann noch weiter, als der Magen längst voll war, genau genommen so lange, bis es ihm fast wieder zu den Ohren rauskam.

Danach war er satt – und erschöpft. Kurz überlegte er nicht, wie er Gabriele beklauen, nur wie er ihm danken könnte, und das tat er wohl besser nicht mit einem leeren Wort, sondern mit Fragen, mit denen er sein Interesse für die Erzählung bekundete.

»Als du vorhin gegenüber dem Eremiten Aziza erwähntest, dachte ich, du willst von ihm ihre Geschichte erfahren. Aber wie es scheint, kennst du sie bereits.«

Gabriele nickte gedankenverloren. »Zum Großteil.«

»Aber warum hast du gesagt, dein Glück hängt davon ab, mehr zu erfahren – und dass Liebe unglücklich macht?«

»Habe ich das wirklich gesagt?«

»Und ob!«

»Nun«, sagte Gabriele leise, »vielleicht macht Liebe nicht bloß unglücklich. Aber ganz sicher ist sie – genauso wie das Glück – vergänglich. Was bleibt, sind großartige Bauwerke.«

»Und eines ist auch von Nino und Aziza geblieben, nicht wahr? Vorhin meintest du ja, der Turm von Pisa wäre ein Symbol ihrer Liebe.«

»Habe ich das wirklich gesagt?«, kam es erneut.

Himmel, Gabriele sollte vielleicht auch etwas essen, seine Gedanken schienen ja vollends zu lahmen. Doch plötzlich ging ein Ruck durch ihn. »Du hast gesagt, du könntest mir weiterhelfen. Ist dir schon jemand eingefallen, der mehr über den Turm weiß?«

Cristo hatte nicht die geringste Ahnung, wollte jedoch verhindern, dass Gabriele erkannte, warum er vorhin seine Hilfe so bereitwillig zugesagt hatte.

»Ich bin so durstig«, sagte er schnell, »lass uns Wasser trinken.«

Ob es Trägheit, Dankbarkeit oder die Tatsache war, dass sich zu viele Menschen um den Brunnen drängten – als sie sich über den Brunnen beugten, versäumte Cristo es, den Lederbeutel an sich zu nehmen. Hinterher schaffte er es noch nicht einmal, dem anderen eine neue Lüge aufzutischen.

»Ich fürchte, ich kenne in Pisa nicht sonderlich viele Menschen. Schon gar keine, die so alt sind, dass sie zu Azizas Zeiten gelebt haben.«

»Aber du könntest mich zum Turm bringen.«

Cristo kratzte sich nachdenklich am Kopf. »Soweit ich weiß, sind am Domplatz immer irgendwelche Bauarbeiten im Gange. Vielleicht treffen wir gar einen Baumeister an, der mehr über die Gebäude dort und ihre Geschichte weiß als ein gewöhnlicher Bürger der Stadt.«

Gabriele, der eben noch so schwermütig gewirkt hatte, schien mit einem Mal wie beflügelt. So heiß, wie Cristo seinen Atem in seinem Nacken fühlte, konnte es ihm wohl gar nicht schnell genug vorangehen. Da jedoch die Straßen so voll mit Menschen und Fuhrwerken waren, konnte er die Schritte nicht beschleunigen – und dies war wohl auch der Grund, warum er seine Erzählung wieder aufnahm.

Cristo lauschte mit einer gewissen Neugierde, entschied aber, an seiner ursprünglichen Idee festzuhalten. Alsbald würde Gabriele mit offenem Mund auf dem Domplatz stehen – so wie es Cristos Erfahrung nach den meisten Menschen erging, die ihn zum ersten Mal betraten. Und das war der richtige Moment, ihm die Münzen aus dem Beutel zu ziehen … und wegzulaufen. Das Geheimnis, das Gabriele mit sich herumtrug und das wohl irgendetwas mit der Liebe von Aziza und Nino zu tun hatte, würde er so zwar nicht aufdecken – aber das ließ sich verschmerzen.

II.

Das Schiff aus Korsika

1276 – 1284

Der Turm wuchs, und die Liebe von Nino und Aziza wuchs ebenso, obwohl sie sich in den Monaten nach ihrer ersten Begegnung nur schriftliche Botschaften zukommen lassen konnten, von Bona heimlich zum einen wie zur anderen gebracht. Immer wieder bekräftigten sie einander, wie sehr sie sich vermissten, wie gerne sie wieder zusammen den Turm besteigen würden. Manchmal schob Aziza sich die Pergamentrollen mit seinen Botschaften unter die Kleidung und erfreute sich daran, wenn sie sie spürte.

Nachrichten an Nino waren nicht das Einzige, was sie in diesen Monaten verfasste – auch Überlegungen zum Weiterbau des Turms. Sie beschäftigte sich mehr mit Geometrie als zuvor, fand heraus, dass der Turm zwar rund war, man ihm aber, um für die notwendige Stabilität zu sorgen, beim Bau eine andere Form zugrunde gelegt hatte – ein fünfzehnseitiges Vieleck. Das spiegelte sich in den fünfzehn Säulen des Fundaments wider, auch darin, dass man die weiteren Loggien mit jeweils doppelt so vielen, nämlich dreißig, ausgestattet hatte.

Als Abelardo sie eines Tages mit zum Domplatz nahm und dem verblüfften Architekt das kluge Mädchen vorstellte, erklärte sie überdies Giovanni di Simone persönlich, dass den Turm zwar nichts so leicht zum Kippen bringen könnte, zugleich aber kein Material schwer genug war, eine Neigung von neunzig Zentimetern rückgängig zu machen. Sie schlug jedoch vor, die weiteren Stockwerke in entgegengesetzter Richtung zur Neigung zu bauen.

Simones Stirnrunzeln ließ sich nur mit viel gutem Willen für ein Zeichen halten, dass er sich über diesen Ratschlag freute. Was er wirklich dachte, bekümmerte Aziza allerdings nicht weiter, denn eben entdeckte sie Nino, dem sie ihren Besuch auf der Baustelle angekündigt hatte und der in der Ferne so tat, als würde er Jalils Fliesen inspizieren. Erst warf er ihr nur einen scheuen Blick zu, dann ein ebenso scheues Lächeln. Bald wurde es breiter, und er hob die Hand, um ihr zuzuwinken. Jenes Kitzeln im Magen, das sie bei ihrer ersten Begegnung gefühlt hatte, verstärkte sich, und sie lief glühend rot an – was Abelardo als Stolz deutete, erklärte Simone doch eben gepresst, er würde ihren Vorschlag überdenken.

Aziza war geistesgegenwärtig genug, zu verlangen, sich künftig immer wieder vom Fortgang der Bauarbeiten zu überzeugen, und Abelardo stimmte dem nicht nur zu, er erlaubte auch, dass Bona sie beim nächsten Besuch des Domplatzes begleiten würde, musste er sich doch zwischendurch seinen Geschäften widmen. Die Herausforderung, vor der Aziza bis dahin stand, war, einen Ort zu finden, wo sie Zeit mit Nino verbringen konnte – der Turm schied wegen der Bauarbeiten vorerst aus. Bona hatte keine Idee, Aziza schlug schließlich Jalils Werkstatt vor.

»Du lieber Himmel«, entfuhr es Bona, die bis jetzt bereitwillig all ihre Pläne mitgetragen hatte, »du willst die Werkstatt eines Heiden betreten?«

»Was ist daran so schlimm?«

»Jeder weiß doch, mit welchem Silber Judas' Verrat an Jesus bezahlt worden wäre – nämlich mit dem aus Pisa – und dass es die Sarazenen, die mit Pisa Handel trieben, ins Heilige Land gebracht haben.«

»Das ist doch Unsinn!« Aziza hatte sich mit Geschichte nicht so intensiv beschäftigt wie mit Mathematik, aber einer Sache war sie sich doch gewiss: »Als Judas den Herrn verraten hat, gab es zwar schon Pisa, aber ganz sicher keine Sarazenen. Ihr Prophet lebte erst lange nach Christus.«

Bona gab nach, erklärte allerdings, in Gegenwart dieses schrecklichen Jalil beharrlich zu schweigen.

Sie hielt es nicht lange durch, denn Jalil kannte umgekehrt keine Scheu vor ihr, bot ihr ein paar Naschereien an, gefolgt vom Vortrag, dass der Zucker den gleichen Weg wie der Koran gegangen sei. Bona hatte keine Ahnung, was der Koran war, und ihr war ebenfalls neu, dass bis vor Kurzem nur die Araber gewusst hatten, wie man Zuckerrüben anbaute und daraus Zucker herstellte. Die Süßigkeiten waren jedenfalls unwiderstehlich. Erst schienen sie auf ihrer Zunge zu schmelzen, dann lockerten sie diese. Schon nach kurzer Zeit fachsimpelte sie mit Jalil über Rezepte, und bis zum Abend hatte Bona so viel Süßes gegessen, dass ihr Bauch schmerzte. Dass in diesem Bauch sich überdies ein wohligeres Gefühl ausgebreitet hatte, als eine gute Christenfrau in Gegenwart eines Heiden empfinden durfte, ließ sie vergessen, Aziza zu fragen, was sie mit Nino getrieben hatte.

Das war zunächst nicht viel. Als sie sich in der Werkstatt endlich gegenüberstanden, war es erst einmal still. Monatelang hatte sie auf dieses Wiedersehen gewartet, jetzt war sie nicht sicher, was sie zu dem Jungen mit den leuchtend braunen Augen und weichen Locken als Erstes sagen sollte. Doch als er auf sie zutrat, unwillkürlich beide Hände ergriff, ging es ganz leicht. Sie sprudelten beide in den nächsten Stunden förmlich über, erzählten sich, was sie bewegte – sie sprach von Zahlen, er von Freiheit. Sie taten es mit der gleichen Leidenschaft, mit dem Gefühl auch, dass der andere es guthieß. Auch später runzelte nie einer von ihnen die Stirn, verdrehte die Augen, wenn sie über ihre Träume und Sorgen und heimlichen Gedanken sprachen. Sie verstanden einander blind, weil sie beide das Wagnis eingingen, über das schon Bekannte hinauszudenken, auf Wegen zu wandeln, die andere für zu beschwerlich hielten, rastlos und neugierig die Welt erforschten – auch wenn es bei ihr die Welt der Bücher war, bei ihm das Meer.

In den Jahren, die folgten, bekam der Turm erst ein viertes Geschoss, dann ein fünftes. Nino trug die Locken mittlerweile kürzer, auf seinen Wangen zeigte sich Flaum, und seine Stimme war dunkler. Aziza war klein und zart geblieben, aber an den richtigen Stellen wölbten sich unter ihrer Kleidung Rundungen, und ihr Haar wuchs glatt und schwarz bis zu ihrer Hüfte. Für Bona war es längst kein Opfer mehr, stattdessen eine willkommene Abwechslung, sie zu Jalil zu begleiten, auch wenn sie mit ihm nicht länger über Rezepte fachsimpelte, sondern über Stoffe.

Nachdem er den Dom mit genug Keramikfliesen ausgestattet hatte, hatte er sich auf die Herstellung von Stoffen verlegt, genauer gesagt von Seide, so feine, dass man sie auf der Haut noch weniger spürte, als liefe die Träne einer Jungfrau darüber – zumindest behauptete Bona das. Überdies waren die Stoffe mit kunstvollen Mustern versehen: Kreise und Vierecke, überlappend und ineinander verflochten, bei deren Anblick einem so schwindlig wurde wie ansonsten nur beim Tanz. Auch das behauptete Bona, die nach ihren Treffen mit Jalil immer rote Wangen hatte – so wie Aziza nach denen mit Nino.

Seit Längerem blieben sie nicht mehr in der Werkstatt, sondern suchten sich ein Plätzchen in einem der Bauernhöfe am

Domplatz, deren Besitzer sich beharrlich gegen die Stimmen wehrten, wonach dort, wo Sakrales zum Himmel stob, kein Kohl oder Bohnen wachsen sollten. Warum nicht, beharrte der Bauer, solange meine Karotten gerader wachsen als der Campanile, werden wir dieses Fleckchen Erde nutzen. Nachdem der Bauer erkannt hatte, dass Aziza und Nino den Beeten nie zu nahe kamen, sich lieber an der Hauswand mit Blick auf den Turm niederließen, sich von der Sonne bescheinen ließen und von der Unendlichkeit sprachen, versuchte er jedenfalls nicht mehr, sie zu verjagen.

Aziza genoss diese Stunden aus ganzem Herzen, hatte aber, je älter sie wurde, immer häufiger das Gefühl, es wäre zu wenig Zeit, zumindest nicht genug, um das Warten auf das nächste Treffen erträglich zu machen. Was genau ihr fehlte, konnte sie nicht benennen – zumindest nicht bis zu einem bestimmten Tag. Zu dieser Zeit kannten sie sich mittlerweile seit sieben Jahren, und bei ihrem Anblick dachte niemand mehr an zwei Kinder, man sah einen zwanzigjährigen Mann und eine nicht viel jüngere Frau.

Besagter Tag begann für Aziza eigentlich sehr unerfreulich, nämlich mit einem Gespräch mit Giovanni di Simone. Bis jetzt war bei jedem Treffen Abelardo dabei gewesen, und deswegen begegnete der Architekt der jungen Frau mit ausgesuchter Höflichkeit. Heute aber nahm Abelardo an einer Sitzung der Domopera teil, weil er allein die wachsenden Kosten kaum noch stemmen konnte, und es wurde deutlich, dass Simone ihre Ratschläge bislang eher zähneknirschend geduldet als dankbar aufgenommen hatte.

Schon als sie befriedigt feststellte, dass der Campanile mittlerweile von stattlicher Höhe war und sich ihre Behauptung, dass sich das Auge dank der etwas längeren Säulen in den oberen Stockwerken täuschen ließ, als richtig erwiesen hatte, knurrte er Unverständiges. Als sie überdies anregte, man könnte weitere Säulen vielleicht in leicht gekrümmter Form – den entsprechenden Winkel würde sie ausrechnen – anfertigen, verlor er endgültig die Fassung.

»Das sieht gewiss schrecklich aus!«

»Mag sein. Aber warum machst du keine Skizze, um herauszufinden, wie lange die Säulen werden sollten und wie stark gekrümmt?«

Aziza sprach nicht zum ersten Mal von einer solchen Skizze. In den letzten Jahren hatte sie immer wieder wissen wollen, warum man den Bau eines Gebäudes nicht genau plante, sich vielmehr damit begnügte, den Grundriss festzulegen, an Ort und Stelle abzustecken und bei allen Details allein den mündlichen Anweisungen des Architekten zu folgen.

Giovanni di Simone schnaubte erst, erklärte dann verdrossen: »Ein guter Bauherr ist nicht auf Pläne angewiesen – das wäre ja so, als müsste sich ein Mann mit zwei gesunden Beinen auf eine Krücke stützen. Ich habe Palazzi ohne Entwurf gebaut, Kirchen und Kapellen, ich werde erst recht diesen Turm ohne Entwurf fertigstellen. Oder denkst du, der Bauherr des Pisaner Doms hat einst einen solchen vorlegen müssen?«

»Der Baumeister der Stadtmauer musste das durchaus, so hat es mir Abelardo erzählt.«

»Weil der kein Künstler ist, nur ein Maurer! Einem solchen übergibt man erst dann Geld aus der städtischen Kasse, wenn er vorher eine Liste erstellt hat, welche Materialien er braucht. Mir hingegen vertraut man blind.«

Er schien verärgert, was Aziza nicht verstand. Sie selbst fand es lästig, wenn sie sich verrechnete, aber Ärger war sinnlos, wollte man die Aufgabe beim zweiten Mal lösen. Und ebenso sinnlos war Ärger beim Bau eines Turms. »Ich finde, selbst die Zeichnung von einem Gebäude wäre zu wenig«, sagte sie leise, »noch besser, man würde aus einem winzigen Stück Stein eine Miniatur davon anfertigen.«

»Himmel!«, brach es aus Simone heraus. »Du magst etwas von Zahlen verstehen, und das war in den letzten Jahren manchmal nützlich. Aber du verstehst nichts von der *scientia architecturae*! Ich bin fähig, allein in meinem Kopf den ganzen Bau zu entwickeln. Würde ich mich auf diese Fähigkeit nicht verlassen können, wäre es so, als ob ich mich …«

»… trotz zwei heiler Beine auf eine Krücke stützte, ich weiß.«

»Nein!«, rief er. »Es wäre so, als würde ich auf einem Schiff, das zwölf Ruderer hat, weitere zwölf mitfahren lassen, obwohl die Ruder sich gegenseitig behindern würden.«

»Nicht nur das«, sagte Aziza nachdenklich, »das Gewicht von zwölf zusätzlichen Ruderern würde dazu führen, dass das Schiff schwerer würde, es also mehr Kraft bedürfte, um voranzukommen und …«

»Schluss jetzt! Ich will keine Berechnungen mehr hören! Wissenschaft und Kunst sind zwei verschiedene Dinge.«

»Aber ohne Wissenschaft ist die Kunst nichts. Mag sein, dass das nicht gilt, wenn man Gesichter malt, jedoch wenn man einen Turm baut, erst recht einen, der schief wurde und immer noch schief ist.«

Offenbar hatte sie eine Schwachstelle erwischt, denn Simone tat, was er noch nie getan hatte. Er baute sich drohend vor Aziza auf – wenn er auch nicht groß war, größer als die zierliche Frau war er allemal – und zischte ihr alle Beleidigungen zu, mit denen er für gewöhnlich seine Bauarbeiter antrieb. Und als sie nicht im Mindesten zusammenzuckte, weil sie sie nicht auf sich bezog, brüllte er: »Der Heilige Raniero würde eher Seide tragen, die Heilige Zita eher Arme hungern lassen und der Heilige Ephysius eher seinen Glauben verleugnen, als dass ich mir von einem Mädchen sagen lasse, wie ich zu arbeiten habe!«

Aziza zuckte immer noch nicht zusammen, sah ihn nur verwundert an. Sie wusste, dass manche Menschen schrien, um ihren Worten Nachdruck zu verleihen, hatte aber nie herausgefunden, welchen Sinn das hatte. Auch seine Worte ergaben keinen Sinn. »Der Heilige Raniero hat doch nur Büßerkleidung getragen, die Heilige Zita die Armen gespeist und …«

»Eben!«, rief Simone. »Und deswegen halt deinen Mund, besticke Kleider mit Goldfäden und lass mich in Frieden mit deinen Skizzen und Miniaturen und gekrümmten Säulen.«

Mit diesen Worten konnte sie deutlich mehr anfangen, hatte sie sie doch manchmal aus Bonas Mund gehört. Allerdings hatte Bona mittlerweile begriffen, dass Goldstickerei nicht zu Azizas Talenten gehörte – und das wollte sie darum auch Simone erklären. Ehe sie jedoch etwas sagen konnte, rauschte der wütend davon, und bevor sie ihm folgen konnte, ertönte eine Stimme: »Gräm dich nicht, Mädchen.«

Sie drehte sich um, sah einen der beiden Bildhauer, die an den Skulpturen für die Loggia des Baptisteriums arbeiteten, auf sich zukommen. Es war Giovanni, der Sohn des anderen, der wiederum Nicola hieß. Beide nannte man mit Nachnamen Pisano, weil sie von hier stammten, gleichwohl sie viele Jahre ihres Lebens in fernen Ländern zugebracht hatten. Nicola Pisano war ein schweigsamer Mann, der blind für Menschen aus Fleisch und Blut wurde, wenn er an seinen Statuen arbeitete. Giovanni Pisano hingegen hatte eine Vorliebe für alles Ungewöhnliche und schätzte darum die junge Frau, die sich für Baukunst interessierte.

»Sollte ich jemals die Statue eines typischen Italieners fertigen müssen«, sagte er spöttisch, »er hätte keine Füße wie ein Wurm, dafür riesige Ohren wie ein Esel und spitze Krallen wie ein Löwe.«

Aziza runzelte die Stirn. Sie kannte Giovanni Pisano nicht gut genug, um zu wissen, dass er gerne mit Wörtern spielte. »Der Löwe frisst den Esel«, murmelte sie, »und der Esel zertritt den Wurm.«

»Auch wieder wahr. Was ich eigentlich sagen wollte: Der Italiener ist langsamer als ein Wurm, wenn es darum geht, Traditionen aufzugeben und Neues zu wagen, zugleich stur wie ein Esel, und der Löwe steht für die *superbia*, für den Hochmut.«

Aziza konnte sich die drei Tiere nicht als eines denken. »Du wirst nicht wirklich so eine Skulptur machen, oder?«, fragte sie.

»Nein, aber wenn die Italiener all diese Eigenschaften nicht hätten, hätten sie längst von den Franzosen gelernt. Diese fertigen schon seit Langem Skizzen an, bevor es ans Bauen geht, auch die Deutschen tun das. Die Italiener aber setzen leider allein auf die Erfahrung statt auf Berechnung, auf das Sichtbare, nicht auf die Gesetze der Statik. Simone hätte den Vorschlag auch dann zurückgewiesen, wenn er aus meinem Mund gekommen wäre, also gräme dich nicht, Mädchen.«

»Ich gräme mich nicht«, sagte Aziza schnell, »ich verstehe es nur nicht.« Sie machte eine kurze Pause. »Hast du schon einmal eine solche Skizze zu sehen bekommen?«

»Ich kann dir sogar einmal eine zeigen, aber jetzt ist nicht die Zeit dafür. Ich soll dir von Jalil ausrichten, dass du in seine Werkstatt kommen sollst, um dir ein paar Stoffe anzuschauen.«

Azizas Herz machte einen freudigen Satz, wusste sie doch,

dass diese Botschaft nur bedeuten konnte, dass Nino hier war und sie sehen wollte. Wie Bona hatte Jalil von Anfang an stets das Seinige beigetragen, dass sich das junge Paar heimlich treffen konnte. Sie raffte ihr Kleid, ließ Giovanni grußlos stehen und begann zu laufen, doch schon bevor sie die Werkstatt erreichte, stand Nino plötzlich vor ihr, fing sie ab und hauchte ihr einen Kuss auf die Stirn – eine Geste, die brüderlich anmutete, sich aber ganz und gar nicht brüderlich anfühlte. Aziza wähnte sich seltsam zerrissen, wollte sie doch einerseits mehr von diesen Küssen bekommen, andererseits nicht dort, wo jeder es sehen konnte. Doch als sie vorschlug, in den Garten des Bauernhauses zu gehen, schüttelte er den Kopf, und als sie sich über Simone beklagte und dass sie seinen Ärger nicht verstand, erklärte er, dass es in diesem Fall umso besser war, dass er sich eine Ablenkung ausgedacht hatte.

»Eine Ablenkung?«

Er schwieg vielsagend, zog sie zwar Richtung Bauernhaus, aber nicht zu den sich rankenden Bohnen, sondern zu einem Stall. Ein paar Schafe standen darin, eine Kuh, außerdem ein Tier, dessen Anblick Aziza zwar nicht fremd war, sie aber dennoch zurückweichen ließ.

»So groß ist Saetta auch wieder nicht!«, sagte Nino lachend, nahm ihre Hand und zog sie zu dem schwarzen Hengst. Was für eine Untertreibung! Verglichen mit dem Pferd wirkte selbst er, der in den letzten Jahren in die Höhe geschossen war, klein – was ihn allerdings nicht davon abhielt hinzuzufügen: »Ich habe mir überlegt, dass wir heute einmal ausreiten.«

Bis jetzt hatte er nur erzählt, wie gerne er Pisa verließ, insbesondere in den Sommermonaten, wenn es in der Stadt unerträglich heiß wurde, die Menschen die vielen Mücken verfluchten und jenes Fieber fürchteten, das diese brachten – jedoch nie vorgeschlagen, dass sie ihn begleiten sollte. Jetzt tat er das, nannte auch sein Ziel, und als sie zweifelnd den Kopf wiegte, erklärte er rasch: »Wir kommen zurück, bevor die Sitzung der Domopera zu Ende ist und Abelardo nach dir sehen kann. Die Sitzung wird gewiss ewig dauern. Viele wollen das Geld der Stadt lieber in Waffen umsetzen, nicht in weißen Marmor und ...«

Aziza hatte gar nicht richtig zugehört. Als das Pferd schnaubte, war sie angstvoll zurückgewichen. Nun lugte sie hinter Ninos Schulter hervor, fragte sich, wie hoch genau es war und aus welchem Winkel ein Sturz wohl tödlich endete.

»Jedenfalls ist es gut möglich, dass die neue Loggienreihe des Turms auf ihre Fertigstellung warten muss«, fuhr Nino fort, »ich hingegen will nicht mehr warten, ich will dir das Meer zeigen, zwar nicht vom Turm aus, aber ganz aus der Nähe.«

Er zog sie an der Hand, sie versteifte sich. Deswegen packte er sie an den Hüften, um sie hochzuheben, und sie erstarrte noch mehr, diesmal weil etwas Heißes in ihre Glieder fuhr, die kalte Angst vertrieb. Und ehe diese zurückkehrte, saß sie schon auf dem Pferderücken.

»Ich kann nicht reiten!«, rief sie kläglich.

»Du musst auch nicht reiten«, erklärte er und schwang sich vor sie, »du musst dich nur an mir festhalten.«

Nino lächelte, als er fühlte, wie zaghaft Aziza ihre Hände um seine Hüften legte. Nicht dass er es anders kannte von dem Mädchen, das aus mehr Geist als Körper zu bestehen schien. Aber heute, so hatte er geschworen, würde sich das ändern. Er gab dem Tier die Sporen, und prompt wurde ihr Griff fester, obwohl das Tier noch langsam über den Domplatz trabte und sie durch die Porta Leona die Stadt verließen. Selbst als sie einen Kreis um die dicht besiedelten Viertel zogen, beschleunigte Nino das Tempo nicht, denn er wollte ihr Zeit lassen, sich an die Höhe zu gewöhnen. Alsbald erreichten sie den Arno, der die Stadt nicht nur in zwei Hälften teilte – Mezzogiorno wurde die südliche genannt, Tramontana die nördliche –, sondern wegen seiner Form als Wiege der Stadt bezeichnet wurde, die diese sanft schaukelte. Nino fand, dass dieser Vergleich hinkte. Die Pisaner hatten die Unschuld eines Säuglings längst verloren, und in den Schlaf wiegen konnte man diese nimmermüden Menschen erst recht nicht. Als Schleife wie manch anderer hätte er den Fluss aber auch nicht bezeichnet, denn mit einer Schleife band man etwas fest, der Arno war hingegen nichts, was aufhielt, was beschränkte, er war der Weg zum Meer und folglich der Weg zur Freiheit. In den Vororten, rund um die Stadtmauer errichtet, erwartete sie noch nicht der Geruch nach dieser Freiheit, nur übler Gestank, lebten und arbeiteten hier doch die Gerber. Aziza schien sich daran nicht zu stören – nicht nur, weil sie sich immer noch kaum zu bewegen traute, auch, weil sie sich an den vielen Myrten erfreute, die hier wuchsen und die man zur Herstellung der Gerbsäure verwendete. Neben Leder wurde auch Wäsche in den Fluss getaucht. Die Wäscherinnen saßen am Ufer und schlugen mit Steinen auf die Stoffe, um sie vom Dreck zu befreien und später zu trocknen – etwas, das in der Stadt verboten war. Trotz der Schufterei sangen sie fröhlich, und Aziza – er spürte es am heißen Atem in seinem Nacken – hob ihren Kopf ein wenig. Allerdings musste er feststellen, dass es ihr weniger der Gesang angetan hatte, sie vielmehr aufmerksam zusah, wie zwei Frauen Bettlaken zusammenfalteten – und das, wie sie feststellte, in Form eines akkuraten Quadrats. Beim Anblick der Angelruten jener Fischer, an denen sie wenig später vorbeiritten, dachte sie womöglich an ein Dreieck.

»Ja, kannst du nur in Formen denken?«, entfuhr es Nino.

»Jalil behauptet, die Kugel wäre die höchste aller Formen, die Grundform des Lebens gar. Ich aber denke, dass der Welt ein Dreieck zugrunde liegt. In einer Kugel finden nicht so viele andere Kugeln Platz, um sie ganz und gar auszufüllen. Jedes Dreieck kann man aber bis zur Unendlichkeit in weitere teilen.«

»Hm«, machte Nino, und obwohl er eigentlich das Pferd zum Galopp hatte antreiben wollen, bremste er das Tempo etwas. »Ich weiß nicht, ob das Kleinste aller Dinge eine Kugel oder ein Dreieck ist. Das Größte aller Dinge aber ist das Meer – und das hat keine Form oder derer alle.«

Das Meer war hier noch nicht zu sehen, aber trotzdem glaubte er schon jetzt, freier atmen zu können. Er kannte viele Pisaner – fast sämtliche seiner Verwandten gehörten dazu –, die ungern die Stadt verließen, sie als Ort des Rechts und Wohlstands bezeichneten, während das Land hinter den Mauern den Wilden und Armen gehörte. Er aber fühlte sich beim Anblick von Mauern nicht geschützt, nur beklommen. Viel lieber sah er diese kühnen Pinien im Wind wogen, viel lieber die Berge, die in weiter Ferne die fruchtbare Ebene rund um Pisa begrenzten – die Alpi Apuane im Norden, die Livorno-Hügel im Süden und die Monti Pisani im Nordosten. Nirgendwo in Italien wogten die Getreidefelder so golden wie in der Maremma – ein Grund, warum man diese den Brotkorb der Toskana nannte –, und dazwischen standen Ölbäume oder Weinberge. Noch waren die Trauben zwar winzig und sauer, aber irgendwann ließ sich daraus jener süße Weißwein keltern, wofür die Bewohner von Genua und Amalfi, deren Städte wie Vogelnester am Rand hoher Berge klebten, töteten. Wobei diese einen Pisaner auch für weniger als Wein töteten, manchmal für gar nichts, nur um des Tötens willen.

An den Tod aber wollte Nino nicht denken, lieber an das Leben, und das fiel ihm leicht, als er die vielen Schafe mit dem ungewöhnlich dichten Fell sah, die hier grasten, nicht nur auf den satten, grünen Wiesen, auch noch dort, wo das Gras schärfer, gelblicher und der Boden sandiger wurde.

Manche hoben ihre Köpfe, als sie an ihnen vorbeiritten, andere ließen sich nicht beirren. Neugieriger waren die Menschen auf den Schiffen, die den Arno entlangsegelten, Eisen von Elba in die Stadt brachten oder Öl und Tierhäute in alle Welt und ihnen beiden nachblickten. Aziza schien ihrerseits die Menschen nicht zu sehen. Sie musterte nur die viereckigen Segel – fast alle zeigten ein weißes Kreuz auf rotem Grund, Pisas Wappen – und sprach eine Weile darüber, wie man den Umfang und die Fläche von Quadraten berechnete.

»Das!«, fiel er ihr schließlich ins Wort, als sie ihr Ziel erreichten, »das wollte ich dir zeigen!«

Sie blickte sich um. Noch durchdringender war hier die salzige Meeresluft, aber der Blick auf die blaue Weite wurde von unzähligen Schiffen verstellt. »Man sieht das Meer gar nicht.«

»Aber den Hafen von Pisa, den Knotenpunkt, von dem aus man jeden erdenklichen Ort der Welt erreichen kann, das Latium und Kampanien, Sizilien, Korsika und Sardinien, Nordafrika und das Heilige Land, die Levante und …«

»Kann man nicht von jedem Punkt der Welt aus überallhin reisen, vorausgesetzt, man hat das richtige Fahrzeug?«

Nino lachte, hielt das Pferd an, sprang herab und reichte ihr die Hand. »Aber man kommt nicht so schnell dorthin. Gewiss, manche rätseln, warum die Pisaner ihren Hafen einst nicht gleich in Livorno errichtet haben, wäre er dort doch besser von Felsen geschützt. Aber das ändert nichts daran, dass der Porto Pisano die *bocca della Toscana* ist.«

Aziza runzelte die Stirn. »Wie kann ein Hafen ein Mund sein?«

»Weil er ständig Schiffe schluckt und wieder ausspeit?«

»Aber du willst doch nicht verschluckt werden und in einem engen Magen wohnen.«

Nino nickte. Aziza musste man viele Dinge erklären, die anderen geläufig waren, sie stellte Fragen, die niemand stellen würde, und gab selber Antworten, die wohl nur verstand, wer das Buch von Leonardo Fibonacci gründlich studiert hatte – und doch oder gerade deswegen war sie die Frau, die ihn am besten kannte. »Alles Enge ist mir tatsächlich zuwider«, sagte er, »aber lass mich dir zeigen, was wie nichts anderes für grenzenlose Weite steht.«

Rasch hatte er sein Pferd an einer der Baracken, in der die Hafenarbeiter lebten, angebunden und zog Aziza an etlichen Lastenträgern vorbei, die gerade schwere Säcke mit Getreide oder Fässer schleppten.

»Ich wollte dir die Schiffe zeigen, weil es keinen schöneren Ort als ein Schiff gibt«, murmelte er. »Der Kapitän erteilt seiner Besatzung Befehle, er selbst aber beugt sich allein Wind und Wellen. Diesen geht es nicht um Besitz und Reichtum, nur um Freiheit, und dennoch besitzen sie mehr Macht als mein Großvater in Pisa, mein Vater auf unseren Ländereien auf Sardinien oder mein Bruder Enrico, wenn er wieder einmal mit seiner Armbrust die Mägde verschreckt.«

Er brach ab. Er wollte mit ihr nicht über seine Familie sprechen, deren Mitglieder zahlreich wie ihre Feinde waren.

»Komm«, sagte er und zog sie am mit Ketten geschützten Wassertor vorbei, das an der Mündung des Arnos errichtet war, damit keine feindlichen Schiffe die Stadt erreichen konnten, an den vier Wachtürmen, auf denen jeweils drei Mann Dienst machten, den vielen Docks daneben, den Mannschaftsquartieren, Lagerhäusern und Handelskantoren, dem großen Brunnen schließlich und den Tavernen. Und dann erreichten sie ganz hinten, wo der Strand flach und sandig war, die Werkstätten.

»Ich … ich träume nicht nur vom Meer«, sagte er unwillkürlich. »Ich träume davon, ein Schiff zu bauen, das schnell wie kein anderes ist.«

Sie musterte erst die Männer in der Werkstatt, die laut hämmerten, dann ihn. »Hast du jemals einen Hammer in der Hand gehalten?«

»Hast du jemals Steine geschleppt? Mitnichten! Und doch hast du genaue Vorstellungen davon, wie man den Turm zu bauen hat.«

»Also willst du kein Schiff bauen, sondern eines entwerfen.«

Er zuckte die Schultern, von Plänen verstand er nicht sehr viel, aber er wusste etwas anderes. »Ohne seine Schiffe wäre Pisa nie eine der größten und wichtigsten Städte Italiens geworden. Schon in der Zeit der Römer kannte man keine besseren Schiffe als jene, die von Pisaner Schiffszimmermeistern gebaut wurden, auch keine besseren Matrosen als die jungen Männer der Stadt. Man nutzte die hochgewachsenen Pinien zum Bau, die von hier stammen, aber auch aus den Bergen Südandalusiens oder der Algarve.« Dass sie den Namen dieser Orte nie gehört zu haben schien, tröstete ihn etwas darüber hinweg, sie noch nie gesehen zu haben. »Nun ja, neben Holz braucht man auch Pech, und das stammt aus der Lunigiana, Eisen, das aus Elba kommt, und für den Schiffsrumpf weichere Hölzer, wie sie in Kalabrien wachsen.«

Zum ersten Mal ließ er sie los, blickte nicht länger auf die riesige Werkstatt, überdacht, aber ohne Wände, sondern auf das Meer, das hier so friedlich wirkte. Die Wellen klatschten nicht laut ans Land, sie schienen es sanft zu streicheln. »Das schnellste aller Schiffe ist kein großes, bauchiges Rundschiff, sondern eine Galeere. Diese ist nicht mit zwei Heckrudern ausgestattet, nur mit einem zentralen, und von der Form her noch schmaler als die Barken, jene kleinen, wendigen Boote. Nur die besten Handwerker ließe ich für mich arbeiten, nur den besten Schiffszimmermann. Wenn dieses schnellste aller Schiffe fertig wäre, bräuchte ich damit nicht fünf Tage nach Genua, sondern vier, und nicht zwanzig Tage nach Sizilien, sondern fünfzehn, und nach Kaffa wiederum …«

Aziza runzelte erneut die Stirn. »Das ist falsch«, sagte sie.

»Mein Plan, ein Schiff zu bauen?«

»Nein, deine Berechnung. Wenn man nach Genua in vier Tagen statt fünf kommt, bedeutet es, dass man ein Fünftel schneller fährt. Fünfzehn sind aber drei Viertel von zwanzig und …«

Er trat zu ihr, tat, was er selten getan hatte, erschien ihm die Geste doch als anmaßend, als Versuch, ihren Geist einzufangen, über ihr Leben zu bestimmen. Und doch legte er nun seine Hände um ihren Kopf, zwang sie, ihn anzusehen. »Eigentlich ist es mir egal, ob ich ein Fünftel der Zeit schneller reise oder ein Viertel. Notfalls würde ich auch langsamer reisen, wenn man mich denn überhaupt reisen ließe.«

»Und warum tut man es nicht?«

Dies war auch eine der Fragen, wie sie nur Aziza stellen konnte. Alle anderen Pisaner wussten, dass man als Gherardesca nur einen Wunsch zu haben hatte – den Ruhm und Reichtum der Familie zu mehren. Das schloss zwar das Reisen nicht aus, aber auf solche Reisen ging man, wenn es vom eigenen Großvater, dem Oberhaupt der Familie, befohlen wurde. Seit Langem wartete er vergebens darauf und würde auch weiterhin warten müssen, aber in einer anderen Sache verlor er die Geduld. Er hatte davon geträumt wie vom Reisen, es allerdings nie gewagt; jetzt war es plötzlich so einfach, so selbstverständlich, sich vorzubeugen und Aziza auf die Lippen zu küssen. Und wenn sie noch so viele Dreiecke in ihrem Kopf hatte – an ihrem Gesicht, ihrem Körper war nichts spitz, alles war weich und rund. Und wenn sie noch so oft über Zahlen nachdachte – jetzt entkam ihr ein Seufzen, als würden diese gründlich durcheinandergeschüttelt. Ihre Lippen gaben nach, ihre Zungen trafen sich, wie sich die Herzen längt getroffen hatten, sie verloren sich aneinander und bekamen sich zurück, anders, neuer … und dann war es leider schon vorbei.

Das Hämmern und Fluchen aus der Werkstätte, das Knirschen von Schritten im Sand hatten sie irgendwie ausschalten können – aber nicht die Laute, die nun vom Hafen kamen, ebenfalls Flüche, nur viel machtvollere, weil sie aus aller Kehlen gleichzeitig drangen. Sie fuhren herum, sahen, was alle im Hafen erstarren, in eine Richtung schauen ließ – das Segel eines großen, stolzen Handelsschiffes, das eben einlief, nicht vom Wind gebläht, nein, zerrissen, sodass das machtvolle weiße Kreuz auf rotem Grund zersplittert schien. Der Mast war halb gebrochen, senkte sich eben noch mehr, das Knirschen des Holzes klang schauderhaft, fast wie das Ächzen eines Alten, als wäre das Schiff ein lebendiges Wesen, das seinen eigenen Tod beweinte. Es war dieser Ton, der Nino alles andere vergessen ließ. Er ließ Aziza los, hastete zur Hafenmole, wo sich immer mehr Menschen versammelten, erkannte, dass sich nicht nur der Mast senkte, sondern das ganze Schiff wegen seiner vielen Löcher schief im Wasser lag. Ruder ragten hervor, unterschiedlich lang und in unterschiedliche Richtungen weisend, ein Zeichen, dass niemand sie mehr festhielt.

Nur langsam zwar, aber stetig näherte sich das Schiff dem Hafen. Anstatt rechtzeitig davor zu ankern, wurde es von der Meeresströmung geradewegs auf den Stein der Mole zugetrieben, was bedeutete, dass es längst nicht mehr von einem kundigen Kapitän gesteuert wurde. Aus den Flüchen im Hafen wurden Schreie, als das Schiff schließlich gegen den Landungssteg krachte. Der Bug zersplitterte, erneut erklang das Ächzen. Es war der letzte Atemzug des Schiffes, ehe es zur Seite kippte, das zerfetzte Segel auf den Steg fiel, etliche Menschen bedeckte, die dort standen.

Nino, der ganz am Anfang der Mole gestanden hatte, wich rechtzeitig zurück, konnte sich jedoch nicht vor dem grässlichen Anblick schützen. So durfte ein Schiff nicht enden! Wer immer es gebaut hatte, tat es doch mit dem Ziel, darauf die Welt zu erobern!

»Ist es … ist es in einen Sturm geraten?«, vernahm er Azizas leise Stimme neben sich.

Sie war ihm unbemerkt gefolgt, nahm zwar seine Hand, aber schien vom Anblick des Schiffes weniger verstört. Vielleicht berechnete sie, mit wie viel Wasser sich sein Bauch füllen musste, um endgültig unterzugehen.

»In einen Sturm?«, wiederholte er. »O nein!«

Er ließ ungesagt, dass kein Sturm solche Löcher verursachen konnte, kein Sturm die Macht hatte, die ganze Besatzung von Bord zu spülen, sodass allein die Strömung das Schiff zum Hafen getrieben hatte. Auch so begriff Aziza wohl langsam, was geschehen war, denn die Flüche rund um sie schwollen wieder an, galten den Genuesen, übleren Feinden noch als die Luccheser und Florentiner, von Gott einzig erschaffen, um Pisa das Leben schwer zu machen, ihre Schiffe zu entern, auszurauben.

»Die Genuesen haben dieses Schiff zerstört?«, fragte Aziza leise.

Ninos überkam das übermächtige Verlangen, sie wieder zu küssen, darüber zu vergessen, wie viel Feindschaft und Hass es gab, taub zu werden für das fortwährende Knirschen von Holz. Doch als er sie wieder in Richtung Werkstätte ziehen wollte, sah er in der Menge ein vertrautes Gesicht. Es war sein Onkel Uguccione, und wenn der hier war, waren andere Gherardesca gewiss nicht weit.

Keiner von ihnen durfte Aziza sehen. Oder nein: Keiner von ihnen durfte ihn mit Aziza sehen.

Vielleicht war es feige, das zu denken – klug war es aber auch.

Er zog sie nicht zum Strand, sondern zu dem Haus, an dem er vorhin das Pferd angebunden hatte. »Lass uns in die Stadt zurückkehren. Abelardo darf nicht bemerken, dass du verschwunden bist.«

Sie nickte, und bald hatten sie das Pferd bestiegen. Kurz nachdem sie losgeritten waren, warf er einen letzten Blick zurück auf den Hafen und auf das zerstörte Schiff. Obwohl er sich sagte, dass die Genuesen alle Tage ein Pisaner Schiff angriffen, es nur ungewöhnlich war, dass es noch den heimatlichen Hafen erreichte, erschien es ihm als schlechtes Omen, dass er just in diesem Augenblick Aziza zum ersten Mal geküsst hatte.

Diesmal saß Aziza nicht hinter Nino, sondern vor ihm. Seine Hände umfassten sie, und es war schön, ihn zu spüren, wenngleich immer noch beängstigend, auf dem Pferd zu reiten. So war es stets, wenn sie mit ihm zusammen war. Sie fühlte sich ihm nah, verstand ihn blind, wähnte sich an seiner Seite jedoch von einer Welt gestreift, die sie oft verstörte. Solange sich Freude und Befremden im Gleichgewicht befanden, sei das in Ordnung, hatte sie sich anfangs oft gesagt. Aber dann hatte sie erkannt: Gefühle zu ergründen war so schwer, wie eine Gleichung mit mehreren Unbekannten aufzulösen. In diesem Moment konnte sie sich noch nicht einmal erklären, warum er sich immer wieder umdrehte, in Richtung Hafen blickte, selbst dann noch, als dieser und das zerstörte Schiff nicht mehr zu sehen waren.

»Was macht dir solche Sorgen?«, fragte sie, aber er antwortete nicht, starrte immerhin nun wieder nach vorne. Sie waren kurz am Meer entlanggeritten, hatten nun die Mündung des Arnos erreicht, wo sich zwischen breiten Sandbänken etliche Lagunen gebildet hatten. Nicht weit von ihnen entfernt schleppten ein paar Männer schwere Kisten.

»Was tun die denn da?«, fragte sie.

Rasch senkte er den Blick. »Schau nicht hin«, murmelte er.

»Warum nicht?«

»Manche Schiffskapitäne entsorgen wertlosen Ballast gerne in der Küstennähe, aber das ist verboten und wird streng bestraft.«

»Und warum soll ich nicht hinschauen?«

»Weil sie gewiss nicht wollen, dass jemand Zeuge ihrer Untat wird.«

Was sie genau mit solchen Zeugen machen würden, ließ er unausgesprochen, aber sie erriet es von selbst. Trotzdem konnte sie es nicht lassen, in Richtung der Männer zu starren. Zu stark war die Gewohnheit, alles anzuzweifeln, was man ihr sagte, das Verbotene zu hinterfragen, den Dingen auf den Grund zu gehen. Und sie hatte recht damit, denn diese Dinge lagen ganz anders, als Nino vermeinte.

»Schau nur! Sie entsorgen gar keinen Ballast. Sie wuchten die Kisten auf Wagen.«

»Himmel, schau nicht hin!«, rief er gereizter, als sie ihn je erlebt hatte. »Es tut mir leid«, fügte er dann etwas gemäßigter hinzu. »Gut möglich, dass sie Treibgut einsammeln ... die Lasten von Schiffen, die untergegangen sind ... aber auch das ist verboten, also ...«

»Nino!«, schrie sie unvermittelt.

Sie beugte sich so weit vor, dass sie fast vom Pferd fiel. Gerade noch rechtzeitig packte Nino sie, schalt sie für die unbedachte Bewegung, doch in diesem Augenblick sah auch er, was sie gerade erblickt hatte. Selbst das Pferd schien es zu bemerken, es fiel vom schnellen Trab in ein unruhiges Tänzeln, blähte seine Nüstern.

»Was zum ...«, entfuhr es Nino.

»Mein Gott«, murmelte Aziza. »Wir können nicht einfach weiterreiten.«

Sie spürte, wie er zögerte, aber dann verhielt er das Pferd, sprang hinab, reichte ihr die Hand. Langsam überwanden sie die zwei Dutzend Schritte, die sie von den Männern trennten. Es waren vier, und sie hatten einen Halbkreis um ihren Fund gezogen.

Ob das, was sie in den Händen hielten – eine zerkratzte Kiste, die womöglich nur voller Sand war, ein zerbeultes Fass, dessen Inhalt längst verschüttet worden war –, von Wert war, konnte Aziza nicht sagen. Erst recht war sie sich nicht sicher, ob das reglose Kind, das hier inmitten der Truhen und Kisten im feuchten Sand lag, tot oder lebendig war.

Schon aus der Ferne hatte sie der Anblick verstört. Als sie näher trat, konnte sie erstmals nachfühlen, was Bona meinte, wenn sie behauptete, Aziza wäre nicht ganz von dieser Welt.

»Wärst du blond«, hatte sie manchmal gesagt, »man würde dich für einen Engel halten.«

Aziza fand es nicht erstrebenswert, ein Engel zu sein, und warum Engel blond sein sollten, wusste sie erst recht nicht. Blond, fast weiß, war jedenfalls das Haar dieses Kindes … dieses Knaben. Die Augen hielt er fest geschlossen, wahrscheinlich waren sie von einem blassen Blau, denn einen dunkleren Ton konnte sie sich an einem so hellen Menschen nicht vorstellen. Blau waren auch die Flecken, die Gesicht wie Arme übersäten, rissig die Lippen, als hätte der Knabe zu lange in der Sonne gestanden und dabei zu wenig getrunken.

Die Männer fuhren herum, als sie sie bemerkten, doch in ihren Gesichtern stand kein schlechtes Gewissen, weil sie sie bei etwas Verbotenem ertappten, nur Verwirrung über diesen Knaben.

»Er … er lag einfach da«, erklärte einer, »als wäre er vom Himmel gefallen.«

»Unsinn!«, fuhr ihn ein anderer an, »wenn, dann ist er nicht vom Himmel gefallen, er ist vom Meer ausgespuckt worden.«

Er hob die Fußspitze, wollte den Knaben wohl treten, um zu prüfen, ob noch Leben in ihm war. »Nicht!«, rief Aziza unwillkürlich, vermeinte, dass ein so zartes Geschöpf unweigerlich zerbrechen würde, ginge man es zu hart an.

»Der spürt doch ohnehin nichts mehr, ist längst ersoffen.«

Nun gut, die Lippen waren nicht einfach nur trocken, sondern auch von einem bläulichen Ton, dennoch entging es Aziza nicht, dass sich die Brust des Jungen hob und senkte.

»Nun«, erklärte einer der Männer, »wenn er edles Gewand trug, ist das jetzt zerfetzt, und Schmuck sehe ich auch nicht.« Er beugte sich zwar noch tiefer, um das zu überprüfen, wandte sich dann aber ab und trug sein Fass davon. Die anderen warfen Aziza und Nino misstrauische Blicke zu, folgten ihm aber.

Aziza fiel neben dem Knaben auf die Knie, berührte ihn ganz vorsichtig – nur mit der Fingerkuppe ihres Zeigefingers.

»Er ist ganz kalt, aber er atmet wirklich noch …«, murmelte sie.

»Gut, dass die Männer nicht auf die Idee kamen, auch ihn als Treibgut anzusehen und ihn als Sklaven zu verkaufen«, sagte Nino.

Vage erinnerte sich Aziza an Abelardos Worte, wonach blonde Sklaven den höchsten Preis erzielten. Er hatte äußerst bekümmert geklungen, denn er war der gleichen Meinung wie sie: Eine Gleichung, bei der auf einer Seite ein Mensch stand, auf der anderen Gold, ging nie auf.

»Wir müssen ihm etwas zu trinken geben!«

»Aber wir habe nichts dabei …«

Aziza blickte sich ratlos um. Im feuchten Boden hatten sich etliche Pfützen gebildet, doch darin stand wie in den nahen Lagunen nur salziges Meerwasser. Ansonsten wuchs hier lediglich gelbliches Gras – und es fraß noch nicht mal ein Schaf daran, das man hätte melken können.

Blitzschnell riss sie einen Streifen Stoff von ihrem Kleid, spuckte mehrmals darauf, wischte dem Knaben die Lippen damit ab. Hinterher waren sie zwar immer noch trocken, aber nicht ganz so blau.

»Reite zurück zum Hafen und hol von dort einen Schlauch Wein oder Wasser!«, sagte sie.

»Aber ich kann euch unmöglich hier allein lassen.«

»Dann … dann müssen wir ihn so schnell wie möglich nach Pisa bringen!«

»Und wenn er dafür zu schwach ist?«

Sie starrte ihn hilflos an, das Pferd begann wieder zu tänzeln, zu schnauben, doch plötzlich kam ein anderer Laut hinzu, viel leiser als dieser, ein Stöhnen. Aziza beugte sich ganz dicht über den Knaben, sah, wie die Lider flackerten, sich kurz sogar öffneten. Die Augen dahinter waren wirklich blau, nicht blau wie das Meer, eher wie der Himmel an trüben Tagen, wenn man die Sonne nur ahnen, nicht sehen kann. Wieder spuckte Aziza auf den Stoff, wieder fuhr sie ihm damit über den Mund. »Wer bist du, und wie heißt du?«

Der Knabe gab keine Antwort.

»Gut möglich, dass er sich vom Schiff retten konnte, das wir vorhin im Hafen gesehen haben«, murmelte Nino.

»Die Menschen schrien, dass es die Genuesen angegriffen haben. Ist das wahr?«

Nino zuckte die Schultern. »Die Genuesen haben jedenfalls erst vor Kurzem Capraia und Pianosa erobert, Ortschaften, die zu Pisa gehören. Und wenig später haben sie etliche Handelsschiffe von Pisanern, die dorthin unterwegs waren, gekapert und nach Genua gebracht.«

»Gekapert?«, fragte Aziza, aber ihr kam kein Bild in den Sinn, das zwischen das eines stattlichen Schiffes mit geblähtem Segel und jenes zerstörte mit zerbrochenem Mast und zerfetztem Segel passte.

»Einmal war ich selbst bei einem solchen Angriff auf ein Schiff dabei«, erzählte er gedankenverloren. »Erst beschießt man es mit Armbrustbolzen, Katapultgeschossen, Schleudern, Brandpfeilen. Dann kommt Griechisches Feuer zum Einsatz. Das ist eine grässlich stinkende Substanz, die man in Röhren füllt, und sie erzeugt in diesen Röhren einen Druck, weswegen man … ach, das ist jetzt nicht so wichtig. Es heißt jedenfalls, es würde in der Hölle selbst gebraut werden. Und was kaum weniger stinkt, sind die mit Essig getränkten Filzabdeckungen, mit denen man sein eigenes Schiff vor dem Feuer zu schützen versucht. Das funktioniert aber nicht immer.«

Weiterhin sah Aziza kein konkretes Bild vor sich, doch da schlug der Junge erneut seine Augen auf. Nicht nur ihre Farbe konnte sie erkennen, auch das nackte Grauen, das in ihnen stand, und plötzlich war sie sicher, dass Nino recht hatte, der Junge wirklich von jenem zerstörten Schiff stammte.

»Wie hast du dich bloß hierhergerettet?«, fragte sie.

Das Grauen schien zu groß für Worte. Als der Junge den Mund öffnete, kam zunächst nur ein heiseres Flüstern heraus. Das Flüstern aber wurde lauter, und schließlich presste er hervor: »Schwimmen ... kann schwimmen ... Vater hat mir Stoß gegeben ... Vater jetzt tot ... habe niemanden mehr ...«

Nino beugte sich ebenfalls über ihn. »Woher kam das Schiff? Aus Sardinien? Oder Korsika?«

»Kor... Kor...«, stammelte der Knabe. Seine Lippen schlossen sich wieder, seine Augen nicht. Nicht länger erinnerte ihre Farbe Aziza an den Himmel, eher an Staub. Staub, in dem sie selbst so lange gehockt hatte, bis sie sich wie solcher gefühlt hatte. Schon lange hatte sie nicht mehr an diese Zeit gedacht, jetzt erschauderte sie.

»Vater tot ...«, wiederholte der Knabe. »Hatte niemanden außer ihm ...«

Er schwieg endgültig, die Augen fielen zu. Ob er nur in tiefen Schlaf sank oder in eine Ohnmacht – sie wussten es nicht.

Aziza sah ratlos zu Nino. »Sollen wir ihn zum Hafen bringen? Die Menschen werden Mitleid haben, wenn sie hören, dass er auf dem Schiff reiste, das die Genuesen zerstört haben.«

Nino schüttelte gedankenverloren den Kopf. »Wir bringen ihn besser nach Pisa – dass er kurz aufgewacht ist, ist ein Zeichen, dass er stark genug ist. Ich fürchte, der Hass auf Genuesen führt zu vielem, nur nicht zu Mitleid.«

»Aber woher kommt denn dieser Hass?«

Nino bückte sich, hob den Knaben hoch, trug ihn zum Pferd. Obwohl der Junge nicht schwer war, konnte er dem Tier nicht die Last von ihnen dreien zumuten, also legte er den Knaben bäuchlings auf den Pferderücken und deutete ihr an, dass sie zu Fuß gehen müssten. Nino ergriff die Zügel, Aziza die Hand des Jungen. Nur langsam kamen sie vorwärts – viel zu langsam, um rechtzeitig in Pisa zu sein. Aber es war nicht das, was sie am meisten beschäftigte.

»Woher kommt dieser Hass?«, fragte Aziza wieder.

Nino zuckte die Schultern. »Pisa und Genua waren immer Rivalen, lagen im steten Wettstreit, wer mehr Handel trieb, wer mehr Feinde besiegte, wer größere Schiffe hatte. Und seit einigen Jahren zanken sie sich um Korsika, jene Insel nördlich von Sardinien, deren Berge höher, deren Klippen schroffer, deren Wälder dichter sind. Genua und Pisa haben die Insel schon vor langer Zeit unter sich aufgeteilt, aber eine Hälfte ist keinem von ihnen genug, und viel zu wenig ist es wiederum dem alten korsischen Adel, unter ihrer Gewalt zu leben. Sie neigen dazu, sich entweder mit Genua gegen Pisa oder mit Pisa gegen Genua zu verbünden, um einen Teil der Insel zurückzugewinnen.«

»Eine Zahl kann man teilen, keine Insel. Auch keine Berge, keine Wälder und keine Klippen!«

»Das nicht«, sagte Nino betrübt, »aber wer Wälder besitzt, hat genügend Holz für Schiffe. Und wer Schiffe hat, kann die seiner Feinde überfallen.«

Eine Weile schwiegen sie. Als sie sich vorhin neben den Jungen gekniet hatte, hatte sich ihr Kleid mit salzigem Wasser vollgesogen. Überdies fröstelte sie, weil die Sonne an Kraft verlor. Sie ging in jener Richtung unter, wo die umkämpfte Insel lag, errötete eben – vielleicht vor Ärger über all die Kämpfe, vor Scham oder weil ihr das Herz blutete. Gut möglich aber, dass ihr das gleichgültig war.

»Abelardo hat einst nicht nur mich, auch andere Waisenkinder aufgenommen, um sie zu bilden«, sagte sie leise, »ich bin mir sicher, er wird sich um diesen Jungen kümmern, ihn in seinem Haushalt aufnehmen, ihm lesen, schreiben, rechnen beibringen wollen.«

»Gut so«, sagte Nino, »wahrscheinlich wäre auch mein Großvater bereit, ihm ein Zuhause zu geben, wenn auch nur, weil man im drohenden Krieg gegen Genua jeden brauchen kann, der zu kämpfen bereit ist.«

Aziza blickte erschrocken auf den Jungen. »So ein kleiner Knabe kann doch noch nicht kämpfen!«

»Ich fürchte, der Kampf wird Jahre dauern.«

Azizas Blick ging zu Nino. »Und du … wirst du auch kämpfen?«

Er tat so, als würde er sich auf den Weg konzentrieren, zog energisch am Halfter des Pferdes, damit es nicht vor einer Wurzel in Form einer Schlange scheute, schwieg beharrlich. Mehrmals setzte Aziza an, nachzufragen, mehrmals biss sie sich auf die Lippen. Wenn er ihr mehr von seiner Familie und den Plänen, die sie mit ihm hatte, hätte erzählen wollen, hätte er es längst getan.

Erst als in der Ferne die Stadt zu sehen war, brach er das Schweigen: »Mein Glück ist, dass meine Familie so groß ist. Ich habe immer zu verheimlichen gewusst, dass ich weit weniger mit der Armbrust oder mit dem Dolch übe als meine Brüder, meine Onkel und Vettern.«

Nun war es Aziza, die ihre Gedanken verschwieg.

Ihr Pech war, dass ihre Familie so klein war. Sie würde Abelardo nicht verheimlichen können, dass sie mit Nino zum Hafen geritten war. Ein neuerliches Frösteln überlief sie, doch in dem Augenblick stöhnte der Junge, und als sie seine Hand drückte und spürte, dass diese warm war, wusste sie, dass sie das Richtige tat.

Die Sitzung der Dombauhütte, die in Pisa Domopera genannt wurde, fand einmal jährlich statt. Abelardo, der seit seiner ersten großzügigen Spende für den Turmbau zu ihren Mitgliedern zählte, konnte sich aber nicht erinnern, dass jemals so viel gestritten worden war wie heute. In jeder Stadt, wo ein Dom gebaut wurde, gab es eine solche Opera, denn es bedurfte jemandes, der den Bau plante und überwachte, den Arbeitern den Auftrag erteilte und sie bezahlte. Vertreter der Kirche und der Stadt gehörten ebenso zur Opera wie ein Verwalter der Dombauhütte und schließlich jener Mann, dem die künstlerische Gesamtverantwortung unterlag, der Dombaumeister. Im besten Fall bildeten all diese Stimmen einen wohlklingenden Chor, doch heute waren nur Misstöne zu hören, schien doch jeder etwas anderes zu wollen.

Drei Stunden saßen sie nun schon im Palazzo del Commune beisammen, und die Stimmung aller war mittlerweile so schlecht wie die von Nicola Pisano. Der war sowohl ein großer Bildhauer als auch der Vater von jenem Giovanni, mit dem Aziza heute Vormittag über die sturen Italiener gesprochen hatte, und zugleich der Dombaumeister. Mit kräftigen Händen bearbeitete er noch die größten Marmorblöcke, um ihnen eine kunstvolle Form zu geben, doch sein Stolz war aus einem anderen Material. Wenn man nur an diesem kratzte, begann Nicola zu brüllen, wie heute gleich zu Beginn der Sitzung. Da war sein größtes Ärgernis angesprochen worden – dass nämlich sämtliche Wandersteinmetze aus der Toskana, die in den letzten Jahren angeworben worden waren, jüngst kaum mehr am Baptisterium arbeiteten, sondern an der Stadtmauer.

Deren verantwortlicher Baumeister Lucca Galvani, den man Capitano Murorum nannte, hatte man auch zur Sitzung gebeten, und mit zunehmend grimmigem Gesicht und feindseligem Blick starrte er auf Nicola. Was zwischen ihnen stand – mindestens ebenso hoch wie besagte Stadtmauer –, war nicht nur die Tatsache, dass Nicola aus Pisa stammte, der Capitano Murorum aber aus Pistoia, vielmehr, dass Ersterer sich als Künstler sah, Zweiterer als Handwerker.

»Es ist nicht meine Schuld, dass während der unseligen Kämpfe mit den Florentinern und Lucchesern Teile der Mauer zerstört wurden und jetzt wiederaufgebaut werden müssen«, knurrte der Capitano Murorum.

Abelardo bedauerte insgeheim, dass Nicolas Sohn Giovanni – fröhlicher und unbekümmerter als sein Vater – nicht hier war, um schlichtend einzuwirken.

Nicola erwiderte grimmig: »Es ist auch nicht deine Schuld, dass die Handwerker, die die Mauer errichten, einen besseren Lohn erhalten, nämlich drei Solidi am Tag, als wenn sie für mich oder Simone arbeiten, und trotzdem erregt das meinen Ärger. Eine Mauer ist nicht wichtiger als ein Dom mit seinen dazugehörigen Gebäuden. Das eine macht eine Stadt sicher, das andere eine Stadt groß.«

»Wenn du uns schon auf eine Stufe stellst«, entgegnete der andere, »dann sollten wir neben den gleichen Rechten auch die gleichen Pflichten haben. Ich muss mich strikt an Pläne halten, während du nach Lust und Laune werken kannst.«

»Es ist nun mal etwas anderes, einen Stein auf den anderen zu setzen, als einem Stein ein Gesicht zu geben. Dein Stein ist tot, meiner atmet – und deswegen muss auch ich beim Planen und Umsetzen frei atmen können.«

»Fürs Atmen wird aber niemand bezahlt.«

»Dafür, dass ich hier bin und einen Arbeitstag verliere, werde ich auch nicht bezahlt – du hingegen bekommst in solchen Fällen den üblichen Tageslohn, und das ist ungerecht.«

Der Streit hätte wohl seinen Fortgang genommen, wäre nicht plötzlich ein Räuspern erklungen.

Es kam von Ruggieri degli Ubaldini, der vor Kurzem Federico Visconti als Erzbischof nachgefolgt war. Bis jetzt hatte er sich zurückgehalten, durfte er doch an dieser Sitzung nur teilnehmen, weil die Höflichkeit es so verlangte, nicht weil er ein echtes Mitspracherecht hatte. Die Gelder für die Dombauhütte stammten in Pisa immerhin fast ausschließlich aus der Tasche von Laien, also der nicht geweihten Bürger Pisas. Doch jetzt sagte er: »Mich wundert, dass überhaupt darüber diskutiert wird, was wichtiger ist: eine Stadtmauer oder ein zum Ruhme Gottes errichtetes Gebäude. Ist für jeden guten Christenmenschen die Sache nicht offensichtlich?«

Abelardo hatte Ruggieri nie für einen guten Christenmenschen gehalten. Sein spitzes Kinn, die kleinen stechenden Augen, die fahle, graue Haut des Erzbischofs ließen ihn immer an eine Maus denken, die auf den ersten Blick zwar harmlos wirkt, aber im Sinn hat, den würzigen Käse zu stehlen. Ruggieris Einmischung deutete er darum weniger als Zeichen, dass er sich mit gleichem Enthusiasmus wie sein Vorgänger für den Turmbau einsetzen wollte, sondern dass es ihm vielmehr darum ging, Zwietracht zu säen und Macht zu gewinnen.

Abelardo beugte sich rasch vor und sagte: »Den Bau der Mauer gegen den Bau des Baptisterius auszuspielen, ist ähnlich sinnlos, wie darüber zu streiten, ob ein Schiff nun ein Segel oder ein Ruder haben soll. Beides gehört zum Schiff … beides zur Stadt.«

Die beiden Lanfranchi – einflussreiche und wohlhabende Bürger wie er – nickten zustimmend, die anderen Geistlichen im Raum, nicht nur der Mönch, den das Domkapitel entsandt hatte, auch Ruggieris Neffe Maurizio, der eigentlich der Protokollant war und keine eigene Meinung haben sollte, verzogen missbilligend ihre Mienen.

Es war jedoch der Capitano Murorum, der widersprach. »Gewiss, zum Schiff gehören Segel und Ruder. Zu einer Frau gehören wiederum Schönheit und Ehre, aber bevor man ihr Schmuck anlegt, sorgt man dafür, dass sie vor Diebespack geschützt ist. Hält man es umgekehrt, verliert sie Schmuck und Ehre zugleich.«

»Dem Diebespack will ich gerne zusehen, wie es sich an einer meiner Statuen abmüht«, warf Nicola ein, »und wie sie ihm auf die Zehen fällt.«

Maurizio, der eben noch eine so finstere Miene gemacht hatte, stieß ein Kichern aus. Abelardo warf ihm einen strengen Blick zu. »Wir wollen nicht von Schiffen, nicht von Frauen, wir wollen von unserer Stadt reden«, sagte er schnell. »Manche Gebäude bekunden Pisas Größe und Stärke, andere Gottes Größe und Stärke, und dann gibt es wieder welche, die zu Gottes und des Menschen Ruhm zugleich errichtet werden.«

Nicola starrte ihn verdrossen an: »Wenn du damit den Campanile meinst, so hat der in den letzten Jahren genug Geld verschlungen«, knurrte er. »Wie viele Stockwerke soll er eigentlich noch bekommen?«

Für einen Architekten wie Simone war die Arbeit am Turm eine Herausforderung, für einen Bildhauer gab es weit weniger dort zu tun, weswegen Nicola nie einen Zweifel daran gelassen hatte, dass die Vollendung des Baptisteriums die vorrangige Aufgabe war. Abelardo aber erklärte entschlossen: »Der Campanile ist ein Zeichen, dass der Mensch himmelwärts strebt. Zugleich kann man gerade von hoch droben das Land überblicken und rechtzeitig vor Feinden warnen. So wenig wie wir Mauer und Baptisterium gegeneinander ausspielen sollten, so wenig den Campanile mit beidem. Und schließlich gilt es auch noch an den Camposanto zu denken, den Friedhof. Giovanni di Simone hat längst dessen Wände in Form eines Kreuzgangs geplant.«

Nicola widersprach ausnahmsweise nicht, aber Ruggieri räusperte sich erneut. Als Abelardo sein Profil betrachtete, erkannte er, dass es falsch war, von ihm als einer Maus zu denken. Die vorspringende Nase erinnerte eher an den spitzen Schnabel eines Adlers. »Dein Geldbeutel ist aber gewiss nicht groß genug, um das alles zu bezahlen.«

Abelardo ahnte, welche Taktik er verfolgte. Gerne hätte der Erzbischof wohl gesehen, dass die Domopera wieder eine kirchliche Institution wurde, keine rein weltliche blieb – und er war bereit, diese Macht mit Kirchengeldern zu erkaufen.

»Das stimmt«, sagte Abelardo schnell, dem nicht entgangen war, wie die Lanfranchi unruhig auf ihren Stühlen rutschten, »aber nicht nur ich darf mich reich nennen, auch Pisa ist reich. Der Denarius ist so stabil wie schon seit Jahren nicht mehr. Wann kann die Stadt es sich leisten, alle sakralen Bauten am Domplatz fertigzustellen, wenn nicht jetzt?«

»Der Denarius ist nur stabil, weil die Kommune entschieden hat, keine weiteren prägen zu lassen und somit den Werteverfall aufzuhalten«, erklärte Ruggieri.

Sein Neffe Maurizio nickte bekräftigend, während Abelardo durch den Kopf ging, dass Ruggieri wohl nichts dagegen hatte, wenn Pisa ins Verderben stürzte und sämtliche Pisaner im Staub knien mussten, solange er noch aufrecht stehen und das Kreuz hochhalten konnte.

»Himmel!«, rief Nicola, »was schwafelt ihr über Geld? Wahre Kunst ist ohnehin unbezahlbar, obwohl das kaum einer versteht. Giovanni di Simone geht es doch auch nicht um Werke für die Ewigkeit – nur, dass er weiterhin von Steuern freigestellt wird.«

Gerne hätte Abelardo widersprochen, doch Ruggieri kam ihm zuvor: »Nun, die Kunst ist eine Magd der Kirche. Und auch wenn manch einer mich hier nicht mitreden lässt, will ich meine Meinung klar und deutlich bekunden: Ein Baptisterium ist wichtiger als ein Campanile. Ein Turm kann schnell zum Ausdruck von Hochmut, von Vermessenheit werden.«

Nicola nickte befriedigt, Abelardo schlug ungeduldig auf den Tisch. »Wie oft soll ich noch sagen, dass wir uns nicht für und gegen etwas entscheiden sollten. Das Baptisterium, der Camposanto und der Campanile gehören alle *zusammen* zum Dom. Wir wiederum sollten alle *zusammen* erklären, dass sich Pisa diese Gebäude leisten und den Arbeitern würdige Arbeitsbedingungen und gerechte Löhne zugestehen kann. Wer etwas dagegen einzuwenden hat, behauptet gleichsam, Pisa wäre ein unbedeutendes Dorf, das schon am Bau einer Kapelle scheitert. Besser, er würde sich erheben und verschwinden.«

Abelardo atmete erschöpft, als er geendet hatte. Für gewöhnlich wurde er nicht laut, denn in seinen Augen schlossen Verstand und Gebrüll einander aus. Die beiden Lanfranchi nickten zustimmend, doch es gab keine Zeit mehr, um herauszufinden, ob auch andere seine Meinung teilten. Plötzlich nämlich sprangen alle auf, wenn auch nicht, um seiner Aufforderung Folge zu leisten. Sowohl der Capitano Murorum als auch Nicola Pisano, Ruggieri und sein Neffe Maurizio waren von einem Gebrüll aufgeschreckt worden, das von draußen kam und unaufhörlich anschwoll.

Erst waren keine einzelnen Worte zu hören, schließlich ertönte wieder und wieder der Ruf: »Tod den Genuesen! Tod den Genuesen!«

Die Mitglieder der Dombauhütte waren nicht die Einzigen, die das Geschrei ins Freie lockte. Sämtliche Wachen, Notare, Schreiber und Beamte des Palazzo del Commune stürzten nach draußen. Bis Abelardo, der Gedränge hasste und ihnen allen den Vortritt ließ, draußen ankam, waren auf die Flüche längst Berichte darüber gefolgt, was passiert war. Nicht, dass er etwas versäumt hatte. Die Geschichte wurde stets aufs Neue wiederholt, wobei Abelardo den Verdacht hatte, dass die Verbrechen der Genuesen jedes Mal etwas abscheulicher ausgeschmückt wurden.

Am Anfang wurde noch betont, dass ein halb zerstörtes Schiff aus Korsika den Hafen erreicht hatte, später wurde nur mehr beklagt, dass die Genuesen den Rest der Flotte gekapert hatten. Am Anfang war noch die Rede davon, dass sich die Pisaner Flotte tapfer zur Wehr gesetzt hatte, am Ende behauptet, dass das gar nicht möglich gewesen wäre. Die Pisaner Schiffe wären nicht einfach nur von zwei Dutzend Genueser Galeeren gestellt worden, sondern derer zweihundert. Und auf den

Genueser Schiffen warfen keine Menschen Holztrümmer und Steine oder schossen Brandpfeile ab, sondern vielgliedrige, mehrköpfige Monster, die sich mit allen Meerungeheuern, die man kannte, verbündet hatten, um die Pisaner Schiffe in die schwärzeste Tiefe zu reißen.

Abelardo schüttelte den Kopf, doch es war einer der Lanfranchi, der seinen Zweifel laut äußerte: »Die Genuesen haben doch keine übermenschlichen Kräfte!«, brüllte er. »Sie sind durchaus zu besiegen. Das Problem ist nur, dass wir es bis jetzt nicht energisch genug versucht haben.«

Abelardo war eigentlich der Meinung, dass bis jetzt nicht energisch genug um Frieden gerungen worden war und der gar nicht erst bedroht gewesen wäre, wenn Pisa den Zwist auf Korsika nicht angeheizt hätte. Allerdings ahnte er, dass er sich im allgemeinen Geschrei nicht verständlich machen konnte. Dieses wurde immerhin leise genug, dass man die Stimme eines Sismondi hörte: »Wenn die Genuesen unsere Schiffe schon im heimischen Gewässer stellen – was werden sie morgen tun? Elba plündern, woher all unser Eisen kommt? Wenn wir kein Eisen mehr haben, dann haben wir auch keine Waffen mehr. Wie sollen wir uns dann noch wehren?«

Abelardo schüttelte wieder den Kopf. Wenn Krieg drohte – oder gar herbeigerufen wurde –, schien immer gleich *alles* auf dem Spiel zu stehen. »Die Genuesen würden nicht wagen, Elba anzugreifen«, sagte er.

»Warum denn nicht?«, antwortete ihm einer, dessen Gesicht er im Gewühl nicht sah. »In Genua wurde ein geheimer Kriegsrat einzig zu dem Zweck einberufen, Pisas Untergang zu planen. Es werden Steuern erhoben, um neue Galeeren zu bauen, insgesamt derer fünfzig.«

Rasch trugen die Umstehenden die Worte weiter. Bis sie in

der Mitte des mittlerweile randvollen Platzes ankamen, waren aus den fünfzig wohl fünfhundert Galeeren geworden.

»Tod den Genuesen! Tod den Genuesen!«, brüllte wieder jemand.

»Mit diesen Gerüchten will man uns doch nur einschüchtern!«, rief Abelardo schwach.

Natürlich wurde er nicht gehört. Der, der den Genuesen eben den Tod gewünscht hatte, stieg auf ein leeres Fass, brüllte noch lauter: »Die Genuesen begnügen sich nicht damit, neue Galeeren bauen zu lassen, sie stellen auch neue Waffen her. Und wenn ihr euch fragt, warum die Genuesen nur unsere Handelsschiffe kapern, wir aber nicht die ihren, so kann ich euch sagen, warum: weil die Genuesen alle Schiffe, die sie haben, ausschließlich für den Krieg gegen uns nutzen, der Handel dagegen komplett stillsteht!«

Von allem, was Abelardo gehört hatte, war dies die größte Übertreibung. Es gab Gewissheiten, die von ähnlicher Natur waren wie die, dass die Sonne im Osten aufgeht, ein Stein im Wasser untergeht und der Arno etwa einmal im Jahr über die Ufer tritt: Demnach trieben die Genuesen ebenso versessen Handel wie die Pisaner und war ihnen Geldverdienen immer ein kleines bisschen wichtiger, als Kriege zu gewinnen.

»Pisa hat diesmal doch mit den Provokationen begonnen«, entfuhr es ihm. »Wann immer in den Genueser Gebieten von Korsika Aufruhr drohte, hat es das Flämmchen nicht zu ersticken geholfen, sondern vielmehr Öl hineingegossen.«

Er hatte leise gesprochen, umso überraschter war er, dass ihm einer der Umstehenden widersprach. »Was zählt es, wer den Krieg begonnen hat? Wichtig ist, wer ihn am Ende gewinnt! Und zumindest die Genuesen tun alles dafür – sie lassen Holz für Schiffe schlagen, bewaffnen jeden Bürger, der kein

Kind und kein Greis ist, und rufen jeden Sonntag zu Kampfübungen vor den Toren der Stadt. Siehst du dergleichen hier?«

Abelardo vermutete, dass auch das eine Übertreibung war. Niemals hätten die Geistlichen von Genua zugelassen, dass am Sonntag gekämpft wurde. Allerdings wusste er, dass er niemandem seine Angst vor den Genuesen nehmen konnte. Er konnte ja noch nicht einmal dem Gedränge entkommen. Nicht nur, dass fremde Füße auf die eigenen stiegen, sich Ellbogen in seine Rippen rammten, rote Gesichter ganz nahe an seines herankamen. Zugleich schien er von unsichtbarer Last niedergedrückt, als er den Hass in den verzerrten Mienen las, jenen blinden Eifer, selbst für ein felsiges, folglich nutzloses Eiland wie Korsika zu kämpfen. Oh, wenn sie um Bücher so rivalisieren würden wie um Länder!, ging es ihm durch den Kopf. Wenn sie den Verstand so entschieden verteidigen würden, wie die Ehre – was wäre das für eine Welt!

Trauer erfüllte ihn, die umso größer war, weil er weniger den Verlust von etwas beklagte, was er besessen, sondern von etwas, das er lediglich erträumt hatte. Doch seine Träume wurden zertrampelt – und nicht nur diese. Einen Augenblick achtete er nicht auf den Boden, prompt stolperte er, ging auf die Knie. Und ehe er sich wieder aufrichten konnte, erhielt er einen Stoß und kippte nach vorne. Schon traf der erste Fuß seinen Rücken, und kaum wälzte er sich zur Seite, der nächste in den Bauch. Wenigstens den Kopf wollte er heben, bekam aber augenblicklich einen Tritt im Nacken ab, und sein Gesicht wurde in den Staub gedrückt.

Er hustete, keuchte, spürte noch mehr Füße, so viele nun, dass er nicht sagen konnte, wo sie seinen Körper trafen. Schützend wollte er die Hände heben, nicht einmal das gelang ihm, doch als er sie kraftlos fallen ließ, überzeugt war, dass man ihn tottrampeln würde, riss plötzlich das Geschrei ab. Kein Fuß traf ihn mehr, denn alle Füße standen still. Kein Staub drang mehr in seine Nase, denn endlich konnte er den Kopf weit genug heben, um wieder frei zu atmen. Sehen konnte er noch nichts – jedoch spüren, wie ihn plötzlich kräftige Hände packten, ihn hochzerrten. Eigentlich waren es keine Hände, es waren Pranken, denn an dem Mann, der ihm aufhalf, war alles groß.

Vage konnte er sich erinnern, diesem Mann schon einmal begegnet zu sein – nur dass der ihn damals nicht gerettet, sondern ihn zu verprügeln gedroht hatte. Genau betrachtet hatte er ihn auch heute nicht retten wollen, sondern lediglich seinem Herrn den Weg durch die Menge bahnen. Das tat er übrigens ziemlich brutal: Während er Abelardo hochgezogen hatte, hatte er andere einfach in die Menge gestoßen. Zwei blutende Nasen bewiesen, dass dabei auch seine Fäuste im Spiel gewesen waren.

Abelardo sog scharf den Atem ein, musste wieder husten, spürte einen scharfen Schmerz etwas unterhalb des Herzens. Vielleicht war eine seiner Rippen gebrochen, aber Hauptsache, er konnte sich weiter aufrecht halten, erkennen, was vor sich ging. Der Mann, der seinem Herrn gewaltsam den Weg freiräumte, war der Hüne Baccio, dieser Herr wiederum Ugolino della Gherardesca. Soeben hatte er die Mitte des Platzes erreicht, und er schaffte mit seinem strengen Blick, was Abelardo mit all seinen Worten nicht gelungen war: die Menge zum Schweigen zu bringen. Aus Bewunderung taten es nur die wenigsten – zu viele verachteten den Mann, der einst die Geschicke Pisas gelenkt, dann aber mit den Feinden paktiert hatte und aus der Stadt vertrieben worden war. Dass er sich die Rückkehr ertrotzt hatte, sorgte immerhin für genügend Respekt. Selbst die Mitglieder jener Familien, die die

Gherardesca regelrecht hassten, die Gualandi, Sismondi und Lanfranchi, hinderten ihn nicht daran, auf jenes Fass zuzuschreiten, den Mann, der dort stand, zu verscheuchen und mit Baccios Hilfe daraufzusteigen.

Besser, er würde sich auf Baccios Schultern setzen, dann wäre er noch größer, ging es Abelardo durch den Kopf, obwohl dies eine lächerliche Vorstellung war und an Ugolino della Gherardesca nichts lächerlich war. Es war auch nichts Schönes an ihm – nicht die vorspringende Nase, nicht der kahle Kopf, nicht die tief sitzenden Augen. Aber es war auch nichts Schwaches, Zögerliches an ihm. Der Blick der grauen Augen ließ an ein Raubtier denken, das nichts anderes im Sinn hatte, als Beute zu machen.

»Ihr wollt also gegen Genua kämpfen!«, sagte er mit heiserer Stimme. »Ihr wollt also Genua besiegen! Ihr wollt also Genua vernichten!« Er machte eine kurze Pause. »Wie aber wollt ihr gegen Genua bestehen, solange ihr nicht geeint seid? Solange jenes Geschwür, rot und eiternd, die ganze Stadt überzieht – der Hass der Guelfen auf die Ghibellinen, der Hass der Ghibellinen auf die Guelfen?«

Erstmals brandete Raunen auf, Stimmen wurden laut. »Heuchler!«, schrie Maurizio degli Ubaldini. Erzbischof Ruggieri selbst hatte es nicht gewagt, den Platz zu betreten, aber sein Neffe war hier erschienen, um zu bekunden, was der Erzbischof von Ugolino della Gherardesca hielt – einem Mann, der sich für stark und mächtig erachtete, obwohl das in Ruggieris Augen nur ein Geistlicher sein durfte. »Heuchler!«, wiederholte Maurizio. »Den Hass zwischen der Partei des Papstes und des Kaisers hast du doch stets angeheizt!«

Ugolino blickte langsam in die Richtung des Rufenden. Seine Bewegungen waren steif, schließlich war er weit über sechzig, aber sein Blick blieb jung, blieb gierig, blieb gnadenlos. »Heizen tue ich mit Holz, kämpfen mit Eisen.«

»Nun, aus Stein waren die Häuser vieler Pisaner, die du einst zerstört hast, weil du sie als Feinde angesehen hast«, erwiderte Maurizio. »Bereust du das überhaupt?«

»Ich würde es bereuen, wenn ich's morgen wieder täte und daran meine Kräfte verschwendete. Denn morgen werde ich die Schiffe der Genuesen zerstören.«

Er hob die Hand, ballte sie, und hätte er behauptet, auch seine Faust wäre aus Eisen, man hätte es ihm in diesem Augenblick wohl geglaubt. Zwar focht er seine Kämpfe schon lange nicht mehr persönlich aus, aber dafür hatte er ja Hünen wie Baccio, auch seine Söhne Gaddo und Uguccione, seine Enkelsöhne Enrico und diesen Nino, der damals gewagt hatte ...

Abelardos Gedanken rissen ab, als Maurizio Ugolino entgegensetzte: »Selbst wenn du die Genuesen hasst wie wir – du bleibst ein Verräter.«

»Mag sein. Aber die Zeit, die du brauchst, um mich einen solchen zu nennen, solltest du lieber nutzen, um den Krieg zu planen.« Er hob nun auch die zweite Hand, ballte diese ebenfalls zur Faust. »Die einen wollen, dass Pisa guelfisch wird, die anderen, dass Pisa ghibellinisch bleibt. Aber allen gemein ist doch der Wunsch, dass Pisa überlebt, dass Pisa groß bleibt, noch größer wird.«

»Und am allergrößten willst du sein, Ugolino, nicht wahr?«, rief nun nicht länger Maurizio, sondern ein Sismondi.

»Denn das willst du uns doch eigentlich sagen«, pflichtete ein Lanfranchi diesem bei. »Nicht: Lass uns gegen Genua kämpfen. Sondern: Macht Ugolino zum Podestà von Pisa.«

»Unsinn!«, rief Ugolino grollend. »Wer möchte denn freiwillig der Podestà, der Verwalter von Pisa, sein? Die Stadt ist nicht nur in zwei Hälften geteilt, die Risse gehen weitaus tiefer als nur zwischen Guelfen und Ghibellinen. Das Volk spricht mit einer anderen Stimme als der Adel, die Handwerker mit einer anderen als die Ritter. Jeder denkt, dass er, wenn er einen Vertreter hat, auch gehört wird. In Wahrheit wird niemand gehört, weil sich Podestà und Capitano del Popolo und der Ältestenrat gegenseitig anschreien. Schlimmer noch: Ihr Gekeife war jüngst so laut, dass selbst Warnungen vor Genua zu lange untergingen.«

»Was also schlägst du vor?«

Abelardo hätte schwören können, dass diese Frage von einem von Ugolinos Söhnen gestellt worden war, aber niemand schien es zu bemerken.

»Ich schlage vor, dass alle Ämter in dieser Stadt auf einen einzigen Mann vereint werden, der Podestà und Capitano del Popolo und zugleich Admiral der Pisaner Flotte ist. Und solange sich die Stadt im Krieg mit Genua befindet, werden seine Befehle befolgt, sonst niemandes.«

»Und dieser eine bist natürlich du!«

Genau das ging Abelardo durch den Kopf, obwohl er insgeheim ahnte, dass Ugolino klüger war. Einem Raubtier mochte er gleichen, aber einem, das sich nur ganz langsam anpirscht. Wer so alt war wie er, wer es schaffte, dem Tod Geduld beizubringen, weil der so lange auf ihn warten musste, hatte gelernt, auch selbst geduldig zu sein. Und deswegen war Abelardo, anders als die raunende Menge, nicht verwundert, als Ugolino erklärte: »Nein, nicht ich sollte das sein – Alberto Morosini. Auf dem Meer ist er unbesiegbar.«

»Morosini ist ein Venezianer, die hassen wir genau wie die Genuesen!«

»Nun, da wir mit ihnen nicht um die Macht auf Korsika ringen, hassen wir sie ein bisschen weniger. Wenn ihr klug seid, gebt ihr Morosini alle Macht, und wenn Morosini klug ist, gibt er sämtliches Geld der Stadt für den Schiffsbau und Waffen aus.«

Dieser Vorschlag schien den Umstehenden zu gefallen. Lauter als alle Worte, die Maurizio oder einer der anderen von Ugolinos Widersachern ihm entgegensetzen konnte, wurde das Gegröle. Immerhin standen nun alle ruhig, sodass Abelardo mit gesenktem Kopf an den Menschen vorbeihuschen konnte. Erst am Rande des Platzes blieb er wieder stehen, da er hier auf Nicola Pisano traf.

Der Bildhauer, der vorhin in der Sitzung noch voller Eifer für sein Recht gestritten hatte, schien in jener einen Stunde um Jahre gealtert zu sein. Der Zorn mochte Gesichter rot malen – die Enttäuschung aber ließ sie ergrauen, auch seines.

»Das war's mit unseren Plänen«, sagte er, »das Maul, das der Krieg aufreißt, ist nun mal gieriger als der feine Mund der Kunst. Sie würdigen kann nur, wer hinzusehen, hinzuhören vermag – nicht, wer damit beschäftigt ist, selbst laut zu brüllen. Das Baptisterium wird lange auf seine Fertigstellung warten müssen, auch der Turm, der Camposanto … nun, Letzterer vielleicht nicht, einen Friedhof werden wir ja brauchen. Ich fürchte nur, den Toten ist es egal, ob sie unter freiem Himmel oder unter wohlgeformtem Stein verrotten, am Ende bleibt von ihnen doch nur Staub. Ich meinerseits habe bereits so viel Staub geatmet, dass ich nicht sicher sein kann, ob ich lange genug leben werde, bis dieser Wahnsinn vorbei ist.«

Um seine Worte zu unterstreichen, begann er trocken zu husten, und während Abelardo bei den ersten Sätzen noch hatte widersprechen wollen – dass ein, zwei Seeschlachten genügten und die Kampfeslust sich erschöpft hätte, auch dass die

Pisaner noch jede Kriegsbeute genutzt hatten, um prächtige Gebäude erbauen zu lassen, was ihren Plänen zugutekäme –, fiel ihm am Ende keine Entgegnung ein.

Nicola schritt fort, und seine Schultern, eigentlich ungewöhnlich breit, weil er ein Leben lang mit seinen Händen gearbeitet hatte, hingen tief wie nie. Vielleicht konnte ihm ja sein Sohn Giovanni die Entschlossenheit zurückgeben. Und vielleicht konnte Aziza Abelardo die Hoffnung zurückgeben. Anders als Nicola ging er mit schnellem Schritt von dannen. Gewiss, er fürchtete sich vor dem Moment, Aziza berichten zu müssen, dass der Turm vorerst nicht weitergebaut werden würde. Aber bei ihr konnte er zumindest sicher sein, auf jenen Verstand zu stoßen, den alle anderen heute verloren zu haben schienen.

Wenig später hatte Abelardo den Domplatz erreicht, hielt hier kurz inne, labte sich am Anblick der Gebäude, die, ob vollendet oder nicht, dem Grölen des Volkes oder dem Machthunger Ugolinos, der gewiss nicht aus Freundlichkeit auf Morosini setzte, standhielten. Unmöglich, dass man sie beschmutzen konnte – nicht nur, weil sie aus weißem Marmor erbaut, sondern auch weil sie ein Abbild des fernen Himmels waren. Doch als auf diesem Himmel dunkle Wolken aufzogen, schwand die Zuversicht, bei Aziza Trost zu finden, erst recht als er sie nicht bei Giovanni di Simone vorfand, dieser vielmehr erklärte, sie schon seit Stunden nicht gesehen zu haben. Abelardo ging rasch weiter.

»He! Was hat die Sitzung der Dombauhütte denn ergeben?«, rief Simone ihm nach.

Abelardos Kehle war zu trocken, es zu sagen. Es war schon schwer genug, Azizas Namen zu rufen. Er sah sie immer noch nicht, dort hinten lediglich Jalil.

»Wo ist Aziza?«

Aziza interessierte sich zwar weder für bunte Fliesen noch für bunte Stoffe, aber manchmal besuchte sie gemeinsam mit Bona Jalils Werkstatt. Und tatsächlich – Jalil nickte und forderte ihn auf mitzukommen.

Als Abelardo die Werkstatt betrat, blickte er als Erstes in Bonas Gesicht, so sorgenvoll, dass es die eigenen Ängste anfachte.

»Was ist mit Aziza, ich …«

»Ich bin hier.«

Der Knoten der Angst zerplatzte, als er sie sah. Und schwoll an, als er bemerkte, dass sie nicht allein war.

Wobei nicht die Angst ihn wieder packte, es war eher Wut … Ohnmacht … nahezu Ekel. Gleicher wie vorhin, da er so viele Männer hatte sehen müssen, die vom Krieg träumten, die zum Krieg aufhetzten.

»Du …«, entfuhr es ihm beim Anblick von Nino della Gherardesca. Und plötzlich ballte er seine Faust, wie es eben dessen Großvater getan hatte, stürzte auf ihn zu. Wahrscheinlich hätte er ihn ins Gesicht geschlagen, wenn er nicht just in diesem Augenblick noch jemanden gesehen hätte … ein Mädchen … nein, einen Knaben mit fast weißem Haar und fast weißem Gesicht, dem Bona eben einen Becher reichte und der gierig daraus trank.

»Er ist eine Waise«, kam wie von weit her Azizas Stimme. »Nino und ich haben ihn hierhergebracht. Er hat nur mit größter Not einen Angriff der Genuesen auf sein Schiff überlebt … konnte sich ans Ufer retten … hat nun niemanden mehr, der für ihn sorgt. Du … du wirst ihn doch aufnehmen, oder?«

Sie sprach noch weiter, immer flehentlicher nun, aber seine Gedanken hatten sich schon bei den ersten Worten verhakt.

Nino und ich. Das »und« war ihr nicht zögernd über die Lippen gekommen, ganz selbstverständlich hatte sie es ausgesprochen, und wieder fühlte er sich wie vorhin, als er in der Menge feststeckte, sich nicht durchkämpfen konnte, stattdessen auf den Boden gegangen, auf ihn getrampelt worden war. Er starrte sie an, erkannte, dass sie Nino della Gherardesca nicht zufällig begegnet war, dass sie ihn mit Absicht getroffen hatte, dass sie das vielleicht schon seit Jahren tat.

Er schlug Nino zwar nicht ins Gesicht, hob seine Faust jedoch drohend. »Hinfort mit dir! Scher dich zu deinem verfluchten Großvater, der gemeine Ränke schmiedet, um die Macht in Pisa irgendwann an sich zu reißen! Der selbst einen Krieg zu diesem Zwecke nutzt!«

Nino hielt seinem Blick stand. Er las Trotz in seiner Miene, auch Stolz, und schließlich etwas, das er nicht erwartet hatte – Verständnis dafür, dass er Ugolino della Gherardesca verachtete.

Schließlich nickte er, wollte gehen, doch so fügsam er sich erwies – Aziza stellte sich ihm in den Weg.

»Es zählt nicht, wessen Enkel man ist und wo man geboren wurde. Es zählt nicht, ob man aus dem Staub kommt oder aus einem prächtigen Palazzo. Es zählen das Herz und der Verstand – das hast du doch immer gesagt.«

Nie hatte er gesehen, dass ihr Haar so wirr über die Schultern hing. Dass ihre Wangen so gerötet waren. Dass ihre dunklen Augen zu glühen schienen. Und nie hatte er diese Liebe, so verzweifelt wie armselig, für sie gefühlt. Mit Entschlossenheit hatte er ihre Talente gefördert, mit Ehrfurcht zugesehen, wie sie sie entfaltete, doch nun fühlte er sich in jene Stunde zurückversetzt, da er Riccia hatte sterben sehen müssen. Hilflos war er, ratlos … kraftlos.

Er ließ die Faust sinken.

»So ist es«, sagte er, »und wenn dieser Knabe wirklich ein Waisenkind ist, werde ich ihm zu einem Zuhause und einer Zukunft verhelfen. Wenn der hingegen«, er deutete auf Nino, »wirklich Herz und Verstand hat, dann wird er seinen Großvater überzeugen, dass der Krieg mit Genua Pisa in den Abgrund reißen wird. Solange er das nicht schafft, will ich ihn nicht sehen – und du wirst das auch nicht.«

Bona redete noch eine Weile auf Abelardo ein, beteuerte, dass Nino ein freundlicher junger Mann sei, den man nicht für die Taten seines Großvaters verantwortlich machen dürfe, aber Aziza entging nicht, dass sich die Miene des Kaufmanns längst verschlossen hatte. Immerhin kümmerte er sich um den Waisenjungen, der auf dem Heimweg wieder ohnmächtig geworden war. Nicht nur, dass er ihn selbst nach Hause trug – dort angekommen, befahl er einem Dienstboten, den Medicus zu holen, und der Köchin, eine kräftige Suppe aus Rind- und Schaffleisch mit etwas Kürbis und Bohnen zuzubereiten.

Sobald er verstummte, wollte Bona wieder etwas sagen, doch er fiel ihr scharf ins Wort: »Richte dem Jungen ein Bett her! Und sorge auch dafür, dass das im Turmzimmer frische Laken erhält!« Er machte eine Pause, schien kurz zu zögern, fügte umso entschlossener hinzu: »Aziza wird künftig dort oben wohnen.«

Bonas Augen weiteten sich. »Aber … aber …«

Am Ende wagte sie nicht zu widersprechen. Aziza tat das erst recht nicht, denn sie wusste, es hatte keinen Sinn.

Abelardo brachte sie nicht sofort ins Turmzimmer, erst gingen sie in ihr bisheriges, wo Abelardo den *liber abacus* und etliche andere Bücher übereinanderstapelte, sie anwies, die

Schreibutensilien zu nehmen, dann mit dem Kinn auf die kreisrunde Treppe deutete. Aziza hatte noch nie den Raum betreten, der unmittelbar unter dem Dach des Turms lag. Nicht nur, dass es mehr als ein Dutzend schiefer Stufen hochzusteigen galt. Ganz oben musste sie das letzte Stück, das sie noch von ihm trennte, auf einer Leiter zurücklegen. Vor langer Zeit hatten hier oben die Menschen ihre Waren und auch sich selbst versteckt, wenn es in der Stadt zu Unruhen kam. Die Leiter hatten sie hochgezogen, damit niemand den Raum betreten konnte – Abelardo dagegen würde die Leiter wohl mitnehmen, damit sie den Raum nicht verlassen könnte.

Mit zitternden Beinen kam sie oben an, blickte sich um. Es war ein kreisrunder Raum, der sie unwillkürlich an das Innere des schiefen Turms erinnerte, nur dass man keinen Himmel sah, wenn man den Blick hob, lediglich dunkles Holz. Aus dem gleichen dunklen Holz waren auch das breite Bett, die Truhen, ein Tischchen. Teppiche gab es nicht, auch keine Wandbehänge.

»Hier sperrst du mich also ein.«

Abelardos Unterlippe begann zu zittern. »Ich sperre nicht dich ein«, sagte er, »ich sperre die Welt aus.« Er legte die Bücher ab, trat auf sie zu, tat etwas, das er nie getan hatte: Er legte seine Hände um ihren Kopf, zwang sie, ihn anzusehen. »Denn du bist nicht für diese Welt gemacht!«

»Ich dachte, jemand wie ich wäre berufen, mit meinem Verstand die Welt zu ändern.«

»Das … das scheint etwas länger zu dauern, als ich hoffte. Die Menschen greifen dieser Tage lieber zu ihren Waffen, nicht zu Büchern.«

»Nino mag keine Waffen, er mag … Schiffe.«

»Schiffe sind auch Waffen. Für die Pisaner ebenso wie für die Genuesen. Der Krieg zwischen den beiden Stadtstaaten hat längst begonnen – und solange er währt, wirst du hierbleiben. Marcantonio wird dich natürlich weiterhin unterrichten, und du bekommst alle Bücher, die du brauchst. Dein … dein Verstand gleicht schließlich einer kostbaren Pflanze – nie würde ich sie verwelken lassen.«

»Aber blühen auch nicht, sonst ließest du mich mehr Sonnenlicht erhaschen.«

»Was brauchst du Licht? Deine Klugheit gleicht einem hellen Strahl!«

»Wenn ein Waisenmädchen wie ich klug sein kann, warum nicht auch ein Gherardesca?«

Er ließ sie los, begann im Raum umherzugehen, obwohl der rasch zu klein dafür schien. »Ich verbiete dir nicht, diesen … diesen Jungen … diesen Mann wiederzusehen, weil er ein Gherardesca ist«, murmelte er. »Ich verbiete dir, ihn zu sehen, weil er dich von deinen Studien abgehalten hat.«

»Er hat mich reiten gelehrt. Wir … wir waren am Hafen, weil er mir das Meer zeigen wollte.«

Er stampfte auf. »Warum willst du denn reiten können? Warum gemeinsam mit ihm auf einem Pferd sitzen? Warum das Meer sehen? Weißt du«, wieder zögerte er kurz, »mir ist nicht entgangen, wie du ihn angesehen hast und er dich. Aber lieben … lieben kann doch jeder. So gelehrt wie du sind nur wenige.«

»Hast du denn deine Frau Riccia geliebt?«

Röte stieg ihm ins Gesicht. »Ich mochte Riccia, aber die Suche nach Büchern, die Suche nach Gelehrten, mit denen ich disputieren konnte, die Suche nach Weisheit war mir wichtiger.«

»Dann kann also doch nicht jeder lieben.«

»Himmel, Aziza! Warum widersprichst du mir andauernd?«

Sie nahm den *liber abaci.* »Du hast mir einst verboten, dieses Buch zu lesen. Und warst erfreut, dass ich es trotzdem tat.« Sie hob das Buch, hielt es vor sich. Sie hatte immer vermeint, es wäre eine Leiter … eine Leiter in eine Welt, die sie noch nicht ganz erreichen konnte. Nun schien es ihr ein Schild zu sein, um sie zu schützen … vor Chaos und Krieg … und einem Leben ohne Nino.

»Du sollst dich auch weiterhin mit diesem Buch beschäftigen«, sagte Abelardo schnell, »nichts soll dich davon ablenken. Der Campanile wird vorerst ohnehin nicht weitergebaut. Erst wenn eines Tages alles vorbei ist, wird er weitere Stockwerke bekommen, vielleicht lässt sich die Schiefstellung doch noch etwas ausgleichen. Beschäftige dich damit, zweifle an allen, die glauben, das wäre unmöglich … Aber meinem Befehl wirst du dich fügen, und der lautet: Du wirst diesen Raum nicht verlassen, solange ich es nicht erlaube.«

Als er nach unten kletterte, blickte sie ihm so ohnmächtig wie verzweifelt nach. Sie klammerte sich an das Buch, aber das genügte nicht, sie vor dem Schmerz zu schützen, sie ein wenig zu wärmen, diese große Leere in ihrem Herzen auszufüllen. Plötzlich wähnte sie sich nicht einfach nur im obersten Stockwerk eines Stadtturms, sondern im zylindrischen Schacht des Campaniles, der keine Fenster hatte. Aziza tat etwas, das sie noch nie getan hatte, was sie an anderen Menschen stets befremdet hatte: Sie begann bitterlich zu weinen.

Sie sank auf eine Truhe, blieb sitzen, bis sie sich leer geweint hatte, war irgendwann so müde, dass sie einnickte. Als sie aufwachte, taten ihr sämtliche Knochen weh. Auf dem Tisch stand etwas zu essen, doch es war gewiss nicht Bona gewesen, die ihr das gebracht hatte, Bona hätte sie geweckt. Wie sollte sie ohne Bona leben, wie ohne die Stoffe, die diese so liebte! Nicht dass ihr die jemals wichtig gewesen wären, aber sie wollte Farben sehen, keine dunklen Decken, keine grauen Wände. Sie erhob sich, presste sehnsuchtsvoll ihre Augen an die dünnen Schlitze an der Wand, die einst als Schießscharten gedient hatten und nun die einzige Lichtquelle waren. Doch sie konnte lediglich einen Blick auf Dächer erhaschen, nicht auf den Turm … das Symbol ihrer Liebe …

Sie setzte sich an den Tisch, aß nichts, kämpfte gegen die Verzweiflung an. Rechnen! Sie musste rechnen! Das würde ihr die Fassung wiedergeben … die Hoffnung! Doch die Zahlen schienen zu tanzen wie Schaumkronen auf dem Meer. Es waren zu viele, die Wellen zu hoch. Warum versuchte sie überhaupt, sie zu bändigen, warum schwamm sie nicht einfach mit ihnen? Am Ende ging sie im Zahlenmeer unter, sie brach wieder in Schluchzen aus, weinte, bis sie erschöpft war. Diesmal machte sie nicht den Fehler, auf der Truhe einzuschlafen. Sie legte sich ins Bett, deckte sich jedoch nicht zu, klammerte sich nur weiterhin an den *liber abaci*.

Zumindest war sie überzeugt, dass sie mit diesem in den Händen eingeschlafen war. Als sie am nächsten Tag erwachte, waren ihre Hände leer.

Sie richtete sich mit pelziger Zunge und geschwollenen Augen auf, sah kurz nur Schemen, dann das Buch. Es lag auf dem Schreibtisch, war geöffnet, jemand saß davor.

Sie erkannte ihn nicht sofort. Nicht nur, dass sie ihn erstmals sitzen sah und er nicht mehr ganz so zerbrechlich wirkte – jemand hatte ihm das blonde Haar deutlich kürzer geschnitten, ihm weiße, saubere Leinenkleidung gegeben. Die Wangen waren etwas gerötet, die Augen so farblos wie das Meer im Dämmerlicht. »Mit diesen Zeichen kann man rechnen, nicht wahr?«, fragte er.

Es war der Junge, den sie gerettet hatten. Ein wenig Schlaf und ein paar Teller Suppe hatten seine Lebenskräfte geweckt – und sein Anblick weckte die ihren.

Sie erhob sich, streifte sich die Haare aus dem Gesicht und trat zu ihm. Er hatte die erste Seite aufgeschlagen, auf der die arabischen Ziffern vorgestellt wurden.

»9, 8, 7, 6, 5, 4, 3, 2, 1«, las sie laut vor.

Er wiederholte sie, und das gab ihr die Zeit, ihn genauer zu mustern. Als sie ihn gestern gefunden hatten, hatte sie ihn für ein Kind gehalten, fünf oder sechs Jahre alt. Nun schätzte sie ihn eher auf acht oder neun. »Weiß Abelardo, dass du hier bist?«

»Er hat erlaubt, mich bei dir zu bedanken«, murmelte er, ohne den Blick von den Zahlen zu lösen. »Ildebrando hat auch damit gerechnet. Er sagte, für andere mag es ein Zauberwerk sein, für einen Kaufmann aber recht nützlich. Man kann mit diesen Zahlen berechnen, wie man Lasten auf Schiffen verteilt, den Wert unterschiedlicher Maße, und unerlässlich sind sie ferner für die Buchführung. Seit Langem schwebte ihm die Idee im Kopf herum, seine Geschäftsbücher so zu führen, dass auf einer Seite alles steht, was man besitzt und was andere einem noch schulden – und auf der gegenüberliegenden Seite, was man selbst noch zu zahlen hat. Auf diese Weise kann man herausfinden, wie hoch das eigene Vermögen ist.«

Der Eifer in seiner Stimme war ihr altvertraut. Sie konnte sich nicht erinnern, ihn bei einem anderen so deutlich gehört zu haben, wenn er Zahlen betrachtete, am ehesten noch bei Abelardo, wobei er sich dann ihre Zukunft als Gelehrte ausmalte. Für diesen Knaben, der dem Tod entronnen war, zählte aber das Hier und Jetzt. Genauso wie für sie, die der Armut entronnen war, das Hier und Jetzt zählte – obwohl sie auf eine ferne Zukunft hoffen musste, um Nino wiederzusehen.

Sie gab dem Schmerz nicht nach, fragte stattdessen: »Ildebrando war dein Vater, nicht wahr?«

Er blickte nun doch hoch, und in seiner Miene las sie mehr als nur Begeisterung für Zahlen, las die Erkenntnis, dass Zahlen nackt und ehrlich waren und dass, wer sich in ihre Dienste stellte, es auch sein musste. »Ich … ich habe gelogen«, murmelte er, »der Kaufmann, auf dessen Schiff ich reiste, war nicht mein Vater. Ich weiß nicht, wer mein Vater war, ob er überhaupt noch lebt. Einst hat er Schulden bei Ildebrando gemacht, konnte sie aber nicht zurückzahlen und hat mich darum an ihn verkauft, als ich noch klein war. Ich sollte für ihn Lasten schleppen, aber dafür war ich zu schwach … also habe ich ihm stattdessen die Geschäftsbücher hinterhergetragen.«

»Das heißt, du bist … warst so etwas wie ein Sklave«, stellte sie fest, und plötzlich fühlte sie sich ihm auf eine Weise nah, wie sie es nicht einmal bei Nino erlebt hatte. Nino hatte sie gelehrt, den Blick himmelwärts zu heben. Der Knabe aber erinnerte sie daran, woher sie gekommen war. *Er weiß, wie Staub schmeckt. Er weiß, wie es ist, im Dunkeln zu hocken. Er weiß, wie es sich anfühlt, wenn einzig der Geist Flügel verleiht.* »Für Abelardo macht das gewiss keinen Unterschied«, fügte sie schnell hinzu.

»Macht es denn einen für dich?«, fragte er und klang nahezu ängstlich.

»Wärst du ein Kaufmannssohn, du könntest mein Freund sein. Als Sklavenjunge bist du mein Bruder.«

Ein Lächeln verzog seine feinen Lippen, aber schwand, als er sie durchdringend anstarrte. »Ich werde nie vergessen, was du für mich getan hast. Es ist ungerecht, dass du hier eingesperrt bist.«

Neuer Schmerz drohte sie zu überwältigen. »Nino …«, presste sie erstickt hervor, »ich darf Nino nicht sehen.«

Der Junge schien nicht nur bekümmert, sondern regelrecht entsetzt, dass sie so litt. »Aber ich!«, rief er schnell. »Ich werde das Haus verlassen dürfen. Ich könnte Nino besuchen, ihm Nachrichten zukommen lassen. Abelardo wiederum wird mich regelmäßig zu dir lassen, wenn ich ihn bitte, von dir in die Kunst der Mathematik eingeführt zu werden, oder?«

Trotz ihres Kummers rang sich Aziza ein Lächeln ab. Unwillkürlich hob sie die Hand, strich über sein blondes Haar, dessen Spitzen so hart wie das Gras waren, das am sandigen Ufer des Meeres wuchs.

»Wie heißt du überhaupt?«

»Lotario«, sagte er leise.

Sie strich nun über seine Schulter, drückte ihn an sich, um ihm zu zeigen, dass sie ihm so dankbar war wie er ihr, auch um die Sehnsucht nach Nino zu bezwingen. Sie nannte ihn wieder Bruder. Lotario hingegen nannte sie nicht Schwester, obwohl tiefe Zuneigung in seinem Blick stand.

Anderthalb Jahre lang sah Aziza Nino nicht wieder, konnte ihm nur schreiben. Sie war froh, dass dank Lotario der Kontakt nie ganz abriss, aber es fiel ihr schwer, ihre Gefühle – die Sehnsucht, die Angst, die Einsamkeit – in Wörter zu pressen. Zahlen hatten ihr immer den Weg zum Himmel geöffnet, Wörter schienen zu Mauern zu werden, die das, was sie sagen wollte, an Wände laufen ließ. Seine Antworten wiederum hatten nichts mit dem Himmel und nichts mit Mauern gemein, mehr mit dem Geruch von köstlichem Essen, das den Appetit anheizt und doch immer quälender wird, wenn auf den Duft nicht irgendwann eine Mahlzeit folgt.

Abelardo machte sich Sorgen, weil sie immer mehr abmagerte, doch diese führten nicht dazu, dass er sie aus ihrem Gefängnis entließ. Er erlaubte lediglich Bona, sie zu besuchen. Nicht dass sie sich über deren Gesellschaft nicht freute. Doch Bona brach oft in Tränen aus und beklagte, welch schreckliches Ende ihre Liebe gefunden hätte, und mit der Zeit fiel es Aziza immer schwerer, ihr entgegenzuhalten: So wie die Zahlen nicht enden, weil es immer eine höhere gibt, darf auch die Liebe nicht enden.

Immerhin konnte sie Bona davon überzeugen, ihre Besuche bei Jalil nicht abreißen zu lassen, aber wenn sie hinterher von diesen berichtete, heulte sie nicht minder. Eine Christenfrau, so klagte sie, dürfe sich in Gesellschaft eines Heiden doch nicht so wohlfühlen!

In wessen Gesellschaft sich Aziza ihrerseits wohlfühlte, das war die von Lotario. Er überbrachte Nachrichten von Nino, gab ihre an ihn weiter und verbrachte viele Stunden bei ihr, um sich von ihr in der Mathematik belehren zu lassen. Wenn er versunken auf die Zahlen blickte, gemahnte sie das an ihre eigene Leidenschaft für diese, und einen Augenblick lang vergaß sie ihren Schmerz um Nino.

Lotario machte rasch Fortschritte, von denen sich eines Tages auch Abelardo überzeugen wollte. Unerwartet kam er in die Kammer hochgestiegen – leider just in dem Moment, da sie einen Brief von Nino las. »Was hast du da?«, fragte Abelardo misstrauisch, als sie ihn hastig mit ihrer Hand bedeckte.

Aziza rang vergebens nach einer Antwort, doch Lotario sagte schnell: »Sie hat mir eine Aufgabe gestellt und will nicht, dass ich frühzeitig das Ergebnis sehe.« Und als Abelardos Stirn weiterhin gerunzelt blieb, fuhr er rasch fort: »Es geht um Folgendes: Für die Problemstellung verfügt man über eine Summe minus Wurzel drei, gleich zu Wurzel eins, bringt dazu eine Quantität von Wurzel vier. Das ist sechzehn und …«

Abelardo hob abwehrend die Hand, aber seine Stirn glättete sich, und auf seinen Lippen erschien ein Lächeln. »Ich fürchte, das übersteigt mein Fassungsvermögen.«

Ein Lächeln verzog auch Lotarios Lippen, als Abelardo sie wieder verlassen hatte.

»Danke«, presste Aziza hervor. »Danke, dass du mich nicht verraten hast.«

»Das würde ich niemals tun!«

Sie wiederholte den knappen Dank, wollte sich wieder der Lektüre zuwenden, doch plötzlich beugte er sich vor, brachte sie dazu, ihn anzusehen.

»Du bist nicht mehr ganz so unglücklich wie zu Beginn deiner Gefangenschaft, oder? Dass du rechnen kannst … mit mir … das tröstet dich doch!«

»Gewiss«, murmelte sie, »aber … aber ich vermisse Nino.«

Der Blick seiner blauen Augen schien durchdringend wie nie – und zugleich rätselhaft. »Warum eigentlich?«, fragte er. »Mit ihm rechnest du doch nicht, er interessiert sich nicht für Zahlen … nicht annähernd wie ich zumindest.«

Verwundert sah sie ihn an, und zum ersten Mal ging ihr auf, dass, so vertraut Lotario ihr mittlerweile auch geworden war, sie keine Ahnung hatte, was genau in ihm vorging. »Zahlen sind nicht das Wichtigste, Liebe ist es. Wenn du das nicht verstehst … wenn du mir nicht länger helfen willst …«

Hastig legte er seine schmale kleine Hand auf ihre. »Ich muss es nicht verstehen! Auch wenn ich es nicht tue, helfe ich dir natürlich weiterhin!«

Die Botschaften, die er von Nino überbrachte, waren nicht das Einzige, was aus der großen Welt in ihre kleine vordrang.

Abelardos Besuche häuften sich. War er anfangs noch kurz angebunden, weil er ihr die heimlichen Treffen mit Nino übel nahm, schien er ihr mit der Zeit zu vergeben – so wie bei ihr der Groll über seine Strafe bald nicht mehr so groß war wie die Trauer, die sie teilten: die Trauer, dass nicht weiter am Turm gebaut wurde.

Er versuchte ihr zwar zu verheimlichen, was draußen in der Welt vor sich ging, aber wenn sie hartnäckig nachbohrte, kam er nicht umhin zuzugeben: Ja, es hatte weitere Überfälle der Genueser auf Pisaner Schiffe gegeben, auch auf die Insel Elba, und diesen folgten wüste Kämpfe, die viele Opfer verlangt, aber keine Entscheidung gebracht hatten. In Genua bildete man mittlerweile alle Männer – auch alte und kranke – für den Kampf aus, in Pisa war das wohl nur mehr eine Frage der Zeit. So oder so wurde alles Geld für Waffen ausgegeben, nicht für den Turm.

»Giovanni di Simone plant stattdessen den Bau des Camposanto, des Friedhofs – ich hoffe nur, dass Pisa nicht zu einem solchen wird.«

»Und Nicola Pisano? Hat er wenigstens seine Arbeiten am Baptisterium fortgesetzt?«

Abelardos Gesicht wurde noch grauer. »Nicola Pisano ist gestorben«, bekannte er leise. »Sein Sohn Giovanni ist sein Nachfolger und wurde vom Heeresdienst freigestellt – zumindest vorerst.«

Aziza fühlte Mitleid für Giovanni, der seinen Vater verloren hatte, und auch für diesen selbst, der gestorben war, ehe er sein Werk vollenden konnte. Nachrichten, die sie wieder etwas aufmunterten, überbrachte Abelardo leider nicht – auch nicht in den nächsten Wochen.

Irgendwann kam er gar nicht mehr, stattdessen einmal Bona

mit rot verweinten Augen, doch als Aziza sie bedrängte, was geschehen war, sagte sie nur knapp: »Vielleicht hat es sein Gutes, dass du hier in diesem Gemach zu bleiben hast. Hier bist du wenigstens in Sicherheit.«

Aziza wartete ungeduldiger denn je auf Lotario, würde sie von ihm doch gewiss mehr erfahren. Er hatte die besondere Gabe, sich unsichtbar zu machen, solcherart unbemerkt Menschen zu belauschen und immer mehr zu wissen als der Rest. Doch obwohl er sie ansonsten jeden Nachmittag aufsuchte, vergingen drei Tage, ohne dass er sich blicken ließ.

Nie war ihr das kreisrunde Zimmer so eng geworden. Stundenlang drehte sie ihre Runden, zählte die Schritte, versuchte die Wurzel daraus zu errechnen, aber ihre Gedanken lahmten.

Was, wenn Lotario die Lust daran verlor, Nino und ihr zu helfen? Was, wenn Abelardo entdeckte, dass er heimlich Ninos Briefe zu ihr schmuggelte? Was, wenn …

Ein absonderliches Geräusch ließ sie zusammenschrecken. Sie war gewohnt, darauf zu achten, wann wieder einmal die Leiter zurechtgerückt wurde und jemand hochstieg, auch auf fernes Stimmengewirr zu lauschen, das verriet: Dort draußen wartete eine laute, fröhliche, bunte Welt. Doch was sie hier oben noch nie vernommen hatte, war dieses leise … Quietschen. Vage erinnerte sie sich, dass sie es schon mal gehört hatte. Es wurde von einem Lastenaufzug verursacht, mit dem Abelardos Haus wie die meisten Häuser von Pisaner Kaufleuten ausgestattet war, hatte man mit einem solchen doch oft die Waren, die im Erdgeschoss gelagert wurden, zum Turmzimmer hochgezogen, falls Unruhen ausbrachen. Mittlerweile wurden die Waren meist in Lagerhallen am Hafen untergebracht, und die Lastenaufzüge fanden kaum noch Verwendung. Das leise Quietschen wurde jedoch alsbald vom schönsten Laut übertönt, den Aziza sich vorstellen konnte – Ninos Stimme.

»Natürlich komme ich durch!«

Offenbar antwortete er auf Lotarios Frage, der den Lastenaufzug im Inneren des Hauses betätigt hatte und nun Nino durch das Fenster, das sich ein Geschoss unter dem Turmzimmer befand, half. Nach den Stimmen war für eine Weile nur ein Schnaufen zu hören, was verriet, wie schwierig es trotz Ninos Zuversicht war, sich durch dieses Fenster zu quetschen. Doch wenig später kamen sie beide die Leiter zum Turmzimmer hochgestiegen.

Azizas Herz hämmerte, schien zu zerspringen, als Nino plötzlich vor ihr stand, muskulöser als früher, braun gebrannt. Sie stürzte auf ihn zu, umarmte ihn, nicht sicher, ob er sie zu erdrücken drohte oder sie ihn. Sie wusste nur, sie wollte ihn nie wieder loslassen, wollte ihm durchs Haar fahren und übers Gesicht streicheln, ihn küssen wie damals im Hafen und fühlen: Zu rechnen bedeutete, dem Unendlichen hinterherzulaufen, zu küssen bedeutete, das Unendliche ins Hier und Jetzt zu holen. So begierig er selbst darauf zu sein schien – er löste sich abrupt von ihr, ehe ihre Lippen sich trafen. »Wir haben nicht viel Zeit, um einen Plan auszuhecken.«

Da erst betrachtete sie ihn genauer, stellte fest, dass die Bräune nicht darüber hinwegtäuschen konnte, wie angespannt die Züge wirkten, und der muskulöse Körper nicht nur von Stärke kündete, sondern von unsichtbarem Gewicht niedergedrückt schien.

So unruhig wie sie zuvor begann auch er nun im Kreis zu gehen, fand jedoch nicht den Mut auszusprechen, was ihm auf der Seele lastete.

Azizas Blick ging zu Lotario. »Die Idee mit dem Lastenaufzug … das war großartig«, sagte sie leise. »Auf diese Weise können dich die Dienstboten nicht sehen und wir uns noch öfter treffen.«

Lotario schüttelte den Kopf. »Nein«, sagte er, klang bekümmert, aber auch entschlossen, »auf diese Weise wirst du demnächst das Haus verlassen.«

»Aber …«

Nun sprudelten doch die Worte über Ninos Lippen. Jedes einzelne tat gut, weil sie endlich wieder seine Stimme hörte. Jedes einzelne tat weh, weil es von fortwährenden Schlachten kündete. Die Pisaner Flotte konnte jüngst einen Erfolg erringen, hatte etliche Genueser Besitzungen an den Küsten Korsikas und Sardiniens zerstört. Doch Genua schlug zurück, indem es fünfzehn Pisaner Schiffe enterte und kaperte. Und sie begnügten sich nicht damit, drangen in den Hafen von Pisa vor, zerstörten dort einen Turm, der der Heiligen Veronica geweiht war.

Wie kommt man auf die Idee, einen Turm einer Heiligen zu weihen?, fragte sich Aziza. Und wie kommt man auf die Idee, Türme zu zerstören, anstatt welche zu bauen?

Sie wollte nicht noch mehr von Kriegen hören, ihn viel lieber wieder umarmen, als gelte es, mit ihm zu verschmelzen, ihn endlich küssen. »Hör mir zu«, sagte Nino da, »ich bin noch nicht fertig.«

Sie fragte sich bang, ob Krieg womöglich wie Zahlen und wie die Liebe etwas war, was nicht endete, weil auf jede Schlacht immer noch eine weitere folgte und noch mehr Hass und Zerstörungswut entfachte, und tatsächlich berichtete Nino: »Trotz aller Niederlagen, die die Pisaner erlitten haben – unsere Flotte ist bereit zum Kampf. Nicht länger will man dem Feind nur kleine Nadelstiche zufügen oder ihn zur Ader lassen. Nein, in einer großen Schlacht soll Genua endgültig besiegt werden.«

Vielleicht war diese Schlacht fürs Erste doch die letzte, auf die keine weitere folgte – doch nun war es Azizas Angst, die ins Unendliche wuchs.

»Darum bist du hier«, stammelte sie, »du wirst in dieser Schlacht kämpfen und wolltest mich zuvor noch einmal sehen.«

Er schüttelte den Kopf. »Ich ... ich werde nicht kämpfen.«

»Aber ...«

Nicht Nino fiel ihr ins Wort, es war Lotario, dessen blaue Augen durchdringend wie nie auf sie gerichtet waren. »Ich habe Nino davon überzeugt, mit dir zu fliehen. Du hast gesagt, dass du ihn liebst, und weil das so ist, sollst du mit ihm zusammen sein ... nicht mit mir hier oben hocken und rechnen.«

Seine Stimme klang gepresst, das Einzige, was verriet, welch großes Opfer er zu bringen bereit war: zu Ninos Gunsten auf sie zu verzichten.

»Fliehen?«, fragte Aziza verwirrt.

»Ich bin mir nicht sicher, wohin«, sagte Nino schnell. »Zunächst finden wir vielleicht Unterschlupf in Donoratico, wo sich eines der Landgüter meiner Familie befindet. Für gewöhnlich verbringen die Gherardesca den Sommer dort, doch obwohl es jetzt schon August ist, sind bislang alle Familienmitglieder in der Stadt geblieben, um sich für die Schlacht zu rüsten. Von Donoratico können wir irgendwann nach Sardinien weiterreisen. Mein Vater lebt seit einigen Jahren dort. Er verwaltet die Landgüter auf der Insel, die den Gherardesca gehören.«

Der Plan wies unendlich viele Lücken auf, die er noch nicht mit Worten gefüllt hatte. Was, wenn sein Großvater davon erfuhr? Würde sein Vater ihn überhaupt aufnehmen, wenn er der Familie die Treue brach? Und wovon genau sollten sie leben?

Nino deutete ihr Stirnrunzeln falsch. »Wenn du natürlich lieber hierbleibst, wo du in Sicherheit bist … deine Bücher hast … dich weiter der Mathematik widmen kannst, was Abelardo dir nie verbieten würde, dann …«

»Rechnen kann ich überall, glücklich werden nur an deiner Seite«, rief sie schnell und zauberte damit ein Lächeln auf Ninos Lippen.

Und als sie sich wieder umarmten, dachte sie nicht daran, was bei seinem Vorhaben alles schiefgehen könnte, war nur voller Hoffnung, dass sie sich bald so lange umarmen und küssen konnten, wie sie wollten. Einzig Lotarios bekümmerte Miene schmerzte sie, doch als sie sich an ihn wandte, ihm sagen wollte, wie leid es ihr täte, ihn zurückzulassen, fiel er ihr rasch ins Wort: »Ist schon gut.«

Am liebsten wäre sie sofort mit Nino gegangen, doch Lotario meinte, dass sie auf die Nacht warten müssten. Dann könnte er ihr von allen unbemerkt aus dem Haus helfen, und in den frühen Morgenstunden würde sie mit Nino zusammentreffen, der seinerseits die verbleibende Zeit nutzen würde, um noch einmal heimzugehen, Schmuck, Waffen, Geld und ein wenig Proviant einzupacken.

Ob er die Gelegenheit auch nutzen würde, irgendeinem Mitglied seiner Familie die Wahrheit zu sagen und sich von ihm zu verabschieden, blieb offen. Aber das konnte er ihr später immer noch erzählen … wenn endlich die Nacht vorbei war … der Morgen anbrach … sie ein neues Leben mit ihm beginnen würde.

Das Stadthaus der Gherardesca befand sich in der Nähe der Kapelle San Sepolcro, die in einer unüblichen Form – nämlich der eines Achtecks – erbaut worden war. Wenn Nino in den letzten Monaten daran vorbeigekommen war, hatte er stets gedacht, wie gerne er sie Aziza zeigen wollte. Als er sie heute betrachtete, wurde ihm das Herz schwer, wusste er doch, dass Aziza diese Kapelle nun niemals zu sehen bekommen würde.

Obwohl er überzeugt war, dass dies ihre einzige Möglichkeit blieb, schmerzte ihn der Gedanke, Pisa zu verlassen, besonders als er wenig später in seinem Gemach stand, sich ein letztes Mal umblickte. Wie oft war es ihm wie ein Gefängnis erschienen, doch nachdem er nun eine Brosche seiner verstorbenen Mutter, einen Dolch mit einem kostbaren Elfenbeinknauf und einen Sack Münzen eingesteckt hatte, konnte er sich kaum überwinden, es zu verlassen. Und als er es endlich doch tat, führten seine Schritte ihn nicht ins Freie, sondern zu einem anderen Raum.

Alle Menschen, die er bis jetzt hier angetroffen hatte, hatten von der nahenden Schlacht gesprochen. Hier aber wurde er nur von Kinderlachen empfangen, an dem er sich laben konnte, außerdem von dem Lächeln einer eleganten Frau.

Capuana della Gherardesca liebte die Farbenpracht. Nicht nur, dass es ihr gelungen war, sämtliches dunkles Mobiliar aus dem Raum zu verbannen – die Kissen waren leuchtend rot, die Wandbehänge bunt, die Kerzenständer silbrig –, in diesem hellen Raum schien auch der Krieg mit Genua keinen Platz zu haben. Nichts verdunkelte ihre Miene, und die Kinder kicherten in einem fort. Capuana war Ugolino della Gherardescas zweite Ehefrau, die er erst in hohem Alter geheiratet hatte. Die zwei Kinder, die sie ihm geboren hatte – Matteo und Beatrice –, waren erst vier und fünf Jahre alt und somit jünger als Ugolinos Enkelsöhne, und was sie gerade so amüsierte, war der kleine Hund, der durch den Raum sprang. Er gehörte Ninos Vetter Anselmuccio, den er ebenfalls hier antraf, und er weigerte sich beharrlich, durch den Reifen zu springen, durch den Matteo ihn unbedingt locken wollte. Nino hatte viele Vettern, aber von allen stand Anselmuccio ihm am nächsten. Der war mit seinen knapp zehn Jahren zwar deutlich jünger als er, schien jedoch wie er der Meinung, dass es lohnenswertere Dinge gab, als gegen Rivalen und Feinde zu kämpfen.

Nino wurde sein Herz noch schwerer, als er ihn betrachtete, sich fragte, wann und ob er ihn jemals wiedersehen würde, ob er auch jemals wieder Matteo lachen und Beatrice in die Hände klatschen hören würde.

Er wusste nicht genau, was ihn hierhergetrieben hatte, er konnte jedenfalls nichts anderes tun, als auf die Kinder zu starren.

»Wollt ihr mit Punto nicht lieber in den Garten gehen?«, fragte Capuana.

Anselmuccio nickte, stieß ein Pfeifen aus, und wie der kleine Hund folgten ihm auch die Kinder bereitwillig nach draußen. Obwohl Nino ihnen traurig nachblickte, konnte er etwas befreiter atmen, sobald er mit Capuana allein war.

Diese war in ihrem Stuhl sitzen geblieben. Sie war eine Frau, die an Bewegungen sparte, nur ihr Blick schweifte stets umher, schien alles zu durchschauen, während sie zugleich meisterhaft zu verbergen wusste, was sie selbst dachte und fühlte. Nie verriet sie, ob es sie stolz oder unglücklich machte, mit einem so alten, oft strengen Mann verheiratet zu sein, der der Macht immer den Vorzug vor der Liebe gab, und ob sie ihre Heimat – sie stammte aus Lucca – vermisste.

»Morgen ist es so weit«, sagte sie leise.

Nino hatte kaum noch Erinnerungen an seine leibliche Großmutter. Ildebrandesca war zwar erst gestorben, als er schon zehn Jahre alt war, aber sie hatte lieber gebetet, als sich um ihre Enkelkinder zu kümmern. Erst recht wusste er von seiner jung verstorbenen Mutter kaum mehr, als dass sie Elena hieß, die Tochter des Königs von Sardinien war und vom ersten Tag ihrer Ehe an gekränkelt hatte, was durch die Geburt ihrer beiden Söhne nur schlimmer geworden war. Capuana war ihm darum immer Großmutter und Mutter in einem gewesen, in einem schwachen Moment hatte er ihr von Aziza erzählt, und auch wenn sie nie nachgebohrt hatte, wie tief seine Zuneigung zu ihr ging, wusste er plötzlich: Sie hatte nicht nur ganz genau durchschaut, was er plante, sie hieß es auch gut.

»Ja«, sagte er entschlossen, »morgen ist es so weit.« Er musste gar nicht erst aussprechen, dass er die Flucht meinte, nicht die Schlacht.

»Du weißt, was du aufgibst?«, fragte sie leise.

»Ich weiß, dass ich keine Zukunft mit ihr habe, keine Hoffnung auf ein gemeinsames Leben, wenn ich mich nicht heimlich fortstehle. Großvater hat seine Kinder und Enkelkinder immer nach seinem Gutdünken verheiratet, hat nüchtern berechnet, welches Bündnis den größten Nutzen für ihn bringt, nicht das größte Glück für sie. Niemals würde er mir erlauben, Aziza zu heiraten – das Ziehkind eines Gualandi, das obendrein aus dem Heidenland stammt.«

Capuana nickte. »Ich verstehe dich. Ich habe aber nicht gefragt, was du zu gewinnen gedenkst – nämlich die Zukunft mit deiner Liebsten –, sondern ob du dir bewusst bist, worauf du verzichtest.«

Nino trat zu ihrem Stuhl. »Großvater hat uns immer zu verstehen gegeben, dass wir nichts weiter sind als Blätter, die an einem mächtigen Baum wachsen. Würden sie vom Baum fallen, würde sie der Wind verwehen, sie würden gelb werden, braun, würden zerfallen. Einzig der Baum mit seinen Wurzeln lässt sie ihr saftiges Grün behalten.« Er machte eine kurze Pause. »Diese Wurzeln reichen tief. Unsere Vorfahren waren schon vor langer Zeit Grafen von Volterra, begnügten sich aber nicht mit der Macht dort, wollten in einer größeren Stadt herrschen, weswegen sie sich in Pisa niederließen und dort zur einflussreichen Familie aufstiegen. Aber … aber all das hat mir immer Angst gemacht. Gewiss, ein Baum kann vieles: Er übersteht zahlreiche Winter, blüht im Frühling und spendet Schatten im Sommer, aber eines kann er nicht: Ein Baum kann sich nicht bewegen. Dort, wo er wächst, muss er bleiben, sonst geht er zugrunde. Ich aber habe mich nie wie ein Blatt gefühlt, eher wie ein Vogel, der auf einem Zweiglein sitzt, sein Lied singt und dann wieder weiterfliegt.« Wieder machte er eine Pause. »Ich weiß, dass ich das Richtige tue.«

»Dann weiß ich es auch«, erklärte Capuana und bewegte sich nun doch ein bisschen – sie legte den Kopf etwas schief, auf dass er ihre Wange küssen konnte. Es war ungewöhnlich, dass sie diese Nähe duldete. Selbst ihre kleinen Kinder zog sie kaum je auf den Schoß und küsste sie noch seltener. Nun aber gewährte sie Nino nicht nur, ihre Wangen zu küssen – sobald er es tat, umschlang sie flüchtig seinen Hals, sah ihn ein letztes Mal liebevoll an, nickte aufmunternd.

Als er wenig später Capuanas Gemach verließ, beherrschte ihn nicht mehr die Trauer um die Familie, er fühlte sich vielmehr befreit von aller Last, konnte schnell gehen, beschwingt. Doch er war kaum zur Treppe gekommen, als ihn plötzlich jemand am Oberarm packte.

Nino fuhr herum, blickte in das wutverzerrte Gesicht seines

Bruders, erschrak. Enrico war ein Jahr älter, und als sie klein gewesen waren, waren sie einander so eng verbunden gewesen wie Zwillingsbrüder. Auch heute sahen sie sich noch ähnlich – Enricos Haar war nur etwas dunkler, die Augen etwas schmaler –, aber verbunden fühlte er sich ihm nicht mehr. Für Enrico gab es kein größeres Glück, als mit ihren Onkeln Zeit zu verbringen, von ihnen das Kämpfen zu lernen und als Mann betrachtet zu werden, während Nino stets alles darangesetzt hatte, Lotto, Gaddo und Uguccione della Gherardesca aus dem Weg zu gehen.

»Bist du verrückt geworden?«, herrschte Enrico ihn an.

Nino zuckte zusammen. Er überlegte fieberhaft, ob im Gespräch mit Capuana, das Enrico ganz offenbar belauscht hatte, Azizas Name gefallen war, ob er überhaupt eine Frau erwähnt hatte. Doch als Enrico fortfuhr, ging ihm auf, dass der die Wahrheit längst kannte. Den anderen Verwandten mochte entgangen sein, warum er sich so häufig heimlich fortstahl – dem Bruder nicht. Er musste ihn beobachtet, herausgefunden haben, wo er heute gewesen war.

»Glaub nicht, dass ich nicht weiß, wie es ist, eine Frau zu lieben!«, herrschte Enrico ihn an. »Seit einem Jahr nun bin ich mit meiner Bianca verheiratet und sehr glücklich mit ihr. Gerade erst gestern hat sie mir gesagt, dass sie ein Kind erwartet.«

Bianca stammte aus einer reichen Familie, und Enrico hatte sie geheiratet, weil Ugolino es so wollte. Sie war schön und blieb meist stumm, und manchmal vermeinte Nino hinter ihren feinen Zügen Angst zu wittern – die Angst, etwas falsch zu machen und damit den Ehemann, schlimmer noch: dessen Großvater gegen sich aufzubringen.

Dennoch rang er sich jetzt ein Lächeln ab. »Das … das freut mich für dich …«

Enrico machte keine Anstalten, ihn loszulassen, sein Griff wurde noch unbarmherziger. »Weißt du, wie ich meiner Freude darüber, Vater zu werden, Ausdruck verleihe? Indem ich für Pisa kämpfe! Nur auf diese Weise ehre ich mein Kind, ehre ich meine Stadt!«

Nino überlief es kalt. Ein Kind, das noch nicht einmal geboren ist, ehrt man nicht mit Blutvergießen, ging es ihm durch den Kopf. Und eine Stadt ehrt man, indem man Gebäude für die Ewigkeit errichtet, nicht, indem man tötet.

Aber er wusste, Enrico würde ihn ja doch nicht verstehen, besser, er nutzte alle Kräfte, sich seinem Griff zu entwinden.

»Es kann dir doch nicht alles gleich sein!«, rief Enrico, ohne lockerzulassen. »Morosini, unser Podestà, ist so schwach. Es hätte viele Chancen gegeben, Genua zu überfallen und zu besiegen, aber er hat sich begnügt, einen silbernen Pfeil als Drohung abzuschießen, als er der Stadt einmal nahe kam.«

»Nur weil er meinte, es sei ehrlos, eine Stadt anzugreifen, deren Flotte gerade unterwegs ist.«

»Ich nenne es dumm. Ehrlos bist wiederum du, wenn du dich einfach aus dem Staub machst.«

»Enrico ...«

»Genau das hast du doch vor, oder? Sonst würdest du keinen Dolch, keinen Beutel Münzen mit dir tragen!«

Endlich ließ der Bruder ihn los, aber Nino rührte sich dennoch nicht, brachte auch keine Ausflüchte oder Lügen hervor. Er starrte Enrico nur unverwandt an, und erstmals stiegen Zweifel in ihm hoch. Bis jetzt hatte er gedacht, dass der jetzige Zeitpunkt genau der richtige war, um mit Aziza zu fliehen. Nun ging ihm auf, dass es zugleich der schändlichste war.

»Du willst deine Familie und Pisa genau dann im Stich lassen, wenn dich beide am dringendsten brauchen?«, rief Enrico enttäuscht. »Und wofür? Für ein Weib?«

Für so viel mehr als das, ging es Nino durch den Kopf. Für dich mag ein Weib eine Brosche sein, an deren Glanz du dich erfreust, die du aber, solltest du sie verlieren, gedankenlos gegen eine andere austauschst. Aziza hingegen ist nichts, was man *besitzen* kann, mit ihr kann man nur *sein*. Frei sein.

Ihm war jedoch nur zu deutlich bewusst, dass Enrico ihn nicht verstehen würde, und in der Tat wartete der gar nicht erst seine Antwort ab, sondern fuhr verbittert fort: »Hast du noch nicht gehört, dass die Genuesen ein schnelles Spähschiff über den Arno geschickt haben, um die Pisaner wissen zu lassen, sie wären für die Schlacht bereit?«

»Natürlich habe ich davon gehört, und deswegen …«

»Und deswegen haust du ab, du Feigling! Weißt du, Nino: Ich liebe Bianca, ich liebe schon jetzt mein ungeborenes Kind. Aber wenn man von mir verlangen würde, ich müsste ihretwegen Pisa verraten, ich würde ihr lieber die Kehle durchschneiden und hernach ihren Leib aufschlitzen und das Kind herausholen und …«

»Hör auf!«, schrie Nino. »Wie kannst du etwas so Grässliches sagen!«

»Und wie kannst du etwas so Grässliches tun?« Enricos Stimme brach, er packte ihn wieder, zog ihn dicht zu sich, und kurz, ganz kurz war er ihm wieder der Bruder von einst – einer, der aussah wie er, der sich bewegte wie er, der fühlte und dachte wie er. Denn hinter seinem Ärger war ein Schmerz über ihre Entfremdung zu wittern – und diesen teilten sie.

»Bruder …«, flüsterte Nino.

»Nenn mich nicht so.«

»Enrico …«

»Nenn mich auch so nicht. Ich bin ein Gherardesca – und du bist das auch. Und wenn man ein Gherardesca ist, ist man zunächst einmal nur das, dann erst ein Liebender, ein Vater, ein Bruder, ein Vetter.«

»Und ein Pisaner?«

»Die Gherardesca und Pisa sind doch eins. Ich weiß, viele Familien sehen das anders, aber Großvater hat große Pläne, und wenn wir erst einmal Genua besiegt haben, wird er sie umsetzen.«

Sein Gesicht befand sich so dicht vor seinem, dass Nino seinen warmen Atem spüren konnte. Nicht nur, dass er ihn am Oberarm festhielt, von ihm ging eine Macht aus, der Nino sich nicht entziehen konnte.

Ich bin ein Gherardesca, ich bin ein Gherardesca, ich bin ein Gherardesca.

Waren das Enricos Worte? Waren es seine?

Und war er stolz darauf, ein Gherardesca zu sein, oder darüber entsetzt? Regte sich in ihm Kampfeslust oder nur Überdruss? Entschlossenheit oder Unbehagen?

Von weit her ließ sich das Gekläff von Anselmuccios Hund vernehmen, auch das Gelächter der Kinder. Aber er selbst bezweifelte, ob er jemals wieder einen ähnlich fröhlichen, lebenslustigen Laut auszustoßen imstande war. Im Moment konnte er Enrico noch nicht einmal Worte entgegensetzen.

Ich bin ein Gherardesca, echote es in ihm, ich bin ein Gherardesca.

Aziza wartete mit Lotario in der Nähe des Domplatzes auf Nino. Solange es finster gewesen war, hatte der Junge ihre Hand gehalten; als der Morgen dämmerte, ließ er sie los. Das Licht war so fahl, dass der Turm nicht strahlend weiß erschien, sondern von einem schmutzigen Grau war. Aziza verharrte immer noch an der gleichen Stelle, Lotario begann unruhig auf und ab zu gehen.

»Warum … warum kommt er nicht?«, rief er ungeduldig. »Wie kann er dich nur warten lassen?«

Obwohl Aziza sich mittlerweile selbst Sorgen machte, erklärte sie entschlossen: »Er wird schon seine Gründe haben.«

Danach senkte sie rasch den Kopf, damit Lotario nicht in ihrer Miene lesen konnte. Dass von Nino weiterhin nichts zu sehen war, war nicht das Einzige, was ihr zusetzte. Sie haderte damit, Abelardo verlassen zu müssen, ohne Abschied zu nehmen, und noch größeren Kummer bereitete ihr der Gedanke an Bona. Die hatte sie zwar noch ein letztes Mal drücken und Täubchen nennen können, war danach aber in Tränen ausgebrochen.

»Und wenn er nicht kommt?«, riss Lotario sie aus seinen Gedanken. »Wenn er es sich anders überlegt hat? Wenn er … wenn er deiner Liebe nicht würdig ist?«

Sie hob den Kopf, las in seiner Miene nicht nur Sorge, auch leisen Ärger.

»Sag so etwas nicht!«, erklärte sie entschlossen.

»Du bist die schönste und klügste Frau Pisas und musst hier herumstehen wie …«

»Still!« So scharf klang ihre Stimme selten. Lotario zog rasch den Kopf ein, begann wieder unruhig auf und ab zu gehen.

Die Sonne kroch höher, Menschen begannen Straßen und Gassen zu füllen. Viele strömten zum Dom, um für den Sieg zu bitten, wenn es heute zur großen Schlacht kam. Einige wirkten frohgemut, raunten sich zu, dass heute der 6. August war und am gleichen Tag einst die Pisaner die Sarazenen von Palermo geschlagen hatten. Doch auch sorgenvolle Stimmen mischten sich unter die aufgeregten, so die eines Kaufmanns, der sich erst mehrfach bekreuzigte, dann einem anderen zuraunte, dass Erzbischof Ruggieris Kreuz in den Fluss gefallen sei, als er auf der Ponte Vecchio die Flotte gesegnet hatte. War das nicht ein äußerst schlechtes Omen?

»Ach was«, sagte der andere leichtfertig. »Soll eben Christus für die Genueser sein, wenn nur der Wind für uns ist.«

Aus seinem heiteren Tonfall zog Aziza wieder etwas Zuversicht, aber alsbald verschwanden die beiden, während Nino immer noch nicht aufgetaucht war. Sie spielte schon mit dem Gedanken, wieder nach Hause zurückzukehren, als plötzlich eine Stimme sie zusammenfahren ließ.

»Aziza!«, rief jemand.

Die Stimme klang fremd. Und fremd war auch der Knabe, der auf sie zukam. Aziza schätzte ihn nicht viel älter als Lotario ein. Seine Augen waren so braun wie Ninos, auch der Farbton seiner Haare glich seinen. Und tatsächlich begann er von Nino zu sprechen – wenn sie ihn auch vorerst nicht verstehen konnten, kläffte das Hündchen, das neben ihm herumsprang, doch viel zu laut.

»Sei still, Punto, sei doch still!«

Punto, also Punkt, hatte man das Tierchen wahrscheinlich aufgrund des braunen Flecks über dem Auge genannt. Der Knabe wiederum stellte sich nun als Anselmuccio della Gherardesca vor, und er kam, damit sie nicht länger vergebens auf Nino warten mussten.

»Er wird nicht kommen, er wird für Pisa kämpfen.«

Wieder kläffte der Hund, aber das hörte Aziza gar nicht mehr richtig. Ein Rauschen füllte ihren Kopf aus, und als es abebbte, hörte sie Lotario ein Ächzen ausstoßen. Sie war nicht sicher, was es verriet – Empörung oder Genugtuung, Entsetzen oder Mitleid. Erstaunlich, dass sie es überhaupt vernahm, so viel Trubel, wie mittlerweile am Platz vor dem Dom herrschte. Einem der vielen Menschen, die hier um den Sieg beten wollten, war das Kläffen lästig, er trat Richtung Punto, und Anselmuccio nahm das Hündchen rasch hoch, um es in Sicherheit zu bringen.

»Warte!«, rief Lotario ihm nach.

Aziza hatte sich darauf gefasst gemacht, dass er Nino verdammen würde, einmal mehr erklären, dass er ihre Liebe nicht verdiente, und überhaupt, warum fühlte sie selbst so große für ihn, wenn er doch nichts von Zahlen verstand. Doch stattdessen rief er Aziza mit starrem Gesicht, als wären seine Züge aus Elfenbein geschnitzt, zu: »Warte du auch … oder nein, geh besser nach Hause … dort bist du in Sicherheit … und dorthin werde ich später kommen … ganz gewiss mit Nino … Ich werde ihn schon davon überzeugen, dass er dich nicht einfach im Stich lassen kann. Er *darf* es nicht!«

Er brach ab, wartete nicht auf ihre Zustimmung, lief dann schon Anselmuccio nach.

Hilflos starrte Aziza den beiden Jungen hinterher, zerrissen von Sorge um Lotario, dem sie eigentlich nicht zumuten wollte, um ihr Liebesglück zu kämpfen, und zugleich Hoffnung, er könnte Nino tatsächlich daran hindern, eine der Galeeren zu besteigen. Und vielleicht gab es ja auch eine gute Erklärung für sein Handeln, oder Anselmuccio hatte etwas missverstanden?

Später wusste sie nicht, wie lange sie schon wartete, anstatt endlich nach Hause zu gehen. Neue Menschen kamen zum Domplatz, raunten sich Neuigkeiten zu. Der Podestà Morosini hatte demnach die gesamte Flotte hinter seiner Galeere versammelt. Etliche Schiffe waren den Arno aufwärts gesegelt, um sich in Pisas Hafen mit den dortigen Schiffen zu vereinen. Noch hieß es danach zu warten. Morosini hatte entschieden, dass die Aufstellung der genuesischen Flotte für sie ungünstig sei. Es kam jedoch bald zu einem ersten Scharmützel, als sich einige vorwitzige Genueser Schiffe ganz nahe an den Strand heranwagten, hier jedoch von Steinschleudern getroffen wurden.

Alle auf dem Domplatz lachten, als sich die Geschichte herumsprach. Es war lange nach Mittag, als das Lachen verstummte, sich stattdessen die Nachricht verbreitete, dass sich die Genueser Flotte hinter ein Felseneiland zurückgezogen hatte. Dessen Name wurde nun raunend weitergegeben. Meloria … Meloria … Meloria …

Obwohl die Sonne weiterhin heiß auf sie herabbrannte, wurde Aziza eiskalt.

»Gott sei Pisa gnädig!«, hörte sie dicht an ihren Ohren jemanden flehen. Ihre Knie begannen zu beben, sie stützte sich an die Wand des Doms. Plötzlich war es ihr gleich, ob Nino sie im Stich gelassen, sie gar verraten hatte oder es einen anderen Grund gab, warum er nicht erschienen war. Der einzige Gedanke, der wieder und wieder in ihr echote, war: Er darf nicht sterben. Er muss diese Schlacht bei Meloria überleben!

Lotario hatte nicht an sich selbst gedacht, als er Nino geraten hatte, mit ihr zu fliehen. Auch sie dachte nun nicht an sich. Wenn es notwendig war, ihre Liebe, ihr Glück für Ninos Leben zu opfern – sie würde es tun.

1373

Cristo war enttäuscht, dass die Geschichte ausgerechnet an der spannendsten Stelle ein Ende fand, da sie nun den Domplatz erreichten. Allerdings wusste jedes Kind in Pisa, wie die Schlacht von Meloria ausgegangen war, und noch wichtiger als Gabrieles Geschichte waren Cristo seine Münzen.

Wie erwartet trat Gabriele mit aufgerissenen Augen auf den schiefen Turm zu, als betrachte er ein Heiligtum. Ausnahmsweise musste auch Cristo heute nicht wie früher an einen schiefen Zahn denken, fand die sechs Loggien mit ihren Säulengalerien durchaus beeindruckend – vielleicht, weil er nun mehr über deren Entstehung wusste. Von seinen Plänen brachte ihn das trotzdem nicht ab.

»Jedes Stockwerk hat dreißig Säulen«, sagte er. »Zumindest wird das behauptet. Willst du vielleicht nachzählen?«

Die Hoffnung, dass Gabriele darauf einging und er ihm mindestens eine Münze entwendet hatte, noch ehe er bis zehn gekommen war, zerschlug sich. Erst jetzt ging Cristo auf, dass Gabriele gar nicht so sehr den Turm betrachtete, sondern dessen Spitze.

»Was … was machen die Männer da oben?«, rief Gabriele aufgeregt. Cristo folgte seinem Blick. Eben wurde auf der Plattform über dem letzten Stockwerk an einem Ring gebaut, etwas kleiner als die Loggien und etwas gerader anmutend.

Ehe Cristo etwas sagen konnte, fügte Gabriele hinzu: »Du hast vorhin erwähnt, dass am Domplatz gebaut wird – nicht, dass diese Arbeiten mit dem Turm zu tun haben.«

»Ist denn das so wichtig?«, fragte Cristo verdrossen. »Ich glaube, Tommaso Pisano leitet die Arbeiten.«

»Tommaso Pisano?«, rief Gabriele fassungslos. »Der Sohn des Sohnes von Andrea de Pontedera?«

Himmel, woher sollte er wissen, wessen Sohn der Baumeister war? Er wusste ja nicht einmal, wessen Sohn er selbst war.

Gabriele packte ihn an den Schultern. »Andrea de Pontedera war einer der ganz Großen seiner Zunft.«

Cristo löste sich von Gabriele. »Von so etwas verstehe ich nichts«, erklärte er. »Ich dachte, du wüsstest, dass der Turm in diesen Wochen endgültig vollendet wird. Der Herr von Pisa, Pietro Gambacorta, will keine weiteren Stockwerke errichten lassen, hat jedoch entschieden, dass der Turm eine Glockenstube bekommen soll. Er meinte, diese sei das Wichtigste, denn erst wenn die Glocken erschallen, erfüllt der Turm seinen eigentlichen Zweck.«

Cristo hatte viele Reaktionen erwartet, nur nicht diese. Gabrieles Gesicht, dessen Haut ohnehin nicht so gegerbt wie seine war, wurde leichenblass, sein Blick flackerte. »Eine Glockenstube?«, fragte er tonlos und begann nun gar am ganzen Leib zu zittern. »Eine Glockenstube?«, wiederholte er wieder und wieder mit zunehmendem Entsetzen, ja regelrechter Verzweiflung, um am Ende hinzuzufügen: »Jetzt wird mir alles klar.«

Na, mir nicht, hätte Cristo am liebsten gesagt, verkniff es sich jedoch.

Wenn Gabriele über seinem Entsetzen wenigstens sein Geld vergessen hätte! Doch plötzlich umklammerte er seinen Beutel, als wäre der das Einzige, woran er sich noch festhalten konnte, ließ Cristo ohne ein weiteres Wort stehen und ging entschlossenen Schrittes auf eine der Werkstätten am Domplatz zu.

Zumindest vermutete Cristo, dass das Gebäude dort hinten, das sich inmitten einiger Bauernhäuser befand, eine Werkstatt war.

Etwas ratlos starrte er Gabriele nach. Er vermutete, dass er mit dem

Baumeister Tommaso persönlich über die Glockenstube sprechen wollte. Ob ihn das seinem Ziel, ihn zu beklauen, allerdings näher brachte oder fern wie nie, konnte er nicht so recht einschätzen. Schließlich gab er sich einen Ruck und folgte Gabriele, denn ihm war eine Idee gekommen, wie er an diesem Tag doch noch Beute machen konnte.

Sobald er ebenfalls die Werkstatt erreicht hatte, trat er forsch in die Mitte des Raums, entdeckte viele Werkzeuge auf den Arbeitstischen – bis auf Gabriele aber keine Menschenseele.

»Wie es aussieht, machen die Arbeiter gerade Mittagspause«, sagte Cristo und trat unauffällig in die Nähe der Werkzeuge. Allein zwei Dutzend Schaber aus Stahl mit unterschiedlichen Profilen befanden sich hier, außerdem Bossierhammer und Schlageisen.

»Meister Tommaso?«, rief Gabriele Cristos Worte ungeachtet laut.

Ja, glaubte er, dass sich der Baumeister irgendwo unter den Holzbalken verkrochen hatte?

Aber gut so. Solange Gabriele nach Tommaso Ausschau hielt, versäumte er es, darauf zu achten, was Cristo trieb. Kaum war der damit fertig, wollte er die Werkstatt so schnell wie möglich verlassen. »Hier finden wir ihn nicht«, murmelte er.

Gabriele schüttelte den Kopf. »Ich … ich kann nicht einfach wieder gehen, ich muss doch mehr wissen … über die Glockenstube, seit wann daran gebaut wird, woher die Glocken stammen werden … ach, wenn ich das schon früher gewusst hätte!«

Später bereute Cristo bitter, dass er in diesem Moment an Gabrieles Seite verharrt hatte, anstatt das Weite zu suchen, auch noch Fragen gestellt hatte: »Kannst du mir endlich sagen, wer genau du bist?«, rief er. »Was aus Aziza und Nino wurde und was ihr Leben mit deinem zu tun hat … auch mit deinem Glück … deiner Liebe?«

Gabriele wandte sich ihm zu, holte tief Atem – ein Zeichen, dass er endlich mehr verraten würde. Doch noch bevor das erste Wort über seine Lippen kam, ertönte eine laute Stimme: »Du Lump!«

Gabriele, der den Ruf wohl auf sich bezog, zuckte zusammen, fuhr herum. »Ich bin nur hier, weil ich fragen wollte, ob …«

»Du Lump!«, rief der fremde Mann, der unbemerkt die Werkstatt betreten hatte, wieder.

Cristo würde nie erfahren, ob dieser Mann Baumeister Tommaso war oder nur ein Geselle. Ganz sicher hatte er kräftige Hände – was er nicht nur sehen, sondern alsbald spüren konnte: Die Hände packten ihn nämlich. Cristo unterdrückte den Fluch, der ihm auf der Zunge lag, Gabriele hingegen verlieh seiner Empörung ganz offen Ausdruck. »He, was tust du denn da! Lass den Knaben sofort los, er hat doch nichts getan.«

»Nichts getan?«, rief der Mann. »Oh, ich habe genau gesehen, dass er etwas gestohlen hat.«

Schon wurde der Griff um den Nacken fester, schon zog er das unter Cristos Tunika hervor, was der vorhin an sich genommen und dort versteckt hatte – einen Schaber. Cristo hatte gehofft, dass es nicht weiter auffallen würde, wenn einer fehlte, und dass er ihm ein nettes Sümmchen einbringen könnte.

Der Mann hob drohend den Schaber – leider ohne ihn zuvor loszulassen.

»Dieses Diebespack wird ja immer dreister! Aber du sollst mich kennenlernen. So leicht kommst du damit nicht davon.«

Nicht nur, dass er Cristo beutelte, als wäre er ein Kaninchen, das er demnächst mit Thymian und Rosmarin zu braten gedachte. Mit der freien Hand packte er nun auch noch Gabriele am Oberarm – und dass der unter seiner Tat zu leiden hatte, wollte Cristo nun wirklich nicht.

»Er hat nichts getan!«, rief er. »Ich habe den Schaber ganz allein gestohlen. Lasst ihn gehen.«

Gabriele starrte ihn fassungslos an, schien nicht überzeugt zu sein, dass Cristo die Tat, die man ihm vorwarf, auch wirklich begangen hatte. Er war zu gut für diese Welt – was er erst recht bewies, als er erklärte:

»Ich lasse dich doch nicht im Stich.« Und schon wandte er sich an den Mann, fügte hinzu: »Wo immer du ihn hinbringen wirst – ich komme mit.«

Wie konnte er nur so dumm sein! Man musste doch stets an sich selbst und das eigene Wohl denken, dann kam lange nichts und dann erst die Menschen, die irgendeinen Nutzen für einen hatten! Und er selbst hatte für Gabriele bis jetzt doch noch keinerlei Nutzen erbracht, ihm vielmehr geschadet!

Nun ja, wenn sie im Kerker landeten – und Cristo konnte sich nicht vorstellen, dass sie ein anderes Schicksal erwartete –, würde Gabriele zumindest weiterhin einen Zuhörer für seine Geschichte haben.

III.

Meloria

1284 - 1285

Das Erste, was Nino sah, als er wieder zu sich kam, war der blaue Himmel. Er seufzte erleichtert, fühlte sich kurz, ganz kurz, frei wie nie, doch dann schnitt das Sonnenlicht in seine Augen, verstärkte den Schmerz, der irgendwo im Hinterkopf lauerte, und er erinnerte sich wieder an alles. Er hatte mit Enrico gestritten ... Enrico hatte weiterhin verlangt, dass er mit in die Schlacht ziehen sollte ... und als er endgültig ablehnte, hatte er Baccio zu Hilfe gerufen, den Leibwächter seines Großvaters.

»Sag du ihm, was er zu tun hat!«, hatte Enrico ihm befohlen. Baccio war keiner, der Worte machte. Er packte Nino einfach, zerrte ihn mit sich. Nino wehrte sich verbissen, erst mit Händen und Füßen, dann mit seinen Zähnen. Doch Baccio schien nichts zu spüren, als er ihn in die Schultern biss – ihn hingegen schmerzte es umso mehr, als er in die Ecke eines Kellerraums gestoßen wurde. Die Nacht über war er dort eingesperrt geblieben, am Morgen befreit worden, allerdings nur, damit Baccio ihn zur Galeere schleifen konnte. Die vielen Blicke der Umstehenden hielten Nino davon ab, sich auf dem Weg dorthin erneut zu wehren – das tat er erst, als sie die Galeere bestiegen. Er nahm eine mit Essig getränkte Plane, mit der eigentlich der Mast vor Brandpfeilen geschützt werden sollte, schleuderte sie Baccio ins Gesicht. Doch obwohl die Plane noch in seinem Gesicht klebte, schaffte es Baccio treffsicher, seine Faust auf seinen Kopf niederkrachen zu lassen. Danach war es erst einmal lange schwarz geworden.

Nino stöhnte, als er darum kämpfte, nicht erneut das Bewusstsein zu verlieren. Für gewöhnlich belebte ihn die frische Meeresbrise. Was aber nun in seine Nase stieg, war der Geruch nach Essig, nach heißem Öl … nach Rauch. Die Schlacht … sie musste in vollem Gange sein!

Vorsichtig richtete er sich auf. Ein Mann stürmte an ihm vorbei, stolperte fast über seine Beine, bemerkte das gar nicht, schrie stattdessen wieder und wieder: »Lotto! Sie haben Lottos Schiff gekapert!«

Lotto war einer von Ninos Onkeln, der schon seit Monaten prahlte, was er alles mit den Genuesen machen würde, fielen sie ihm in die Hände. Sie wie ein Spanferkel aufspießen und über dem Feuer rösten war eine der Varianten.

Ob es nun der Gedanke an das Spanferkel war oder daran, dass Lotto dem Feind unterlegen war – Übelkeit übermannte Nino, und er sah sich schon über die Reling kotzen. Als er sich aber endgültig aufrappelte, konnte er den Würgereiz bezwingen. So viele Eindrücke prasselten auf ihn ein, dass er gar keine Zeit mehr hatte, auf den eigenen Körper zu achten.

Pfeile, die knapp an seinem Kopf vorbeiflogen. Blutfontänen, die von jenen hochspritzten, die weniger Glück hatten. Ein Stück zerfetztes Segel, das von dem Schiff vor ihnen ins Wasser fiel. Ein Mensch, der hinterhersprang … nein, er war nicht gesprungen, er war gestoßen worden, und es war kein ganzer Mensch, ein Bein und ein Arm fehlten ihm.

Nino konnte nicht erkennen, ob sich der Unglückliche über Wasser halten konnte oder unterging. So viele trieben mittlerweile auf den Fluten – die einen reglos, andere verzweifelt strampelnd.

»Holt das Segel ein!«, vernahm er dicht an seinem Ohr eine Stimme.

War es sein Onkel Gaddo oder sein Großvater, der eben den Befehl gab, das Schiff allein mit den Rudern zu manövrieren? Diese Ruder krachten laut gegen die eines weiteren Schiffes, dem sie sich eben näherten. Ugolino wollte dieses offenbar angreifen – mit jenen Katapulten, die mit Steinen oder Griechischem Feuer bestückt waren. Bevor der Befehl zum Angriff erfolgte, ging ein weiterer Pfeilregen auf sein eigenes Schiff herab. Nino duckte sich hinter die Reling, sah, dass Enrico nicht weit von ihm entfernt ebenfalls Schutz suchte.

Während Nino zu ihm robbte, lagen ihm bittere Vorwürfe auf den Lippen. Wie konntest du mir das antun, warum zwingst du mich mitzukämpfen, Aziza im Stich zu lassen. Doch als er Enrico erreichte, war er nur mehr erleichtert, dass der Bruder noch lebte ... dass er selbst noch lebte. Alle Gedanken ... Gefühle ... sie waren ja doch nur Ballast. Er musste ihn abwerfen, musste sich darauf konzentrieren zu überleben.

»Was ist geschehen?«, fragte er knapp.

Enrico starrte ihn an, als wäre er ein Fremder, stieß schließlich ein paar Worte aus. Die ersten gingen in lautem Geschrei unter, von einem Mann ausgestoßen, dem ein Pfeil aus dem Auge ragte. Ein weiterer versuchte ihn zu packen, ihm den Pfeil aus dem Kopf zu ziehen, erstarrte jäh, weil er nun selbst getroffen wurde – mitten in den Nacken. Er sackte nach vorne, riss den anderen mit, begrub ihn unter sich.

Fassungslos starrte Nino darauf, während Enricos Worte ihn nun doch erreichten. »Wir sind der Genueser Flotte entgegengesegelt ... sie hat auf uns gewartet ... wir dachten, die Genueser sind feige ... in Wahrheit ... in Wahrheit ...«

Enrico brach ab.

»In Wahrheit setzen sie auf List«, beendete Nino für ihn den Satz.

Enrico nickte. »Einige Genueser Galeeren haben sich hinter dem Felsvorsprung von Montenero versteckt, und kaum sind unsere Schiffe dicht an die Genueser Flotte herangekommen, griffen sie unsere Flanke an. Unsere Galeeren ... sie haben ein Dreieck gebildet ... aber das löste sich rasch auf.«

Wie auch nicht, dachte Nino. Im Krieg gibt es keine Formen mehr, nur Chaos. Es gibt keine Menschen mehr, nur Schlächter und Geschlachtete.

Er schloss die Augen, öffnete sie wieder. Alle Vögel waren vom Himmel geflohen, die einzigen, die zurückgeblieben waren, waren die hölzernen Adler – Pisas Galionsfiguren auf den Schiffen. Doch die hatten längst keine Chance gegen die Genueser Drachen. Wieder ging ein Regen aus Pfeilen auf sie herab ... und diesmal waren es Brandpfeile. Beißender Rauch stieg in Ninos Kehle, stand eine Weile so dicht, dass er nichts mehr sah. Er krümmte sich unwillkürlich, um sich hinter der Reling zu verstecken, und wappnete sich gegen Enricos Spott, doch als sich die Luft etwas klärte, sah er, dass der sich noch viel tiefer geduckt hatte.

»Verloren«, presste er hervor. »Wir haben die Schlacht verloren.«

Während Enrico weiterhin in kauernder Haltung verblieb, richtete sich Nino wieder auf. »Vorhin rief jemand, dass Lottos Schiff gekentert wurde. Wir ... wir müssen ihn retten! Er ist doch unser Onkel!«

Als er sich umsah, standen die Rauchschwaden nicht mehr ganz so dicht. Sie hatten sich nicht verzogen, Ugolino della Gherardescas Schiff hatte sich lediglich vom Ort des Kampfes entfernt. Dort draußen auf dem Meer lieferten sich etliche Galeeren eine hitzige Schlacht – Pfeile, Lanzen, Steine flogen hin und her, Holz knirschte –, doch die ihre steuerte nicht auf die feindlichen Schiffe zu, sondern fuhr geradewegs in Richtung von Pisas Hafen.

Der Wind … der Wind musste sich gedreht haben. Aber dann fiel Nino ein, dass vorhin ja das Segel eingeholt worden war, der Kapitän das Schiff also absichtlich in diese Richtung navigierte.

»Warum entfernen wir uns immer weiter von der Schlacht?«

Er hatte die Worte geschrien, konnte sie im Lärm dennoch kaum hören. Er konnte auch Enrico kaum hören, als dessen Lippen erneut Worte formten: »Die Schlacht ist verloren!«

»Trotzdem«, insistierte Nino, »wir können die Verwundeten nicht im Stich lassen … wir müssen versuchen, so viele wie möglich zu bergen … unseren Onkel … und ist das dahinten nicht das Schiff unseres Podestà?«

»Morosini wurde vorhin von einem Pfeil getroffen, er ist so gut wie tot. Wir sind auch so gut wie tot, wenn wir nicht …«

Der Rest seiner Worte ging in neuerliches Knirschen über. Auch wenn sie sich noch weiter von der Schlacht entfernt hatten – es war gut zu sehen, wie ein Pisaner Schiff von Rammspornen getroffen wurde, wie die genuesische Entermannschafft das Schiff stürmte, wie ein grausiges Gemetzel begann.

Das Meer war längst nicht mehr blau, es war rot von Blut.

Welch Frevel, es derart mit dem Krieg zu beschmutzen, ging es Nino durch den Kopf, das Meer steht doch für Freiheit.

Als noch größerer Frevel erschien ihm indes der Befehl des Großvaters, den er eben wiederholte. »Zurück, zurück zum Hafen!«, brüllte Ugolino.

Die Ruder klatschten laut ins Wasser. Die Angst vor den Feinden war wohl größer als die Angst, als Feigling zu gelten.

Nur Nino hatte keine Angst, zumindest nicht um sich, nur um Lotto. War sein Onkel unter jenen, die da im roten Wasser zappelten?

Er stürzte auf seinen Großvater zu: »Wir dürfen nicht einfach fliehen! Wir können die Pisaner Flotte doch nicht im Stich lassen!«

Er konnte sich nicht erinnern, Ugolino jemals so angeschrien zu haben, auch nicht, ihm je anders als mit respektvoll geneigtem Kopf gegenübergetreten zu sein. Ugolino, der bislang hektisch auf und ab gegangen war, blieb stehen.

»Na, hast du gut geschlafen?«

In ihm wohnte wohl nicht nur Angst, wenn er über ihn spottete – was wiederum hieß, dass er aus Berechnung den Befehl zum Rückzug erteilt hatte, nicht aus nackter Panik.

»Du kannst deinen eigenen Sohn doch nicht im Stich lassen, nicht die anderen Männer. Wenn Morosini wirklich tot ist, musst du das Kommando übernehmen, musst die Pisaner Flotten wieder in eine Schlachtordnung bringen!«

»Wer sonst soll den Hafen schützen?«

Wäre das Meer nicht so rot gewesen – vielleicht hätte ihm dieses Argument eingeleuchtet. Und hätte aus des Großvaters Stimme Verzweiflung gesprochen, vielleicht hätte er genickt und sich gefügt.

Doch plötzlich fühlte er – Ugolino kam der Verlauf der Schlacht durchaus zupass. Er war der Erste, der Morosini an die Macht gewünscht hatte, aber er war der Letzte, der um ihn trauern würde. Was Nino selbst wiederum als Letztes gewollt hatte, war, in dieser Schlacht zu kämpfen, aber es blieb ihm nichts anderes übrig, wenn er zumindest ein paar Pisaner retten wollte.

»Wendet das Schiff!«

Er hatte den Befehl schon gegeben, ohne sich bewusst zu sein, was er da tat. Eher instinktiv als willentlich erhob er drohend die Faust gegen Ugolino. Hätte er darüber nachgedacht, die Geste wäre ihm entweder lächerlich oder frevlerisch erschienen. So aber lag unglaubliche Macht darin. Anstatt ihm zu widersprechen, wich Ugolino instinktiv zurück – und das werteten die Ruderer als Zustimmung zu Ninos Befehl. Das Schiff wurde gewendet, danach tauchten die Ruder in umso schnellerem Rhythmus ins Wasser, führten sie zurück zum Gemetzel. Nino brüllte weitere Befehle, obwohl er ahnte, dass sie zu spät kamen. Die Banner wurden von so vielen Pisaner Schiffen gerissen, ihre Besatzung förmlich in Stücke gehauen, wer noch schrie, als er über Bord ging, würde im Meer ersaufen, ehe man ihn herausziehen konnte.

»Es hat doch keinen Sinn«, vernahm er eine Stimme. Kurz hielt er sie für die des Großvaters, aber der starrte ihn nur wortlos an. Nein, es war Enrico, der zu ihm getreten war, seinen Arm packte. »Nino! Wir werden sterben, wenn wir nicht fliehen.«

»Aber zumindest unsere Ehre werden wir behalten, und du hast doch immer von dieser Ehre gesprochen!«

Für ihn war es stets ein leeres Wort gewesen, doch nun raste etwas Heißes durch seine Adern, gab ihm den Mut, das Selbstbewusstsein, weiterhin das Kommando auszuüben, Befehle zu erteilen. Ugolino machte immer noch keine Anstalten, ihm zu widersprechen, im Gegenteil, er nickte plötzlich.

Endlich hatte er es also auch verstanden. An diesem Tag ging es um Pisa und sonst nichts – nicht um die eigene Macht, nicht um den eigenen Vorteil, nicht um die eigene Zukunft. Zu spät begriff Nino, dass das Nicken nicht ihm gegolten hatte, vielmehr Baccio. Der Hüne von Leibwächter hob die Faust, ließ sie einmal mehr auf Nino niederkrachen, und wieder wurde es schwarz um ihn.

Erst gegen Abend hatte Aziza den Domplatz verlassen und war heimgekehrt. Die Sorge um Nino höhlte sie derart aus, dass sie gar keine Zeit hatte, darüber nachzudenken, wie sie Abelardo ihr Verschwinden erklären sollte. Gottlob kam ihr nicht dieser, sondern Bona entgegengerannt. Sie zog sie an sich, nannte sie einmal mehr Täubchen, fragte sie, was passiert sei.

»Nino …«, presste sie hervor. »Er … er ist in die Schlacht gezogen.«

Bona steckte Aziza irgendwelche Süßigkeiten in den Mund, um sie zu trösten, doch die verstärkten nur die Übelkeit in ihrem Magen. Warum war Lotario noch nicht zurück? Und Nino … würde er die Schlacht überleben?

Abelardo, so erfuhr sie von Bona, hatte sich wie viele andere Pisaner auf den Weg zum Hafen gemacht, um der Schlacht aus der Ferne zuzusehen.

»Besser, du steigst wieder hoch in das Turmzimmer, ehe er zurückkehrt. Gottlob hat er in all der Aufregung gar nicht bemerkt, dass du versucht hast zu fliehen.«

Aziza schüttelte den Kopf. »Wenn er mich hier unten vorfindet, kann er ja doch nichts weiter tun als mich schelten oder erneut einsperren.«

Das schlimmste Gefängnis war ja doch ihr Kopf, in dem immer mehr Gedanken kreisten, auch immer düsterere.

»Es wird alles gut«, sagte Bona kläglich, als ihr die Süßigkeiten ausgingen, aber ihre Worte hatten die gleiche Wirkung wie diese – sie waren Aziza kein Trost, verstärkten nur die Übelkeit.

Diese war nicht leichter zu ertragen, als nun immer mehr

Gerüchte in die Küche drangen, wonach es beim Felseneiland Meloria zur Katastrophe gekommen war. Die Genueser hätten die Pisaner demnach in einen Hinterhalt gelockt, die Pisaner wären schmählich unterlegen, fast die gesamte Flotte wäre zerstört, die Schiffe wären entweder gesunken oder gekapert und ihre Besatzung entweder ermordet oder gefangen worden.

Eintausend Pisaner sind tot, hieß es erst. Nein, dreitausend hieß es später. Und als es Abend wurde, machte die Zahl Sechstausend die Runde.

Aziza sprach den Namen Melorias laut aus, es klang wie ein Fluch. Sie sprach auch die Zahl Sechstausend aus, konnte sie nicht fassen. Mühelos hatte sie schon mit dieser Zahl gerechnet, sogar mit Sechzigtausend, aber da war es ja nur eine nackte Zahl gewesen, jetzt waren es Menschen. Und einer dieser Menschen war womöglich Nino.

Diesem Gedanken durfte sie allerding keine Macht geben. Sie würde sterben, täte sie es. Sie würde erst recht sterben, wenn er sich bewahrheitete.

Finsternis senkte sich über die Stadt, Finsternis senkte sich über ihre Seele.

»Wir … wir sollten zu Bett gehen«, sagte Bona mit erstickter Stimme.

»Ich kann nicht schlafen«, erklärte Aziza, obwohl sie nicht wusste, was schlimmer war – die Wirklichkeit oder Albträume.

Weitere Stunden brachten sie in der Küche zu. Bona braute irgendein Gesöff, das den Magen stärken sollte, und sie tranken es in winzigen Schlucken, weil es so bitter war. Wenn der Becher leer ist, erfahren wir bestimmt Neuigkeiten, dachte Aziza, nicht sicher, ob sie auf diese hoffte oder sich davor fürchtete. Doch es gab keine Neuigkeiten, nicht einmal Gerüchte.

Es war Morgen, als Abelardo in die Küche wankte. Der Tag war grau, sein Gesicht war es erst recht. Weiße Strähnen hatte er schon lange gehabt, nun schienen alle Haare die Farbe verloren zu haben.

Er starrte Aziza an, machte ihr jedoch keinen Vorwurf, weil sie hier in der Küche war. Stattdessen ließ er sich von Bona ebenfalls einen Becher mit dem bitteren Gesöff reichen, trank daraus, verzog das Gesicht.

»Ach, Herr, es tut mir so leid, dass aller Zucker im Haus verbraucht ist und …«

Abelardo hob die Hand, um sie zum Schweigen zu bringen – was nicht hieß, dass er selbst etwas zu sagen gedachte. Er konnte offenbar nicht von sechstausend Toten sprechen, es war eine zu hohe Zahl. Was er, nachdem fast eine ganze Stunde vergangen war, endlich hervorpresste, war schlichtweg: »Die Schlacht … sie hat den ganzen gestrigen Tag gewährt. Und nun … nun ist Pisa tot.«

Bona stieß ein Seufzen aus, das wie ein Schluchzen klang.

Aziza gab zunächst keinen Ton von sich, rief dann aber doch: »Pisa kann nicht tot sein! Pisa wurde vielleicht vom Feind geschlagen, Pisa hat eine Schlacht verloren, aber Pisa ist nicht tot. Pisa ist eine stolze, reiche Stadt, in der selbst ein schiefer Glockenturm als Zeichen von Größe gilt. Er muss noch höher werden, immer höher.«

Allerdings waren die Bauarbeiten ja schon längst zum Stillstand gekommen, und Abelardo erklärte traurig: »Wer Pisa sehen will, muss künftig nach Genua gehen. Die Männer, die Meloria überlebt haben, wurden gefangen genommen und dorthin gebracht.«

Aziza wagte nicht zu fragen, wie viele es waren. Für eine andere Frage fehlte ihr erst recht der Mut, dennoch wusste sie,

sie konnte nicht darauf verzichten. »Was … was ist mit Nino? Weißt du irgendetwas von Nino della Gherardesca?«

Immer noch stand kein Vorwurf in seinem grauen Gesicht, weil sie diesen Namen aussprach, der Klang ihrer Stimme verriet ihre Sorge und diese Sorge ihre Liebe. Er schüttelte nur den Kopf.

»Und Lotario?«, rief sie. »Lotario ist verschwunden … er wollte Nino suchen … ich weiß nicht, was aus ihm geworden ist und …«

Sie brach ab, weil sich ihre Kehle zuzog. Tränen begannen lautlos über ihr Gesicht zu perlen, während Bona heftig schluchzte. Abelardo weinte nicht, sagte nur düster: »Alle Feinde Pisas werden sich nun verbünden … Lucca, Siena, Pistoia, Florenz … wir gleichen einem Käfer, der wehrlos auf dem Rücken liegt, einem Lämmchen, dem das Fleischmesser an der Kehle sitzt, einem Häschen, auf das sich eben Geier stürzen.«

Aziza hörte zu weinen auf. Sie wollte kein Hase, kein Käfer, kein Lämmchen sein … kein Wesen, das ohnmächtig der Dinge harrte. »Wir müssen Nino suchen!«, rief sie. »Und Lotario!«

Dass Abelardo nickte, gab ihr etwas Hoffnung zurück, doch was er sagte, zerschlug sie wieder: »Die Leichname derer, die man aus dem Meer gefischt hat, werden soeben in die Stadt gebracht«, murmelte er. »Unter ihnen könnte … Ninos sein.«

Er erhob sich. Anstatt selbst unter diesen Leichnamen nach vertrauten Gesichtern zu suchen, zog er sich in sein Zimmer zu seinen vielen Büchern zurück, wahrscheinlich das Einzige, was ihn in dieser bitteren Stunde trösten konnte. Immerhin verbot er Aziza nicht, das Haus zu verlassen. Sie wiederum verbot es sich, auch nur daran zu denken, dass Nino zu den Toten zählen könnte.

Pisa glich einem riesigen Friedhof. Während ansonsten alle Schiffe und Barken, die den Arno hinaufkamen, Waren aus aller Welt brachten, war ihre einzige Last heute der Tod. Nun gut, in ein paar von den Leibern wohnte noch Leben. Doch diesen Menschen zuzusehen, wie sie sich kläglich wanden – mit einer Brandverletzung der eine, einer Pfeilwunde ein anderer –, war kaum erträglicher, als in die vielen leeren Augen zu starren. Mönche huschten von einem Verwundeten zum nächsten, doch anstatt zu versuchen, ihnen Linderung zu verschaffen, murmelten sie meist nur ein paar Worte.

»Warum helft ihr nicht?«, fragte Aziza verstört.

»Wir helfen ihnen doch! Wir spenden ihnen die Letzte Ölung, damit sie davon gestärkt den Weg ins Jenseits antreten zu können.«

»Das ist nicht genug!«

»Mehr können wir nicht tun«, gab der Mönch zurück, und in seiner Miene standen die Trostlosigkeit und Hoffnungslosigkeit einer ganzen Stadt.

Ehe sie widersprechen konnte, bekreuzigte er sich, hastete weiter, während ein anderer, dessen Kutte längst dreckig und blutig war, nicht die Letzte Ölung spendete, stattdessen die Hände über dem Kopf zusammenschlug. »Wo sollen wir sie nur alle begraben?«

Aziza musste an den Camposanto denken, den Friedhof neben dem Dom, den Giovanni di Simone entworfen hatte. Er war zu klein für all die Toten. Wobei die meisten wohl als zu unbedeutend für diese Ruhestätte galten. Bald verschwendete sie keinen Gedanken mehr an den Domplatz. Wohin auch immer die Toten und Verwundeten gebracht wurden – sie ging mit Bona dorthin, betrachtete Mann für Mann. Manchen musste sie erst das Leinentuch vom Gesicht ziehen, alsbald aber lagen immer mehr Tote unbedeckt unter der Sonne. Das Leinen war zu wenig … oder die Toten zu viel. Es waren auch zu viele, um Nino unter ihnen zu finden. Ihre Verzweiflung wuchs.

»Wir … wir müssen heimkehren«, sagte Bona leise, als der Himmel sich rötete, die Gesichter der Lebenden wie der Toten hingegen immer grauer wurden.

»Ich muss ihn finden.«

»Sei doch froh, dass du ihn nirgendwo entdecken konntest! Das ist ein Zeichen dafür, dass er möglicherweise überlebt hat.«

Überleben ist etwas anderes als leben, wollte Aziza Bona entgegenhalten. Doch wenn sie es genau betrachtete, hätte sie liebend gerne ertragen, dass Nino nur mehr ein Schatten seiner selbst war und ihren Namen ebenso vergessen hatte wie ihre Liebe, solange er noch atmete.

Heute war es wohl tatsächlich zu spät, sich dessen zu vergewissern. Mit Einbruch der Dunkelheit schlichen immer mehr Köter um die Toten, begannen die Menschen um sie herum anzuknurren, und als Bona sie von einem wegzerrte, wehrte sich Aziza nicht länger. Schweren Herzens näherte sie sich dem heimatlichen Palazzo, auch schweren Schrittes, wobei diese ganz leicht und schnell wurden, als sie sah, dass Abelardo vor das Haus getreten war und in seiner Miene ein Leuchten stand.

»Er … er ist zurück«, rief er ihnen entgegen.

Ein paar Atemzüge lang glaubte sie, er meinte Nino. Ein paar Atemzüge lang war sie enttäuscht, als sie in den Hof stürzte, nicht den Geliebten, aber Lotario dort stehen sah. Dann überwog die Erleichterung, dass er wohlbehalten nach Hause zurückgekehrt war.

»Lotario!«

Wo immer er sich in den letzten Stunden herumgetrieben hatte – seine Kleidung war nass vor Schweiß, das Gesicht leichenblass. Kurz glaubte sie, dass der Tod selbst sie daraus anblickte.

»Lotario …«

»Ich war am Hafen … ich habe alles erfahren …«

Sie hatte so große Angst vor der Frage, dass sie sie kaum hervorbrachte. Schließlich formten ihre Lippen sie doch: »Nino? Was ist mit Nino?«

Nun sah sie nicht mehr den Tod in seinen Augen, sie sah keine Erschöpfung, keine Verzweiflung, keine Trauer. Sie sah nur … blanken Hass.

»Ich hoffe, er zählt zu den Toten. Er hat es nicht verdient zu leben.«

Die blauen Augen wirkten dunkler denn je. Aziza überlief ein Frösteln. Schon dass viele Pisaner so inständig die Genuesen hassten, hatte sie immer verstört. Unmöglich konnte Lotario nun Nino hassen! Sie musste ihn falsch verstanden haben. Er konnte so etwas Schreckliches doch nicht sagen!

Stattdessen presste er hervor: »Ugolino della Gherardesca ist von der Schlacht geflohen. Er hat den eigenen Sohn im Stich gelassen, er hat Pisa im Stich gelassen. Und Nino hat das einfach zugelassen.«

»Aber er lebt doch noch, oder?«

Obwohl Lotario erschöpft wirkte, gelang es ihm doch, den Rücken zu straffen. »Er lebt vielleicht noch, aber eure Liebe ist tot. Bevor er Pisa verraten hat, hat er dich verraten.«

»Aber er lebt«, sagte sie tonlos, sagte es immer wieder, und diesmal war es keine Frage, diesmal bekundete sie ihre unbändige Hoffnung.

»Kommt endlich ins Haus«, ertönte hinter ihnen Abelardos Stimme. Was er von all den Worten hielt und ob er seine

Schlüsse daraus zog – dass Aziza nämlich über all die Jahre mit Nino verbunden geblieben war –, zeigte er nicht. Wahrscheinlich war es in diesem Augenblick nicht wichtig für ihn. In der Küche tischte Bona Lotario eine Schale heiße Suppe auf, und als der sie zurückschob, erklärte, er könne nichts essen, setzte Bona ihm die Schale einfach an die Lippen. Danach war Lotario nicht mehr so blass, wirkte nicht mehr ganz so erschöpft, nur in seinen Augen stand noch immer unverhohlener Hass.

»Jemand wie du hat etwas Besseres verdient als einen Verräter«, murmelte er. »Die Hölle möge sich auftun und die Gherardesca verschlingen.«

Aziza brachte keinen Ton hervor, ein anderer aber widersprach.

»Sag das nicht, Lotario!«, kam es mahnend von Abelardo.

Aziza war erstaunt, dass ausgerechnet er Nino verteidigte. Doch dann ging ihr auf, dass ihn einzig nüchterne Berechnung zu diesen Worten bewogen hatte.

»Pisa braucht die Gherardesca mehr als je zuvor«, erklärte er.

Lotario funkelte ihn an. »Hast du nicht gehört, was geschehen ist? Die Gherardesca sind vor den Genuesen geflohen!«

»Natürlich habe ich es gehört, man spricht in ganz Pisa von nichts anderem. Doch auch wenn Ugolino della Gherardesca ein Verräter sein mag – er ist auch noch etwas anderes: nämlich ein Guelfe.«

»Das macht ihn doch erst recht zum Verräter!«

»Es macht ihn vor allem zu dem Mann, der Pisa vielleicht zu retten vermag. Wer, wenn nicht er, kann all die Guelfenstädte, die sich gegen Pisa verbünden werden, davon abhalten, über die Stadt herzufallen wie die Hunde über die Leichname?«

»Besser, Pisa ginge unter, als sich Ugolino auszuliefern«, sagte Lotario schwach.

Später begleitete er Aziza hoch ins Turmzimmer. Sie hoffte auf ein weiteres Wort, das all den vorangegangenen die Schärfe nehmen würde, doch Lotario schwieg.

»Weißt du«, sagte sie unwillkürlich. »Nino darf gerne alles sein, ob ein Verräter, ein Feigling, der Mann, der sich von mir abgewendet hat – nur kein Toter.«

Lotarios Gesicht war ausdruckslos. »Ich würde dich nie verraten«, sagte er entschlossen, »du hast mir damals das Leben gerettet.«

»Nino doch auch!«

Sie war nicht sicher, warum er die Stirn runzelte – aus Einsicht oder aus Trotz. »Aber du hast mir zu rechnen beigebracht«, sagte er jedenfalls. »Du hast meinem Leben eine Richtung, einen Sinn gegeben.«

»Und das macht mich froh. Aber ich will nie wieder ein böses Wort über Nino aus deinem Mund hören.«

So entschlossen er ihr eben noch seine unerschütterliche Ergebenheit bekundet hatte – das Versprechen, Ninos Taten künftig gnädiger zu beurteilen, blieb aus.

Abelardo hatte schon in den Jahren vor Meloria das Gefühl gehabt, dass sich über all seine Träume ein grauer Schleier senkte. Doch das war nichts gemessen an seinem Schmerz, als sich sämtliche Schicksalsmächte gegen die Stadt zu verschwören schienen. Kaum waren die Toten verscharrt – oft mehr als ein Dutzend in einem einzigen Grab –, brach eine üble Seuche aus. Erst schlug sie die Menschen mit Übelkeit, dann mit Durchfall, am Ende kamen Krämpfe, an denen diejenigen, die zu geschwächt waren, starben. Abelardo verkroch sich im Palazzo, ließ alle Fenster und Türen mit Balken zunageln und bekräftigte gegenüber Aziza das Verbot, das Haus zu verlassen. Was immer am Tag der Schlacht passiert war – dafür hatte er Verständnis. Aber jetzt war es zu ihrem Besten, wenn sie im Turmzimmer blieb und sich ihren Büchern widmete, diese wären gewiss ein Trost.

Er selbst konnte nicht lesen, saß stundenlang im Dunkeln, obwohl er wusste, dass die Krankheit Schwärze nicht scheuen würde. Nun, sein Leib blieb gesund – nur seine Seele war es nicht. Und der Zug an Büßern, den er als Erstes sah, als er nach einigen Wochen das Haus wieder verließ, war nicht unbedingt ein tröstlicher Anblick. Ein paar von diesen Menschen trugen Kutten, andere waren nackt, um mit Ruten auf den eigenen Rücken zu schlagen. Sie begnügten sich nicht mit stillen Gebeten, beklagten laut, dass die Niederlage von Meloria Gottes gerechte Strafe sei. Pisa wäre zu hochmütig geworden.

Was für ein Unsinn, hätte Abelardo ihnen am liebsten entgegengerufen, doch dann entdeckte er unter den Büßenden Maurizio degli Ubaldini, den Neffen des Erzbischofs, und er wusste, dass es keinen Zweck hatte, sich mit ihm anzulegen. Wahrscheinlich hatte Ruggieri selbst zu diesem Umzug aufgerufen, um die Angst vor Fluch und Strafe zu schüren und die Menschen dazu zu bringen, unter das Dach der Kirche, besser noch unter seinen Ornat zu flüchten.

Die Macht der Kirche sollte doch auf Gebäuden für die Ewigkeit beruhen, nicht auf Angst, ging es Abelardo durch den Kopf, aber er wusste, es war genauso zwecklos, das laut zu sagen.

Die Büßer zogen auch in den nächsten Tagen beharrliche Runden durch die Stadt, während ein anderer verkündete, er würde Pisa verlassen. Simone di Giovanni stattete ihm einen letzten Besuch ab, um sich zu verabschieden.

»Du … du kannst doch nicht auch noch gehen!«, rief Abelardo entsetzt. »Auch Giovanni Pisano hat angekündigt, der Stadt den Rücken zuzukehren, nun, da alles daniederliegt.«

»Warum sollte ich denn bleiben? Um zuzusehen, wie Pisas Feinde die Stadt verwüsten, womöglich auch den Dom?«

»Sie werden doch nicht ernsthaft wagen, sich an dem Dom zu vergreifen, am Baptisterium, dem Turm oder …«

Simone hob die Hand. »Wie es auch kommt, Stein erträgt viel, aber ich nicht. Ich will nicht hier hocken und auf bessere Zeiten warten. Die Staatskasse ist leer. Alles Geld, das Pisa besaß, hat es in den Aufbau seiner Flotte gesteckt, und die ist vernichtet. Und selbst wenn noch Geld übrig wäre, um Bauarbeiter zu bezahlen – woher soll ich die denn nehmen, wenn doch kaum mehr junge Männer in der Stadt leben?«

Abelardo wusste, dass Simone recht hatte, widersprach dennoch schwach: »Die Menschen sagen, Pisa sei verloren, weil so viele Bürger tot oder in Gefangenschaft geraten sind. Ich aber behaupte, dass Pisa erst dann verloren ist, wenn es keine Künstler und Wissenschaftler mehr gibt, die hier leben.«

»Was nützt es, wenn sie hier leben? Sie müssen auch hier *arbeiten*, und dafür haben sie keine Mittel. Ich werde anderswo mein Glück suchen.«

Abelardo konnte nichts mehr dagegen einwenden. So niedergeschlagen, wie er sich fühlte, hätte er sich am liebsten wieder in einen dunklen Raum zurückgezogen, aber zuvor erhielt er die Kunde, dass sich alle Familien von Rang und Namen im Palazzo del Commune einfinden sollten. Ugolino della Gherardesca hatte angekündigt, über Pisas künftiges Schicksal sprechen zu wollen.

Abelardo hatte wenig Lust, Ugolino sprechen zu hören. Was er allerdings noch weniger hören wollte, waren all die Gerüchte, die über ihn im Umlauf waren. Manche behaupteten, dass der Hinterhalt der Genuesen auf seinen Plan zurückging, andere, dass er die Pisaner nicht nur im Stich gelassen, sondern obendrein drei ihrer Schiffe versenkt hätte.

Dabei war doch das Letzte, was eine von der Niederlage geschwächte Stadt brauchte, von diesen Gerüchten vergiftet zu werden!

Die einzige Möglichkeit, gegen dieses Gift anzukämpfen, bestand darin, die eigenen Gefühle zu missachten und einzig auf den Verstand zu setzen. Und dieser Verstand sagte Abelardo, dass er nicht nur gut daran tat, an jenem Oktobertag 1284 zum Palazzo del Commune zu gehen, sondern wenn nötig sogar für Ugolino Partei zu ergreifen. Noch schlimmer, als sich einem möglichen Verräter auszuliefern, erschien es ihm, dass Pisa in die Hände der Feinde fiel.

Als er den Palazzo del Commune betrat, machte es allerdings nicht den Anschein, dass Ugolino seiner Fürsprache bedurfte. Irgendwie hatte er es geschafft, für Ruhe zu sorgen, wobei das wahrscheinlich nicht er selbst gewesen war, vielmehr sein Leibwächter Baccio, der sich – wie Ugolinos Söhne Uguccione und Gaddo – neben ihm aufgebaut hatte. Von der einschüchternden Wirkung des Hünen abgesehen, waren von den sonst mächtigen Sismondi, Lanfranchi und Gualandi zu wenige Männer übrig geblieben, die ihm nun das Wort entziehen könnten.

»Pisa muss guelfisch werden«, verkündete Ugolino soeben, »die uns feindlich gesinnten Städte werden sodann keinen Anlass finden, uns den Krieg zu erklären.«

Abelardo wusste, dass dies die einzige Hoffnung für die Stadt war, dennoch kam er nicht umhin, plötzlich laut zu sagen: »Es gab schon Kriege, die ganz ohne Anlass ausgebrochen sind.«

Ugolino fuhr zu ihm herum. Er hatte sich kaum verändert, seit Abelardo ihn das letzte Mal gesehen hatte. Über anderthalb Jahre waren seit dem Tag vergangen, da das von den Genuesern zerstörte Schiff den Hafen erreicht und Ugolino das Volk zum ersten, wenn auch nicht zum letzten Mal auf den Krieg gegen Genua eingeschworen hatte. Falls es ihn schmerzte, dass dieser Krieg verloren war, er seinen Sohn Lotto im Stich gelassen hatte, ihn nun in einem der Kerker Genuas verrotten wusste, war ihm das nicht anzusehen. Auch das Alter schien ihn nur zäher werden zu lassen, ihn nicht brechen zu können.

»Dass Pisa guelfisch wird, ist lediglich der erste Schritt«, entgegnete Ugolino. »Der zweite ist, die Guelfische Liga zu entzweien. Gewiss, Genuas Blutdurst ist noch lange nicht gestillt. Was immer wir ihm ins gefräßige Maul werfen, es wird so schnell keinem Frieden mit uns zustimmen. Genua will ja keinen Frieden, Genua will Pisas Vernichtung. Andere aber werden auf den Untergang einer großen Stadt gerne verzichten, wenn sie dafür ein paar kleine gewinnen können. Wenn wir den Lucchesern Viareggio anbieten, werden sie uns in Ruhe lassen.«

»Lucca soll Viareggio bekommen?«

Abelardo konnte nicht erkennen, aus welcher Richtung diese Stimme ertönt war, er las in fast allen Gesichtern Empörung.

Ugolino aber nickte. »Bedenkt, die Luccheser waren immer feige. Sie sind es gewohnt, sich hinter ihren Bergen zu verkriechen. Die Angst vor den heimtückischen Mücken in unseren Niederungen und dem Fieber, das sie bringen, war meist größer als die Lust, uns anzugreifen. Darauf können wir uns auch jetzt verlassen.«

»Florenz aber hat gewiss keine Angst vor Mücken«, rief wieder jemand.

»Das nicht«, gab Ugolino zurück, »aber Florenz ist eine Hure, und zwar eine, die sich stark schminkt, um zu verbergen, wie grässlich es unter ihrem Kittel stinkt. Florenz ist nicht so mächtig, wie es gerne behauptet. Und selbst wenn es das wäre, so beruhte diese Macht auf Geld, nicht auf Waffen. Ein Frieden mit dieser Stadt lässt sich leicht erkaufen. Man muss nur genügend Weinflaschen schicken.«

»Eine echte Hure verträgt viel Wein. Sie muss schon viel saufen, um zu vergessen, wen sie liebt, und noch mehr, um zu vergessen, wen sie hasst.«

»Wer sagt denn, dass die Flaschen, die wir nach Florenz schicken werden, mit Wein gefüllt sind? Sie werden randvoll mit *fiorini d'oro* sein – mit Goldtalern.«

»Und woher genau stammt das Gold?«

»Das lasst meine Sorge sein.«

»Kann es sein, dass es das Gold ist, das Pisas Feinde dir zugesteckt haben, nachdem du unsere Stadt verraten hast?«

Genau die gleichen Worte waren eben auch Abelardo durch den Kopf gegangen, doch er hätte sie niemals laut ausgesprochen. Der, der es getan hatte, wollte sich eben drohend vor Ugolino aufbauen, doch der kam ihm zuvor. Obwohl er in seinem Alter die rohe Gewalt meist Baccio überließ, packte er den Mann, der ihm widersprochen hatte, drückte ihn an die Wand, bis der keuchte, begnügte sich jedoch nicht damit, sondern schlug anschließend den Kopf gegen die Mauer, dass es krachte. So fleckig vom Alter seine Hände auch sein mochten – in ihnen wohnte immer noch genügend Kraft, und Abelardo entging auch nicht, wie sich unter der schlaffen Haut sämtliche Muskeln anspannten. Kurz schien Ugolino mit dem Gedanken zu spielen, den Kopf ein weiteres Mal gegen die Wand krachen zu lassen, am Ende begnügte er sich damit zu knurren: »Mich nennt niemand mehr Verräter. Ihr könnt eure Kraft dafür verwenden, mich zu beschimpfen – aber bedenkt: Ich werde immer zurückschlagen. Besser, ihr nutzt diese Kraft, um für die Zukunft zu kämpfen, auch wieder selbst an Gold zu kommen. Pisa ist durch den Handel reich geworden, und dieser Handel darf nicht zum Stillstand kommen. Mag sein, dass es zu wenig Männer gibt, um Waren zu schleppen, dann müssen wir eben welche aus den umliegenden Städten und Dörfern anwerben. Und mag sein, dass es zu wenig Kapitäne gibt, um Schiffe zu navigieren, dann müssen wir eben welche aus anderen Städten, notfalls aus fremden Ländern beauftragen. Wichtig ist nur, dass die Pisaner mit einer Stimme sprechen.«

Der Mann, auf den Ugolino losgegangen war, rieb sich wie betäubt die Schläfen, an anderen Stellen brandete Raunen auf. Nur einer hatte den Mut zu fragen: »Und diese Stimme willst du sein?« Er tat gut daran, Abstand zu halten, denn Ugolino trat nun in die Mitte des Raums, ließ erneut sein Alter vergessen, indem er drohend die Faust schwang.

»Ich will euer Podestà sein, richtig. Weil ich weiß, dass ihr in dieser Lage keinen besseren finden werdet.«

Er blickte in die Runde, und Abelardo ahnte, dass Schadenfreude Ugolino della Gherardesca erfüllte. Es war, als hätte er einem Bettler, dem er eine schimmlige Brotkante zugeworfen hatte, gesagt, er könne gerne auf den gebratenen Kapaun warten. Tatsächlich brachte niemand den Namen für einen Konkurrenten auf das Amt ins Spiel – was nicht hieß, dass nunmehr alle schwiegen.

»Du hast gesagt, Pisa solle guelfisch werden, aber wie soll das möglich sein?«, rief jemand. »Hast du nicht selbst von Huren gesprochen, die unter ihrer Schminke stinken? Solchen Huren kann man den Hintern waschen, ihnen nicht nur ein sauberes, sondern gar ein weißes Kleid anziehen. Aber eine Jungfrau macht man damit nicht aus ihnen. Wie soll man Familien, die sich jahrzehntelang stolz Ghibellinen nannten, sich auf die Seite des Kaisers stellten, plötzlich als Guelfen, folglich Parteigänger des Papstes, bezeichnen, ohne dass man sich auf die eigene Zunge beißt?«

»Dass eine Jungfrau in Wahrheit eine Hure ist, fällt einem Mann doch erst auf, wenn er sich auf sie legt«, erklärte Ugolino. »Genau das aber gilt es zu verhindern. Wir müssen die Feinde von Pisa fernhalten, und ihre Verbündeten erst recht, und ich allein tauge dazu, mit ihnen zu verhandeln, um das zu erreichen.«

»Dich hält ganz sicher niemand für eine Jungfrau«, tönte es höhnisch.

Ugolino fuhr langsam herum, konnte den, der über ihn gespottet hatte, aber nicht ausmachen, weil der rasch wieder den Kopf eingezogen hatte. »Aber eine Hure lasse ich mich auch nicht nennen«, erklärte Ugolino mit fester Stimme. »Ich spreche nicht nur für Pisa, ich *bin* Pisa, denn dank mir wird es Pisa künftig überhaupt noch geben. Und jeder, der etwas dagegen einzuwenden hat, erst recht jeder, der laut erklärt, er wäre immer noch Ghibelline, sollte die Stadt besser verlassen.«

»Zu den stolzesten Ghibellinen der Stadt zählt doch ein Zweig der Gherardesca!«, rief wieder jemand, dessen Gesicht Abelardo nicht erkennen konnte. »Dein eigener Vetter Neri ist ihr Oberhaupt.«

»Ich bin Pisa«, erklärte Ugolino erneut, »und Pisa hat Söhne und Töchter, aber keine Vettern. Dass Neri della Gherardesca heißt, wird ihn nicht vor meiner Wut schützen, wenn er sich mir nicht unterwirft und guelfisch wird.«

Abelardo wurde das Herz schwer ob dieser harten Worte. Obwohl er hergekommen war, um sich dafür einzusetzen, nagte Unbehagen an ihm, als nun immer mehr Stimmen erst zögerlich, dann entschiedener, in jedem Fall von Furcht durchdrungen erklärten, Ugolino möge der neue Podestà sein, zumindest für ein Jahr.

Ugolino konnte seine Befriedigung kaum verhehlen, wobei der Glanz in seinen Augen ein kalter blieb. Abelardo hingegen kam ein Gedanke, von dem er nicht wusste, ob er Hoffnung oder Furcht erweckte: Aziza hatte einst berechnet, dass man den Turm noch um etliche Stockwerke höher bauen könne, ohne dass er kippen würde. Er war sich jedoch nicht so sicher, ob das auch für Ugolinos Macht galt. Wenn er sie weiter zu mehren versuchte, würde er womöglich nicht den Himmel erreichen. Er würde auf dem Boden landen und von den Trümmern erschlagen werden.

»Auch wenn du hier verrottest«, sagte Enrico, »man rühmt dich auf den Straßen immer noch als Nino il Brigata, den Truppenführer, der die Galeeren der Gherardesca mit einem Furor kommandierte, der seinesgleichen sucht.«

Enrico hatte sich auf einem Stuhl niedergelassen – neben dem Bett das einzige Möbelstück, das Ugolino seinem Enkel in dessen Gefängnis gewährte. Er sollte sich schließlich hier nicht wohlfühlen, vielmehr endlich wieder zu Verstand kommen, sich dem Großvater mit Haut und Haaren unterwerfen und beschwören, sich nie wieder gegen ihn aufzulehnen.

Nino lungerte auf dem Bett. Wenn er allein war, setzte er all sein Trachten daran, durch die Fensterluke zu starren – was nur möglich war, wenn er sich auf die Lehne des Stuhls stellte, und das am besten auf Zehenspitzen.

»Nun ja«, sagte er, »man sieht ja, was es mir eingebracht hat.« Er deutete auf den Raum, der gar nicht mal so klein war, wegen der nur winzigen Luke aber ständig dunkel. Kerzen gehörten leider nicht zu dem Luxus, den Ugolino seinem Enkel gestattete, und die Talglichter, die man ihm stattdessen brachte, erloschen stets schnell. Den Sommer über hatte ihm das nicht so viel ausgemacht, doch auf einen trüben Herbst war ein verregneter Winter gefolgt, und er wähnte, mit jedem weiteren Tag mehr zu verkümmern, gleich einem Pflänzchen, dem Luft und Sonne fehlten.

Enrico nickte bekümmert. Er war das einzige Familienmitglied, das ihn regelmäßig besuchte, gleichwohl er hin- und hergerissen war zwischen Bewunderung für Ninos Mut und Entsetzen über seine Dummheit, sich gegen ihren Großvater aufgelehnt zu haben.

»Ich bin sicher, er würde dich sofort freilassen, wenn du ihn endlich um Verzeihung bittest.«

Nino sagte nichts dazu, lenkte ihn stattdessen rasch vom Thema ab. Das gelang leicht, denn es gab etwas, das Enrico dieser Tage mindestens so sehr beschäftigte wie die Folgen von Meloria – die Tatsache, dass seine Frau Bianca mittlerweile hochschwanger war.

»Die Hebamme ist überzeugt, dass es ein Sohn sein wird!«, rief er stolz, nachdem Nino nach ihrem Befinden gefragt hatte.

Nino lächelte, fragte sich aber insgeheim, warum Männer

immer Söhnen den Vorzug gaben. Söhne würden irgendwann ja doch in den Krieg geschickt werden, ob nun gegen die Genueser oder Ghibellinen oder irgendwelche anderen Menschen, die Pisa schaden oder einfach nur Blut vergießen wollten. Wenn er irgendwann Vater werden sollte, dann würde er sich eine Tochter wünschen … wobei er darüber nicht nachsinnen wollte. Unweigerlich hätte er dann an Aziza denken müssen, und das war unerträglich, solange er hier hockte, ihr noch nicht einmal die Botschaft zukommen lassen konnte, dass es ihm gut ging, er sich nie gegen sie entschieden hatte, er sie immer noch liebte.

Über Enricos künftigen Sohn ließ sich allerdings auch nicht lange reden. Sobald er verkündet hatte, dass er ihn nach ihrem Vater Guelfo nennen, aber Guelfuccio rufen würde, kam er wieder auf ihren Großvater zu sprechen. »Gewiss, dass er von der Schlacht geflohen ist, war keine ehrenvolle Tat. Aber hätte er es nicht getan, wären wir nun alle tot, und wem wäre damit geholfen? Pisa wäre endgültig am Ende, es gäbe niemanden, der mit unseren Feinden verhandeln könnte.«

Ähnliche Worte hatte auch Anselmuccio gewählt, als der ihn einmal mit seinem Hündchen besuchte – dass das Leben doch wichtiger wäre als Ehre.

Diesen Satz hätte Nino eigentlich rundum bejahen können. Er hätte jedoch um die Worte ergänzt werden müssen, dass ebenso wichtig wie das Leben die Freiheit war. Doch er ahnte, dass sein Großvater genau diese Freiheit beschneiden wollte – nicht nur seine, auch die Pisas. Womöglich hatte er von Anfang an gehofft, dass Pisa den Genuesen unterlag, weil er nur in einer geschwächten, gedemütigten Stadt an die Macht kommen konnte. Und das bedeutete, dass er in Wahrheit kein Podestà war, dem es um das Wohl Pisas ging, vielmehr ein Tyrann, der einzig an sich selbst dachte.

Gegenüber Enrico hatte er dieses Urteil noch nicht ausgesprochen, aber die Neuigkeiten, die der ihm heute überbracht hatte, bestätigten es: Ugolino hatte sich demnach soeben für zehn Jahre im Amt des Podestà bestätigen lassen, obwohl bislang üblich gewesen war, dass es kein Mann länger als ein Jahr übernahm. Auch alle anderen Ämter, die man in Pisa innehaben konnte, waren zeitlich begrenzt: Der Capitano del Popolo wurde für ein halbes Jahr ernannt, die sechs Prioren nur für zwei Monate. Doch Ugolino hatte Letzteren sämtliche Macht genommen, und zum Capitano del Popolo hatte er seinen Sohn Gaddo ernannt, was bedeutete, dass die Gherardesca nahezu allein über Pisa herrschten.

Enrico behauptete, das wäre notwendig, um mit den Florentinern zu verhandeln, aber Nino ahnte: Was sich sein Großvater in dieser Notlage nahm, würde er in Zeiten, wenn wieder Wohlstand und Frieden herrschten, nicht hergeben. Und obwohl er das nicht laut sagte, schien Enrico seine Gedanken lesen zu können, denn er seufzte. »Du wirst also auch heute deine Meinung nicht ändern.«

Nino nickte. »Ugolino ist mein Großvater, das ist eine Tatsache. Und im Moment ist er Podestà von Pisa, auch das ist eine Tatsache. Aber deswegen bereue ich nicht, was ich auf dem Schiff getan habe.«

Enrico schüttelte bekümmert den Kopf, ehe er ihn allein ließ und Nino einmal mehr vor der Entscheidung stand, was er den restlichen Tag mit sich anfangen sollte. Es gab eigentlich nur zwei Möglichkeiten. Er könnte sich auf die Stuhllehne stellen, versuchen, nach draußen zu spähen, und das Risiko, sich dabei das Genick zu brechen, als notwendigen Preis für den Anblick eines winzigen Stückes blauen Himmels betrachten. Oder er konnte sich aufs Bett legen, seine Augen schließen und sich den blauen Himmel vorstellen … außerdem das blaue Meer … und wie er beides betrachtete, wenn er mit Aziza an der Hand auf dem fertigen Campanile stünde. Azizas dunkles Haar würde im abendlichen Sonnenlicht einen rötlichen Glanz bekommen, er würde sie an sich ziehen und sie küssen und …

Er zuckte zusammen, als die Tür wieder aufgerissen wurde und Enrico erneut in sein Gemach stürmte.

»Hast du etwas vergessen?«, fragte Nino. »Oder hast du noch nicht genug von dem, was ich zu bieten habe – Langeweile und Überdruss und Unrast und …«

»Es ist so weit!«, fiel Enrico ihm ins Wort.

»Hat Bianca euren Sohn zur Welt gebracht?«

Enrico schüttelte den Kopf. »Großvater will dich sehen. Er verlangt, dass du sofort in den Palazzo del Commune kommst.«

Nino unterdrückte ein Seufzen, als er sich an seine letzte Begegnung mit dem Großvater erinnerte. Es war kurz nach Meloria gewesen, als er ihn für sein Verhalten auf dem Schiff zur Rede gestellt hatte. Ugolino hatte ihn eine Weile gemustert – mit einem Blick, stechend wie nie –, keine Fragen gestellt, um seine Motive zu ergründen, nur grimmig erklärt: »Du hast dich gegen mich aufgelehnt. Bitte mich um Vergebung, oder lebe mit den Folgen.«

Nino hatte sich für Letzteres entschieden, und vermutlich wollte Ugolino heute wissen, ob er mit dieser Wahl mittlerweile haderte.

»Kannst du … kannst du nicht einfach lügen?«, fragte Enrico flehentlich. »Das würde die Sache erheblich vereinfachen …«

»Für mich oder für Großvater?«

»Für unsere ganze Familie.«

Nino war nicht bereit zu lügen, aber er sah keinen Sinn

darin, Enrico einmal mehr zu erklären, was ihn antrieb – es genügte, das gegenüber dem Großvater zu tun.

Es war Baccio, der ihn zum Palazzo del Commune brachte. Der Hüne verlor auf dem ganzen Weg kein Wort – was ein Zeichen seiner Verachtung sein konnte oder eben seinem Wesen entsprach. Als sie schließlich die Amtsstube des Großvaters betraten, fanden sie diese leer vor, und Baccio öffnete nun doch den Mund, allerdings nur, um den knappen Befehl zu knurren: »Warte hier!«

Sobald er allein im Raum war, stürzte Nino zum Fenster. Es war etwas größer als das in seinem Gefängnis, bot einen Blick auf die Dächer der Stadt und den Himmel. Doch der war farblos. Seufzend wandte sich Nino ab, betrachtete nun die vielen Pergamentrollen, die den Schreibtisch seines Großvaters bedeckten, allesamt Urkunden. Wenn er es richtig sah, ging es hier um Mietverträge – nicht von Wohnungen, sondern von Schiffen. Wieder seufzte er, als ihm aufging, wie lange er schon nicht mehr auf einem solchen gereist war.

Auf weiteren Urkunden war von Abgaben die Rede, die Elba und Giglio zu leisten hatten, und als er sich diese Inseln ausmalte, vermeinte er förmlich zu riechen, wie sich der würzige Duft von Kiefernwäldern mit der Meeresbrise vermischte. Er seufzte laut, verstummte aber sofort, als er hinter sich das Knarzen der Tür hörte. Ugolino betrat den Raum, verharrte kurz auf der Schwelle, da ihm jemand gefolgt war. Erst sah Nino nur einen Berg von Lumpen, unter dem er kaum einen Menschen ausmachen konnte, dann hob der Unglückselige, der vor Ugolino auf die Knie gefallen war, seinen Kopf, rang die Arme … nun ja, einen Arm. Er hatte auch nur mehr ein Bein.

»Brot!«, bettelte er, die Augen irr geweitet. »Habt Ihr ein Stück Brot für mich, Podestà?«

In Nino keimte Mitleid auf. Schon auf dem Weg hierher war ihm nicht entgangen, dass mehr Bettler als sonst die Gassen und Straßen bevölkerten, darunter wohl viele Überlebende von Meloria, die Gliedmaßen oder Augen verloren hatten.

Ugolino hingegen war jeglicher Großmut fremd. »Wie bist du an den Wachen vorbeigekommen?«, schnaubte er ungeduldig, und als der Unglückliche nichts dazu sagte, nur seine Bitte nach Brot wiederholte, hob er den Fuß, trat auf ihn, zwar nicht sonderlich fest, aber es genügte, dass der andere nach hinten fiel. Anstatt sich zu vergewissern, dass er sich wieder hochrappelte, trat Ugolino in den Raum und schloss mit einem Krachen die Tür.

»Sie haben dieses Schicksal nicht verdient«, sagte er mehr zu sich selbst als zu Nino. »Aber ist man barmherzig zu einem, wird man dieses Gesindel nicht mehr los.«

Männer, die für Pisa gekämpft haben, sich nicht feige aus dem Staub gemacht haben wie du, nennst du Gesindel?, lag es Nino auf der Zunge. Doch er beherrschte sich, wusste er doch, dass dem Mann da draußen mehr geholfen war, wenn er ihm später sein Wams schenkte, damit er sich wärmen konnte.

Ugolino setzte sich an den Tisch, schwieg eine Weile. Als er schließlich doch zu reden begann, war Nino einmal mehr nicht sicher, ob die Worte überhaupt ihm galten, Ugolino sie nicht vielmehr zu sich selbst sagte.

»Die Florentiner haben sich nicht blicken lassen, unsere Zahlungen akzeptiert und zum Schutz Pisas sogar ein paar Ritter aus Siena geschickt.« Eine Pause folgte. »Allerdings drohen die Genueser, unseren Hafen anzugreifen und zu zerstören, und das lässt sich wahrscheinlich nicht verhindern.«

Worauf wollte er hinaus? Dass der Friede mit Florenz nur ihm zu verdanken war oder dass in Zeiten der fortwährenden

Bedrohung Zusammenhalt wichtiger war denn je? Als er fortfuhr, wechselte er jedenfalls abrupt das Thema. »Wir müssen die Wirtschaft unbedingt wiederbeleben. Der *denarius nigrus* hat in den letzten zwei Jahrzehnten zwei Drittel seines Werts verloren; um ihn zu steigern, müssen wir die Zahl der Münzen, die im Umlauf sind, streng limitieren.«

Wieder folgte eine längere Pause, und Nino fühlte jäh, dass diese Worte tatsächlich an ihn gerichtet waren. »Nun«, fügte Ugolino hinzu. »Die Limitierung des Denarius wird nicht reichen. Es gilt auch, andere Maßnahmen zu treffen, um den Bankrott der Stadt abzuwenden. Die Kanalisation muss strikter überwacht werden, damit Schuldner nicht heimlich die Stadt verlassen. Außerdem sollten sich die Bauern der Umgebung nicht in der Stadt niederlassen dürfen, um hier Steuerfreiheit zu genießen, während sie zugleich ihre Felder bewirtschaften. Nein, Bürger Pisas sollen künftig nur drei Monate außerhalb der Mauern arbeiten dürften.«

Nino war nicht sicher, ob er nicken sollte. Allerdings würde sein Großvater das ohnehin nicht sehen können, sein Blick war schließlich starr auf den Tisch gerichtet, als er fortfuhr: »Und die Straßen müssen endlich verbessert werden – in der Stadt und um sie herum. Viele sind nur aus Kies gemacht, werden ständig überschwemmt. Wir brauchen mehr gepflasterte, die auch im Winter befahrbar sind, und sie müssen regelmäßig gereinigt werden.«

Auf alles hatte sich Nino gefasst gemacht, auf Drohungen, Tadel, Flüche – nur nicht darauf, mit Ugolino über den Zustand von Pisas Straßen zu sprechen. Er machte einen Schritt auf den Tisch zu, stützte sich auf die Platte, starrte Ugolino an.

»Was willst du von mir, Großvater?«

Endlich hob Ugolino den Blick. Er war ein alter Mann, und

doch war er ihm immer – schlaffe Haut, tief hängende Tränensäcke und schütteres Haar hin oder her – so unverwüstlich erschienen, als wäre er nicht aus Fleisch und Blut, sondern aus Eisen … oder vielmehr aus Marmor. Denn Eisen konnte man immerhin schmelzen, Marmor nicht. Nun aber lag in seinem Blick nicht nur Härte, Strenge, Entschlossenheit. Nino witterte auch etwas Heischendes – erst recht, als er mit der Hand auf den Stuhl vor dem Tisch deutete, ihn aufforderte, Platz zu nehmen.

»Du bist doch einer Meinung mit mir, was den Zustand der Straßen anbelangt?«

Nino setzte sich. Auf dem Stuhl lag kein Kissen, wie auch der Großvater auf ein solches verzichtete. Ugolino wollte seine Macht stets anders bekunden als mit Annehmlichkeiten, gar übertriebenem Luxus. Keine Holzvertäfelung, keine Wandbehänge schmückten die Wände, er betrachtete das wohl als überflüssigen Tand, der nur ablenkte.

»Was den Ausbau, die Verbesserung der Straßen anbelangt, so stimme ich dir tatsächlich zu«, sagte Nino, »ansonsten aber nicht. Ich finde es immer noch ehrlos, dass die Gherardesca während der Schlacht geflohen sind. Würde ich den Tag noch einmal erleben, würde ich genau so handeln, wie ich es getan habe.«

Ugolinos Blick schweifte über ihn. Nicht Verachtung glomm darin auf, sondern Respekt.

»Gut so«, sagte er schließlich.

»Gut so?«, wiederholte Nino perplex.

Ugolino lehnte sich zurück, kreuzte die Arme über seiner Brust. »Was du getan hast, war eine Riesendummheit, aber sie hat mir bewiesen, dass du der Einzige in der Familie bist, der es wagt, mir zu widersprechen. Ich habe befürchtet, dass auch du dich brechen lassen wirst, wenn ich dich nur lange genug einsperre, aber du hast durchgehalten. Du bist nicht winselnd zu mir gekrochen und hast um meine Vergebung gefleht – du hast es ertragen, mit meiner Verachtung zu leben. Damit hast du Rückgrat bewiesen, wahrscheinlich bist du der Einzige in der Familie, der ein solches hat.«

Nino starrte ihn fassungslos an. Er konnte sich nicht erinnern, dass Ugolino jemals einen Menschen gelobt hatte, doch seine Worte drückten zweifellos allerhöchste Anerkennung aus.

»Es gefällt dir, dass ich gegen deinen Willen gehandelt habe?«, fragte er.

»Es gefällt mir, dass du dich des Namens Gherardesca als würdig erwiesen hast. Du weißt, unsere Familie ist alt. Zunächst übten unsere Vorfahren die Macht nur in Volterra aus. Und dort würden wir immer noch hocken, anstatt zur einflussreichsten Familie Pisas aufgestiegen zu sein, wenn sich alle so verhalten würden wie dein Vater, deine Onkel, deine Vettern. Sie fügen sich mir – und das bedeutet, sie fügen sich auch dem Schicksal, geben sich mit dem Platz, den dieses ihnen zugebilligt hat, zufrieden. Doch um etwas auf dieser Welt zu erreichen, um die Grenzen des Gewohnten zu sprengen, bedarf es des Willens, sich aufzulehnen. Und den hast du eindrucksvoll bewiesen. Du bist der Einzige meiner Nachkommen, der würdig ist, dereinst mein Nachfolger zu werden.« Er machte eine Pause. »Natürlich musst du noch viel lernen, und das wirst du in den nächsten Jahren tun. Ich werde dich in jede meiner Entscheidungen einbeziehen, werde dich jede Urkunde, die hier liegt, lesen lassen. Am Ende werde ich zwar stets so handeln, wie es mir richtig erscheint, aber ich höre mir immer deine Meinung an, selbst wenn du mir widersprichst.«

Während er sprach, hatte sich Ugolino erhoben, war zum

Fenster getreten, sah hinaus. Nino hätte schwören können, dass er nicht auf den Himmel achtete. Und plötzlich vermeinte er, auch selbst nie wieder den Himmel wahrnehmen zu können. Das Lob seines Großvaters glich eisernen Ketten. Erst wurde eine um seine Beine geschlungen, dann um die Handgelenke, schließlich zog sich eine weitere um seinen Hals zusammen. Er konnte sich kaum mehr bewegen, kaum mehr atmen, nur ein einziges Wort hervorpressen. »Nachfolger?«

Ugolino wandte sich ihm wieder zu, seine Miene war ausdruckslos. »Sag mir doch, was du tun würdest, um Pisa durch diese schweren Zeiten zu bringen.«

Plötzlich wusste Nino: Er meinte es ernst. Er war wirklich der Einzige, den Ugolino respektierte. Der Einzige, der ihn vielleicht daran hindern könnte, Pisa ins Verderben zu führen. Der Einzige, der ihn ans Wohl der Stadt und ihrer Menschen gemahnen konnte. Immer noch fühlte sich Nino wie von Ketten gefesselt. Immer noch fiel es ihm schwer zu atmen, aber reden konnte er ohne Mühe. »Was ich tun würde, wäre ich der Herr der Stadt? Oh, als Erstes würde ich dafür sorgen, dass das Volk wieder eine Stimme bekommt und diese Stimme auch gehört wird. Einst gab es regelmäßig Volksversammlungen, an denen jeder Stadtbewohner über fünfzehn Jahren teilnehmen konnte. Mit der Zeit verloren sie an Bedeutung, der Adel wurde immer mächtiger. Aber warum soll Letzterer allein über die Geschicke der Stadt bestimmen?«

Ugolino stieß einen Laut aus, der wohl als Lachen gemeint war, jedoch dem Krächzen eines Vogels glich – keiner jener Art, der kleine Körner aufpickt, sondern der Jagd auf Tiere macht. »Du willst dem Volk Macht geben? Das Volk war immer ghibellinisch gesinnt, aber überleben werden wir diese Zeit nur, wenn Pisa guelfisch wird.«

»Das Volk lässt sich leicht aufhetzen, das stimmt. Aber es ist den Kampf zwischen Ghibellinen und Guelfen längst leid. Viel wichtiger, als sich für eine der Parteien zu entscheiden, ist es den Menschen doch, gut zu leben – ohne Kriege und im Wohlstand. Den *denarius nigrus* aufzuwerten, hilft den Menschen nicht, erst recht nicht den Armen. Damit sie ein besseres Leben haben, müsste man die Preise für Getreide, für Schafe, für ein Fass Wein begrenzen. Und am allerwichtigsten ist es, die Preise für Wohnungen zu regulieren. Für das Geld, das man heute für ein Stadthaus zahlt, kann man bei Livorno einen ganzen Hügel kaufen. Und das, was die Miete eines Geschäfts verschlingt, könnte eine Familie ein ganzes Jahr lang ernähren. Aus der Not der Menschen darf niemand Gewinn ziehen.«

Ugolino schwieg lange, nachdem er geendet hatte. Kein Lachen … kein Krächzen kam mehr aus seinem Mund, nur in den Augen glomm noch ein wenig Spott. »Sieh an, sieh an«, erklärte er. »Du hast nicht nur Rückgrat, sondern auch etwas im Kopf.«

Nino beugte sich nach vorne. »Du gibst mir recht?«

»Oh, mitnichten! Jede Maßnahme, die du nennst, wäre eine Dummheit. Die Macht des Volkes stärken, für sein Wohlbefinden sorgen, ha! Solange man das Volk klein hält, muckt es nicht auf, denn wer beschäftigt ist, seinen Magen zu füllen, erhebt die Faust nicht gegen seinen Herrn. Aber du weißt viel. Wenn du auch noch lernst, aus diesem Wissen die richtigen Schlüsse zu ziehen, könntest du tatsächlich ein würdiger Nachfolger sein. Und der willst du doch werden, oder?«

Er suchte seinen Blick, und obwohl es Nino nicht leichtfiel, ihn zu erwidern, tat er es trotzdem. Auch zu nicken fiel ihm nicht leicht, doch er überwand sich auch dazu. Weder strebte er Macht an, noch war er bereit, je die Sichtweise seines Großvaters zu teilen. Doch selbst wenn dieser aus Stein zu bestehen schien – steter Tropfen höhlte solchen. Wenn er immer und immer wieder seine Meinung bekunden würde, würde vielleicht irgendwann Ugolino derjenige sein, der neue Schlüsse zog. Zumindest musste er versuchen einzuwirken. Das war er Pisa schuldig – nicht irgendeinem Pisa, einem freien, einem gerechten Pisa –, und er würde sich nicht vor dieser Pflicht davonstehlen.

Bona hatte die Last ihrer knapp vierzig Lebensjahre noch nie so stark gefühlt wie in diesen Tagen, da eine düstere Wolke über Pisa zu hängen schien. Wenn sie sich abzulenken versuchte, indem sie einen Teig knetete, schmerzten ihr alsbald die Finger, und wenn sie stattdessen nähte, stach sie sich dieselben Finger blutig. Wenn sie wiederum hoch zum Turmzimmer stieg, musste sie stets schnaufend auf der Mitte der Leiter verharren, bis sie es endlich hoch zu Aziza geschafft hatte. An einem Tag im Frühling war ihre Erschöpfung besonders groß, und unwillkürlich fuhr sie Aziza an: »Warum lebst du eigentlich noch hier oben? Abelardo will zwar, dass du zu Hause bleibst, aber ich bin sicher, er hat nichts dagegen, wenn du wieder dein einstiges Zimmer beziehst.«

Aziza saß über irgendeines ihrer Bücher gebeugt. Der fahle, gelbliche Hautton der Seiten glich dem ihres Gesichts.

»Das ist der richtige Ort für mich«, erwiderte sie. »Hier kann ich in Ruhe arbeiten.«

Woran willst du denn arbeiten, hätte Bona am liebsten erwidert. Der Turm wird ja doch nicht weitergebaut. Aber sie ahnte: Es ging dem Mädchen nicht darum, zu arbeiten, sondern sich abzulenken, sich vor ihren Gefühlen zu schützen. Und obwohl Bona das durchaus verstehen konnte, entschied sie, nicht länger dabei zuzusehen. Schon vor geraumer Zeit hatte sie der Idee abgeschworen, die junge Frau auf die Pfade der Mittelmäßigkeit zu führen. Doch wenn Aziza schon ein Mensch mit einem außergewöhnlich großen Talent war, der nicht einfach ein kleines Leben führen konnte, so sollte nicht nur ihr Verstand Außergewöhnliches leisten, auch ihr Herz sollte davon erfüllt werden.

»Nino lebt doch«, sagte sie. »Ich habe ihn erst kürzlich an der Seite seines Großvaters gesehen.«

Aziza nickte bloß, sah nicht hoch.

»Hast du etwa Angst, dass er doch noch umkommen könnte? Im Kampf gegen die Genuesen, die gerade erst vor Kurzem unseren Hafen überfallen haben, die Ketten, die den Eingang versperrten, einfach durchbrochen und nach Genua mitgenommen haben, um sie dort in viele kleine Stücke zu zerhacken und zu verteilen?«

Nun blickte Aziza doch hoch. »Was fängt man mit einem Stück Eisenketten an?«

Bona zuckte die Schultern. »Ich weiß es nicht. Ich hoffe, dass das Stück Eisen mindestens einem Genuesen auf die große Zehe fallen wird. Die wird dann brechen und anschwellen und blau werden …« Sie hielt inne, um Atem zu schöpfen, und kam zu dem Schluss, dass blaue Zehen nicht das richtige Thema waren, um Aziza davon zu überzeugen, an der Liebe festzuhalten. »Jedenfalls wurde der Hafen zerstört, auch einer seiner Türme, sämtliche Schiffe, die dort lagen, erbeutet und …«

»Ugolino wird noch mehr zu tun haben, um Pisa zurück zur einstigen Größe zu führen. Und Nino wohl auch.«

»Dann hast du also gar keine Angst um sein Leben, jedoch Angst, ihn zu stören?«

Endlich erhob sich Aziza. Die leichte Röte, die sich auf ihre Wangen schlich, ließ sie etwas gesünder wirken. In den Händen hielt sie dieses merkwürdige Gerät, das man Zirkel nannte. Aziza war geschickt genug, sich nicht zu stechen – was nicht hieß, dass kein Stachel in ihrer Seele wohnte. »Ich … ich habe vor beidem Angst«, murmelte sie, »aber am allermeisten macht mir zu schaffen, dass er unseren Traum von einer gemeinsamen Zukunft nicht nur aufgegeben hat, ihn vielmehr lächerlich heißen könnte, nun, da er kein Knabe mehr ist, sondern ein erwachsener Mann. Ich kann damit leben, dass er sich am Ende für seine Familie entschieden hat, dass ihm Pisa wichtiger ist als ich. Aber … aber ich ertrage den Gedanken nicht, dass das, was wir hatten, für ihn nie gleichen Wert besaß wie für mich.«

Eigentlich hatte sich Bona gerade auf das Bett fallen lassen wollen, das so verheißungsvoll weich aussah, doch nun machte sie doch einen entschlossenen Schritt auf Aziza zu. »Mir scheint, das sind ein bisschen zu viele Ängste für ein so junges Mädchen«, sagte sie. »Und deswegen kommst du jetzt mit.«

Sie bereute es schon bei der ersten Sprosse, die sie nach unten nahm, bei der zweiten erst recht. Es war anstrengend genug, hochzusteigen, und beim Runtersteigen kam die Gefahr hinzu, zu fallen und sich das Genick zu brechen. Allerdings war noch wichtiger, dass es dem Mädchen nicht das Herz brach. Aziza kam ihrer Aufforderung immerhin bereitwillig nach und folgte ihr nach unten. Als sie sie dort fragend ansah, gab Bona aber keine Antwort – das tat sie nicht einmal, als sie den Innenhof erreichten.

»Du kommst jetzt mit«, wiederholte sie bloß, ehe sie auf die Straße traten. Dort zögerte sie kurz, war sie sich doch Abelardos

Ärger gewiss, wenn sie mit Aziza das Haus verließ, doch der Kaufmann verkroch sich ja genauso hinter seinen Büchern wie sie. Also winkte sie sie entschlossen mit sich, und wenig später erreichten sie den Palazzo del Commune. Eigentlich wollte sie Aziza dort endlich erklären, warum sie sie hierhergebracht hatte, aber zunächst galt es, Atem zu schöpfen, und danach gab es nicht mehr viel zu erklären, denn Aziza sah sie ja selber – sah all die Frauen, die sich hier versammelt hatten, ganz in Schwarz gekleidet, die einen leise weinend, die anderen laut klagend, auf jeden Fall ein Bild des Jammers.

»Wer sind diese Frauen?«, fragte Aziza leise. »Sind es die Witwen von Gefallenen?«

»Nein, es sind Frauen von noch lebenden Pisanern, die sich allerdings in Genueser Gefangenschaft befinden. Die Witwenkleidung tragen sie nur, weil Tag für Tag ihre Hoffnung schwindet, ihre Männer würden endlich freikommen. Stell dir vor, deinen Geliebten am Leben zu wissen, aber keine Möglichkeit zu haben, mit ihm vereint zu sein.«

Aziza starrte bekümmert auf die Frauen. »Sie tun mir schrecklich leid.«

»Jeden Tag gehen sie zum Podestà, nunmehr seit Wochen, damit er endlich die Freilassung ihrer Männer erwirkt. Aber wie sollten sie damit Erfolg haben? Die Genueser wissen schließlich: Wenn sie genügend Pisaner gefangen halten und solcherart verhindern, dass sie mit ihren Frauen Söhne zeugen, geht Pisa ganz von allein zugrunde – sie müssen dafür gar nicht erst Eisenketten zerstückeln und Hafentürme zerstören.«

»Das … das ist schrecklich.«

»Heute haben sich weniger Frauen als noch gestern hier versammelt, aber nicht etwa, weil sie aufgegeben haben. Ein Teil der Frauen ist es leid, bloß weinend und klagend vor dem

Palazzo del Commune zu stehen. Sie haben beschlossen, zu Fuß nach Genua zu gehen und von den dortigen Machthabern die Freilassung ihrer Männer zu fordern. Ich bin mir nicht sicher, ob alle ankommen werden, denn auf der langen Strecke lauern viele Gefahren. Und die, die ankommen, werden nicht nur Blasen an den Füßen haben, sondern halb verhungert sein.«

»Vielleicht sind die Genuesen gnädig …«

So etwas konnte auch nur ein leichtgläubiges Mädchen wie Aziza hoffen!

Bona packte sie an den Schultern, zwang sie, ihr ins Gesicht zu blicken. »Die Frauen wissen, dass sie kaum eine Chance haben, ihre Männer wiederzusehen, aber dennoch haben sie sich auf den Weg begeben. Ich kann mir gut vorstellen, dass manch eine vor Angst vergeht, weil sie am Ende nicht nur erfahren könnte, dass ihr Mann nicht freigelassen wird, sondern er zwischenzeitig gar in einem der Genueser Gefängnisse gestorben ist. Aber sie trotzen ihrer Angst, weil ihre Liebe größer ist.«

»Und du meinst, meine Liebe sollte auch größer sein als meine Angst?«

Bona nickte, und ehe Aziza noch etwas sagen konnte, bedeutete sie ihr wieder, mitzukommen. Der Marsch von Abelardos Haus zum Palazzo del Commune war nicht weit gewesen. Nun galt es, eine deutlich längere Wegstrecke zurückzulegen, die über eine der zwei Brücken auf die südliche Seite Pisas, Mezzogiorno genannt, führte. Nicht nur, dass es anstrengend war zu laufen, Bona hatte auch mit Unbehagen zu kämpfen. Und doch näherte sie sich unbeirrt Ugolino della Gherardescas Palazzo. Erst als sie vor dem prächtigen Gebäude standen, verriet Bona ihr, wer hier wohnte.

»Du denkst, ich sollte mit Nino reden?«, fragte Aziza zaudernd.

»Ich denke, solange Nino noch lebt, kannst du auf Glück hoffen. Also meide ihn weder aus Angst noch aus falschem Stolz. Wenn er dir ins Gesicht sagt, dass er nichts mehr für dich fühlt, nie etwas für dich gefühlt hat – nun, damit wirst du leben müssen. Aber gar nicht erst zu ihm zu gehen, würde bedeuten, du wärst feige, und das bist du doch nicht, oder?«

Aziza seufzte, fuhr sich durchs Haar, das strähniger war als sonst, deutete auf ihr Kleid, wie immer schlicht und obendrein zerknittert. »So soll ich vor ihn treten?«

Bona stieß ein Lachen aus. »Wegen schöner Kleidung liebt er dich gewiss nicht.«

»Bei unserer Begegnung hat er mich *bella* genannt.«

»Und er wird es wieder tun, selbst wenn du als Bettlerin vor ihn trätest.«

Das Lächeln auf Azizas Lippen war so schmerzlich wie zaghaft, doch sie nickte, trat auf den Palazzo zu, stockte dann.

»Ich werde hier auf dich warten«, erklärte Bona.

»Nein«, sagte Aziza entschlossen, »du wirst nicht auf mich warten. Wenn ich den Mut finde, Nino aufzusuchen, musst du all deinen Mut zusammennehmen, um zu Jalil zu gehen.«

Bona zuckte zusammen, hatte Aziza doch einen wunden Punkt getroffen. Seit der Schlacht von Meloria hatte sie Jalil nur ein einziges Mal gesehen, um sich zu vergewissern, dass es ihm gut ging. Bei dieser Gelegenheit hatte er ihr ein Stück Leder schenken wollen, aus Ziegenhaut gewonnen und mit einer roten Farbe gefärbt, die man *quirmiz* nannte und die aus getrockneten und gestampften Läusen gewonnen wurde.

Bona war nicht sicher, ob er log, was die Läuse anbelangte. Ganz sicher aber war sie, dass eine gute Christenfrau nicht Trost bei einem Heiden suchen sollte, und deswegen hatte sie nicht nur das Leder ausgeschlagen, sondern ihn in den nächsten

Monaten gar vollständig gemieden. Es war ja nicht so, dass sie nur ihre Tugend einbüßen würde, näherte sie sich ihm zu oft. Es gab Gerüchte, wonach Frauen, die zu viel Zeit bei Ungläubigen verbrachten, alsbald von Dämonen heimgesucht wurden. Manchmal hatte sie sich zwar gefragt, ob besagte Dämonen nicht weit weniger schlimm waren als die Genuesen, die Pisa plagten, aber erst jetzt unter Azizas glühendem Blick erwachten Zweifel, ob sie recht daran tat, Jalil zu meiden.

»Geh zu Jalil«, beharrte diese, »dann gehe ich zu Nino.«

Bona seufzte. »Ich kann dich doch nicht ganz allein …«

»Dinge wie diese muss man allein machen oder gar nicht.«

Damit hatte sie sicherlich recht. Als Bona sie auf die Stirn küsste, wurde Azizas Lächeln breiter, und das gab Bona genug Kraft, zu nicken, sich abzuwenden, ein paar entschlossene Schritte zu gehen. Danach blieb sie stehen – nicht etwa, weil sie sich noch einmal nach Aziza umdrehen wollte, sondern weil ihr plötzlich war, als hätte sie aus dem Augenwinkel blonde Locken gesehen. Weißblonde Locken. Solche, wie sie Lotario hatte, von dem alle sagten, er sähe aus wie ein Engel.

Bona war nicht sicher, was sie von Engeln halten sollte – jene Boten Gottes mochten gerecht sein, galten aber auch als grausam. Erst recht wusste sie nicht, was sie von Lotario halten sollte, der nicht viel sprach, lieber rechnete und von Anfang an ihre Süßigkeiten ausgeschlagen hatte. Nun gut, dass er Aziza mochte, war augenscheinlich, und das stimmte sie ihm geneigt – allerdings machte er gerade in letzter Zeit oft so ein finsteres Gesicht, dass sie fröstelte, und er trieb sich häufig in der Stadt herum, ohne jemanden wissen zu lassen, was er dort tat. Hatte er sie etwa heute verfolgt, und würde er hinterher Abelardo berichten, dass sie Aziza zum Palazzo der Gherardesca gebracht hatte?

Nun, wenn sie den weiten Weg bis zu Jalils Werkstatt zügig zurücklegen wollte, durfte sie sich nicht zugleich den Kopf zerbrechen. Außerdem waren keine blonden Locken mehr zu sehen, und das wertete Bona als Zeichen, dass sie sich getäuscht hatte.

So überzeugt und entschlossen sich Aziza gegenüber Bona gegeben hatte – als sie sich dem Palazzo näherte, verlor sie den Mut. Wie sollte sie bloß zu Nino gelangen, wie verhindern, dass sie wie eine Bettlerin weggeschickt wurde?

Ein Zufall kam ihr zu Hilfe – in Form eines kleinen kläffenden Fellknäuels. Sie brauchte eine Weile, um zu erkennen, dass das Fellknäuel ein Hund war, und noch etwas länger, um sich zu erinnern, dass sie diesen Hund schon einmal gesehen hatte. Als sie den Knaben sah, der ihm gefolgt war, fiel ihr auch wieder ein, wann und wo – an dem Tag der Schlacht, als sie vor dem Turm auf Nino gewartet hatte, aber stattdessen Anselmuccio, sein Vetter, erschienen war.

Auch er erkannte sie sofort wieder, und als sie fragte, ob er sie zu Nino bringen könnte, nickte er sofort bereitwillig und versprach, sie an den Wachtposten vorbeizuschmuggeln.

Laut kläffend lief ihnen der Hund namens Punto wenig später die Treppe voran, während ihr bei jeder Stufe die Knie stärker zitterten. Und als sie kurz darauf die Tür zu Ninos Gemach erreichten, Anselmuccio laut klopfte und ein »Herein!« ertönte, da vermeinte sie, vor lauter Aufregung kaum noch atmen zu können.

Was danach folgte, war der längste und zugleich kürzeste Augenblick in ihrem Leben.

Der längste, weil es so viele Dinge gleichzeitig wahrzunehmen galt – Urkunden, die auf Ninos Tisch lagen, die Tatsache, dass sein Haar kürzer war denn je, sein Gesicht bleicher, das übliche Funkeln in seinem Blick erloschen war. Aber auch der kürzeste, weil es nicht einmal der Dauer eines Herzschlags bedurfte, um beglückt zu erkennen: Er freute sich, sie zu sehen, er liebte sie immer noch, vielleicht stärker, schmerzlicher denn je, und es war ihm zu wenig, sie nur aus der Distanz zu mustern. Schon überwand er die Schritte, die sie voneinander trennten, schon lag sie in seinen Armen, und seine Lippen pressten sich auf ihre. Sie hatten sich erst ein Mal geküsst – damals am Hafen –, und doch fanden ihre Münder so selbstverständlich zueinander, als hätten sie es seitdem jeden Tag ein Dutzend Mal getan. Wenn irgendwo in den Tiefen ihrer Seele noch Hader lauerte, dass er damals nicht mit ihr fortgegangen war, Angst auch, dass sie doch nicht füreinander bestimmt waren, oder Unbehagen, weil er ein Gherardesca war und die als so mächtig wie gefürchtet und gehasst galten – der Kuss vertrieb all das. Auch dass Anselmuccio sie beobachten könnte, ging ihr erst nach einer Weile auf, doch als sie sich atemlos voneinander lösten, sah sie, dass Anselmuccio längst mit Punto verschwunden war und die Tür hinter sich geschlossen hatte.

»Er wird dafür sorgen, dass wir ungestört sind«, sagte Nino, »Anselmuccio hilft mir, wo er nur kann, er war es ja auch, der dir meine Briefe überbracht hat und …«

Er brach ab, fand wohl, dass es der Worte zu viele, der Küsse aber noch zu wenige waren. Doch Aziza löste sich abrupt von ihm. »Welche Briefe?«, fragte sie verwirrt. »Ich habe Anselmuccio seit Monaten nicht gesehen.«

»Aber … aber er hat doch behauptet, er hätte sie an Lotario weitergegeben. Und Lotario wiederum versprach ihm, sie dir zu bringen.« Nino runzelte die Stirn. »Lotario hat dir also die Briefe vorenthalten?«

Aziza schüttelte den Kopf. Nach Meloria hatte Lotarios blinder Hass auf die Gherardesca, der auch Nino mit einschloss, sie entsetzt. Doch in den folgenden Monaten war dieser nie wieder in seinen Augen aufgeblitzt. Sie hatten sich regelmäßig gemeinsam den Zahlen gewidmet – er meist mit gleichgültiger, ausdrucksloser Miene, hinter der sie zwar vergebens den vertrauensvollen Knaben von einst suchte, die ihr aber immer noch lieber war als die hasserfüllte.

»Ich habe dir geschrieben, dass ich dich immer noch liebe, dass ich mich damals nicht gegen dich entschieden habe, dass ich nur in der Schlacht von Meloria landete, weil Baccio mich niedergeschlagen und aufs Schiff gebracht hat. Gewiss, als ich mich dort wiederfand, war ich auch bereit zu kämpfen, ganz anders als mein Großvater, der floh, und ich fürchte …« Nino brach ab, zögerte kurz. »Und ich fürchte, kämpfen muss ich auch jetzt. Nicht gegen die Genuesen, aber für Pisa. Ich bin der Einzige, auf den mein Großvater noch hört. Ich kann vielleicht dafür sorgen, dass er Pisa ein gerechter Herr wird. Ich kann die Stadt nicht im Stich lassen, nicht meine Familie, nicht …«

Aziza beugte sich vor, küsste ihn wieder, und diesmal wünschte sie sich, der Kuss möge ewig dauern, alle Fragen ausmerzen, die ihr auf dem Herzen lasteten. Wie soll es mit uns weitergehen? Warum ist Lotario so unversöhnlich, dass er mir Ninos Botschaften nicht überbracht hat, uns beide stattdessen hat leiden lassen?

Als sie sich endlich atemlos lösten, sprach sie jedoch keine dieser Fragen aus. Sie kannte die Antworten ja bereits. Lotario zürnte Nino offenbar immer noch – sie konnte nur hoffen, er würde mit der Zeit erkennen, dass Nino weder Pisa noch sie verraten hatte. Und Nino und sie konnten nicht einfach weggehen, heiraten und irgendwo an einem fremden Ort leben –

sie konnten nur hoffen, dass sich die Lage irgendwann zu ihren Gunsten ändern würde.

Bis dahin würde zwar nicht Lotario, vielleicht aber Anselmuccio und ganz sicher Bona ihnen dabei helfen, sich zu treffen. In den Jahren des Turmbaus war ihnen das schließlich auch gelungen, und obwohl der Turm bis jetzt unvollendet geblieben war, musste Gleiches nicht für ihre Liebe gelten.

1373

Das Loch, in das man sie geworfen hatte, nachdem Cristo des Diebstahls überführt worden war, war winzig und dreckig, aber Cristo hatte schon Schlimmeres gesehen. Immerhin schien das Dach nicht zu lecken, und das Essen, das ihnen zugeworfen wurde, war zwar hart und schmeckte modrig, würde aber zumindest den Magen füllen.

Nur Gabriele schien daraus keinen Trost zu ziehen. So entschlossen er vorhin fremde Schuld auf sich genommen hatte, die nicht die seine war, so verstört wirkte er nun. Eine Weile hatte Cristo ihn von düsteren Gedanken ablenken können, indem er nach dem Fortgang der Geschichte fragte und Gabriele erst zögernd, dann immer eifriger erzählt hatte. Doch mittlerweile war er verstummt, und Cristo ahnte, dass es seine Stimmung nur noch mehr drücken würde, wenn er weiterbohrte.

Gewiss, Aziza und Nino mochten sich wieder ihrer Liebe sicher sein, aber jeder in Pisa wusste: Meloria war eine Wunde, die bis heute nicht verheilt war, und viel Gutes konnte im Schatten einer solchen Katastrophe gewiss nicht gedeihen. »Lotario konnte Nino nicht verzeihen, dass er sich während der Schlacht von Meloria vermeintlich auf die Seite von Verrätern gestellt hat«, murmelte Gabriele irgendwann. »Deswegen hat er all seine Briefe nicht weitergegeben.«

»Aziza war für ihn mehr als nur eine Schwester, nicht wahr?«, sagte Cristo.

»Mehr als nur eine Mutter, mehr als nur eine Gefährtin, mehr als nur eine Geliebte. Aziza war ihm … alles, *der Grund, warum er noch lebte.«*

»Hm«, machte Cristo. So wenig wie von Schwestern verstand er von Müttern oder Geliebten. Und das Wörtchen »alles« erschien ihm gefährlich. Wenn man alles wollte, bekam man am Ende nichts. Wenn man sich hingegen lediglich ein bisschen wünschte, ging man am Ende schon eher als Gewinner hervor. Er hatte ja auch nicht alle Münzen aus Gabrieles Sack gewollt, nur eine oder zwei … ach herrje, und jetzt hockten sie hier im Kerker, weil er zu ungeduldig gewesen war!

Gabriele seufzte, entschied dann, dass es wohl besser war, ein wenig zu schlafen. Es war nicht genug Platz, um sich hinzulegen, also blieb er mit angezogenen Beinen an der Wand sitzen, und wenn er ihm sonst schon nichts Gutes tun konnte, hockte sich Cristo dicht neben ihn, damit sie sich aneinanderlehnen konnten.

Bald spürte er, dass Gabrieles Kopf immer schwerer auf seiner Schulter ruhte. Seine Atemzüge waren regelmäßig, beruhigend. Langsam döste auch Cristo weg, sank auf Gabrieles Schoß, dachte noch, dass sich sein Leib nicht sehnig und muskulös anfühlte, sondern weich. Doch ehe er darüber nachsann, wie angenehm es war, zum ersten Mal seit Langem, vielleicht das erste Mal überhaupt in seinem Leben, auf dem weichen Schoß eines anderen Menschen zu ruhen, war er endgültig eingeschlafen.

An dem Griff, der ihn Stunden später weckte, war nichts Weiches. Jemand rüttelte ihn an der Schulter. »Aufstehen, ihr Faulpelze, sofort!«, rief jemand. Die Haut des Kerkermeisters, der vor ihnen stand, hatte einen ähnlichen Farbton wie die verschimmelten Wände, und der säuerliche Geruch, der seinem Mund entströmte, hatte wohl die Macht, Tote zu wecken. Cristo fand sofort zurück ins Hier und Jetzt, und auch Gabriele hatte die Müdigkeit rasch abgeschüttelt, fragte bange: »Werden wir nun vors Gericht gestellt, damit wir alles erklären können?«

Was gab es schon groß zu erklären. Er hatte ein teures Werkzeug zu stehlen versucht und war dabei erwischt worden! Allerdings könnte er aussagen, dass Gabriele nichts damit zu tun hatte, und dazu war Cristo tatsächlich bereit.

Der Wärter schüttelte den Kopf. »Nein, ihr kommt nicht vors Gericht. Folgt mir trotzdem.«

Wenn nicht vors Gericht, wohin sonst würde er sie bringen? Dass er ihnen die Freiheit schenken wollte, glaubte Cristo keinen Augenblick, und er hatte recht: Vor dem Gefängnis ließ der Wärter sie nicht laufen, sondern stieß sie in Richtung eines Wagens, der dort wartete. »Wenn ihr zu fliehen versucht, bekommt ihr zwanzig Peitschenhiebe«, drohte er, nachdem sie ihn bestiegen hatten, »und zwar jeder von euch.«

Gabriele wurde blass, Cristo dachte bei sich, dass zwanzig Peitschenhiebe vielleicht eher zu ertragen waren als zwanzig Jahre im Gefängnis. Allerdings – wenn es nur darum ginge, sie von diesem winzigen, stinkenden Loch in ein noch winzigeres, stinkenderes zu bringen, bräuchte man dafür doch keinen Wagen, oder?

Cristo klammerte sich an die Hoffnung, dass der Wagen etwas Gutes zu bedeuten hatte. Zwei Maultiere waren davorgespannt, und der Mann auf dem Kutschbock behandelte sie wie Marmorklötze – er ignorierte sie schlichtweg. Während sie über Pisas Straßen fuhren, verlief die Fahrt halbwegs ruhig, aber sobald sie die Stadt hinter sich ließen, die Wege nicht länger gepflastert waren, fühlte sich jede Umdrehung der Räder an, als boxte ihnen jemand in den Leib. Cristo gelang es, sich ein Stöhnen zu verkneifen, Gabriele nicht.

»War in deiner Geschichte nicht die Rede davon, dass Ugolino della Gherardesca das Straßennetz um Pisa hat ausbauen und verbessern lassen wollen?«, fragte Cristo.

Eine Weile schien es, Gabriele hätte ihn nicht gehört. Dann ging ihm wohl auf, dass es ihn von diesem schmerzhaften Rumpeln ablenken würde, wenn er die Geschichte wieder aufnahm.

»Ugolino war ohne Zweifel ein Tyrann, dem es vor allem um seine eigene Macht ging, doch das hieß nicht, dass alles, was er tat, schlecht für die Stadt war. Es gilt stets, alles von mehreren Seiten zu betrachten … auch vermeintlich schreckliche Ereignisse.« Er machte eine kurze

Pause. »Vielleicht erfahre ich an dem Ort, wohin wir gebracht werden, endlich mehr.«

Was genau er sich erhoffte, ließ er offen. Cristo konnte sich so oder so nicht vorstellen, dass sie etwas anderes erwartete als Schufterei.

»Ich fürchte, an unserem Ziel wirst du so schnell keine Fragen stellen können, weil dir schlichtweg der Atem fehlen wird, Wörter zu machen.«

Gabriele hatte gedankenverloren auf seine Hände gestarrt, hob nun den Blick. »Was meinst du?«

Himmel, warum schenkte er den Dingen, die ihn unmittelbar umgaben, ganz offensichtlich weniger Aufmerksamkeit als der fernen Vergangenheit? War es möglich, dass ihm der Steinstaub entgangen war, der jede Ritze des Wagens füllte, dass er gar nicht darüber nachgedacht hatte, welchem Zweck dieser Wagen diente?

»Ich nehme an, man bringt uns nach Rocca della Verruca.«

»Diesen Ort kenne ich nicht.«

»Er befindet sich in den Monti Pisani, gleich in der Nähe der Steinbrüche von San Giuliani. Der Wagen ist leer, weil man die Steine, die von dort nach Pisa gebracht wurden, wohl abgeladen hat. Wenn der Wagen erneut von dort losfährt, wird er wahrscheinlich wieder randvoll sein mit Steinen – gut möglich, dass man sie für die Glockenstube des Turms braucht. Ich fürchte nur, dass wir dann nicht auf dem Wagen … oder vielmehr auf den Steinen sitzen werden. Weil man uns nämlich im Steinbruch arbeiten lassen wird, bis unsere Schulden abgearbeitet sind.«

Er kam sich etwas schäbig vor, von gemeinsamen Schulden zu reden, obwohl es doch allein seine waren, aber Gabriele achtete ohnehin nicht auf dieses Detail. »Wir werden in einem Steinbruch schuften müssen?«, rief er entsetzt.

Wieder holperte der Wagen, Cristos Knie stieß gegen sein Kinn, fast hätte er sich auf die Zunge gebissen. Anders als ihm war es Gabriele gelungen, sich festzuhalten – trotzdem wurde aus dem Entsetzen in seiner Miene regelrechte Panik.

»Nun ja«, sagte Cristo, »nach ein paar Wochen werden sie uns wohl wieder laufen lassen.«

Insgeheim fürchtete er zwar, dass es sich um mehrere Monate handeln würde, aber das war immer noch besser als Jahre.

Gabrieles Augen weiteten sich. »Aber so lange kann ich unmöglich dort bleiben! Und erst recht kann ich keine Steine schleppen!«

»Du hast doch gesagt, dass dein Leben oder zumindest dein Glück von einem Geheimnis rund um den Turm abhängt. Aber das Gute ist: Der Turm ist nun schon zweihundert Jahre alt, zumindest Teile von ihm. Ich bin sicher, er steht auch noch, wenn wir wieder nach Pisa zurückkehren.«

»Ich kann keine Steine schleppen!«, rief Gabriele wieder. »Es … es geht einfach nicht.«

Cristo blickte auf die Hände des anderen. Schon beim ersten Mal waren ihm diese als sehr zart und fein erschienen. Doch obwohl er sich ebenfalls kaum vorstellen konnte, wie diese Hände Steine schleppten – brechen würden sie ihm dabei auch nicht, er würde höchstens ein paar Blasen und Schwielen davontragen. Nur weil er selbst Gabriele in diese Lage gebracht hatte, verzichtete er darauf, zu spotten, und begnügte sich zu sagen: »Ich vermute, wir werden mindestens einen Tag dorthin unterwegs sein, und so lange können wir uns noch ausruhen. Und du kannst mir auch deine Geschichte weitererzählen. Aziza und Nino trafen sich fortan also heimlich, ich vermute, ebenso heimlich hat Lotario sie beobachtet und nach einem Weg gesucht, einen Keil in ihr Liebesglück zu treiben.«

Die Gedanken an die ferne Vergangenheit ließen Gabrieles Ängste vor ihrer unmittelbaren Zukunft sichtlich verblassen. Er nickte gedankenverloren. »Lotario allein hätte das natürlich nicht geschafft. Aber auf eins ist in Pisa leider Verlass: Der Hass erweist sich stets als lauter denn die Liebe.«

IV.

Kampf um Pisa

1287 - 1288

Als Aziza mitten in der Nacht von Bona geweckt wurde und in deren sorgenvolles Gesicht blickte, ahnte sie sogleich, was passiert war.

»Lotario?«, fragte sie schlicht.

Bona nickte.

»Wie schlimm ist es diesmal? Hat er nur ein blaues Auge davongetragen, einen Kratzer, oder ist es eine Beule?«

Einmal war ihm das Ohrläppchen eingerissen, und dass das Blut über seinen Hals gelaufen war, hatte den Anschein erweckt, jemand hätte ihm die Kehle aufzuschlitzen versucht.

Bona schüttelte den Kopf: »Heute ist er gar nicht erst nach Hause gekommen, dabei hat Abelardo ihn so oft ermahnt, er dürfe nur bis Mitternacht fortbleiben.«

Aziza rieb sich den Schlaf aus den Augen, erhob sich, legte sich ihren Umhang um. »Wo sind meine Schuhe?«

»Du … du kannst ihn doch nicht mitten in der Nacht suchen gehen!«, rief Bona entsetzt.

»Aber Schlaf finden kann ich erst recht nicht. Es ist meine Schuld, dass er nicht zurückgekommen ist. Wir haben wieder einmal gestritten.«

Aziza hörte, wie Bona seufzte. Natürlich war ihr nicht verborgen geblieben, dass Abelardos Ziehkinder in jenen drei Jahren, die seit Meloria vergangen waren, häufig stritten. Und jeder Streit entzündete sich an Nino della Gherardesca. Nun ja, fast jeder. Gestern war die Rede zunächst gar nicht auf Ugolinos Enkelsohn gekommen. Sie hatten über die Buchführung diskutiert, die Vorteile, die die indisch-arabischen Zahlen für diese boten. Aber irgendwann hatte Lotario darüber geklagt, wie viele Schulden Pisa soeben machte und dass die Bankhäuser, die die Kredite gewährten, bald die Stadt besitzen würden.

»Und warum stört dich das?«, war es Aziza herausgerutscht. »Du weißt Pisa doch lieber in den Händen von Banken als von Ugolino della Gherardesca.«

Der Name hatte bislang noch jedes nüchterne Gespräch vergiftet, und Aziza hätte ihn allzu gerne wieder zurückgenommen, aber dafür war es zu spät. »Das Problem sind nicht nur die hohen Kredite«, erklärte Lotario gereizt. »Das Problem ist, dass allein Ugolino bestimmt, welcher Kaufmann Geschäfte machen darf. Dir wird nicht entgangen sein, dass die Rechte der drei großen Gilden – nämlich der für Wolle, Meer und Handel – in den letzten Jahren stark eingeschränkt wurden. Hat Ugolino nur den leisesten Zweifel an der Treue eines Pisaners, so behindert er ihn, so gut er kann. Ein guter Kaufmann ist eigentlich einer, der mit Geld und Zahlen umzugehen weiß, der einschätzen kann, ob die Ware von guter oder schlechter Qualität ist, der im entscheidenden Moment risikofreudig ist, aber zugleich nicht zu leichtsinnig. Die Bereitschaft, Ugolino della Gherardesca möglichst tief in sein faltiges Hinterteil zu kriechen, gehört meiner Meinung nach jedoch nicht zu den klassischen Kaufmannstugenden.«

»Lotario!«

Der Junge schien nicht das Gefühl zu haben, zu weit gegangen zu sein. »Nino tut das bereitwillig«, murmelte er, »und beweist damit auch keine der Tugenden, die ein Mann, der dich lieben darf, haben sollte.«

Ein paar böse Sätze waren gefolgt, und am Ende war Lotario wutentbrannt aus dem Haus gestürmt. Abelardo war leider nicht hier, um ihn aufzuhalten, was ihm manchmal, wenn auch nicht immer, gelang. Er gehörte zu den Kaufleuten, die Ugolino benachteiligte, doch sein Vermögen war groß genug, dass er das verwinden konnte. Trotzdem zog er sich immer häufiger in die Villa außerhalb der Stadt zurück, die er seit vielen Jahren besaß, bislang aber kaum bewohnt hatte. Er beteuerte immer wieder, dass er Aziza dort gerne bei sich gehabt hätte. Doch ihr Argument, dass er unmöglich auch die ganze Bibliothek auf einen Wagen packen könne, war ihm einsichtig genug, um nicht darauf zu bestehen. Den Traktat über die Erdmessung des Erathostenes oder die *practica geometriae* von Leonardo Fibonacci, so erklärte sie, könnte sie schließlich auch studieren, ohne dass er ihr dabei über die Schulter sah. Wahrscheinlich ahnte er, dass die Mathematik nur Macht über ihre Gedanken hatte, allein Nino in ihrem Herzen wohnte und sie dann und wann das Haus verließ, um ihn zu treffen. Doch er stellte sich augenscheinlich blind, wollte er sich nach Meloria doch offensichtlich nicht mehr so streng und unbarmherzig geben.

So oder so: Abelardo war nicht hier, um Lotario zu mäßigen oder zu entscheiden, was zu tun war, sodass Aziza soeben bestimmt erklärte: »Ich werde ihn suchen. Wenn du Angst um mich hast, kannst du mich ja begleiten.«

»Was nicht dazu führen wird, dass ich um dich weniger Angst haben werde, sondern obendrein auch welche um mich.«

Aziza hatte ihre Schuhe gefunden, war hineingeschlüpft. »Ich weiß, dass du die Dunkelheit fürchtest.«

»Nicht die Dunkelheit, sondern das, was in der Dunkelheit lauert. Ich begleite dich trotzdem – wenn auch nicht auf der Suche nach Lotario, aber zu Nino. Du musst ihn um Hilfe bitten. Er kennt Pisa besser als du, und er kann überdies Anselmuccio fragen, ob er etwas von Lotario gehört hat.«

Anselmuccio, der sie damals zu Nino gebracht und dafür gesorgt hatte, dass sie später wieder unbemerkt den Palazzo verließ, war der einzige Gherardesca, der von Ninos heimlicher Liebe zu ihr wusste. Das hieß, eigentlich wussten auch sein Bruder Enrico und seine Stiefgroßmutter Capuana davon, aber sie sprachen ihn nie darauf an, während Anselmuccio manchmal Botschaften überbrachte. Zugleich war Anselmuccio der einzige Gherardesca, den Lotario nicht hasste und für einen Verräter hielt, war er doch während der Schlacht von Meloria noch ein Kind gewesen, das man nicht für das schändliche Verhalten des Großvaters verantwortlich machen konnte. Mittlerweile war Anselmuccio knapp vierzehn Jahre alt und wenn er mit Onkel und Vettern in Straßenschlachten geriet, zu denen es dieser Tage immer häufiger kam – aus Wut über den steigenden Getreidepreis oder neue Steuern, die Ugolino einführte –, mischte auch er manchmal mit. Doch während Lotario jede Gelegenheit willkommen war, um sich zu prügeln, tat Anselmuccio das nur, um seinen kleinen Hund zu beschützen. Nicht dass Punto dieses Schutzes bedurfte – seine Bisse in die Waden waren gefürchtet.

Bona hatte jedenfalls recht, wenn sie nun drängte, lieber zu Nino in den Palazzo del Commune zu gehen, wo er mittlerweile lebte, als Lotario in stickigen Tavernen zu suchen. Vor dem Palazzo angekommen, wusste Bona auch, wie sie von einem der Wachtposten erreichen konnte, dass er Nino zu ihnen brachte – sie bestach ihn mit Süßigkeiten.

Nino war erfreut und besorgt zugleich, als er ins Freie stürzte, und erst nachdem er sich mehrfach vergewissert hatte, dass es Aziza gut ging, ließ er sie zu Wort kommen. Den Grund für ihren Streit sparte sie aus – ihre Befürchtung, dass Lotario wieder einmal in eine Prügelei geraten würde, kleidete sie in umso eindringlichere Worte.

»Ich werde ihn suchen, aber du gehst wieder nach Hause«, erklärte Nino, kaum dass sie endete.

Auf diesen Einwand war sie vorbereitet. »Es nützt nichts, wenn du ihn findest. Auf dich würde er niemals hören, im Gegenteil.«

Sie wollte nicht aussprechen, dass Lotario in diesem Fall nicht heimkommen, sondern womöglich gar die Faust gegen Nino erheben würde, doch das ahnte der ohnehin. »Soll er nur versuchen, mich zu attackieren. Ich kann gerne ein paar Männer der Garde mitnehmen. Ein, zwei Tage im Kerker würden ihm wahrscheinlich nicht schaden.«

»Damit würdest du doch alles nur noch schlimmer machen!«

»Und womit genau kann ich es besser machen? Wie oft habe ich beteuert, dass ich damals in Meloria nicht zum Verräter wurde, dass ich dich nicht freiwillig im Stich gelassen habe, dass ich auch jetzt meinem Großvater nicht diene, um selbst Macht auszuspielen, sondern um dafür zu sorgen, dass er seine Macht zum Guten einsetzt! Aber Lotario glaubt mir nicht. Er will mir gar nicht glauben, er will dich für sich allein haben.«

»Das stimmt doch gar nicht. Er … er will sich mit mir gemeinsam der Mathematik widmen, das ist alles.«

»Für Lotario bist *du* alles. Mag sein, dass er weniger die Frau in dir sieht, eher eine Heilige – doch die Folgen sind die gleichen! Am liebsten wäre es ihm, wenn du reglos auf einem Sockel stehen würdest und einzig er seinen begehrlichen Blick auf dich werfen dürfte.«

Sie waren ein paar Schritte von Bona weggetreten, doch der Wortwechsel war ihr nicht entgangen. Ihre Miene verriet, dass sie Nino recht gab, die zunehmend heftigen Worte aber zugleich bedauerte. Aziza konnte es ihr nachfühlen. Schlimm genug, dass sie so oft wegen Nino mit Lotario stritt. Sie durfte nicht auch noch wegen Lotario mit Nino streiten! Irgendetwas musste sich ab dieser Nacht ändern, aber als Erstes galt es, Lotario zu finden.

»Komm, lass ihn uns suchen gehen.«

Nino ahnte wohl, dass man ihr etwas, das sie sich in den Kopf gesetzt hatte, so wenig austreiben konnte wie die Zahlen, und deswegen gab er nach, schickte nur Bona nach Hause.

Ihre Suche blieb erfolglos. Der neue Tag nahte, auf den dunklen Fluten des Arnos spiegelte sich nicht länger das Mondlicht, es brach sich violettes Morgenlicht, und sie hatten ihn immer noch nicht entdeckt. Selten war Aziza so lange auf den Beinen gewesen – wenn sie nicht gerade Nino traf, gab es für sie kaum einen Anlass, das Haus zu verlassen. Im ersten fahlen Licht konnte sie erstmals mit eigenen Augen sehen, wovon er ihr sonst nur erzählte: Es stimmte zwar, dass Ugolino das Volk unterdrückte, indem er viele Rechte beschnitt, aber manche seiner Maßnahmen erleichterten das Leben. Die Hauptstraßen längs des Arnos waren allesamt gepflastert worden, der oft unerträgliche Gestank hatte nachgelassen, weil das Verbot, Müll auf die Straße zu kippen, viel härter sanktioniert wurde. Die Kanalisation war ausgebaut worden, weswegen es mehr frisches Wasser gab, und überdies durfte man nicht – wie bislang üblich – mit schmutzigen Helmen Wasser aus dem Brunnen schöpfen und erst recht keine Wäsche darin waschen.

»Vielleicht ist er längst zu Hause«, sagte Nino leise, als das violette Licht einen rötlichen Ton annahm. Er wirkte müde, was wohl, wie Aziza ahnte, nicht allein an dieser durchwachten

Nacht lag, sondern daran, dass er auch in vielen vorangegangenen Nächten schlecht geschlafen hatte.

»Und was, wenn nicht?«, fragte sie.

»Mittlerweile sind alle Tavernen geschlossen.«

»Nicht die in der Kinzica.«

Die Tavernen in jenem Viertel südlich des Arnos waren bekannt für ihre guten Weine, aber auch für ihre dreckigen Bänke und wüsten Prügeleien. Es hieß, dass sie kaum jemand ohne einen Sack Muscheln betrat, die er im Streit dem Gegner an den Kopf werfen konnte. Leider wurden nicht nur Muscheln, oft auch Dolche als Waffen eingesetzt, weswegen es häufig Tote gab. Soweit es Aziza wusste, hatte Lotario die Kinzica deswegen bis jetzt gemieden, aber vielleicht war das heute Nacht anders.

»Also gut«, gab Nino nach, als sie einen flehentlichen Blick auf ihn richtete, »wir werde in die Kinzica gehen, dort allerdings nur eine einzige Taverne betreten und nach Lotario fragen. Wenn niemand von ihm gehört hat, bringe ich dich nach Hause, und ich setze die Suche allein fort.«

Aziza nickte, doch das war ihm nicht genug. Sie musste ihre Zustimmung laut bekunden, ehe er sich abwandte und auf eine der Brücken, die über den Arno führten, zusteuerte. Schon nach wenigen Schritten hielt er inne – nicht, weil er es sich anders überlegt hatte, sondern weil auf der Brücke ein Mann stand. Schon sein pelzverbrämter Umhang aus rotem Samt verriet, dass es sich um einen Edelmann handeln musste, erst recht tat das der Dolch mit Elfenbeinknauf, den er an seinem breiten Gürtel trug. Der etwas wankende Gang war wohl darauf zurückzuführen, dass er die Nacht in einer Taverne zugebracht hatte, doch dass er noch die spitze Mütze auf dem Kopf trug, war ein Zeichen, dass er in keine Prügelei geraten war.

Scheinbar wertete er das als Versäumnis, denn als sein Blick erst auf Nino, dann auf Aziza fiel, blitzten Hohn und Streitlust darin auf.

»Oh, il Brigata!«, nannte er mit blecherner Stimme Ninos Beinamen, den der seit Meloria trug. Doch während die anderen damit ihren Respekt vor seinem Können als Kommandant bekundeten, klang er aus dem Mund dieses Mannes wie eine Beleidigung. »So spät in der Nacht allein des Weges?«, fuhr er fort. »Wobei es nicht spät in der Nacht, eher früh am Morgen ist, und wie ich sehe, bist du auch nicht allein, sondern in Begleitung einer Dame. Einer überaus ansehnlichen Dame.«

Auch diese Bezeichnung drückte keine Ehrerbietung aus, nur Spott. Obwohl sich Nino schützend vor Aziza stellte, vermeinte die weiterhin den klebrigen Blick des Mannes zu spüren.

»Wer … wer ist das?«, fragte sie leise

»Visconti«, gab Nino knapp zurück.

Den Namen hatte er in letzter Zeit oft erwähnt, und immer wenn er es tat, hatte er seine Stirn gerunzelt. Die Visconti waren eigentlich enge Verbündete der Gherardesca, denn während die verfeindeten Häuser der Sismondi, Lanfranchi und Gualandi stets treue Ghibellinen gewesen waren, hatten sie sich wie die Gherardesca für die Partei der Guelfen entschieden – ein Grund, warum sie vor einigen Jahren gemeinsam mit ihnen verbannt worden waren. Beiden Familien war es am Ende gestattet worden, wieder in die Stadt zurückzukehren, doch nur die Gherardesca hatten seitdem Macht errungen – was den Visconti übel aufstieß. Jener Mann, der sie nun musterte, war das Oberhaupt der Familie, der mit Vornamen ebenfalls Nino hieß, und seit geraumer Zeit lag er Ugolino in den Ohren, er möge ihn anstelle seines Sohn Gaddo zum Capitano del Popolo machen. Doch Macht war für Ugolino nun mal das Gleiche wie eine Primzahl – etwas, das man nicht teilen konnte.

Langsam trat Visconti näher. Ehe er sie erreichte, blickte er sich um, schien sich vergewissern zu wollen, dass Nino nicht von Vettern oder seinem Bruder begleitet wurde, trat dann dicht an sie heran, streckte die Hand aus, als wollte er Aziza berühren. Noch tat er es nicht, aber Aziza nahm die vielen bläulichen Äderchen in seinem Gesicht wahr. Es wirkte, als wäre es zersplittert – so wie auch sein Blick davon kündete, dass etwas in ihm zerbrochen und nur unzureichend wieder zusammengesetzt worden war.

Ganz zweifellos hasste dieser Mann Ugolino della Gherardesca, weil der ihm den Platz in der Sonne streitig machte. Er hasste gewiss auch seine Söhne und Enkelsöhne, weil die ihn noch weiter in den Schatten abdrängten. Und Ugolinos engsten Berater hasste er wohl am allermeisten.

Blanke Wut hatte sich in Ninos Miene ausgebreitet, als sich Visconti ihnen genähert hatte. Doch als Aziza ihm beschwichtigend die Hand auf die Schulter legte, schien es ihm zu gelingen, sich zu beherrschen. Er reckte lediglich das Kinn, sagte mit fester Stimme: »Ich will keine Schwierigkeiten.«

»Ich doch auch nicht«, erwiderte Visconti grinsend. »Ich will mich nur ein wenig amüsieren.« Wieder kam seine Hand näher, wieder drohte sie, Azizas Gesicht zu berühren, vielleicht auch ihre Haare. Dass sie ihr offen über den Rücken fielen, war für ihn wohl ein Zeichen, dass sie keine ehrlose Frau war. »Dein Großvater will seine Macht nicht teilen«, erklärte er. »Ich hoffe, dass du mit deinen Frauen großzügiger bist. Das wäre nur gerecht.«

Blitzschnell stellte sich Nino vor Aziza. »Wage es nicht, ihr zu nahe zu kommen!«, brüllte er wutentbrannt.

Visconti schien nachzugeben, ließ seine Hände sinken, drehte sich langsam um. Doch als Aziza schon erleichtert aufatmen wollte, folgte eine abrupte Bewegung. Visconti stieß mit dem Kopf auf Ninos Brust und brachte ihn damit gerade so lange zum Taumeln, dass er nach Aziza greifen konnte und sie zu packen bekam. Nino fing sich rasch wieder, zog seinen Dolch. Kurz fürchtete Aziza, Visconti würde das Gleiche tun, doch das musste er gar nicht, um sich zu verteidigen. Es genügte, sie noch näher an sich zu ziehen, mit einer Hand ihre Taille zu umfassen, die andere um ihre Kehle zu legen, sodass er sie gleich einem lebendigen Schutzschild vor sich halten konnte.

»Lass den Dolch fallen, Nino della Gherardesca!«, befahl Visconti, »dann wollen wir unser Gespräch noch einmal von vorne beginnen und schauen, ob du auf meine Bitte dieses Mal freundlicher reagierst.«

In Ninos Miene stand nicht länger nur Zorn, auch Fassungslosigkeit, schiere Verzweiflung. Doch er gab dem nicht nach. Er ließ den Dolch sinken, jedoch nicht fallen. Vermeintlich demütig senkte er den Kopf und trat zurück, aber Aziza ahnte, dass er das nur tat, um Zeit zu gewinnen, zu überlegen, ob er den Dolch auf Visconti schleudern sollte. Ob er es wirklich gewagt … und wirklich geschafft hätte, nur ihn zu verletzen, nicht auch sie, würden sie nie herausfinden.

Denn während Visconti gackernd lachte, sein Griff um ihre Kehle noch fester wurde, tauchte plötzlich ein Hüne hinter Nino auf, der es hinsichtlich Größe und finsterem Gesicht mit Baccio hätte aufnehmen können. Nino hatte nicht einmal die Zeit, zu ihm herumzufahren, da hatte ihm der riesige Mann erst den Dolch aus der Hand geschlagen, dann die Faust ins Gesicht gerammt. Nino taumelte, schaffte es, sich aufrecht zu halten, allerdings nur, weil der Hüne ihm die Hand um die Kehle legte, ebenso wie Visconti seine um Azizas gelegt hatte.

Nicht dass der Hüne ihn erwürgen wollte – er wollte ihn nur zwingen zuzuschauen. Und nicht, dass Visconti sie erwürgen wollte – seine Hand wanderte stattdessen tiefer zu ihrer Brust.

Hinterher vermochte Nino nicht zu sagen, wie lange er sich vergebens gegen Ganno Scornigiano zu wehren versucht hatte. Das war der Name von Viscontis Leibwächter, und er hatte manch Schauergeschichte über ihn gehört, so, dass er kein Mensch aus Fleisch und Blut, sondern aus Eisen wäre. In diesem Moment fiel es ihm leicht, das zu glauben. Dass wiederum Gegenwehr Sinn machte, glaubte er nicht – trotzdem konnte er nicht darauf verzichten, nicht zuletzt weil Visconti mittlerweile Azizas zweite Brust umfasste, schmerzhaft quetschte. Er überlegte, welch wüste Strafe er ihm androhen konnte, fürchtete aber, dass das den anderen nur noch mehr reizen würde. Der schien ohnehin enttäuscht, dass Aziza nicht kläglich wie ein Ferkel quietschte, sondern ihre Miene jenen weggetretenen Ausdruck angenommen hatte, als wäre sie in ihrem Reich aus Zahlen versunken. Doch dass es ihrem Geist zu gelingen schien, aus dem Körper zu fliehen, machte die Sache für Nino nicht erträglicher – im Gegenteil. Sie sollte diese aufdringlichen Berührungen nicht irgendwie ertragen müssen, er musste sie retten! Oh, warum hatte er sie nicht schon längst von einem so verdorbenen Ort wie Pisa weggebracht!

Wieder kämpfte er gegen Gannos Griff an, wieder lockerte der sich kein Jota. Doch da erklang plötzlich eine Stimme: »Lass ihn sofort los.«

Nino konnte nicht sehen, sondern ob der nahenden Schritte nur hören, dass noch jemand die Brücke betreten hatte, sie nun überquerte – sein Bruder Enrico, wie er jetzt erkannte. Seine Erleichterung wuchs, als ihm bewusst wurde, dass der nicht allein war, sondern umgeben von seinen Gefolgsleuten. Mit etwas Glück war auch Baccio darunter.

Doch während sich Gannos Griff etwas lockerte, löste Visconti seine Hände nicht von Aziza. Sein Blick wanderte erst verächtlich über Nino, dann über Enrico.

»Was für ein Glück du hast, Nino della Gherardesca! Dein Brüderchen eilt dir zu Hilfe!«

Von seiner Stimme troff Hohn.

Schon zückten Enrico und seine Begleiter drohend die Dolche.

»Nicht!«, schrie Nino, der jeden Kampf vermeiden wollte, solange Aziza von Visconti gepackt wurde. »Tut ihm nicht den Gefallen, ihn zu attackieren, damit er sich hinterher als unser Opfer gebärden kann.«

Leider erreichte er mit seinen Worten nichts. Enrico und die anderen – Baccio befand sich tatsächlich unter ihnen – stürzten auf Visconti zu. Immerhin konnte Nino sich endgültig aus Gannos Griff befreien, doch während seine erste Regung war, gleichfalls auf Visconti zuzulaufen, ihm Aziza zu entreißen, ging ihm gerade noch rechtzeitig auf, dass er damit ihre Lage wohl nur schlimmer machen würde. Also stellte er sich mit erhobenen Händen Enrico, Baccio und den anderen in den Weg. »Nicht!«, rief er wieder. »Es ist doch nichts geschehen.«

Baccios Gesicht war von üblichem Grimm verzerrt. Für ihn war die Welt schwarz oder weiß, das hieß: Entweder man stand treu zu den Gherardesca oder war ihr Feind. In Enricos Miene las er jedoch leisen Zweifel, und Nino versuchte ihn zu verstärken, indem er hinzufügte: »Großvater hat erst vor Kurzem ein Gesetz erlassen, wonach jeder, der sich ein Gefolge hält, dafür zu sorgen hat, dass sich dieses nicht als gewalttätig erweist.

Kommt es doch zur Kampfhandlung, gilt es, eine hohe Geldsumme zu zahlen.«

Eigentlich war dieses Gesetz noch nicht gültig, es war nur ein Vorschlag seinerseits gewesen. Enrico ließ trotzdem seinen Dolch sinken – was Visconti leider weiter anstachelte. »Und Großväterchens Befehl muss man natürlich blind gehorchen, nicht wahr?«, lästerte er.

Nino fuhr herum. Eben noch hatte er seinen Drang bezähmen können, aber als er sah, wie sich Viscontis Hand nun wieder um Azizas Kehle legte, machte er einen Satz auf ihn zu.

»Lass sie sofort los!«, rief er.

»Und wenn ich's nicht tue?«

»Lass sie sofort los!«, wiederholte Enrico seine Worte, und als Visconti Aziza immer noch nicht freigab, stürzte auch er auf sie zu. Er kam nicht weit, schon packte ihn Ganno, und das wiederum veranlasste Baccio, drohend seine Faust zu heben.

Visconti gab nach. »Aber, aber«, spottete er, »so viel Aufruhr wegen eines einzigen Weibes?«

Er stieß Aziza geradewegs in Ninos Arme, und nie war der so erleichtert gewesen, zumindest in diesem Augenblick, in dem er sie an sich zog, fühlte, wie ihr Beben nachließ. Dann begann er selbst zu zittern – sah er doch, was sich hinter ihnen zutrug. Ganno und Baccio maßen sich stumm, Visconti aber trat auf Enrico zu, schlug ihm gegen die Brust. »Du fühlst dich doch nur stark, Enrico della Gherardesca, weil du dich notfalls hinter dem krummen Rücken deines Großvaters verstecken kannst.«

Enrico hatte den ersten Schlag noch hingenommen. Als Visconti erneut die Faust hob, ging seine Hand zu seinem Dolch. Visconti jedoch war schneller. Ehe Enrico seine Waffe auch nur ziehen konnte, führte der andere die Klinge seiner eigenen an seine Kehle.

Er … er würde doch nicht wirklich zustechen?

Im Innersten wusste er, dass Visconti seine Grenze kannte. Aber etwas zu wissen und auch danach zu handeln, waren zweierlei Dinge. Nino folgte dem ersten Instinkt, ließ Aziza los, machte einen Satz auf Visconti zu, um von hinten seinen Hals zu umschlingen.

Doch obwohl der andere keuchte, gelang es ihm, weiter zu spotten: »Bislang dachte ich ja, die Gherardesca wären bloß Verräter. Dass sie auch Feiglinge sind, die ihre Gegner von hinten anfallen, ist mir neu.«

Nino kam wieder zur Besinnung, lockerte seinen Griff, aber es war zu spät. »Nun, ich greife dich von vorne an«, erklärte Enrico und legte die Klinge seines eigenen Dolchs an Viscontis Kehle.

»Nicht, Enrico!«, schrie Nino wieder, aber konnte es nicht mehr verhindern. Blut floss. Nicht Viscontis Blut. Noch bevor die Klinge dessen Haut durchbohren konnte, war Ganno nämlich auf Enrico zugestürzt. Doch ehe er ihn erreichte, schleuderte Baccio etwas auf ihn. Bis Nino erkannte, dass es nicht einfach nur ein Stein, sondern ebenfalls ein Dolch war, der in Gannos Brust stecken blieb, ertönte sein Ächzen, erstarrte dessen Blick. Er taumelte auf das steinerne Brückengeländer zu, kam, als er zusammenbrach, darauf zu liegen. Und weil das Geländer so niedrig war oder vielmehr er so groß, zog das Gewicht des Oberkörpers den ganzen Körper in die Tiefe. Das Ächzen war sogleich wieder verstummt, umso lauter erklang das Platschen, als der wuchtige Körper von der Brücke in den Arno fiel.

Nino fühlte, wie alles Blut aus seinem Gesicht wich. Enrico blickte regelrecht verdattert drein, einzig Baccio strahlte grimmige Entschlossenheit aus. Visconti stand eine Weile wie erstarrt, schien nicht fassen zu können, was sich da vor ihm abgespielt hatte. Schließlich hastete er zum Brückengeländer, blickte in die Tiefe, sah den Leibwächter in den schwarzen Fluten untergehen. Ganz langsam drehte er sich um, taxierte erst Enrico, dann Nino.

»Das … das wirst du teuer bezahlen.«

»Ich habe das nicht gewollt. Niemand hat es gewollt!«

»Was für eine Lüge! Was für eine gottverdammte Lüge! Du wolltest mich von Anfang an provozieren.«

Nino lag der Vorwurf auf den Lippen, dass nicht er, dass der andere die Lage hatte eskalieren lassen, aber er wusste, es hatte keinen Sinn. Visconti wiederum war nur allzu bewusst, dass es keinen Sinn haben würde, sich gegen die Übermacht zu behaupten. Er warf einen letzten Blick auf den Arno, dann lief er über die Brücke davon, mit Flüchen auf den Lippen, die auch dann noch unheilvoll in Ninos Ohren echoten, als er längst verschwunden war.

Enrico hatte mittlerweile die Fassung wiedergefunden, blickte nun auch auf den Arno, der den Leichnam längst verschluckt hatte. »Unrat in den Fluss zu werfen, ist eigentlich verboten«, sprach er mit leisem Spott, »aber der da hat es verdient …«

»Visconti wird uns das nie verzeihen.«

»Na und? Was kann er schon gegen uns Gherardesca ausrichten?« Auch in seiner Miene blitzte Unbehagen, Entsetzen und Furcht auf, aber es gelang ihm, das alles hinter einer Maske aus Skrupellosigkeit und Überheblichkeit zu verbergen.

Ihrem Großvater würde es wohl deutlich schwererfallen, seine wahren Gefühle zu verbergen, wenn er von den Vorkommnissen erfuhr. Es war das eine, Viscontis Macht zu beschneiden und ihn solcherart zu kränken, etwas anderes, in offener Feindschaft mit ihm zu leben. Feinde hatte Ugolino schließlich schon zu viele, Freunde dagegen viel zu wenige.

»Wir müssen den Leichnam aus dem Fluss ziehen, um ihn wenigstens anständig zu begraben«, sagte Nino leise.

»Wenn du Lust auf ein Bad hast – ich hindere dich gewiss nicht daran, ihm nachzuspringen«, sagte Enrico. »Aber ich kann mir denken, dass du dich lieber um dein Mädchen kümmern willst.«

Er deutete mit dem Kinn in Azizas Richtung, und Nino eilte rasch zu ihr. Seine Schuldgefühle wuchsen: Nicht nur, dass sie Zeugin dieses Blutvergießens geworden war – er hatte sich nicht sofort um sie gekümmert. Das allerdings hatte ein anderer für ihn übernommen. Aziza war nicht länger allein. Ob er von dem Lärm herbeigelockt worden war oder zufällig hier des Weges gekommen war – wie aus dem Nichts war Lotario aufgetaucht, hatte sich schützend vor Aziza gestellt, hielt nun ihre Hand. Wo immer er die Nacht verbracht hatte – er hatte keine Blessuren davongetragen. Seine Miene war ausdruckslos, ließ weder erkennen, wie viel er von den Ereignissen mitbekommen hatte, noch, was er darüber dachte.

Obwohl Nino Lotario insgeheim zürnte – hätte er sich nicht nächtens herumgetrieben, wäre Aziza niemals in diese Lage geraten –, war er zugleich erleichtert, dass er da war. Zwar kam ihm wieder der Gedanke, dass er Aziza so schnell wie möglich aus Pisa fortbringen sollte. Aber bevor daran auch nur zu denken war, gab es unendlich viel zu tun. Er musste dafür sorgen, dass der Leichnam geborgen wurde, musste mit seinem Großvater reden, ihn davon überzeugen, die drohende Fehde mit den Visconti nicht auch noch anzuheizen. Nur Aziza heimbringen musste er nicht.

»Ich geleite sie sicher nach Hause«, erklärte Lotario.

Nino lag es auf der Zunge zu widersprechen, aber zum einen nickte Aziza, und zum anderen richteten sich nun die Blicke von Enricos Männern neugierig auf sie.

»Wagt es nicht, sie auch nur anzusehen!«, brüllte Nino in ihre Richtung. Sie gehorchten ihm nicht, aber als Lotario Aziza schnell mit sich zog und die beiden in einem Gässchen verschwanden, gingen sie ihnen immerhin nicht nach. Und so finster, wie Nino sie anstierte, stellten sie auch keine Fragen.

Aziza und Lotario schwiegen, bis sie Abelardos Palazzo erreichten. Lotario wollte sie durch den Hintereingang in die Küche bringen, doch sie versteifte jäh, blieb stehen.

»Ich weiß, was in dir vorgeht«, sagte sie. »Du ärgerst dich, dass Nino mich in diese Lage gebracht hat. Aber er trägt nicht die Schuld daran, dass ich das Haus verlassen, mich die ganze Nacht auf den Straßen herumgetrieben habe. Ich tat es, weil ich mich um dich sorgte.«

Seine betont gleichgültige Miene bekam Risse. Sie sah Entsetzen, regelrecht Angst dahinter hervorblitzen. Doch ehe er beidem nachgab, überwog der Trotz. »Ich habe nie behauptet, dass ich deiner würdig wäre – aber Nino ist es eben auch nicht.«

Aziza gingen die Worte durch den Kopf, die Nino in dieser Nacht zu ihr gesagt hatte – dass Lotario sie am liebsten auf einen Sockel stellen würde. Sie waren ihr übertrieben vorgekommen, nun ahnte sie, dass durchaus ein Körnchen Wahrheit darin steckte.

»Du bist wie Abelardo«, sagte sie. »Er denkt auch, dass mir die Mathematik, die Vernunft und ein Turmzimmer fern der Welt genügen müssen.«

Unwillkürlich schnellten Lotarios Hände nach oben. Er

wagte es nur selten, sie zu berühren, hatte auch vorhin auf dem Heimweg bald ihre Hand losgelassen. Nun aber packte er sie an den Schultern. »Mag sein, dass du dich nach mehr sehnst, nach Glück und nach Liebe. Aber die Welt … sie ist ein grässlicher Ort, das hast du doch eben erlebt. Nino wird dich nicht vor ihren Niederungen bewahren können!«

»Hältst du ihn immer noch für einen Verräter?«

Lotario schüttelte heftig den Kopf. »Ich bin nicht mehr das dumme Kind von einst. Mir ist nicht entgangen, dass Nino viel Gutes für Pisa tut … dass er auch keine Schuld daran trägt, was damals in der Schlacht geschehen ist. Aber er ist und bleibt ein Gherardesca. Was will er dir denn als solcher anderes bieten, wenn nicht nur immer neue Gewalt, einen fortwährenden Machtkampf?«

»Und was genau hast du zu bieten?«

Sein Griff lockerte sich, plötzlich ähnelte er wieder dem zarten Knaben, der er einst gewesen war. »Das ist es ja«, sagte er leise. »Ich kann dir nichts bieten, und das weiß ich auch. Dich zu lieben, wäre vermessen. Beschützen würde ich dich gerne vor all dem Grässlichen, Rohen, Stinkenden, Blutigen und …«

»Und auch vor Nino«, fiel sie ihm ins Wort. »Aber weißt du: Es ist nie vermessen, jemanden zu lieben. Es ist dagegen vermessen, jemandem zu sagen, wen er zu lieben hat. Wenn du mir etwas Gutes tun willst, dann treib dich nachts nicht mehr auf den Straßen herum, mehr erwarte ich nicht von dir.«

Ihre Stimme klang härter, als ihr zumute war. Sie wollte ihm eigentlich keine Vorwürfe machen, wollte nicht aufrechnen, wer wem etwas schuldig blieb, etwas geben konnte oder nicht. Ehe sie ihre Worte zurücknehmen konnte, verhärtete sich Lotarios Miene. »Nachts bleibe ich künftig zu Hause«, presste er durch die Lippen. »Aber erwarte nicht, dass ich tagsüber bei dir hocke und mich der Mathematik widme, wenn diese für dich ja doch nur an zweiter Stelle kommt.«

Gerne hätte sie ihm noch gesagt, dass das nicht stimmte, dass man zwischen allem, was einem Menschen wichtig war und wofür er lebte, niemals ein Minus setzen durfte, nur ein Plus. Doch schon ließ er sie stehen und eilte davon, ohne zu verraten, wohin es ihn zog und wie er künftig seine Tage auszufüllen gedachte.

Er hatte es sich anders gewünscht, aber eine Woche nach Ganno Scornigianos Ermordung hielt sich Nino immer noch in Pisa auf. Auch nach einem Monat hatte er die Stadt noch nicht verlassen, und mittlerweile war ein halbes Jahr vergangen, und ein verregneter Winter lag hinter ihnen, als er sich morgens am selben Ort einfand wie in all der Zeit zuvor – der Amtsstube seines Großvaters. Was sich seit den blutigen Ereignissen verändert hatte, war, dass der nur selten ruhig hinter seinem Tisch saß, meist auf und ab ging wie ein gefangenes Tier. Das schien ihm die Unrast allerdings nicht zu nehmen, nur noch weiter anzuheizen.

»Heute scheint es in den Straßen ruhig zu sein«, sagte Ugolino leise.

Die Stimme des Großvaters klang ausdruckslos, sodass Nino nicht erkennen konnte, ob er zufrieden war, weil sämtlicher Aufruhr der letzten Monate endlich unterdrückt worden war, oder enttäuscht, weil er schließlich einer war, der vom Kampf lebte. Wahrscheinlich, so ging ihm durch den Kopf, wäre Ugolino längst tot, wäre ihm ein friedliches Leben in einer ebenso friedlichen Stadt beschieden gewesen. Das viele Blut, das in Pisa vergossen wurde, schien ihn jedoch zu nähren.

Nino nickte. »Ja, die Unruhen liegen offenbar hinter uns.«

Kaum ein Tag war im letzten halben Jahr vergangen, da es auf den Straßen nicht zu Prügeleien gekommen war – erst nur zwischen Anhängern der Visconti und der Gherardesca, später zwischen sämtlichen Familien, denen wieder einzufallen schien, dass sie mit mindestens einer anderen in Feindschaft lebten. Hinzu kam ein zermürbtes Volk, das zu viel Wut im Bauch hatte, aber viel zu wenig Nahrung, und das Schmähreden anstimmte, wann immer ein Edelmann erblickt wurde.

»Erstaunlich«, sagte Ugolino eben, »dass es überhaupt noch so viele junge Männer in Pisa gibt, die den Zwist zwischen uns und den Visconti befeuern konnten. Sollten sie nicht alle Gefangene in Genua sein?« So verdrossen, wie Ugolino nunmehr klang, sah er darin wohl eher eine Zumutung als einen Hoffnungsschimmer für eine vom Krieg gebeutelte Stadt.

»Den jungen Männern fehlt es an Vorbildern«, sagte Nino. »Die, die zu jung waren, um in Meloria zu kämpfen, haben zwar nicht ihr Leben oder ihre Freiheit verloren, jedoch ihre Väter, Großväter, Onkel und bleiben sich darum selbst überlassen. Deswegen ist es umso wichtiger, endlich einen Friedensvertrag mit Genua abzuschließen und für die Freilassung der Gefangenen zu sorgen.«

Nicht zum ersten Mal sprach Nino diese Worte aus, nicht zum ersten Mal hüllte sich sein Großvater daraufhin in Schweigen.

In den letzten Monaten hatte Ugolino so gut wie gar keine Ratschläge von ihm angenommen, ihm stattdessen immer wieder vorgehalten, wie hoch der Preis für sein unbedachtes Tun wäre. Er hatte sich noch nicht einmal in Ruhe erklären lassen, dass Nino den Tod von Ganno Scornigiano weder gewollt noch irgendetwas damit zu tun hatte. Nun gut, Nino selbst hätte ihm den Grund für den Streit – Aziza – ohnehin verschwiegen, war erleichtert, dass es auch Enrico so hielt und seine Männer auf Stillschweigen eingeschworen hatte. Trotzdem haderte er damit, dass Ugolino ausschließlich ihn für die Folgen jener Ereignisse am Arno verantwortlich machte.

Diese waren zweifellos schwerwiegende. Als ob er nur auf den richtigen Anlass gewartet hatte, setzte Visconti alles daran, die Unruhen für seine Zwecke zu nutzen. Er bezahlte Männer, die durch die Straßen zogen, um üble Gerüchte über den Podestà zu verbreiten, und im Winter hatte er auf diese Weise einen regelrechten Aufstand entfesselt. Obwohl Ugolino sich für gewöhnlich vor nichts fürchtete, hatte er ob dieses Ausbruchs von Gewalt beschlossen, den Palazzo del Commune für eine Weile zu verlassen und sich auf einen seiner Landsitze zurückzuziehen. Allerdings war Viscontis Ziel nicht nur gewesen, Ugolino die Macht zu nehmen – er wollte vielmehr selbst einen Anteil daran haben. Also hetzte und schmähte er so lange weiter, bis Ugolino gar nicht anders konnte, als seine Söhne zurück in die Stadt zu schicken, um sich für all die Beleidigungen zu rächen. Das taten sie nicht allein, sondern mit Söldnern, die Ugolino angeworben hatte, doch natürlich hatte auch Visconti zwischenzeitig nicht versäumt, sich Verstärkung zu suchen. Von Tag zu Tag wurden die Kämpfe auf Pisas Straßen blutiger – eine Entscheidung aber brachten sie nicht. Sie schürten nur die Verwunderung der Bevölkerung, warum sich zwei Familien, die doch beide der Partei der Guelfen zugerechnet wurden, sich eine noch grausamere Fehde lieferten als einst die Guelfen und Ghibellinen.

Und das überrascht euch?, hatte Nino des Öfteren still gedacht. Es geht doch nie um irgendeine höhere Sache, es geht nie um den Papst oder den Kaiser. Es geht immer nur um Machthunger und Eitelkeit, um Selbstsucht und Grausamkeit.

Irgendwann hatte selbst Ugolino davon genug. Wenn die Straßenkämpfe noch länger dauern würden, würde aus Pisa ein großes Grab, und über ein solches zu herrschen, lohnte sich nicht. Er kehrte von seinem Landsitz zurück und schloss mit Visconti einen Friedensvertrag, der diesen Namen nicht verdiente. Frieden war doch nur echt, wenn man ihn dauerhaft wollte. Die Vereinbarung mit Visconti diente hingegen einzig dem Zweck, neue Kräfte zu sammeln, um nach ein paar Monaten wieder den Machtkampf zu suchen.

Vorerst hatte Ugolino allerdings nicht nur einen Teil seiner Macht, sondern außerdem den Palazzo del Commune an Visconti abtreten müssen, um selbst künftig im nicht ganz so prächtigen Palazzo del Popolo zu residieren. Und was am meisten schmerzte: Er hatte Baccio, seinen treuen Diener, wegen des Mordes an Ganno Scornigiano in Verbannung schicken müssen.

»Keiner stand je so treu zu mir wie er«, hatte er Nino angefahren, und durch diese Worte hatte deutlich die Anklage geklungen: Du hingegen warst mir nicht treu, du hast mich erst in diese Lage gebracht.

»Ich wollte doch nicht, das Ganno stirbt«, hatte Nino entgegengehalten.

»Und siehst du, genau das ist dein Problem, Junge. Ich habe dir viel zugetraut, weil du es gewagt hast, dich gegen mich zu stellen. Aber scheinbar bist du doch viel zu weich, zu gut … zu schwach für diese Welt. Auf der Brücke hätte nicht Baccio Ganno töten sollen, sondern du Visconti – dann wären uns all diese Probleme erspart geblieben.«

»Bist du ernsthaft enttäuscht, weil ich nicht zum Mörder wurde, Großvater?«

Ugolino schien ihn gar nicht gehört zu haben. »Die Einzigen, die diese Tat hätten bezeugen können, wären dein Bruder und seine Männer gewesen. Niemand hätte dich angeklagt, wenn man Visconti aus dem Arno gefischt hätte.«

Irgendwann hatten sie nicht mehr über die Ereignisse auf der Brücke gesprochen. Irgendwann verzichtete Nino auch darauf, dem Großvater wieder und wieder zu erklären, dass Visconti nur darum das Volk gegen ihn aufwiegeln konnte, weil es unter Armut und Hunger litt, der Brotpreis immer weiter stieg, verzweifelte Wollarbeiter gar ihr Werkzeug gegen Essen verkaufen mussten. Er würde ihn ja doch nicht überzeugen können.

Bei einem anderen Anliegen hatte er die Hoffnung auf Ugolinos Einsichtigkeit hingegen noch nicht aufgegeben – und deswegen kam er immer wieder zu ihm, so auch heute Morgen, um eindringlich zu wiederholen: »Es ist unerlässlich, endlich einen Friedensvertrag mit Genua abzuschließen und dafür zu sorgen, dass die gefangenen Pisaner freigelassen werden.«

Ugolino schritt wieder eine Weile auf und ab, und Nino entging nicht, dass er das eine Bein etwas nachzog. Seine Rückenschmerzen, die er nie offen eingestanden hatte, die seine zögerlichen Bewegungen jedoch verrieten, hatte der feuchte Winter wohl verstärkt. Als sein Großvater endlich innehielt, verzerrte kurz ein Ausdruck von Schmerz seine Miene – gefolgt von Grimm, weil er sich selbst dafür verachtete.

»Frieden müssen beide Parteien wollen«, knurrte er.

»Genua scheint meines Wissens dem Frieden nicht länger abgeneigt – du hingegen schon«, hielt Nino dagegen.

»Was willst du damit sagen?«

Nino zögerte kurz. »Man hört allerlei Gerüchte. In Sardinien, wo sowohl Pisa als auch Genua viel Land besitzen, haben sich manche Sarden gegen Genua erhoben, nachdem sie von den Pisanern dazu angestachelt wurden. Es scheint sich dort zu wiederholen, was schon auf Korsika so viel Unfrieden gestiftet hatte.«

»Unterstellst du mir, ich hätte etwas damit zu tun?«

»Nun, es ist kein Geheimnis, dass die Gherardesca großen Einfluss in Sardinien haben.«

Ein Lächeln zupfte an Ugolinos Mundwinkel, erreichte aber seine Augen nicht. »Obwohl du mich oft enttäuschst – so dumm, die Zusammenhänge nicht zu durchschauen, bist du nicht.«

Nino fühlte sich durchaus dumm. Er hatte nämlich keine Ahnung, warum sein Großvater die Friedensverhandlungen mit Genua hintertrieb, indem er für Unruhen auf Sardinien sorgte.

»Warum ... warum tust du das?«, fragte er.

Diesmal glich Ugolinos Lächeln einem Zähnefletschen. »Was denkst du denn? Überleg doch mal, was passieren würde, wenn die Gefangenen aus Genua, darunter die Mitglieder vieler mächtiger Familien, heimkehren. Ganz kurz würden sie feiern und ihre neu gewonnene Freiheit genießen, ganz kurz ihren Geschäften nachgehen und sich am Gold erfreuen. Aber dann ... dann würden sie beginnen, mir meine Macht zu neiden und um diese zu kämpfen. Wäre ich mir dieser Macht sicher, ich könnte dieses Risiko eingehen. Aber deinetwegen muss ich sie mit Visconti teilen, und deswegen ist es besser, die gefangenen Pisaner verrotten in Genuas Gefängnissen. Falls dir diese Vorstellung nicht behagt – nun, du trägst die Schuld daran, dass mir keine andere Wahl bleibt.«

»Nein!« Nino merkte erst, dass er geschrien hatte, als der

Laut verklungen war. »Nein, diese Verantwortung übernehme ich nicht«, fuhr er etwas ruhiger, gleichwohl energisch fort. »Natürlich bleibt dir eine Wahl. Du könntest einmal nicht an deinen Vorteil denken, nur an das Wohl der Pisaner. Dein eigener Sohn Lotto befindet sich unter den Gefangenen!«

»Himmel, Lotto ist ein Gherardesca. Und ein Gherardesca weiß, dass er für das Wohl der Familie manch Opfer zu bringen hat.«

»Die Freiheit ist ein zu großes Opfer!«, rief Nino, und während seine Worte von den Wänden hallten, fühlte er: Er meinte nicht nur Lottos Freiheit, auch die eigene.

Ugolino trat näher. Wenn er wirklich an Rückenschmerzen litt, wusste er diese nun gut zu verbergen. Er packte den Enkel an den Schultern. »Und du«, erklärte er, während sich seine Nägel tief in Ninos Fleisch trieben, »du wirst auch ein Opfer bringen. Wir müssen unser Bündnis mit den Visconti stärken, so verhasst sie mir auch sind. Und darum wirst du eine Verwandte von Nino Visconti heiraten.«

Eine Weile stand Nino wie starr. Solange er Ugolinos Griff fühlte, schien er nicht Herr über den eigenen Körper zu sein. Doch bevor der ihn freigab, riss er sich los, wich zurück, tat schließlich etwas, das er kaum je gewagt hatte: Er wandte dem Großvater den Rücken zu und schritt auf die Tür zu, ohne dass der ihn entlassen hatte.

»Ich verlange Gehorsam!«, rief Ugolino ihm nach.

Nino blieb stehen, drehte sich aber nicht um. »Ich dachte, du wolltest, dass ich dein Nachfolger werde, kein Speichellecker.«

»Dieser Nachfolge musst du dich noch als würdig erweisen! Wenn du eine Visconti heiratest, glaube ich vielleicht wieder, dass du treu zu mir stehst.«

Dass Nino nichts mehr sagte, sondern wortlos das Zimmer

verließ, wertete er wohl als Zeichen, dass er sich fügte, denn er rief ihm nichts mehr nach.

Nino lehnte sich draußen gegen die Wand. Unwillkürlich schlug er mit der Hand dagegen. Doch Zorn und Überdruss schwanden davon nicht. Er musste etwas anderes tun, um endlich wieder frei atmen zu können. Rasch schritt er in sein Gemach, trat dort entschieden auf eine der Truhen zu, öffnete sie. Er musste nicht lange überlegen, was er mitnehmen würde – ein Wams, einen Umhang, ein paar Gürtel und Hemden, und ja, auch den Dolch, gut möglich, dass er wieder in die Lage geriet, Aziza beschützen zu müssen.

Er schloss die Truhe mit einem lauten Knall, hörte darum nicht, wie jemand das Gemach betrat. Erst als er eine Stimme vernahm, fuhr er herum. »Hast du dich wieder mit Großvater gestritten?«

Enrico stand auf der Schwelle, den Blick gesenkt, die Schultern ungewöhnlich tief hängend. Seit den Vorfällen auf der Brücke hatte er etwas von der üblichen Dreistigkeit und Arroganz verloren. Die Folgen schienen ihn mehr zu bekümmern, als dass sie seine Wut, seinen Kampfgeist anstachelten.

Ninos erste Regung war, den Lederbeutel vor ihm zu verbergen, dem Bruder irgendeine Lüge aufzutischen und später heimlich das Haus zu verlassen. Doch es war schon schlimm genug, sich nicht von Capuana, seiner Stiefgroßmutter, verabschieden zu können, nicht von Anselmuccio und dessen Hündchen Punto. Zumindest Enrico wollte er nichts vormachen.

»Damals vor Meloria wollte ich Pisa verlassen«, sagte er leise. »Aber du hast mich daran gehindert.«

Enrico trat langsam näher, hob nun doch den Blick, bemerkte den Lederbeutel. »Eigentlich hat Baccio dich daran gehindert, indem er dich niederschlug und aufs Schiff brachte.«

»Gewiss, aber du hast das für gut befunden. Nun, heute bin ich wieder entschlossen zu gehen, und diesmal werde ich mich nicht aufhalten lassen. Nicht von Baccio. Nicht von dir.«

»Nino ...«

»Großvater hat nicht die Absicht, Frieden mit Genua zu schließen. Dass unsere Gefangenen dort verrotten, ist ihm gleich, solange er seine Macht wahren kann.«

»Nino ...«

»Er lässt seinen eigenen Sohn, unseren Onkel Lotto, im Stich! Und das kannst auch du, der mir immer eingebläut hat, ich müsste treu zu ihm stehen, nicht gutheißen. Stell dir vor, dein kleiner Guelfuccio befände sich in den Händen der Feinde!«

»Bruder, nun hör mir doch endlich einmal zu ...«

»Weißt du, warum ich erst jetzt gehe, nicht schon vor Wochen, Monaten?«, fiel Nino ihm ins Wort. »Ich war mir nicht sicher, wo ich Aziza ein halbwegs schönes Leben bieten könnte. Aber nun, da Großvater Lotto verrät, Pisa verrät, für diese Unruhen auf Sardinien gesorgt hat, bin ich mir sicher, dass unser Vater mir helfen wird. Ich weiß, dass er Lotto liebt. Und ich weiß erst recht, dass er Sardinien liebt und dort keine Kämpfe will. Also werden wir dorthin aufbrechen.«

Enrico öffnete den Mund, doch ehe er etwas sagen konnte, machte Nino einen Satz auf ihn zu, packte ihn grob an der Kehle. »Ich will dir nicht wehtun. Aber wenn es nottut, werde ich mich gegen dich zu wehren wissen.«

Enrico machte nicht die geringsten Anstalten, sich seinem Griff zu entziehen. »Ach, Bruder«, presste er nur hervor, und plötzlich fühlte Nino, dass er von ihm keinen Widerstand zu befürchten hatte, und er ließ verlegen seine Hand sinken.

»Ich ... ich ahne doch längst selbst, dass Großvater uns ins

Verderben führt«, murmelte Enrico. »Früher habe ich keinen Kampf gescheut, aber jetzt muss ich oft daran denken, dass ich um ein Haar an Gannos statt im Arno getrieben wäre. Was … was wäre aus Guelfuccio geworden, was aus Bianca? Ich könnte es nicht – einfach fliehen, mich von ihm lossagen. Aber für ehrlos halte ich es nicht, dass du es tust. Wer weiß, vielleicht gewinnst du damit die Ehre der Gherardesca sogar wieder zurück.«

Nino war nicht sicher, ob er diese Worte sprach, weil er daran glaubte, oder ob ihm der Bruder nur etwas Freundliches, Versöhnliches mit auf den Weg geben wollte. Als er wieder die Hand hob, tat er es jedenfalls, um Enrico an sich zu ziehen, ihn inniglich zu umarmen. »Du hältst mich also nicht auf?«

»Ich bitte dich nur, noch ein wenig zu warten.«

Nino ließ ihn abrupt los. »Darauf, dass Großvater doch noch zur Vernunft kommt?«

Zu seiner Erleichterung lächelte Enrico. »Nein. Dass ich einen Priester gefunden habe. Es wird sich kein Beamter auftreiben lassen, der hinter Großvaters Rücken eine Eheurkunde aufsetzt – doch viele Kirchenleute sind der Meinung, dass ein solches Bündnis allein Gottes Segen gültig macht, nicht die Einhaltung des Zivilrechts. Ich werde einen Priester davon zu überzeugen versuchen, euch zu vermählen. Schließlich kannst du doch nicht mit deinem schwarzhaarigen Fräulein nach Sardinien aufbrechen, ohne es zu heiraten, oder?«

Manchmal packte Abelardo ein schlechtes Gewissen, weil er sich aus Pisa zurückgezogen hatte und nunmehr in seiner Villa auf dem Lande lebte, von der aus man nichts anderes sah als sanfte Hügel, Weinberge und Olivenbäume.

Er wusste, er sollte Lotario zu einem guten Kaufmann erziehen, der Junge besaß Talent, und eines musste man Ugolino lassen: Obwohl ein Großteil der Bevölkerung hungerte, gab es etliche Händler, die unter seiner Herrschaft so gute Geschäfte machten wie noch nie zuvor. Doch er war einfach zu müde dazu. Aziza wiederum hatte das Zeug, auch ohne sein Zutun die klügste Frau Pisas zu werden. Dann und wann ließ er ihr ja auch Bücher schicken, und wenn er – was immer seltener vorkam – nach ihr sah, so widmete sie sich ihnen mit solcher Strebsamkeit, dass er bezweifelte, auch Nino della Gherardesca hätte noch Platz in ihren Gedanken. Mit ihrem Herzen mochte es anders aussehen, aber auch um das zu ergründen, fühlte er sich zu müde. Er wollte in Frieden und in Stille hier leben, wollte Bücher lesen oder Briefe, wollte an der Hoffnung festhalten, dass die Vernunft am Ende doch stärker als der Wahnsinn war, auch wenn alles, was er aus Pisa hörte, das Gegenteil zu bestätigen schien.

Am besten, er beschäftigte sich gar nicht mehr damit, sorgte dafür, dass die große, laute, kriegerische Welt nicht in seiner kleinen, stillen, friedlichen Einzug hielt.

Leider konnte er das, wenn auch oft, aber nicht immer verhindern. Die wenigen Diener, die er streng darauf eingeschworen hatte, ihn nur im Notfall zu stören, wagten es eines Tages, laut an der Tür seines Gemachs zu klopfen. Er saß zwar nicht über seinen Schriften, ging aber seiner mittlerweile zweitliebsten Tätigkeit nach – dem Schlafen. Verärgert schreckte er hoch. Was war so dringend? Hatte Diebespack den Wagen überfallen, mit dem neue Vorräte aus der Stadt gebracht wurden?

»Nein«, wurde ihm beschieden, »ihr habt einen Gast.«

Zugegeben, seine Neugierde war größer als die Erschöpfung. Als er allerdings den großen Saal betrat, für Mahlzeiten mit vielen Gästen ausgerichtet, obwohl er seit Langem keine mehr empfangen hatte, wich diese dem Überdruss – schon als sein Blick auf Ruggieri degli Ubaldini, Pisas Erzbischof, fiel, erst recht als er erkannte, dass dieser von Maurizio, seinem Neffen, begleitet wurde. Früher hatte er Ruggieri wegen dessen spitzem Gesicht oft mit einer Maus verglichen – das Zischen, das nun seine Begrüßung begleitete, ließ ihn aber an eine Schlange denken. Maurizio hingegen war nicht einmal eine Schlange, er war ein Wurm, und zwar einer, der sich vorzugsweise in ein Erdloch verkroch. Als die Genuesen seinerzeit die Schiffe von Korsika überfallen hatten, hatte er zwar als einer der wenigen gewagt, Ugolino zu widersprechen. Doch seitdem hatte man kaum mehr etwas von ihm gehört. Ruggieri wiederum erklärte in seinen Predigten oft, dass Pisa das Verderben drohte, wenn es der Kirche nicht endlich wieder mehr Macht zugestand, am besten zulasten der Gherardesca und Visconti, an denen die Stadt ihre Seele verkauft hätte, aber viel Gewicht hatten diese Predigten nicht.

Erstaunlich, dass Ruggieri nun trotzdem nicht mit missmutigem Gesicht auf Abelardo zutrat, sondern mit einem breiten Lächeln. »Denk dir, Giovanni Pisano ist nach Pisa zurückgekehrt.«

Andere hatten nach Meloria um ihre Söhne und Gatten getrauert, Abelardo um die Künstler, die die Stadt verlassen hatten. Dass jener berühmte Baumeister und Bildhauer nun wieder in Pisa weilte, stimmte ihn kurz hoffnungsfroh, wenn auch nicht lange, denn schon fuhr Ruggieri fort: »Er wurde beauftragt, einen neuen Palazzo zu erbauen.«

Abelardos Miene verdüsterte sich. »Dann hat ihn also Ugolino zurück in die Stadt gelockt? Will er dafür sorgen, dass er in einem größeren Palazzo lebt als Visconti?«

Wieder stieß Ruggieri dieses Zischen aus, von dem sich nicht sagen ließ, ob es von Spott oder List kündete. »Deine Worte verraten mir, dass dein Wohlwollen für Ugolino nicht eben groß ist.«

Abelardos erste Regung war es zu nicken, doch eigentlich wollte er nichts mit Ruggieri gemeinsam haben. »Was willst du?«, fragte er knapp.

»Ich denke das Gleiche wie du. Giovanni Pisano sollte keine Palazzi bauen, vielmehr den Camposanto, das Baptisterium, den Campanile fertigstellen.«

»Ich kann mich gut erinnern, wie du auf einer Sitzung der Domopera erklärt hast, der Turm wäre nicht so wichtig.«

»Alles ist wichtig, was Gottes Ruhm vergrößert, nicht bloß den der Menschen. Und wichtig ist auch, dass die Domopera wieder entscheidet, was gebaut wird, nicht Ugolino della Gherardesca.«

Abelardo begann zu ahnen, dass Ruggieri nicht gekommen war, um ihm die Nachricht von Giovanni Pisanos Rückkehr persönlich zu überbringen. Aufgrund der Streitigkeiten zwischen Ugolino und Visconti wähnte er Ersteren so geschwächt, dass er mit mehr als nur zornigen Predigten den Kampf mit ihm aufnehmen wollte. Als Verbündete boten sich die ghibellinischen Familien an, zu denen auch Abelardo gehörte. Und während sich die anderen wohl überzeugen ließen, indem man Hass auf Ugolino in ihr Herz träufelte, wusste der Erzbischof wohl, dass man bei ihm weiter kam, wenn man an die Liebe zur Kunst gemahnte.

Abelardo hob abwehrend die Hand. »Ich bin ein alter Mann …«

Ruggieri legte den Kopf etwas schief, als er ihn anstarrte. Nicht er widersprach, das tat Maurizio. »Die Pisaner, die in

Genuas Gefängnissen schmoren, werden auch alte Männer sein, wenn sie endlich freikommen. Ugolino macht nämlich keine Anstalten, dafür zu kämpfen, im Gegenteil. Genua wäre längst bereit, einem Friedensvertrag zuzustimmen, es verlangt gar nicht so viel, nur Geld als Sicherheit, ein paar Dörfer und Städte, die im Moment noch Pisa gehören. Vielleicht hast du davon gehört, dass einer der Gefangenen selbst, niemand Geringerer als Bonifazio della Gherardesca, mit den Genuesen verhandelt hat. Aber Ugolino hat noch nie gezögert, notfalls die eigene Familie zu bekämpfen oder im Kerker verrotten zu lassen. Der Friede gleicht für ihn einem verfaulten Fisch, den er noch nicht einmal an der Schwanzflosse packen möchte. Vom Krieg hingegen kann er nicht genug bekommen, weil dessen Gräten andere schlucken müssen.«

Ruggieri nickte zustimmend. »Seit jeher wurde die Macht der Kirche in Pisa gestutzt, weil die Laien dachten, sie könnten die Stadt ganz ohne Gottes Hilfe zu Größe, Macht und Ruhm führen. Doch wohin hat uns das gebracht? Ist nicht der immer noch unfertige Turm ein Zeichen dafür, wie viel in dieser Stadt im wahrsten Sinne des Wortes schiefläuft? Wir müssen endlich handeln. Wir müssen Ugolino verjagen.«

»Und was genau erwartest du dir von mir? Dass ich meine Messer wetze, die ich gar nicht habe?«

»Das tun genügend andere Familien. Von dir erhoffe ich mir …«

Ruggieri machte eine lange Pause, und Abelardo musste sich eingestehen, dass er durchaus begierig der Antwort harrte. Eben noch hatte er sich müde gefühlt, sich nach seinem Bett gesehnt. Doch die Erwähnung des Turms hatte ihn daran gemahnt, dass er einst so viel mehr von seinem Leben erhofft hatte, als nur genügend Ruhe zu finden.

»Nun, ich will gerne erklären, wozu wir dich brauchen«, sagte der Erzbischof endlich. »Aber nach dem langen Weg hierher würden wir gerne erst unseren Durst löschen.«

Noch bevor Abelardo ihn dazu einladen konnte, nahm er schon an der langen Tafel Platz und deutete seinem Neffen Maurizio an, es ihm gleichzutun. Nach kurzem Zögern klatschte Abelardo, befahl dem Diener, der erschien, Wein zu bringen. Er selbst hatte in den letzten Monaten fast nie Wein getrunken, wollte er doch seiner Sinne mächtig sein. Nachdem Ruggieri ihm wenig später seine Pläne dargelegt hatte, überkam ihn jedoch der ihm eigentlich fremde Wunsch, so viel zu trinken, bis alle Gedanken und Empfindungen betäubt waren. Allerdings wusste er, dass es nun galt, nüchtern zu bleiben. Ebenso wie er sein selbst gewähltes Exil aufgeben und so schnell wie möglich nach Pisa zurückkehren musste.

Bona konnte sich nicht erinnern, jemals so viel geweint zu haben wie an dem Tag von Azizas Hochzeit – und das, obwohl sie ziemlich oft weinte. Wie viel Tränen es ihr in die Augen getrieben hatte, als sie damals – auf Azizas Aufforderung hin – Jalil wieder besuchte, gemeinsam mit ihm Süßigkeiten naschte, ihn schließlich gar küsste. Doch heute liefen noch weitaus mehr über ihre Wangen.

Nino della Gherardesca hatte vorhin vor der Tür des Palazzos gestanden, hatte erklärt, dass er sich endlich von seinem Großvater lossagen und ein neues Leben beginnen wolle. Und Aziza war ihm erst mit Tränen in den Augen um den Hals gefallen und hatte später obendrein eingewilligt, eines der Kleider zu tragen, die Bona für sie ausgesucht hatte – aus scharlachroter Seide und mit golddurchwirktem Saum. Aziza sah damit wunderschön aus und Nino so entschlossen, und beide waren so von Liebe durchdrungen, dass Bonas Herz das einfach nicht fassen konnte. Es lief schier über – und ihre Augen taten das auch.

Als Aziza ihr einen besorgten Blick zuwarf, wischte sie sich die Tränen zwar ab, aber bald kamen neue. Enrico hatte seinen kleinen Sohn Guelfuccio mitgebracht, damit mehr als nur ein Gherardesca anwesend war, und beim Anblick des Jungen musste Bona daran denken, wie schön es wäre, wenn Aziza und Nino irgendwann ein Kind bekämen. Leider brachte sie das auch auf den Gedanken, dass sie nicht sehen würde, wie dieses Kind heranwuchs, dass sie, wenn die beiden erst einmal auf Sardinien lebten, womöglich auch Aziza nie wiedersehen würde, und auf die grenzenlose Freude folgte ein grenzenloses Elend. Diesmal warf Aziza ihr nicht nur einen Blick zu, sie trat zu ihr.

»Ich bin auch traurig, dass Lotario nicht hier ist, sondern wieder mal herumstreunt. Vielleicht würde er jetzt endlich verstehen, dass Nino jeden Preis zu zahlen bereit ist, damit ich fern von Pisa und all der Gewalt leben kann.« Echter Kummer breitete sich in ihrer Miene aus, während Bona schnaubte. »Ich würde niemals wegen Lotario heulen, diesem undankbaren kleinen …«

»Bona!«

»Ist doch wahr! Er verdankt dir und Nino sein Leben und macht seit Jahren nichts als Ärger.«

»Ich wiederum verdanke Abelardo das Leben und bereite ihm nichts als Kummer.«

Bona konnte sich nicht vorstellen, dass Abelardos Kummer so groß war wie ihrer. Wenn Aziza jedenfalls schon der Gedanke an Lotario und Abelardo bedrückte, wollte sie ihr nicht auch noch ihre Tränen zumuten. Sie schluckte sie mit aller Macht, schnäuzte sich geräuschvoll und war stolz, dass sie Aziza danach anzulächeln vermochte.

Diese ließ sich davon nicht täuschen. »Es schmerzt dich, dass ich weggehe«, murmelte sie.

Bona brachte keinen Ton hervor, konnte nur nicken.

»Du … du wirst schrecklich einsam sein.«

Bona nickte wieder.

»Am besten, du heiratest Jalil.«

Diesmal nickte Bona nicht, sie riss empört die Augen auf. »Das ist doch nicht möglich. Mehr noch: Es ist streng verboten. Wenn man einen Heiden heiratet, beschwört man schlimme Kirchenstrafen.«

»Nun, dann heiratest du ihn eben nicht. Hauptsache, du lebst mit ihm zusammen.«

»Das ist erst recht verboten und würde noch schlimmere Kirchenstrafen mit sich bringen.«

Aziza blickte sie nachdenklich an. »Ich habe keine Ahnung, wie schlimm Ugolino Nino bestrafen würde, wenn er wüsste, was er gerade tut, aber dennoch hat er sich für mich … für uns entschieden …« Sie schien nach weiteren Worten zu ringen, schwieg dann aber, weil alles gesagt war. Liebe bedurfte Mut. Und wenn man diesen Mut nicht aufbrachte, war es womöglich keine Liebe.

Bona schnäuzte sich wieder geräuschvoll, ehe sie nickte. Da sie Angst hatte, dass sie neuerlich in Tränen ausbrechen würde, wenn sie über eine gemeinsame Zukunft mit Jalil nachdachte, fragte sie stattdessen ungeduldig: »Wo bleibt nur der Mönch?«

Enrico behauptete, dass er sich auf den Dominikaner verlassen könne. Er habe ihm häufig großzügige Spenden zukommen lassen, um seine vielen Sünden mit eifrigem Gebet wettzumachen. Bona war deswegen nicht beruhigt. Nicht nur, dass der

Mönch es sich anders überlegen könnte. Was, wenn Ugolino von den Plänen seines Enkelsohns erfuhr, was, wenn er …

Als sich endlich Schritte näherten, seufzte sie erleichtert auf. Doch als sie sah, wer da die Tür zur Bibliothek aufstieß, blieb ihr dieser Laut im Hals stecken, und die Angst wuchs ins Unermessliche.

Wer vor ihnen stand, war nicht der Mönch, es war Abelardo.

Bona hatte den Kaufmann in den letzten Monaten nur selten gesehen, weil er zurückgezogen in seinem Landhaus lebte. Jetzt erschrak sie nicht nur darüber, dass er überhaupt hier auftauchte, auch, in welch erbärmlichem Zustand er sich befand. Seine Haare wirkten noch schütterer, standen wirr vom Kopf ab, seine Haut war faltiger als früher, aber nicht vom üblichen Braunton, sondern ungesund fahl, sein Blick, der früher oft so entrückt gewirkt hatte, schweifte unruhig durch den Raum, schien nichts zu finden, woran er sich festhalten konnte. Er sah Nino an, Enrico, Guelfuccio, blieb kurz bei Aziza hängen, etwas länger bei Bona. Eben noch hatte sie geglaubt, dass sie kaum mehr atmen konnte. Jetzt schaffte sie es sogar, einen Schritt auf ihn zu zu machen. Schweißgeruch entströmte ihm, die Kleidung war von Schlammspritzern übersät – offenbar hatte Abelardo gar nicht schnell genug in die Stadt kommen können, war nicht mit der Kutsche gefahren, sondern auf dem Pferd geritten. Wie er von dieser Hochzeit erfahren hatte, wusste Bona nicht. Ganz sicher war sie sich, dass er sie um jeden Preis verhindern wollte.

»Bitte!«, sagte sie mit zitternder Stimme. »Bitte, zerstört ihr Glück nicht, Herr! Glück ist ein seltenes Gut und darum ein so kostbares – kostbarer als Gold, als Getreide, als Viehherden … mindestens so kostbar wie Bücher.«

Nicht nur ihre Stimme zitterte immer stärker, ihre Knie

taten das auch. Ein Wunder, dass sie sich noch aufrecht halten konnte, erst recht als Abelardo sie unsanft an der Schulte packte, zur Seite schob, an ihr vorbei auf Nino zutrat.

Bona packte die Angst, er würde den jungen Mann niederschlagen, doch Abelardo stand ganz steif vor ihm. Er stieß noch nicht einmal Flüche oder Beschimpfungen aus, und das gab Nino Zeit, sich zu fassen, seinem Blick zu trotzen, ruhig zu erklären: »Ich verspreche, ich werde Aziza glücklich machen. Und ich verspreche auch, dass ich gut für sie sorgen werde. Wir gehen nach Sardinien, wo mein Vater Guelfo della Gherardesca Ländereien verwaltet. Ich habe ihm in den letzten Jahren nicht oft geschrieben und auch von ihm nur wenige Briefe erhalten. Aber ich weiß, dass er nicht mit der Politik meines Großvaters einverstanden sein kann – vor allem damit, dass er die Gefangenen in Genua im Stich lässt. Ich bin sicher, er wird mich vor seinem Zorn beschützen.«

Abelardo stand immer noch ganz steif, schien die Worte gar nicht gehört zu haben. Nino fuhr noch eindringlicher fort: »Ich werde dafür sorgen, dass es Aziza an nichts mangelt, nicht an einem behaglichen Heim, aber auch nicht an Büchern. Wir werden alles mitnehmen, was sie für ihre Studien braucht und …«

Endlich kam ein Laut aus Abelardos Mund, einem Ächzen gleich, vielleicht aber auch ein Seufzen. Er ließ Nino einfach stehen, trat nun auf Aziza zu. Keine Furcht stand in deren Miene – nur ein tiefer Kummer, weil sie ebensolchen Abelardo bereitete. Davon musste er doch gerührt sein! Unmöglich konnte er sie packen, im Turmzimmer einsperren, ihr künftig wieder jedes Treffen mit Nino verbieten!

Ein Flehen lag auf Bonas Lippen, doch ehe sie ihren Herren um Gnade bitten konnte, begann Abelardo zu sprechen. »Ich habe einst behauptet, lieben kann jeder, aber so klug wie du sind nur wenige.«

»Das hast du in der Tat gesagt«, erwiderte Aziza leise. »Aber ich habe dir schon damals nicht geglaubt, und ich tue es auch heute nicht.«

Ein Ruck ging durch den Kaufmann, ein Zittern, und dann sank er plötzlich auf die Knie. Bona war nicht sicher, ob ihn die Schwäche übermannt hatte oder er mit dieser Geste Aziza Respekt erweisen wollte. Jedenfalls sprudelte es über Abelardos Lippen: »Und du hast recht. Mir scheint, alle Welt hat den Verstand verloren, ein jeder denkt nur an die Macht und wie er so viel wie möglich davon gewinnen kann. Nicht die gemeinste Intrige, nicht die grausamste Tat wird gescheut. Ich fürchte, diese Welt erlöst man nicht mit Büchern und Wissenschaft allein. Diese Welt braucht stattdessen mehr ... Liebe.«

Um Bona war es geschehen. Wieder brach sie in Tränen aus, weil diese Worte sie so sehr bewegten und zugleich mit unendlicher Erleichterung erfüllten. Sie bemühte sich lediglich darum, so leise zu schluchzen, dass sie noch hörte, wie sich Nino an Abelardo wandte. »So gebt Ihr Eure Zustimmung zu unserer Ehe?«

Abelardo nickte, wenngleich sein Blick beharrlich auf Aziza gerichtet blieb. »Ihr tut gut daran, Pisa so schnell wie möglich zu verlassen«, sagte er. »Erzbischof Ruggieri schmiedet ein Komplott gegen Ugolino – und wollte mich auf seine Seite ziehen. Ich weiß nicht, wie er von deiner Existenz erfahren hat, Aziza. Auch nicht, woher er weiß, dass Nino il Brigatas Herz für dich schlägt. Jedenfalls dachte er, ich könnte Nino einreden, sich dem Aufstand der Ghibellinen gegen seinen Großvater anzuschließen, um dereinst neuer Herr von Pisa zu werden. Ich traue ihm nicht. Nino ist für den Erzbischof nichts weiter als eine Waffe, die er wohl fallen und verrosten lassen würde, sobald sie ihren Zweck getan hat. Geht! Geht so schnell wie möglich fort! Lasst diesen Sündenpfuhl hinter euch, verstrickt euch nicht in dunkle Machenschaften! Haltet euren Geist und euer Herz und vor allem eure Liebe rein. Ich habe von einem Turm geträumt, der den Himmel berührt, der die Größe und Macht der Stadt und auch der menschlichen Vernunft bekundet, doch was nutzt es, Stein auf Stein zu setzen, solange die Herzen der Menschen versteinert sind. Eure sind es nicht, also geht!«

Bonas Augen waren so feucht, dass sie kaum etwas sehen konnte, aber ihr entging nicht, dass Aziza sich bückte, Abelardo aufhelfen wollte, es aber erst schaffte, als auch Nino näher trat und zupackte. Kaum stand Abelardo, kündigten ein Schnaufen und hastige Schritte den Mönch an.

Lieber Himmel, dachte sie, wenn ich jetzt auch noch zuhören muss, wie sie sich ihre Treue schwören, werde ich so viele weitere Tränen vergießen, dass ich hinterher ganz ausgetrocknet bin.

Das Schiff, auf dem sie nach Sardinien reisten, brachte auch kostbare Handelswaren dorthin – Teppiche aus Spanien, Trinkgefäße aus Syrien, goldenen Schmuck aus Nordafrika, außerdem Gewürze und getrocknete Früchte, wie Aziza sie noch nie gesehen hatte. Wenn es nach ihr gegangen wäre, hätte sie sie auch nie gekostet, aber schon in der ersten Nacht von den insgesamt dreien, die sie an Bord verbrachten, öffnete Nino eine der Kisten im Lagerraum. Zuvor hatten sie lange an Deck gestanden, auf die Küste gestarrt, bis diese nur mehr ein schmaler Streifen war und auch der schließlich endgültig mit dem Blau des Meeres und des Himmels verschmolz.

»Du darfst doch nicht einfach eine Truhe öffnen und dir etwas daraus nehmen.«

»Ich werde dafür bezahlen, aber ich will, dass du davon kostest.« Er reichte ihr die Frucht, und auch wenn ihr der Anblick fremd war – der Geschmack erinnerte sie an ihre Kindheit, nicht der grauen, staubigen Zeiten, da sie stets das Keifen ihrer Tante im Ohr gehabt, sondern jener Tage, da ihre Mutter noch gelebt, noch gelacht und ihr Lieder vorgesungen hatte. Und die Mutter hatte ihr, wie ihr jetzt wieder einfiel, Datteln zu kauen gegeben, wenn sie sich wehgetan hatte. Ein tiefes Glücksgefühl durchdrang sie, vom Wissen rührend, dass sie kein abgehackter Ast war, vielmehr Wurzeln hatte, die sich einst tief in den nährenden Boden gegraben und ihr zum Wachsen, zum Blühen verholfen hatten.

Die Datteln waren nicht die einzige Köstlichkeit, die dort auf sie wartete.

Wäre es nach ihm gegangen, sie hätten sich noch Zeit gelassen. Doch während er noch damit beschäftigt war, möglichst viele Teppiche aufeinanderzulegen, damit sie die Nacht über weich gebettet liegen konnten, löste sie sich erst die geflochtenen Haare und schlüpfte dann aus ihrem Kleid. Als er sich zu ihr umdrehte, war sie nackt.

»Aziza«, stieß er heiser aus.

Da war kein Drang in ihr, Brust und Scham mit Händen zu bedecken, ganz selbstverständlich trat sie zu ihm. »Mein Körper gehört nun dir und deiner mir. So ähnlich zumindest hat es Bona ausgedrückt und von Kleidung hat sie dabei nicht gesprochen, obwohl sie sich so für edle Stoffe begeistert.«

Ninos Blick richtete sich kurz auf ihr rotes Seidenkleid, das achtlos am Boden lag. Als er seinen Blick wieder hob, waren seine Wangen fast so rot wie dieses. »Wir haben doch kein Bett ...«, stammelte er.

»Na und?«, gab sie zurück. »Wir befinden uns auf einem Schiff. An welchem Ort bist du glücklicher als auf dem offenen Meer?«

»Ich bin am glücklichsten, wenn du bei mir bist.«

»Nun, jetzt bist du mit mir an dem für dich schönsten Ort.«

Er leugnete es nicht, wohl auch, weil sie endgültig den letzten Abstand überwand, sie sich küssten. Als er an seinem Gewand nestelte, zitterten seine Hände so stark, dass er seinen Gürtel kaum öffnen konnte. Sie half ihm mit der gleichen Selbstverständlichkeit, mit der sie sich selbst ausgezogen hatte, und dann sanken sie auf den nackten Holzboden und spürten es doch kaum. So viele andere Empfindungen, fremd und vertraut zugleich, nahmen sie ganz und gar gefangen, die Erfüllung einer Sehnsucht, von der sie gar nicht gewusst hatte, dass sie in ihr wohnte.

»Mir fällt noch ein Ort ein, an dem ich mit dir so gerne wäre wie auf einem Schiff«, sagte Nino hinterher, als sie erschöpft aneinandergepresst lagen, er ihr über den Unterarm strich. »Auf der Spitze des Turms, wenn er denn endlich so hoch ist, dass man von dort das Meer sehen kann.«

»Nun, dort oben kann man vielleicht den Himmel berühren und ist den Vögeln nah wie nie, und ja, wenn er hoch genug wäre, könnte man tatsächlich die See glitzern sehen. Aber wir könnten uns dort schwerlich lieben.«

»Dennoch ist es schade, dass der Turm womöglich nie vollendet wird. Und wir womöglich nie gemeinsam oben stehen werden.«

»Aber es gibt so viel anderes, was wir gemeinsam tun werden.«

Die Verheißung, die in diesen Worten lag, erfüllte sich rasch. Sie verbrachten den ganzen Frühling auf Sardinien, und Aziza konnte sich nicht erinnern, je so unbeschwert und glücklich gewesen zu sein, so viele Stunden im Freien verbracht, so selten ein Buch aufgeschlagen zu haben. Ihre blasse Haut war am Ende braun gebrannt, ihre Haare nahmen einen Schimmer im Farbton der Abendsonne an. Ihr erstes Ziel nach ihrer Ankunft war das Heim von Ninos Vater Guelfo in der Nähe von Cagliari gewesen, doch nachdem Nino ihm in Ruhe erklärt hatte, was geschehen war, gab der zwar ebenfalls ruhig zurück, sie könnten bleiben, verlor sich danach aber in Schweigen und schien weder den Sohn wahrzunehmen noch dessen Frau.

»So ist er immer gewesen«, erklärte Nino später. »Seit er meine Mutter verlor, ist er des Lebens nicht mehr froh geworden. Ich bin mir nicht sicher, ob das nicht ein zu hoher Preis für die Liebe ist – den Tod des anderen nicht verwinden zu können, sodass einem die eigenen Kinder gleichgültig sind.«

Aziza ergriff unwillkürlich seine Hand. »Deinen Tod könnte ich auch nie verwinden, aber hätte ich Kinder mit dir, sie wären mir niemals gleichgültig.«

Nun, Guelfos Gleichgültigkeit hatte sein Gutes: Sie verhalf ihnen zu Freiheit. Schon nach wenigen Tagen, da sie sich in seinem kalten und düsteren Haus stets etwas unbehaglich gefühlt hatten, ritten sie auf Maultieren an einen Strand, schliefen dort in einer leer stehenden Fischerkate und wurden von der Nachbarin bekocht. Die Frau litt darunter, dass ihr Sohn in den Silberminen von Sardinien arbeitete und kaum zu Hause war, und war froh, jemandem ihr Herz ausschütten zu können. Ihr Kummer hielt sie nicht davon ab, die köstlichsten Speisen zuzubereiten, die Aziza je gegessen hatte. Nino hatte sie zwar gewarnt, dass das, was einem auf Sardinien vorgesetzt wurde – Gerstenbrei statt Weizenbrot, harter Käse statt weiches Fleisch –, in Pisa selbst die Armen verschmähen würden, doch Carlotta, wie die Alte hieß, zauberte aus den einfachsten Zutaten wohlschmeckende Gerichte, indem sie sie mit den richtigen Kräutern würzte: mit Käse gefüllte Ravioli, von denen gelb das Öl troff, eine Suppe namens Cassola, die aus mindestens zwölf Fischen bestand, wobei sie meinte, bei ihr wären es entweder elf oder dreizehn, oder Padedda, einen Eintopf aus Gemüse und Schaffleisch, das im Mund nahezu zerfiel.

Dass Aziza mehr aß als je zuvor, lag auch daran, dass sie sich mehr anstrengte denn je. Nino hatte der Ehrgeiz gepackt, ihr das Schwimmen beizubringen – und er tat es in einer der vielen Buchten, deren türkises Wasser so klar und deren Sand so weiß war, dass dieses Übermaß an Schönheit fast in den Augen schmerzte. Aziza brauchte lange, bis sie sich über Wasser halten konnte, und selbst als es ihr gelang, bezweifelte sie, dass sie das jemals gerne machen würde. Doch sie genoss es, wenn sie hinterher auf dem warmen Sand lagen, sich liebten, schweigend auf den Horizont starrten oder sich alles erzählten, was sie noch nicht übereinander wussten.

Nino hatte seine Familie früher nicht oft erwähnt, und auch jetzt fielen meistens nur Enricos und Anselmuccios Namen, aber als sie nach seiner früh verstorbenen Mutter Elena fragte, berichtete er bereitwillig mehr. Eine Prinzessin von Sardinien sei sie gewesen, ihr Vater Enzo ein illegitimer Sohn von Friedrich II., jenem Kaiser, von dem die einen sagten, er stamme geradewegs aus der Hölle, andere, er wäre der klügste gewesen, der je die Krone trug.

»Ich wusste nicht, dass in deinen Adern königliches Blut fließt«, sagte Aziza.

Er suchte ihren Blick. »Das Blut von Königen und Fischern hat die gleiche rote Farbe«, murmelte er.

»Deine Augen wiederum haben die Farbe von Meer, und im Zweifel wäre es mir lieber, du wärst Fischer, nicht König.«

Ein Lächeln zupfte an seinen Lippen, aber schwand alsbald wieder. »In meiner Familie scheinen zwar viele zu bekommen, was sie wollen – aber sie merken zu spät, welchen Preis sie dafür zahlen müssen. Mein Vater hat Elena bekommen, sie aber viel zu früh verloren. Und Enzo hatte hier zwar die Macht inne, doch er wurde von Feinden Friedrichs abgesetzt und bis zu seinem Tod in Bologna gefangen gehalten. Es heißt, er hätte viel gedichtet und gesungen, doch all seine Lieder wären nur um sein eigenes trauriges Schicksal gekreist.«

»Warum handelten sie nicht auch von den schönen Dingen des Lebens?«

»Vielleicht hat er zu wenig Schönes erlebt.«

»Man rechnet auch mit hohen Zahlen, ohne dass man entsprechend viele Steine aufhäuft. Warum kann man nicht mit Wörtern Welten erschaffen, die man nicht kennt?«

»Manche Sehnsüchte sind zu groß, um sie in Wörter zu pressen.«

»Es gibt nichts, was zu hoch ist, um eine Zahl dafür zu finden.«

Er lachte. »Nun, vielleicht hast du beim Rechnen keine Angst vor zu hohen Zahlen. Beim Schwimmen hast du aber Angst vor der Tiefe.« Tatsächlich hatte er sie nie über jene Stelle hinauslocken können, wo die Füße nicht mehr den sandigen Grund berührten.

»Gib zu«, erwiderte sie, »dass du wiederum Angst vor Zahlen hast, selbst wenn sie niedrig sind. Oder willst du dir von mir das Rechnen beibringen lassen?«

»Nun, da du schwimmen gelernt hast, wäre dies der richtige Zeitpunkt dafür.«

Sie schrieb die Zahlen in den Sand, auch einfache Additionen, Subtraktionen, sogar Multiplikationen. »Das meiste verstehe ich nicht«, gab Nino unumwunden zu, »aber mir gefällt, dass man mit dem richtigen Zeichen aus zwei niedrigen Zahlen plötzlich eine hohe machen kann. Wenn es um unser Glück geht, wollen wir nie mit Minus rechnen, selbst das Plus ist zu wenig, immer soll es das Mal sein.«

Es war so leicht zu nicken. Es war so leicht zu glauben, dass – selbst wenn über Nacht die Spuren der Zahlen im Sand verschwanden – ihre Liebe nicht gleichermaßen vergänglich war. Es war so schön, sich vorzustellen, ewig hier zu leben und Ziegenkäse zu essen und dann und wann Fische zu fangen.

Eines Tages aber – inzwischen weilten sie seit mehr als zwei Monaten auf Sardinien – erschien ein Diener von Ninos Vater mit der Botschaft, dass der ihn dringend sprechen wollte.

Sie ritten auf Maultieren zurück nach Cagliari. Das Maultier von Nino erwies sich als störrisch und tat, was Aziza sich insgeheim auch wünschte – es blieb immer wieder stehen, anstatt zügig dem Ziel zuzustreben.

»Vielleicht ist es auf Sardinien wieder zu Unruhen gekommen«, murmelte Nino, »die Genuesen beanspruchen schließlich immer mehr Land von Pisaner Familien.«

Doch Guelfo erwartete sie nicht mit der Botschaft von Unruhen auf Sardinien.

»In Pisa scheint etwas Schreckliches passiert zu sein«, berichtete er stattdessen. »Ich weiß nicht, wie viel Wahrheit dahintersteckt oder ob es nur Gerüchte sind. Maurizio degli Ubaldini, der Neffe des Erzbischofs, ein Priester wie sein Onkel, hat demnach einen gewaltsamen Tod gefunden.«

»Er wurde ermordet?«, rief Nino erschrocken.

Guelfo senkte den Blick. »Nicht von irgendjemandem, wie es scheint«, sagte er leise. »Er warf Ugolino vor, die Pisaner absichtlich verhungern zu lassen. Und deswegen ist er vor ihm erschienen und hat von ihm gefordert, dass er die Zölle auf Lebensmittel herabsetzt. Ugolino, so heißt es, ist daraufhin schrecklich wütend geworden. Er ist auf den Neffen des Erzbischofs losgegangen, hat ihn am Kopf getroffen – wovon sich der Unglückliche nicht wieder erholt hat. Er starb einen Tag später.«

Aziza fühlte, wie es hinter Ninos Stirn arbeitete.

»Und das ist wirklich wahr?«, hörte sie Nino skeptisch fragen.

»Das Volk zumindest glaubt es. Sie klagen Ugolino nicht nur des Mordes an Maurizio an – sie behaupten, er würde Pisa sämtliche Lebenskraft rauben, gleich so als würde man einem Mann die Adern aufschlitzen und langsam das Blut herausfließen lassen.«

Als sie den Raum betreten hatten, hatte Nino Azizas Hand gehalten. Nun ließ er sie los, zog ein paar unruhige Kreise. »Erzbischof Ruggieri wird sich die Gelegenheit gewiss nicht entgehen lassen, erst tränenreich den Verlust des Neffen zu beklagen und danach das Volk noch mehr gegen Ugolino aufzuwiegeln.«

»Im Gegenteil«, sagte Guelfo, »die Sache ist viel verworrener. Man hat den Toten zum Domplatz gebracht, wo Ruggieri wenig später erschienen ist. Jemand berichtete dem Erzbischof von der schrecklichen Tat, doch der blickte eher stirnrunzelnd als entsetzt auf den Toten herab und sagte schließlich: ›Tragt ihn hinweg, das ist nicht mein Neffe, ich weiß auch nicht, welchen Grund Ugolino haben könnte, meinen Neffen zu töten. Verbreitet keine Lügen über ihn.‹«

Die Furchen auf Ninos Stirn wurden tiefer. »Er hat dem Volk strikt verboten, den Tod seines Neffen zu rächen, leugnet gar, dass Maurizio überhaupt den Tod gefunden hat?«

Guelfo nickte. »Niemand kann sich recht erklären, was ihn dazu treibt.«

Nino war kurz stehen geblieben, zog nun weitere Kreise. »Nun, ich schon! Ich bin sicher, dahinter steckt eine finstere Intrige! Ruggieri will Großvater loswerden, wahrscheinlich erschleicht er sich nur dessen Vertrauen, um später umso härter zuzuschlagen.« Seine Lippen wurden schmal. »Aber diese Intrige zu verhindern, ist nicht meine Sache. Ob Großvater Maurizio tatsächlich getötet hat oder nicht – er allein trägt die Schuld daran, sich so viel Feinde geschaffen zu haben, beim Volk verhasst zu sein. Wenn er sich nicht gegen seine Widersacher behaupten kann, ist das wohl Gottes Wille und …«

Guelfo hob die Hand, um ihn zum Schweigen zu bringen. »Ich verstehe dich«, fiel er ihm ins Wort. »Ich habe euch jedoch nicht wegen dieser Gerüchte holen lassen, sondern … deswegen.«

Er deutete auf eine Briefrolle, die auf einem Tischlein hinter ihnen lag. Nino blickte noch verständnislos darauf, als Aziza schon vorgetreten war, sie an sich genommen hatte. Sie erkannte die Handschrift sofort. Einst hatte sie den Knaben nicht nur Zahlen gelehrt, auch Buchstaben, die seinen gerieten jedoch immer reichlich krumm. Ein leiser Schrei entfuhr ihr.

»Der Brief ist von Lotario.«

Schweigen senkte sich über sie, als Aziza den Brief las. Selbst als sie zum Ende gekommen war, starrte sie weiterhin auf die Pergamentrolle. Irgendwann schien Nino die Geduld zu verlieren, er stieß ein Schnauben aus. »Auf welche Weise macht er mich nun schon wieder schlecht?«, rief er. »Hält er es für ein

Verbrechen, dass ich dich geheiratet, nach Sardinien gebracht habe und dir hier eine friedliche Zukunft zu bieten versuche?««

Aziza blickte langsam hoch. Sämtliches Blut schien ihr aus dem Gesicht gewichen zu sein. »Von dir ist gar nicht die Rede«, sagte sie leise. »Lotario bittet mich, zurück nach Pisa zu kommen.«

Wieder schnaubte Nino. »Natürlich!«, rief er höhnisch. »Wie gefährlich es dort für dich sein mag, ist ihm gleich. Hauptsache, er ist in deiner Nähe, kann dich anbeten, dir immerzu einbläuen, was für ein schrecklicher Mensch ich bin, und ...«

Aziza hob abwehrend die Hand. Sie zitterte heftig, und das entging auch Nino nicht.

»Aziza ...«, setzte er mit belegter Stimme an.

»Der Erzbischof macht vielleicht gute Miene zum bösen Spiel«, murmelte sie, »er hält bislang still. Doch seit Maurizios Ermordung brodelt es in der Stadt. Immer mehr Familien wettern unverhohlen gegen Ugolino. Und ihr Hass trifft nicht nur ihn – auch die, die vermeintlich auf seiner Seite stehen. Dazu zählen sie ausgerechnet ... Abelardo. Du weißt doch, er hat Ruggieris Anliegen zurückgewiesen, sich mit ihm gegen Ugolino zu verbünden. Und deswegen wird er nun als Verräter beschimpft.«

»Abelardo ist ein Gelehrter!«

Der Brief entglitt Azizas Händen. »Und zwar einer, der immer gehofft hatte, der Verstand möge sich als stärker erweisen als die Bosheit, die Machtgier.« Aziza schluckte schwer, konnte aber nicht verhindern, dass ihrer Kehle ein Schluchzen entwich. »Doch nun hat er diese Gewalt am eigenen Leib zu spüren bekommen.«

»Was ist passiert?«

Aziza konnte es nicht in Worte fassen, weswegen Nino sich

nach dem Brief bückte, die entscheidenden Zeilen selbst las. Demnach war Abelardo auf dem Weg zum Dom überfallen worden. Man schlug ihn nieder, trat auch dann noch auf seinen Kopf und in seinen Leib, als er längst auf dem Boden lag. Es gab keine Zeugen, die die Täter hätten beschreiben können. Gut möglich, dass es gemeines Diebespack war. Doch da man ihm weder Schmuck noch Geldbeutel oder edle Kleidung geraubt hatte, war viel wahrscheinlicher, dass die Lanfranchi, Sismondi, vielleicht gar eigene Verwandte aus dem Haus Gualandi die Unholde auf ihn gehetzt hatten, um aller Welt zu bekunden, was einem geschah, der nicht gemeinsame Sache mit ihnen machte und sich gegen Ugolino stellte.

Aziza schluchzte immer noch. »Lotario schreibt, es ist ein Wunder, dass er den Angriff überlebt hat. Nicht auszuschließen, dass er an den Folgen stirbt.«

Nino nickte wie betäubt. »Wie es scheint, will Abelardo nicht, dass wir seinetwegen zurückkommen. Wir sollten nicht einmal davon erfahren.«

Aziza schluchzte ein letztes Mal auf, fuhr danach umso entschlossener fort: »Lotario tat gut daran, uns zu schreiben. Würde Abelardo sterben, ohne dass ich ihm ein letztes Mal die Hand gedrückt habe, mich noch einmal für alles bedankt, was er für mich getan hat – ich könnte es mir nie verzeihen.«

Er kannte sie wohl zu gut, um zu wissen, dass Widerspruch zwecklos war. Sie kannte ihn zu gut, um zu wissen, dass sie mit dieser Entscheidung jenen uralten Kampf in ihm – war ihm die Familie wichtiger oder die Freiheit? – neu entfachte. Fern von Pisa konnte er sich einreden, dass ihn sämtliche Intrigen und Machtkämpfe nichts angingen. Doch wenn er erst einmal wieder die Stadt betrat … wenn sie in Unruhen gerieten, würde es schwer sein, nicht Partei zu ergreifen. Schweigend starrten sie sich an. Seine Augen waren immer noch vom Blau des Meeres, aber von jenem tiefen Meer, in das hinauszuschwimmen sie nicht gewagt hatte.

»Ja«, sage er schließlich, »ja, lass uns heimkehren.«

Das Schiff, auf dem sie zurück nach Pisa reisten, transportierte keine süßen Datteln, sondern Gerste, Käse und auch Silber. Im Hafen wurden die Lasten auf ein kleineres Schiff umgeladen, das auch sie bestiegen, um den Arno hinauf zur Stadt zu segeln. Der Fluss stand jetzt, Ende Juni, niedriger als sonst, in seiner bräunlichen Oberfläche spiegelten sich ihre Gesichter nicht. Nino war froh darum, wusste er doch nicht, was er in seiner Miene lesen würde. Pisa war ihm immer zugleich Gefängnis wie Zuhause gewesen, was bedeutete, dass er gleichzeitig Freude fühlte wie Furcht. Hinzu kam Sorge um Abelardo Gualandi, der für Aziza wie ein Vater war und für den er allein darum das Beste hoffte.

Das Schiff legte nahe der Piazza San Niccolò an – jenem Platz, wohin alle sardischen Produkte geliefert wurden. Instinktiv hatte Nino sich gegen Unruhen gewappnet, doch es erwartete sie nur Stille. Das mochte auch an der bleiernen Hitze liegen, nun, da die Mittagssonne unbarmherzig auf sie herabbrannte. Die Männer, die Kisten und Säcke vom Schiff wuchteten, schwitzten bald, und Nino erging es nicht besser, packte er doch mit an. Er half nicht nur aus Freundlichkeit, auch weil er sich sagte, dass er noch nicht endgültig in Pisa angekommen war, solange er noch sardische Waren in den Händen hielt. Als der Marktaufseher näher trat – er würde die Waren zählen, die Höhe des Zolls festlegen –, hielt er jedoch inne und fasste sich ein Herz, um zu fragen: »Was gibt es Neues in Pisa?«

Der Mann legte den Kopf etwas schief, als Nino ihn betrachtete, schien jedoch nicht zu erahnen, wen er da vor sich hatte. »Du willst etwas Neues erfahren? Das Neue ist das Alte. Der Arno mag an einem anderen Ort entspringen, als er mündet, aber das Leben folgt der Form eines Kreises – es führt uns immer wieder zur gleichen Stelle zurück. Einer gewinnt die Macht, ein anderer verliert sich. Die Feinde verbünden sich gegen den noch größeren Feind, doch sobald der erledigt ist, gehen sie mit fletschenden Zähnen aufeinander los.«

Er fand wohl, dass damit genug gesagt war, und wandte sich ab, doch Nino stellte sich ihm in den Weg. »Was … was ist passiert?«

Der Mann schwieg lange genug, dass Nino wahrnahm: Trotz der Hitze lag in der Luft eine Spannung, als zöge in der Ferne ein Gewitter auf. Auch Aziza schien diese zu spüren, denn während sie zunächst im Schatten eines Brunnens gewartet hatte, trat sie nun zu ihm.

Endlich begann der Mann erneut zu sprechen: »Ruggieri und Ugolino haben vor einiger Zeit eine Übereinkunft getroffen, wonach sie sich beide um Frieden bemühen würden. Noch nicht einmal der Tod von Ruggieris Neffen konnte dieser etwas anhaben. Wohl auch, weil er sich in seinem Amt gefestigt fühlte wie nie, zog Ugolino sich vor ein paar Tagen auf sein Landgut in Settimo zurück, wo die Luft kühler und frischer ist. Eine gute Entscheidung, wie mir scheint. Kaum hat er Pisa den Rücken zugekehrt, ist es in der Stadt noch heißer geworden, vor allem für Visconti, dem unter seinem Hintern ein Feuerchen angezündet wurde.«

Nino war nicht sicher, ob der Mann in Bildern sprach oder

ein echtes Feuer meinte, nur ahnte er plötzlich, warum sich Ugolino, der Pisa kaum je verließ und so etwas wie Hitze nicht fürchtete, nach Settimo zurückgezogen hatte, und trotz allem Gerede von Feuer fröstelte er.

»Das Volk war wieder einmal wütend, weil die Getreidepreise noch weiter gestiegen sind«, fuhr der Mann fort. »Sie haben sich zusammengerottet, und weil sie ihren Zorn nicht auf Ugolino ergießen konnten, sind sie zum Palazzo del Commune gezogen, wo Visconti residiert. Sie haben ihn zur Flucht gezwungen, wie hätte er sich denn – ohne Ugolinos Unterstützung – gegen die Massen wehren sollen?«

»Visconti hat Pisa verlassen?«, rief Nino erstaunt.

Der Mann schnaubte. »Fehlt er dir etwa? Oder fehlt dir Ugolino? Mir können sie beide gestohlen bleiben. Wobei ich mir gut vorstellen kann, dass Ugolino wieder zurückkehrt, nun, da sich andere für ihn die Hände schmutzig gemacht und seinen Widersacher vertrieben haben.«

Der Mann fand, dass damit genug gesagt war. Er spuckte aus, schritt von dannen. Nino hatte tatsächlich genug gehört – zumindest, um den Schluss zu ziehen, dass das Volk gewiss von Ruggieri aufgehetzt worden war. Und dass der Erzbischof Ugolino zuvor davon überzeugt haben musste, nicht in der Stadt zu weilen, während Visconti verjagt wurde, da man ihn auf diese Weise nicht dafür verantwortlich machen konnte.

Doch auch wenn sich Ugolino auf diesen Plan eingelassen hatte – irgendetwas kam Nino daran krummer vor, als der Turm sich jemals senken könnte. Womit ließ sich erklären, dass Ruggieri sich zugunsten der Gherardesca in die Belange der Stadt einmischte? Und das, obwohl sein Neffe ermordet worden war?

»Wir sollten endlich nach Abelardo sehen!«, drängte Aziza.

Nino zögerte kurz. Gerne hätte er noch mehr Neuigkeiten erfahren, aber er entschied sich, zuvor Aziza sicher nach Hause zu geleiten. Er wollte den Weg über den Domplatz nehmen, wusste er doch, dass sie diesen Ort so liebte wie er. Doch sie waren noch nicht sehr weit gekommen, als in der Ferne jener Lärm ertönte, gegen den er sich – eher instinktiv als wissentlich – gewappnet hatte, kaum dass er Pisa wieder betreten hatte. Es war ein Lärm, wie ihn nur ein Aufruhr, eine wütende Straßenschlacht verursachen konnte, ein Durcheinander von Schreien und Ächzen, Klatschen und Klirren.

»Der Lärm kommt vom Palazzo del Commune!«

In jenem Palazzo hatte früher sein Großvater residiert, ihn danach aber an Visconti abgeben müssen. Wenn der nun aber Pisa verlassen hatte und Ugolino noch nicht zurück in der Stadt war – warum kam es ausgerechnet dort zu Unruhen?

Wieder zögerte er, wieder entschied er, Aziza erst nach Hause zu bringen, doch sie schüttelte den Kopf. »Du musst wissen, was dort passiert. Und ich bleibe an deiner Seite.«

Er hätte gerne widersprochen, aber während noch seine Lippen die richtigen Worte zu formen versuchten, setzten sich seine Beine bereits unweigerlich in Bewegung, ganz so als gehorchten sie nicht mehr ihm, unterlagen vielmehr etwas, das unter aller Liebe zur Freiheit und zu Aziza stets in ihm gewuchert hatte: dem Wissen, ein Gherardesca zu sein, für seine Familie Verantwortung zu tragen.

Er beschleunigte den Schritt, hatte bald die Piazza vor dem Palazzo del Commune erreicht, war auf vieles vorbereitet – auf das wütende Volk, das fluchte und mit faulem Obst warf, auf Bewaffnete, die gegeneinander kämpften. Doch was ihn stattdessen erwartete, waren … begeisterte Gesichter.

Gewiss, es waren auch Waffen zu sehen, aber diese ließ man

eben sinken. Gegen wen auch immer sie gerichtet worden waren – der Feind hatte sich als Verlierer erwiesen, hatte sich irgendwohin verkrochen. Wer sich stattdessen nun den Platz durch die Menge bahnte, war der Erzbischof der Stadt: Ruggieri degli Ubaldini. Mit vollem Ornat bekleidet, auch der Mitra und dem Bischofsstab, schritt er auf den Palazzo zu, begleitet von Familienmitgliedern der Gualandi, Lanfranchi und Sismondi, seit jeher seine Verbündeten.

»Was … was macht er denn hier?«

Nino merkte erst, dass er die Frage laut gestellt hatte, als er bereits eine Antwort erhielt. »Nun, was schon?«, sagte ein Mann, der nicht weit von ihnen entfernt stand. »Erzbischof Ruggieri ergreift die Macht, die Stadt wird nun von ihm beherrscht.«

»Aber …«

»Ugolino ist ja nicht hier. Und seine Söhne und Enkelsöhne, die von Visconti den Palazzo del Commune übernommen haben, wurden soeben vertrieben.«

Auf die Erleichterung, dass nur von Vertreibung die Rede war, nicht davon, dass man sie getötet hatte, folgten neue Sorgen. Wo waren die Gherardesca jetzt? Nicht nur Uguccione, Gaddo und Enrico, auch Capuana mit den kleinen Kindern? Bianca mit dem kleinen Guelfuccio? Und Anselmuccio, der ebenfalls zu jung war, um zu kämpfen?

Nino blickte sich um, sah kein vertrautes Gesicht, nur Azizas, in dem sich seine eigene Betroffenheit spiegelte.

»Ruggieri …«, stieß sie aus. »Er hat wohl nur so getan, als hätte er sich mit Ugolino gegen Visconti verbündet. In Wahrheit hat er von Anfang an geplant, den einen wie den anderen loszuwerden.« Einer, die so gut rechnen konnte, fiel es natürlich nicht schwer, eins und eins zusammenzählen. »Ich werde nach Hause gehen und nach Abelardo sehen«, murmelte sie dann. »Such du deinen Bruder, deine Onkel, deine Vettern.«

Kurz waren sowohl Herz und Verstand nur von diesem Drang erfüllt. Aber als er in die vielen geröteten Gesichter blickte, die Ruggieri zujubelten und in denen er nicht nur Freude witterte, einen vermeintlichen Retter gefunden zu haben, auch die Bereitschaft, für diesen zu kämpfen, brachte er es nicht über sich, Aziza allein gehen zu lassen. Er musste sich selbst vergewissern, ob es Abelardo gut ging – und ihn davon überzeugen, mit Aziza die Stadt zu verlassen.

Er packte Aziza am Ellbogen und zog sie mit sich. Doch so entschlossen er sich vom Palazzo del Commune entfernte – er ließ nur die jubelnden Menschenmassen zurück, nicht das schlechte Gewissen, weil er jenem Ort den Rücken zukehrte, wo seine Familie eben noch um die Macht gekämpft hatte.

Schweigend legten sie die restliche Wegstrecke zurück. Erst hielten sie sich nur an den Händen, später klammerten sie sich regelrecht aneinander. Nino konnte spüren, wie sich Azizas Nägel in seinen Arm gruben, als sie sich Abelardos Palazzo näherten. Ehe sie an die Tür klopfen konnte, wurde ihnen diese schon geöffnet. Bona musste sie bereits gesehen haben, starrte sie nun an wie Geister.

»Um Gottes willen!«, stieß sie aus, und das Entsetzen dämpfte sämtliche Wiedersehensfreude. »Was habt ihr hier verloren! Wie könnt ihr ausgerechnet an einem Tag wie diesem durch Pisa spazieren, als wäre nichts geschehen!«

Erst jetzt ging Nino auf, dass es nicht ungefährlich gewesen war, sich offen zu zeigen, gab es doch viele, die ihn als einen Gherardesca erkennen konnten. Doch auf dem Platz vorhin hatte die Aufmerksamkeit allein Ruggieri gegolten.

»Es ist doch nichts passiert«, sagte er schnell.

»Als wir erfuhren, was Abelardo zugestoßen ist, mussten wir doch heimkehren!«, fügte Aziza hinzu. »Wie geht es ihm denn?«

Bonas Blick ging verwirrt von einem zum anderen. Plötzlich fühlte Nino, was sie gleich sagen würde – und Aziza schien es ähnlich zu gehen, ihre Nägel gruben sich noch tiefer in sein Fleisch.

»Was soll schon mit ihm sein?«, sagte Bona. »Abelardo hat sich ja rechtzeitig aus Pisa, diesem Sündenpfuhl, zurückgezogen. Seit eurer Hochzeit lebt er auf dem Landgut. Wahrscheinlich verbringt er den Tag lesend und schlafend und …«

»Aber warum hat Lotario uns dann geschrieben, er wäre zusammengeschlagen und schwer verletzt worden!«, rief Aziza.

Sie wirkte fassungslos, und Bona runzelte nicht minder verstört die Stirn. Nino aber wurde sofort alles klar. Warum wohl. Lotario hatte nach einem Mittel gesucht, Aziza zurück in die Stadt zu locken. Himmel, gab es auf dieser verdorbenen Welt nur Berechnung, gemeine List und Selbstsucht?

»Dieser verdammte …«, setzte er an, brach aber ab, als Aziza ihn losließ, auf Bona zuging.

»Lotario …«, sagte sie, »wo ist er? Es muss doch eine Erklärung dafür geben, warum …«

Bonas Miene verdunkelte sich wie Ninos. Verachtung lag in ihren Worten, als sie sagte: »Du weißt ganz genau, dass es nur eine Erklärung gibt. Er hat euch belogen, weil er dich für sich haben will. Ach herrje, wenn ich nur gewusst hätte, dass er etwas ausheckt. Aber als er damals von eurer Hochzeit erfahren hat, ist er aus dem Palazzo gestürmt und seither nicht mehr nach Hause zurückgekehrt. Keine Ahnung, wovon er lebt. Meinetwegen kann er gerne verhungern und verdursten und …«

»Sag doch so etwas nicht!«, rief Aziza flehentlich, wirkte weniger von Wut als von Trauer erfüllt, weil Lotario sie derart hintergangen hatte.

Bona atmete tief durch. »Ich habe keine Ahnung, wo Lotario steckt und welchen Sinn es haben soll, ihn zur Rede zu stellen. Aber ich weiß ganz genau, was ihr nun tun solltet: Folgt Abelardo auf sein Landhaus! Zieht euch aus der Stadt zurück, ehe es hier zum Krieg kommt! Ach herrje, Täubchen. Ich habe mich so danach gesehnt, dich wiederzusehen, aber doch nicht unter solchen Umständen und …«

Sie brach ab, weil sie nunmehr so heftig weinte, und Aziza ging schnell auf sie zu und umarmte sie.

Wie betäubt starrte Nino auf die beiden Frauen. Bona hatte recht, er musste Aziza von hier fortbringen. Und das würde er auch tun. Aber bei dem Gedanken daran überkam ihn gleiches Unbehagen wie vorhin auf dem Platz vor dem Palazzo del Commune, als er seine Familie einfach im Stich gelassen hatte.

Lotario hatte Abelardos Palazzo, den er lange Zeit als sein Zuhause betrachtet hatte, in den letzten Monaten gemieden. Doch seit er den Brief an Aziza geschrieben hatte, zog es ihn immer wieder dorthin in der Hoffnung, er würde sie endlich wiedersehen. Bis jetzt hatte sich diese Hoffnung nicht erfüllt, und auch als er heute das Haus mehrmals umkreiste, war nichts von ihr zu sehen. Doch während er noch sehnsuchtsvoll der Stunden gedachte, da er einst im Turmzimmer mit Aziza rechnen geübt hatte, verließ Marcantonio das Haus. Azizas einstiger Lehrer, der später auch Lotario unterrichtet hatte, wurde seit Langem nicht mehr gebraucht, doch Abelardo hatte ihm einst großzügig gewährt, jederzeit die Bibliothek zu benutzen – und von diesem Recht machte Marcantonio regelmäßig Gebrauch.

»Lotario!«, rief er, als er ihn erblickte. »Dich habe ich ja schon lange nicht mehr gesehen! Denk dir: Gestern sind Aziza und Nino nach Pisa zurückgekehrt!«

Lotarios Herz hatte sich in letzter Zeit wie ein großer, harter Klumpen angefühlt. Jetzt gewahrte er, es war lebendig, heißes Blut durchströmte ihn, auch starke Gefühle. Die Hoffnung, Aziza wiederzusehen, paarte sich mit tiefer Scham, sie mit einer Lüge zurückgelockt zu haben. Am stärksten war am Ende aber der Trotz. Stellte sich Nino etwa vor, dass sie ihr Leben im Exil zubrachte, dort versauerte? Eigentlich sollte er froh sein, dass Lotario einen Plan ausgeheckt hatte, wie sie künftig wieder in Pisa leben konnten! Am Ende würden sie beide einsehen, dass seine Lüge ein notwendiges Übel gewesen war.

Das Verlangen, an Marcantonio vorbei ins Haus zu stürmen, wuchs, doch eben fuhr dieser fort, erklärte, dass die beiden noch am selben Abend ins Landhaus von Abelardo aufgebrochen wären.

Lotario unterdrückte ein Stöhnen. Natürlich, damit war zu rechnen gewesen. Verdammt, warum war er nicht gestern schon hier gewesen!

»Nun«, fuhr Marcantonio fort, »es ist gut, dass sie nicht hiergeblieben sind.« Er seufzte tief, fuhr ausufernd fort. O armes Pisa, was müsse es denn noch alles erdulden. Den ganzen Tag machten heute schon verschiedene Gerüchte die Runde – und keines davon sei erfreulich. Sobald er erfahren habe, dass zwar Visconti wie geplant den Palazzo del Commune verlassen hatte, dort aber, was keineswegs so vorgesehen war, der Erzbischof eingezogen war, habe Ugolino seinen Landsitz in Settimo verlassen.

»Ich weiß nicht, was Ruggieri will«, rief Marcantonio, »es war doch immer üblich, dass der Herr der Stadt im Palazzo del Commune lebt und der Bischof im Bischofshaus. Die Glocken hängen ja auch im Turm, nicht in der Küche.«

Dies war zwar ein falscher Vergleich, weil im Campanile keine Glocken hingen, doch so oder so wuchs mit jedem von Marcantonios Worten Lotarios Unbehagen. Nun gut, Ruggieris Intrigen hatte er nie vollends durchschaut, aber Hauptsache, sie waren seinem eigenen Plan förderlich – und deswegen musste er nun seinen Teil dazu beitragen. Ohne ein Wort zu sagen, ließ er Marcantonio einfach stehen.

Die ersten Schritte fielen ihm noch schwer, wucherte das Unbehagen doch immer noch in ihm. Alsbald wurde er aber von einem Lärm in eine ganz bestimmte Richtung gelockt. Lotario schnappte genügend Wortfetzen auf, um zu erfahren, dass Bona recht hatte: Ugolino war an diesem 1. Juli tatsächlich nach Pisa zurückgekehrt, zunächst gewillt, um den Palazzo del Commune zu kämpfen. Doch Ruggieri hatte diesen ganz freiwillig verlassen und Ugolino Verhandlungen vorgeschlagen. Auf dass diese unter dem Segen des Allmächtigen stünden, sollten sie aber nicht im Palazzo stattfinden, stattdessen in einer Kirche gleich in seiner Nähe – nämlich San Sebastiano.

Wenig später hatte Lotario sie erreicht und stieß hier – obwohl er eigentlich noch mehr Lärm erwartet hatte als in den Gassen und Straßen – auf Grabesstille. Nicht dass er nicht jedem dieser Männer, die vermeintlich müde vor der Kirche lungerten und die Verhandlungen abwarteten, zutraute, sofort aufzuspringen und die Waffen gegen ihre Feinde zu erheben. Doch vorerst schien die Erschöpfung nach dem gestrigen Kampf größer als die Lust zu sein, von Neuem loszuschlagen –

und zwar bei beiden Parteien, der von Ugolino ebenso wie der des Erzbischofs.

Wenn Lotario etwas konnte, so war das, sich unsichtbar zu machen. Das Hauptportal der Kirche war geschlossen, und mehrere Bewaffnete hatten sich davor versammelt, aber er schlich unbemerkt zu einem Seiteneingang, und der war unbewacht. Als er sich von dort ein letztes Mal umdrehte, nahm er ein vertrautes Gesicht wahr. Nicht nur Ugolinos Söhne – gezeichnet von der gestrigen Niederlage – warteten vor der Kirche, auch Anselmuccio, obwohl der doch zu jung war, um im Zweifelsfall zu kämpfen.

Lotario fühlte wieder Unbehagen an sich hochkriechen. Warum war Anselmuccio hier … warum hatte er sich nicht irgendwo in Sicherheit gebracht … sein Hündchen Punto hatte sich doch scheinbar auch verkrochen? Allerdings: Wenn die Verhandlungen erfolgreich waren, würde es zu keinen Kämpfen kommen. Und damit die Verhandlungen glückten, sollte er möglichst rasch mit Ruggieri reden.

Lotarios Augen brauchten eine Weile, sich an das trübe Licht im Inneren der Kirche zu gewöhnen. Von der Seitenkapelle aus, die er betreten hatte, konnte er weder den Erzbischof noch Ugolino sehen, doch er vernahm aus dem Kirchenschiff gedämpfte Stimmen. Ugolino sprach heiser, fast flüsternd, umso lauter Ruggieri. Wenn er es richtig verstand, trug er Ugolino gerade an, an der Macht zu bleiben, vorausgesetzt, er teilte diese Macht mit ihm, dem Erzbischof. In anderen Städten hätte sich dergleichen auch bewährt.

Lotario runzelte die Stirn. Davon, dass Ruggieri mit Ugolino die Macht teilte, war niemals die Rede gewesen. Aber vielleicht fiel ihm keine andere Lösung ein, er wusste schließlich noch nichts von Ninos Rückkehr. Lotario wollte das Kirchenschiff betreten, doch plötzlich ragte ein Mann vor ihm auf, den Tonsur und Kutte als Mönch auswiesen. »Was hast du hier verloren, Junge?«

»Ich muss den Erzbischof sprechen!«

Noch während er die Worte sagte, fühlte er schon, dass sie kein Gewicht hatten. Er war weder bewaffnet noch alt genug, um Eindruck zu schinden.

»Fort mit dir, Tölpel!«, knurrte der Mönch. »Der Erzbischof ist beschäftigt.«

Lotario überlegte kurz, sich irgendwie an dem Mann vorbeizudrängen, aber leider war der ebenso breit wie hoch. »Der Erzbischof vertraut mir. Vor einigen Wochen hat er mich zu sich vorgelassen, bin ich doch ein Stiefsohn von Abelardo Gualandi. Ich habe ihm versprochen, Nino il Brigata zurück in die Stadt zu locken, und dieses Versprechen habe ich gehalten. Gewiss, Nino il Brigata befindet sich im Moment noch nicht in der Stadt, sondern auf einem Landgut, aber …«

Er brach ab, hatte allerdings allein mit der Erwähnung von Ninos Namen viel erreicht. Die Ungeduld des Mönches wandelte sich in Erstaunen. »Das ändert vieles …«

»Lässt du mich jetzt mit dem Erzbischof sprechen?«

»Nein, aber ich werde es selbst tun. Warte hier!«

Sobald er ihn stehen ließ, hätte Lotario seinem Befehl leicht zuwiderhandeln können. Trotzdem rührte er sich nicht von der Stelle, kam er doch zu dem Schluss, dass der Erzbischof der Botschaft eher traute, wenn ein Geistlicher sie überbrachte. Er lehnte sich nur etwas gegen die Mauer, genoss die Kälte, die vom Gemäuer ausging, genoss diese wenigen Augenblicke der Stille. Sie währte nicht lang. Sobald der Mönch das Hauptschiff betreten hatte, ließ sich kurz die heisere Stimme von Ugolino vernehmen, doch die riss abrupt ab, und dann wurde es laut.

Irgendjemand schrie, schrie etwas von Lüge und Verrat. War es Ugolino selbst? War es der Erzbischof?

Lotario löste sich von der Wand, trat nun doch ins Kirchenschiff, erstarrte. Es war Ruggieri, der in einem fort schrie, nicht in Ugolinos Richtung, in die der Zeugen ihres Gesprächs. Es waren weitere Kleriker, auch ein paar Parteigänger Ugolinos, insgesamt nicht viele, jedoch genügend, dass ihr Geraune ob Ruggieris Anklage anschwoll.

»Soeben habe ich erfahren, dass Nino il Brigata mit einer Schar von hundert Kriegern vor der Porta della Spina steht«, rief der Erzbischof. »Welch Frevel! Welch gemeine Intrige! Ugolino della Gherardesca war nie bereit, hier ernsthaft mit mir zu verhandeln. Er hat sich nur darauf eingelassen, um alle Feinde an einen Ort zu locken. Nino il Brigata wird mit seinen Männern über uns herfallen wie ein Schlächter über das wehrlose Lamm.«

Die Stimmen wurden nun ohrenbetäubend laut, gingen wild durcheinander. Ruggieri wiederholte mehrfach seine Anklage, Ugolino hielt erst zornig, dann mehr und mehr verzweifelt dagegen, dass all das Unsinn wäre, nicht er, nein, Ruggieri derjenige sei, der eine gemeine Falle gestellt habe. Hinzu kamen die Mutmaßungen der Umstehenden, wer denn nun recht hätte.

Lotario selbst stand kurz wie erstarrt, fand aber schnell die Fassung wieder, stürmte geradewegs auf Ruggieri zu. »Das stimmt doch nicht!«, rief er. »Nino ist ganz allein zurückgekommen, nicht mit hundert Mann.«

Seine Stimme ging im allgemeinen Tumult unter, und Lotario ahnte: Selbst wenn er sich verständlich machen könnte, es hätte keinen Sinn. Ruggieri hatte eine äußerst machtvolle Lüge in die Welt gesetzt – und schon begann diese all jene, die sie gehört hatten, zu vergiften. Lotario bekam einen Ellbogen in den Bauch, als plötzlich alle Männer ins Freie drängten, dort verkündeten, was sie gehört hatten. Und war schon der Lärm in der Kirche angeschwollen, wurde er erst recht ohrenbetäubend, als es draußen zu brodeln begann.

Ob des Stoßes in die Magengrube blieb Lotario der Atem weg. Eine Weile war er damit beschäftigt, weiteren Schlägen und Tritten auszuweichen, keuchend zu atmen, und als er sich endlich wieder aufrichten konnte, war die Kirche leer … fast leer. Ugolino war auch nach draußen gestürmt, um seine Familie zu den Waffen zu rufen, Ruggieri dagegen mit ein paar Mönchen zurückgeblieben. Er musste ja nichts weiter tun. Die gefährlichsten, die tödlichsten Waffen waren seine Worte gewesen. Den Geräuschen von draußen nach zu schließen, hatten die Wartenden recht schnell ihre Mattheit abgelegt und waren aufeinander losgegangen, und das Pferdegetrappel verriet, dass beide Parteien allzu bald Verstärkung bekamen. Es folgten Laute, wie sie Lotario seit Meloria immer wieder in Albträumen heimsuchten, das Schnaufen, das Schreien, das Ächzen, das Poltern schließlich, wenn einer zu Boden ging.

Unwillkürlich presste er seine Hände vor die Ohren, doch plötzlich fühlte er einen Griff an seinem Handgelenk. Ruggieri stand vor ihm, den Kopf leicht schräg haltend, und blickte ihn an. So hatte er ihn auch bei ihrem ersten Treffen angestarrt, als gelte es zu prüfen, ob er ein lästiges Insekt war, das man erschlagen musste, oder ein nützliches Maultier, das manche Last für einen schleppen konnte.

»Bete mit mir für einen guten Ausgang der Schlacht.«

»Das, was du getan hast – das … das war nicht abgemacht! Ich wollte doch nicht, dass es wegen Ninos Rückkehr zu Kämpfen kommt! Ich wollte nur …« Er brach ab, versagte ihm doch die Stimme ihren Dienst.

Der Blick, eben noch kalt und prüfend, wurde fast mitleidig. »Du wolltest die junge Frau zurück in der Stadt haben – und das hast du erreicht. Du willst mich doch nicht ernsthaft glauben machen, dass du um Nino trauern wirst.«

»Du hast mich belogen! Du hast nie gesagt, dass du Nino tot sehen willst!«

»Versteh doch: Solange Nino il Brigata am Leben ist, bleibt er eine Gefahr für Pisa. Es gilt, die ganze Brut der Gherardesca auszulöschen – auch ihn. Deswegen wollte ich ihn ja in der Stadt haben. Nun komm, bete mit mir.«

Wie kann ich beten, lag es Lotario auf den Lippen. Dein Gott ist doch nicht meiner. Deine Feinde nicht meine. Deine Hoffnung nicht meine.

Aber dann erkannte er, dass Ruggieri nicht ganz unrecht hatte, dass er, um Aziza zurückzuholen, letztlich jeden Preis zu zahlen bereit gewesen war, dass er nur darum nichts von Ruggieris wahrem Plan gewusst hatte, weil er diesen nicht gründlich genug erforscht, hinterfragt hatte.

Was habe ich getan, ging ihm durch den Kopf. Was würde von Aziza bleiben – für mich, für die Welt, für die Wissenschaft – wenn sie Nino verlor?

Lieber Gott, begann Lotario plötzlich doch zu beten. Lass Nino nicht in die Stadt zurückkehren!

Aziza konnte sich nicht erinnern, in jener letzten Nacht ein Auge zugetan zu haben. Sie wusste nur, dass Nino und sie sich zwar nicht geliebt, aber eng aneinandergepresst im Bett gelegen hatten. Nie hatte sie sich ihm so nahe gefühlt – und nie so unendlich fern.

Nah, weil sie wusste, was ihm durch den Kopf ging, ohne dass er es laut sagen musste – die Frage, ob er an die Seite seiner Familie eilen sollte. Und fern, weil er zumindest die letzte Frage anders beantwortete als sie.

Aziza wäre am liebsten sofort nach Sardinien zurückgekehrt, doch Nino wollte davon nichts wissen. Im Morgengrauen wurde er von Unrast gepackt. Er löste sich von ihrem Körper, begann unruhig auf und ab zu gehen, von tiefer Scham gepackt, hier tatenlos abzuwarten, von immer größerem Verlangen, seiner Familie beizustehen.

Ihr fiel kein Wort ein, um ihn zu beschwichtigen. Es gab ein solches Wort ja nicht. Ihre Liebe zu beschwören, hätte einen bitteren Beigeschmack gehabt, schien der Preis für diese Liebe – die Familie im Stich zu lassen – doch hoch wie nie.

Die Sonne wanderte höher, ließ die Blätter der Olivenbäume in der Ferne silbrig glänzen, doch Nino schien für die Schönheit der Landschaft blind zu sein. Gegen Mittag klopfte Abelardo an ihrem Gemach, brachte ihnen Brot, Wein und Käse. Nino nahm nichts davon, blieb nur endlich stehen, sah den Kaufmann angespannt an.

»Gibt es Neuigkeiten?«, fragte er.

Abelardo war anzusehen, dass auch er in der vergangenen Nacht nur wenig Ruhe gefunden hatte. Schon als sie gestern das Landhaus erreichten, hatte er wieder und wieder bekümmert gefragt: »Warum seid ihr bloß zurückgekehrt?« Und als sie ihm die Beweggründe erklärten, hatte er nicht minder hilflos gerufen: »Warum habt ihr Lotario nur vertraut?«

Jetzt sagte er gar nichts, zuckte nur hilflos die Schultern.

Erst als die Mittagsstunde lange hinter ihnen lag – Nino hatte das Essen nicht angerührt –, erfuhren sie von einem Bauern, der in der Stadt Olivenöl verkauft hatte, von Unruhen und Kämpfen. Das allein hatte zwar noch nicht viel zu bedeuten. Beides schien ja zu dieser geplagten Stadt zu gehören wie der Herzschlag zu einem Lebenden. Doch Nino schritt nun vor dem Haus auf und ab, hielt nach weiteren Menschen Ausschau. Just als Aziza fühlte, dass er seine Ungeduld, seine Sorge um die Familie, vor allem um Enrico, Guelfuccio, Anselmuccio nicht länger bezwingen konnte und aufbrechen würde, näherte sich in der Ferne ein von mehreren Reitern eskortierter Wagen.

»Es ist nicht gesagt, dass dieser Wagen aus Pisa kommt«, murmelte Aziza, »es könnte sein, dass …«

»Es ist Capuana!«, rief Nino.

Er war schon auf das Gefährt zugelaufen, als Aziza aufging, dass es sich um Ugolinos Gattin handelte, Ninos Stiefgroßmutter. Umso schneller kam sie zu dem Schluss, dass sie nur aus einem Grund die Stadt verließ: Sie war dort nicht länger sicher.

Als sie näher trat, drangen jedoch Laute an ihr Ohr, die weder Gefahr noch Angst davor verhießen. Es war ein fröhliches Glucksen, ausgestoßen von zwei kleinen Kindern – Ugolinos Jüngsten, für die die Kutschfahrt offenbar ein großes Abenteuer war. Vage erinnerte sie sich, dass Nino ihr einmal von Beatrice und Matteo erzählt hatte, die eigentlich sein Onkel und seine Tante waren, die er aber ob ihres Alters eher als Nichte und Neffe betrachtete.

Wenigstens sind sie in Sicherheit, ging es Aziza durch den Kopf.

Ninos Miene verriet dagegen keine Erleichterung. Wahrscheinlich hatte er gehofft, dass auch Anselmuccio mit Capuana Pisa verlassen hatte, doch von dem Burschen war nichts zu sehen, nur sein Hündchen Punto sprang aufgeregt um die Beine der Kinder.

»Anselmuccio hat ihn mir anvertraut!«, rief Matteo freudestrahlend.

Nino rang sich ein knappes Lächeln ab, wurde aber sofort wieder ernst. »Was … was ist passiert?«

Aziza wusste nicht recht, wie sie sich Capuana gegenüber verhalten sollte, doch diese hatte ohnehin keinen Blick für sie übrig. Sie war stark geschminkt und mit viel Schmuck behangen, doch das konnte nicht verbergen, wie erschöpft sie war – und wie resigniert.

»Wir reisen nach Lucca, woher ich stamme«, sagte sie leise. »Ich werde Unterschlupf bei meiner Familie finden.«

Nicht nur Aziza hatte das Gefühl, dass sie etwas Wichtiges verschwieg, wohl auch Nino, sonst würde er nicht mit gepresster Stimme wiederholen: »Was ist passiert?«

Während Punto kläffte und die Kinder lachten, schwieg Capuana lange. Schließlich stieg sie umständlich aus dem Gefährt und bedeutete Nino und Aziza, ein paar Schritte mit ihr zu kommen, damit die Kleinen nichts von den Neuigkeiten hörten, die sie ihm überbringen musste. So stockend, wie sie es tat, dauerte es lange, bis alles erzählt war. Ruggieri hatte demnach ein Komplott geschmiedet, um erst Visconti loszuwerden, nun Ugolino, und tatsächlich war es ihm gelungen, schwere Kämpfe zu provozieren. »Vielleicht geht doch noch alles gut aus«, schloss sie, »die Gherardesca konnten immerhin wieder den Palazzo del Popolo besetzen, der Kampf um Pisa ist nicht entschieden.«

Warum sie dann trotzdem nach Lucca floh, ließ sie offen, erst recht, warum ihr Blick so leer war.

»Was ist mit Anselmuccio?«, fragte Nino leise.

»Das Letzte, was ich hörte, war, dass er es wie Gaddo, Uguccione und dein Großvater in den Palazzo del Popolo geschafft hat. Dort … dort ist er in Sicherheit.«

Nie war Aziza ein Wort falscher erschienen. Sicherheit. Wie sollte jemand in Sicherheit sein, wenn doch die Feinde der Gherardesca den Palazzo belagerten? Doch es war nicht dieses Wort, was Nino verstörte, sondern etwas anderes.

»Enrico?«, fragte er. »Du hast ihn gar nicht erwähnt. Was ist mit meinem Bruder Enrico?«

Capuana senkte den Blick. Erst jetzt fielen Aziza die dunklen Schlieren auf ihren Wangen auf, die verrieten, dass sie geweint und sich dabei die schwarze Schminke verwischt hatte. »Der kleine Guelfuccio … er ist auch im Palazzo del …«

»Was ist mit Enrico?« Nino schrie nun.

»Und Bianca, Guelfuccios Mutter, konnte sich ebenfalls retten.«

Nino brachte kein Wort mehr hervor, warum auch, die Frage stand deutlich in seinem Blick. Nein, nicht bloß die Frage – bereits das Wissen um Capuanas Antwort.

»Enrico war einer der Ersten, den die Feinde der Gherardesca getötet haben«, brachte Capuana schließlich hervor.

Sie flüsterte es nur. Viel lauter, so rechnete Aziza, würde Nino schreien. Doch stattdessen stieß er nur ein schmerzvolles Stöhnen aus. Er blieb stumm, während sein Gesicht zur Maske gefror, sich seine Hände verkrampften. So musste er ausgesehen haben, als er in Meloria gegen die Gewissheit ankämpfte, dass die Schlacht verloren war, der Großvater die Pisaner im Stich ließ.

»Ich muss in die Stadt«, erklärte er schließlich mit einer Stimme, die sie nicht kannte. »Ich muss meiner Familie helfen, den Palazzo del Popolo zu halten.«

Aziza hatte nicht die Kraft zu widersprechen, Capuana tat es für sie. »Damit handelst du genau so, wie Ruggieri es von dir erwartet. Mit der Lüge, dass du mit Verstärkung vor der Stadt stehst, hat er die Schlacht überhaupt erst entfesselt.«

»Ruggieri muss mit dem, was er getan hat, selbst leben. Ich aber werde nicht damit leben können, nichts zu tun.«

Wenig später hatte Capuana das Gefährt wieder bestiegen. Langsam setzte es sich in Bewegung. Die Räder quietschten, Matteo lachte über Punto, die kleine Beatrice klatschte begeistert.

Nino wich Azizas Blick aus, verlor auch keine Worte. Er zog sie nur an sich, um sie zu umarmen, und es fühlte sich an wie in der letzten Nacht: Nie war er ihr so nahe gewesen. Nie so fern.

1373

Bis zum Abend waren Cristo und Gabriele auf dem Wagen unterwegs. Nicht nur das Tageslicht schien zu schwinden, auch die Kraft aus Gabrieles Stimme. Irgendwann endete seine Erzählung jedenfalls abrupt – ausgerechnet an einer Stelle, an der Cristo unbedingt hätte wissen wollen, wie es weiterging. Gabriele zuckte zusammen, Cristo kämpfte darum, sich seine Furcht nicht anmerken zu lassen. Der Mann, der sie an ihrem Ziel erwartet hatte und nun auf den Wagen zutrat, hatte ein so graues Gesicht, als wäre es aus Stein.

»O Gott …«, stieß Gabriele aus.

»Er ist lediglich von Steinstaub bedeckt«, sagte Cristo, »nichts, was sich nicht abwaschen ließe …«

Ob allerdings unter dem Steinstaub ein freundlicher Mensch steckte, bezweifelte er sehr. Keinen Zweifel mehr gab es hingegen daran, was er schon vermutet hatte: Sie waren tatsächlich zu einem Steinbruch gebracht worden. Und hier sollten sie offenbar so lange schuften, bis ihre Schuld beglichen war.

Das Entsetzen, mit dem Gabriele vor einigen Stunden auf diese Aussicht reagiert hatte, seine Verzweiflung, mit der er bekundet hatte, unmöglich Steine schleppen zu können, war Cristo übertrieben vorgekommen. Er hatte zwar mitnichten Lust auf diese Schufterei, aber ein paar Blasen auf den zarten Fingerchen würden sie beide nicht umbringen. Nun fühlte er sich jedoch selbst mutlos und bedrückt – was allerdings auch an Gabrieles Geschichte lag. In Cristos Augen kamen darin eindeutig zu viele Kämpfe, zu viel Verrat und vor allem zu viele Bischöfe vor, und gerade Letztere hatte er noch nie leiden können.

Gabriele machte Anstalten aufzustehen, doch der fremde Mann herrschte sie an: »Liegen bleiben! Heute ist es zu finster, um zu schuften. Spart eure Kräfte bis morgen früh.«

Immerhin schien er einzusehen, dass diese Kräfte genährt werden mussten. Er warf etwas in den Wagen, was sich zwar wie ein Stein anfühlte, sich aber wohl um ein Stück hartes Brot handelte. Gut, dass es mittlerweile so dunkel war, dass sie nicht erkannten, ob es verschimmelt war.

Cristo war eine Weile so damit beschäftigt, erst daran zu saugen, dann winzige Stücke abzubeißen und sie weich zu kauen, dass er Gabriele nicht bedrängte, mit der Geschichte fortzufahren. Und als schließlich der Magen voll – von Sattsein konnte man nicht sprechen – und der Durst mit einem Schlauch fauligen Wassers gelöscht war, erklärte Gabriele mit Grabesstimme, dass sie wohl besser schlafen sollten.

Auch wenn das eine kluge Entscheidung war – Cristo rechnete nach allem, was er heute erlebt und gehört hatte, mit Albträumen. Doch als er die Augen schloss und die Zähne zusammenbiss, um ein Zittern zu unterdrücken, träumte er von gar nichts. Zu Kräften kam er allerdings ebenso wenig. Als er am nächsten Morgen erwachte, schmerzte nicht nur der Kopf, sondern sämtliche seiner von Kälte steifen Glieder. Seine Zunge fühlte sich pelzig an, die Lider geschwollen.

Na, wenn man mich in diesem Zustand zwingt, Steine zu schleppen, werden sie wohl irgendwem auf die Zehen fallen.

Gabriele musste schon lange vor ihm erwacht sein. »Ach, Gott«, begann er zu klagen, »wenn ich wenigstens von Anfang an gewusst hätte, dass der Turm eine Glockenstube bekommt …«

Cristo hatte bis jetzt nicht herausgefunden, warum die Glockenstube von solch großer Bedeutung war, und Gabriele machte keine Anstalten, es zu erklären oder mit seiner Geschichte fortzufahren.

Alsbald wurden sie vom Wagen gescheucht, und Gabriele überlief ein Zittern, obwohl die morgendliche Sonne begann, ihre Kraft zu entfalten.

Niemand nahm darauf Rücksicht. Als Gabriele nicht sofort dem Befehl folgte mitzukommen, erhielt er einen Schlag in den Nacken – und Cristo ungerechterweise auch. Eine Weile brummte ihm der Schädel derart, dass er nur auf den Boden schaute. Bis er wieder hochblickte, standen sie unmittelbar im Steinbruch.

Cristo wurde mulmig, als er die vielen schweren Quader gewahrte, wie sie für Schallmauern verwendet wurden.

»Na los!«, knurrte der Mann. Mit dem Kinn deutete er erst auf die Steine, dann auf den leeren Wagen, mehr Worte verschwendete er nicht.

Cristo unterdrückte ein Seufzen, trat auf einen der Steine zu und tat so, als würde er ihn aufheben. In Wahrheit nutzte er die Gelegenheit, um die Aufseher und die Arbeiter zu zählen. An Arbeitern waren es mehr als ein Dutzend – weiter konnte er nicht zählen –, Aufseher aber nur zwei oder drei. Wenn sie sich unauffällig verhielten … wenn diese irgendwann mit etwas anderem beschäftigt wären … vielleicht könnten sie fliehen.

Nur verhielt sich Gabriele leider ganz und gar nicht unauffällig! Nicht nur, dass er immer noch zitterte, er begann nun auch heftig den Kopf zu schütteln.

»Ich … ich kann das nicht …«

»Steine schleppen? Das kann jeder.« Cristo presste die Zähne zusammen, wuchtete einen der Quader hoch, und prompt brach ihm der Schweiß aus. Dennoch gelang es ihm, den Quader bis zum Wagen zu schleppen.

Gabriele machte keine Anstalten, es ihm gleichzutun. »Ich … ich bin nicht stark genug … die Männer werden es bemerken, und dann …«

»Himmel, du hast zwei gesunde Hände, nun reiß dich zusammen. Ja, die Steine sind schwer, und ja, du bist die Schufterei nicht ge-

wohnt, so wenig wie ich übrigens. Aber du bist jung und gesund ... und wer weiß, vielleicht findest du dein Glück eher, wenn du keine traurigen Geschichten über die Vergangenheit erzählst, sondern ordentlich anpackst. Diese Geschichten sind doch nutzlos, deine hat uns keinen Schritt weitergebracht, im Gegenteil, sie hat uns mehr als Tausende Schritte zurückgeworfen. Ach, ich muss verrückt gewesen sein, dir meine Hilfe zuzusagen. Hätte ich doch nur nicht ...«

Cristo redete sich immer mehr in Rage – teils, um den eigenen Unmut loszuwerden, teils um das schlechte Gewissen zu verbergen, war er es doch allein, der sie beide in diese Lage gebracht hatte.

Gabriele schien ohnehin nicht zuzuhören. Anstatt endlich einen Stein hochzuheben, packte er Cristo unwillkürlich am Handgelenk, um ihn dazu zu zwingen, ihn anzusehen. Sein Griff war fester als vermutet.

»Ich muss dir ein Geheimnis anvertrauen.«

Himmel! Bis jetzt war von so vielen Geheimnissen die Rede gewesen, von denen Gabriele noch keines enthüllt hatte, und jetzt sollte noch ein weiteres hinzukommen?

Immerhin, um dieses Geheimnis zu offenbaren, bedurfte es keiner langen Geschichte – nur weniger Worte, die Gabriele Cristo nun ins Ohr raunte und die Cristo zwar verstand, die aber keinen Sinn zu ergeben schienen. Fassungslos starrte er Gabriele an.

»Verstehst du nun, warum ich keine Steine schleppen kann?«, schloss dieser. »Und in welch gefährliche Lage ich geraten würde, wenn diese Männer die Wahrheit erkennen?«

V.

In der Muda

1288 – 1290

Nino wusste nicht, wann genau der Zeitpunkt gekommen war, da das Schicksal der Gherardesca besiegelt war – ob schon in jener Stunde, da er am Palazzo del Popolo eintraf, um hier mit seiner Familie gegen die Männer des Erzbischofs und der ghibellinischen Familien zu kämpfen. Oder erst, als sein Onkel Gaddo verletzt wurde. Er konnte nicht erkennen, was ihn getroffen hatte, ein Pfeil, ein Dolch, eine Lanze. Es quoll nur plötzlich so viel Blut aus seinem Bauch.

Gaddos Gesicht, bis jetzt maskenhaft starr wie das aller Männer, die erst nur um die Macht kämpften, später um das nackte Leben, wirkte erstmals wieder menschlich – nicht, weil es von Schmerzen gezeichnet war, vielmehr weil ein spöttisches Lächeln um seine Lippen tanzte.

»So leicht bin ich nicht totzukriegen.«

Tatsächlich, sein Blick brach nicht wie der von vielen anderen, die Nino heute sterben gesehen hatte. Sein Atem wurde rasselnd, aber die Schaumbläschen um die Mundwinkel färbten sich nicht rot. Dennoch schwand in Nino sämtliche Hoffnung, als er auf die Wunde seines Onkels blickte.

Vielleicht würde es Gaddo schaffen und an dieser Verletzung nicht zugrunde gehen. Aber die Gherardesca konnten ihr Schicksal nicht wenden. Da waren zu viele Feinde, die immer mehr Räume im Palazzo del Popolo stürmten, da waren zu wenige Männer, die treu zu ihnen standen und die übrigen verteidigten.

»Es ist vorbei«, murmelte er.

Gaddos Gesicht verdüsterte sich, doch er hatte nicht die Kraft zu widersprechen. Allerdings hatte auch Uguccione ihn gehört, und der brüllte: »Es ist vorbei, wenn ich tot bin.« Drohend richtete er sich vor einer der Türen auf, die unter den Schlägen auf der anderen Seite nachzugeben drohte. Nino ahnte, er sollte besser an seine Seite eilen, um die Feinde zurückzuschlagen, wenn das Holz endgültig nachgab, doch stattdessen packte er Gaddo unter den Achseln und zog ihn in das Gemach seines Großvaters, wo der sich verschanzt hatte. Ugolino – grauer und gebückter als sonst – war zu alt, um zu kämpfen. Allerdings war er nicht zu alt, um vom Sieg zu träumen.

Als Nino seine Worte wiederholte, wonach es vorbei wäre, bohrte sich Ugolinos glühender Blick in ihn. »Erst bist du aus Pisa geflohen, und jetzt kommst du nur zurück, um uns zu Verlierern zu erklären?«

Nino trotzte seinem Blick. »Jeder weitere Tote ist einer zu viel. Es ändert nichts mehr an unserer Niederlage.«

Ugolinos Blick blieb finster, aber er brachte kein Wort mehr hervor.

»Nino!«, rief stattdessen Anselmuccio, der ebenfalls hier gewartet hatte. Er lief auf ihn zu, umarmte ihn. Obwohl er mit seinen vierzehn Jahren mittlerweile fast so groß war wie er, wirkte sein Körper schmächtig.

Warum ist er bloß hier, ging es Nino durch den Kopf, warum ist er nicht mit Capuana geflohen.

Er fragte es nicht laut, stand die Antwort doch deutlich in Anselmuccios Gesicht geschrieben. Weil er seine Familie nicht im Stich lassen wollte – so wie Nino selbst sich geweigert hatte, die Familie im Stich zu lassen.

Was für Narren wir sind, dachte er, und nie hatte er Anselmuccio so inniglich zu lieben vermeint wie in diesem Augenblick, nie seine Familie, nie seinen Großvater, dessen Blick plötzlich zu flackern, dessen Lippen zu zittern begannen.

Keines von Ninos Worten schien den Alten erreicht zu haben – umso mehr schaffte es das Weinen des kleinen Guelfuccio, das plötzlich ertönte. Der hatte gestern nicht nur seinen Vater verloren. Eine fremde Frau – offenbar die Amme – trat mit dem Kleinen auf dem Arm auf ihn zu, stammelte: »Sie … sie ist einfach davongelaufen.«

»Bianca?«

Die Amme nickte. »Wie kann man nur sein eigenes Kind im Stich lassen?«

Nino war nicht sicher, ob das die klügste oder die grausamste Tat war, von der er je gehört hatte. Er wusste nur, dass es ihm nicht zustand, ein Urteil über Bianca zu fällen. Als der Kleine sich immer stärker in den Armen der Amme wand, hatte er kurz das Verlangen, ihn zu nehmen, aber an seinem Körper klebte so viel Schweiß, so viel Blut, er wollte das Kind nicht beflecken. Und ehe er noch überlegte, wo er sich beides abwaschen konnte, drang ihm jäh ein ätzender Geruch in die Nase.

Rauch.

Er fuhr herum, konnte nicht erkennen, woher die grauen Schwaden kamen, nur, dass sie kniehoch standen. Anselmuccios Gesicht wurde kreidebleich, Ugolinos Lippen bebten noch stärker, die Amme sprach schließlich kreischend aus, was ihnen allen durch den Kopf ging: »Sie … sie zünden den Palazzo an!«

Erst als Nino aus dem Gemach stürmte, fühlte er, dass er Anselmuccios Hand fest umklammert hielt. Er wollte ihn loslassen, wollte ihm zurufen: Du sollst nicht kämpfen, du sollst nicht töten! Doch draußen auf den Gängen war ohnehin niemand mehr, den man töten konnte. Ihre Angreifer überließen es dem Rauch … dem Feuer, das immer lauter knisterte, für sie zu siegen. Nino erkannte das sofort, Uguccione schlug noch eine Weile mit dem Dolch um sich, kämpfte sinnlos gegen die grauen Schwaden an, bis auch ihm aufging, dass er niemanden treffen, niemandem die Kehle aufschlitzen würde.

»Onkel!«, rief Nino ihm zu, mehrmals, um ihn zum Innehalten zu bewegen.

Er bewirkte nichts, doch dann ließ sich hinter ihnen Ugolinos heisere Stimme vernehmen.

»Uguccione!«

Ein letztes Mal stach der Onkel in die grauen Schwaden, dann fiel sein Arm herab, als wäre er kein Mensch aus Fleisch und Blut, eine Marionette des Krieges – und jener Krieg war vorbei.

»Uguccione«, wiederholte Ugolino leise, und auch wenn er nichts hinzufügte, klang aus diesem einzigen Wort das Eingeständnis der Niederlage.

Das Klirren von Ugucciones Dolch, als der zu Boden fiel, wurde von Guelfuccios Gebrüll übertönt. Ob den Kleinen der Rauch so panisch stimmte oder er die Gefahr witterte, die in der Luft lag – nie hatte Nino ein Kind so durchdringend schreien hören. Dieser Laut ließ etwas in ihm zerbrechen, von dem er wusste, dass es nie wieder ganz heil werden würde. Zugleich aber war er fast erleichtert, dass ein anderes Wesen sein Elend so offen bekundete, während er das selbst nicht vermochte, nur nüchtern den Befehl gab, dass sie alle ihre Waffen fallen lassen, mit erhobenen Händen nach draußen treten sollten.

Zuletzt wandte er sich an Uguccione. »Hilf mir, ihn zu tragen!«, sagte er und deutete auf den verletzten Gaddo. Uguccione machte keine Anstalten, ihm zu helfen, aber Anselmuccio sprang für seinen Vater ein, packte den Onkel entschlossen unter den Armen, tat so, als bereite ihm das keine Anstrengung, obwohl der Schweiß auf seinem Gesicht glänzte. Nino versuchte, ihm so viel Gewicht wie nur möglich abzunehmen, was nicht leichter wurde, als auf dem Weg ins Freie der Rauch schmerzhaft in Augen und Nase biss. Er sah kaum etwas – nur, dass nirgendwo grelle Flammen ihnen den Weg absperrten. Die Erleichterung, nicht zu verbrennen, blieb aus. Ebenso jedoch wie die Enttäuschung, es nicht schnell hinter sich zu haben. Da war nur mehr Leere.

Irgendwann traf Sonnenlicht sein Gesicht, er sog begierig die frische Luft ein, konnte sich kurz daran laben, ehe er fühlte, wie ihm fremde Männer Gaddo aus den Händen zerrten.

»Passt auf! Er ist doch verwundet.«

Als ob sie sich darum scherten! Als ob sie Mitleid mit Anselmuccio hatten, den sie wie alle anderen festnahmen, in Ketten legten, mit Flüchen bedachten! Als ob sie wenigstens Guelfuccio Gnade erwiesen! Ihn fesselten sie zwar nicht, doch sie wiesen die Amme an, mit ihnen mitzukommen. Das Kind verstummte jäh, die Amme fing an seiner statt zu schreien an, viel leiser und kläglicher, sodass die Stimme des Erzbischofs zu hören war. Eben erklärte Ruggieri degli Ubaldini, dass alle Gherardesca Verräter seien und sie vorerst im Palazzo del Commune festgesetzt werden würden.

Auf die Worte folgte Jubel.

»Doch nicht ihn«, sagte Nino und deutete auf Guelfuccio, »er ist doch noch so klein.«

Er würde nie erfahren, ob seine Worte Ruggieri zum Einlenken bewogen oder das klägliche Schluchzen der Amme. Vielleicht leitete ihn nur die kühle Berechnung, ahnte er doch, dass ihn der Volkszorn treffen könnte, wenn er sich nicht nur an Männern, sondern auch an einem Kleinkind rächte.

Mit einem Zeichen deutete er den Männern an, die Amme samt Guelfuccio in eine andere Richtung wegzuführen.

»Er ist auch nur ein Kind«, sagte Nino und deutete auf Anselmuccio.

Ruggieris Barmherzigkeit hatte sich erschöpft. »Er ist alt genug, eine Waffe zu halten.«

Was immer Nino noch einzuwenden versuchte – es ging im Gebrüll der Menge unter.

»Verräter! Tyrann! Ausbeuter! Bestie!«

Die Worte waren vor allem für seinen Großvater bestimmt. Der Speichel derer, die sie anspuckten, und das faule Gemüse, das auf sie geworfen wurde, traf sie aber alle, auch den verletzten Gaddo.

Aziza ging unruhig auf und ab. Sobald Lotario den Raum betrat, stürzte sie ihm entgegen. »Und? Kann ich ihn endlich sehen?«, rief sie verzweifelt.

Sie wagte kaum, seinen Blick zu suchen, ahnte ja selbst, welche Antwort sie in seiner Miene lesen würde. Zwei Wochen waren vergangen, seit man die Gherardesca gefangen genommen hatte. Noch am selben Abend war sie mit Abelardo ins Stadthaus zurückgekehrt, und seitdem versuchte der Kaufmann Neuigkeiten zu erfahren. Bis jetzt hatte er nichts herausbekommen, was nicht auch laut auf den Straßen verkündet wurde: Dass die Gherardesca einem Geschwür glichen, das man abschneiden oder ausbrennen müsse, um Pisa wieder gesunden zu lassen. Dass diese verfluchte Sippe ihre gerechte Strafe erhalten würde.

Wie diese Strafe aussah, war nicht klar. Fest stand nur, dass sie Gefangene blieben.

Lotario wusste auch nicht mehr. Am ersten Abend in Pisa hatte er sie aufgesucht, hatte eine Weile wortlos vor Aziza gestanden, nicht gewagt, sie anzusehen.

»Wie konntest du nur!«, hatte sie ihn mit fremder, harter Stimme angefahren. »Wie konntest du uns mit einer solch gemeinen Lüge zurück nach Pisa locken?«

Dass Tränen in seinen Augen schimmerten, hatte sie nicht mäßigen können. Auch nicht, dass er um ihre Vergebung flehte, zu erklären versuchte, dass der Plan, auf den Ruggieri ihn eingeschworen hatte, niemals Ninos Gefangennahme umfasst hatte.

»Ich wollte doch nur, dass ...«

»Du wolltest mich bei dir haben, und alles andere war dir gleich!«, fuhr sie ihn an, doch ihr Herz war so randvoll von Sorge und Angst, dass nicht genügend Platz für Ärger blieb.

»Ich will keine Rechtfertigungen hören«, erklärte sie schließlich, ging unruhig auf und ab, die Hände schmerzhaft ineinander verschränkt. »Im Moment zählt nicht, was du getan hast. Im Moment zählt nur, was du jetzt noch tun kannst. Ich ... ich muss Nino sehen.«

Wenigstens noch einmal, fügte sie in Gedanken hinzu, brachte es aber nicht zustande, diese Worte auch laut auszusprechen.

Lotario schien trotzdem zu fühlen, was in ihr vorging. Seine Tränen versiegten, während in ihren Augen welche hochstiegen. »Ich ... ich werde alles versuchen.«

Bis jetzt war dieses Alles viel zu wenig gewesen. Und auch heute erwartete sie keine hoffnungsvollen Neuigkeiten. Doch zu ihrer Überraschung sagte Lotario plötzlich: »Die Gefangenen … sie werden vom Palazzo del Commune in ein neues Gefängnis gebracht.«

Aziza wusste nicht, ob diese Worte ein Lichtstreifen sein könnten oder endgültig jede Hoffnung verdunkelten. Die Chance, Nino zu treffen, wuchs – zugleich aber auch die Chance, dass er danach nie wieder den blauen Himmel über sich sehen würde.

»Welches neue Gefängnis?«

»Die Gefangenen werden in einen Turm geworfen, der viele Namen hat. Irgendwann hat er den Gualandi gehört, einem Zweig von Abelardos Familie, doch Torre dei Gualandi nennt man ihn schon lange nicht mehr. Manche sagen stattdessen Torre delle Settevie zu ihm, weil sieben Wege dorthin führen. Das einfache Volk wiederum nennt ihn häufiger Muda, Hungerturm, weil manch Schuldner dort bei Wasser und Brot ausharren muss.«

Eine Kälte durchdrang Aziza, die sie nie zuvor gefühlt hatte.

Turm … Hunger … echote es in ihr, und sie besann sich der Worte, die Nino einst zu ihr gesagt hatte, als sie das erste Mal den Campanile betreten, in seinem Schacht gestanden hatten. *Ich stelle es mir schrecklich vor, an einem Ort gefangen zu sein, in dem es kein Fenster gibt, nur der Blick zum Himmel möglich ist, dieser aber unerreichbar für Wesen ohne Flügel bleibt. Es muss so sein, als befände man sich im … Nichts.*

Aziza schüttelte die Erinnerungen daran ab. Sie ließ Lotario stehen und eilte aus dem Raum.

»Wo willst du denn hin?«

»Ich muss zu diesem Turm.«

»Aber ich weiß nicht, wann genau die Gefangenen …«

»Ich werde warten. Ich muss Nino sehen.«

Ihre Stimme klang nicht nur verzagt, auch entschlossen.

Lotario folgte ihr ohne ein weiteres Widerwort. Gottlob

bemerkte Bona nicht, dass sie das Haus verließen. Sie hätte es sich gewiss nicht nehmen lassen, sie zu begleiten, aber ihre Klagen und Tränen hätte Aziza nicht ertragen. Mit ausdrucksloser Miene übernahm Lotario die Führung.

Auf den Straßen herrschte Ruhe. Falls jemand insgeheim haderte, dass nicht nur Ugolino gestürzt, auch noch ausgerechnet der Erzbischof zum Podestà ernannt worden war, obwohl in Pisa geistliche und weltliche Macht stets getrennt wurden, zeigte es nicht offen. Vielleicht waren die Menschen des Kämpfens müde, und verbleibende Wünsche richteten sich einzig darauf, dass der Brotpreis endlich fiel.

Die Piazza Anziani vor dem Turm, den man Muda nannte, war weitgehend leer. Er befand sich nicht weit vom Palazzo del Commune entfernt, aber wahrscheinlich würde man die Gefangenen erst abends hierherbringen, um Aufruhr zu vermeiden. Aziza hatte keine Ahnung, wie spät es war – der Himmel war farblos wie ihre Seele. Ihr Rücken schmerzte irgendwann, ihre Beine auch, aber sie achtete nicht darauf.

Wie lange sie hier stehen mussten, wusste sie später nicht mehr. Lotario hatte sie weder gestützt noch ihr seine Hand angeboten und schien auch jetzt zu wissen, dass ihm keine Berührung zustand. Erst als sich in der Ferne plötzlich Stimmen vernehmen ließen, auch das Geräusch von Rädern, das Wiehern von Pferden, trat er unvermittelt zu ihr.

Die Gefangenen wurden auf einem jener Wagen transportiert, die eigentlich dem Zweck dienten, Waffen zu transportieren. Als Erstes sah sie Ugolino, der nichts mit dem Tyrannen, mit dem Verräter gemein zu haben schien, als der er beschimpft wurde. Sie sah lediglich einen alten, grauen Mann. Flüchtig verweilte ihr Blick auf dem verletzten Gaddo, der zwar noch lebte, sich aber nicht aufrecht halten konnte und zum Turm getragen werden musste. Und dann war da Anselmuccio, der Jüngste von allen, der eine Würde ausstrahle, wie sie Uguccione, der unentwegt Flüche knurrte, deutlich fehlte. Er ist doch noch so jung!, dachte sie verzweifelt. Man kann ihn doch nicht für die Untaten seines Großvaters büßen lassen.

Dann sah sie, wie Nino aus dem Wagen gezerrt wurde, und stürzte auf ihn zu. So vieles an ihm war fremd, die Flecken auf seiner Kleidung, die Kratzer in seinem Gesicht, das struppige Haar, die schlackernde Kleidung, die verriet, dass er in den letzten beiden Wochen kaum etwas zu essen bekommen hatte. Doch das Leuchten in seinem Blick war nicht erloschen. Als er auf sie fiel, las sie in ihm immer noch jene uralte Sehnsucht, irgendwann mit ihr auf dem Turm zu stehen, gemeinsam auf das Meer zu blicken.

Gerne hätte sie ihm das Versprechen gegeben, dass es dereinst tatsächlich so kommen würde, aber plötzlich wusste sie: Er würde das Meer nicht wiedersehen, er würde sie nicht wiedersehen. Nur wenn er die Augen schloss, würde er einen Blick auf die türkis funkelnden Fluten werfen können, in denen sie schwimmen gelernt hatte, würde sich der glücklichsten Tage, die sie je gemeinsam verlebt hatten, entsinnen. Unendliche Trauer erfüllte sie.

»Aziza.«

Sie sah nur, wie seine Lippen ihren Namen formten, sie hörte seine Stimme nicht, war um sie herum doch ein Tumult ausgebrochen. Sobald sie auf Nino zugestürzt war, waren zwei Männer dazwischengetreten, von denen nun einer ihn, der andere sie packte, um sie zurückzuzerren. Obwohl Ninos Füße in Ketten lagen, wie sie nun sah, versuchte er erbittert, sich zu wehren. Und auch sie kämpfte mit aller Macht darum, zu ihm zu stürzen. Am Ende gelang es nur dank Lotarios Hilfe. Er trat dem einen Mann zwischen die Beine, biss dem anderen in den Daumen – und überraschte beide so sehr, dass sie sie kurz losließen. Aziza ahnte, dass ihnen nicht viel Zeit geschenkt wurde, aber diese Zeit wollte sie nutzen. Sie erreichte Nino, nahm nun wahr, dass auch seine Hände gefesselt waren, doch obwohl er sie nicht umarmen, über ihr Haar streichen konnte – sie konnte sich an ihn pressen, konnte ihn küssen, konnte die Erinnerungen an jenen ersten Kuss beschwören, als sie erkannt hatte: Die Liebe war so unendlich wie die Zahlen. Und bevor sie wieder von ihm weggerissen wurde, flüsterte sie ihm schnell ins Ohr: »Ich bekomme ein Kind, ich bekomme *unser* Kind.«

Sie sah, wie sein Blick kurz leuchtete, ehe Trauer und Sorge wieder übermächtig wurden. Gerne wollte sie hinzufügen, dass, wenn auch nicht sie, so dieses Kind eines Tages auf dem fertigen Turm stehen und von dort das Meer sehen würde, doch schon wurde sie wieder von den Männern gepackt, und obwohl Lotario erneut einzugreifen versuchte, wurde diesmal auch er zurückgestoßen. Lotario rappelte sich wieder hoch, Aziza auch, aber ihre Knie drohten nachzugeben. Rasch stützte Lotario sie.

»Pass gut auf sie auf«, konnte Nino ihm noch flehentlich zurufen, ehe er durch das Tor des Turms gestoßen wurde, in der Finsternis dahinter verschwand wie die anderen Gherardesca. Ein lautes Knirschen folgte, als das Tor hinter ihnen zufiel, der grässlichste Laut, den Aziza je vernommen hatte. Lotario versuchte, sie mit sich zu ziehen, doch sie wollte noch bleiben, dem Knirschen etwas entgegensetzen.

»Ich liebe dich«, sagte sie immer wieder. »Ich liebe dich.«

Vielleicht würde Nino diese Worte nicht mehr hören, aber sie wusste, dass er sie fühlte, und kurz war ihr das ein Trost.

Etwa sieben Monate später ging Abelardo durch Pisa. Oder nein. Das war nicht Pisa. Zumindest nicht *sein* Pisa. Eigentlich gab es überhaupt keinen Ort, wo er sich noch heimisch fühlte. Am ehesten wäre es sein Landsitz gewesen, aber um Azizas willen hatte er diesen kürzlich verlassen.

Gleich nach der Gefangennahme der Gherardesca im letzten Juli hatte er sie davon überzeugen wollen, mit ihm dorthin zu kommen, denn wenn sich irgendwo etwas Frieden finden ließ, dann dort. Aziza hatte ihn aus traurigen Augen angesehen und nur den Kopf geschüttelt. Obwohl der Sommer drückend war wie nie, der Arno und seine Nebenarme fauliger stanken als sonst und allerorts Angst vor den Mücken herrschte, die häufig schlimme Krankheiten brachten, konnte er sie auch in den folgenden Wochen nicht überzeugen. Als ein verregneter Herbst kam und sich Azizas Bauch zu wölben begann, sprach er nicht länger von Frieden, den sie fern der Stadt finden würde, nur von Sicherheit.

»Versteh doch!«, rief er. »Es geht nicht nur um dein Wohl. Es geht um dein Kind … *euer* Kind! Ruggieri und seinen Verbündeten sind alle Abkömmlinge von Ugolino ein Dorn im Auge. Der kleine Guelfuccio wurde zwar nicht in der Muda eingesperrt, lebt aber streng bewacht im Palazzo del Commune. Die Einzige, die man zu ihm lässt, ist seine Amme, und ich weiß nicht, was ihm droht, wenn er älter ist. Niemand … niemand darf wissen, dass du Nino il Brigatas Kind erwartest.«

Schweren Herzens hatte Aziza schließlich zugestimmt, doch die Erleichterung, die Abelardo in diesem Moment empfunden hatte, währte nicht lange. Obwohl es mit der Hitze für dieses Jahr vorbei war, glühte Azizas Gesicht häufig. Fieberschübe packten sie, vergingen zwar meist so schnell, wie sie gekommen waren, aber schwächten sie mit jedem Mal mehr.

Ihr Bauch wurde zwar dicker, Arme und Beine jedoch erschienen alsbald dürr wie die eines Kindes.

Seine Sorgen spiegelten sich in Bonas Gesicht, und anders als er sprach sie sie auch laut aus: »Und wenn es jenes gefährliche Fieber ist, von dem sich kaum ein Mensch erholt?«

Jedes Mal herrschte Abelardo sie an, sie solle keinen Unsinn reden, und meinte, dass das Fieber nur Folge all der Aufregungen wäre, doch jedes Mal klang er zweifelnder, kleinlauter. Er wusste allzu gut, was auch Bona wusste: dass im Jahr nach Meloria unmäßig viele Menschen von ähnlichen Fieberschüben gepackt worden und daran gestorben waren. Nicht zuletzt darum hatte Ugolino geplant, die vielen Sümpfe rund um die Stadt trockenzulegen, wo die Mücken, die das Fieber brachten, prächtig gediehen. Aber wie so vieles andere hatte er auch diese Maßnahme nicht zu Ende geführt.

Als der Winter fortschritt, schien es Aziza etwas besser zu gehen. Die Fieberschübe wurden seltener, und als der März anbrach – Bona behauptete, dass noch in diesem Monat das Kind kommen würde –, schienen sie gänzlich nachzulassen. Doch mit den neuen Kräften erwachte eine Unrast. Immer wieder lag sie nun Abelardo in den Ohren, dass sie nach Pisa zurückkehren wollte. Wer wüsste denn schon, dass sie Ninos Frau war, in ihrem Leib sein Kind heranwuchs. Enrico, der seinerzeit die Hochzeit bezeugt hatte, war doch tot. Und Ruggieri, der sich einst diese Tatsache zunutze gemacht hatte, würde doch nichts bemerken, wenn man sie in einer Sänfte nach Hause brachte, sie oben im Turmzimmer lebte wie einst!

Bona weinte ausnahmsweise mal nicht, sondern erklärte ganz nüchtern: »Du schaffst es niemals die Leiter hoch.«

Abelardo wiederum meinte stirnrunzelnd, dass es keinen Unterschied machte, ob sie sich nun hier oder in Pisa aufhielte.

Auch dort würden nicht mehr Neuigkeiten zu ihnen dringen als hier: Die Gherardesca schmorten immer noch in der Muda. Und jenes Gerücht, wonach Ruggieri ihnen die Freiheit in Aussicht gestellt hätte, wenn sie Pisa nie wieder beträten und überdies fünftausend Florinen zahlten – ein altes Gesetz sah diese Summe als Buße für Rebellen vor –, hatte sich bis jetzt nicht bestätigt.

Abelardo wusste nicht, ob es dieses Gesetz überhaupt gab. Was er ganz sicher wusste, war, dass Ugolino ein solches Vermögen unmöglich aufbringen konnte. Und selbst wenn: Es bedurfte jemandes, der dieses Geld dem Erzbischof überbringen würde, aber alle seine Verwandten waren entweder mit ihm eingesperrt oder wagten – wie Guelfo in Sardinien – nicht, nach Pisa zurückzukehren. Bonifazio della Gherardesca – das Oberhaupt jener Seitenlinie der Gherardesca, die als treu ghibellinisch galt – hatte sich wiederum längst auf die Seite von Ugolinos Feinden gestellt.

»Wenn es endlich Neuigkeiten gibt, werden wir so oder so davon erfahren«, erklärte Abelardo Aziza immer wieder.

»Trotzdem«, beharrte sie an jenem Märztag, »ich muss in seiner Nähe sein … gerade jetzt.«

Was meinte sie mit »gerade jetzt«? Die Stunde, da die Geburt des Kindes nahte? Oder die Stunde von Ninos Tod?

Bona jedenfalls kam ihr zu Hilfe: »Ich sehe es wie Ihr, Herr, und doch denke ich, dass wir tun sollten, was immer Aziza will. Vielleicht kommt sie in Pisa zu neuen Kräften, und sie wird all diese Kräfte brauchen, um das Kind zu gebären.«

Wieder las er in ihrem Blick die eigenen Bedenken – würden diese Kräfte jemals reichen? –, aber ausnahmsweise sprach Bona sie nicht aus, es schimmerten nicht einmal Tränen in ihren Augen wie sonst so oft.

Sie kehrten also nach Pisa zurück, und Bona behielt recht: Aziza schaffte es nicht, die Leiter ins einstige Gemach hochzusteigen. Stattdessen wohnte sie in jenem Raum, wo sie den Großteil ihrer Kindheit und Jugendzeit verbracht hatte und wo sich noch ihr Zirkel und jenes Gebilde, das als geometrisches Quadrat bezeichnet wurde, befanden. Nichts davon beachtete sie. Sie fügte sich zwar Bona, als diese sie ins Bett brachte, nahm sogar ein wenig heiße *brodium*, eine Suppe mit Gemüse und Hammelfleisch, zu sich, flehte aber Abelardo inständig an. »Geh in die Straße! Finde heraus, was geschieht!«

Es geschieht doch seit Monaten nichts, dachte er, aber er nickte gottergeben, verließ das Haus und trottete mit gesenktem Kopf durch Pisa, nicht sicher, wen er überhaupt nach Neuigkeiten fragen sollte. Einer der wenigen Menschen, mit denen er sich gerne unterhalten hätte, wäre Giovanni Pisano gewesen, der noch unter Ugolinos Herrschaft zurückgekehrt war, kurz die Hoffnung gehegt hatte, den Bau des Baptisteriums, Campo Santo, selbst des Campaniles fortzusetzen. Doch sobald die Unruhen ausgebrochen waren, hatte er die Stadt wieder verlassen. Bis jetzt hatte der Gedanke daran Abelardo mit Bedauern erfüllt – jetzt regte sich vor allem Grimm. Giovanni Pisano hatte ja so recht. Pisa verdiente Künstler wie ihn nicht. Pisa verdiente einen stolzen Campanile nicht. Vielleicht glich der keinem Zahn mehr. Ein Symbol für Pisas krummes Rückgrat war er allemal.

Er war bestürzt, welch dunkle Gedanken in ihm wohnten, wollte am liebsten wieder nach Hause zurückkehren, um vor diesen zu fliehen, doch plötzlich kam Lotario auf ihn zugestürmt.

»Abelardo! Du musst sofort mitkommen!«

Der Anblick des Knaben … nein, des nunmehr jungen Mannes setzte ihm zu.

Kurz nach der Gefangennahme der Gherardesca war Lotario zu ihm gekommen, hatte ihm seine Beweggründe zu erklären versucht. »Erzbischof Ruggieri hat beteuert, dass er Nino zu Ugolinos Nachfolger machen wolle. Auf diese Weise, so gab er vor, könne man Ugolino leichter zur Abdankung bewegen. Und Nino wäre beim Volk beliebt …«

Abelardo zürnte ihm, weil er so leichtsinnig gewesen war, Ruggieri zu vertrauen, und weil er Aziza und Nino mit einer Lüge nach Pisa gelockt hatte. Aber zugleich glaubte er ihm, dass er Ninos Gefangenschaft nicht gewollt hatte, hatte der Erzbischof doch einst auch ihn von genau diesem Plan überzeugen wollen.

»Du hast darauf gesetzt, dass Nino kaum mehr Zeit für Aziza bleibt, wenn er erst mal Podestà ist. Wenn du ihn schon nicht ganz aus ihrem Leben drängen konntest, so wenigstens aus einem großen Teil …«

Lotario hatte die Lippen zusammengepresst, hatte ebenso trotzig wie bekümmert gewirkt. Abelardo war nicht sicher gewesen, was er von ihm erwartete – Verständnis, gar Vergebung –, er hatte jedenfalls kein Wort hervorgebracht, Lotario hatte den Palazzo schließlich verlassen und war in den vergangenen Monaten nicht wieder dorthin zurückgekehrt.

So verdreckt und voller Blessuren, wie er ihm heute entgegentrat, hatte er seitdem wohl die meisten Nächte im Freien verbracht, vom Betteln gelebt oder von Tauben, die er gefangen und geschlachtet hatte.

Die Erregung in seiner Miene schob Abelardo darauf, dass er von Azizas Rückkehr erfahren hatte. Doch als der junge Mann sich wiederholte, zog er ihn nicht in Richtung Stadthaus, sondern Richtung Arno.

Abelardo war mittlerweile zu lange auf den Beinen, um

ohne zu schnaufen gehen zu können. Eine Weile richtete er all sein Trachten darauf, mit Lotario Schritt zu halten. Erst später ging ihm auf, dass regelrechte Scharen in die selbe Richtung strömten wie sie.

»Was … was ist geschehen?«

»Der Erzbischof hat das Volk zusammengerufen.«

Obwohl Abelardo mittlerweile verschwitzt war, lief ihm ein kalter Schauder über den Rücken. Nicht nur Unbehagen erfüllte ihn, auch Erstaunen, als sie das Ziel erreichten – nicht etwa den Palazzo del Commune oder den Palazzo del Popolo, auch nicht den Domplatz oder das Bischofshaus, sondern die älteste Brücke, die über den Arno führte. Das Wasser des Flusses, der jetzt im Frühling weit höher stand als im Sommer, war nicht grau und trüb, sondern fast schwarz. Umso deutlicher hob sich der ganz in Weiß gekleidete Erzbischof davon ab. In den Händen hielt er etwas, das Abelardo aus der Entfernung nicht erkennen konnte. Lotario hingegen schien eine Ahnung zu haben, denn plötzlich wurde er blass. »Er will doch nicht wirklich …«

»Was?«, fragte Abelardo, aber Lotario brachte kein Wort hervor. Es war auch nicht notwendig. Die, die der Brücke am nächsten standen, hatten den Gegenstand ebenfalls erkannt, gaben raunend weiter, dass es ein Schlüssel war. Und zwar nicht irgendein Schlüssel.

Schon bestätigte Ruggieri: »Dies ist der Schlüssel, mit dem jenes Verlies der Muda versperrt wurde, wo die Gherardesca gefangen sind. Er ist der einzige und darf darum nicht in die falschen Hände geraten. Eigentlich sollte er in überhaupt keine Hände geraten. Er sollte nie wieder ins Schloss gesteckt, nie wieder umgedreht werden. Die Gherardesca sind schließlich Verräter, und Verräter haben verdient zu sterben.

Das Raunen wurde lauter, während es in Abelardo ganz still wurde. Ruggieris Worte machten einfach keinen Sinn … er konnte das doch nicht wirklich meinen … nicht wirklich wollen …

»Du willst die Gheradesca einfach verhungern lassen?«, ertönte da eine Stimme.

Ruggieri machte keine Anstalten, es abzustreiten. »Das erscheint mir als angemessene Strafe, hat Ugolino selbst das Volk doch über Jahre darben lassen und sind so viele Pisaner des Hungertodes gestorben.«

Er hob den Schlüssel erst hoch über seinen Kopf, damit ihn nun wirklich jeder sehen konnte, dann über das Wasser.

Abelardo wurde der Mund trocken, andere waren noch in der Lage zu widersprechen. »Aber es geht nicht nur um Ugolino, auch um seine Söhne … Enkelsöhne … sie trifft doch keine Schuld!«

»Kein Mensch kommt schuldlos zur Welt, erst recht kein Gherardesca«, erwiderte Ruggieri streng. »Junge Wölfe erschlägt man, bevor sie zu beißen beginnen.«

»Aber wenn das Verlies tatsächlich verschlossen wird, kann es auch kein Priester betreten, um den Unglücklichen Beistand zu leisten. Und der wird in unserer Stadt nicht einmal den schlimmsten Verbrechern verwehrt.«

Ruggieris Miene blieb gnadenlos. »Soll Ugolino all seine Missetaten doch der Mauer beichten, die ihn umgibt. Ob es als Buße reicht, dass er seine Söhne und Enkelsöhne langsam wird sterben sehen müssen, weiß allein der Allmächtige. Gott wird das endgültige Urteil über seine Seele sprechen. Ich spreche das Urteil über seinen Leib – und der soll verrotten.«

Schweigen folgte, und Abelardo wappnete sich instinktiv gegen ein Platschen, das verriet, wie der Schlüssel ins Wasser fiel. Noch blieb es aus. Noch war da Hoffnung in ihm, dass Ruggieri doch nicht so weit gehen würde. Er hatte sich diese Todesart wohl ausgedacht, weil solcherart kein Blut vergossen würde, das an seinen Händen kleben bliebe, und vielleicht ging ihm auf, dass nicht nur vom Blut, auch vom Staub, zu dem er Ugolino zerfallen sehen wollte, Flecken auf seinem Amt, seiner Seele bleiben würden.

»Das … das kann er doch nicht tun«, presste er hervor.

Doch schon nahm ihnen einer der Umstehenden die Hoffnung. »Dies ist Ruggieris letzte Gelegenheit, die Gherardesca loszuwerden«, raunte er. »Er hat längst die Unterstützung vieler Familie verloren. Sie wollen die Macht nicht in seinen Händen wissen, sondern wünschen sich einen neuen, starken Podestà. Es geht das Gerücht, dass sie dieses Amt Guido von Montefeltro anbieten werden – und der wird sich nicht um die Wünsche des Erzbischofs scheren.«

Abelardo begriff, dass Ruggieri seine Entscheidung nicht zurücknehmen würde, dass er nur wartete, um für größtmögliche Spannung zu sorgen. Alle schienen sie nun den Atem anzuhalten, alle auf das Platschen zu warten.

Doch als der Schlüssel wirklich in den Arno fiel, blieb es aus. Die dunklen Fluten schluckten ihn lautlos. Viel lauter war der Schrei, der aus so vielen Mündern ertönte – nur nicht aus seinem, und auch nicht aus Lotarios. Wie erstarrt blickte der auf die dunklen Fluten.

Abelardo packte ihn an den Schultern. »Versprich mir, dass du Aziza nichts von alledem erzählst.«

Eine Weile starrte er Abelardo aus weit aufgerissenen Augen an, dann nickte er knapp, riss sich los und lief davon.

Nino wurde von Anselmuccio geweckt. Wie immer in jenen kurzen Augenblicken zwischen Schlaf und Erwachen konnte er sich vormachen, dass seine Träume mächtiger waren als die Wirklichkeit. *Ich stehe gemeinsam mit Aziza auf einem Schiff. Nein, ich stehe gemeinsam mit Aziza an einem Strand von Sardinien. Nein, ich stehe gemeinsam mit Aziza auf dem Turm und blicke in die Weite …*

Selbst wenn ihm aufging, dass er in der Muda gefangen war, er so lange nicht den Duft nach Freiheit eingesogen hatte, gelang es ihm stets eine Weile, sich an diese Vorstellungen zu klammern.

Wahr ist nicht nur das, was wir wissen, wahr ist das, was wir fühlen.

Heute fühlte er allerdings vor allem Beklemmung, als er in Anselmuccios Gesicht starrte und dieser bange fragte: »Was ist das für ein Geräusch?«

Nino lauschte, vernahm aus weiter Ferne ein Schaben, nein, eher ein Schleifen, als würde eine Waffe auf Stein treffen. Wobei das Metall, das den Stein traf, nicht unbedingt die Klinge eines Dolchs sein musste, vielleicht war es ein Spachtel. Das Geräusch kam jedenfalls von der Tür, die bislang einmal am Tag geöffnet worden war, um ihnen Wasser und Brot zu bringen. Doch das war nun schon seit zwei Tagen nicht mehr geschehen, was bedeutete, dass sie, die ohnehin kaum je satt wurden, hungrig waren wie nie. Und noch unerträglicher war der Durst, war der Vorrat an Wasser doch zur Neige gegangen.

»Besser, du versuchst zu schlafen, es ist noch nicht Morgen«, sagte Nino, dem nicht entging, wie verzweifelt sich Anselmuccio über die trockenen Lippen leckte.

Was für ein Unsinn. Natürlich war es Morgen. Es gab zwar keine Fenster oder Luken, die verrieten, wie die Sonne stand, aber die Geräusche da draußen bekundeten ganz deutlich, dass in Pisa niemand mehr schlief. Anselmuccio tat trotzdem wie geheißen, legte sich hin, schloss die Augen.

Von ihnen allen nahm der Junge ihr Schicksal am stoischsten, obwohl ihn als Einzigen keinerlei Schuld daran traf.

Gaddo hatte zunächst über Wochen mit dem Tod gerungen, und mehr als einmal war Nino überzeugt gewesen, dass er an seiner Verletzung sterben würde, erst recht als immer mehr Eiter aus der Wunde austrat, sie grässlich zu stinken begann. Doch damals hatte man ihnen nicht nur Wasser, auch Wein gebracht, und mit diesem hatte Nino dem Onkel wieder und wieder die Wunde ausgewaschen. Außerdem hatte er ihm genügend Schlucke eingeträufelt, dass er langsam wieder Kräfte sammelte.

So erleichtert Nino war, er ertappte sich doch dabei, sich still und heimlich zu fragen: Wozu?

Hatte Gaddo zunächst nur vor Schmerzen geschrien, tat er es später, weil er ununterbrochen Flüche ausstieß. Und er drosch mehrmals so fest mit der Faust gegen die Wand, dass Nino sich wunderte, dass er sich die Hand nicht brach. Uguccione fluchte anfangs auch viel, und er schlug nicht nur mit der Faust gegen die Wand, sondern mit der Stirn. Nino hatte keine Ahnung, was er damit bezweckte – hoffte er auf diese Weise, quälende Gedanken zum Stillstand zu bringen, oder wähnte er sich so stark, dass er allein mit seinem Kopf eine Mauer zum Einsturz bringen konnte?

In den letzten Wochen hatte ihn jedenfalls ähnliche Lethargie übermannt wie seinen Großvater. War der in seiner Amtsstube oft auf und ab gegangen wie ein gefangenes Raubtier, hockte er hier in ihrem Verlies – kaum größer als zwölf mal zwölf Schritte, mit Stroh und Binsen ausgelegt, das beides faulig geworden war – meist in derselben Ecke.

Am Anfang hatte er immerhin noch Zuversicht gezeigt. »Sie werden uns nicht ewig gefangen halten«, erklärte er mehr als einmal. »Wenn die Feinde Pisas wittern, was sich hier zuträgt, werden sie sich einmal mehr zusammenrotten – die Luccheser, Florentiner, Genuesen. Wie will Pisa denn ohne meine Hilfe mit ihnen fertigwerden?«

Doch Tag um Tag verging, Woche um Woche, Monat um Monat, ohne dass etwas geschah, was dieser Hoffnung Nahrung gab.

Und jetzt schien es, dass man nicht einmal mehr ihren Körper nähren wollte.

Anselmuccios regelmäßige Atemzüge verrieten, dass er eingeschlafen war. Uguccione und Gaddo schliefen auch, obwohl sie immer wieder um sich schlugen, als gelte es, unsichtbare Feinde zu bezwingen. Als Nino sich dagegen zu seinem Großvater umdrehte, starrte der ihn unverwandt an.

So viel Gefühle hatte Nino im Laufe des Lebens aus dieser Miene gelesen – Wut und Entschlossenheit, Strenge und Machtgier, Verachtung und Befriedigung, aber nie dieses eine, das heute so deutlich darin geschrieben stand: Resignation.

Nino fühlte, wie der Schweiß, der ihm an der Stirn klebte, erkaltete. Er leckte sich über die Lippen, die trocken waren wie die von Anselmuccio, fast so trocken auch wie seine Kehle, doch noch mehr als nach Wasser dürstete ihn nach etwas anderem – nach jenen Worten, die Ugolino so oft gesagt hatte, die er nie wirklich geglaubt hatte, heute aber glauben wollte: Sie werden uns nicht ewig gefangen halten.

Aber plötzlich wusste er, dass er diese Worte nie wieder hören würde, und tatsächlich erklärte Ugolino unvermittelt: »Sie … sie mauern uns ein.«

Panik stieg in Nino hoch, drohte ihm schier den Atem zu

nehmen. Schon wollte er gegen den Druck auf der Brust anschreien, aber dann fiel sein Blick auf den schlafenden Anselmuccio. Er durfte ihn doch nicht wecken ... durfte ihm seine Verzweiflung nicht zeigen. Er presste sein Gesicht auf die Knie, konzentrierte sich eine Weile darauf, ruhig ein- und auszuatmen, und hatte sich danach so weit unter Kontrolle, dass er sich erheben konnte, ohne dass ihm die Beine nachgaben. Er trat zu seinem Großvater, hockte sich neben ihn. Obwohl sie nun seit Monaten auf engstem Raum lebten, war er ihm nie so nahe gekommen, hatte immer dessen Verachtung gespürt – weil er Pisa verlassen hatte und zurückgekehrt war, als es schon zu spät war.

Jetzt aber war nichts von dieser Verachtung zu spüren.

»Sie mauern uns ein«, sagte Ugolino wieder, »sie lassen uns hier den schändlichen Hungertod sterben ...«

Bevor wir verhungern, verdursten wir, ging es Nino durch den Kopf, aber das sagte er nicht laut. Er sprach auch die Worte eines Matrosen nicht aus, an die er sich jäh erinnerte: Demnach war der Durst nur am Anfang unerträglich, bald folgte ein Zustand ähnlich dem zwischen Wachen und Träumen. Man schien auf dem Meer dahinzutreiben, fühlte sich leicht wie nie.

Aber wer wusste schon, ob das stimmte. Wenn ein Mann verdurstete, war der schließlich am Ende tot und konnte keine Geschichten mehr darüber erzählen.

»Nicht einmal wie ein Mann lässt man uns sterben«, murmelte Ugolino, »nicht einmal wie ein Verräter – nein, wie ein Tier, das im Stall ohne Heu und Wasser eingesperrt wird ...«

Bis jetzt hatte er Abstand gehalten, nun rutschte Nino etwas näher, sodass seine Schultern die des Großvaters berührten.

»Ich«, sagte Ugolino, dann eine Weile gar nichts, dann immer wieder »Ich«, und seine krächzende Stimme bekundete all das, was er bisher als Ausdruck von Schwäche verachtet hatte: Trauer, Schuld, Verzweiflung. »Ich habe das über uns gebracht. Ich bin schuld daran, dass die Gherardesca zugrunde gehen.«

Nino schüttelte den Kopf. »Die Gherardesca gehen nicht sämtlich zugrunde. Capuana konnte sich mit Matteo und Beatrice aus der Stadt retten. Mein Vater ist noch am Leben und Lotto in Genua ebenso. Und dann gibt es noch diese Seitenlinie …«

»Allesamt Verräter!«, fuhr Ugolino auf.

Nino unterdrückte ein Seufzen. »Lass uns nicht von Verrat sprechen. Auch nicht darüber, was du oder ich falsch gemacht haben.«

»Was sollen wir denn sonst tun?«

Kurz wusste Nino keine Antwort. Alles, was er wollte, war nicht mehr möglich – Aziza noch einmal umarmen, Aziza noch einmal küssen, das Kind, das sie unter ihrem Herzen trug, aufwachsen sehen. Wie sehr es ihn freute, dass etwas von ihrer Liebe überdauern würde! Und wie sehr es ihn schmerzte, dass er sein Kind nie kennenlernen würde, nie wissen, wie es aussah, wie sein Lachen klang, in welchem Farbton sein Haar in der Mittagssonne schimmern würde! Wieder wurde ihm die Kehle so eng, dass er zu ersticken vermeinte. Wieder rang er um Fassung.

Er wandte sich an seinen Großvater. Jegliche Gier nach Macht, jegliche Gier nach Leben schien in ihm erloschen zu sein.

»Es gibt noch eine Sache, die wir tun können … tun *müssen*«, murmelte Nino, zog etwas aus seiner Brusttasche, was er bis jetzt vor den anderen verborgen hatte.

Ugolinos Blick weitete sich, vielleicht vor Entsetzen, als er erkannte, worauf Nino hinauswollte, vielleicht vor Erleichterung.

»Wir waren oft unterschiedlicher Meinung«, sagte Nino. »Aber nun werden wir zusammen tun, was richtig ist.«

Ugolino tat etwas, was er noch nie getan hatte. Er zog ihn an sich, und diese Berührung war liebevoll wie nie.

Nino schloss die Augen, gab sich der Umarmung hin, den Erinnerungen daran, wie er Aziza auf ähnliche Weise umarmt hatte. Und kurz, ganz kurz konnte er sich vorstellen, wie es sich anfühlte, sein Kind zu umarmen. Denn wahr war nicht nur das, was man sah und was man wusste – wahr war auch das, was man fühlte.

Der Klang der Glocken war dumpf. Als Aziza hochschreckte, von kaltem Schweiß bedeckt, weil sie in der Nacht ein neuer Fieberschub überkommen hatte, hörte sie die Glocken nicht nur schlagen, sie nahm es mit ihrem ganzen Körper wahr.

»Das ist doch die Glocke vom Palazzo del Commune«, murmelte sie. »Warum läutet sie?«

Bona hatte bei ihr gewacht, erhob sich nun schnell vom Stuhl, wischte ihr die Stirn mit einem in Essig getränkten Tuch ab. »Diese Glocke ist dem Heiligen Raniero geweiht«, murmelte sie. »Wahrscheinlich feiert man heute seinen Gedenktag.«

Obwohl sie sich geschwächt fühlte, erhob sich Aziza. Es war das erste Mal seit Tagen, dass sie es schaffte. Zwar schwindelte ihr, und einmal mehr vermeinte sie, kein Kind in sich zu tragen, eher einen riesigen Klotz aus Stein, doch als Bona sie zurück ins Bett drücken wollte, wehrte sie sich. »Der Gedenktag von Raniero wird nicht jetzt im März gefeiert, und selbst wenn es so wäre, würden die Glocken einer ihm geweihten Kapelle läuten, nicht die des Palazzo del Commune. Deren Klang ertönt nur, wenn ein Verräter stirbt.«

Bona ließ sie los, rang hilflos die Hände. Erst kämpfte sie um ein Lächeln, dann darum, ein Schluchzen zu unterdrücken. Beides misslang kläglich, doch selbst wenn sie den Anschein von Unbekümmertheit hätte aufrechterhalten können – Aziza hätte die Wahrheit trotzdem erkannt.

»Er ist tot. Sie sind alle tot.«

Nun fiel es ihr doch schwer, sich auf den Beinen zu halten. Nicht nur ihr Herz verkrampfte sich, auch das Kind in ihrem Leib schien das zu tun, und zugleich stieg ein spitzer Schmerz von den Knien zum Rücken hoch, wie sie ihn noch nie gefühlt hatte. Trotzdem sank sie nicht aufs Bett, packte Bona an den Schultern, zwang sie, sie anzusehen, zwang sie auch, ihr die Wahrheit zu sagen. »Ja«, sagte die treue Dienerin schließlich erstickt. »Ja, sie sind alle tot.«

Azizas Griff wurde fester. »Wie sind sie gestorben? Gewiss weißt du das. Ihr alle … du … Abelardo … Lotario … wisst es, haltet es aber vor mir geheim.«

Bona brach endgültig in ein Schluchzen aus.

»Wie?« schrie Aziza.

Bona rang nach Worten. Es war ihr schier unerträglich, sie auszusprechen, aber sie tat es dennoch. Für Aziza war es nicht minder unerträglich, sie zu hören, aber sie hatte keine andere Wahl. Und nach vielem Schluchzen und Gestammel und Atemholen war alles gesagt. Dass Ruggieri den Schlüssel des Gefängnisses in den Arno geworfen hatte. Dass er überdies den Befehl gegeben hatte, die Tür zum Verlies zuzumauern. Dass danach acht Tage gewartet worden war, ehe schließlich – am 18. März – die Mauer wieder eingerissen wurde. Man hatte die

Toten in Matten eingewickelt und zu einem Wagen geschleppt. An den Füßen trugen sie noch die Eisenketten, als man sie nach San Francesco schaffte, wo sie neben der Treppe, die zur Kirche führte, verscharrt wurden.

Aziza schwieg, nachdem Bona geendet hatte. »Ich … ich will zu ihm.«

Schon beim ersten Schritt schlug jener Schmerz im Rücken wieder zu. Und doch wankte sie nicht, als sie zur Tür stürzte.

»Aziza …«

»Ich will zu ihm«, wiederholte sie.

Bona widersprach nicht, und auch sonst stellte sich ihr niemand in den Weg, als sie das Haus verließ. Abelardo verkroch sich meist im Turmzimmer, wo sie früher gelebt hatte, Lotario war nie wieder im Palazzo aufgetaucht. Als sie auf die Straße traten, wollte Bona sie stützen, doch Aziza löste sich von ihr, ging ohne Hilfe. Sie schaffte es, obwohl der Schmerz immer wieder kam, sie manchmal zwang, gekrümmt stehen zu bleiben, sich gegen eine Hauswand zu lehnen. Nicht lange, und sie hatte ihr Ziel erreicht – nicht San Francesco, wo Nino begraben worden war, sondern den Turm. An diesem Ort waren die Erinnerungen an Nino lebendig wie nirgendwo sonst, und sie fühlte sich ihm näher als bei seinen sterblichen Überresten.

»Ich … ich muss hoch«, murmelte Aziza. Eben noch war ihr kalt gewesen, plötzlich fühlte sie wieder diese Hitze in sich emporsteigen, einem lodernden Feuer gleich, das Gefahr verhieß. Wie sollte sie das Fieber, das sie stets so schwächte, gemeinsam mit dem Schmerz ertragen, zumal er in immer kürzeren Abständen kam?

Sie schaffte es gerade noch, auf den Turm zuzugehen, den Kopf in den Nacken zu legen, hochzusehen, aber sie wusste: So inniglich sie es sich wünschte, sie würde es nicht an seine Spitze schaffen. Alle Kräfte, die in ihr wohnten, würde sie brauchen, um ihr Kind zu gebären.

»Ich muss hoch«, wiederholte sie zwar, wandte sich zugleich aber ab, als sie fühlte, wie Feuchtigkeit über ihre Schenkel troff. Sie hielt es für Blut, aber es breitete sich keine rote, sondern eine farblose Pfütze unter ihr aus. Der Schmerz ließ ihre Beine beben. »Nicht … hoch … nach … Hause …«, presste sie hervor, ohne noch länger auf den Turm zu achten.

»Wir schaffen es nie und nimmer nach Hause«, sagte Bona panisch, »höchstens zu Jalils Werkstatt.«

Nicht einmal die Schritte dorthin konnte sie noch selbst tun, aber das musste sie auch nicht. Sie hatte ihn nicht kommen sehen, aber Jalil war plötzlich da, hob sie hoch, trug sie zu seinem Heim, um sie dort auf einen jener kunstvoll bedruckten Stoffe zu legen. Er befahl Bona, eine Hebamme zu holen, während seine dunklen Augen unverwandt auf Aziza gerichtet waren, so mitleidig, so traurig und doch auch von Zuversicht kündend.

Sie würde ihr Kind heil zur Weld bringen. Und Jalil würde weiterhin für Bona da sein, würde es schaffen, ihr dann und wann ein Lächeln auf die Lippen zu zaubern, sie wissen lassen, dass das Leben nicht nur bitter war, manchmal auch süß.

Und Jalil würde auch etwas anderes tun.

»Wenn ein Kind geboren wird«, sagte sie, »gibt man ihm Gold, Brot und Zucker … zumindest ist das in meiner ursprünglichen Heimat Brauch.«

Jalil nickte. »Ich weiß. Brot, damit es lange lebt, Gold, damit es glücklich wird, Zucker, damit es immer freundlich ist. Ich verspreche dir, alle drei Dinge zu beschaffen.«

Es fiel ihr leicht, ihn anzulächeln. Es fiel ihr auch leicht, Bona anzulächeln, als die mit einer Hebamme zurückkam. Dann konnte sie eine ganze Weile nicht lächeln, weil der Schmerz sie schier zerriss. Anfangs zählte sie noch die Wehen, irgendwann gingen ihr die Zahlen aus, der Schmerz war unendlich groß, ihre Kräfte so klein.

»Pressen!«, rief die Hebamme. »Du musst pressen.«

Plötzlich war da kein Schmerz mehr, sie hatte nur noch das Gefühl, im tiefen Wasser zu treiben, den Boden nicht mehr zu spüren, langsam unterzugehen. Ich kann nicht schwimmen, hatte sie zu Nino gesagt, als er sie ins Meer vor Sardinien geschubst hatte. Ich kann nicht pressen, wollte sie jetzt sagen.

Doch Nino hatte sie gehalten, damit sie nicht unterging. Und Nino hielt sie auch jetzt, damit sie nicht aufgab. »Ich bin doch hier«, hörte sie ihn sagen. »Unser Kind wird leben.«

Seine Stimme verstummte, als sie wie aus weiter Ferne ihren eigenen Schrei hörte. Darauf folgte – wieder wie aus weiter Ferne – das Quäken des Kindes.

Ich habe es geschafft, wir haben es geschafft.

Sie lächelte wieder, öffnete mühsam die Augen, blickte auf das gelb und rot verschmierte Bündel Mensch. Wie laut es schrie, wie kräftig! Es übertönte mühelos Bonas Schluchzen, als diese sah, wie Aziza die Hände nach dem Kind ausstreckte, sie aber kraftlos zurückfielen. Wehen und Fieber hatten ihr zu viel abverlangt.

Doch wenn sie ihr Kind auch nicht halten, wenn sie es nicht einmal berühren, es streicheln konnte, so wollte sie ihm doch ihre Liebe beweisen, indem sie ihm einen Namen gab. Sie wusste, dass es ein Mädchen war, ohne dass Bona es ihr sagte.

»Che Bella!«, wiederholte sie die ersten Worte, die Nino je zu ihr gesagt hatte. »Che Bella.«

Dann sah sie nicht länger das Kind, sah nur Nino vor sich, wähnte sich nicht länger im Meer schwimmen, stattdessen flog sie im Sternenhimmel. Sie versuchte, die Sterne zu zählen, aber es waren unendlich viele. Zwei von diesen würden Nino und sie sein, und sie würden nicht verglühen, sie würden immer auf ihre Tochter Bella herableuchten.

Lotario kniete vor der Madonnenstatue. Seine Hände waren zum Gebet gefaltet, seine Lippen bewegten sich immerzu, als hielte er Zwiesprache mit Gott.

Viele Menschen taten das dieser Tage, sie flehten, bettelten, hofften, dass Gott ihnen gnädig sein würde oder zumindest die Gottesmutter es war. Stand Pisa nicht unter ihrem Schutz, war der Dom nicht ihr geweiht? Oh, vielleicht breitete sie ihren schützenden Mantel über sie aus, bewahrte die Stadt vor Feinden – neuen Feinden, wobei es eigentlich die alten waren, Menschen aus Genua, Lucca, Florenz und all den anderen Städten, die sich erneut gegen Pisa verbündet hatten, nun, da es nicht mehr von einem Guelfen wie Ugolino regiert wurde.

Allerorts hörte man dieser Tage klagen: Warum hatte man Ugolino nur so grausam verhungern lassen, wer, wenn nicht er, hätte mit den Feinden verhandeln können? Und war die bittere Niederlage, die die Pisaner Truppen bei Campaldino erlitten hatten, nicht ein Zeichen dafür, dass Gott sie strafte? Jedenfalls war es ein Zeichen, dass der neue Herr von Pisa, Guido da Montefeltrino, der die Truppen angeführt hatte, jämmerlich versagt hatte.

Lotarios Hände verkrampften sich ineinander, seine Lippen bewegten sich immer schneller, er hob den Blick, starrte in das ebenmäßige Gesicht der Madonnenstatue, merkte, wie sich seine Augen mit Tränen füllten.

Der Mann, der eben die Kirche betrat, hielt ihn darob wohl für besonders gottesfürchtig, für besonders fromm. Wie sollte er ahnen, dass die Madonna ihn an Aziza erinnerte, dass er seine Hände nur faltete, weil er sie ansonsten zu Fäusten geballt hätte, und dass er nicht um Frieden betete, weil er sich keinen Frieden wünschte – nicht für sich, nicht für Pisa. Beide hatten sie ihn nicht verdient. Wenn Aziza der reinen Madonna glich, so war er der Verräter Judas.

Langsam wandte Lotario sich von der Statue ab, erhob sich, trat auf den Mann zu.

»Lotario«, sagte Ruggieri degli Ubaldini, und dass er sich an seinen Namen erinnern konnte, war ein Zeichen, dass er nicht vergessen hatte, was er damals für ihn getan hatte. »Ich habe gehört, du willst mit mir sprechen.«

Anstatt die sorgsam zurechtgelegten Worte zu sagen, presste Lotario kurz die Lippen zusammen. *Eigentlich will ich nicht mit dir sprechen, eigentlich will ich dich töten.*

Immer wieder hatte er in jenem Jahr, das seit dem Tod der Gherardesca, seit dem Tod Azizas vergangen war, mit dem Gedanken gespielt, genau das zu tun. Am Ende hatte er sich aber dagegen entschieden, weil ein toter Erzbischof nichts an der Vergangenheit ändern würde, ein noch lebender aber seiner Zukunft ein Gesicht geben konnte.

»Ich … ich will Gott dienen«, stieß Lotario aus.

Danach presste er die Lippen wieder schnell zusammen, hatte seine Stimme doch ob dieser Lüge zu stark gezittert. Er wollte Gott nicht dienen. Gott war für ihn dasselbe wie die eigene Seele, ein großes schwarzes Loch, in dem alles versickerte, jedes Gefühl, jede Hoffnung, jede Sehnsucht. Er wollte etwas anderes.

Und um das zu erreichen, musste er heucheln. Er räusperte

sich, wiederholte nun etwas fester: »Ich will Gott dienen.« Und nach einer kurzen Pause fügte er hinzu: »Ich will der Kirche dienen, ich will Euch dienen. Ich habe Euch meine Treue bewiesen, indem ich Nino il Brigata nach Pisa lockte. Meine Klugheit kann ich Euch ebenso beweisen – niemand kann so gut mit Zahlen umgehen wie ich.«

Ruggieris rechter Mundwinkel verzog sich ein wenig. »Mit Zahlen?«, fragte er. »Gottes Ruhm wird nicht in Form von Zahlen verkündet.«

»Wer mit Zahlen umgehen kann, kann es auch mit Wörtern. Ich will alles lernen, was notwendig ist, um Priester zu werden, dem Domkapitel anzugehören.«

»So, so«, sagte Ruggieri, und dass nun auch sein zweiter Mundwinkel zuckte, war für Lotario ein Zeichen, dass er über diese Bitte zumindest nachdenken würde.

Lotario fühlte keine Erleichterung. Er fühlte gar nichts, nur den gleichen Drang wie damals, als das Schiff seines Herrn Ildebrando in der Tiefe versunken war – den Drang, zu strampeln, sich über Wasser zu halten, zwar nur mit dem Kopf und verzweifelt prustend, aber das genügte, um es irgendwie an Land zu schaffen.

Ja, er hatte lange überlegt, ob er Ruggieri töten sollte oder sich selbst. Aber am Ende hatte er erkannt: Etwas in ihm wollte leben, es musste leben, doch wenn er schon lebte, dann wollte er wenigstens Macht haben, nicht einfach nur das Werkzeug eines Mannes wie Ruggieri sein, nicht den Launen anderer Mächtigen ausgeliefert.

»So, so«, sagte der Erzbischof wieder, »wenn du mit Zahlen wie mit Worten umgehen kannst, kann ich mir vorstellen, dass ein guter Rechtsgelehrter aus dir werden könnte. Beim Recht, auch beim Kirchenrecht, haben Worte schließlich ähnliche Bedeutung wie Zahlen. So wie die einen für einen bestimmten Wert stehen, an dem nicht zu rütteln ist, haben die anderen eine exakte Bedeutung, die man nicht nach Lust und Laune verbiegen kann. Wenn du dazu bereit bist, Rechtswissenschaften zu studieren, kann ich mir durchaus vorstellen, dich in meine *familia* aufzunehmen.«

Mit dem lateinischen Begriff *familia* wurde der Haushalt des Bischofs bezeichnet, der aus etlichen kriecherischen Geistlichen und Dienern, auch Schreibern und Notaren bestand. Die Vorstellung, unter demselben Dach mit diesen Menschen zu leben, ständig heucheln und lügen zu müssen, erregte Übelkeit in ihm, aber Lotario blieb keine Wahl. Besser, er lebte bei einer falschen Familie, wo er seine Trauer um Aziza, auch seine Schuldgefühle verbergen musste, als bei der richtigen – Abelardo, Bona und Jalil, die weit entfernt von der Stadt die kleine Bella aufzogen –, wo er Tag für Tag von diesen Gefühlen verfolgt würde.

»Ich bin bereit«, murmelte er.

Ruggieri bedeutete ihm mitzukommen. Sie verließen den Dom, wo er gebetet hatte, kamen – auf dem Weg zum Bischofshaus – am schiefen Turm vorbei, weiterhin nur aus dem Sockel und fünf Stockwerken bestehend. Lotario hoffte, dass der Bau nicht wieder aufgenommen wurde.

Aziza und Nino waren dazu bestimmt gewesen, dort oben zu stehen und das Meer zu betrachten, sonst niemand, am allerwenigsten er selbst.

1373

Cristo war tief verstört. »Du bist gar kein Mann?«, entfuhr es ihm. »Du … du bist eine Frau?«

Mehrfach hatte Gabriele seine … ihre Worte wiederholt. Wobei Gabriele gewiss nicht der richtige Name dieser Frau war, die seine Hand eben zu ihren weichen Brüsten gezogen hatte.

Cristo zuckte zurück, als hätte er sich verbrannt, konnte sich dem Offensichtlichen aber nicht länger verschließen. Es war ja auch nicht so, dass er sich nicht über manches gewundert hatte – über die feinen Züge, die feingliedrigen Hände, die weichen Locken. Allerdings hatte er sich davon täuschen lassen, dass sie diese kurz geschnitten trug – und überdies Männerkleidung.

»Ich heiße übrigens nicht Gabriele, ich heiße Fiora«, sagte sie eben.

Fiora – das bedeutete so viel wie Blume. Diese hier war zweifellos eine besonders schöne – was nicht hieß, dass sie keine Dornen hatte.

Cristo stampfte auf. »Das heißt, es war alles eine Lüge?«

Nicht dass seine Empörung sonderlich tief ging. Zu oft hatte er selbst gelogen, betrogen, getrickst, um einem anderen vorwerfen zu dürfen, auf List gesetzt zu haben. Aber irgendwie musste er ja seine Schuldgefühle übertönen. Dass eine Frau seinetwegen gezwungen war, in einem Steinbruch zu schuften, war kaum zu ertragen. Wahrscheinlich war sie wirklich zu schwach, um lange durchzuhalten, und das würde den Aufsehern nicht entgehen.

Was, wenn sie herausfanden, dass sie eine Frau war? Noch dazu die einzige unter unzähligen Männern?

Cristo wusste jedenfalls, was Bettlerinnen drohte – zumindest den noch jungen, hübschen –, wenn sie sich abends nicht rechtzeitig in einen Winkel verkrochen. Unmöglich konnte er zulassen, dass …

»Wird's bald?«, traf sie da die Stimme des Aufsehers.

Er schien noch nicht bemerkt zu haben, dass Gabriele … Fiora eine Frau war, aber ihm war nicht entgangen, dass sie sich nicht an die Arbeit gemacht hatte.

Fiora gelang es irgendwie, ihres Zitterns Herr zu werden. Sie trat zu einem Stein und packte ihn. Zunächst bewegte er sich kaum ein Jota, aber dann brachte sie ihn doch irgendwie hoch. Auf den Wagen wuchten konnte sie ihn nur mit Cristos Hilfe, aber das genügte vorerst, damit der Aufseher nickte, zu den nächsten Arbeitern ging, um sie anzutreiben.

»Gemeinsam werden wir es schaffen«, sagte Cristo und klang zuversichtlich.

Die Zuversicht währte gerade ein halbes Dutzend Steine lang. Danach wankte Fiora bedrohlich – von ihren wunden Händen ganz abgesehen.

»Wir haben immerhin schon richtig viel geschafft«, sagte Cristo, und diesmal hörte man seiner Stimme die offensichtliche Lüge an.

»Nicht mal einen Bruchteil«, gab Fiora gepresst zurück. Sie bückte sich nach dem nächsten Stein, wankte noch mehr. Unwillkürlich streckte Cristo seine Hand aus, um sie zu stützen, doch sie machte sich los. »Es geht schon.«

»Himmel, warum hast du dich nur als Mann ausgegeben?«

»Lass uns weitermachen, später erzähle ich dir mehr.«

Cristo war überzeugt, dass sie das Dutzend unmöglich voll machen konnten, aber irgendwie schafften sie am Ende sogar derer zwei. Und danach gewährte ihnen der Aufseher obendrein eine kurze Pause, die sie im Schatten einer Pinie zubrachten. Ihnen wurde Wasser gereicht, wenngleich es so schmeckte, als wären mindestens zehn Fische darin verendet. Außerdem bekamen sie statt hartem Brot Getreidebrei.

»Du hast mir vorgeworfen, alles wäre eine Lüge«, sagte Fiora, nachdem sie ein paar Löffel davon in ihren Mund gestopft hatte. »Aber das stimmt nicht. Ich habe dir mein wahres Geschlecht verheimlicht, einen falschen Namen genannt, aber alles andere, was ich sonst erzählt habe, ist wahr … die Geschichte vom Turm, von Aziza und Nino, von Ugolino.«

»Dass Ugolino im Hungerturm, der Muda, gestorben ist, gemeinsam mit zwei seiner Söhne und zwei seiner Enkelsöhne, weiß ich«, murmelte Cristo. »Mit dieser Geschichte bin ich aufgewachsen, aber irgendwie …«

Irgendwie hatten diese Menschen bislang keine Gesichter gehabt – jetzt schon.

In knappen Sätzen berichtete Fiora, dass Aziza fast zeitgleich mit Nino bei der Geburt ihrer Tochter Bella gestorben war.

Cristo konnte sich nicht erinnern, diesen Namen jemals gehört zu haben. Was war aus dieser Tochter geworden? Und was wohl Fiora mit ihr zu tun hatte? Unmöglich konnte Bella ihre Mutter sein, dafür war sie viel zu jung.

Doch anstatt mehr über diese Frau zu verraten, wechselte Fiora das Thema. »Es gibt einen Grund, warum ich mich als Gabriele ausgegeben habe. Mein … mein Mann heißt so.«

Den Schmerz, der eben ihre Züge zerriss, hatte Cristo schon oft an ihr gewittert. Wann immer sie von den Gefühlen sprach, die Nino und Aziza verbunden hatte, hatte sie den Anschein gegeben, dass ihr diese nicht fremd waren.

»Und wo ist dein Mann jetzt?«

Fiora seufzte lange, verlor sich in Erinnerungen und vergaß darüber, weiterzuessen. Cristo hätte noch ein paar Bissen mehr vertragen und spielte kurz mit dem Gedanken, sich einfach aus ihrer Schüssel zu bedienen, aber er verbot es sich.

»Wir … wir lebten auf der Insel Elba«, sagte Fiora leise. »Ich weiß

nicht, ob du jemals dort gewesen bist, überhaupt schon mal von diesem Eiland gehört hast. Seit Langem ist es ein Zankapfel, weil Pisa und Genua um den Einfluss dort streiten. Schließlich wird dort Eisen abgebaut … kostbares Eisen, aus dem man Waffen fertigen kann.«

»Und dein Mann ist ein solcher Eisenarbeiter?«

»Er ist ein Kunstschmied. Auch er kann Waffen herstellen, Werkzeuge und Schmuck, doch die größte Erfüllung findet er darin, Glocken zu gießen.«

Cristo ging ein Licht auf. »Deswegen hat es dich so erschüttert, als du von der Glockenstube gehört hast, die gerade auf dem Turm gebaut wird.«

Fiora nickte. »Jetzt kann ich es mir erklären, warum Gabriele über Nacht verschwand. Wir … wir kennen uns seit Kindesalter, musst du wissen. Wir haben immer gefühlt, dass wir zusammengehören. Wir haben gemeinsam laufen gelernt, gemeinsam schwimmen, haben gemeinsam unseren Eltern Lügen erzählt, wenn wir nicht schuften wollten. Sobald wir erwachsen waren, heirateten wir, und wir waren glücklich, unglaublich glücklich. Nun ja, nicht immer nur glücklich. Dass ich immer noch kein Kind habe, obwohl wir nunmehr drei Jahre verheiratet sind, schmerzt. Aber … aber ich könnte gerne darauf verzichten, solange ich nur Gabriele an meiner Seite weiß, und ich dachte immer, es ginge ihm genauso. Doch eines Tages kam eine Gruppe Pisaner Kaufmänner auf die Insel – und als am nächsten Tag ihr Schiff ablegte, erfuhr ich, dass Gabriele mit ihnen gegangen ist. Er hat sich noch nicht einmal von mir verabschiedet, mir mit keinem Wort erklärt, was ihn trieb.«

»Ich verstehe«, sagte Cristo. »Während du dir zunächst keinen Reim darauf machen konntest, warum es ihn ausgerechnet nach Pisa zog, weißt du nun, dass es mit der Glockenstube zu tun hat. Der Turm ist in aller Welt bekannt. Die Glocken zu gießen, die dort läuten werden, bringt einem, der es in dieser Zunft zu Großem bringen will, gewiss viel Ruhm ein.«

Fiora nickte wieder. »Und das war ihm offenbar wichtiger als unser Glück ... als unsere Ehe.«

Cristo hatte keine Ahnung, wie sich Liebe anfühlte, aber wie Enttäuschung schmeckte, wusste er ganz genau – wenn er nämlich wieder einmal haarscharf Diebesbeute verfehlte.

»Ich verstehe, warum du ihm nach Pisa gefolgt bist«, sagte Cristo. »Aber was hat es mit diesem Geheimnis auf sich, das du ergründen musst, weil dein Leben ... dein Glück davon abhängt?«

Sie zuckte die Schultern. »Wahrscheinlich nichts«, murmelte sie. »Ehe ich von der Glockenstube erfuhr, habe ich vermutet, dass Azizas und Ninos oder Bellas Geschichte, von der er mir einst berichtet hat, der Grund für seinen übereilten Aufbruch war. Vielleicht, so dachte ich, wollte er mehr über seine Vorfahren erfahren. Und dass ich ihn finden würde, würde ich von deren Geschichte alles wissen, nicht nur Bruchstücke.«

»Ist Gabriele ein Nachfahre von Nino und Aziza?«

Ehe Fiora antworten konnte, traf sie plötzlich die Stimme des Aufsehers. »Genug gefaulenzt! Macht euch wieder an die Arbeit.«

Cristo unterdrückte ein Stöhnen. Seine Hände schmerzten doch schon jetzt unerträglich. Und Fiora hatte ihren Brei nicht aufgegessen, welch eine Verschwendung!

Als sie ihn zur Seite stellte und sich mit leisem Ächzen erhob, fiel sein Blick jedoch auf den Beutel mit den Münzen, den sie immer noch bei sich trug, und plötzlich kam ihm eine Idee.

»Ich ... ich weiß, wie wir von hier wegkommen!«, raunte er Fiora zu, nachdem auch er sich erhoben hatte. »Dann können wir uns irgendwie zurück nach Pisa durchschlagen, und du kannst mir mehr von Bella erzählen.«

In Fioras Blick stand nur wenig Hoffnung, sodass er sich beeilte, ihr von seinem Plan zu berichten. Er kam gerade bis zur Hälfte, als sich der Aufseher drohend vor ihnen aufrichtete. »Worauf wartet ihr?«

Sie schleppten mindestens drei Steine zum Wagen, bis er wieder reden konnte. Als er geendet hatte, umspielte ein flüchtiges Lächeln Fioras Lippen.

»Du glaubst also, dass wir es schaffen könnten?«, rief Cristo.

»Eigentlich nicht«, sagte sie. »Aber … aber du erinnerst mich an Bella. Ich kannte sie nicht persönlich, aber Gabriele hat mir viel von ihr erzählt. Sie war anders als Aziza, anders auch als Nino. Sie steckte voller Lebensgier, war ein Mensch, der niemals aufgab, setzte alle Kraft und List darauf, sich durchzubringen, und scheute keinen Kampf. Nichts und niemand schien ihr je Angst zu machen, und falls sie diese doch manchmal fühlte, so zeigte sie es nicht. Alles, was eine brave Frau ausmacht – Sanftmut, Bescheidenheit, Zurückhaltung –, fehlte ihr, aber eine brave Frau wollte sie ja nie sein. Überleben wollte sie … und lieben.«

Was sie zunächst über Bella gesagt hatte, hatte Cristo sofort für diese Frau eingenommen. Als die Rede jedoch einmal mehr auf die Liebe kam, runzelte er die Stirn. Herrje, konnte es nicht einmal ohne dieses Gefühl gehen, von dem er so wenig verstand?

Cristo unterdrückte ein Seufzen. »Und wen genau liebte sie nun?«, fragte er.

VI.

Das Grabmal des Kaisers

1315

Der römisch-deutsche Kaiser Heinrich VII. war vor anderthalb Jahren gestorben, doch die Bürger von Pisa trauerten immer noch um ihn. Einzig Elia war glücklich über seinen Tod und dankte Gott immer wieder von Herzen, dass er damals gestorben war.

Nicht dass er etwas gegen Kaiser Heinrich hatte. Er verstand durchaus, warum die Pisaner so große Hoffnungen in ihn gesetzt hatten. Heinrich stand schließlich auf der Seite der Ghibellinen und hatte versprochen, das ghibellinische Pisa nach Jahrzehnten des Niedergangs wieder zur ersten Stadt der Toskana zu machen. Dass er unerwartet starb, als er gerade gegen die verfluchten Guelfen kämpfte und somit diesen hochtrabenden Plan zunichtemachte, war zweifellos bitter. Dennoch hatte Elia Mühe, seine gute Laune zu verbergen, als er die Werkstatt betrat. Der Kaiser war nämlich zwar nicht in Pisa gestorben, doch wegen seiner Verdienste um die Stadt hatte man gestern beschlossen, dass er in Pisa ein Grabmal bekommen sollte – in jener Seitenkapelle des Doms, die dem Heiligen Raniero geweiht war. Für den Heiligen Raniero hatte man einen Altar ganz aus Gold anfertigen lassen, Kaiser Heinrich würde dagegen ein Grabmal aus Marmor bekommen. Und dieses Grabmal, so war sich Elia sicher, würde seine große Chance werden.

Elia sah sich in der Werkstatt um, ein länglicher Raum mit mehreren großen Tischen, unzähligen Werkzeugen und halb fertigen Skulpturen aus Marmor oder Elfenbein. Einst hatte der große Nicola Pisano in dieser Werkstatt gearbeitet, später sein Sohn Giovanni, dessen Schüler Elia gewesen war. Mittlerweile lebte leider auch der nicht mehr und so hatte sie Tino da Camaino übernommen, ein wahrer Meister, wenn es um das Erschaffen von lebensechten Statuen und Skulpturen ging. Hatte er bis vor Kurzem vor allem Aufträge in Siena oder Bologna bekommen, so war er mittlerweile zum Leiter der Pisaner Domopera bestimmt worden. Und er hatte nicht nur die Werkstatt und dieses Amt von Giovanni übernommen – auch Elia, der als Geselle nunmehr unter ihm arbeitete.

Zumindest hätte es Tino di Camaino so ausgedrückt. Elia fand, dass er eigentlich *mit* ihm arbeitete.

Wie auch immer: Nachdem Tino di Camaino bereits gestern Abend verkündet hatte, dass der Kaiser ein Grabmal bekommen würde, gab er nun weitere Details bekannt.

»Das Grabmal soll allerspätestens am zweiten Todestag des Kaisers fertiggestellt sein, also im August. Da jetzt schon Februar ist, bedeutet das, dass uns nicht mehr viel Zeit bleibt.«

Er warf Elia einen strengen Blick zu, weil er erst jetzt die Schlafkammer nebenan verlassen hatte. In der Tat war es unüblich, dass er als Letzter der drei Gesellen aufstand – meist waren es Gironimo und Fabrice, die auf der faulen Haut lagen.

Elia trat rasch neben sie, senkte aber nicht gleichfalls demütig den Kopf, sondern trotzte Tinos tadelndem Blick.

Gironimo und Fabrice mochten willige Helfer ihres Meisters sein, aber sie waren Dummköpfe. Nicht nur, dass sie selten die Werkstatt verließen und in den vielen Kirchen Pisas Statuen betrachteten wie er. Überdies versäumten sie es, Menschen zu beobachten, herauszufinden, welcher Muskel sich bei welcher Geste anspannte.

Tinos Stirnrunzeln führte zum Beispiel dazu, dass die Augenbrauen ein wenig tiefer sanken, und dass er drohend die Hand hob, ließ den Muskel an der Schulter vortreten.

So etwas musste man doch wissen, wenn man jemanden wie Kaiser Heinrich lebensecht darstellen wollte, und zwar, wie Tino jetzt verkündete, »als der große Kämpfer und Träumer, der er gewesen ist«.

Nach allem, was Elia von Kaiser Heinrich wusste, war er wohl nur groß im Träumen, nicht im Kämpfen gewesen, aber so etwas durfte man in Pisa nicht laut sagen. Was er ebenfalls nie laut sagen würde, war, dass er Timo di Camaino zwar für einen großen Künstler hielt, jedoch für keinen, der auch nur annähernd an Giovanni Pisano heranreichte. Gewiss, hinsichtlich Stolz und Eitelkeit konnte er es mit ihm aufnehmen, aber seine Figuren waren bei Weitem nicht so lebensecht wie Giovannis. Und nicht nur, was das Können anbelangte, unterschied sich Camaino von Elias einstigem Meister, auch was seine Gesinnung betraf. Seit Langem machte das Gerücht die Runde, wonach Tino di Camaino insgeheim mit den Guelfen sympathisierte und …

»Sag, hörst du überhaupt zu?«, blaffte Camaino ihn an.

Gironimo und Fabrice stießen sich an und grinsten schadenfroh.

Elia hingegen fasste sich rasch und erklärte mit fester Stimme: »Gewiss. Du hast soeben wiederholt, was du bereits gestern angekündigt hast: dass du selbst die Totenfigur des Kaisers machen wirst, außerdem die Apostelfiguren auf den drei Reliefs. Der Kaiser soll aber überdies inmitten seiner Räte dargestellt werden, und diese Räte wird einer deiner drei Gesellen schaffen. Du wolltest über Nacht die Entscheidung treffen.«

Er klang so, als hätte er ihm das geglaubt. Dabei war es doch schon gestern Abend klar gewesen, dass Tino di Camaino nur eine einzige Entscheidung treffen konnte. Bedenkzeit brauchte er dafür nicht. Für eine solch verantwortungsvolle, zugleich eigenständige Aufgabe war nur einer seiner drei Gesellen geeignet, der begabteste, der eifrigste, der selbstbewussteste – nämlich er, Elia.

Doch Tino sprach seinen Namen nicht aus, runzelte die Stirn. »Richtig«, sagte er gedehnt. »Ich habe die ganze Nacht mit einer Entscheidung gerungen – und sie gegen Morgengrauen endlich gefällt. Entschieden habe ich mich für …«

Er machte eine kunstvolle Pause, sein Blick schweifte durch die Werkstatt, blieb kurz an unfertigen Skulpturen hängen, an Marmorblöcken, den Werkzeugen, verweilte dann etwas länger bei Elia und Gironimo, richtete sich zuletzt auf Fabrice.

Der Tölpel merkte es gar nicht. Gironimo musste ihn anstoßen, damit er hochblickte. »Entschieden habe ich mich für Fabrice«, erklärte Camaino.

Das Ächzen, das zu hören war, klang wie der Schmerzenslaut, wenn Fabrice mal wieder mit dem Hammer den eigenen Finger traf. Nur dass diesen Ton nicht er selbst ausgestoßen hatte – er sah Tino nur zutiefst schockiert an –, er war aus Elias Mund gekommen.

Camaino nickte bestätigend, klatschte in die Hände. »Und nun an die Arbeit und …«

»Du kannst diese Figuren doch nicht Fabrice machen lassen!«, rief Elia. Schon als er den Mund auftat, wusste er, dass es ein Fehler war, zu widersprechen. Es war das eine, manchmal zu spät zur Arbeit zu kommen, weil er sich gerne in sämtlichen Kirchen Pisas herumtrieb oder Menschen beobachtete – etwas ganz anderes, die Entscheidung seines Meisters so offen infrage zu stellen. Und doch konnte er nicht anders, als hinzuzufügen: »Du willst doch nicht, dass die Statuen der Räte deutlich von der des Kaisers abfallen? Dass sie gröber und schwerfälliger wirken, die Gesichtszüge plumper, die Falten der Kleider kaum ausgearbeitet sind?«

Fabrice war immer noch entsetzt ob der Aufgabe, die ihm da aufgetragen worden war, Gironimo dagegen schien vor allem entsetzt über Elias Frechheit. Nur Tino wirkte nicht empört. Ein feines Lächeln, als wäre es aus Marmor modelliert, erschien auf seinen Lippen, ganz so als gefiele es ihm, mit Elias Hoffnungen zu spielen wie die Katze mit der Maus.

»Wir müssen auch darüber reden, wer die Engelsstatuen über dem Grabmal anfertigen darf«, erklärte er.

Elia erwartete, dass Tino spätestens jetzt anerkannte, wer sein bester Schüler war. Doch der erklärte, nicht frei von Bosheit: »Ich denke, das ist genau die richtige Aufgabe für … Gironimo.«

Gironimo sog laut den Atem ein. Elia kämpfte dagegen mit sich, kein weiteres Ächzen auszustoßen. Erst als sich Tino abwandte, zu einem Block Marmor schritt und darüberstrich, um seine Qualität zu prüfen, fragte er gepresst: »Und was soll ich machen?«

Tino tat ihm nicht einmal den Gefallen, ihn anzusehen. Weiterhin abgewandt erklärte er: »Du tust, was gute Gesellen nun mal tun. Du wirst Gironimo und Fabrice beim Abbozzieren oder Polieren zur Hand gehen.«

Beides waren Tätigkeiten, die Elia im Schlaf beherrschte … und nur Hilfsdienste. Gironimo und Fabrice entfuhr ein Lachen, war ihre Schadenfreude für Elia doch kurz größer als die Angst vor ihrer Aufgabe. Bis Letztere wieder überwog, war Elia schon aus der Werkstatt gestürmt. Auch außerhalb der Arbeitszeiten wurde es nicht gerne gesehen, wenn ein Lehrling oder Geselle diese verließ – während der Arbeitszeit war es sogar verboten. Aber niemand hielt Elia auf, und das war gut so. Er hatte seine Hände unwillkürlich zu Fäusten geballt und hätte mit diesen wohl auch zugeschlagen. So musste er einen anderen Weg suchen, um seine Wut irgendwie loszuwerden. Er lief auf den Domplatz, und obwohl er für gewöhnlich großen Respekt für alle Kunstwerke zeigte, trat er unwillkürlich gegen jene Säule, die seit Kurzem hier stand und die Vase trug, die Julius Cäsar einst der Stadt geschenkt hatte.

Weder Säule noch Vase konnte er etwas anhaben – sein Fuß schmerzte dafür umso mehr. Das hielt ihn aber nicht davon ab, ihn erneut zu heben.

»Na, na«, traf ihn eine Stimme. »Wenn du schon gegen etwas treten willst, dann wähle doch den Turm! So viel Wut, wie in dir steckt, wird er vielleicht davon gerade.«

Auch wenn Spott das Allerletzte war, was Elia in diesem Augenblick ertragen konnte – er mochte den Mann, der ihm entgegentrat. Michele Scacceri war der Verwalter der Pisaner Domopera, dem die Aufgabe zukam, Gelder für Bauwerke zu sammeln und Arbeiter zu bezahlen.

»Ich ertrage es nicht länger, für Tino di Camaino zu arbeiten!«, brach es aus Elia heraus. »Ich war so glücklich, als Giovanni Pisano mich einst als Lehrling aufgenommen hat. Nicht nur, dass er selbst ein wahrer Meister seiner Kunst war, er hat auch immer gesagt, ich könnte wie er ein Großer werden. Als er seinerzeit von Genua den Auftrag bekommen hat, ein Grabmal von Heinrichs verstorbener Frau zu machen, hat er mir versprochen: Wenn irgendwann der Kaiser selbst stirbt, wird es auch für ihn ein Grabmal geben, und ich würde daran mitarbeiten. Und jetzt ist der Kaiser tot …«

»Und Giovanni Pisano leider auch«, fiel Michele ihm ins Wort und brachte all sein Elend, seine Enttäuschung auf den Punkt. Ja, Giovanni war tot, und mit ihm hatte er nicht nur seinen Meister, seinen Förderer verloren, auch einen Mann, der seinen Ehrgeiz, sein Streben, alles infrage zu stellen, ungewöhnliche, gar verbotene Wege einzuschlagen, gutgeheißen hatte, weil das in seinen Augen einen großen Künstler ausmachte. Er hätte Fabrice und Gironimo verachtet, hätte vielleicht sogar Tino di Camaino verachtet.

»Wer war dein Vater?«, fragte Michele Scacceri unvermittelt.

Elia hatte keine Ahnung, worauf Scacceri hinauswollte. »Was zählt es denn, wer mein Vater war? Ich weiß nur, dass er den Winter über auf Elba Eisen abbaute und jedes Jahr im Mai, am Fest der Heiligen Cristina, nach Pisa zurückgekehrt ist, um hier Werkzeuge und Waffen aus diesem Eisen anzufertigen. An seine Hände, wenn sie werkten, kann ich mich noch vage erinnern, an sein Gesicht nicht mehr. Er ist früh gestorben, und wenig später hat Giovanni Pisano mich in seinem Haushalt aufgenommen, mich nicht nur wie einen Lehrling behandelt, eher wie einen Sohn und …«

»Vielleicht war er in seinem Herzen dein Vater, aber nicht vor dem Gesetz. Und für Camaino zählt nur Zweiteres.«

»Aber …«

»Fabrice und Gironimo stammen aus angesehenen, reichen Familien Pisas.«

»Trotzdem sind sie Stümper.«

»Wohl wahr. Doch inmitten der Werke von Stümpern wird das von Camaino als noch großartiger erscheinen.«

Elia ging ein Licht auf. Tino da Camaino hatte ihm nicht die Chance verweigert, sich zu beweisen, weil er seinem Talent misstraute. Vielmehr war das Gegenteil der Fall, er wurde von

Angst getrieben, Elias Werk könnte seine Statue von Heinrich in den Schatten stellen. Fabrices und Gironimos Konkurrenz musste er dagegen nicht fürchten.

»Das ist ungerecht!«

Scacceri wiegte bedauernd den Kopf. »Das ist vor allem etwas, was sich nicht ändern lässt. Ich fürchte, du musst weiterhin die Arbeiten ausführen, die Camaino dir befiehlt, und darauf hoffen, dass es irgendwann ruhmreichere sein werden.«

Elia besaß viele Talente und Stärken, Geduld gehörte nicht dazu. Zwar machte er nicht den Fehler, noch einmal gegen die Säule zu treten, aber er stampfte auf. Und weil das nicht genug war, um seines Zornes Herr zu werden, wandte er sich schnaubend ab und stürmte davon. »Du … du darfst dich doch nicht von der Werkstatt entfernen!«, rief Scacceri ihm entsetzt nach.

Elia tat so, als hätte er ihn nicht gehört. Wer ihn heute zum Abbozzieren und Polieren bringen wollte, musste rohe Gewalt anwenden. Alsbald war Elia im Gewirr der Gässchen verschwunden, und erst hier blieb er stehen, blickte sich um. Wenn er sich früher aus der Werkstatt fortgestohlen hatte, so um Kirchen aufzusuchen und deren Statuen zu bewundern. Doch heute, das fühlte er, würde deren Anblick seinen Hader nur weiter anstacheln. Was er suchte, war eine Taverne, wo er seinen Ärger mit Wein betäuben konnte. Und da er so gut wie nie Wein trank, reichte wohl ganz wenig davon.

»Was soll denn das sein?«, fragte Bona und versuchte sich strenger zu geben, als sie war.

Bella betrachtete das Ding in ihren Händen. Zugegeben, es bedurfte schon sehr viel Fantasie, um es ein Kleid zu nennen. »Es könnte der Habit einer Nonne sein, oder? Nonnen sind doch nicht eitel. Ich bin sicher, sie würden sich nicht daran stören, dass die Nähte so viele Falten werfen.«

Bona runzelte die Stirn. »Nonnen tragen aber keine Seidenkleider, zumindest nicht die, die Gott ernsthaft dienen wollen. Sie bevorzugen das *cilicium* – ein sackähnliches Gewand aus rauer Schafwolle.«

Bella zuckte die Schultern. »Wenn du willst, kann ich auch Schafwolle spinnen.«

»Gott behüte! Die Fäden, die du spinnen würdest, würden sich beim Weben auflösen. Oder spätestens, wenn eine Nonne in das Gewand schlüpft.«

»Man stelle sich vor, wie es ihr vom Leib rutscht und sie gänzlich nackt dasteht«, rief Bella prustend.

Auch an Bonas Mundwinkel zupfte ein Lächeln, aber sie presste rasch die Lippen zusammen. »Ach herrje«, seufzte sie, »warum nimmst du deine Arbeit nicht ernst. Wir verdienen unser täglich Brot damit – und du weißt, dass mein Augenlicht langsam schwindet.«

»Trotzdem nähst du viel besser als ich«, sagte Bella und deutete auf die Kleider, die hier lagen, allesamt aus edlen Stoffen wie Brokat, Samt, Damast, Atlas, einige sogar aus Seide gefertigt, die sich anfühlte, als würde einen an einem heißen Sommertag ein kühler Luftzug streifen. Diese Stoffe waren mit Gold- und Silberfäden bestickt, so kunstfertig, wie es bis vor Kurzem nur die Frauen aus Lucca zustande gebracht hatten. Dem Gerücht nach stellten diese auch die feinste Seide der Toskana her und nutzten dafür eine Seidenspinnmaschine, deren Funktionsweise das größte Geheimnis der Stadt war.

Wie sehr sich Bella danach sehnte, eine Maschine zu haben, die all die lästige Arbeit für sie erledigen würde!

»Du bist wie deine Mutter«, sagte Bona seufzend. »Sie konnte auch nie etwas mit schönen Kleidern anfangen. Wenn überhaupt, hat sie sie nur mir zuliebe getragen.«

Jegliche Belustigung schwand aus Bellas Miene. Ihre Lippen wurden schmal. »Nein, ich bin nicht wie meine Mutter«, stieß sie hastig aus, »ich bin schließlich sechsundzwanzig Jahre alt und lebe immer noch – was sie ja nicht geschafft hat.«

Sofort taten ihr die schroffen Worte leid. Daran, dass sie jung gestorben waren, konnte sie ihren Eltern schwerlich die Schuld geben. Auch nicht daran, dass ihre Erwähnung in ihr nicht nur vage Trauer auslöste, auch ein Gefühl von Leere, die sie – weil sie sonst nichts hatte – nur mit Ärger füllen konnte.

»Nun«, sagte Bona und schien zu wissen, dass es besser war, nicht an Bellas Narbe zu rühren. »Deine Mutter hätte es auch gehasst, Stoffe zu besticken und daraus Kleider nähen zu müssen. Aber sie hätte eingesehen, dass sie keine andere Wahl hat. Dass wir nicht nur Jalils Ersparnisse geerbt haben, auch beste Kontakte zu Tuchhändlern, war ein Segen, sonst wären wir womöglich auf der Straße gelandet.«

»Du musst mich nicht daran erinnern, dass die Gualandi nach Abelardos Tod seinen Besitz für sich beansprucht und uns wie Dienstboten behandelt haben. Ich hätte mich ja damals gewehrt, aber du hast darauf bestanden, dass wir stillhalten.«

»Weil du ansonsten nämlich keine sechsundzwanzig Jahre alt geworden wärst!«, sagte Bona streng. Etwas gemäßigter fuhr sie fort: »Niemand darf wissen, dass du Nino della Gherardescas Kind bist. Abelardo und ich haben uns stets alle Mühe gegeben, es zu verheimlichen, und gottlob ist das geglückt. Es gibt schließlich viele, die deinen Großvater über seinen Tod hinaus hassen, vor allem die ghibellinische Seitenlinie der Gherardesca, die Ugolino immer …«

Bella schlug mit der Faust auf den Tisch. »Ich will nicht

ständig über die Vergangenheit reden. Ich will … leben.« Ihre Faust entkrampfte sich, sie deutete wieder auf das Kleid, das sie vorhin genäht hatte. »Es ist nicht schön, und wir werden nicht viel damit einnehmen, aber für ein paar Bissen Brot wird es reichen. Ich habe nun schon den ganzen Tag gearbeitet – kann ich … kann ich jetzt gehen?«

»Du hast nicht den ganzen Tag gearbeitet, nur den halben.«

»Nun, das muss genügen.«

Bona betrachtete schweigend das Kleid, begann dann, die besonders hässlichen Nähte aufzutrennen.

»Warum sagst du nichts?«, fragte Bella nach einer Weile.

»Weil du auch dann gehen würdest, wenn ich etwas dagegen hätte. Du bist schon als junges Mädchen häufig aus dem Fenster geklettert, wenn ich mal wieder die Tür zugesperrt habe.«

Bella konnte sich ein stolzes Grinsen nicht verkneifen. Ihre Mietwohnung befand sich im zweiten Stock, weswegen es eine nicht geringe Herausforderung gewesen war, es mit heilen Gliedern nach unten zu schaffen.

»Ich weiß zwar nicht, was genau dich auf die Straßen treibt«, fuhr Bona fort, »aber ruhig sitzen ist nun mal deine Sache nicht.«

»Ich ertrage keine geschlossenen Räume!«

»Darin unterscheidest du dich von deiner Mutter«, sagte Bona und seufzte wieder. »Der Leidenschaft für Mathematik, die in ihr brannte, konnte sie überall nachgehen.«

»Wie lange willst du noch von meiner Mutter reden?«, fragte Bella und ärgerte sich, weil ihre Stimme so gepresst klang.

»Und wie lange du noch hier stehen und auf meine Zustimmung warten, dich in der Stadt herumzutreiben? Auf mich hast du ja noch nie gehört, auf Abelardo übrigens auch nicht. Einzig Jalil konnte dich manchmal zur Vernunft bringen, aber …«

Bona brach ab und wischte sich verstohlen die Tränen aus den Augen. Obwohl Jalil seit nunmehr zehn Jahren tot war und sie nie richtig verheiratet gewesen waren, wusste Bella, dass Bona diese Tränen jeden Tag um ihn vergoss. Es tat ihr leid, mit der Faust auf den Tisch geschlagen und mit ihr gestritten zu haben.

»Ach, Bona«, sagte sie, umarmte sie, spürte, wie Bonas Schluchzen den eigenen Leib erbeben ließ. Alsbald löste sich Bona aber abrupt von ihr.

»Ich sehe ohnehin schon schlecht«, murmelte sie, »ich darf nicht auch noch heulen und blind vor Tränen sein, also Schluss damit.«

Energisch begann sie zu nähen, und als Bella zögerte, knurrte sie ein »Nun geh schon!« in ihre Richtung.

Wenig später streunte Bella durch Pisas Straßen, aber das übliche Hochgefühl, irgendwie ihren Pflichten entkommen zu sein, blieb heute aus. Sie war nicht sicher, ob Bonas Tränen daran schuld waren oder die Erwähnung ihrer Eltern. Als sie noch ein kleines Kind war, hatte Bona meist vermieden, ihre Namen zu nennen. Später hatte sie Bella widerwillig von ihrem traurigen Schicksal erzählt. Bella war bis heute unschlüssig, ob sie damals mehr erfahren hatte, als sie jemals wissen wollte, oder viel zu wenig.

All die Geschichten über sie helfen mir ja doch nicht weiter, dachte sie jetzt trotzig. Von deutlich größerem Nutzen war etwas, das ihr die Eltern hinterlassen hatten, vielmehr der Vater: einen Dolch.

Bona hatte ihr nie genau erklären können, wie dieser in ihren Besitz geraten war, nur, dass er einst ihrem Vater gehört hatte. Als sie den Dolch zum ersten Mal in ihren Händen hielt – sie war damals kaum der Kindheit entwachsen –, hatte sie unvermittelt einen Schwur geleistet: Ich will es anders als meine Eltern machen. Ich will nicht so jung sterben wie sie. Leben will ich, und wenn mich irgendjemand nicht leben lässt, werde ich gegen ihn kämpfen, ihn notfalls töten.

Gewiss, niemand brachte ihr bei, wie man mit einem Dolch umging. Ganz allein übte sie, ihn zu werfen, und konnte nach einigen Jahren jedes noch so kleine Ziel damit treffen. Irgendwie war es ihr gelungen, dieses Training vor Bona zu verbergen. Was der alten Frau dagegen nicht entgangen war, war, dass sie sich eines Tages mit dem Dolch ihre langen Haare abgeschnitten hatte, die Strähnen nun gerade mal ihre Ohren bedeckten.

»Deine schönen Haare!«, hatte Bona entsetzt gerufen.

»Was denn, was denn?«, hatte Bella trotzig erwidert. »Hast du nicht selbst gesagt, meine Haare wären braun wie die meines Vaters, wenn auch nicht lockig wie seine, sondern glatt wie die meiner Mutter? Und hast du mir nicht ebenso eingebläut, dass aller Welt verborgen bleiben sollte, ich wäre ihr Kind? Mit kurzen Haaren erkennt keiner Åzizas und Ninos Tochter in mir.«

»Es wird auch niemand erkennen, wie hübsch du bist.«

Nun, Bella hatte nie eine hübsche Frau sein wollen, nur eine, die noch lebte, und deswegen schnitt sie sich weiterhin regelmäßig die Haare hab, lernte mit dem Dolch einen Apfel so zu treffen, dass er vom Baum fiel, jedoch danach noch ganz war. Und sie war überzeugt, dass sie aus zwölf Schritten Entfernung einem Mann den Daumen abhacken könnte, wenn sie es denn wollte, zumindest einem sehr groß gewachsenen Mann mit einem sehr großen Daumen.

Vielleicht war heute der Tag gekommen, dieses Können unter Beweis zu stellen. Sie wusste hinterher nicht recht warum, aber anstatt im Viertel Santa Maria rund um den Dom zu bleiben, wo die Straßen sauber waren und die Händler wirklich diesen Namen verdienten und keine Betrüger waren, hatte sie den Arno überquert und die Kinzica betreten, jenen Stadtteil, wo es die meisten Bettler und die meisten Straßenkämpfe gab und die Tavernen stinkende, enge Spelunken waren, finster wie die Seelen derer, die sich hier betranken.

An dem Mann dort hinten war allerdings nichts dunkel.

Er hatte blonde Locken, und das Erstaunen darüber, dass sie so sauber wirkten, obwohl er die Taverne verließ, war groß genug, um sie näher treten zu lassen. Sie hatte den Mann noch nicht erreicht, als ein weiterer aus der Taverne folgte, ihn festhielt. Jener hatte keine blonden Locken, stattdessen eine Glatze, auf der obendrein ein rötliches Geschwür prangte. »Du schuldest mir noch die Zeche!«, rief er.

»Ich habe genug bezahlt.«

»Für dich selbst ja, aber nicht für deine Freunde.«

»Wie oft soll ich noch sagen, dass sie nicht meine Freunde sind! Ich kenne sie nicht einmal! Sie haben sich einfach an meinen Tisch gesetzt und von mir verlangt, ich müsste sie einladen, aber wie komme ich denn dazu?«

Obwohl der Mann mit dem Geschwür, offenbar der Wirt, einen Kopf größer als der Blonde war, hätte der sich an ihm vorbeidrängen und davonlaufen können. Doch dieser Tölpel machte keinerlei Anstalten, die Flucht zu ergreifen, hörte stattdessen nicht auf, sich zu rechtfertigen. »Diese Männer sind nicht einmal Pisaner, es sind deutsche Söldner, die einst den Kaiser hierher begleitet haben und nach seinem Tod nicht wissen, wohin sie gehen sollen.«

»Es ist mir egal, ob es Pisaner sind oder nicht«, rief der Wirt. »Ob sie aus dem Heiligen Land oder geradewegs aus der Hölle kommen – du zahlst.«

Himmel, nun mach schon, flieh!, dachte Bella.

Sah dieser Tölpel denn nicht, was der Wirt hinter dem Rücken barg? Und warum war er nicht schon vorher klug genug gewesen, um zu verschwinden, sobald die deutschen Söldner aufgetaucht waren? Jeder wusste doch, dass sie nur Ärger machten, dass sie als Heuschrecken verschrien waren, die nichts als kahl gefressene Felder zurückließen.

»Ich … ich habe nicht genug Geld«, stammelte der blonde Mann.

Es war nicht zu fassen! Jetzt redete er immer noch! Dabei rollte nun ein Fuhrwerk vorbei, hinter dem er Schutz gefunden hätte. Doch es war zu spät, der Wirt zog hervor, was er hinter dem Rücken versteckt gehalten hatte – eines jener Beile, mit denen man geschlachtete Tiere teilte!

Der Blick des Blonden weitete sich. »Oh Gott, tut mir nichts! Ich … ich habe nun mal nicht genug Geld, aber ich kann euch anders bezahlen. Ich … ich bin Bildhauer. Manchmal fertige ich kleine Statuetten von Heiligen für Pilger an, sie sind aus Elfenbein, und Elfenbein ist kostbar.«

Der Narr nestelte tatsächlich an dem Beutel, der an seinem Gürtel hing. Falls sich darin wirklich eine Elfenbeinstatuette befand, sollte er sie dem Wirt nicht schenken, sondern sie ihm lieber ins Gesicht schleudern. Doch selbst wenn er ihn dadurch losgeworden wäre, seine Lage verschlimmerte sich, denn eben wurde die Tür aufgestoßen und drei Männer traten nach draußen. Sie bestätigten augenblicklich eines der Gerüchte, die über die Deutschen im Umlauf waren – dass sich die nämlich nie waschen würden. Eine Wolke von Schweiß und Weindunst ging von ihnen aus, hüllte selbst Bella ein, obwohl sie ein Dutzend Schritte von ihnen entfernt stand. Diese Wolke benebelte den Verstand des blonden Mannes – so der denn überhaupt vorhanden war – endgültig. »Zahlt selbst für euren Wein!«, rief er.

Sein einziges Glück war, dass die Männer vorerst nicht auf ihn achteten, vielmehr auf das Beil des Wirtes starrten. »Eine schöne Waffe hast du da«, grölten sie, umkreisten ihn, und prompt begann der Wirt trotz seiner Größe zu schlottern.

Besser, du gibst ihnen das Beil, bevor es dir auf die eigenen Füße fällt, beschwor Bella ihn still. Und du, Blonder, rennst endlich davon, solange die anderen abgelenkt sind.

Der schien tatsächlich endlich zu begreifen, dass jedes weitere Wort nutzlos war. Doch er machte viel zu zögerlich den ersten Schritt – schon packte ihn einer der Deutschen am Schlafittchen. »Hiergeblieben! Wenn ich es mir recht überlege, haben wir immer noch Durst.«

»Ich kann nicht länger bleiben, ich muss zurück zur Werkstatt, wo ich für Tino di Camaino arbeite.«

Bella glaubte sich vage daran zu erinnern, diesen Namen schon einmal gehört zu haben. Den Männern war er dagegen fremd. Während zwei dem Wirt das Beil abnahmen, packte der dritte den Blonden am Nacken und schüttelte ihn wie einen Hasen, dem er gleich das Fell abziehen würde. Scheinbar war er nicht nur durstig auf Wein, auch auf Grausamkeiten.

Bis zu diesem Moment hatte Bella darauf geachtet, dass ihr selbst jederzeit ein Fluchtweg offen stand. Was sie jetzt bewog, näher zu treten, anstatt das Weite zu suchen, wusste sie nicht. Bona, die stets das Gute im Menschen sah, hätte es auf Mitleid geschoben, doch obwohl sie das tatsächlich empfand – weitaus größer war der Ärger über die Dummheit des Blonden. Und der Wunsch, es mit diesen drei Unholden aufzunehmen.

»Lass ihn los!«, hörte sie sich sagen. »Lass ihn sofort los!«

»Du bist ja gar kein Mann«, stieß Elia wenig später keuchend aus.

»Und das fällt dir erst jetzt auf?«, rief der Fremde, nein, *die* Fremde ihm über die Schulter zu. Dann lief sie weiter, und er tat gut daran, zu ihr aufzuschließen und den Abstand zu ihren Verfolgern zu vergrößern.

Leider waren die nicht so leicht abzuschütteln. Die Deutschen waren zunächst nicht darauf gefasst gewesen, dass jemand eingreifen würde, und die junge Frau hatte das Überraschungsmoment für sich zu nutzen gewusst. Während sie sich noch gemächlich und grinsend zu ihr umgedreht hatten, war sie blitzschnell angerannt, hatte ganz plötzlich den Fuß gehoben und ihn dem Mann, der ihr am nächsten stand, zwischen die Beine gerammt. Er krümmte sich noch, als der zweite einen Kinnhaken versetzt bekam und am Gesicht des dritten haarscharf ein Dolch vorbeischoss.

Elia hatte verwirrt daraufgestarrt, als ihn ihre Stimme traf: »Worauf wartest du? Lauf!«

Sie selbst hatte das erst getan, nachdem sie den Dolch wieder aufgehoben hatte, war dann aber deutlich schneller als er. Er drehte sich immer wieder um, nur um festzustellen, dass die drei Männer ihnen unbeirrt folgten. Und wie ihr immer lauteres Keuchen verriet, drohten sie sie tatsächlich einzuholen.

»Hier entlang!«, rief die junge Frau und verschwand blitzschnell in einer Gasse. Es war eine gute Wahl. Etliche Färber hatten hier ihre Stoffe zum Trocknen aufgehängt, und um das Gesetz, dass sie hoch genug hängen mussten, um nicht einmal Reitern das Durchkommen zu erschweren, scherte sich hier niemand. Schon konnten sie sich hinter einem besonders großen Tuch verstecken, während die Deutschen, wie die leiser werdenden Schritte verrieten, eine andere Richtung wählten.

Elia betrachtete die junge Frau genauer und wunderte sich, sie jemals für einen Mann gehalten zu haben. Nun gut, sie trug das Haar fast so kurz wie ein solcher – es war im Übrigen ziemlich schief geschnitten –, und die Oberarme, die sich unter der Leinentunika abzeichneten, wirkten muskulös. Aber ihre Züge waren fein und ebenmäßig, die Augen groß und von einem Farbton, der ihn an Honig erinnerte. Er merkte erst, dass er völlig in ihren Anblick versunken war, als sie grinsend sagte: »Willst du hier Wurzeln schlagen?«

»Nein, lass uns lieber ein besseres Versteck suchen, falls die Deutschen zurückkommen.«

»Und wo?«, fragte sie eher belustigt als verängstigt.

»Ich habe eine Idee.«

Diesmal war er es, der die Führung übernahm. Er drehte sich allerdings immer wieder um, um sie zu mustern, sich ihre Züge einzuprägen, sich unwillkürlich vorzustellen, wie es wäre, diese Züge in Elfenbein zu meißeln. Ihre Haut hatte fast die gleiche Farbe, war wahrscheinlich ebenso glatt und …

»Du bist im Übrigen auch keiner«, sagte sie kurz vor dem Ziel.

»Was meinst du?«

»Du hast herausgefunden, dass ich kein Mann bin. Aber du bist auch keiner. Sonst hättest du es irgendwie geschafft, selbst mit diesen Lumpen fertigzuwerden.«

Einen anderen hätte diese Unterstellung wohl gekränkt, aber Elia musste lächeln, und das umso breiter, als sie sichtlich erstaunt über diese Reaktion die Brauen hochzog.

»Nun, ich will ja auch gar kein Mann sein!«, rief er im Brustton der Überzeugung.

»Und was willst du dann sein?«

Er antwortete nicht gleich, winkte sie erst zu dem Gebäude,

zu dem er sie gelotst hatte, erschien ihm das doch als das beste Versteck vor sittenlosen Strolchen. Es war der Dom, den sie nicht durchs Hauptportal betraten, sondern durch die Porta San Ranieri. Von dort führte Elia die junge Frau rasch in die Apsis mit ihrer doppelstöckigen Loggia, und deren Anblick erfüllte ihn wie immer mit solcher Ehrfurcht, dass er, obwohl er ihr eigentlich hatte antworten wollen, kein Wort hervorbrachte.

Eine Weile starrte er auf den Hochaltar, wo die Engel von der Balustrade flatterten und Christus mit großen Augen auf sie herabblickte. Dann drehte er sich um, betrachtete den Innenraum mit dem Grundriss eines lateinischen Kreuzes, von mächtigen Porphyr- und Elbaner Granitsäulen umgrenzt. Über den Seitenschiffen befanden sich die Emporen, auf denen sich die Frauen einfinden sollten, wenn sie den Dom betraten. Doch da niemand hier war, würde auch niemand die junge Frau zur Rede stellen, weil sie im Hauptschiff verharrte – und sie selbst schien keinerlei schlechtes Gewissen deswegen zu haben. Allerdings teilte sie auch nicht seine Faszination für das Gebäude.

»Also«, fragte sie laut, anstatt ehrfurchtsvoll die Stimme zu senken. »Was willst du sonst sein?«

»Ein Künstler«, sagte er selbst nur flüsternd. »Ein Künstler vom Range eines Buscheto, Bonanus, Diotisalvi, Giovanni di Simone, Nicola und Giovanni Pisano und …«

»Leben sie noch?«

Er blickte sie verwirrt an. »Natürlich nicht! Giovanni ist erst vor Kurzem gestorben, die anderen sind seit mehr als hundert Jahren tot.«

Sie runzelte die Stirn. »Wie kann man einem Menschen nacheifern, der tot ist, wenn zu leben doch das Wichtigste ist?«

»Ihr Werk ist doch unsterblich!«

»Und was für einen Nutzen hat das für sie?«

Über eine solche Frage hatte er noch nie nachgedacht. »Der Künstler und sein Werk sind doch irgendwie eins … ich würde mit Freuden jung sterben, wenn ich wüsste, dass ich etwas so Großes wie das hier hinterlassen könnte.«

Mit weit ausholender Bewegung deutete er auf die Kanzel, jenes leicht erhöhte Gebilde aus einem dichten Geflecht von Säulen und Figuren, von dem aus das Wort Gottes verkündet wurde. Es war das größte Werk seines Meisters Giovanni Pisano. »Ich will Künstler sein, Bildhauer«, fuhr er fort, »will nicht mit irgendeinem Material arbeiten, sondern mit dem kostbarsten, das es gibt – Elfenbein, das so selten ist wie Gold und Silber, so begehrt wie funkelnde Edelsteine, so weich und glatt wie Seide, mal weiß schimmernd wie Alabaster, mal von warmem Braun wie Bernstein.«

Er war an die Kanzel herangetreten, hatte unwillkürlich die Hand gehoben, um mehrere Figuren zu berühren, erst einen brüllenden Löwen, dann die Frauen, die die vier Kardinaltugenden symbolisierten, schließlich die Gottesmutter Maria, die ihren Arm über die Wiege hielt, in der ihr Kind schlief. Und dann war da noch Herkules mit magerem Leib, an dem deutlich die hervorstechenden Rippen zu sehen waren. Er hatte keine Ähnlichkeit mehr mit einem Halbgott, schien ein demütiger Diener der Kirche geworden zu sein.

Die junge Frau starrte ihn eine Weile an, dann die Figuren, hob schließlich ebenfalls die Hand und streckte sie aus, um sie zu berühren. »Sie fühlen sich wirklich glatt an … und sie sehen auch echt aus. Aber … aber sie leben nicht. Ob nun Marmor oder Elfenbein – beides ist … tot.«

Wie konnte sie so etwas sagen? »Marmor und Elfenbein sind doch nicht tot!«, entfuhr es ihm. »Sieh dir diesen Faltenwurf an! Der Mantel fällt weich, als wäre er aus echtem Stoff, wirkt an der richtigen Stelle aufgebauscht, als würde Wind hineinfahren, schmiegt sich an den Körper, der wiederum nicht minder lebensecht dargestellt wird. Jeder Muskel, jede Sehne, jede Falte ist sichtbar. Stein ist nicht tot, Elfenbein erst recht nicht. Wahre Meister können dieses Material zum Leben erwecken.«

Er wappnete sich gegen ein spöttisches Lächeln, eine abfällige Bemerkung, doch zu seinem Erstaunen schwieg die junge Frau. Ihr Blick ging zur Inschrift der Kanzel, die Giovanni Pisano eingemeißelt hatte und die bekundete, dass er alle Weltteile bereist und alle Flüsse entlanggefahren sei, nur um ein Werk dieser Größe zu schaffen und der Kunst neue Wege zu eröffnen.

»Es klingt, als hätte er große Opfer gebracht«, murmelte sie, und etwas in ihr schien ergriffen – vielleicht nicht von Pisanos Werk, aber von seiner Leidenschaft.

Elia nickte. »Giovanni hat mich gelehrt, dass man sich der Kunst ganz und gar hinzugeben hat, ganz gleich was es kostet. In seiner Inschrift erwähnt er auch, dass viele Zeitgenossen ihn nicht erkannt, ihn verachtet hätten, aber das hat er willig ertragen. Er wusste ja, sein Werk ist … größer. Und ich denke, ich muss es auch ertragen, dass Tino di Camaino mich demütigt, Stümpern den Vorzug gibt. Es war falsch, aus der Werkstatt zu fliehen, ich muss mich in Geduld üben, weiter beharrlich meine Arbeit tun, und dann werde ich …«

Er brach ab, weil ihm aufging, dass er von vielem sprach, was sie nicht verstehen konnte. Allerdings schien sie ihm gar nicht richtig zugehört zu haben.

»Die Freude …«, murmelte sie plötzlich und wirkte ergriffen, während sie wieder über eine Figur strich, »die Freude zieht Ihr ja gar nicht aus dem fertigen Werk, das Ihr der Nachwelt hinterlasst. Ihr zieht sie bereits aus dem Tun. Ihr nehmt nicht all diese Mühen auf Euch, damit etwas von Euch bleibt. Nein, die Mühen an sich haltet Ihr schon für erstrebenswert.«

Er hätte es nicht mit den gleichen Worten gesagt, doch die, die sie wählte, um die Leidenschaft für seinen Beruf zu erklären, ergaben durchaus Sinn. Ihre Hand löste sich von den Figuren, ging zu ihrem Dolch. »Zu kämpfen habe ich hingegen nicht um des Kämpfens willen gelernt. Es hatte immer einen Zweck – den Zweck, zu leben, zu überleben. Es ist etwas, das ich tun muss … nicht, das ich tun will. Echte Freude erlangt man auf diese Weise nicht, nur Genugtuung, wenn man Feinde übertrumpft.«

Er hatte nicht die geringste Ahnung, von welchen Feinden sie sprach. So nah er sich ihr gefühlt hatte, als sie erst gemeinsam vor den Deutschen geflohen waren, nun über seinen großen Traum sprachen – er wusste rein gar nichts über sie. Nur einer Sache war er sich sicher: Eine so junge Frau, in der Anmut und Kraft zugleich wohnten, sollte keine Feinde haben, sollte nicht um ihr Leben kämpfen müssen. In ihren Augen sollte kein Schmerz stehen, ihre Lippen sollten nicht beben, sondern lächeln.

»Ich bin Elia. Und wie heißt du?«, fragte er.

»Bella.«

Er wiederholte den Namen mehrmals, fand, dass kein anderer besser zu ihr passen würde. Gewiss, sie war nicht auf die Art schön wie all die Pisanerinnen, die edle Kleidung, Schmuck und kunstvolle Frisuren liebten. Sie war auf eine Weise schön, wie Giovanni Pisanos Figuren schön waren: Sie waren echt, in ihnen pulsierte Leben, sie hatten Stärken und Schwächen, Ecken und Kanten, sie waren vielseitig und widersprüchlich.

Ihre Stimme riss ihn aus seinen Gedanken. »Das ist das Werk

deines Meisters. Hast du selbst etwas angefertigt, das du mir zeigen kannst?«

Er überlegte kurz. Alle Statuen, an denen er jüngst mitgearbeitet hatte, befanden sich in der Werkstatt, und was immer ihn dort erwartete – Camainos Tadel oder Spott von Gironimo und Fabrice –, er konnte sich dem noch nicht aussetzen. Die winzigen Figuren hingegen, die er bei sich trug – vor allem Statuetten für Pilger –, fertigte er eher aus Zeitvertreib, sie bewiesen sein Können nicht. Aber dann fiel ihm etwas anderes ein, was er ihr zeigen konnte.

»Ich glaube, wir können den Dom wieder verlassen, so lange werden die Deutschen gewiss nicht nach uns suchen.«

Das Licht schnitt ihnen grell ins Gesicht, als sie den düsteren Dom verließen, das Weiß des Campanile hob sich fast schmerzhaft vom blauen Himmel ab. Unbeirrt schritt Elia auf das Gebäude zu, das ihn, seit er damals nach Pisa gekommen war, wie kein zweites faszinierte. Gewiss, er wollte Bildhauer werden, mit Elfenbein und Marmor arbeiten, aber wie sein Vorbild Giovanni Pisano war er überzeugt, dass das nicht ausschloss, irgendwann auch als Baumeister etwas Großes wie diesen Turm zu erschaffen.

Er trat geradewegs auf den Eingang zu, unter dessen mit Rauten und Rosetten verzierten Blindbögen sich etliche Reliefs befanden, die erst lange nach dem Bau des Turms entstanden waren. Sie zeigten verschiedene Tiere, darunter einen Widder und einen Stier, die wiederum gegen einen Drachen und einen Bären kämpften, um den steten Kampf von Gut und Böse zu symbolisieren. Wer genau der Gute war und wer der Böse, wusste er nicht so genau – jedenfalls war der Bär sein Werk.

»Den hier habe ich gemacht.«

Als er sich umdrehte, bemerkte er, dass Bella ihm nicht gefolgt, sondern etwa ein Dutzend Schritte vom Turm entfernt stehen geblieben war. Von dort konnte sie den Bären doch gar nicht richtig sehen!

»Was ist? Hast du etwa Angst vor wilden Tieren? Ich fürchte, hier am Domplatz begegnest du ihnen überall. Es gibt so viele kleine Skulpturen ... Äpfel fressende Affen, Greifenköpfe, Schlangen. Giovanni hat mich dieses Relief zu Übungszwecken machen lassen und ...«

»Ich habe keine Angst vor den Tieren«, fiel sie ihm ins Wort, nachdem sie etwas näher getreten war. »Ich habe Angst vor dem Turm.«

Zunächst war er davon überzeugt, dass sie ihn verspottete. Wenn etwas nicht zu dieser jungen Frau passte, war es Angst. Doch dann sah er, wie sie den Blick hob, erst den Sockel des Turms betrachtete, dann die fünf Stockwerke, und er las Unbehagen in ihrer Miene, mehr noch, eine Trauer, wie er sie vorhin schon an ihr gewittert hatte.

»Auf all das Gerede, wonach der Turm verflucht sei und mit ihm Pisa, solltest du nichts geben«, sagte er schnell. »Daran, dass der Bau nicht schon längst fortgesetzt wurde, trägt kein böses Schicksal die Schuld. Es liegt schlichtweg daran, dass kein Geld dafür da ist. Giovanni Pisano, mein Meister, erhielt vor einigen Jahren den Auftrag zu prüfen, wie man den Turm fertigbauen könnte. Mit Schnur und Blei hat er die erste Lotmessung vorgenommen und ist zu dem Urteil gekommen, dass man ihn um mindestens zwei, wenn nicht drei weitere Stockwerke aufstocken könne, ohne die Stabilität zu gefährden. Doch du weißt ja, wie es in Pisa ist. Es wird so viel Zeit damit verschwendet, um die Macht zu kämpfen, dass keine Zeit mehr bleibt, sichtbare Zeichen für diese Macht zu schaffen. Daran sind aber allein die

Lebenden schuld, nicht irgendwelche Toten, die sterbend die Stadt verdammt haben und …«

Er brach ab. Bella war nun dicht an ihn herangetreten, betrachtete den Bären, lächelte flüchtig. »Eigentlich habe ich keine Angst vor dem Turm. Ich … ich mag ihn einfach nicht. Bona meint zwar immer, er wäre das Einzige, was an meine Eltern erinnert, aber das ist Unsinn. Gut möglich, dass deine Elfenbeinstatuen nicht so tot sind, wie ich behauptet habe. Aber der Stein, aus dem dieser Turm errichtet wird, ist es ganz sicher. Er lebt nicht, atmet nicht, liebt nicht. Wie soll ausgerechnet er die Erinnerung an meine Eltern wachhalten, wie ausgerechnet er beweisen, dass sie zwar tot sind, ich aber lebe? Das kann ich doch viel besser, indem ich kämpfe. Nicht dass ich immer nur kämpfen will. Wie gesagt, es bereitet mir keine Freude, es ist …«

Ihre Stimme klang zunehmend rau. Elia konnte hinterher nicht sagen, was in ihn gefahren war. Jedenfalls packte er sie unwillkürlich, zog sie an sich, presste seine Lippen auf ihre. Vielleicht lag es an der Verzweiflung, von der ihre Worte kündeten. Vielleicht an seiner Hilflosigkeit, weil er so vieles, was sie sagte, nicht verstand. Vielleicht daran, dass sie ihm, obwohl er sie erst wenige Stunden kannte, so nahe schien, als hätte er ein halbes Leben mit ihr verbracht. Jedenfalls wollte er nicht, dass irgendein Schatten auf sie fiel. Wieder ging ihm durch den Kopf, dass eine Frau wie sie lachen und leben und lieben sollte, einen Sinn für das Schöne haben, und wer, wenn nicht er, der mit Hammer und Meißel Stein zum Leben erwecken konnte, konnte sie daran gemahnen? Die üblichen Werkzeuge standen ihm zwar nicht zur Verfügung. Nicht einmal auf seine Hände konnte er sich verlassen, allein auf seine Lippen. Doch je länger er sie küsste, je inniglicher der Kuss wurde, umso selbstverständlicher erschien ihm dieser und nicht als Anmaßung. Und ihr schien es ähnlich zu gehen. Anstatt ihn zurückzustoßen, presste sie ihren Körper nicht minder heftig an seinen und umschlang seinen Nacken mit beiden Händen, als könnten sie sich gar nicht nah genug kommen.

Viel zu schnell war es vorbei. Nicht wegen seines Erstaunens, dass er, der alles, was er vom Leben wollte, in der Kunst zu finden geglaubt hatte, plötzlich die Sehnsucht fühlte, diese Frau für immer zu halten. Auch nicht, weil ihr aufging, dass er ihr das, was ihr vom Leben genommen worden war, nicht zurückgeben konnte. Nein, weil eine Stimme sie traf.

»Da sind sie, da sind die beiden Unruhestifter!«

Er erkannte die Stimme sofort. Wer sonst sprach ein Italienisch, das sich anhörte, als hätte man statt einer Zunge Kieselsteine im Mund und mindestens drei davon verschluckt. Die deutschen Söldner hatten die Suche doch nicht aufgegeben – und sie hatten sich überdies Verstärkung geholt, in Form der *boni homines*, einer Art Stadtwache. Diese Stadtwache kontrollierte, ob niemand seine Esel und Schweine unbeaufsichtigt durch die Gassen und Straßen laufen ließ, Unrat nicht einfach aus dem Fenster geschüttet wurde und keine Leprosen heimlich in die Stadt kamen, um zu betteln. Und manchmal sperrte sie auch Unruhestifter ein.

Genau als solche hatten die Deutschen sie offenbar denunziert, obwohl sie selbst nichts anderes waren. Welch Lügner! Welch Feiglinge!

Die Empörung schnürte Elia beinahe die Kehle zu. »Untersteht euch, ihr nahe zu kommen!«, brüllte er, als sich sowohl die Deutschen als auch die Männer der Stadtwache Bella näherten. »Seht ihr denn nicht, dass sie eine Frau, eine unbescholtene Bürgerin Pisas ist, die von diesen Wüstlingen belästigt wurde? Ich habe nichts anderes getan, als sie zu beschützen.«

Auch das war eine Lüge – schließlich hatte Bella ihn geschützt, nicht umgekehrt. Dennoch wäre er damit wohl durchgekommen, hätte Bella in diesem Augenblick nicht ihren Dolch gezogen.

»Frauen dürfen keine Waffen besitzen!«, rief irgendjemand schrill. Er war nicht sicher, ob es einer der *boni homines* oder einer der Deutschen war. Bella entgegnete jedenfalls heftig: »Wenn mir jemand diesen Dolch wegnehmen will, kann er es ja gerne versuchen.« Und schon nahm sie die Haltung eines Raubtiers ein, das so gar nichts mit dem anschmiegsamen Wesen gemein hatte, das er eben noch geküsst hatte.

Wenn Stein tot ist, ist es die Klinge des Dolches erst recht, hätte er am liebsten gesagt, aber er ahnte – sie in diesem Augenblick vom Kampf abzuhalten, war so aussichtslos, wie einem Block Marmor allein kraft des eigenen Blickes zu befehlen, die gewünschte Form anzunehmen.

Tränen glänzten in den Augen der Frau, als sie ihn anblickte und flehentlich fragte: »Ihr wollt meinem Mann tatsächlich helfen?«

Lotario musterte sie genauer. Von den Augen abgesehen, die etwas zu weit aus den Höhlen traten und von einem wässrigen Blau waren, war diese Frau auf jene Weise hübsch, die bei vielen Menschen das Verlangen nach Schönheit sättigte: Die Züge waren halbwegs ebenmäßig, die Haut rosig, die Lippen herzförmig.

»Aber … aber warum, Magister?«, fügte sie hinzu.

Lotario zog die Brauen hoch. Er war erstaunt, dass sie seinen Titel kannte. Nicht viele Pisaner Kanoniker hatten ihn sich erworben, indem sie in Bologna Recht studierten. Nun, wahrscheinlich hatte sie ihn aber nur nachgeplappert.

»Du weißt also, wer ich bin?«, fragte er gedehnt.

»Natürlich!«, rief die Frau. »Man sagt Euch nach, Ihr hättet das Aussehen und die Gestalt eines Engels.«

Lotarios Mundwinkel verzogen sich leicht. Es gab Zeiten, da er es gehasst hatte, Engel genannt zu werden, weil er groß gewachsen und schlank, auch Ehrfurcht gebietend und schön wie ein solcher war, feine Züge und noch feineres blondes Haar hatte und man ihm nicht ansah, dass er die vierzig bereits überschritten hatte. Mittlerweile aber wusste er das zu seinem Vorteil zu nutzen.

»Ich wollte eigentlich wissen, ob du meine Rolle in diesem Prozess benennen kannst.«

Sie nickte eifrig, stammelte ein paar Worte. »Ihr ... Ihr seid der Richter.« Sie klang nicht so, als hätte sie sich jemals über die Aufgaben eines solchen Gedanken gemacht.

»Kein gewöhnlicher Richter«, erklärte Lotario, »ich darf nicht in weltlichen Angelegenheiten Recht sprechen, ausschließlich in kirchlichen – wenn beispielsweise Priester miteinander in Streit geraten, wenn es Testamente zu vollstrecken gilt, wenn eine Ehe für gültig oder ungültig erklärt werden muss. Und natürlich auch im Falle deines Mannes, der Geschäfte mit den Heiden gemacht hat und somit ein nicht geringes Risiko für seine unsterbliche Seele eingegangen ist.«

Wieder nickte sie eifrig, als wüsste sie, wovon er sprach. Dabei hatte ihr Mann sie wohl nie in seine Geschäfte eingeweiht und ihr vor dem Prozess eingebläut, sie solle sich allein auf ihr hübsches Gesicht verlassen. Zusammen mit ihrer Gabe, jederzeit in Tränen auszubrechen und damit die Herzen zu rühren, erhoffte er sich daraus wohl großen Nutzen.

Lotario ließ sich jedoch nicht von Tränen rühren, und auch die wohlgeformten Lippen verfehlten ihre Wirkung. Er fand sie vielmehr hässlich, denn bislang waren nur jene Lügen über diese Lippen gekommen, die ihr der Mann eingetrichtert hatte. Doch wenn sie aus ihrem hübschem Gesicht Nutzen zu schlagen versuchte, konnte er das auch.

»Ich … ich will wirklich nur das Beste für deinen Mann«, erklärte er. »Und ich fürchte, es läuft nicht gut für ihn.«

Neue Tränen traten ihr in die Augen. »Wirklich?«, rief sie entsetzt.

Die Wahrheit war, dass die Verhandlung für ihren Mann tatsächlich nicht gut verlief – sie lief ausgezeichnet. Letzte Woche war gegen ihn Klage erhoben worden, weil er nicht nur Wolle und Leder, auch Waffen an die Heiden geliefert hatte. Doch alle Zeugen, die behaupteten, der Angeklagte hätte mit diesem Geschäft geprahlt, waren zwielichtige Gestalten, die der Anklage kaum Gewicht verliehen. Es war für den Angeklagten ein Leichtes gewesen, ihnen Befangenheit zu unterstellen, weswegen sie vom Gericht zurückgewiesen worden waren.

Die Frau schien allerdings nicht zu begreifen, dass ein Freispruch für ihren Mann bevorstand, weswegen Lotario sie während einer kurzen Pause mit sich in den Gang vor dem Saal gewunken hatte.

»Ich fürchte, es werden noch mehr Zeugen gegen deinen Mann aussagen, hat er doch ob seines hohen Gewinns viel Neid auf sich gezogen«, erklärte er.

»Aber … aber«, stammelte sie, um schließlich hinzuzufügen: »Niemand kann beweisen, dass die Schnüre, die er in Tunis verkauft hat, zum Herstellen von Armbrustsehnen dienen oder das Holz für den Schaft von Lanzen.«

»Das vielleicht nicht. Aber in den Kisten befanden sich

nicht nur Holz und Schnüre, auch Schwerter. Und dafür gibt es einen Zeugen.« Nicht nur, dass das eine dreiste Lüge war. Lotario konnte sich nicht einmal sicher sein, dass der Angeklagte wirklich mit Schwertern gehandelt hatte, nicht bloß mit Roheisen. Doch so entsetzt, wie die Frau ihn anstarrte, hatte er wohl ins Schwarze getroffen. »Wenn du mir alles anvertraust, was du weißt, werde ich ein mildes Urteil sprechen«, fügte er hinzu.

»Die … die Schwerter waren doch so stumpf, dass man nur Brot damit schneiden konnte!«, rief sie.

Lotario hörte diese Ausrede nicht zum ersten Mal, wenn es um Waffen ging, die an die Heiden geliefert wurden.

»Und er wollte ja nicht wirklich mit den Heiden Handel treiben«, fuhr die Frau fort, »ein Sturm trieb sein Schiff in deren Land. Und … und das Holz … es war nicht für Waffen, es war für Fensterrahmen bestimmt.«

»Ich verstehe«, sagte Lotario. »Nun, wenn das so ist, dann musst du nicht weiter besorgt sein, dann kann auch der Zeuge, der die Schwerter gesehen haben will, deinem Mann nichts anhaben. Aber eine Sache will ich noch wissen: Wie viel dein Mann nämlich insgesamt an dem Geschäft verdient hat.«

Die Frau legte den Kopf etwas schief. Er war nicht sicher, ob sie über die Summe nachdachte oder langsam Misstrauen erwachte, warum der Richter, der über ihren Mann das Urteil fällen würde, so viele Fragen stellte.

Als er sie aber unverdrossen freundlich anlächelte, wurden ihre Züge ganz weich, und sie nannte ihm den Betrag.

Genau das hatte Lotario gehofft. Sein Lächeln wurde breiter. »Hab vielen Dank, du hast deinem Mann wirklich sehr geholfen.«

Als die Gerichtsverhandlung ihren Fortgang nahm, wurde

er rasch wieder ernst. Der Saal hatte sich schnell gefüllt – nicht nur mit Gerichtsdienern, Protokollanten, dem Kläger und dem Angeklagten, auch mit jeder Menge Zuschauern, Laien wie Klerikern, die solche Verfahren häufig neugierig verfolgten. Die Frau des Angeklagten huschte zu ihm, raunte ihm mit freudigem Gesicht etwas zu, und die angespannte Miene des Mannes glättete sich augenblicklich. »Niemand kann mir nachweisen, dass ich Waffen an die Heiden verkauft habe«, rief er laut, ehe Lotario die Verhandlung wieder eröffnet hatte.

Lotario ging darüber hinweg. »Natürlich nicht«, sagte er ruhig. »Dein Holz wurde zum Bau von Fenstern verwendet, dein Eisen für die Herstellung von Werkzeug, deine Schnüre für Angelruten.«

Der Mann nickte entschlossen. »Genau so ist es. Womit diese Angelegenheit erledigt wäre, nicht wahr?«

Raunen brandete im Gerichtssaal auf. Lotario wartete, bis es verebbte. »Nicht ganz«, sagte er schließlich. »Denn mir ging es nie allein darum, ob du Waffen an die Heiden verkauft hast oder nicht. Viel interessanter erscheint mir die Frage, wie viel Geld in fremder Währung du eingenommen hast, um dieses zu einem Kurs zu wechseln, der deinen Gewinn erhöht.« Lotario deutete mit dem Kinn auf die Geschäftsbücher des Mannes. »Wie hoch dein Vermögen ist, ist bekannt, wie hoch die Summe, die du in Tunis eingetrieben hast, mittlerweile auch. Die hohen Einnahmen ließen sich erklären, wenn du Waffen verkauft hättest. Da du aber genau das bestreitest und wir von den gewöhnlichen Preisen für Holz und Eisen ausgehen müssen, hast du ganz offensichtlich Wucher getrieben.«

Sein Blick war erst streng auf den Mann gerichtet, ging dann zur Frau an seiner Seite, die so entsetzt war, dass sie nicht einmal in Tränen ausbrach. Wieder lächelte Lotario schmal.

»Nicht nur wer Zinsen nimmt, auch wer durch günstige Wechselkurse sein Vermögen unrechtmäßig vermehrt, begeht eine schwere Sünde, für die nicht die weltlichen, sondern die kirchlichen Gerichte die Strafe festsetzen.« Er richtete sich an den Angeklagten. »Du wirst die Kosten für den Prozess übernehmen, natürlich das Geld zurückzahlen, dass du beim Wuchern verdient hast, desgleichen eine weitere Strafe in der Höhe von fünfzig Solidi.«

»Das ... das treibt mich in den Ruin!«, rief der Mann

»Ihr habt gesagt, ihr werdet uns helfen«, klagte die Frau.

Lotario ignorierte den Angeklagten und wandte sich an sie. »Und genau das habe ich auch getan. Wenn dein Mann bankrott geht, wird er nie wieder in die Verlegenheit kommen, unrechtmäßige Geschäfte mit den Heiden abzuschließen, folglich droht seiner unsterblichen Seele keine Gefahr mehr. Auf Erden mögt ihr so bitterarm sein, dass ihr zum Betteln gezwungen seid, aber im Himmelreich wird euch der Platz sicher sein, und das ist es doch, was alle guten Christenmenschen anstreben.«

Immer noch schimmerten in den Augen der Frau keine Tränen, aber ihre Mundwinkel begannen zu zittern. »Man sagt, Ihr wärt ein Engel.«

»Engel sind Boten Gottes. Sie führen aus, was immer er von ihnen verlangt, ganz gleich wie sie selbst dazu stehen. Sie halten seine Ordnung aufrecht, und sie sind unparteiisch. Dass sie auch barmherzig und freundlich wären, ist mir neu. Barmherzigkeit und Freundlichkeit haben auch bei der Rechtsprechung nichts verloren. Es gilt einzig, das Gesetz zu erfüllen und der Gerechtigkeit Genüge zu tun. Die Versammlung ist hiermit beendet.«

Der Mann klagte laut, die Frau begann nun doch wieder zu heulen. Aus den Mienen der anderen las Lotario Widersprüchliches. Die einen schienen dem durchtriebenen Kaufmann, dessen Gier keine Grenze kannte, die Strafe zu gönnen, andere waren erschrocken über Lotarios Härte. Dass die meisten aufgeregt tuschelnd beisammensaßen, gab ihm jedenfalls die Gelegenheit, den Versammlungssaal unauffällig zu verlassen.

Er war nicht weit gekommen, als er Schritte hörte. Gottlob folgte ihm nicht die Frau des Angeklagten, um ihn entweder zu verfluchen oder um Gnade anzuflehen – nur Bruder Gismondo, ein junger Dominikaner, der wie er zu den Domkanonikern zählte und Mitglied der *familia* des Bischofs, seines Haushalts, war. Während Lotario selbst es zum unersetzbaren Rechtsberater des Erzbischofs gebracht hatte, war Gismondo einer von den vielen Schreibern, die Urkunden verfassten. Ehrgeizig, wie er war, strebte er jedoch deutlich höhere Ämter an, und er hatte erkannt, dass er von Lotario viel lernen konnte. Dem schmeichelte das gerade genug, um sich heute zu einem Gespräch herabzulassen.

»Du hast die Frau getäuscht, nicht wahr?«, fragte Bruder Gismondo.

»Das war nicht ich, das war mein Antlitz«, erwiderte Lotario. »Gott hat mir mehr Schönheit gegeben als anderen Menschen, aber ich weiß, dass diese weder ein Verdienst noch eine Tugend ist, nur ein Mittel zum Zweck. Man dient nicht der Schönheit, man dient mit ihrer Hilfe der Wahrheit und Gerechtigkeit.«

»Die Frau hat auch ein schönes Gesicht. Alle anderen waren darum von ihren Worten ergriffen, du dagegen warst es nicht. Warum … warum ließest du dich nicht blenden?«

In dieser Frage, das fühlte Lotario, schwangen viele andere mit: Warum kann man dir nie auch nur die geringste Schwäche nachsagen, warum bist du von allen Priestern im Haushalt des

Bischofs der lauterste, warum scheint es nichts zu geben, was deine Seele befleckt?

Nun, hätte Lotario sagen können, weil noch mehr als meine Schönheit meine vermeintliche Frömmigkeit der Schutzschild ist, mit dem ich Blicke in die Abgründe meiner Seele abwehre. Stattdessen erklärte er nur: »Ich versuche Gott zu dienen, so gut es eben geht.«

»Kein Wunder, dass er so große Stücke auf dich hält.«

Im Gegenteil, Gott hält von mir rein gar nichts, ging Lotario durch den Kopf. Aber wahrscheinlich meinte Gismondo gar nicht Gott, sondern den Erzbischof, der sich gerne mit Rechtsgelehrten umgab. Und viele Priester, die den Titel eines Magisters des Rechts trugen und auf deren Ratschlag Otto von Sala darum hörte, gab es schlichtweg nicht.

»Lass uns nun beten«, erklärte Lotario, der keine Lust hatte, sich Gismondos lauerndem Blick noch länger auszusetzen. »Man kann nicht oft genug Zwiesprache mit Gott halten.«

Eigentlich hatte er andere Pläne gehabt – einmal mehr stundenlang durch Pisas Straßen zu streifen, eine Kapuze tief ins Gesicht gezogen, sodass ihn niemand erkannte. Doch es konnte nicht schaden, nach einem Prozess wie diesem seine Demut zu bekunden, und deswegen verließ er das Kapitelhaus, in dem sich der Gerichtssaal befand, um die wenigen Schritte, die dieses vom Dom trennten, hinter sich zu bringen.

Bruder Gismondo folgte ihm. Ihm war zwar anzusehen, dass er gerne noch länger über Lotarios Prozesstaktik diskutiert hätte, aber mit ihm zu beten, hielt er gewiss für eine kaum geringere Ehre. Der junge Mönch zog demütig den Kopf ein und bemerkte deswegen erst viel später, was Lotario sofort aufgefallen war, als sie ins Freie traten – den Tumult dort hinten.

Kurz dachte Lotario, jene hitzige Debatte, die noch im Gerichtssaal unter dem Publikum losgebrochen war, würde hier draußen fortgeführt werden – nicht allen gefiel es schließlich, dass die Kirche einem Kaufmann das Leben schwer machte. Doch dann erkannte er, dass diese Unruhe nichts mit dem Prozess zu tun hatte. Er zählte drei brutal anmutende Männer, deren Sprache sie als Deutsche und deren Kleidung sie als Söldner verriet, außerdem Mitglieder der Stadtwache und schließlich einen jungen Mann, dessen Locken kaum dunkler waren als seine. Lotario trat näher, entnahm den Worten des jungen Mannes, dass er so naiv war zu glauben, man müsste nur lange genug die Wahrheit aussprechen, um andere davon zu überzeugen. Dabei war die Wahrheit doch oft eine gefährliche Waffe, an der sich blutig schnitt, wer nicht richtig damit umgehen konnte.

Um eine ähnliche Waffe ging es bei dieser Auseinandersetzung. Sie befand sich in den Händen einer jungen Frau, und diese brüllte soeben: »Es ist *mein* Dolch, ich gebe ihn nicht her.«

Sie verließ sich nicht auf ihre Worte allein. Schon durchschnitt sie mit der Klinge drohend die Luft.

Bruder Gismondo, der Lotario gefolgt war, wich unwillkürlich zurück.

»Wie wäre es, wenn du schon zum Dom vorgehst?«, fragte Lotario.

Gismondo sah ihn verwirrt an. »Du … du willst dich doch nicht wirklich in diese Sache einmischen! Das … das ist nicht Aufgabe der Kirche.«

»Für Gerechtigkeit zu sorgen, ist immer Aufgabe der Kirche. Und Gerechtigkeit heißt, ein Gleichgewicht herzustellen. Eine Waffe in den Händen einer Frau ist immer eine Waffe zu viel.«

»Aber … aber wenn dir etwas zustößt!«

»Soll ein Engel seine Botschaft nicht überbringen, wo es nottut, nur weil er Angst um das eigene Wohl hat?«

Bruder Gismondo hielt den Kopf so schief wie vorhin die Frau, woraufhin Lotario ihn freundlich anlächelte und erneut bewirkte, dass jeglicher Widerstand seines Gegenübers schmolz. Es war dieses Lächeln, das die Menschen davon abhielt, einen gewöhnlichen Mann in ihm zu sehen.

Und sie haben ja auch recht, dachte Lotario, als er Bruder Gismondo nachblickte, ich bin ja kein gewöhnlicher Mann. Ich bin eine schändliche Kreatur, die nur von der Sehnsucht am Leben gehalten wird, irgendwann doch einer zu sein. Und die Frau dort hinten hielt diese Sehnsucht am Leben.

Sein Lächeln wurde breiter, als er sah, wie sie die drei Deutschen eben attackierte. Keinem von ihnen gelang es, ihr den Dolch zu entwinden, den Stadtwächtern erst recht nicht.

Ach, Bella, dachte er, wann wird der Tag kommen, an dem du einmal nicht in Schwierigkeiten gerätst?

Bella wurde wütend, als sie Lotario erblickte. Sie konnte sich diese Wut nicht so recht erklären, schließlich verdankte sie Lotario viel. Allerdings wollte sie ihm nichts verdanken müssen, und deswegen zischte sie in seine Richtung: »Ich brauche deine Hilfe nicht.«

Er tat so, als hätte er sie nicht gehört, wandte sich seelenruhig an die Männer der Stadtwache. »Ich denke, eure Dienste sind nicht länger nötig. Ich werde schon dafür sorgen, dass diese Frau künftig keinen Dolch mehr bei sich trägt.«

Schon als er hinzugetreten war, hatte ihn manch verwunderter Blick getroffen. Jetzt wurde bei einigen ein misstrauischer daraus. »Kirchliche und weltliche Gerichtsbarkeit sind in

Pisa strikt getrennt«, sagte einer der Männer, der ihn zu kennen schien, »das ist nicht Eure Angelegenheit.«

»Als Magister des Rechts oder als Richter beim Kirchengericht ist das gewiss nicht meine Angelegenheit. Aber ich bin mehr als das, ich bin der Vormund dieses Mädchens.«

Bellas Ärger wuchs. Wie konnte er sie in ihrem Alter immer noch Mädchen nennen! Aber Lotario behandelte sie ja häufig wie ein freches, aufmüpfiges Kind, das man nicht ernst nehmen konnte und das erst erwachsen werden musste.

Immerhin verfehlten seine Worte nicht ihre Wirkung. Die Männer der Stadtwache starrten ihn eine Weile an, verständigten sich dann mit einem Nicken darauf, sich zurückzuziehen.

Nur den Deutschen war nicht so leicht beizukommen. Anstatt gleichfalls zu verschwinden, richteten sich ihre begehrlichen Blicke auf den Dolch. »Den brauchst du, Pfaffe, doch nicht, oder? Und uns steht eine Entschädigung zu.«

Elia, der bereits vorhin so dumm gewesen war, sich schützend vor sie zu stellen – sie hatte ihn mit aller Macht zur Seite drängen müssen –, glaubte doch tatsächlich immer noch, mit diesen Menschen verhandeln zu können. »Eine Entschädigung wofür?«, fragte er. »Dafür, dass ihr mich bedroht habt? Mich für euren Wein bezahlen lassen wolltet?«

Schon trat einer der Söldner drohend auf ihn zu. Doch Lotario hob beschwichtigend die Hand. »Wollt ihr eure Kräfte nicht lieber einsetzen, um Uguccione della Faggiola zu dienen?«

»Was haben wir mit Faggiola zu schaffen?«

»Nun, immerhin ist er der Herr von Pisa. Genauer gesagt zugleich Podestà und Capitano del Popolo.«

»Na und?«

»Es war eurer Kaiser Heinrich, Gott sei seiner Seele gnädig, der ihm diese Macht anvertraut hat. Obwohl er tot ist, sollte man seinen Willen ehren, denkt ihr nicht?«

Bella las nichts in den Gesichtern der Männer, was Treue über den Tod des Herrn hinaus bekundete. Bevor sie allerdings zu dem Schluss kam, dass Lotario sich heute genauso dumm wie Elia anstellte, fügte der hinzu: »Euch wird nicht entgangen sein, dass Uguccione della Faggiola schon vor einem halben Jahr Lucca erobert hat. Dabei fielen etliche Kirchenschätze in seine Hand, und damit kann er nun Söldner bezahlen … Söldner, mit denen er Burgen im Arnotal erobern will, um den Florentinern zu zeigen, wer in dieser Region das Sagen hat. Für euch würde mehr als ein lächerlicher Dolch herausspringen, wenn ihr euch in seine Dienste stellt.«

Die Männer stierten ihn an, warfen sich ein paar Wörter in ihrer Sprache zu, die diesmal klangen, als hätten sie die eigene Zunge verschluckt. Während zwei zurückwichen, wollte der dritte nicht aufgeben, machte wieder einen Satz auf Bella zu, doch ehe sie den Dolch auch nur heben konnte, schnellte Lotarios Hand vor, umfasste den Hals des anderen, drückte so fest zu, dass auf seinem Unterarm die Sehnen hervortraten und dem Mann die Augen fast aus den Höhlen quollen.

»Es war bereits ein Fehler, sich mit *ihr* anzulegen«, sagte er mit einem gefährlichen Flüstern. »Mach nicht den noch größeren Fehler, *mich* zu reizen.«

Vergeblich versuchte der Mann, sich dem Griff zu entziehen. Sein Gesicht lief rot an, die Lippen färbten sich bläulich. Auch als er nicht länger nach Luft japste, sondern kläglich röchelte, lockerte Lotario seinen Griff nicht. Elia beobachtete das mit wachsendem Entsetzen – Bella mit Verdrossenheit. Warum durfte Lotario auf jene körperliche Gewalt setzen, die er ihr immer untersagte?

»Ihr bringt ihn noch um!«, rief Elia.

Ob es seine Worte waren oder einfach der eigene Überdruss – Lotario ließ den Mann tatsächlich los, und während der noch nach Atem rang, zerrten die anderen beiden ihn mit sich. In den Blicken, die sie Lotario zuwarfen, standen Furcht, Befremden, aber auch ein gewisser … Respekt.

»Die Burgen im Arnotal«, presste Elia hervor. »Sie wurden doch längst erobert …«

Erstmals ging Lotarios Blick zu ihm, wurde verächtlich, als er über seine Gestalt glitt. »An Guelfenstädten, gegen die das ghibellinische Pisa Kriege führen muss, wird es nie Mangel geben, also kann Faggiola diese Männer gut gebrauchen. Wer dagegen dich braucht, weiß ich nicht. Ich habe keine Ahnung, welchem Tagwerk du nachgehst – scheinbar hat es dich jedoch nicht gelehrt, ein Mädchen zu beschützen.«

Bella entging nicht, dass Elia widersprechen wollte, aber sie war schneller. »Weder bin ich ein Mädchen, noch brauche ich Schutz!«, rief sie.

Jetzt erst sah Lotario sie an, und es geschah, was meistens geschah, wenn sie sich begegneten. Die Lippen formten ein Lächeln, aber der Blick blieb merkwürdig starr, als würde er sie gar nicht wahrnehmen. »Das bezweifle ich nicht. Trotzdem wirst du deinen Dolch jetzt einstecken, bevor du noch mehr Aufmerksamkeit auf dich ziehst.«

Bella wusste, dass er recht hatte, befolgte widerwillig seine Anweisung, konnte sich aber nicht verkneifen hinzuzufügen: »Und du solltest schnell beten gehen, bevor jemandem auffällt, dass an den Händen des tugendhaften, frommen Richters des Erzbischofs noch der Dreck eines deutschen Söldners klebt.«

Das Lächeln wurde etwas breiter … auch lebendiger. Ehe es aber auch den Blick erwärmte, fragte er nüchtern: »Kann ich mich darauf verlassen, dass du sicher heimkommst, ohne ein weiteres Mal in Schwierigkeiten zu geraten?«

Elia trat vor. »Ich kann sie begleiten, und …«

Lotario setzte an, ihm rüde ins Wort zu fallen, doch erneut war Bella schneller. »Ich habe nicht vor, irgendjemanden zum Kampf herauszufordern. Aber wenn mich jemand angreift, werde ich mich wehren.«

»Und das ist auch gut so. Ich will nur nicht, dass du Gewalt provozierst.« Lotario schien kurz zu zögern, kam dann aber zu dem Schluss, dass genug gesagt war. Er nickte knapp und ging davon. In den ersten Schritten lag noch die Anspannung eines Mannes, der einen anderen eben fast erwürgt hatte, dann nahm er jene leicht gebeugte Haltung ein, wie sie einem Priester weitaus besser anstand.

Erst als Lotario im Dom verschwunden war, fand Elia die Sprache wieder.

»Wer … wer war denn das? Ist er wirklich dein Vormund?«

Bella drehte sich langsam zu ihm um. Aller Ärger war verschwunden, zurück war nur jenes lähmende Unbehagen geblieben, das immer in ihr hochstieg, wenn sie Lotario begegnete. Es rührte wohl daher, dass sie Elias Fragen nicht beantworten konnte. Weder wusste sie, wer Lotario war, noch kannte sie ihn. Das hieß, sie wusste durchaus, was Bona ihr eingebläut hatte: dass sie nach Abelardos Tod unter seinem Schutz standen, er diesem noch auf dem Totenbett versprochen hatte, für sie zu sorgen, dass er für ihre Mutter so etwas wie ein Bruder gewesen war und für sie, Bella, darum so etwas wie ein Onkel. Was sie wiederum ganz ohne Bona herausgefunden hatte, war, dass Lotario es nicht weiter schlimm fand, wenn sie mit dem Dolch übte und durch Pisa streunte. Stattdessen schien es ihm zu gefallen, wie mutig, unbesiegbar sie war. Und doch: Sie durchschaute nicht, was er insgeheim dachte und fühlte und war in seiner Gegenwart mehr auf der Hut, als wenn sie mit einem Betrunkenen, einem Söldner oder der Stadtwache zusammengeriet.

»Was verbindet dich mit ihm?«, fragte Elia.

Sie wandte sich zu ihm, betrachtete sein Gesicht, das so schön und so arglos wirkte. Vielleicht verstehst du etwas vom Elfenbein, dem edelsten aller Materialien, dachte sie, aber du verstehst nichts von den Abgründen der Stadt, von dunklen, verbotenen Gefühlen.

»Bella, was hast du? Du bist ja ganz bleich. Soll ich dich heimbegleiten? Auch wenn es mir dieser … dieser Mann nicht zutraute, ich würde dich beschützen, und …«

Plötzlich machte sie einen Schritt vor, zog ihn in den Schatten des Turms, und dann trafen sich ihre Lippen zu einem neuerlichen Kuss, nur dass dieser noch gieriger war. Vorhin war er Ausdruck ihrer Sehnsucht nach dem Leben gewesen. Aber es wohnte ja nicht nur diese Sehnsucht in ihr, auch eine verquere Lust, den Tod herauszufordern, mit ihm zu spielen, und diese ließ sich mit dem Kuss kurz betäuben. Elia schlang seine Arme um sie, und in diesem Moment fühlte sie sich gehalten wie nie, beschützt wie nie. Obwohl sie ihm nie beim Arbeiten zugesehen hatte, konnte sie sich plötzlich gut vorstellen, mit welcher Sicherheit, auch mit welchem Selbstbewusstsein er den Schaber ansetzte. Als sie sich voneinander lösten, stand beides auch jetzt in seinem Blick. »Ich will dich wiedersehen«, erklärte er forsch.

Sie wusste nicht, ab welchem Zeitpunkt genau ihre Belustigung über einen Tölpel dem Gefühl einer großen Nähe gewichen war – ob erst, als sie sich geküsst hatten, ob schon zuvor, als er im Dom über seine Leidenschaft für die Kunst gesprochen hatte. Jedenfalls war der Wunsch, mit ihm verbunden zu bleiben, so groß, dass sie nicht einfach nickte, sondern sich plötzlich sagen hörte: »Aber eines solltest du wissen. Ich bin … ich bin nicht einfach nur Bella. Ich bin Bella della Gherardesca.«

Sie konnte sich nicht erinnern, diesen Namen jemals laut ausgesprochen zu haben. Bona hatte ihr strikt eingebläut, es niemals zu tun, weil keiner außer ihr und Lotario wissen durfte, dass Nino eine Tochter hatte. Doch jetzt erschien es ihr so selbstverständlich, einem anderen ihr Geheimnis anzuvertrauen, zumal in Elias Miene nicht das übliche Unbehagen, gar Entsetzen trat, wenn ein Pisaner den Namen Gherardesca hörte, sondern er lediglich die Stirn runzelte, als müsste er sich mühsam besinnen, ob er mit diesem Namen etwas anfangen konnte.

»Gherardesca …«, murmelte er.

»Ich … ich bin die Urenkelin von Ugolino della Gherardesca.«

Weiterhin traten weder Unbehagen noch Entsetzen in seine Miene, nur Mitleid.

»Ich wusste nicht, dass …«

Sie legte ihren Finger auf seine Lippen. »Es darf ja auch niemand wissen, versprich mir, mit niemandem darüber zu reden. Ich hätte es dir nicht anvertrauen sollen, aber …«

»Ich danke dir, dass du es trotzdem getan hast«, fiel er ihr ins Wort. »Und ich werde mich deines Vertrauens würdig erweisen. Ich habe noch nie eine Frau gesehen wie dich, so mutig, so eigensinnig, so stark. Du darfst nicht einfach aus meinem Leben verschwinden.«

Sie lächelte. »Das werde ich nicht, aber heimgehen werde ich nun doch allein, und du kehrst zurück in deine Werkstatt. Du willst deinen Meister doch nicht gegen dich aufbringen, sonst lässt er dich nie eine Statue machen.«

Er nickte, und seine Miene wurde ernst. »Wenn ich irgendwann einmal eine solche Statue fertigen darf, sollst du mir Modell stehen.«

Sie konnte sich zwar nicht vorstellen, dass sie es ertragen würde, zu diesem Zweck lange genug still zu stehen, aber sie wollte ihm nicht die Freude verderben. Sie lächelte und nickte. »Versprochen.«

Bella ging ihres Weges, drehte sich aber noch einmal um und winkte Elia zu. Er hatte sich noch nicht vom Turm entfernt, und zum ersten Mal setzte ihr dessen Anblick nicht zu. Er stand nicht länger nur für die Geschichte ihrer Eltern Nino und Aziza. Er stand nun auch für die Geschichte von Elia und ihr, welchen Fortgang diese auch immer nehmen würde.

1373

»Ich fürchte, wir haben einen Fehler gemacht«, sagte Fiora. Sie zitterte so stark, dass sie sich fast auf die Zunge biss, wenngleich Cristo ihr Zähneklappern nur hören, nicht sehen konnte. Es war viel zu finster im Wald von San Rossore, um etwas zu erkennen.

Nun, er selbst fror auch erbärmlich, gab aber dennoch empört von sich: »Einen Fehler?«

Er hatte doch keinen Fehler gemacht! Was er zustande gebracht hatte, war nichts Geringeres als ein Geniestreich gewesen!

Wie sein Plan vorgesehen hatte, hatte er vorhin einem der Aufseher ein paar Münzen aus Fioras Beutel angeboten, auf dass er ihnen die Freiheit schenkte. Natürlich hatte er nicht damit gerechnet, dass sich der Mann auf diesen Handel einließ. In die Hand genommen hatte er die Münzen gleichwohl, und sei es nur, um ihr Gewicht zu prüfen und ob sie wirklich aus Silber, nicht etwa aus billigem Blei gegossen waren. Kaum hielt er sie, rief Cristo schrill: »He! Der da hat uns bestohlen!«

Er hatte ebenso wenig damit gerechnet, dass sich die anderen Aufseher für sie starkmachen würden. Aber sie waren alle näher gekommen, wie er es bezweckt hatte. Ein zweites Mal hatte er in Fioras Münzbeutel gegriffen und ein paar Münzen hochgeworfen, und anstatt länger auf sie beide zu achten, hatten die Aufseher sich beeilt, sie einzusammeln – oder sie vielmehr den anderen wegzunehmen.

Unbemerkt hatten sie den Steinbruch verlassen, waren gerannt, gerannt, gerannt, hatten schließlich den Wald erreicht, aber auch hier nicht innegehalten. Nein, immer tiefer waren sie ins Dickicht vorge-

drungen, wohin sie niemand mehr verfolgen würde. Etwas zu spät gewahrte Cristo, dass sie es auch nicht mehr so leicht herausschaffen würden. Und was sich tagsüber noch wie ein großes Abenteuer angefühlt hatte, ließ in der Finsternis die Beklommenheit wachsen.

»Ich … ich habe Gerüchte gehört, wonach in Wäldern wie diesen Diebespack lauert«, sagte Fiora.

»Und selbst wenn das wahr wäre«, gab Cristo zurück und spürte, wie ein Blatt in sein Gesicht klatschte. »Das Gute ist, dass dieses Diebespack im Moment nichts sehen kann.«

Er selbst erkannte nicht einmal die eigene Hand vor dem Gesicht, so schnell hatte die Nacht jeglichen Lichtschein verschluckt. Anstatt zu riskieren, über eine Wurzel zu stolpern oder in einen Nadelbaum zu laufen, war es wohl besser, eine Pause einzulegen.

Fiora hielt sofort inne, als er ihr das vorschlug. Kaum hatte sie sich jedoch an einem Baumstamm niedergelassen und Cristo sich zu ihr gesetzt, wiederholte sie: »Ich fürchte, wir haben einen Fehler gemacht.«

»Ja, wäre es dir lieber, wenn wir weiterhin Steine schleppen müssten? Wir sind immerhin frei.«

»Und wir sind ganz allein im Wald.«

»Morgen werden wir es irgendwie auf die Via Fiorentina schaffen. Und wenn wir die entlanggehen, kommen wir irgendwann in Pisa an.«

Er konnte ihren zweifelnden Blick nicht sehen, aber fühlen. Und er wusste ja selbst – der Weg von Lucca nach Pisa oder von Florenz nach Pisa war gefährlich. Nicht nur, dass Diebespack in den Wäldern lauerte, es gab hier auch Wölfe. Manche waren so blutrünstig, dass sie sogar den Wald verließen, Bauern auf dem offenen Feld angriffen. Was, wenn sie einem solchen begegneten?

Als er lauschte, ließ sich allerdings kein Heulen oder Knurren vernehmen, nur Fioras Zähneklappern. Unwillkürlich presste er sich ganz dicht an sie. Ihr Zittern ging zunächst auf ihn über, ließ dann aber etwas nach.

»Wir … wir werden es schaffen«, sagte er entschlossen. »Ich bin schuld an unserer Lage, ich bringe uns auch wieder in Sicherheit.«

Sie legte ihren Arm um seine Schultern, zog ihn noch fester an sich, damit sie sich gegenseitig wärmen konnten, und in ihm breitete sich ein wohliges Gefühl aus. Er konnte sich nicht erinnern, jemals so von einem Menschen gehalten worden zu sein, erst recht nicht von einer Frau. Ob seine Mutter Fiora geglichen hatte, ihr Körper auch so weich gewesen war, das Bedürfnis, ihn zu beschützen, so groß, selbst in Augenblicken, da sie sich selbst hilflos fühlte?

Nach einer Weile gingen ihre Atemzüge regelmäßig, sodass er schon dachte, sie wäre eingeschlafen, aber unvermittelt begann sie zu sprechen. »Ich denke nicht, dass ich schlafen kann. Aber … aber ich könnte die Geschichte weitererzählen.«

Richtig, die Geschichte. Als sie vorhin von Elia und Bella berichtet hatte, hatte er zwar nur mit halbem Ohr zugehört. Dennoch hatte es ihm imponiert, wie geschickt Bella mit dem Dolch umgehen konnte. »War den beiden mehr Glück als Aziza und Nino beschieden?«, fragte er.

»In dem halben Jahr, das folgte, trafen sie sich immer wieder, lernten sich besser kennen, begannen, einander aufrichtig zu lieben. Aber mir scheint, Glück in der Liebe gleicht einem köstlichen Tropfen Wein. Irgendwann geht jeder Kelch zur Neige.«

Er fühlte, dass sie nicht nur von den beiden sprach, auch von Gabriele und sich selbst. Seit sie von der Fertigstellung der Glockenstube erfahren hatte, war sie überzeugt, dass ihm die Kunst wichtiger war als sie. Galt das auch für Elia? Und welche Rolle spielte Lotario?

Cristo wusste nicht so recht, was er von Letzterem halten sollte. Dass er die Frau des Wucherers in die Irre geführt hatte, fand er gemein, aber es gefiel ihm, wie er mit den deutschen Söldnern fertiggeworden war.

Doch just als er nach Einzelheiten fragen wollte, hörte er jenes Kna-

cken, vor dem er sich die ganze Zeit über gefürchtet hatte. Unwillkürlich hielt er den Atem an, lauschte. Da waren zweifellos Schritte zu hören … und diese Schritte kamen näher.

»Wölfe!«, rief Fiora erschrocken.

»Unsinn«, entgegnete er, obwohl kalte Angst an ihm hochkroch, »die würden lautlos schleichen.«

»Diebe!«, raunte sie.

»Unsinn, die würden nicht reiten.«

Denn eben erkannte er: Es waren gar keine Schritte, die man hörte, es war Hufgetrappel, gefolgt von einem Schnaufen.

»Das müssen Händler sein, die sich wie wir verirrt haben!«, rief Fiora und sprang auf.

Er wollte nach ihr greifen, bekam sie aber nicht zu fassen. Himmel! Seit wann waren Händler nicht gefährlich? Besonders, wenn man selbst eine Frau und mitten in der Nacht allein im Wald war.

Doch dort hinten leuchtete plötzlich der Schein von Fackeln auf, und Fiora schien davon so magisch angezogen wie eine Mücke vom Licht. Sie stürzte geradewegs darauf zu. »Bitte, bitte, helft uns! Wir haben uns im Wald verirrt.«

Cristo blickte ihr fassungslos nach. Er glaubte Stimmen zu hören, konnte aber keine Worte verstehen. Fest stand, dass das Hufgetrappel erstorben war, die Truppe also angehalten hatte. Verdammt, verdammt, verdammt!

Er klammerte sich unwillkürlich an dem Baumstamm fest, schlichtweg um sich gegen den Drang zu wehren, das Weite zu suchen. Am Ende ließ er ihn los – allerdings nicht, um vom Licht weg, sondern um darauf zuzulaufen. Er konnte Fiora unmöglich sich selbst überlassen, auch wenn sie geradewegs in ihr Verderben gerannt war.

Und das alles für Münzen, von denen sie kaum noch welche besaß …

Als er die Lichtung erreichte, zählte er insgesamt fünf Pferde, und von den Männern, die darauf saßen, waren mindestens zwei bewaffnet. Ein dritter hielt die Fackel, sprang eben von seinem Tier, trat auf Fiora zu.

Die Kälte musste ihr sämtlichen Verstand ausgetrieben haben. »Wir haben uns verlaufen«, erklärte sie, »wir stammen aus Pisa und wollen dorthin zurück. Ihr seid doch Pisaner Händler, oder?«

Cristo versuchte, in den Mienen zu lesen. Die entscheidende Frage, das erkannte er sofort, war nicht, wer diese Männer waren – sondern wofür sie sie hielten.

»Ihr wollt Pisaner sein?«, knurrte prompt einer. »Das kannst du meiner Großmutter erzählen, und selbst die würde dir nicht glauben. Du sprichst nicht wie ein Pisaner.«

Jetzt ... jetzt wäre die beste Gelegenheit zu fliehen, die Männer hatten ihn schließlich immer noch nicht entdeckt, aber Cristo folgte dieser Regung nicht, trat stattdessen beherzt in den Lichtschein der Fackel. »Dieser Mann hier stammt von der Insel Elba, lebt aber seit einiger Zeit in Pisa. Ich selbst wurde dort geboren und ...«

»In Wäldern wie diesen treiben sich keine ehrenhaften Pisaner herum!«, fiel der Mann ihm ins Wort. »Hier trifft man höchstens ... Araber.«

Kurz war Cristo davon überzeugt, dass der Mann seinen Verstand verloren hatte. Im Schein der Fackel ließ sich doch deutlich erkennen, dass Fioras Augen blaugrün waren, nicht schwarz, und auch Haar und Haut heller als bei den Heiden. Aber dann fiel ihm wieder ein, dass »Araber« ein Schimpfwort war, mit dem nicht nur die Menschen an der Küste Nordafrikas die Nomaden im Landesinneren bedachten, sondern auch die Pisaner die Florentiner, weil deren Stadt weit entfernt vom Meer lag. Trotzdem hatte Florenz zunehmend an Einfluss in der Toskana gewonnen, und dass es eine immer größere Gefahr für Pisa darstellte, machte diesen Männern offenbar genug Angst, um jetzt vorwurfsvoll zu sagen: »Gewiss seid ihr Spione.«

Und wen genau sollen wir im Wald ausspionieren, wollte Cristo am liebsten fragen. Wölfe, Hasen, Füchse?

»Selbst wenn dem so wäre«, sagte er stattdessen schnell. »Spione gleichen Söldnern – sie dienen dem Herrn, der am meisten für ihre Dienste zahlt. Wenn ihr uns zu Pietro Gambacorta, dem Herrn von Pisa, bringt, verraten wir ihm gerne sämtliche Geheimnisse von Florenz – vorausgesetzt, dass er uns anständig entlohnt.«

Der Mann, der vorhin Fiora gepackt hatte, ließ diese los, trat auf ihn zu. »Der einzige Lohn, den ihr Drecksgesindel euch erwarten könnt, ist, dass man euch nicht alle Finger einzeln abschneidet.«

Wieder lagen Cristo vorlaute Worte auf den Lippen – was man denn mit ihren Fingern zu tun gedenke. Doch er begnügte sich damit, zu sagen: »Das sollte Gambacortas Entscheidung sein, oder etwa nicht?«

Eine Weile herrschte Stille, dann spuckte einer aus. Zuletzt knurrte ein anderer: »Bringen wir sie nach Pisa.«

Cristo ließ laut seinen Atem entweichen. Es war nicht ausgeschlossen, dass auch Gambacorta sie für Spione aus Florenz halten würde. Doch Hauptsache, sie kamen aus diesem Wald heraus, Hauptsache, sie kehrten zurück nach Pisa. Und Hauptsache, die Männer erkannten nicht, dass Fiora unter ihrer Männerkleidung eine Frau war.

Cristos Erleichterung währte genau so lange, bis ein weiterer Mann vom Pferd sprang und er erkannte, was der in den Händen hielt – einen Strick. Ehe er sich's versah, schlang dieser ihn um seine Handgelenke und zog den Knoten zu, sodass der Strick tief in seine Haut schnitt. Fiora erging es nicht besser, wie ihr Stöhnen verriet, doch immerhin war sie geistesgegenwärtig genug, dieses gleich wieder zu unterdrücken.

Man hatte sie nicht bloß gefesselt, damit sie nicht fliehen konnten, der Strick diente auch dem Zweck, sie hinter den Pferden nachzuziehen. Während die Männer ritten, würden sie nämlich den ganzen Weg zu Fuß zurücklegen müssen, und die Unholde dachten nicht daran, das Tempo zu drosseln.

Cristo hörte Fiora wieder stöhnen, aber ihr blieb nichts anderes übrig, als möglichst schnell zu gehen, regelrecht zu rennen, hätten sie doch sonst riskiert, zu stürzen und über den unebenen Waldboden geschleift zu werden.

»Sieh es mal so«, sagte Cristo schnaufend. »Jetzt wird uns wenigstens wieder ordentlich warm.«

VII.

Der Schwur von Montecatini

1315

Elia erwachte wie immer von Fabrices und Gironimos Schnarchen. Er war nicht sicher, ob das der Laut war, den er am meisten hasste – oder es mittlerweile einen anderen gab, den er noch weniger ertrug: das Schaben nämlich, wenn er wieder einmal stundenlang Hilfsarbeiten ausführen musste.

Seit einem halben Jahr arbeitete Tino di Camaino nun schon am Grabmal des Kaisers, und genauso lange musste Elia zuschauen, wie Fabrice und Gironimo an eigenen Statuen werkten, während er nichts anderes zu tun bekam, als weißen Marmor zu polieren oder Elfenbein mithilfe von gelöschtem Kalk zu bleichen. Zuvor musste er diesen Kalk gewinnen, indem er Austernschalen, Flussmuscheln oder Eierschalen mit einem Mörser klein rieb. Es war noch nicht einmal diese geistlose Tätigkeit, die ihm am meisten Blasen einbrachte. Am anstrengendsten war es, das Elfenbein mit Kupfer- oder Eisensägen der Länge nach in Platten zu schneiden – was man wiederum erst tun konnte, wenn man das Elfenbein zuvor in Wasser einweichte. Es bedurfte eines guten Gespürs dafür, dass das nicht zu lange und nicht zu kurz geschah, doch dass er dieses ganz offenkundig besaß, brachte ihm kein Lob ein. Tino ließ sich zwar auch nicht dazu herab, Gironimo und Fabrice für ihre missgestalteten Skulpturen zu loben, dennoch war es für Elia eine Demütigung, wenn er diese Figuren mithilfe von Kreide und Spiritus stundenlang aufhellen musste, damit wenigstens ihr Farbton, wenn auch nicht ihre Form Tinos eigenen Statuen glichen.

Aufseufzend sank Elia zurück auf das Kissen. Wenn er sich die Ohren zuhielt und das Schnarchen nicht länger hörte, könnte er vielleicht noch einmal kurz einschlafen, vergessen, wie trübe es um seine Aussichten bestellt war, ein großer Bildhauer wie sein Meister Giovanni Pisano zu werden. Gewiss, auch der hatte ihm jahrelang nur Hilfsarbeiten befohlen, um sich seines Fleißes und Ehrgeizes zu vergewissern, doch er hatte ihm immerhin regelmäßig in Aussicht gestellt, dereinst einen eigenen Auftrag zu bekommen. Tino di Camaino tat das nie. Wobei er jetzt nicht an Tino denken wollte, erst recht nicht von ihm träumen. Besser, er malte sich nur schöne Dinge aus … malte sich Bella aus … wobei die nicht nur schön war, vor allem rätselhaft.

An dem Tag, da sie sich zum ersten Mal begegnet waren, hatte sie ihm zwar das Geheimnis ihrer Herkunft anvertraut, doch hätte man ihn gefragt, ob er diese Frau kannte, er hätte den Kopf geschüttelt. Er war von ihr fasziniert und angezogen, berauscht und gefesselt – aber sie war ihm fremd, wenn sie mit hartem, fast totem Blick den Dolch in Händen hielt und damit fuchtelte. Erst wenn sie ihn an sich zog, sie sich mit jener Gier und Lust küssten, mit der sich ein Verhungernder über sein Brot hermachte, waren sie sich wieder ganz nah. Auch dann aber glich sie einem Sturm, von dem sich nicht sagen ließ, aus welcher Richtung er kam und in welcher Stärke er wehte und gegen den man nicht kämpfen, von dem man sich nur mitreißen lassen konnte. Zugegeben, so langweilig, wie seine Arbeitstage waren, sehnte er sich genau nach einem solchen Sturm. Und wenn auch seine Tätigkeiten ihn nicht im Mindesten herausforderten – ihr Wesen zu durchschauen, war so herausfordernd, wie aus einem Klotz

Marmor oder Elfenbein eine Figur erstehen zu lassen. Nicht dass sie etwas mit Marmor oder Elfenbein gemein hatte. Ihre Haut mochte dessen Ton haben, doch ihre Seele schien eher aus Glas zu sein, keinem durchsichtigen, sondern einem matten, das nur dann und wann im grellen Licht funkelte. Und so zerbrechlich dieses Glas auch sein mochte, es lag die Drohung in der Luft, dass sie jedem, der sie zu zerstören versuchte, noch den kleinsten Splitter in den Leib treiben würde.

Nicht nur, dass er nicht recht wusste, wer sie war. Er konnte auch nicht benennen, was genau sie verband. Zweifellos war es eine tiefe Zuneigung, eine magische Anziehung. Doch wenn er sich früher die Liebe vorgestellt hatte, hatte er erwartet, eines Tages einem edlen, sanften Mädchen mit feinen goldenen Locken und langem Seidenkleid zu verfallen, dem er eine Rose reichen würde.

Würde er aber mit einer solchen Rose vor Bella treten, sie würde weder daran riechen noch hinterher mit erbebender Stimme ihren Dank bekunden. Sie würde sagen: »Wetten, dass ich mit meinem Dolch jedes Blütenblatt einzeln treffen kann?«

Natürlich konnte man auch eine störrische, manchmal geradezu rohe Frau mit kurzen Haaren und zerknitterten, viel zu kurzen Leinenkleidern lieben – diese Liebe jedoch auch zu bekennen, schien dagegen nicht ratsam. Als er ein einziges Mal nach einem Namen für seine Gefühle für sie gesucht hatte, erklärte sie schroff: »Meine Eltern haben sich so geliebt, wie Mann und Frau sich nur lieben konnten, aber was brachte es ihnen schon ein außer einem frühen Tod? Ich will nicht lieben. Leben will ich und frei sein und tun, was ich will.«

Als sie das sagte, funkelten ihre Augen – und das auf tief vertraute Weise. Genauso leuchtete sein Blick, wenn er seinen Träumen nachhing. Warum also von Liebe reden, warum sie unbedingt durch und durch erkennen wollen, wenn er ihr auch so ganz nah war, er in ihr das gleiche Feuer lodern wusste, wie es in ihm brannte, auch wenn es sich bei ihr von etwas anderem nährte. Warum nicht die gemeinsamen Stunden mit ihr auskosten, wenn er sich wieder einmal aus der Werkstatt schlich und sie Bona mit den Näharbeiten allein ließ. Gemeinsam streunten sie dann durch Pisa. Sie zeigte ihm noch das verwunschenste Gässchen und erzählte ihm von Dieben, die sie hier daran gehinderte hatte, Unschuldige zu bestehlen. Er wiederum zeigte ihr die prächtigsten Kirchen, ihre Bilder und Skulpturen, und erzählte, wer sie erschaffen hatte und wem er so nacheifern wollte. Und solange sie zwar nicht ihr Leben teilten, einander jedoch immer in der Welt des anderen besuchten, halb neugierig, halb befremdet, hatten Gedanken an die Zukunft und wie es mit ihnen weitergehen würde, keinen Platz!

Gewiss, die Zeit mit ihr war immer zu kurz, nie hatte er das Gefühl, genug zu bekommen, und …

»Elia!«

Das war's mit dem Träumen. Nicht nur, dass Gironimo laut seinen Namen brüllte. Als er nicht sogleich hochfuhr, packte er ihn auch noch am Arm und rüttelte daran. Wann genau das Schnarchen verstummt war, wusste Elia nicht. Nur eines war er sich gewiss: Wenn Gironimo ihm befehlen würde, seine mittelmäßige Statue zu polieren, dann …

»Elia! Unser Meister ist weg!«

Nun richtete er sich doch abrupt auf, blickte sich um. Sie schliefen zu viert in der kleinen Kammer hinter der Werkstatt, doch Tinos Lager war leer.

»Er ist weg!«, wiederholte soeben auch Fabrice.

Elia seufzte. »Na und?«, rief er. »Er wird eben neues Material beschaffen oder neue Werkzeuge oder einfach nur ein Morgenmahl zu sich nehmen und …«

»Du verstehst nicht!«, fiel Gironimo ihm ins Wort. »Eben war Michele Scacceri hier und hat berichtet, dass Tino Pisa letzte Nacht verlassen hat. Wir sollen erst einmal hier abwarten, was nun entschieden wird. Ach, warum hat er uns nicht mitgenommen …«

Sein Lamentieren ging noch weiter, aber Elia hörte nicht länger zu. Er musste doch noch einmal eingeschlafen sein, deswegen hatte er nichts von Micheles Besuch mitbekommen. Sehr lange konnte der aber noch nicht her sein, und deswegen sprang er auf und stürmte hinaus, um dem Verwalter der Domopera jene Fragen zu stellen, die den beiden Tölpeln in der Aufregung nicht eingefallen waren.

»Signore Scacceri!«

In den letzten Wochen hatte Scacceri die Werkstatt manchmal besucht und die Materialien kontrolliert – Farben, Wachs, Beizstoff. Obwohl er Elia stets beschieden hatte, dass es allein Tino di Camainos Entscheidung war, welche Arbeiten er ihm zuwies, war das aufmunternde Lächeln stets ein Zeichen, dass er um sein Talent wusste und ihn zum Durchhalten bestärkte.

Als Elia ihn heute fand, lächelte Scacceri nicht. Er stand nicht weit von der Werkstatt entfernt und starrte missmutig auf mehrere Marmorblöcke, die hier lagen.

»Er macht es genauso wie seinerzeit Giovanni Pisano«, erklärte er, sobald Elia näher gekommen war. »Damals warst du noch nicht sein Geselle, du kennst die Geschichte also nicht. Jedenfalls hat Giovanni damals Pisa übereilt verlassen, weil in Florenz ein großer Auftrag für ihn winkte, und er hat all die Marmorblöcke in großer Unordnung zurückgelassen. Keiner wusste, wofür genau sie bestimmt waren.«

Elia konnte sich durchaus vorstellen, dass diese Geschichte zutraf. Giovanni Pisano hatte es nie lange an einem Ort ausgehalten. Neu war ihm allerdings, dass die gleiche Unrast auch in Tino di Camaino wohnte.

»Warum ist er denn weg?«, fragte er. »Und warum hat er Pisa mitten in der Nacht verlassen, als wäre er auf der Flucht?«

Michele Scacceri hob den Blick. »Sag bloß, du hast nicht mitbekommen, was in ihm vorging.«

Mir genügt zu wissen, dass er mir mein Talent neidet und mich kleinhält, hätte Elia am liebsten gerufen, aber dann entdeckte er die kummervolle Falte auf Scacceris Stirn und entschied, ihm weitere Klagen über sein Los zu ersparen. »War er etwa mit seinem Lohn unzufrieden?«, fragte er lediglich.

Scacceri schüttelte den Kopf. »Es geht Camaino nicht um Geld, sondern um … Politik.«

Elia blickte ihn begriffsstutzig an. Von Politik verstand er nicht viel. Es hatte ihm immer genügt zu wissen, dass sich einer wie er besser von all den Kämpfen, die die Toskana entzweiten, fernhielt.

»Du weißt, dass Tino di Camaino nicht aus Pisa stammt, sondern aus Siena«, fuhr Scacceri fort. »Das heißt, er stand insgeheim auf der Seite der Guelfen, der Partei des Papstes. Bis jetzt hat ihn das nicht davon abgehalten, trotzdem hier in Pisa zu leben und zu arbeiten, seine Dienste folglich einer ghibellinischen Stadt anzutragen, gar das Grabmal eines Kaisers zu schaffen, der stets offen auf der Seite der Ghibellinen stand. Aber wahrscheinlich ist dir nicht entgangen, dass Uguccione degli Faggiola, der Herr von Pisa, gerade mehrere Feldzüge unternommen und in der ganzen Maremma Guelfenstädte erobert hat. Tino wähnte wohl, zum Verräter an der Sache der Guelfen zu werden, wenn er weiterhin für Pisa arbeitet, und ist deswegen nach Siena zurückgekehrt, seit jeher eine guelfische Stadt.«

Er sprach noch weiter, aber Elia hörte ihm nicht mehr zu. All das Gerede von Guelfen und Ghibellinen hatte ihn immer schon verwirrt, denn so offensichtlich es war, dass sie einander hassten, so vage blieb doch, worin genau sie sich unterschieden. Doch es war nicht das, was ihn beschäftigte. »Das Grabmal des Kaisers – es … es ist doch noch nicht fertig.«

Micheles Gesichtsausdruck wurde noch mürrischer. »Wem erzählst du das? Vierhundert Lire hat die Domopera dafür bereitgestellt und 375 wurden Camaino bereits ausbezahlt.«

»Aber … aber wer wird es denn nun vollenden?«, rief Elia eifrig.

»Na, wer schon! Die Domopera wird einen neuen Bildhauer einstellen müssen, aber das ist erst möglich, nachdem Tino di Camaino offiziell seines Amtes enthoben wurde, und dafür ist der Rat der Anziani, der Ältesten, zuständig. Leider ist der Rat hoffnungslos zerstritten, und selbst wenn sie in Sachen Camaino einer Meinung sind, wird es mindestens ein Jahr dauern, bis …« Er brach ab, seufzte lange und tief. »Herrje«, stieß er aus. »Krieger gleichen dem Gewürm, das am Boden kriecht. Ein Künstler sollte doch darüberschweben, weil er Flügel hat.«

Elia konnte sich Tino di Camaino unmöglich mit Flügeln vorstellen, zumal das Material, mit dem er arbeitete, ein solch schweres war. Scacceri wiederum konnte sich wohl unmöglich Elia als denjenigen vorstellen, der das Grabmal fertigstellen konnte – obwohl der mehr als bereit dazu war, sich auch für fähig genug hielt. Selbst vorschlagen wollte er das allerdings auch nicht. Scacceri könnte ihn dafür auslachen, und damit war seine Chance ein für alle Mal verspielt. Nein, er musste mit Bedacht vorgehen.

»Wie wäre es«, schlug er vor, »wenn ich all diese Blöcke hier ordne und zähle?«

Wie erhofft strahlte Michele Scacceri ihn an. »Das willst du wirklich tun? Es ist harte Arbeit – und ich kann dir nicht mehr Lohn als sonst bezahlen.«

»Meinen Lohn werde ich im Himmel bekommen«, sagte Elia salbungsvoll, und Michele Scacceri war so erleichtert, nicht selbst mit der Unordnung fertigwerden zu müssen, dass ihm der heuchlerische Unterton entging.

Zunächst ertrug es Elia, dass ihm der Schweiß vom Gesicht perlte und ihm die Hände schmerzten. Dafür, dass er sich Scacceri gegenüber hilfsbereit gab, obwohl er aus Eigennutz handelte, hatte er eine kleine Strafe wohl verdient. Zu Mittag hielt er diese Schuld allerdings für abgebüßt und seinen guten Willen für ausreichend bewiesen. Leider war der Berg an Blöcken, die er in solche sortiert hatte, die unbrauchbar waren, solche, die man für kleinere Arbeiten nutzen konnte, und solche, mit denen sich Wände bauen oder Fassaden verkleiden ließen, kaum kleiner geworden. Was er als Arbeit für einen Tag eingeschätzt hatte, würde ihn mindestens eine Woche in Beschlag nehmen. Fabrice und Gironimo hatten zwar mehrmals ihren Kopf aus der Werkstatt gestreckt und gefragt, was er denn tue, waren jedoch nicht auf die Idee gekommen, ihm ihre Hilfe anzubieten. Stattdessen hatten sie vor Kurzem die Werkstatt verlassen, um zu ihren Familien heimzukehren, bis sie einen neuen Meister bekamen.

Familie.

Es war ein Wort, das Elia nicht hören konnte, ohne dass es ihm einen Splitter ins Herz trieb, heute sogar noch mehr als sonst. Nicht nur, dass er sich an seine Eltern nicht mehr erinnern konnte und auch Giovanni Pisano, der ihm den Vater ersetzt hatte, tot war – er musste mit dem Neid fertigwerden, dass Gironimo und Fabrice wohl keine Steine schleppen mussten, um sich der Domopera anzubiedern, weil großzügige Spenden ihrer Väter selbige veranlassen würden, ihnen wichtige Aufträge zuzuschanzen. Zwar würde man keinen von ihnen zum neuen Dombaumeister ernennen, aber …

»He!«, entfuhr es ihm, als ihn plötzlich ein Steinchen am Nacken traf. Er fuhr herum, sah aber nur die Marmorblöcke. Kaum wandte er sich wieder der Arbeit zu, traf ihn prompt ein neues Steinchen. Diesmal ließ er sich nicht zum Narren machen. Er tat so, als hätte er es nicht bemerkt, als würde er sich nach einem Klotz bücken, sprang dann aber blitzschnell auf und stürzte hinter die Säule. Erst als er den Mann … nein, die Frau, die dort stand, zu Boden gerungen hatte und auf ihr lag, erkannte er, dass es Bella war.

»Oh, das tut mir leid«, rief er beschämt und zog seine Hände von ihrem Hals.

Falls ihr Kopf schmerzhaft auf den Boden aufgeprallt war, ließ sie sich das nicht anmerken. Sie lächelte breit. »Donnerwetter, in deinen Händen steckt erstaunlich viel Kraft, obwohl du schon seit Stunden Steine schleppen musst.« Sie richtete sich auf, klopfte sich den Staub vom Gewand, das einmal mehr eher dem eines Mannes als einer Frau glich, wenn auch die Hosen nicht eng waren, sondern fast so weit wie ein Kleid.

Obwohl sie weiterhin grinste, beteuerte er schnell: »Ich wollte dir nicht wehtun.«

Ihr Grinsen wurde nur noch breiter. »Du solltest keine Angst haben, mir wehzutun, sondern dass ich *dir* wehtue. Kannst du dich nicht daran erinnern, was geschehen ist, als du dich einmal angeschlichen und mich von hinten gepackt hast, um mich zu küssen?«

Wie könnte er das vergessen, die Narbe am Hals gemahnte ihn jeden Tag daran. Blitzschnell hatte sich Bellas Dolch damals in seinen Hals gebohrt, ein Wunder, dass nicht noch mehr Blut geflossen war. Deutlich wie nie war ihm an diesem Tag aufgegangen, dass sie einem Raubtier glich, mit dem nur spielen sollte, wer es durch und durch kannte und seine Regungen einschätzen konnte – und er tat das noch nicht.

Nun, heute blieb der Dolch an ihrem Gürtel stecken, und erst jetzt ging ihm die Bedeutung ihrer Worte auf. »Woher weißt du eigentlich, dass ich seit Stunden Steine schleppe?«

»Ich weiß es nicht, ich vermute es nur, so rot, wie du im Gesicht bist. Außerdem habe ich gehört, dass sich Tino di Camaino der Guelfischen Liga angeschlossen hat.«

Was die Wendigkeit anbelangte, stand ihr Verstand dem Körper in nichts nach. Und weil er ihr gar nichts mehr erklären musste, klagte er ihr ganz offen sein Leid. »Ich bin gerne bereit, auch harte Arbeiten zu verrichten, vorausgesetzt, sie lohnen sich eines Tages. Nur fürchte ich, diese Hoffnung ist mit Tinos Fortgang nicht gerade gewachsen. Gironimo und Fabrice haben ein kleineres Talent, aber einen größeren Namen. Otto von Sala kennt diesen wahrscheinlich gut, während er meinen wohl noch nie gehört hat. Gewiss, der Erzbischof allein hat nicht die Macht, Aufträge zu vergeben, das tut die Domopera, aber seine Stimme hat Gewicht. Als Giovanni Pisano seinerzeit den prächtigen elfenbeinernen Aufsatz für den Hochaltar gestalten sollte, war es der Erzbischof, der …«

»Sag doch gleich, dass du meine Hilfe brauchst«, fiel sie ihm ins Wort.

Er sah sie verwundert an, aber sie fügte nichts hinzu, trat nur zu einem der Steine, packte ihn.

»Das schaffst du nicht!«, rief er.

»Den Stein hochzuheben? Und ob!« Tatsächlich gab sie nur ein leises Ächzen von sich, als sie den Stein hochwuchtete, ihn zu den anderen brachte.

»Natürlich weiß ich, dass du stark genug bist, um Steine zu schleppen, aber du wirst Otto von Sala nicht davon überzeugen können, mir Camainos Amt anzutragen. Wie solltest du das auch anstellen? Willst du ihn mit einem Kieselstein bewerfen, ihn mit dem Dolch bedrohen?«

»Weder noch. Ich werde nicht Otto von Sala überzeugen, dich zu unterstützen, sondern Lotario. Der ist schließlich ein enger Vertrauter des Erzbischofs.«

Elias Erstaunen wuchs. Er war dem Domkanoniker und Richter, der Bella seinerzeit vor den deutschen Söldnern beschützt hatte – mit einer Kraft, die ihm auf den ersten Blick nicht zuzutrauen war –, kein weiteres Mal begegnet. Auch Bella hatte kaum je seinen Namen erwähnt. Wenn sie von ihrer Vergangenheit sprach, erwähnte sie häufig Bona, die ihr Mutter, Großmutter und Vertraute zugleich war, manchmal auch einen gewissen Abelardo und einen Jalil, die leider schon verstorben waren. Der eine hatte ihr das Lesen beigebracht, der andere, wie man Stoffe mit einem geometrischen Muster bedruckte, doch beides hatte sie schrecklich gelangweilt, waren es doch Tätigkeiten, für die man ruhig sitzen musste. Welche Rolle dieser Lotario in ihrem Leben spielte, wusste er dagegen immer noch nicht.

»Das … das würdest du für mich tun?«, fragte er.

Sie ging zum nächsten Stein, wuchtete ihn hoch, trat damit zu den restlichen. »Nein« sagte sie danach, »das würde ich für mich selbst tun, weil ich nämlich keine Lust habe, dir noch länger beim Steineschleppen zu helfen. Und ich habe auch keine Lust, dich zu küssen, solange du so verschwitzt bist.«

Bella war keine Frau, die sich an Schweiß und Dreck störte, und tatsächlich – als er sie trotz ihrer Worte an sich zog, leistete sie keinerlei Gegenwehr. »Waschen solltest du dich jetzt trotzdem«, sagte sie streng, »vielleicht will dich der Erzbischof später sehen, und außerdem hast du heute genug geschuftet, um dir eine Pause verdient zu haben.«

Elia wollte nicht als Schwächling dastehen, der nach einem halben Tag schlappmachte. Erst recht nicht wollte er als Schwächling dastehen, der der Hilfe einer Frau bedurfte, um sein Schicksal zu wenden. Allerdings war Bella keine Frau wie jede andere. Warum sollte er rätseln, ob sie tatsächlich irgendeine Macht über Lotario hatte? Warum nicht einfach genießen, einmal ein wenig Glück zu haben, sich auf Beziehungen verlassen zu können?

»Na los«, sage Bella, ehe sie ihn ein letztes Mal küsste, »wasch dir den Schweiß ab.«

Er sah ihr nach, als sie davonschlenderte, und ihre Bewegungen erinnerten ihn mehr denn je an eine Katze, deren prächtiges Fell und hoheitsvolle Haltung nicht darüber hinwegtäuschten, dass sie jederzeit ihre gefährlichen Krallen ausfahren konnte. Nie ließ sich der nächste Schritt vorhersehen – sicher war nur, dass diese Katze immer weich landete. Er sah sie auf das Bischofshaus zustreben und fragte sich, wie sie wohl Einlass in ein Gebäude bekäme, in dem ausschließlich geweihte Männer lebten. Auf eine Antwort würde er aber warten müssen, also ging er zurück in die Werkstatt. Er hatte so viel Zeit im Freien verbracht, dass seine Augen eine Weile brauchten, sich an das dämmrige Licht zu gewöhnen. Beinahe stieß er gegen den Tisch, auf dem die Werkzeuge lagen. Doch obwohl er niemanden sah – er fühlte sofort, dass die Werkstatt nicht leer war. Waren etwa Gironimo und Fabrice zurückgekehrt? Aber die hatte er seit Stunden nicht gesehen. Es musste Diebespack sein, das von Tino di Camainos Fortgang erfahren hatte und nun Leichenfledderern gleich eine Gelegenheit suchte, Werkzeug zu stehlen!

Unwillkürlich ging seine Hand zu einem der Schaber, um die Diebe damit in die Flucht zu schlagen, doch da traf ihn eine Stimme: »Lass das liegen!«

So sprach kein Dieb, so sprach einer, der zu befehlen gewohnt war. Und tatsächlich, als er sich umdrehte, sah er keinen Mann in dreckigen Lumpen, sondern in einem Kettenhemd, wie es nur Soldaten trugen, dort stehen. Und er war nicht allein, ein zweiter, ebenfalls zum Kampf gerüsteter stand neben ihm. Sie mussten sich nahezu lautlos in die Werkstatt geschlichen haben, während er sich den Steinen gewidmet hatte.

Eben noch hatte Elia geschwitzt, nun packte ihn die kalte Angst. »Was … was wollt ihr?«

»Dass du mit uns kommst.«

Elia blickte sich unauffällig um, überlegte, ob er fliehen konnte. Allerdings traten die Männer eben auf ihn zu, schienen bereit, ihn notfalls zu packen. »Ist es wegen Tino di Camaino?«, fragte er bang. »Ich wusste doch nicht, dass er ein Guelfe ist.«

»Es geht nicht um Camaino, es geht um dich.«

»Denkt ihr etwa, ich bin Guelfe wie er? Wahrlich, ihr müsst mir glauben, ich …«

»Maul halten«, bellte einer der Männer ihn an. »Und mitkommen. Du wirst noch früh genug erfahren, wofür wir dich brauchen.«

Elia blickte sich wieder um – diesmal nach einem Werkzeug. Der Schaber dort war spitz genug, um die beiden damit anzugreifen, und tatsächlich bekam er ihn zu fassen. Doch als er ihn drohend heben wollte – zumindest hoffte er, dass es drohend aussah, nicht lächerlich –, knurrte der eine: »Das würde ich an deiner Stelle nicht tun. Wenn du uns Schwierigkeiten machst, wirst nicht nur du zu spüren bekommen, wozu wir fähig sind – auch die junge Frau, mit der wir dich vorhin gesehen haben.«

Elia erstarrte, der Schaber entglitt seinen Händen. Und wenn es notwendig gewesen wäre, diesen Soldaten die Stiefel abzulecken – er hätte es getan, um Bella zu schützen.

Ihnen genügte immerhin schon, dass er schweigend mit ihnen kam. Das Sonnenlicht wärmte ihn nicht, als sie nach draußen traten. Er sah sich nach Bella um, und obwohl er erleichtert war, sie nirgendwo zu entdecken, sie folglich in Sicherheit zu wissen, verkrampfte sich sein Herz. Plötzlich fühlte er: Wohin die Männer ihn auch brachten – er würde sie für lange Zeit nicht wiedersehen.

Bella brauchte nicht lange, um herauszufinden, warum es heute gar so viele Mönche und Priester zum Haus des Bischofs gleich in der Nähe des Doms zog. Ihrem Tuscheln nach fand in der Hauskapelle von Otto von Sala, die im Obergeschoss lag, eine Exkommunikation statt. Irgendein Händler, der des Wuchers überführt worden war, hatte bislang seine Strafe nicht bezahlt. Nun würde er wegen dieses Säumnisses von der Gemeinschaft der Gläubigen ausgeschlossen werden. »Wenn er stirbt, bevor er doch noch bezahlt, wird er in der Hölle landen«, hörte Bella einen sagen, nicht sicher, ob aus der Stimme echtes Grauen oder eher Sensationslust zu hören war.

Wie dumm, seine Schulden nicht zu bezahlen, dachte Bella.

Wie dumm zu glauben, deswegen in der Hölle zu landen.

Ihre eigene Vorstellung von der Hölle hatte mehr mit jenen gewundenen Gässchen Pisas gemein, wo Bettler lautlos starben, Betrunkene laut pöbelten, Huren hinter dicken Schichten Bleiweiß, mit denen sie ihre gegerbten Gesichter aufhellten, falsch lachten.

Bald achtete sie nicht aufs Getuschel, konzentrierte sich darauf, den Kopf einzuziehen. Die einzigen Frauen, die das Bischofshaus regelmäßig betraten, waren jene, die in der Küche arbeiteten, und die erreichte man durch den Hintereingang. Auch Bella schlüpfte durch diesen, und ihr kam zugute, dass alle Bediensteten an den Fenstern klebten und einen Blick auf den Mann werfen wollten, der schlotternd seiner Exkommunikation entgegensah. Es war ein Leichtes, an ihnen vorbeizuschleichen, und bald hatte sie den Innenhof erreicht, wo – entlang des Kreuzweges – mehrere Platanen standen. Blitzschnell war sie auf eine hinaufgeklettert, und obwohl sie sich kaum hinter den wenigen Blättern verstecken konnte – es würde sich ja doch keiner, der den Hof betrat, die Zeit nehmen, hochzublicken. Die diebische Freude, es an diesen verbotenen Ort geschafft zu haben, wich bald der Langeweile. Und diese würde sie noch eine ganze Weile ertragen müssen, war eine Exkommunikation doch gewiss eine langwierige Angelegenheit: Wahrscheinlich würden mindestens so viele Heilige angerufen werden wie am Ostersonntag. Sie unterdrückte ein Seufzen, weil sie das nicht bedacht hatte, aber kaum war es verklungen, sah sie zu ihrer Überraschung jemanden die Treppe herunterkommen, die vom Haupthaus in den Hof führte – Lotario.

So froh sie war, ihn zu sehen, verstörte sein Anblick sie zugleich. Wenn sie es recht verstanden hatte, hatte er selbst das Urteil über den Mann gesprochen – warum verfolgte er nicht, wie es vollstreckt wurde? Nicht dass ihr die Antwort auf diese Frage sonderlich wichtig erschien, aber sie nicht im Geringsten zu erahnen, machte ihr einmal mehr bewusst, wie undurchschaubar er für sie war. Wenn sie kämpfte, sah sie am Zittern des kleinen Fingers, dass der entscheidende Fehler des Gegners bevorstand; wenn Bona erklärte, dass ihr die Augen wehtaten, wusste sie genau, wann das der Wahrheit entsprach und wann Bona ihr nur ein schlechtes Gewissen machen wollte, und wenn Elia mit seinen Gedanken woanders war, war ihr stets klar, ob er gerade voller Ehrfurcht an eine Elfenbeinstatue dachte oder voller Hader an die anderen Gesellen der Werkstatt.

Aber Lotarios Gefühle blieben ihr fremd. Seit sie denken konnte, hatte er irgendwie zu ihrem Leben dazugehört, an diesem jedoch nicht teilgenommen, nur eingegriffen, wenn es wirklich notwendig war. Alles, was er jemals zu ihr gesagt hatte, bewies, dass er ihr Bestes wollte, aber es zu hören, war etwas anderes, als es zu glauben, und es zu glauben war wieder etwas anderes, als es zu fühlen. Und abgesehen von Zorn, der sie übermannte, wenn sich jemand in ihre Belange einmischte, war es schwer, in Lotarios Gegenwart irgendetwas zu fühlen. Alles schien in einem Bannkreis zu versickern, den er um sich gezogen hatte. Bona behauptete, er hätte ihre Mutter geliebt und den Verlust nie verwunden, doch während der Schmerz um ihre Mutter bei ihr einer glühenden Nadel glich, hatte er bei ihm wohl eher ein schwarzes Loch hinterlassen, in das fiel, wer zu lange hineinstarrte.

Allerdings war Bella nicht hier, um ihr Verhältnis zu Lotario zu ergründen, herauszufinden, was genau er für sie war, ob Beschützer, Freund, Onkel, Vormund – sie wollte ihn um einen Gefallen bitten und dabei auch ein bisschen Spaß haben.

Sie wartete, bis er den Kreuzgang entlangkam, fast unter dem Baum stand, riss dann ein Ästchen von einem Zweig und warf es auf ihn. Sie sah, dass sie ihn direkt am Nacken traf, doch er zuckte nicht zusammen, als wäre seine Haut aus Stein.

Ungeduldig zerrte sie am nächsten Ästchen, zielte diesmal auf den Hinterkopf, wo seine Haare kreisrund geschoren waren, frohlockte, dass sie tatsächlich die kahle Stelle traf. Doch wieder zuckte er nicht, drehte sich nicht einmal um. Er blieb nur stehen und sagte leise: »Ich habe dich längst gesehen, Bella.«

Auch das war ihr unheimlich: Dass er von allen Menschen, mit denen sie sich je gemessen hatte, der würdigste Gegner war. Dass ausgerechnet hinter der Maske eines frommen Gottesdieners ein Mann schlummerte, der es mit dem durchtriebensten Dieb Pisas hätte aufnehmen können.

Diesen Gedanken verdrängte sie jedoch rasch, erklärte stattdessen knapp: »Elia braucht deine Hilfe. Er ist ein sehr talentierter Bildhauer, vielleicht erinnerst du dich an ihn. Er war damals dabei, als …«

Sie brach ab, kam ihr doch mit einem Mal die Verachtung in den Sinn, mit der Lotario Elia damals begegnet war.

Jetzt war nichts davon in seiner Miene zu sehen, als er sich langsam umdrehte, zu ihr hochblickte. »Werden wir darüber sprechen, solange du auf dem Baum sitzt?«

»Wenn ich heruntersteige, wird man mich sehen.«

»Warum hast du mir nicht einfach eine Nachricht zukommen lassen, dass du mich treffen willst?«

»Ich wollte wissen, ob ich es schaffe, zu dir zu gelangen.«

Er schüttelte den Kopf, obwohl er kaum überrascht wirkte. »Ach, Bella«, sagte er, und aus seiner Stimme war ebenso Nachsicht wie Respekt und Belustigung zu hören. »Du watest auch dann durch den eiskalten Fluss, wenn es eine Brücke gibt – und sei es nur, um dir zu beweisen, dass du stärker als die Strömung bist. Stets scheinst du dem Leben trotzig zuzurufen, dass es keine Prüfung gibt, die du nicht bestehen könntest.«

Bella rutschte unruhig auf dem Ast hin und her. Es verstörte sie, dass sie Lotario nicht durchschaute. Aber noch mehr verstörte sie, dass er alles über sie zu wissen schien.

»Ob ich mir das Leben leichter oder schwerer mache, als ich sollte, ist allein meine Sache«, rief sie giftig von oben herab.

»Nun, ganz sicher wird es nicht leichter, wenn du dein Schicksal mit dem dieses Steinmetzes verknüpfst.« Er war ein wenig zurückgetreten, um den Kopf nicht mehr gar so weit in den Nacken legen zu müssen. »Mir ist nicht entgangen, dass ihr euch in den letzten Monaten häufig gesehen habt.«

Sie wusste nicht, was ihr unheimlicher war – jenes Lächeln, das aussah, als hätte man es ihm mit einer scharfen Klinge ins Gesicht geschnitten. Oder dass er genau wusste, mit wem sie ihre Zeit verbrachte, er sie also häufig heimlich beobachtete. Doch jetzt war nicht die Zeit, darüber nachzudenken.

»Er ist kein Steinmetz, er ist ein Bildhauer!«, rief sie.

»Woher weißt du das?«

»Er hat mir gezeigt, was er schon alles angefertigt hat. Kleine Reliquienkästchen, Triptychen oder Elfenbeinstatuetten für Pilger.«

»Das sind die Arbeiten eines Gesellen«, meinte er unverhohlen abfällig.

»Er würde gerne die Arbeiten eines Meisters durchführen, und er könnte es auch, wenn man ihn denn ließe. Tino di Camaino hat ihn immer davon ausgeschlossen, aber der ist ja nun weg, was bedeutet, sein Platz ist leer. Wer wäre besser geeignet, ihn zu ersetzen und das Grabmal des Kaisers zu vollenden …«

»Camainos Patz ist nicht leer«, fiel Lotario ihr hart ins Wort, »der Erzbischof hat bereits entschieden, dass ein gewisser Lupo di Francesco sein Nachfolger werden soll. Natürlich kann er das nicht allein, er wird die Zustimmung der Domopera einholen, aber ich glaube kaum, dass sich jemand dagegen ausspricht. Lupo ist ein großer Künstler, der hier in Pisa schon viele Aufträge erhalten hat.«

Bella hatte keine Ahnung, ob Elia diesen Lupo jemals erwähnt hatte – Namen von Künstlern waren gemeinhin nichts, was sie sich merkte. Sie war sich dagegen ganz sicher, wie bitter enttäuscht er sein würde. Sie rang nach Worten, doch ehe ihr welche einfielen, ging Lotario ein paar Schritte weiter, tat wieder so, als wäre er im Gebet versunken. Doch auch wenn sie selten erahnte, was in ihm vorging – dass er nicht auf die innigliche Zwiesprache mit dem Allmächtigen erpicht war, hätte sie schwören können.

»Du verwehrst Elia nicht nur wegen Lupo di Francesco deine Hilfe«, brach es aus ihr hervor. »Du … du gönnst ihm den Aufstieg nicht. Und erst recht nicht, dass ich mich für ihn einsetze.«

Was es über Lotarios Gefühle für sie verriet, wenn er tatsächlich auf Elia eifersüchtig war, wollte sie sich zwar nicht ausmalen – doch ihre Wut wurde allein von der Tatsache entfacht, dass er sie im letzten halben Jahr offenbar häufig beobachtet hatte, bemerkt hatte, wie ihr Verhältnis enger wurde, dass er eine Meinung dazu hatte.

Diese Wut machte sie leider unachtsam. Sie beugte sich ein wenig zu weit vor, verlor das Gleichgewicht, rutschte vom Baum. Und anstatt weich wie eine Katze zu landen, krachte sie fast mit dem Kopf voran zu Boden. Zwar konnte sie den Sturz mindern, indem sie sich blitzschnell am Stamm festhielt – jedoch zu dem Preis, dass sie sich die Hände aufschrammte und wenig elegant auf ihrem Hinterteil landete. Sie war bereits rot im Gesicht, als sie sich aufrappelte, und begann regelrecht zu glühen, als sie Lotario noch breiter und spöttischer als vorhin lächeln sah.

»Was lachst du? Ich hätte mir das Genick brechen können.«

»Du bist wie ich, du brichst dir nicht das Genick. Du findest immer einen Weg, dir selbst aus der Patsche zu helfen, und wer dir dabei helfen würde, würde nicht deine Dankbarkeit bekommen, sondern deinen Zorn erregen.«

Dass er recht hatte, machte es ihr nicht eben leichter, den Zorn zu schlucken. Aber anstatt ihm nachzugeben, machte sie sich einmal mehr bewusst, warum sie hier war. »Mag sein, dass Lupo di Francesco der Nachfolger von Tino di Camaino wird«, erklärte sie. »Trotzdem gäbe es Wege, Elia zu helfen. Irgendeinen Auftrag wird man ihm doch zuteilen können in einer Stadt mit so vielen Kirchen.«

Das Lächeln schwand von Lotarios Lippen. »Durchaus«, sagte er ausdruckslos. »Unlängst habe ich mit dem Erzbischof darüber gesprochen … über ein Vorhaben, das schon vor vielen Jahren ein anderer Erzbischof, nämlich Federico Visconti, verfolgt hat. Er war es vor nunmehr einem halben Jahrhundert, der darauf drängte, man möge den Campanile fertigstellen. Und er hat seinerzeit auch den Vorschlag gemacht, dass in der Lünette, jenem Bogen über der Eingangstür, eine Statue stehen sollte, die eine Madonna mit dem Kind zeigt. Eigentlich hätte Giovanni Pisano diese schaffen sollen, aber du weißt ja, damals ist viel passiert. Weder wurde der Turm noch das Baptisterium fertig gebaut, Giovanni hat die Stadt verlassen, und als er wiederkam, hat er sich anderen Aufgaben zugewendet.«

»Giovanni Pisano war Elias Lehrer! Wer, wenn nicht ein treuer Schüler des großen Meisters, ist geeignet, an dieser Madonna zu arbeiten?«, rief Bella.

Obwohl er selbst damit begonnen hatte, runzelte Lotario die Stirn, als wäre dies ein wahnwitziges Ansinnen.

Bella machte einen Schritt auf ihn zu, doch obwohl sie nun

dicht vor ihm stand, spürte sie seinen Atem nicht. Diesem Mann konnte man einfach nicht nahekommen. »Traust du es ihm nicht zu?«, rief sie.

»Durchaus. Ich habe Gerüchte gehört, wonach Camaino ihn einzig zurechtgestutzt hat, weil er Angst vor seinem Talent hatte.«

»Warum willst du ihm dann nicht helfen?«

»Die Frage ist doch eher, warum du es unbedingt willst. Bist du dir im Klaren, was es für dich bedeuten würde, wenn Elia diesen Auftrag wirklich bekommt? Entfesselt man sein Talent und kann er endlich loslegen, wird er keine Zeit mehr für dich haben. Und falls es dir bis jetzt noch nicht aufgegangen ist, wirst du es spätestens dann bemerken: Er ist ein Mann, dessen Herz immer mehr für seine Kunst schlägt als für dich. Willst du das?«

Etwas lag in seinem Tonfall, was sie schwer benennen konnte. War es Hohn? War es Sorge um sie?

»Ob ich das will?«, gab sie schroff zurück. »Wenn ich einem Mann genau das geben kann, wovon er immer träumte, will ich gerne jenen Preis bezahlen.«

»Ich verstehe«, entgegnete er gepresst. »Nun, ich habe gesagt, du würdest dir – so wenig wie ich – je das Genick brechen. Auch, dass du im kalten Wasser nicht untergingest. Und ich weiß, dass du mit deinem Dolch so gut wie immer triffst. Weil du nämlich im entscheidenden Moment nur an dich selbst denkst. Ich war mir nicht im Klaren, dass du bereit bist, für einen anderen den Kopf hinzuhalten.«

Sie war nicht sicher, ob Missbilligung oder Lob, Verachtung oder Ehrfurcht aus seiner Stimme sprach. Und erst recht wusste sie nicht, ob auch er nur an sich dachte oder bereit war, Opfer zu bringen – für sie. So oder so fühlte sie sich plötzlich unwohl, wie sie da dicht vor ihm stand. Sie wich zurück, doch ehe sie fliehen konnte, erklärte Lotario: »Ich werde dafür sorgen, dass Elia den Auftrag für die Madonnenstatue bekommt. Aber ich rate dir, seinetwegen nicht unaufmerksam zu werden. Heute wärst du fast vom Baum gefallen, morgen landest du womöglich im Tiber, und irgendwann stürzt du vom Turm in die Tiefe. Liebe ist kein Schutzschild, im Gegenteil. Sie macht schwach. Du aber bist nicht schwach, du darfst es nicht sein.«

Wieder wusste sie nicht, ob das etwas war, für das er sie rühmte oder bedauerte. Nur einer Sache war sie sich sicher. »Du musst keine Angst haben, dass ich je vom Turm fallen könnte. Ich habe nicht vor, ihn zu betreten, und ich werde ihn erst recht niemals besteigen.«

Mit diesen Worten ließ sie ihn stehen, und er hielt sie nicht auf. Sie beeilte sich, nach draußen zu kommen, und brachte die ersten Schritte so hastig hinter sich, als wäre sie auf der Flucht. Erst als sie sich immer weiter vom Bischofshaus entfernte, dem Domplatz zustrebte, ließ das Unbehagen nach. Was auch immer sie dafür hatte in Kauf nehmen müssen – sie hatte ihr Ziel erreicht. Elia würde zwar nicht Camaino nachfolgen, jedoch den ersten großen Auftrag seines Lebens bekommen, auf diesen würden gewiss weitere folgen. Oh, wie sie sich freute, ihm das zu sagen, seine Begeisterung zu teilen, ihn zu küssen ... Lotario damit zu beweisen, wie unrecht er hatte. Elia würde beides bekommen – seine Kunst und die Liebe –, so wie sie beides haben konnte – ihre Stärke und die Liebe. Keiner von ihnen beiden musste sich für eins entscheiden!

Sie hatte die Werkstatt schon erreicht, als ihr aufging, dass sie sich noch nie so deutlich diese Liebe eingestanden hatte. Es konnte ihr nun gar nicht schnell genug gehen, sie auch ihm zu bekennen, doch als sie die Werkstatt betrat, stand da nicht

Elia, sondern ein fremder Mann. Nein, er war ihr nicht ganz fremd, irgendwann hatte sie ihn aus der Ferne gesehen, und Elia hatte erklärt, er wäre Michele Scacceri, der Verwalter der Domopera.

»Wo ist Elia?«

Er starrte sie an. Falls er erstaunt war, hier eine Frau zu sehen, die obendrein nach Elia fragte, zeigte er es nicht. In ihm war schlichtweg kein Platz für ein anderes Gefühl als … Entsetzen.

»Sie … sie haben ihn einfach mitgenommen.«

»Mitgenommen? Elia?«

»Es waren Soldaten … Soldaten von Uguccione degli Faggiola, dem Herrn von Pisa.«

Bella fühlte sich, als würde sie in jenem Fluss treiben, von dem Lotario gesprochen hatte. Doch er war zu kalt, um gegen die Strömung anzukämpfen, sie wurde mitgerissen.

»Was … was …«

»Es geschieht immer wieder, dass nicht nur Handwerker, auch Künstler für den Krieg herangezogen werden. Kämpfen müssen sie nicht, jedoch wichtige Aufgaben verrichten – Befestigungsanlagen bauen oder feindliche Burgen schleifen. Niemand kann sich dieser Pflicht entziehen, denn schließlich, so wird behauptet, gelte es, Pisa zu dienen. Was für eine Verschwendung, dass es nun Elia getroffen hat.«

Bella wankte. »Aber … aber er wird doch nicht lange schuften müssen?«, fragte sie. »Er wird doch bald zurückkehren!«

Michele Scacceri seufzte. »Oh, dieser unselige Krieg, der Guelfen und Ghibellinen entzweit. Erst haben wir Tino di Camaino verloren, weil er sich den Guelfen anschloss. Jetzt auch noch Elia, weil die Ghibellinen vor dem entscheidenden Schlag gegen die Guelfen stehen. Eine große Schlacht steht bevor, und ich hoffe, dass man ihn wirklich nur Steine schleppen oder abtragen lässt und er nicht irgendwie an die Front gerät.«

Wie betäubt trat Bella zurück. Wieder gingen ihr die Worte von Lotario durch den Kopf – dass sich Menschen wie sie beide nie das Genick brechen würden.

Für Elia galt das jedoch nicht, er konnte zwar zupacken, aber er war ein Künstler. So gutgläubig und leichtsinnig, wie er war, geriet er schon auf Pisas Straßen in Schwierigkeiten. Wie sollte er da einen Krieg überleben?

Einige Wochen waren vergangen, mittlerweile war es Ende August, und obwohl Elia nie ein sonderlich frommer Mensch gewesen war, betete er nun häufig zu Gott.

Lass mich nach Pisa zurückkehren … zu Bella …

Er hatte keine andere Wahl gehabt, aber es schmerzte ihn jeden Tag, dass er Bella ohne Abschied hatte zurücklassen müssen. Und dies war nicht das Einzige, was ihm zusetzte. Nie zuvor hatte er so schlimm schuften müssen. Er war es zwar gewohnt, Steine zu schleppen, aber nicht tagelang und auch nicht zu dem Zweck, eine Mauer zu errichten. Bald waren seine Hände wund und voller Blasen. Die Mauer sollte ein Städtchen schützten, das Teil der ghibellinischen Allianz war – nämlich vor dem erwarteten Angriff der Guelfen. Dass er wusste, wie man eine besonders stabile Mauer baute – indem man nämlich nicht nur eine Wand errichtete, sondern derer zwei und den Hohlraum dazwischen mit einer Mischung aus Kalkstein füllte –, führte immerhin dazu, dass er nach einigen Wochen nicht nur Steine schleppen und hochwuchten musste, sondern den Bau überwachen durfte.

Mit der Mauer wuchs seine Hoffnung, bald wieder nach Pisa zurückkehren zu dürfen. Und tatsächlich: Als sie so hoch war, dass kein groß gewachsener Mann sie überblicken konnte – nicht einmal wenn er auf der Schulter eines zweiten stand –, forderte ein Soldat ihn mit schroffem Tonfall auf, mitzukommen. Seine Freude und Erleichterung, dass der ihm ein eigenes Pferd zuwies, währten nur ein kurzes Stück des Weges. In Pisas Umland hätten ihn Weinberge und Getreidefelder erwartet – sie aber stießen in eine zunehmend hügeligere Gegend vor.

Auf einem dieser Hügel, so wurde ihm während einer Rast beschieden, befände sich eine Burg, und Pisas Herr Uguccione della Faggiola belagerte diese Burg seit geraumer Zeit. Zu welchem Zweck, wurde nicht gesagt, aber wieder konnte Elia sich das Wichtigste selbst zusammenreimen – dass sich diese Burg in strategisch wichtiger Lage befand. Immerhin wurde ihm der Name des Ortes genannt, in dem die Burg stand: Montecatini. Und obwohl er es so genau gar nicht wissen wollte, erfuhr er auch, dass Faggiola beschlossen hatte, einen unterirdischen Tunnel zu graben, um sie endlich einzunehmen. Natürlich würde er das nicht mit eigenen Händen tun – dafür waren Männer wie Elia vorgesehen.

Elia unterdrückte ein Stöhnen. Er hatte gedacht, es nicht noch schlimmer treffen zu können, doch nun sah er sich zum Maulwurf werden, der ins feuchte, finstere Erdreich verbannt war, stets mit der Angst zu leben hatte, dass er darin begraben werden würde.

Wahrscheinlich würde der Bau eines solchen Tunnels sogar noch länger dauern als der einer Mauer, nicht nur Wochen, sondern Monate würden vergehen, bis er Bella wiedersehen durfte. Und er konnte sich nicht einmal gewiss sein, ob sie sich nach ihm sehnte oder ihn vielmehr verachtete, weil er sich nicht entschieden genug gegen die Soldaten gewehrt hatte.

Er schloss kurz die Augen und bemerkte deswegen verspätet, dass die Männer, mit denen er losgeritten war, plötzlich ihre Pferde verhielten. Und noch ehe er die Augen wieder aufschlug, fühlte er, wie der Boden vibrierte, ein Zeichen, dass sich eine noch größere Truppe näherte. Gottlob waren es offensichtlich keine Feinde, sondern Verbündete. Die Worte, die deren Anführer dem ihren entgegenraunte, konnte er zunächst nicht verstehen. Doch sie wurden von Mann zu Mann weitergetragen, sodass auch er das Wichtigste mitbekam: Während Uguccione die Burg von Montecatini belagerte, hatte ein guelfisches Heer jene Straße besetzt, auf der neue Lebensmittel für die Belagerer gebracht wurden. Faggiola war keine andere Wahl geblieben, als die Belagerung aufzugeben, doch um diese Schmach zu übertünchen, hatte er beschlossen, sich für einen Angriff auf das guelfische Heer zu rüsten und dass dieser gleich morgen stattfinden sollte. Dieses war zwar deutlich größer, aber das bedeutete nicht, dass die Ghibellinen den Feind nicht an Mut, List und dem Willen zum Sieg übertrafen.

In Erwartung dieses Sieges begannen die Männer zu grölen, während Elia nur erleichtert seufzte. Er würde nicht zum Maulwurf werden, keinen Tunnel graben müssen.

»Das heißt, meine Dienste werden nicht länger gebraucht.«

Er hatte mehr zu sich als zu einem anderen gesprochen, doch der Mann, der neben ihm ritt – kein Soldat, sondern ein Arbeiter wie er –, spottete: »Träum weiter. In der bevorstehenden Schlacht gegen die Guelfen zählt jeder Mann.«

»Ich kann doch nicht kämpfen!«, rief Elia entsetzt. »Ich vermag Hammer, Meißel und Brecheisen richtig zu halten, nicht das Schwert.«

»Du musst gegen den Feind ja auch nicht das Schwert erheben. Es reicht, Wagen nebeneinanderzustellen, sodass sie eine schützende Wand ergeben. Oder Gräben zu graben, in die der Feind stolpert. Es gibt mannigfaltige Dienste, die man in einer Schlacht leisten kann.«

Die Möglichkeiten, was aus einem selbst in einer Schlacht wurde, waren dagegen begrenzt: Entweder man überlebte, oder man starb. Und für jemanden, der keine Erfahrung mit dem Krieg gemacht hatte, war die Chance auf Zweiteres deutlich höher.

Hätte Elia gestanden, er hätte wohl geschwankt, aber er saß auf dem Pferd, und das Pferd begann zu traben, als sich der Zug wieder in Bewegung setzte, wenn auch nicht lange. Noch bevor sie das Ziel erreichten, senkte sich Dämmerung über das Land. Zur Schlacht würde es frühestens morgen kommen, was bedeutete, dass er zumindest diese Nacht überleben würde … die Möglichkeit hatte, zu schlafen … zu träumen … von Bella, von Madonnenstatuen, vom Grabmal des Kaisers … einmal mehr zu beten: Bitte, lieber Gott, lass mich wohlbehalten zu ihr zurückkehren.

Als er später in der Nähe eines Lagerfeuers auf dem harten Boden lag, machte er kaum ein Auge zu, aber er malte sich Bella ganz genau aus, jedes Grübchen, jeden Muskelstrang, jede ihrer kurzen Haarsträhnen, die weichen Lippen, die dunklen Wimpern, die …

»Los, hoch mit dir!«

Wie war es möglich, dass diese letzte Nacht so schnell vorbeigegangen war! Dass nun, da der Morgen erste graue Fäden spann, sich ihre Truppe mit Faggiolas Heer vereinigte, das mehrere Tausend Mann umfasste. Es war mittlerweile zu erkennen, wo sie sich befanden, in jenem Tal nämlich, das die

Burg von Montecatini bewachte. Es war von Höhensträngen umgeben, die ihm auf den ersten Blick bewaldet erschienen. Doch vermeintliche Bäume waren in Wahrheit Soldaten. Ein fremdes Heer bewegte sich aus weiter Ferne auf sie zu, und ehe er noch eines der Wappen erkannte, das auf den vielen Bannern abgebildet hatte, wusste er: Aus welchen Städten sie auch immer kamen, es waren Guelfenstädte.

Seinem Blick folgten viele andere, selbstbewusst erst, dann ängstlich, schließlich erleichtert, dass der Befehl zum sofortigen Rückzug erfolgte.

Elia schöpfte Hoffnung. Faggiola musste eingesehen haben, dass die Ghibellinen gegen diese Übermacht nicht siegen konnten, und hatte sich für die Flucht entschieden. Es würde also nicht zur Schlacht kommen, sein Leben war gerettet und …

»Warum grinst du denn so?«

Erst jetzt merkte Elia, dass er tatsächlich gelächelt hatte. Und er konnte auch nicht damit aufhören, zumal der Mann, der ihn angesprochen hatte, einer der Arbeiter war und ihn nicht der Feigheit bezichtigen würde. »Ich freue mich, dass es nicht zur Schlacht kommen wird«, gestand er ein.

»Du bist ja so dumm wie die Guelfen!«

Elia blickte ihn fragend an.

»Schau sie dir doch an. Sie glauben, dass die Ghibellinen vorzeitig aufgegeben haben, und lassen prompt alle Vorsicht fahren. Der, der dort vorne reitet, ist der Herr von Florenz, und er trägt keinen Brustharnisch, nur ein luftiges Wams aus Seide. Und sieh, wie ihre Haare wehen, weil sie nicht von Helmen bedeckt sind! Die lassen sie lieber ihre Saumtiere schleppen. Ihre Schwerter und Lanzen wiederum tragen sie zwar noch selbst, aber anstatt sie zu schleifen, lauschen sie lieber den Gauklern, die sie begleiten.«

Als Elia die Ohren spitzte, vermeinte er aber tatsächlich in der Ferne Gesang zu hören. Doch dies ging rasch in ein Rauschen über, als ihm aufging, dass die Ghibellinen tatsächlich auf eine List setzten, ihre Flucht bloß vortäuschten, um den Feind in die Falle zu locken. Durch das Rauschen klang erst der Befehl, dass das ghibellinische Heer hinter der Brücke, auf der man den Fluss Borra überquerte, auf die Guelfen warten sollte. Dann folgte die Anweisung, erst anzugreifen, wenn die Guelfen selbst über den Fluss kamen.

»Und keiner steigt vorzeitig vom Pferd, um Beute zu machen! Erst besiegen wir den Feind, dann berauben wir ihn! Wer es anders hält, wird wie der Feind getötet.«

Es war nicht Uguccione della Faggiola selbst, der diese Worte sprach, sondern einer seiner deutschen Söldner. Wie alle seinesgleichen sprach er, als hätte er Kieselsteine im Mund, aber das konnte ihm Elia, dem die Furcht schier den Atem raubte, nicht verdenken. Seine eigene Zunge schien ja auch aus Stein zu bestehen, als er den säuerlichen Geschmack der Angst verzweifelt zu schlucken versuchte, wieder inständig zu beten begann.

Bring mich heil nach Pisa zurück … heil zu Bella.

Er wusste nicht, wie viel Zeit verging, bis ein neuerlicher Befehl folgte.

»Macht euch bereit!«, brüllte jemand. »Gegen den Feind! Gegen den Feind! Besser hier als tapfere Männer sterben, denn aus Feigheit fliehen.«

Dieser Ruf wurde aus Hunderten Mündern wiederholt, nur Elia blieb stumm. Lieber lebe ich als feiger Mann, denn als tapferer zu sterben, dachte er. Er sah sich hektisch nach einem Versteck um, aber auf den sumpfigen Wiesen um den Fluss wuchsen nicht einmal Bäume. Und dann hatten die Guelfen schon die Brücke erreicht. Ein Teil ritt darüber, ein anderer nutzte die Furt daneben. Sobald sie es ans andere Ufer geschafft hatten, griffen die Ghibellinen an. Blut spritzte, die erste Reihe der Guelfen lichtete sich. Doch es dauerte nicht lange, bis sich die Guelfen gefasst hatten, dem Angriff zu trotzen begannen.

Elia war etwa zwei Dutzend Schritte vom Schlachtfeld entfernt. Unwillkürlich verbarg er sein Gesicht in der Mähne des Pferdes, harrte so aus, ohne zu wissen, ob nur Augenblicke vergingen oder Stunden.

»Lieber Gott, steh mir bei …«

Er hörte die eigenen Worte nicht, zu laut waren das Klirren von Schwertern, das Ächzen von Verwundeten, das Platschen, wenn Leiber in den Fluss fielen, dort untergingen. Elia öffnete die Augen einen Spalt weit, stellte fest, dass mittlerweile mehr tote Ghibellinen im Fluss trieben denn tote Guelfen.

Wir … wir werden alle sterben.

Doch noch war es nicht vorbei. Auf die berittenen Soldaten der Ghibellinen folgte das Fußvolk, stürzte sich mit Gebrüll in den Kampf.

Elias Pferd begann immer unruhiger zu tänzeln, zumal er regelrecht an der Mähne riss. Bevor das Tier ihn abwerfen würde, sprang Elia freiwillig von seinem Rücken, begann zu rennen. Da war zwar weit und breit kein Baum, hinter dem er sich verstecken konnte, aber wenn er lange genug lief, würde er in Sicherheit sein. Er war allerdings noch nicht weit gekommen, als ihn plötzlich ein Arm packte, ihn nicht einfach nur zurück, sondern auf den Boden riss.

»Bist du verrückt geworden?«, wurde er angeherrscht.

Er war nicht sicher, wer der Mann war, der ihn festhielt. Etwas anderes aber wusste er ganz genau. »Nein, ich bin nicht verrückt, ich bin sogar der einzig Kluge hier. Als Künstler wurde ich geboren, nicht als Krieger. Und nur als Künstler kann man etwas Großes schaffen – weil der Krieg nämlich niemals groß ist, immer nur blutig und grausam und dreckig und …«

Er brach ab, denn seine Stimme war nicht länger zu hören. Wie denn auch, wenn doch plötzlich ein Surren die Luft erfüllte, als ginge ein Schwarm Wespen auf sie herab. Die Reiterscharen der Guelfen stoben nun mit langen Lanzen auf die Ghibellinen zu, und die wehrten sich erbittert mit der Armbrust. Die erste Reihe schoss die Pfeile ab, und während sie nachlud, sorgte schon die zweite für einen tödlichen Regen. Ohne Unterlass prasselte dieser auf die Feinde nieder.

Der Mann, der Elia eben noch gepackt gehalten hatte, riss ihn zu Boden – nicht, um ihn aufzuhalten, sondern um zu verhindern, dass er getroffen wurde. Alsbald wurde er allerdings wieder hochgezerrt und bekam ein Banner in die Hand gedrückt.

»Was soll ich damit?«

Zunächst bekam er keine Antwort. Zu laut war der Jubel der Ghibellinen, als immer mehr Guelfen fielen, zu laut der Ruf von Faggiolas Söldnern – »Tod den Feinden!« –, mit dem sie auf die Guelfen zustürzten. Diese flohen zur Furt des Flusses, doch die Ghibellinen verfolgten sie, holten sie ein. Elia wurde in ihre Richtung gestoßen.

»Halte das Banner hoch!«

Elia konnte nicht einmal erkennen, was auf dem Banner zu sehen war. Wahrscheinlich trug es das Wappen Pisas, doch es war längst mit Flecken aus Blut und Schlamm bedeckt. Er selbst watete in beidem, als er zum Fluss mitgerissen wurde, inmitten eines blutigen Massakers landete. Die Ghibellinen schmeckten die Verheißung des Sieges, wollten so viele Feinde wie nur möglich töten, erschlugen und erstachen und trampelten nieder.

Elia stolperte über einen der Toten, hielt sich noch aufrecht, ließ jedoch das Banner fallen. Als er sich danach bückte, bekam er einen Schlag ab, und kaum sank er auf die Knie, trampelte ein Soldat über ihn. Seine Kleidung sog sich mit Schlamm voll, das Banner war verschwunden. Sei's drum. Es bedurfte keines Banners, um die Mordlust weiter anzustacheln. Vom Schlachtfeld fliehen konnte Elia trotzdem nicht. Er hatte sich gerade wieder aufgerappelt, als ihn ein Ellbogen in die Magengrube traf. Und als er sich keuchend krümmte, wurde er von einem Schwert getroffen. Zumindest fühlte es sich so an, der Schmerz war groß. In Wahrheit war es nur der Schaft einer Lanze, der ihn zum nunmehr zweiten Mal niederstreckte. Doch diesmal blieb er nicht einfach nur im Matsch liegen, er rollte über die Böschung Richtung Fluss. Sein Mund füllte sich mit Schlamm, er würgte. Kaum hatte er ihn ausgespuckt, schlug das kalte Wasser über ihm zusammen. Es war nicht sehr tief, alsbald konnte er sich aufrichten. Doch er war nicht der Einzige, der in den Fluss gefallen war, so viele Leichname trieben bereits im trüben Wasser, weitere fielen hinein. Der Ekel, unter ihnen begraben zu werden, wich rasch der Panik. Schon landete ein Leichnam geradewegs auf ihm, dessen Gewicht ihn unter Wasser drückte.

»Bitte, lieber Gott, bitte …«

Seine Worte gingen in ein Japsen über. Er konnte nicht mehr gegen das Gewicht ankämpfen, rutschte aus, tauchte unter. Das Wasser fühlte sich wie tausend Nadelstiche an. Er tauchte noch tiefer, schaffte es auf diese Weise, sich von dem Leichnam zu lösen, kämpfte sich wieder nach oben.

»Lieber Gott«, schwor er plötzlich, weil er ahnte, dass zu

beten zu wenig war. »Wenn ich diesen Tag überlebe, dann werde ich ein großes Kunstwerk schaffen.«

Noch während er den Schwur leistete, ging ihm auf, dass er Gott kein großes Opfer anbot, er lediglich das versprach, was er ohnehin immer angestrebt hatte, und deswegen fügte er hinzu: »Dieses Große … es wird nicht einfach nur eine Statue sein … sondern ein Gebäude zu Pisas Ruhm und deinem.«

Er konnte sich ein Stück weit Richtung Ufer kämpfen, das Wasser reichte ihm nur mehr bis zur Brust. Sämtliche Glieder waren zwar wie starr, doch er konnte atmen. Kaum wollte er sein Gelübde jedoch wiederholen, fiel wieder etwas Schweres auf ihn. Er brauchte ein paar Momente, um zu erkennen, dass es diesmal nicht der Leichnam eines Soldaten war, sondern der eines Pferdes.

Es war zu groß, zu schwer, um ihm auszuweichen. Verzweifelt begann er, um sich zu treten, zu strampeln, doch seine Kräfte schwanden. Wieder wurde er unter Wasser gedrückt, wieder entstand ein Druck auf Ohren und Brust, der ihn zu zerreißen drohte. Nur diesmal machte es keinen Sinn zu kämpfen.

Bella, dachte er noch, Bella.

Dann nichts mehr.

Später hatte er das Gefühl, er wäre stundenlang im kalten Wasser getrieben, doch das war Unsinn, dann wäre er ertrunken. Bevor das geschah, hatte ihn aber jemand gepackt, weit genug hochgezogen, dass zumindest seine Nase, wenn auch nicht sein Mund über das Wasser ragte. Er wollte etwas sagen, machte nur gurgelnde Geräusche. Die Hände ließen ihn nicht los, zogen ihn weiter bis zur Uferböschung. Dort musste er selbst über den schlammigen Boden kriechen … oder vielmehr über die Leichname, die dort lagen. Elia schrie auf.

»Warum brüllst du so?«, fragte sein Retter.

Um des Grauens Herr zu werden, dachte er, verstummte aber. Das Grauen würde immer lauter sein als sein Geschrei. Allerdings wohnte da noch ein anderes Gefühl in ihm: Erleichterung, dass er noch lebte. Wärmen konnte die ihn jedoch nicht, denn Elia fror erbärmlich, während er sich auf halbwegs festen Boden fallen ließ, das rotbraune Wasser über sein Gesicht lief. Er blickte sich um, stellte fest, dass die Kampfhandlungen nahezu zum Erliegen gekommen waren. Die Ghibellinen hatten den Sieg errungen – und ließen auf diesen ein grausames Gemetzel folgen: Sie jagten allen Guelfen nach, um sie niederzumachen.

Elia schloss kurz die Augen, öffnete sie wieder. Er lebte, er fühlte Kälte, er konnte erkennen, was um ihn geschah, und doch war ein Teil seiner Seele tot, würde vielleicht für immer tot bleiben.

»Danke …«, presste er trotzdem hervor, »danke …«

Das Gesicht des Mannes, der ihn gerettet hatte, war zwar bleich, sein Haar jedoch so dunkel, dass man keine Blutspuren an ihm erkennen konnte. Die Augen waren ebenfalls dunkel, fast schwarz, und der Blick von einer Intensität, als könne er bis zum Grund seiner Seele schauen – dem noch lebendigen Teil wie dem toten.

Nun, es hätte dieses Blickes nicht bedurft, um das Offensichtliche zu erkennen. »Du bist kein Soldat«, stellte der Mann fest.

»Nein, ich bin Künstler.«

Ehe er fragen konnte, wer denn der andere sei, hatte der ihn wieder gepackt, zog ihn noch weiter vom Gemetzel fort. Es fand auch dann kein Ende, als das Licht am Himmel langsam erlosch. Elia war überrascht, dass der Tag sich neigte, erschien ihm die Schlacht rückblickend doch kurz. Zugleich hatte er das Gefühl, an diesem Tag um mindestens ein Jahr gealtert zu sein. Eine Weile lag er starr auf dem schlammigen Boden, dann schüttelte er den Kopf, damit all das Flusswasser aus seinen Ohren fließen konnte. Als er sich einmal mehr umblickte, erkannte er, dass er mit seinem Retter allein war. Alle anderen waren so beschäftigt, zu töten und zu plündern, dass niemand bemerken würde, wenn er floh. Und angesichts der vielen Toten würde sich niemand über sein Verschwinden wundern.

»In welcher Richtung liegt Pisa?«, fragte er.

Der Mann starrte auf den Fluss. »Du bist von dort?«

Elia nickte.

»Das trifft sich gut, ich werde selbst dorthin zurückkehren, wenn alles vorbei ist.«

Nicht dass Elia große Lust hatte, darauf zu warten, trotzdem nickte er, weil ihm der Gedanke, den Rückmarsch allein anzutreten, nicht behagte. »Wer bist du eigentlich, außer der Engel, der mich gerettet hat?«, fragte er.

Ein flüchtiges Lächeln erschien auf den Lippen des Mannes. Sie muteten farblos an, was an seiner Blässe, vielleicht aber auch nur an der anbrechenden Nacht lag. »Guelfuccio«, sagte er schließlich, und das Lächeln schwand, »Guelfuccio della Gherardesca.«

Jener Name hatte Elia nie erschaudern lassen, ehe er Bella kannte. Seit sie in sein Leben getreten war, erschien er ihm als unheilvoll, hatte sie ihn doch darauf eingeschworen, mit niemandem über das Geheimnis ihrer Herkunft zu sprechen.

Guelfuccio war nicht entgangen, dass er zusammengezuckt war. »Du kennst also all die dunklen Geschichten, die mit diesem Namen verbunden sind. Wie auch nicht? Jedes Kind Pisas wächst damit auf.«

Elias Gesicht fühlte sich klebrig an. Er versuchte das, was sich dort befand – Blut oder Schlamm –, wegzuwischen, machte es aber nur schlimmer. »Natürlich weiß ich, dass Ugolino mit seinen Söhnen und Enkelsöhnen in der Muda starb.«

»Nicht mit all seinen Söhnen und nicht mit all seinen Enkelsöhnen. Guelfo und Lotto hielten sich damals nicht in Pisa auf, sind mittlerweile aber auch tot. Wer noch lebt, ist Matteo, Ugolinos jüngster Sohn, aber der ist in Lucca aufgewachsen, und mittlerweile hat es ihn nach Bologna verschlagen.«

»Und du – sein Urenkel, nicht wahr? – lebst auch noch«, stellte Elia fest.

»Was nicht allen gefällt …«

Die dunklen Augen glichen Kohlestücken – solchen, die nie gebrannt hatten, nie brennen würden. Ein Schmerz stand darin, der zu groß war, um ihn in Worte zu fassen, jenem gleichend, den Elia an Bella gespürt hatte, als sie von ihren Eltern sprach. Bei ihr paarte sich dieser Schmerz mit Trotz, bei diesem Mann mit Furcht. Ein Gejagter schien er zu sein, der stets auf der Hut sein musste, sich nie zurücklehnen, das Leben genießen konnte.

Mitleid erfüllte Elia. »Die Gherardesca haben immer viele Feinde gehabt«, murmelte er, »es muss schlimm sein, mit diesen zu leben.«

»Zu meinen schlimmsten Feinden gehört meine eigene Familie«, sagte der junge Mann bitter. »Das Haus Gherardesca war nie geeint, stets rivalisierten zwei Linien, die von den Grafen Donoratico abstammen, um die Macht und den Einfluss in Pisa. Von Ugolinos Linie sind nur Matteo und ich übrig geblieben. Die andere, die von Ugolino einst aus Pisa vertrieben wurde, ist stark wie nie. Ranieri ist im Moment ihr Oberhaupt. Er hat für seinen Sohn Gaddo große Pläne.«

»Für dich scheinbar nicht«, sagte Elia und harrte gespannt

der Worte, die Guelfuccio sagen würde, nicht nur weil er an dessen Schicksal Anteil nahm, auch um einzuschätzen, welche Gefahr Bella von dieser Linie der Familie drohen könnte.

»Er lässt mich leben, und das sogar in seinem Haushalt, doch unter der Bedingung, dass ich keine Söhne bekomme. Ich bin davon überzeugt, dass zu heiraten mein Todesurteil wäre, denn dann würden ich und meine Nachkommen seine Macht bedrohen.«

Elia erschauderte wieder. Wenn dieser Ranieri schon Guelfuccio keine Söhne gönnte, was würde er tun, wenn er von Bellas Existenz erfuhr? Eben noch hatte er mit dem Gedanken gespielt, Guelfuccio von ihr zu erzählen, weil sie einander verstehen würden, sich gegenseitig Trost spenden könnten. Doch nicht nur, dass er sich an das Versprechen gebunden fühlte, mit niemandem darüber zu reden – überdies wollte er Guelfuccio nicht zumuten, dieses Geheimnis vor Ranieri zu verschweigen und nicht nur um das eigene Leben, auch um das der Cousine bangen zu müssen.

Elia wechselte das Thema. »Haben sich Ranieri und Gaddo denn heute auch an dieser Schlacht beteiligt?«, fragte er.

»Natürlich! Die beiden würden sich niemals eine Gelegenheit entgehen lassen, sich bei Faggiola anzubiedern, ihm seine Treue zu bekunden. Dabei wüsste Ranieri Faggiolas Amt gerne in den Händen seines Sohnes. Ich weiß nicht, wie viele Gherardesca das Schicksal Ugolinos teilen müssen, bis sie endlich einsehen, dass das Leben wichtiger ist als die Macht.«

Der Himmel hatte sich endgültig schwarz gefärbt, umso greller leuchtete in der Ferne der rötliche Schein unzähliger Fackeln. Offenbar suchte man die Toten nach Beute ab, doch Guelfuccio machte keine Anstalten, sich zu erheben und sich daran zu beteiligen.

»Dir dagegen ist das Leben wichtiger als die Macht«, stellte Elia fest.

Er spürte mehr, wie der andere nickte, als dass er es sah. »Vielleicht, weil ich dieses Leben fast verloren hätte. Wäre ich damals etwas älter gewesen, ich wäre mit den anderen in der Muda gelandet.«

Elia lagen viele Fragen auf den Lippen – wo und wie Guelfuccio aufgewachsen war, was genau in ihm nicht nur Schmerz und Angst, auch diese … Bitterkeit schürte, aber ehe er eine stellen konnte, sagt der andere abrupt: »Du hast vorhin erwähnt, du bist Künstler.«

Elia nickte. »Ich bin Bildhauer, ein Schüler des großen Giovanni Pisano. Ich habe immer davon geträumt, Skulpturen aus Elfenbein zu schaffen und …«

Er brach ab, denn plötzlich fiel ihm wieder ein, was er Gott geschworen hatte, als er vorhin zu ertrinken drohte. »Kurz bevor du mich gerettet hast, habe ich ein Gelübde abgelegt. Wenn ich den Tag überstehe, will ich etwas Großes bauen – zum Ruhme Gottes und zum Ruhme Pisas.«

»Nun«, Guelfuccio erhob sich nun doch, reichte ihm die Hand, um ihm aufzuhelfen. »Ich verstehe nichts von Kunst. Ich könnte ein Stück Elfenbein nicht von einem Kalkstein unterscheiden. Ich weiß nur, dass so viele Gebäude Pisas unvollendet sind – der Camposanto, von dem gerade einmal die nördliche Mauer steht, das Baptisterium, das immer noch keine Kuppel hat, ganz zu schweigen vom Campanile, dem weitere Stockwerke und erst recht eine Glockenstube fehlen.« In der Ferne waren ächzenden Laute zu vernehmen, wenn Verwundete getötet wurden, und ein triumphierendes Heulen, wenn man an den Leichnamen Kostbarkeiten entdeckte. »Ich fürchte nur, die Beute, die heute gemacht wird, wird lediglich einem neuen

Krieg dienen, nicht dem Turm«, fuhr Guelfuccio fort. »Zumindest solange Faggiola an der Macht ist.«

Elia dachte an das, was Guelfuccio vorhin gesagt hatte – dass Ranieri della Gherardesca diese Macht am liebsten in den Händen der eigenen Familie wüsste. Allerdings konnte er sie Faggiola nach dem heutigen Triumph gewiss nicht streitig machen, und eigentlich war Elia zu erschöpft, um darüber nachzudenken, wer in Pisa herrschte. Er wollte auch nicht länger darüber nachsinnen, wie er seinen Schwur erfüllen konnte. Er wollte nur nach Hause.

»Warum lächelst du?«, fragte Guelfuccio.

Weil ich noch lebe. Weil ich noch liebe, hätte Elia am liebsten gesagt. Weil ich nach Pisa zu meiner Liebsten zurückkehren werde.

Aber dann hätte er Bella erwähnen müssen, und das wollte er nicht.

Dass Bella ganze Nachmittage lieber unterwegs war, anstatt ihr beim Nähen zu helfen, verärgerte Bona oft, aber das nahm sie hin. Dass sie nun jedoch immer häufiger abends das Haus verließ, um ganze Nächte fortzubleiben, war zu viel. Als sie eines Tages ihre Mietwohnung einmal mehr verlassen wollte, stellte sie sich ihr in den Weg. »Ich kann damit leben, dass mein Augenlicht immer schwächer wird. Selbst wenn ich blind wäre, wären meine Stiche gerader als deine. Aber du darfst mir nicht zumuten, nächtelang wach zu liegen und mir auszumalen, wie du in die Hände eines Betrunkenen gerätst und …«

»Das wäre das Pech des Betrunkenen, nicht meines«, erwiderte Bella trotzig.

»Du bist nicht unbesiegbar, auch wenn du das glauben magst.«

Bella seufzte. »Ich … ich treibe mich nicht mit betrunkenen Männern herum«, sagte sie schließlich. »Ich treffe immer nur einen.«

»Einen Betrunkenen?«

»Einen Mann.«

Bona gab einen zischenden Laut von sich. »Das weiß ich schon seit Langem, und dass du mit mir nicht darüber redest, kränkt mich zutiefst. Ich will es dir aber nachsehen, zumindest wenn du mir verrätst, warum du ihn seit dem Sommer nur noch bei Dunkelheit triffst.«

Bella zögerte. Am einfachsten wäre es gewesen, sich an Bona vorbeizudrängen, um ihren Vorhaltungen zu entgehen. Aber sie war es ihr schuldig, endlich zu sagen, was ihr auf dem Herzen lastete. Und wenn sie es aussprach, begriff sie es vielleicht auch selbst.

»Ach, Bona«, sagte sie. »Ich war so glücklich, als Elia heil von Montecatini zurückkehrte, er eines Tages plötzlich vor mir stand, wir uns um den Hals fielen und uns küssten. Und ich war so glücklich, ihm erzählen zu dürfen, dass er für die Lünette des Turms eine Madonnenstatue schaffen darf.«

»Und er war nicht glücklich?«

»Als er mich wiedersah, schon. Aber seitdem hat er kaum noch Zeit. Tagsüber muss er für Lupo di Francesco arbeiten, und in den Nächten werkt er an seiner Madonna …«

»Und das bedeutet, er hat keine Augen mehr für dich«, stellte Bona fest, »deswegen schleichst du dich in die Werkstatt und siehst ihm beim Arbeiten zu.«

Bella nickte. »Ich will nicht, dass er mich bemerkt und sich von mir gestört fühlt.«

»Anstatt ihm jedenfalls auf diese Weise nahe zu kommen, quält dich der Gedanke, dass er seine Kunst mehr liebt als dich.«

Genau davor hatte auch Lotario gewarnt: dass sie – sobald sie ihm den Auftrag beschafft hatte – einsehen würde, welchen Stellenwert sie für Elia hatte. Doch es war nicht das, was ihr zusetzte, was dieses Unbehagen in ihr schürte.

»Würde er blind für mich sein, weil er in seiner Arbeit aufgeht, ich könnte damit leben«, rief sie. »Aber … aber er scheint für alles blind zu sein, sogar für seine Madonna.« Sie machte eine Pause, seufzte. »Er hat mir beteuert, er würde lieben, was er tut, dafür regelrecht brennen. Doch seit Montecatini hat er sich verändert. Er scheint nicht mit Leidenschaft an seine Arbeit zu gehen, sondern mit Verbissenheit, scheint nicht einfach nur eine Madonna zum Leben erwecken, sich vielmehr selbst beweisen zu wollen, dass er noch lebt. Anstatt sich dem großen Werk mit Inbrunst zu widmen, will er es wohl möglichst schnell hinter sich bringen, um sich einem noch größeren zuzuwenden. Ach, ich verstehe ihn einfach nicht.«

»Jemanden zu lieben, bedeutet ja auch nicht, dass man ihn versteht.«

»Ich habe nicht gesagt, dass ich ihn liebe.«

»Aber sehr deutlich gezeigt.«

Bella schwieg lange. »Er ist mir fremd wie nie. Und das liegt nicht daran, dass er der Kunst den Vorzug gibt. Es liegt daran, dass er nicht mehr seinen Träumen nachjagt, stattdessen ein Getriebener ist.«

»Hm«, sagte Bona. »Es wird dir wohl nichts anders übrig bleiben, als ihn weiter zu beobachten, darauf zu warten, dass er dir anvertraut, was ihn quält.«

»Nun, wenn ich in der Werkstatt bin, musst du dir zumindest keine Sorgen mehr machen, dass ich in die Hände von Betrunkenen falle. Das heißt, du kannst beruhigt schlafen.«

»Von wegen! Betrunkene sind harmlos, gemessen an einem Mann, der die Macht hat, dir das Herz zu brechen. Aufhalten werde ich dich aber trotzdem nicht, also geh.«

Bella ließ sich das nicht zweimal sagen, obwohl ihre Schritte bald zögerlich wurden. Noch bevor sie die Werkstatt erreichte, verharrte sie. Bis jetzt hatten ihr immer schon von ferne Geräusche verraten, dass hier eifrig gearbeitet wurde, doch heute Abend war es in der Werkstatt totenstill. Hatte Elia seine Madonna etwa vollendet?

Erfüllt von Unbehagen trat Bella nun doch näher, starrte durch die Ritzen, sah das flackernde Licht von Kerzen, das den weißen Carrara-Marmor Elfenbein gleichen ließ. Den ursprünglichen Plan, seine Madonna aus dem noch wertvolleren Elfenbein zu hauen, hatte Elia aufgeben müssen, würde die Statue doch im Freien stehen und somit anfällig für die Witterung sein. Im Schein der Kerzen nahm das Material immerhin den gleichen Farbton an wie die blasse Haut einer vornehmen Frau. Dennoch ging Elia nicht mit seinem Schaber ans Werk, stand stattdessen starr und mit leeren Händen vor der unfertigen Madonna, deren Statur sich zwar bereits erkennen ließ, aber noch nicht ausgearbeitet war: Weder hatte ihr Kopf ein Gesicht noch ihr Kleid Falten. Anstatt ihr beides zu geben, betrachtete Elia sie nicht einfach nur mit einem Ausdruck von Missfallen, vielmehr sprachen Enttäuschung und schiere Verzweiflung aus seinem Blick.

Bella hatte sich geschworen, ihn niemals bei der Arbeit zu stören, doch jetzt konnte sie gar nicht anders, als in die Werkstatt zu stürzen. Sie wusste nicht, wie sie ihm helfen sollte, sie wusste nur, dass sie es versuchen musste.

»Bella …« Er fuhr nicht nur zu ihr herum, trat zugleich vor die Madonna, als gelte es, sie vor ihr zu verbergen.

Du musst sie doch nicht vor mir verstecken, wollte sie sagen, sie ist wunderschön. Aber sie wusste, mit einer Lüge würde sie nichts besser machen. Als sie auf ihn zutrat, ihn vorsichtig zur Seite schob, die Statue betrachtete, war deutlich zu sehen, dass sie nicht schön war. Sie war allerdings auch nicht hässlich. Sie war einfach nur … tot.

Dass sie zu diesem Urteil kam, mochte nicht weiter erstaunen, schließlich war ihr alles, was aus Stein gemacht war, selbst aus dem feinsten Carrara-Marmor, immer als tot erschienen. Aber sie fühlte, dass Elia das gleiche Urteil fällte, obwohl er es sich zum Ziel gesetzt hatte, Stein zum Leben zu erwecken.

Ehe sie etwas sagen konnte, ertönte ein lautes Schnarchen von der Kammer nebenan. »Gironimo und Fabrice lassen sich von nichts und niemandem wecken«, sagte er und kämpfte um ein spöttisches Lächeln. »Selbst wenn ich beim Arbeiten Lärm mache.«

Sie betrachtete ihn genauer. Als er von Montecatini zurückgekehrt war, war seine Haut von Wind und Sonne gegerbt – schließlich hatte er vor der Schlacht wochenlang im Freien gearbeitet. Nun war er fast so bleich wie die Madonna. Das übliche Feuer, das in ihm loderte, schien von Zweifeln gelöscht worden zu sein.

»Aber du arbeitest ja gar nicht«, stellte sie fest, »also machst du auch keinen Lärm.«

Das Lächeln schwand, unbeholfen rang er die Hände. »Ich habe immer davon geträumt, etwas Großes zu schaffen, aber jetzt … jetzt fühle ich mich so klein.«

Sie runzelte die Stirn. »Ich bin noch keinem Künstler begegnet, der so selbstbewusst war wie du.«

»Du bist ja auch noch nicht vielen Künstlern begegnet.«

»Das stimmt«, gab sie zu, »und dennoch, du hast nie an dir gezweifelt. Warum tust du es jetzt? Was genau hat sich in Montecatini geändert?«

Er rang nach Worten, schien nicht sicher, wie viel er eingestehen konnte – nicht nur ihr, auch sich selbst. »Ich habe in Montecatini so viele Menschen sterben sehen«, sagte er schließlich, »ich wäre ja selbst fast gestorben. Dass ich überlebt habe, nach Pisa und zu dir zurückkehren durfte, muss ich mir doch irgendwie verdienen! Doch da ich nun weiß, wie kostbar das Leben ist, scheint es mir unmöglich, etwas zu erschaffen, dessen Wert ihm die Waage hält.«

Sie erinnerte sich daran, wie er einst beteuert hatte, etwas erschaffen zu wollen, das seinen Tod überdauerte. Eine noch größere Herausforderung als das schien aber zu sein, die Macht des Lebens zu rühmen.

Bella trat auf die Statue zu. »Du lebst noch und weißt nicht, warum. Diese Statue lebt wiederum nicht, und du weißt ebenfalls nicht, warum.«

Sie spürte, wie er nickte, ohne dass sie es sah. »Nun«, fuhr sie fort, »von Statuen verstehe ich nichts, aber vom Leben schon. Und das Schöne am Leben ist, dass es nicht nur dem Großen vorbehalten ist, auch dem Kleinen. Nicht nur der Fürst giert nach Leben, selbst die winzige Maus. Man ehrt das Leben nicht allein mit dem Großen, Erhabenen, Unbefleckten, Makellosen. Man darf auch klein sein, wenn man es tut. Erschaffe keine göttliche Madonna. Erschaffe eine Frau, die fühlt und leidet und liebt, mit Falten im Gesicht, mit Brüsten, schwer von Milch, mit Ringen unter den Augen. Erschaffe ein Kind, das gierig daran saugt, weil es hungrig ist und leben will, nicht aller Welt bekunden, dass es Gottes Sohn ist. In Montecatini hast du gelernt, wie verzweifelt du am Leben hängst, und zugleich, wie erbärmlich dieses manchmal ist. Zeige uns Maria mit dem Kind als Menschen, die gleichfalls am Leben hängen und wissen, in welche Niederungen es uns manchmal führt.«

Elia trat zu ihr, und obwohl sie sich oft umarmt und geküsst hatten, hatte sie sich ihm noch nie so nahe gefühlt wie in diesem Augenblick. Zum ersten Mal ging ihr auf: Er musste nicht verzichten, ein Liebender zu sein, um ein Künstler zu werden – weil er nur als Liebender ein großer Künstler war.

»Ich … ich sehe die Madonna nicht.«

»Aber du siehst mich.«

Er starrte sie eine Weile nur an, dann hob er die Hände, fuhr langsam mit den Fingerkuppen über ihr Gesicht, über Stirn und Schläfen, Lippen und Kinn, die Grübchen an den Wangen, schließlich über jede Ader, die sich auf ihrem Hals abzeichnete. Und während er das tat, begann sie an ihrer Kleidung zu zerren, sodass sich kein störender Stoff mehr zwischen ihrer Haut und seinen Händen befand, zeigte sich ihm alsbald zum ersten Mal nackt. Nichts drängte sie dazu, ihre Blöße zu bedecken, sie fühlte keine Scham. Es war ganz selbstverständlich, dass seine Hände nun zu ihren Brüsten fuhren, sie erst vorsichtig betasteten, sie dann zu streicheln begannen. Ihre Brustwarzen richteten sich auf, ein Stöhnen erklang, von dem sie nicht ganz sicher war, ob es sich aus ihrer oder seiner Kehle löste.

Ganz sicher war sie es, die wohlig seufzte, als plötzlich auch seine Lippen ihre Brüste berührten, langsam höherglitten, den Mund erreichten. Während sie sich küssten, nahm sie auch seinen Körper in Besitz, streichelte Gesicht und Nacken und Oberarme, befreite ihn von allem Stoff. Als sie nackt voreinanderstanden, sahen sie sich kurz nur schweigend an. Ehe sie auf den Boden sanken und sich jenem Rausch hingaben, der hungrig und satt zugleich machte, ging ihr ein Gedanke durch den Kopf: Jetzt … jetzt ist er nur Liebender, kein Künstler.

Aber das stimmte nicht. Als seine Hände wieder über ihren Körper fuhren, jene empfindsame Stelle zwischen ihren Beinen fanden, sie etwas fühlte, was so fremd wie betörend war, und sich ihr Gesicht lustvoll verzerrte, war ihr, als würde er alles Überflüssige von ihr weghämmern, um ihre wahre Form zu enthüllen.

Und so wie er ihr das Leben in Fülle schenkte, würde er auch seine Statue zum Leben erwecken.

1373

Anders als viele seiner Vorgänger nannte sich Pietro Gambacorta nicht Podestà, sondern schlichtweg Signore, Herr, von Pisa, und er lebte nicht im Palazzo del Commune oder Palazzo del Popolo, sondern in seinem eigenen Palazzo, den er am linken Arno-Ufer hatte errichten lassen. Cristo war nie dort gewesen, hatte aber gehört, dass es sich um einen überaus prächtigen Bau handeln musste. Er war auch dem Signore von Pisa nie persönlich begegnet, hatte aber gehört, dass er ein gerechter Mann war.

Zum wiederholten Male raunte er Fiora darum beruhigend zu: »Es wird alles gut werden. Dass unter Gambacorta endlich die Glockenstube für den Turm errichtet wird, beweist doch, dass er einen Sinn für das Schöne hat.«

»Es beweist aber nicht, dass er auch einen Sinn für das Gute hat«, erwiderte Fiora.

Sie war in einem erbarmungswürdigen Zustand, was kein Wunder war, nachdem sie fast die ganze Nacht auf den Beinen gewesen waren. Die Männer hatten das anfängliche Tempo zwar etwas gedrosselt, sodass sie nicht ständig drohten zu stürzen und über den Waldboden geschliffen zu werden, doch anstrengend war der Marsch gleichwohl gewesen. Nicht nur, dass sich etliche Ästchen in ihrem Haar verfangen hatten, die blutigen Kratzer auf der Wange verrieten, dass sie sich am Stamm eines Baums aufgeschrammt hatte. Auf dem letzten Stück der Wegstrecke, die am Arno entlangführte, waren die Männer schließlich in ein so gemächliches Tempo verfallen, dass ihr genug Atem geblieben war, um mit der Geschichte fortzufahren. Doch als sie sich der Stadt näherten – das Morgenlicht ließ den Arno sanft erröten –, wuchs Fioras Angst vor dem Kommenden.

Cristo kaute auf seinen Lippen. Besser, er verschwieg Fiora, dass Gambacorta nicht gewaltlos an die Macht gekommen war. Es war ohnehin zu spät für Erklärungen, da sie sich nun dem Palazzo Gambacortas näherten. Ob er wirklich so prächtig war, konnte Cristo hinterher nicht sagen, denn er achtete einzig darauf, nicht über die Pflastersteine zu stolpern, und als er endlich hochblickte, standen sie bereits im Innenhof. Ob Pietro nun gut oder grausam war – ganz sicher war er einer, der wenig Schlaf brauchte. Denn anstatt zunächst im Kerker zu landen und dort womöglich vergessen zu werden, erklärten die Männer, sie würden sie sofort zu ihm bringen.

Wenig später wurden sie über die Schwelle seiner Amtsstube gestoßen, und Cristo konnte Fiora gerade noch zuflüstern: »Lass mich sprechen.«

Fiora stimmte dem Ansinnen weder zu, noch lehnte sie es ab. Zunächst war es ohnehin nicht an ihnen, zu sprechen. Während Cristo erst die mit Holz vertäfelten Wände betrachtete, die dem Raum etwas ebenso Heimeliges wie Bedrückendes gaben, dann den Signore von Pisa, der mit seinem dunklen Umhang ebenso würdevoll wie einschüchternd wirkte, erklärten die Männer, dass sie im Wald Florentiner Spione aufgespürt hätten und diese gewiss manch Geheimnis hüteten.

Cristo machte den Mund auf, um zu widersprechen, doch als sich Gambacortas strenger Blick auf ihn richtete, schwieg er. Erst, so beschied der Herr von Pisa, wolle er hören, was die Soldaten zu sagen hätten.

Die begnügten sich leider nicht mit einem knappen Bericht, ergingen sich in immer wüsteren Anklagen gegen sie beide und stießen schließlich Flüche gegen jene Stadt aus, die ein mächtigerer und gefährlicherer Feind war, als Genua jemals hätte sein können. Bald gingen die Flüche *so wild durcheinander, dass man sie kaum noch verstehen konnte. In einem wurde vom Hoden des Teufels geredet, in einem anderen war von einer glühenden Nadel die Rede. Ob beides wirklich zusammengehörte, wusste Cristo nicht, er musste jedenfalls unwillkürlich grinsen.*

Das Grinsen verging ihm augenblicklich, als Pietro erst die Hand hob, um die Männer zum Schweigen zu bringen, sich sein Blick sodann erneut in Cristo bohrte, schließlich zu Fiora wanderte.

Diese hatte erst den Kopf gesenkt, blickte nun aber hoch. Was immer er in ihr sah – Gambacortas Blick wurde etwas sanfter, und das Schweigen, das entstand, gab Cristo endlich die Gelegenheit, laut zu rufen: »Sehen wir etwa wie Spione aus?«

Leider konnte er nichts hinzufügen, denn von den Männern ertönten schon wieder Flüche, gefolgt von dem Vorwurf: »Was alle Spione miteinander gemein haben, ist die Tatsache, dass sie unauffällig sind, sonst wären sie ja keine guten Spione. Gerade dass ihr so harmlos wirkt, macht euch verdächtig.«

Harmlos? Er sollte harmlos wirken? Er war nicht harmlos, er war ein meisterhafter Dieb! Nun ja, manchmal. Und es war auch nichts, womit er bei Gambacorta Eindruck schinden könnte.

Wohlweislich schwieg er, und schon sagte der Herr von Pisa: »Erklärt doch einfach, was ihr mitten in der Nacht im Wald gemacht habt.«

Cristo rang noch nach den richtigen Worten, als er Fiora bereits mit klarer Stimme sagen hörte: »Wir sind arme Leute, die nichts weiter verbrochen haben, als Brennholz und ein paar Beeren zu sammeln. Ich habe Florenz nie mit eigenen Augen gesehen, ich bin auch keine Spionin. Eine Mutter bin ich, die versucht, sich und ihren Sohn durchzubringen. Wir leben in der Nähe des Steinbruchs, und zum Wald ist es nicht weit. Leider haben wir uns verirrt, sind immer tiefer hineingeraten und wären wohl verhungert, wenn wir nicht Euren Männern begegnet wären.«

Cristo riss die Augen auf. Er war sich nicht sicher, was ihn am meisten erstaunte: dass sie offen bekannte, eine Frau zu sein, dass sie Gambacortas Männer nicht anklagte, sondern als Retter beschrieb, oder dass sie behauptete, seine Mutter zu sein. Erst recht verwirrte ihn, dass ihn ein warmes Gefühl durchrieselte, hatte er doch nie zuvor gehört, dass ihn jemand als Sohn bezeichnete.

»Sie ist ein Weib?«, brach es aus einem der Männer hervor. Ob ihn Enttäuschung oder Scham ritt – wieder spie er ein paar Flüche aus, und diesmal ging es um einen Arsch, gut möglich, dass es auch der des Teufels war.

Gambacorta trat jedenfalls zu seinem Schreibtisch und schlug laut mit der Faust darauf. »Es ist genug! Genug mit all den Flüchen! Genug mit den Feindseligkeiten gegenüber Florenz! Früher war die Stadt gespalten in Ghibellinen und Guelfen. Jetzt ist Pisa gespalten, weil die einen mehr Handel mit Florenz treiben, die anderen der Stadt am liebsten den Krieg erklären wollen. Pisa muss jedoch mit einer Stimme sprechen. Eure Stimmen dagegen«, er wandte sich an die Männer, »eure Stimmen will ich eine Weile gar nicht hören. Ihr habt diesen Leuten genug angetan mit euren falschen Unterstellungen. Verschwindet!«

Dem einen war anzusehen, dass er mindestens noch einen weiteren Fluch auf Lager hatte, doch schließlich verließen sie alle schweigend den Raum. Gambacorta wandte sich wieder an Fiora. Sein Mund glich einem schmalen Strich, seine Augen aber blickten milde. »Du sorgst also ganz allein für deinen Sohn. Ich vermute, dein Mann ist gestorben.«

Cristo war neugierig, welche Lügen sie ihm nun auftischen würde, doch Fiora blieb recht nahe an der Wahrheit. »Mein Mann Gabriele ist Glockenbauer. Als er hörte, dass Pisas Turm endlich seine Glockenstube bekommen würde, ist er hierher aufgebrochen.« Sie seufzte. »Das Handwerk ist ihm wichtiger als Frau und Kind, doch nun, da ich schon hier bin, werde ich ihn suchen und zur Rede stellen.«

Auch Gambacortas Lippen entwich ein Seufzen. »Herrje«, sagte er, »warum höre ich dieser Tage nicht zum ersten Mal, dass Männer ihre Frauen im Stich lassen? Die Sitten werden immer roher, manche Frauen müssen sich selbst verkaufen, um zu überleben. Die Mietpreise steigen weiterhin und …«

Er hörte nicht zu lamentieren auf, trat dabei zum Fenster und wandte sich ab, und als Cristo Fiora zunickte, verstand sie seine Botschaft sogleich: Es war besser, sich wortlos zurückzuziehen, ehe sie noch eines anderen Unrechts bezichtigt wurden.

Niemand hielt sie auf, als sie den Raum verließen. Sie hasteten durch mehrere Gänge, und auch im Freien angelangt, blieben sie nicht stehen, sondern beeilten sich, von hier fortzukommen. Erst als sie in eine Gasse kamen, die schmaler und dunkler war als die übrigen hier, hielt Fiora inne und zog Cristo an sich, um ihn inniglich zu umarmen. »Wir … wir haben es wirklich geschafft!«

So ungewohnt wie die Tatsache, dass jemand sich als seine Mutter ausgab, war diese Umarmung. Wie sehr er die Geborgenheit, die sie ihm schenkte, genoss! Leider löste sich Fiora viel zu schnell von ihm, und um nicht zu zeigen, wie sehr er das bedauerte, trat er rasch zurück.

»Ich vermute, dass sich die Werkstatt, wo die Glocken gegossen werden, in der Nähe des Domplatzes befindet.«

Fioras Gesichtsausdruck wurde streng. Bis jetzt hatte sie ihm Vorwürfe erspart, nun sagte sie jedoch forsch: »Du versprichst mir, dort nicht wieder etwas zu klauen.«

Er kratzte sich hinter dem Ohr, um den Anflug von Verlegenheit zu verbergen. »Und du versprichst mir, auf dem Weg dorthin zu erzählen, was aus Elia und seiner Madonnenstatue wurde.«

Fiora nickte. »Das will ich gerne tun, doch bevor ich beginne, sollten wir uns etwas zu essen und zu trinken beschaffen und uns kurz ausruhen. Ein, zwei Münzen habe ich ja noch, und … he!«

Dafür, dass sie eben noch vom Ausruhen gesprochen hatte, begann sie plötzlich erstaunlich schnell zu rennen. »Warte!«, brüllte sie. »So warte doch!«

Cristo konnte sich nicht erklären, was sie trieb, hastete ihr aber dennoch nach. Erst als sie das Ende der engen Gasse erreicht hatten, erkannte er, wer unter all den Menschen, die mit ihrem Tagewerk begonnen hatten – Frauen, die Wasser schleppten, ein Vogelhändler, der mit Käfigen beladen zum Marktplatz marschierte –, ihre Aufmerksamkeit auf sich gezogen hatte. Es war nicht einfach nur ein Mann ... es war ein Mönch ... und zwar nicht irgendein Mönch, sondern jener Eremit, der auf der Straße nach San Piero in Grado am Arno lebte, den Fiora vor zwei Tagen nach Aziza gefragt hatte und der daraufhin erzürnt in seiner Hütte verschwunden war.

»Warte!«, schrie Fiora. Als der Mönch nicht stehen blieb, hastete sie ihm nach. Und Cristo konnte gar nicht anders, als es ihr gleichzutun.

VIII.

Die nackte Madonna

1316

Elias Madonna wurde an einem kalten Januartag enthüllt. So viele Menschen, wie in die Werkstatt strömten, wurde es dort aber bald warm. Sämtliche Blicke richteten sich gespannt auf das graue Tuch, das noch die Skulptur verbarg. Allein Elia stand es zu, dieses wegzuziehen, aber er wartete damit, wollte diesen Augenblick auskosten. Es war der größte in seinem Leben. Oder eben der zweitgrößte – nichts konnte an die Gefühle heranreichen, Bella zu lieben. Dass sie nicht hier war, blieb der einzige Wermutstropfen, aber er hatte ihr versprochen, hinterher alles zu erzählen.

Er blickte in die Runde. Gironimo und Fabrice glotzten etwas dümmlich, schienen es nicht fassen zu können, dass er seine Statue vollendet hatte, während sie immer noch an jenen mittelmäßigen Figuren von Heinrichs Grabmal werkten. Deutlich freundlicher sah ihn Michele Scacceri, der Verwalter der Dombauhütte, an, der sich seines Talents immer bewusst gewesen war und ihm die Gelegenheit gönnte, es zu beweisen. Natürlich war auch Lupo di Francesco – nach Tino di Camaino Elias Meister – anwesend. Hinsichtlich Stolz und Selbstbewusstsein konnte er es mit seinem Vorgänger Tino di Camaino aufnehmen, doch er teilte weder dessen Herablassung noch die panische Angst, ein anderer könnte ihn übertrumpfen. Gewiss, sein Lächeln war eher gönnerhaft als aufmunternd, aber immerhin hatte er Elia in den letzten Wochen von manch lästiger Pflicht entbunden, und auch jetzt verriet weder eine Geste noch ein Wort, dass er ihm das Leben künftig schwer zu machen gedachte.

Elia atmete tief durch, blickte in Richtung des Erzbischofs. Otto von Sala war natürlich nicht allein gekommen, viele Mitglieder seiner *familia*, seines Haushalts, begleiteten ihn. Sie hatten sich lediglich mit ihren Ämtern vorgestellt, nicht mit ihren Namen, wobei Elia keine Ahnung hatte, was genau die Aufgabe eines Camerarius oder eines Castaldus war. Einer hatte dem Erzbischof einen Stuhl zurechtgerückt und ein rotes Samtpolster daraufgelegt, doch sonderlich würdig wirkte er trotzdem nicht, was weniger am schiefen Stuhl lag als an dem vielen Staub, der durch die Luft wirbelte. Der brachte Otto von Sala nämlich zum Husten, und als ihm einer der umstehenden Notare auf den Rücken klopfte, wappnete sich Elia instinktiv gegen das Geräusch brechender Knochen – schließlich war der Erzbischof nicht mehr der Jüngste.

Gottlob blieben die Knochen heil, und während das Husten langsam leiser wurde, blickte Elia auf den Sockel der Statue, der unter dem Tuch hervorsah. Erst gestern hatte er die Madonna dort signiert, damit alle Welt künftig wusste, wessen Hände sie erschaffen hatten. Andere Bildhauer nutzten diese Gelegenheit, um ihr eigenes Talent zu rühmen, er hatte sich mit einem schlichten »Elia me fecit« begnügt – »Elia hat mich gemacht« –, weil er fand, dass die Madonna für sich sprach.

Endlich war aus dem Husten ein Röcheln geworden, und auch das verstummte alsbald. Der Erzbischof hob seine Hand zum Zeichen, dass der Zeitpunkt der Enthüllung gekommen war. Blitzschnell riss Elia das graue Tuch von der Statue. Eigentlich hatte er sich sofort wieder umdrehen wollen, in den Mienen der Anwesenden Bewunderung und Erstaunen darüber lesen, dass er eine Madonna gemeißelt hatte, wie es sie so noch nicht gab. Doch nun konnte er gar nicht anders, als kurz das eigene Werk zu betrachten.

Über andere Statuen dieser Art wurden kostbare, mit Goldfäden bestickte Stoffe gelegt, aber ihn hätte nichts auf der Welt dazu gebracht, auch nur ein Fleckchen Marmor zu verhüllen. Nicht nur deswegen mutete die Statue nackt an … auch, weil die Muttergottes es wirklich war. Bis zur Hüfte war ihr Kleid gerutscht, fiel von dort zwar in weich wirkenden Falten zu Boden, bedeckte aber ihre Brüste nicht länger. Es waren große, feste Brüste, von denen deutlich die Brustwarzen abstanden. Nach einer der beiden schnappte gierig das Kind, das Maria auf dem Arm hielt – kein starres, steifes Kind, dem die künftige Würde eines Königs anzusehen war, ein lebhaftes, ungeduldiges, das den Mund weit geöffnet hatte. Und während bei anderen Statuen Mutter und Kind aneinander vorbeischauten, waren die Blicke von Elias Figuren tief ineinander versunken. Der des Kindes bekundete Hunger, der der Mutter war liebevoll, aber auch etwas spöttisch. So lebendig wirkten sie beide, dass sie den Betrachter glauben machten, sie wären aus Fleisch und Blut, umso mehr, da der Lichtschein, der durch eine Ritze drang, nicht nur den Marmor leuchten ließ, sondern auch die Fältchen um die Augen der Maria betonte, ihre Adern, die an Hals und Brust hervortraten. Wäre der Schrei eines Kindes ertönt und das Lachen seiner Mutter – es hätte sich wohl niemand gewundert. Zumindest Elia hätte sich nicht gewundert – wie es den anderen erging, wusste er noch gar nicht.

Es bedeutete eine gewisse Überwindung, seinen Blick vom Kunstwerk zu lösen, in die Runde zu schauen. Gironimo und Fabrice glotzten dümmlich wie eh und je, Michele Scacceri lächelte. Der Erzbischof hielt seine Hand immer noch erhoben.

Sein Mund war geöffnet, die Augen presste er ein wenig zusammen. War es, weil er von der Statue schier geblendet wurde oder weil ihn ein neuer Hustenreiz überkam?

Nun, das Husten blieb aus – aber etwas anderes machte seinen Triumph zunichte. Eine Stimme ertönte, rief laut: »Das ist Blasphemie!«

Kurz konnte Elia nicht erkennen, wer ihn da der Gotteslästerung bezichtigte. Er vermutete zunächst, dass es einer der Notare war, aber die Stimme kam von der Türschwelle. Dort stand, ganz in Weiß gekleidet, Lotario – jener Mann, dem er den Auftrag überhaupt verdankte.

»Das ist Blasphemie!«, wiederholte er, und ihm war anzusehen, wie erregt er war: Rote Flecken standen auf dem sonst blassen Gesicht, seine Hände bebten wie die Lippen.

»Warum?«, gab Elia empört zurück. »Weil die nackte Brust zu sehen ist? Mir wurde gesagt, ich solle eine Madonna schaffen. Es war nie davon die Rede, es dürfte keine ›Madonna del Latte‹ sein, wie man es im Volksmund nennt, oder eine ›Galaktrophousa‹, wie die Milchspenderin von Theologen genannt wird.«

Er hatte das Wort ziemlich lange üben müssen, damit es ihm nun flüssig über die Lippen kam. Und nicht nur dieses setzte er dem Raunen, das eben anschwoll, entgegen, auch weitere Erklärungen: »Maria wurde schon vor vielen Hundert Jahren als solche Milchspenderin bezeichnet – warum soll man nicht deutlich zeigen, was das bedeutet?«

Der Erzbischof begann wieder zu husten, jedoch nicht laut genug, um die Stimmen der Priester zu übertönen. Lotario schwieg zwar nun, doch sein Vorwurf stachelte andere an, ihn empört zu wiederholen. Einer der Priester trat ganz nahe an die Madonna heran, und dass er den Lichtschein, der durch die

Ritzen fiel, beschnitt, der Marmor nicht länger leuchtete, wieder zu totem Stein wurde, erschien Elia als unheilvolles Zeichen.

»Du hast die Gottesmutter wie ein gewöhnliches Weib dargestellt – ob es nun mit randvollem Eimer vom Brunnen kommt oder Obst und Gemüse zum Markt schleppt. Ihre Tränensäcke verraten, dass sie nie genug Schlaf bekommen hat, die struppigen Haare, dass sie sich nicht sorgfältig kämmen konnte, die spitzen Backenknochen, dass ihre Mahlzeiten nicht immer reichlich ausfallen. Aber Maria ist nicht eine von vielen, sie ist die … Einzige.«

»Maria war ein Mensch!«, rief Elia. »Auch Giovanni Pisano, mein Meister, hat die Heiligen immer als Menschen dargestellt.«

»Das Jesuskind windet sich so unruhig in ihren Armen, als würde es ihr gleich entgleiten!«

»Nun, auch Gott ist Mensch geworden«, hielt Elia entgegen, »und das bedeutet, er ist schwer wie ein solcher, keine Feder, die man mit einem Finger halten kann, auch lebhaft und mit unseren Gefühlen und Empfindungen ausgestattet. Warum sollte Jesus nicht Hunger kennen, warum nicht Gier, warum nicht Ungeduld?«

»Ein Wunder, dass du das Kind nicht gleich mit einer vollen Windel dargestellt hast!«, ätzte der Priester.

»Warum eigentlich nicht?«, gab Elia forsch zurück. »Man würde sich einem solchen Kind gleich viel näher fühlen! Und ist es nicht die wichtigste Aufgabe der Kunst, Gott den Menschen näherzubringen?«

»Kunst ist die Leiter, die es uns ermöglicht, zum Himmel emporzusteigen. Doch dort dürfen wir das Heilige nicht mit dreckigen Händen packen und in die Niederungen unserer

Welt ziehen, würde es dann doch gleichfalls dreckig, ja hässlich werden.«

Das Einzige, was Elia dreckig und hässlich erschien, waren die Blicke, die sich auf die Statue richteten. Die von Gironimo und Fabrice kündeten von Schadenfreude, der von Michele Scacceri wirkte kummervoll. Lupo di Francesco zeigte deutlich Mitleid, doch dieses würde bei Weitem nicht ausreichen, um sich für ihn starkzumachen und den eigenen guten Ruf zu gefährden. Sämtliche Priester wiederum hatten sich Lotarios Urteil längst angeschlossen. Immer lauter wurde der Vorwurf der Gotteslästerung. Der Erzbischof sagte nichts, er hustete in einem fort. Doch er musste sein Urteil nicht selbst verkünden, ein anderer nahm es vorweg: »Diese Madonna kann unmöglich die Lünette des Turms zieren.«

Die Tür fiel laut hinter Lotario ins Schloss. Er war in jenen Raum geflohen, der als Kanzlei des Kurienschreibers diente. Für gewöhnlich gingen hier Notare ein und aus und erstellten Urkunden, aber gottlob ließen sich diese eben nicht blicken. Lotario lehnte sich an die Wand, erlaubte sich jenes Zittern, das er sich vorhin beim Anblick der Madonna noch verboten hatte. Er tupfte sich den Schweiß von der Stirn, atmete keuchend. Sein Herzschlag hatte sich noch nicht wieder beruhigt, die Hände hatten nicht wieder zu zittern aufgehört, als er Schritte hörte. Sie kamen näher, ein Klopfen folgte. Als auch noch sein Name gerufen wurde, unterdrückte er sämtliche verräterischen Körperregungen, starrte auf den Schreibtisch und hoffte, dass Bruder Gismondo, der eben den Raum betrat, sein aufgewühlter Gemütszustand verborgen blieb.

Als er den jungen Mönch vor ein paar Jahren unter die Fittiche genommen hatte, hatte er sich geschmeichelt gefühlt, weil der von seinem scharfen Verstand so fasziniert war wie von einer Lebensführung ohne Fehl und Tadel, auch von seinem Ruf als Engel, der so rein wie erbarmungslos war. Mit der Zeit war es ihm lästig geworden, ständig jemanden an sich kleben zu haben, doch nie hatte er sich von Gismondo so gestört gefühlt wie in diesem Augenblick.

»Was … was tust du hier?«, fragte der Mönch lauernd.

Lotario wusste nicht, ob Gismondo vorhin bei der Enthüllung der Madonna dabei gewesen war. Eigentlich konnte er sich an gar nichts mehr erinnern außer an die Madonna. Ihr Anblick hatte einem Siegel geglichen, das sich in seine wächserne Seele eingeprägt hatte.

»Ich beschäftige mich mit einem Fall, der demnächst vor dem Kirchengericht verhandelt wird«, sagte Lotario und hoffte, dass seine Stimme halbwegs fest und nüchtern klang. »Ein Dominikaner aus Tunis hat sich an mich gewandt, weiß er doch nicht, wie er mit einem Mann umgehen soll, der den Glauben der Heiden angenommen, eine Berberin geheiratet, nach vielen Jahren aber eingesehen hat, welch schreckliche Sünde er damit beging. Er fleht nun um Vergebung und Wiederaufnahme in die Kirche, will vor allem aber auch wissen, ob die Ehe mit der Heidin ein Hindernis für einen künftigen Bund mit einer Christin darstellt oder …«

»Hat dein Verhalten mit der jungen Frau zu tun?«, unterbrach ihn Bruder Gismondo, und in seiner Stimme lag eine Schärfe, wie sie Lotario noch nie an ihm wahrgenommen hatte.

Er selbst war in Gismondos Gegenwart auch noch nie so zusammengezuckt wie jetzt. Sein Zittern konnte er zwar weiterhin verbergen, doch als der junge Mönch ihm in die Augen starrte, vermeinte er, er würde geradewegs in seine Seele blicken. Nein, nicht in die Seele, in den Abgrund, der sich an ihrer statt dort befand.

»Von welcher jungen Frau sprichst du?« Lotario schrie die Worte, obwohl er wusste, dass das ein Fehler war. Er wusste ja auch, dass er Gismondo nichts würde vormachen können.

»Ich habe dich damals mit ihr gesehen«, fuhr der bereits fort. »Vor etwa einem Jahr … nach jenem Prozess. Du dachtest, ich wäre schon zum Dom vorgegangen, aber ich habe mich noch einmal umgedreht. Und einige Monate später seid ihr euch erneut begegnet … im Hof vor dem Haus des Bischofs. Sie saß auf einem Baum.«

Es klang ein wenig Sensationslust durch seine Stimme, noch mehr aber Enttäuschung darüber, dass sein vermeintlich unfehlbares Vorbild in Wahrheit ein Mensch aus Fleisch und Blut zu sein schien.

Was Lotario wiederum fühlte, war Wut. Wut auf Bruder Gismondo, weil der es wagte, ihn so in die Enge zu treiben. Aber auch Wut auf sich, weil er, dem kaum je etwas entging, nicht bemerkt hatte, dass dieser Tölpel besser beobachten konnte, als er es ihm zugetraut hatte.

»Außerdem«, fuhr Gismondo eben fort, »habe ich die junge Frau des Öfteren bei dem Bildhauer gesehen, und da dachte ich mir …«

»Was dachtest du dir?« Diesmal machte Lotario zwar nicht den Fehler zu schreien, konnte einen anderen Drang jedoch nicht gleichermaßen beherrschen. Unwillkürlich machte er einen Satz auf den anderen zu, umfasste mit beiden Händen seine Kehle, drückte zu – und zwar sehr fest. Nicht nur, dass die Augen des Mönchs förmlich überquollen, er japsend nach Luft schnappte, sein Gesicht rot anlief – in seiner Miene stand grenzenloses Entsetzen, dass Lotario zu solch roher Gewalt fähig war, dass seine

Hände, so oft zum Gebet gefaltet, die Kraft hatten, jemanden zu erwürgen.

»Was dachtest du dir?«, wiederholte Lotario gefährlich flüsternd. Erst als aus dem Japsen ein Gurgeln wurde, ließ er ihn los. Der Mönch brachte kein Wort hervor, krümmte sich, hielt sich an der Tischplatte fest, um nicht zu Boden zu gehen.

»Na also«, sagte Lotario. »Du denkst rein gar nichts. Deswegen wirst du auch nicht weiter dummes Zeug von dir geben.«

Du wirst nicht behaupten, dass ich irgendein Interesse an dieser jungen Frau habe, fuhr er in Gedanken fort. Dass sie Ähnlichkeit mit der Madonnenstatue hat … dass ich sie nur darum als Blasphemie gebrandmarkt habe, weil ich auf den Bildhauer eifersüchtig bin. Nichts, rein gar nichts davon ist wahr.

Nur langsam fand Lotario seine Fassung wieder, klopfte Gismondo auf die Schulter, während der immer noch keuchte und japste.

»Es tut mir leid, wenn ich dich erschreckt habe. Aber mir schien es, als würdest du mir gleich mehrere Todsünden unterstellen wollen – Neid und Zorn und Wollust. Es steht aber allein Gott zu, ein Urteil über mich zu fällen, nicht dir.«

Er war nicht sicher, warum Gismondo nicht widersprach – weil er einsah, dass er zu weit gegangen war, oder weil er keine Stimme hatte.

»So«, sagte Lotario, »und nun will ich dein Urteil in dieser Eheangelegenheit hören. Und hinterher können wir über Pisas Zukunft reden. Nach dem Sieg in Montecatini mag diese als rosig erscheinen, doch es gibt Gerüchte, wonach Faggiolas Macht bedrohter ist als je zuvor. Immerhin haben Neri und sein Sohn Gaddo della Gherardesca an seiner Seite gekämpft und darum einen Anteil an dem Sieg, und beiden sagt man schon seit Langem das Streben nach, dass endlich wieder einer ihres Namens in Pisa herrscht.«

Bruder Gismondo rieb sich noch eine Weile den Hals. Sein Atem ging nun wieder regelmäßiger, er nickte, beugte sich über eine der Urkunden auf dem Tisch. Lotario beobachtete ihn eingehend. Er hatte das Gespräch nicht nur auf die Gherardesca gebracht, um das Thema zu wechseln, er wollte vielmehr prüfen, ob der Mönch etwas vom Geheimnis, das Bellas Herkunft umgab, ahnte.

Doch nichts in Gismondos Miene wies darauf hin. Er wirkte einfach nur verstört, und das stimmte Lotario etwas gnädiger.

»Bevor wir an die Arbeit gehen, wollen wir uns stärken. Hole uns etwas Wein.«

Lotario trank so gut wie nie Wein, doch eben sehnte er sich wie nie zuvor nach einem jener gehaltvollen Tropfen, die noch den aufgewühltesten Geist zu betäuben imstande waren.

Bella ging wütend auf und ab.

»Ich weiß, dass du gerne ein Loch in den Boden stampfen würdest«, sagte Bona, nachdem sie ihr eine Weile schweigend dabei zugesehen hatte. »Aber ich denke nicht, dass es dir etwas nützt, wenn du im Geschoss unter uns landen würdest, womöglich unmittelbar auf dem Schoß der Witwe Petrulia, wenn sie wieder einmal ein Huhn rupft.«

Witwe Petrulia aß für ihr Leben gern gebratene Hühner, und oft genug stieg der köstliche Geruch zu ihnen hoch. Wenn Petrulia gut gelaunt war, bot sie ihnen manchmal ein Stück Fleisch an.

Bella stampfte trotzdem noch einmal auf. Seit sie erfahren hatte, was gestern bei der Enthüllung von Elias Statue geschehen war, fand sie ihre Fassung nicht wieder. »Es geht nicht um mich, es geht um Elia. Seine Zukunft als Bildhauer steht auf dem Spiel! Dieser Auftrag … er hätte alles für ihn verändern können! Jetzt kann er dagegen froh sein, wenn er überhaupt noch als Lupos Geselle arbeiten darf und … sag, hörst du mir überhaupt zu?«

Bona blickte unbeirrt auf das Stück Stoff, das sie gerade bestickte. »Ich habe keine guten Augen mehr, aber gute Ohren. Ich höre alles, was du sagst, und ich höre auch das, was du nicht sagst.«

Bella stand erstmals still. »Und was sage ich nicht?«

»Dass es sehr wohl auch um dich und deine Zukunft geht. Du befürchtest, Elia könnte Pisa verlassen und dich nicht mitnehmen.«

Bella nickte verstört. Als sie Elia vorhin zu trösten versucht hatte, hatte er erklärt, dass in Pisa kein Platz mehr für ihn wäre. Zwar hätte er sich in Montecatini geschworen, etwas Großes für die Stadt zu erschaffen, doch dass seine Madonna abgelehnt worden war, war doch ein Zeichen, dass er seinen Schwur besser in einer anderen Stadt erfüllte.

»Nimmst du mich dorthin mit?«, hatte sie gefragt.

Gewiss, Elia hatte die Frage nicht verneint. Aber er hatte auch kein Ja über die Lippen gepresst. Vielleicht war ihm das Gleiche wie ihr durch den Kopf gegangen: Dass die Madonna sie zusammengeführt hatte, dass ihretwegen kurz keine Grenze zwischen Kunst und Liebe verlaufen war. Dass aber nun, da die Madonna irgendwo versteckt verrotten würde, sich eine Kluft zwischen ihnen beiden auftat. Und sie hatte keine Ahnung, wie sie sie überwinden konnte.

Wieder stampfte sie auf.

»Na, na«, kam es von Bona tadelnd. »Wie wäre es, wenn du vor Wut nicht mit dem Fuß auf den Boden stampfst, sondern mit der Nadel in den Stoff stichst? Ich könnte deine Hilfe gut gebrauchen.«

»Der Stoff würde reißen.«

»Gewiss. Trotzdem solltest du ganz in Ruhe nachdenken, was du nun tun wirst.«

»Darüber brauche ich gar nicht nachzudenken! Ich werde Lotario zur Rede stellen, er ist doch an allem schuld!«

Unwillkürlich ließ Bona den Stoff sinken. Ihre Hände zitterten plötzlich zu stark, um noch einen Stich zu tun. Sie erhob sich, wofür sie eine Weile brauchte, und als sie endlich stand, zitterten auch ihr die Knie. »Lotario?«, stieß sie aus.

Sie hätte den Namen des Teufels nicht mit angsterfüllterer Stimme aussprechen können.

Bella runzelte die Stirn. »Habe ich dir etwa nicht gesagt, dass Elia den Auftrag nur seinetwegen bekommen hat? Und das nur, weil ich mich zuvor für ihn eingesetzt habe?«

»Du warst bei Lotario?«

»Was ist so schlimm daran? Nach Abelardos Tod ist er mein Vormund.«

Bona trat auf sie zu, ergriff ihre Hände, vielleicht weil sie sich sonst nicht hätte aufrecht halten können, vielleicht weil sie ihren Worten Nachdruck verleihen wollte. Bella konnte sich jedenfalls nicht erinnern, Bona jemals so ernst gesehen zu haben. »Es stimmt, Abelardo hat Lotario auf dem Sterbebett das Versprechen abgerungen, stets für dich zu sorgen. Abelardo war ja immer ein guter Mann, wenn auch etwas weltfremd und leichtgläubig. Ich hingegen habe Lotario weder vergeben noch jemals wieder vertraut, und deswegen war ich erleichtert, dass er sich all die Jahre meist von dir fernhielt. Hätte ich gewusst, dass du ihn aufsuchst, ich hätte dich vor ihm gewarnt.«

Die Falten auf Bellas Stirn wurden tiefer. »Vor ihm gewarnt? Und was hättest du ihm schon zu vergeben?«

Zugegeben, es war ihr nicht leichtgefallen, Lotario um Hilfe zu bitten. Sie fühlte in seiner Gegenwart stets ein Unbehagen, weil ihr kein Mensch ein größeres Rätsel war als er. Einer Sache aber war sie sich sicher. »Ich ... ich kann mir nicht vorstellen, dass er mir Schlechtes will.«

»Das ist auch gar nicht meine Sorge!«, rief Bona. »Meine Sorge ist, dass er dir Gutes will.«

»Und was soll daran schlimm sein?«

»Deiner Mutter wünschte er auch nur das Allerbeste, was bedeutete, dass in seinen Augen nichts gut genug für sie sein konnte, erst recht nicht Nino. Und jetzt denkt er wahrscheinlich, dass Elia nicht gut genug für dich ist. Lotario ist kein gewöhnlicher Mann. Ob er liebt oder hasst – seine Gefühle sind immer stärker als die eines anderen Menschen. Und das ist wohl auch der Grund, warum er nicht nur mit seinem Hass, sondern auch mit seiner Liebe Verderben bringt. Zumindest war es bei deiner Mutter damals so ...«

Liebe und Hass waren nicht die Gefühle, die Bella als Erstes in den Sinn kamen, wenn sie an Lotario dachte.

»Ich verstehe«, murmelte sie trotzdem. »Er ... er hat in der Madonna meine Züge gesehen, weiß deswegen, dass die Arbeit daran Elia nicht von mir ferngehalten hat, wie er es sich vielleicht erhofft hat. Im Gegenteil, sie hat mich ihm vielmehr nähergebracht.«

»Einst war er auf deinen Vater unglaublich eifersüchtig und ...« Bona brach abrupt ab, mehr noch, presste die Lippen aufeinander, als gelte es mit aller Gewalt zurückzuhalten, was seit Langem in ihr gärte, sie ihr aber unbedingt ersparen wollte.

Bella gingen die Worte von vorhin durch den Kopf – dass Lotario Verderben über ihre Mutter gebracht hätte. Bis jetzt war sie überzeugt gewesen, mehr über den Tod der Eltern zu wissen, als ihr lieb war, doch nun ahnte sie, dass es ein Geheimnis gab, das Bona, Abelardo und auch Lotario selbst ihr stets verschwiegen hatten.

»Sag es!«, zischte sie tonlos. »Nun sag es mir schon!«

Bonas Schweigen war ihr mehr Antwort als jedes Wort.

»Ist ... ist Lotario etwa schuld am Tod meiner Eltern?«

Bona seufzte. »Gewiss nicht allein ... er hat auch stets beteuert, diese Absicht nicht verfolgt zu haben ... und dennoch ...«

»Was hat er getan?« Das Zittern, das Bona vorhin überkommen hatte, ging nun auf Bella über. Es rührte von Zorn ... aber auch von einer Verzweiflung, die tief in ihr wohnte, seit sie vom Schicksal ihrer Eltern erfahren hatte.

»Was hat Lotario damals getan?«

Bona seufzte wieder, trat zurück zum Tisch. »Ich werde dir alles erzählen, aber versprich mir, dass du danach nichts Unüberlegtes tun wirst.«

Bella entging ihr resignierter Unterton nicht. Und tatsächlich, als sie ihre Geschichte nach einer Weile beendet hatte, sprang Bella auf, hastete zur Tür.

»Was wirst du tun?«, rief Bona ihr bang nach.

»Ich werde meine Eltern rächen.«

»Wann ist aus Rache je etwas Gutes entstanden?«

Bella war die Kehle so eng geworden, dass sie zu ersticken glaubte. Dennoch gelang es ihr hervorzupressen: »Und wann ist aus Liebe je etwas Gutes entstanden?«

Lotario fiel es schwer, sich auf die Worte der Frau vor ihm zu konzentrieren. Obwohl seit der Enthüllung von Elias Madonna mehrere Tage vergangen waren, war er immer noch aufgewühlt. Und es machte die Sache nicht leichter, dass die Frau in einem fort schluchzte.

»Kannst du alles, was du eben gesagt hast, noch einmal wiederholen, nur diesmal etwas langsamer?«, fragte er, bereute es aber sofort, denn nun begann die Frau wieder wortgewaltig zu berichten, was ihr widerfahren war. Letzten Frühling habe sie geheiratet, ihr Mann stamme aus Modena und sei sehr tüchtig. Doch plötzlich sei ein Weib aus seiner Heimatstadt aufgetaucht und habe behauptet, dass sie längst mit ihm verheiratet sei. »Das heißt, meine Ehe ist ungültig!«, klagte die Frau, »und ich komme wegen Ehebruch in die Hölle!«

»Das stimmt nicht«, sagte Lotario geistesabwesend.

»Dass die Ehe ungültig ist?«

»Dass du deswegen in die Hölle kommst. Zu sündigen bedeutet, dass man weiß, dass eine Tat falsch ist. Du dagegen hast dich im Recht gewähnt.«

Seine Worte verfehlten ihre Wirkung nicht, die Frau seufzte kurz erleichtert. Ihm selbst fiel es dagegen schwer, diesen Worten zu glauben. Richtig … falsch … ließ sich denn jemals eine Grenze, die beides trennte, eindeutig festlegen?

Knapp erklärte er, was nun passieren würde. Um herauszufinden, welche Ehe gültig wäre, müssten Beweise gesammelt werden. Am wichtigsten sei der Ehevertrag. »Den kannst du doch vorlegen, oder?«, schloss er.

»Welche Beweise könnte es sonst noch geben?«

»Nun, man könnte überprüfen, ob die andere Frau noch Jungfrau ist. Wenn es so wäre, wäre die Ehe ganz sicher nicht gültig.«

Die Augen der Frau weiteten sich, offenbar hatte sie keine Ahnung, dass dergleichen oft gemacht wurde. »Und wer testet das? Etwa Ihr?«

Jegliche Nachsicht schlug in Ärger um. »Natürlich nicht!«, rief er grimmig. »Ich bin ein Mann Gottes! Diese Aufgabe würde einer Hebamme zukommen.«

Die Frau schlug verlegen die Augen nieder, bat um Entschuldigung, und Lotarios Ärger schwand so schnell, wie er gekommen war, ließ nur Scham zurück.

Ich bin kein Mann Gottes, ich tue nur so, dachte er. Und anders als diese Frau habe ich nicht einmal Angst vor der Hölle, weil meine Welt längst eine solche ist.

Er erhob sich.

»Wo … wo genau wird die Beweisaufnahme stattfinden? Im Kapitelhaus?«

»Lass mich darüber nachdenken. Fürs Erste will ich allein sein, um zu beten.«

»Dafür, dass alles gut wird, ja?«, fragte die Frau flehentlich, ehe auch sie sich erhob.

Als Lotario ihr nachblickte, hatte er ihren Namen schon wieder vergessen. Er war sich nicht einmal sicher, ob sie ihn überhaupt genannt hatte. Nun, er würde diesen Namen ohnehin nicht in seine Gebete einschließen, er würde überhaupt nicht beten. Er hatte es nie getan, nur seine Lippen bewegt, wenn jemand ihm zusah. Wobei er es heute nicht ertragen würde, eine Kirche zu betreten … vor einer Madonnenstatue auf die Knie zu sinken …

Er schüttelte den Kopf, um seine Gedanken loszuwerden, starrte, als das nicht fruchtete, aus dem Fenster, wurde nun erst recht von ihnen eingeholt, als er dort draußen plötzlich Bella erblickte.

Sie saß wieder auf dem Baum, wartete dort offenbar einmal mehr auf ihn. Obwohl sie nicht in seine Richtung starrte, glaubte er plötzlich ihren Blick zu spüren. Glaubte auch all ihre Vorwürfe zu hören. Warum er Elia das Leben so schwer machte … warum er seine Laufbahn als großer Bildhauer zerstörte, bevor sie richtig begonnen hatte.

Nicht dass er sich vor ihr rechtfertigen wollte. Trotzdem eilte er nach unten in den Hof, ehe jemand anders sie entdeckte.

Zu seinem Erstaunen saß Bella nicht mehr auf dem Baum. Er blickte sich um, entdeckte sie am Tor des Kapitelhauses. Nun ruhte ihr Blick ganz eindeutig auf ihm, doch sobald er nur einen Schritt auf sie zu machte, drehte sie sich um, verschwand durch das Tor.

Er konnte sich nicht erklären, warum sie sich hier heimlich eingeschlichen hatte, um dann doch wieder zu gehen. Erst recht konnte er sich nicht erklären, was danach geschah. Er folgte ihr, weniger weil er es wollte, sondern weil es ihm schien, als zöge ihn eine unsichtbare Macht hinter ihr her. Auf dem belebten Domplatz dauerte es eine Weile, bis er sie wieder entdeckte. Sie stand vor dem Turm, starrte diesen an. Er brüllte ein lautes »Aus dem Weg!«, als sich ein Eselskarren zwischen sie und ihn schob, doch kaum war der vorübergerumpelt, war sie schon wieder fort. Vom Turm aus war sie in jene Straße gelaufen, die vom Domplatz weg ins Viertel Santa Maria führte. Erneut schien ein unsichtbares Seil zwischen ihnen beiden gespannt, dessen Zug er sich nicht widersetzen konnte. Er hastete ihr nach, und diesmal ließ sie ihn nahe wie nie an sich herankommen. Doch ein paar Schritte bevor er sie erreichte, lief sie davon. Immer weiter lotste sie ihn so durch die Stadt. Er begann zu schnaufen, sein Ärger wuchs, wobei sein Unbehagen noch größer wurde. Es ließ sich nicht abschütteln, im Gegenteil, es schwoll zum Knoten in seinem Hals an, als ihn endlich eine vage Ahnung befiel, wohin sie ihn lockte.

Nein, wehrte er sich innerlich, nein …

Er sagte dieses Wort jedoch nicht laut, hörte noch nicht einmal zu laufen auf, obwohl aus der Ahnung alsbald Gewissheit wurde.

Sieben Wege führten zum Torre delle Settevie, wie sein Name bekundete. Doch so wurde von diesem Turm schon lange nicht mehr gesprochen. Muda hieß er, aber auch diesen Namen sagte kaum einer laut. Wenn überhaupt, wurde er hinter vorgehaltener Hand geflüstert. Manch einer schlug danach das Kreuzzeichen, fast jeder senkte den Blick, hin und wieder fiel nach dem Namen des Turms jener der Gherardesca – und damit war alles gesagt: Dass Ugolino mit seinen Kindern und Kindeskindern hier ein grausames Ende gefunden hatte. Dass der Turm mittlerweile leer stand, als verflucht galt.

Nein, dachte er wieder, nein …

Während die Pisaner die Muda mieden, lockte der Turm manchmal Fremde an, die neugierig davorstanden und dreiste Fragen stellten: »Stimmt es, dass Ugolino seine eigenen Enkelsöhne und Söhne aufgefressen hat, ehe er selbst verhungerte? Dass man nur noch seinen aufgeblähten Leichnam fand, als man die Muda räumte, ansonsten aber nur abgenagte Knochen?«

Einmal hatte man ihm diese Frage gestellt, und er hatte übel Lust gehab, den Mann zu erwürgen. Am Ende hatte er lediglich geschnaubt: »Unsinn!«, danach tagelang mit Erinnerungen zu kämpfen gehabt – Erinnerungen an den Tag, als man die Toten von hier weggeschafft hatte.

Es war das letzte Mal, dass er so dicht an den Turm herangetreten war – seitdem hatte er immer einen großen Bogen um ihn gemacht. Doch heute war das nicht möglich, heute schritt Bella direkt auf die Muda zu.

»Bella!«, rief er, brachte aber nur ein Krächzen hervor. »Bella, nicht!«, rief er wieder, diesmal etwas lauter, aber sie drehte sich nicht um.

Er stützte sich an einer Hauswand ab, löste sich wieder, wollte eigentlich umdrehen, aber konnte es nicht. Jene Macht, die ihn gnadenlos hinter ihr hertrieb, war stärker. Er war nicht mehr Herr seiner Schritte, er war nicht mehr Herr seiner Gedanken.

Bitte nicht, durchfuhr es ihn. Ich kann alles ertragen … dass du mich wegen Elia beschimpfst … mich der Eifersucht bezichtigst, der Blindheit für sein Talent, gar der Bösartigkeit. Aber tue es nicht an diesem Ort …

Das Tor des Turms stand offen. Unmittelbar nach Ugolinos Tod hatte man noch einige der Räume als Gefängnis genutzt, aber nie jenen, wo die Gherardesca einst gefangen gewesen waren. Hier hausten wohl nur mehr Ratten, oder – wenn man den Gerüchten Glauben schenkte – nicht einmal die, weil diese die Stätte des Unheils mieden. Das Loch in der Mauer, durch das man die Leichname einst herausgeholt hatte, war so groß wie damals. Niemand hatte sich die Mühe gemacht, es mit Brettern abzudecken. Warum auch, es schien ja umgeben von einem unsichtbaren Bannkreis, der jeden abhielt, den Kerker dahinter freiwillig zu betreten. Doch Bella, der er in den Turm gefolgt war, verschwand in diesem Loch.

Er bückte sich, um es ihr gleichzutun, war sich jäh nicht sicher, ob er sich hinterher wieder aufrichten könnte. Nur mit Mühe gelang es ihm, er blickte sich um, stellte fest, dass den Raum vielleicht Ratten mieden, jedoch keine Spinnen. In allen

Ecken wucherten ihre Weben, in die sich Staub von Jahrzehnten verfangen hatte. Der Boden klebte, weil das Stroh von einst verfault war oder weil der Herbstwind Blätter in das Erdgeschoss des mehrstöckigen Turms geweht hatte, die ebenfalls langsam verrottet waren.

»Bella …«

Er hatte den Blick nicht weit genug gehoben, um sie zu sehen. Doch er hörte, wie sie aus einer der hinteren Ecken zu ihm trat, fühlte dann, wie sie jäh die kalte Klinge ihres Dolchs an seine Kehle setzte. Ein brennender Schmerz durchzuckte ihn, als sie zwar nicht zustach, wie er kurz befürchtete, seine Haut aber aufritzte. Ein Blutstropfen perlte über seinen Hals, nicht warm, sondern kalt wie der Schweiß, der ihm ausbrach.

»Du kannst nichts als zerstören«, begann sie mit heiserer Stimme zu sprechen. »Sobald du etwas Schönem, Gutem, Großem begegnest, machst du es kaputt. Die Liebe meiner Eltern war so etwas – schön, gut und groß –, aber du konntest sie nicht ertragen. Du kannst auch nicht ertragen, dass ich Elia liebe, dass er ein großer Künstler ist, der Einzigartiges erschafft. Ich weiß nicht, was dich treibt – ob Neid oder Bosheit oder die pure Lust an der Zerstörung. Was es auch immer ist, es ist nicht schön, nicht gut, nicht groß. Es ist abscheulich.«

Die Klinge löste sich von seiner Kehle, doch der Schmerz blieb. Es blieb ja auch jener dumpfe Schmerz in seiner Brust, der so hartnäckig in seiner Seele wohnte, wie die Spinnweben hier in den Ecken wucherten. Sie stieß ihn in die Mitte des Raumes, trat vor ihn, sodass er sie nun sehen konnte … sehen musste. Ihr Haar wirkte grau wie die Wände, ihr Gesicht war es erst recht.

»Du bist schuld daran, dass mein Vater hier verhungerte.«

Lotario schwankte. Die Wände schienen regelrecht um ihn

zusammenzuwachsen, sein Herz zu pochen, als wandelte es sich auch in Stein, während zugleich die Beine bebten, als würden alle Knochen schmelzen. »Das ist nicht wahr!«

»Willst du es etwa leugnen? Du hast meine Eltern mit einer Lüge zurück nach Pisa gelockt! Auf Sardinien wären sie in Sicherheit gewesen!«

»Das will ich auch gar nicht abstreiten«, unterbrach er sie. »Aber etwas anderes ist nicht wahr …« Er bebte noch heftiger. »Nino ist nicht verhungert …«

»Was redest du denn da!«, schrie sie. »Natürlich ist er diesen langsamen, qualvollen Tod gestorben! Glaubst du etwa die Gerüchte, wonach Ugolino seine Söhne und Enkelsöhne erwürgt hat, um ihr Fleisch zu essen?«

Er zuckte zusammen. Warum war es ihm nicht gelungen, diese Geschichten von ihr fernzuhalten?

»Nino ist nicht verhungert«, wiederholte er, obwohl seine Stimme kaum Kraft hatte. »Ugolino hat ihn tatsächlich zuvor getötet – aber er hat ihn nicht erwürgt, und er tat es auch nicht, um seinen Leib zu essen. Er hat ihm lediglich einen qualvollen Tod erspart – so wie Anselmuccio und seinen beiden Söhnen. Ugolino … er war der Einzige, dessen Leichnam keine blutigen Wunden trug.«

Erstmals schien ihre Entschlossenheit zu bröckeln. »Was … was meinst du?«

»Der Dolch …« Er deutete mit dem Kinn auf ihre Waffe, die sie hoch erhoben hielt. »Dieser Dolch hat einst nicht Nino, er hat mir gehört. Ich habe dafür gesorgt, dass sich Aziza und Nino ein letztes Mal vor dem Turm begegnen. Und bei dieser Gelegenheit habe ich Nino den Dolch zugesteckt. Ich konnte ja sonst nichts mehr für ihn tun. Als die Leichname später fortgeschafft wurden, habe ich gesehen, dass sie alle Stichwunden aufwiesen – nur Ugolinos nicht. Er … er hat für die anderen den Hungertod auf sich genommen.« Er machte eine kurze Pause. »Nino ist nicht verhungert, er ist schnell gestorben. Einer der Wärter hat mir später den Dolch überlassen. Vielleicht war es falsch, ihn dir zu geben. Vielleicht war es erst recht falsch, dir die Wahrheit zu verschweigen. Ich dachte, so wenig du vom Tod deiner Eltern weißt, umso besser …«

Bellas Lippe begann zu zittern, sie biss darauf, ihr rechtes Augenlid begann zu zucken, sie presste die Augen zusammen. »Glaubst du, ich vergebe dir deswegen?«

»Nein«, sagte er. »Aber es bringt nichts, wenn du mich tötest. Vielleicht würdest du dich hinterher kurz befriedigt fühlen, aber nur so lange, wie das Blut, das auf dich spritzt, warm ist. Allzu bald würde es kalt werden und erstarren, genau wie deine Seele. So wie meine. Du darfst mich nicht töten.«

Er sah, dass nun auch die Hände, die den Dolch hielten, zu zittern begannen, das konnte sie nicht unterdrücken. »Warum sind sie tot, während du lebst?«, rief sie. »Du hast es doch am allerwenigsten verdient.«

»Himmel, Bella!«, rief er und schritt auf sie zu. Eine ruckartige Bewegung würde reichen, und sie würde die Klinge in seine Brust rammen. Doch diese Bewegung blieb aus. »Ich lebe nicht, weil ich es verdient habe. Ich lebe noch nicht einmal, weil ich es will. Ich lebe, weil ich es *muss*.« Auch an ihm begann nun alles zu zittern. »Einst bin ich fast im Meer ertrunken, aber als ich in der Tiefe zu versinken drohte, habe ich zu strampeln begonnen. Auch als Nino und Aziza starben, hat es sich für mich angefühlt, als würde ich ertrinken. Aber … aber ich habe wieder gestrampelt … habe Ruggieri darum gebeten, Priester zu werden und zugleich ein Rechtsgelehrter.«

»Wie konntest du dich ausgerechnet ihm, diesem Lügner und Mörder, andienen?«

»Ich wollte Macht … ich wollte … Einfluss.«

»Weil du letztlich nur an dich denkst! Weil es dir nur um deinen eigenen Vorteil geht!«

»Nein«, presste er hervor. »So ist es nicht. Ich habe nicht meinetwegen weitergelebt, vor dem Erzbischof gebuckelt, studiert und mir den Ruf eines frommen, über allen Dingen stehenden Dieners Gottes erworben. Ich habe die Macht nie für mich gewollt. Ich habe sie deinetwegen gesucht. Nino hat mich bei unserer letzten Begegnung gebeten, auf Aziza aufzupassen, und als sie starb, habe ich mir geschworen, wenigstens alles für ihr Kind zu tun. Nur deswegen habe ich weitergelebt. Nur deswegen habe ich um Macht und Einfluss gerungen. An mir selbst mag nichts Schönes, Gutes, Großes sein – dieser Schwur aber ist es. Ich habe mich zwar von dir ferngehalten, aber heimlich beobachtet habe ich dich immer – noch als du ein kleines Kind warst, erst recht als du zur überaus starken Frau erblühtest. Zunächst warst du der Grund, warum ich leben musste … dann warst du der Grund, warum ich wieder leben *wollte*. Ich dachte, ich könnte niemanden lieben wie Aziza. Aber dich liebe ich mit allem, was ich habe, mit allem, was ich bin.«

Wieder bebten ihre Lippen wie ihre Augenlider, noch stärker taten das ihre Hände. Ein Klirren ertönte, als ihr der Dolch entglitt. Solange er auf die Klinge gestarrt hatte, hatte er sich aufrecht halten können, nun ging Lotario zu Boden, als wäre er ein Schatten der Waffe, verdammt nachzuahmen, was immer mit ihr geschah. Er sackte nicht einfach nur auf die Knie, er fiel regelrecht um, blieb auf dem klebrigen Boden liegen. Kurz war der Schmerz so gewaltig, dass er sich nicht einmal sagen konnte, ob er mit dem Gesicht oder dem Hinterkopf aufgeprallt war. Schwärze drohte ihn zu schlucken, doch er kämpfte gegen sie an, und alsbald bekam sie Risse. Hinter diesen Rissen konnte er Bella erkennen, wie sie sich neben ihn kniete, ihr Gesicht ganz dicht über seines beugte. Wären ihre Haare nicht so kurz, er würde spüren, wie sie ihn kitzelten. Etwas anderes berührte kaum weniger flüchtig sein Gesicht – ihre Finger. Es dauerte eine Weile, bis er erfasste, dass sie ihn weder kratzen noch ihm die Augen ausstechen wollte, sondern ihn streichelte.

Bella wusste nicht genau, warum sie neben Lotario auf die Knie sank. Eigentlich hatte sie nur den Dolch aufheben wollen, ihn wieder auf ihn richten. Doch dann ging ihr auf, dass sie ihn nicht verwunden, eher seinen Schmerz lindern wollte. Wie er da vor ihr lag, hatte er nichts mehr mit dem Mann gemein, den sie kannte, hart und glatt und abweisend wie ein Klotz Marmor. Wachs glich er vielmehr, und sie war diejenige, die es formen konnte. Sie hatte ihre Hände schon oft zu Fäusten geballt und um sich geschlagen, doch nie hatte so viel Macht in ihnen gewohnt wie in diesem Augenblick, da sie ihn vorsichtig streichelte. Die Macht, seine Wunden zu heilen. Und – was noch wichtiger war – die Macht, ihre eigenen Wunden zu heilen, die Macht, aus dem Schatten ihrer Eltern zu treten, nicht länger das Gefühl zu haben, dass ihr nur eine einzige Entscheidung zu treffen blieb: wie sie jung zu sterben oder zu überleben.

Stattdessen oblag ihr nun eine weitere: Sie konnte alle Wut, die seit Ewigkeiten in ihr rumorte, auf Lotario lenken. Sie konnte ihm aber auch verzeihen, mit ihm jene Trauer teilen, die sie seit ihrem ersten Atemzug begleitet hatte, die sie zwar meist auf vages Unbehagen hatte zurechtstutzen können, die sie aber nie ganz abzuschütteln vermocht hatte.

Noch war sie zu müde, um diese Entscheidung zu treffen. Sie zog ihre Hände zurück.

»Warum hast du Elia der Blasphemie bezichtigt?«

Er hob langsam den Blick. »Die Madonna trägt deine Züge.«

»Das stimmt. Und die Madonna hat auch meine Brüste.« Ihre Stimme nahm wieder einen giftigen Tonfall an. »Denn ja, Elia hat diese gesehen, er hat sie sogar berührt, und das neidest du ihm, nicht wahr? Genauso wie du Nino um meine Mutter beneidet hast. Wie sie willst du mich ganz für dich.«

»Nein …« Er schüttelte den Kopf. »Nein … so ist es nicht. Ich würde mir nie anmaßen, dich für mich zu beanspruchen. Ich würde nie dem Wahn verfallen, der rechte Mann für dich zu sein. Aber er … er ist es eben auch nicht.«

»Wie kannst du so etwas behaupten!«

»Als ich dieses Wort aussprach – Blasphemie –, da dachten alle Anwesenden, ich empfände es als Gotteslästerung, dass Elia der Heiligen Maria das Gesicht einer gewöhnlichen Frau gegeben und sie halb nackt dargestellt hat. Aber es ist für mich kein Unrecht, dass er die Madonna zu einem Menschen machte. Es war für mich ein Unrecht, dass er dich zu einer Madonna machte.«

»Ich … ich verstehe nicht …«

Jäh musste sie frösteln. Die Kälte von Jahrzehnten hing in diesem Raum … die Kälte des Todes. Unwillkürlich rutschte er etwas dichter an sie heran.

»Würde ein Bildhauer seiner Madonna Azizas Gesicht geben, oh, es wäre passend«, fuhr er fort. »Aziza war nicht ganz von dieser Welt, sie schien immer ein Stück weit über ihr zu schweben, den Kopf in die Wolken zu stecken. Aziza zu lieben, bedeutete, sich nach einer anderen, besseren Welt zu sehnen. Du aber bist nicht wie deine Mutter. Du nutzt nicht all deine

Kraft, deine Sinne, dein Denken dafür, den Geist in schwindelerregende Höhen zu treiben. Du bist in den Niederungen des Lebens geblieben, weil du das Leben suchst – und das in all seiner Pracht und in all seinem Schrecken. Du willst es in Fülle, das Schöne wie das Hässliche, das Duftende wie das Stinkende, das Vollkommene wie das Zerstörte. Du … du bist gieriger auf das Leben als Aziza, und du bist zugleich robuster. Angst, Ekel und Scheu sind dir fremd, sonst hättest du heute niemals die Muda betreten. Gewiss, es war eine Überwindung, es zu tun, aber du hast nicht gezögert. Du überschreitest Grenzen, vor denen andere zurückweichen. Wäre es notwendig, du würdest den Dolch auf dich richten und dir selbst eine Wunde zufügen, ohne mit der Wimper zu zucken. Du würdest sogar eine gewisse Neugierde empfinden, wie tief der Schmerz wohl geht. Um Aziza schien stets ein Bannkreis gezogen zu sein, der sie zwar nicht vor Leid, aber vor dunklen Gefühlen geschützt hat. Sie hat nie jemanden gehasst. Du hingegen kannst hassen, du kannst wütend und böse sein – und gerade auch darum wieder fröhlich und ausgelassen.«

Sie hörte die Worte, verstand sie nicht.

»Was hat das alles damit zu tun, dass Elia seiner Madonna meine Gestalt gegeben hat? Im Übrigen hat er nicht verlangt, dass ich ihm Modell stehe – ich habe es ihm selbst angeboten. Ich fühlte, dass er mich brauchte, um ein Kunstwerk dieser Größe zu schaffen.«

Lotario, der eben noch gekrümmt vor ihr gehockt hatte, fuhr hoch, nahm wieder Ähnlichkeit mit dem Mann an, der er bis zu dieser Stunde gewesen war – jenem glatten, harten, der sich nicht einfach formen ließ. »Er sollte dich nicht brauchen müssen. Du solltest nicht die Stärkere sein, an die er sich klammert. Du hast einen Mann verdient, der dir ebenbürtig ist.«

»Und du denkst, du allein entscheidest, wer das ist?« Die Wut kam zurück, zu groß, um sie als Meißel zu nutzen, mit dem man vorsichtig formen konnte. »Wie anmaßend, zu bestimmen, wer mich glücklich machen kann! Genauso anmaßend, wie es war, meinen Vater Aziza gegenüber ständig schlechtzumachen! Herrgott, lernst du denn nicht aus deinen Fehlern? Hast du erst genug, wenn auch Elia verhungert ist oder erdolcht wurde oder schlichtweg schmählich aus der Stadt vertrieben wurde?«

Sie schrie ihm die Worte nicht nur entgegen, sie hieb mit ihnen auf ihn ein, schien tatsächlich wunde Stellen zu treffen.

»Es tut mir leid«, presste er hervor. »Ich dachte doch nur …«

»Du hältst mich für eine starke Frau. Wenn ich das wirklich bin, solltest du mir zutrauen, den rechten Mann zu wählen. Und selbst wenn es doch der falsche wäre, wäre ich robust genug, dies zu verkraften. Und jetzt … jetzt sollten wir gehen und diesen schrecklichen Ort hinter uns lassen.«

Er nickte zwar, starrte dann aber ins Leere. Als er sich schließlich doch erhob, geschah es ganz langsam. Seine Bewegungen waren so steif, als müsste er erst wieder in sein Leben schlüpfen wie in kratzige und fleckige Kleidung, die man nicht gern trägt, die aber zumindest verhindert, dass man nackt ist. Er hatte nichts mehr mit dem unnahbaren, strengen Gottesmann gemein, war mehr wie ein verlorener Knabe, der eben fast ertrunken war. Bis jetzt war Bella nicht sicher gewesen, ob sie ihm vergeben könnte – den Tod ihrer Eltern, die Sache mit Elias Madonna. Doch jetzt folgte sie jäh der ersten Regung, die sie überkam. Anstatt sich nach ihrem Dolch zu bücken, schlang sie ihre Hände um seinen Hals, drückte ihn an sich, umarmte ihn.

Nicht dass nicht noch Hader in ihr schlummerte, der Wunsch

zu verletzen. Aber hinzu kam der Wunsch, Schmerzen zu lindern, zu trösten, all der Grausamkeit auf dieser Welt Zärtlichkeit entgegenzusetzen.

Als sie sich von ihm löste, schien er weder der Kirchenmann noch der Knabe von einst zu sein, er war ein neuer Mensch. Das einzige Vertraute an diesem Menschen war jene tiefe Liebe zu ihr, die deutlich wie nie in seiner Miene stand.

»Du solltest jemanden wie mich nicht umarmen«, sagte er gepresst. »Halte dich künftig besser fern von mir.«

Sie blickte ihn lange an, schüttelte schließlich den Kopf. »Auch das zu entscheiden, obliegt allein mir, nicht dir«, entgegnete sie.

Dann nahm sie ihn an der Hand, zog ihn mit sich. Sie ließ ihn erst los, als sie den Kerker verlassen hatten, im Freien standen. Der Himmel hing grau und schwer über ihnen, dennoch fühlte sie sich kurz befreit wie nie.

Elia wusste nicht, was das Schlimmste war: Dass man seine Madonna gestern abgelehnt hatte, weil man sie für Blasphemie hielt. Oder dass Fabrice und Gironimo seitdem spotteten, wie hässlich sie wäre. Mehr als nur einmal hatte er die Faust geballt, sich das Vergnügen ausgemalt, auf sie einzuprügeln. Doch wahrscheinlich würde er auf diese Weise nicht seine Wut loswerden – nur ein blaues Auge abbekommen.

Am Ende floh er aus der Werkstatt und trieb sich eine Weile auf dem Domplatz herum. Kurz hoffte er, dass er Bella treffen würde, doch insgeheim ahnte er, dass ihr Anblick den Stachel tiefer treiben würde: Die Madonna und sie waren in gewisser Weise eins.

Nun, Bella tauchte ohnehin nicht auf, und ehe er entschied, ob er darüber enttäuscht oder erleichtert war, konnte er seine Sinne wie Gedanken genauso gut betäuben und sich gründlich volllaufen lassen.

Wenig später hockte er in einer Taverne. Es roch so übel, als stammte das Fleisch, das hier serviert wurde, nicht von geschlachteten, sondern von verwesten Tieren, und der Becher Wein roch, als wäre der Inhalt schon einmal im Magen eines Betrunkenen gelandet und von dort wieder hochgespien worden. Sei's drum. Seinen Zweck würde das Gesöff ja doch erfüllen. Gerade wollte er den Becher mit Schwung an die Lippen führen, als eine Stimme ihn innehalten ließ.

»Bist du nicht der Bildhauer?«

Wer immer ihn erkannt hatte, war ihm selbst fremd. Weder hatte er diese Stimme je vernommen noch das dazugehörende Gesicht gesehen. Er glaubte vage Ähnlichkeiten mit jemandem, den er kannte, festzustellen, kam aber nicht darauf, wer das war. Erst recht konnte er sich nicht erklären, wie sich einer, der so edel gekleidet war – in engen ledernen Hosen und einem roten, mit Pelz verbrämten Samtumhang –, in eine solch dreckige Spelunke verirren konnte.

Elia nickte, obwohl er die Frage eigentlich hätte verneinen müssen. Er war kein Bildhauer, er war ein Versager … nein, er hatte nicht versagt, es war ihm übel mitgespielt worden, erst von Tino di Camaino, nun von Lotario.

Dieser Mann wollte ihm jedenfalls nichts Böses. Anstatt so spöttisch zu lachen wie Gironimo und Fabrice, wurde sein Gesichtsausdruck mitleidig. »Ich habe von deiner Madonna gehört«, murmelte er, und ehe Elia ablehnen konnte, hatte der Fremde schon an seinem Tisch Platz genommen, rutschte dicht an ihn heran. Elia verging die Lust, dieses säuerlich riechende

Gesöff in sich hineinzuschütten. Danach, mit diesem Mann zu plaudern, stand ihm zwar auch nicht der Sinn, aber ehe er ihn wieder verjagen konnte, fragte der unvermittelt: »Warum stellst du dein Können in den Dienst Gottes, dessen Launen schneller wechseln als das Wetter? Warum nicht in den Dienst Pisas?«

Nun konnte Elia gar nicht anders, als trocken aufzulachen. »Seit wann muss man sich für das eine oder das andere entscheiden? Kann man nicht zugleich Gott und die Frauen ehren, wie ich es getan habe? Kann man nicht zugleich Gott und Pisa ehren, wie es auch ich gerne tun würde, nein, tun muss, nachdem ich in Montecatini doch den entsprechenden Schwur geleistet habe?«

Der andere strich sich über den Bart. Er hatte spitze Enden, die seinen Zügen, obwohl eigentlich aufgedunsen, etwas Hartes gaben. Hinter dem mitleidigen Blick witterte Elia jäh etwas Unbarmherziges, Kaltes, doch nun war es zu spät, sich dem anderen zu entziehen, erst recht als der noch näher an ihn heranrückte, flüsterte: »Die Madonna hätte doch in der Lünette des Turms stehen sollen, und dieser Turm sollte Zeichen von der Größe Gottes wie Pisas sein. Warum nutzt du deine Fähigkeiten nicht, um den Turm zu vollenden? Er hat immer noch zu wenig Stockwerke, immer noch keine Glockenstube. Und es wäre kein Auftrag, den der Erzbischof erteilt, sondern die Domopera, und dort bestimmen die Laien, übrigens meist im Sinne des Herrn von Pisa.«

Elias Lippen entfloh ein weiteres Lachen, aber es befreite ihn nicht im Mindesten von der Bitterkeit, die in ihm schwelte. »Oh, das ist eine wunderbare Idee! Es ist ja auch nichts leichter als das: Ich stelle mich einfach auf den Domplatz und bekunde laut, dass ich den Turm fertig bauen werde, und schon eilen

Hunderte Arbeiter herbei, um für mich Steine zu schleppen, und Kaufleute öffnen bereitwillig ihre Börsen, um diese Arbeiter zu entlohnen.«

»Natürlich bräuchtest du einen mächtigen Fürsprecher.«

»Gewiss, den Herrn von Pisa, den Ihr gerade erwähnt habt. Aber warum sollte sich der für mich einsetzen? Und wer seid eigentlich Ihr? Bis jetzt habt Ihr mir Euren Namen nicht verraten.«

Wieder fuhr sich der andere über seinen Schnurrbart. »Dieses Versäumnis will ich gerne nachholen. Ich bin Gaddo della Gherardesca, und ich habe diesen Namen nicht sofort genannt, weil er eine eigentümliche Wirkung auf Menschen hat. Sie werden ganz weiß im Gesicht und beginnen zu zittern, weil sie an Ugolino und sein schreckliches Ende denken. Dabei bin ich mit Ugolino nur sehr weit entfernt verwandt, und der Zweig der Familie, dem ich entstamme, machte nie gemeinsame Sache mit ihm, im Gegensteil, stand meist an der Seite seiner Feinde. Jedenfalls denke ich, wenn wir … wenn *ich* die Macht in Pisa erlangen würde, würde ich alles anders machen und gewiss nicht enden wie er. Ugolino ging es nur darum, Ruhm für sich selbst einzuheimsen. Ich will, dass der Ruhm auf ganz Pisa fällt. Und wäre es kein sichtbares Zeichen für diesen Ruhm, wenn der Turm endlich fertig gebaut würde?«

Elia starrte in seinen Becher Wein, um sein Gesicht vor dem anderen zu verbergen. Nein, er war nicht blass geworden und hatte nicht zu zittern begonnen, als er Ugolinos Namen hörte. Doch er brauchte Zeit, um seine Gedanken zu ordnen. Dass die Gherardesca nach Macht hungerten, war ihm nicht neu – erst vor Kurzem hatte Guelfuccio ihm davon erzählt. Doch warum kam Gaddo – der Sohn von Ranieri, dem Oberhaupt der Familie – auf ihn zu? Warum stellte er ihm diesen einzigartigen Auftrag in Aussicht?

Obwohl Gaddo nicht in seiner Miene lesen konnte, schien er seine Gedanken zu erraten. »Warum ich dir helfen will?«, fragte er. »Nun, ich weiß, wie es sich anfühlt, wenn einem übel mitgespielt wird. Ich weiß, wie viel Hader und Bitterkeit eine ungerechte Entscheidung zu säen vermag. Man hat deine Statue zurückgewiesen, obwohl sie, nach allem, was ich darüber hörte, großartig war. Man hat uns Gherardesca einen Teil unseres Vermögens entzogen, obwohl wir nie auf Ugolinos Seite standen.«

Elia fragte sich, wie Gaddo von seinem Unglück erfahren hatte. »Übel mitgespielt wird auf dieser Welt vielen Menschen«, sagte er gedehnt, »da draußen laufen etliche Huren herum, die um ihren Lohn betrogen worden sind, oder Söldner, die nach dem Krieg zu wenig Beute machen konnten. Warum willst du ausgerechnet mir, einem Künstler, helfen?«

»Nun, soweit ich weiß, bist du ein Schüler Giovanni Pisanos, dessen Name immer noch voll Respekt und Bewunderung ausgesprochen wird. Er hat Großes für die Stadt geleistet, und Gleiches ist auch dir zuzutrauen. Sollte ich die Macht in Pisa ergreifen – wenn Gott will, ist dieser Tag näher, als ich zu hoffen wage –, dann bin ich bestrebt, ein Herr zu sein, der nicht nur für seine mutigen Soldaten gerühmt wird, auch für seine großartigen Künstler.«

Elia verkniff sich ein neuerliches bitteres Lachen. »Ehrlich gesagt weiß ich nicht, wer von uns beiden weiter von seinem Ziel entfernt ist. Meine erste große Arbeit wurde abgelehnt. Und Uguccione della Faggiola ist nach seinem Sieg in Montecatini letzten Sommer mächtiger denn je.«

»Oh, ich glaube, du verstehst nicht viel von Macht. Jemand wie du, der mit Marmor und Elfenbein arbeitet, mag zu dem

Schluss kommen, sie sei von gleicher Substanz, wäre also etwas, das man, wenn es einmal an eine bestimmte Stelle gerückt wurde, nicht so leicht von dort fortbewegen kann. Aber Macht gleicht eher dem Wetter, und das ist launisch. Wie schnell kann die brennende Sonne von dunklen Wolken verdeckt werden, wie schnell der laue Wind in einen kalten Sturm umschlagen. Die Klugen verstehen es, ihre Fahne so auszurichten, dass sie stolz im Sturm weht. Die der Dummen wird vom Wind zerfetzt.«

Obwohl Elia immer noch nichts getrunken hatte, fühlte er sich, als hätte er den ganzen Becher heruntergekippt. Seine Schultern waren mit einem Mal so schwer, seine Augenlider auch – und seine Gedanken erst recht. Er konnte Gaddo kaum folgen, als der nun fortfuhr, von der Schwachstelle berichtete, die Faggiola hatte. Vor einiger Zeit hatte er bekanntlich Lucca erobert, und er ließ seinen Sohn dort herrschen. Der aber war ein Tölpel, den die Luccheser hassten. Und die, die nicht nur blind hassten, auch besonnen genug waren, einen Aufstand vorzubereiten, wurden von einem gewissen Castruccio Castracciani angeführt, dessen Pläne für einen Umsturz jeden Tag weiter reiften wie die dunklen Trauben im Herbst. »Lucca mag durch einen dichten Wald und hohe Hügel von Pisa getrennt sein, doch wenn es dort zu Unruhen kommt, würden sie schnell auf unsere Stadt schwappen«, fuhr Gaddo fort. »Castruccio hat mir ein Bündnis angeboten, damit wir uns gemeinsam Faggiolas entledigen.«

Was Gaddo della Gherardesca zum Verräter machte. Und ihn, der seinen Plänen reglos lauschte, womöglich auch.

Elia hob abwehrend die Hand. »Ich verstehe nichts von Politik.«

»Trotzdem wird dir nicht entgangen sein, dass Faggiola –

seine Verdienste in Montecatini hin oder her – immer mehr zum Tyrannen wird, dem Volk hohe Abgaben auferlegt, Widersacher einfach hinrichten lässt – auch die, die er nur als solche verdächtigt. Unter seiner Herrschaft wird der Campanile gewiss nicht vollendet.«

»Mag sein. Doch selbst wenn Ihr Herr der Stadt wärt und mir diesen Auftrag erteilt – ich bin Bildhauer, kein Baumeister.«

»Giovanni Pisano war beides.«

»Weil er entsprechendes Wissen erwarb.«

»Du warst jahrelang sein Schüler, etwas von diesem Wissen wirst du mit ihm teilen. Du warst so dreist und selbstbewusst, den Erzbischof mit einer halb nackten Madonna vor den Kopf zu stoßen. Warum bist du nun nicht so dreist und selbstbewusst, dass du auch den Turm fertigstellen willst? Denk zumindest darüber nach. Hier und heute wollte ich dir nur sagen: Ich weiß, was in dir steckt. Und jetzt lass dir deinen Wein munden.«

Das Grinsen verriet, dass Gaddo ganz genau wusste, wie grässlich er schmeckte … und dass Elia seine Worte im Geiste wieder und wieder wenden würde.

Nachdem Gaddo die Spelunke verlassen hatte, schob Elia den Becher von sich. Der Durst war ihm vergangen, auch der Wunsch, seinen Ärger zu betäuben. Das Unbehagen, das ihn jäh erfüllte, würde kein noch so scharfes Gesöff vertreiben können. Gewiss, ein eitler, leichtgläubiger Mensch könnte sich einreden, dass Gaddo tatsächlich an sein Talent glaubte, doch ihm war noch während des Gesprächs aufgegangen, dass es einen weiteren Grund geben könnte, warum der andere seine Nähe gesucht hatte.

Als er sich erhob, stieß er gegen den Becher, und zwei rote

Tropfen perlten auf den Tisch, die ihn an Blut denken ließen. Ein Zittern überkam ihn, das er noch weniger bezwingen konnte, als er ins Freie trat und die kalte Nachtluft ihn traf. Immerhin konnte er nun etwas freier atmen – zumindest bis eine Stimme ihn traf.

»Trau ihm nicht!«

Elia erstarrte unwillkürlich, als er auf der gegenüberliegenden Straßenseite einen Mann stehen sah. In der Dunkelheit ließ sich sein Gesicht nicht erkennen, und doch wusste er sofort, dass es Guelfuccio war – einer der wenigen überlebenden Nachkommen von Ugolino della Gherardesca, der ihm in Montecatini das Leben gerettet, jedoch mit einer Mischung aus Angst und Verachtung über den ghibellinischen Zweig der Familie gesprochen hatte.

»Das tue ich ganz gewiss nicht«, sagte Elia und überquerte die Straße, erleichtert, dass da jemand war, mit dem er das nagende Unbehagen teilen konnte. »Ich glaube, er hat mich nicht angesprochen, weil er mich für einen großen Künstler hält. Er muss bemerkt haben, dass … dass …«

»Dass du jener jungen Frau nahestehst, von der man nichts weiter weiß, als dass sie Bella heißt und sich von allen anderen Frauen unterscheidet. Schon dass sie so geschickt mit ihrem Dolch umgehen kann, ist ungewöhnlich. Erst recht, dass Lotario, mit der angesehenste Domkanoniker und Richter der Stadt, ihr geneigt scheint. Schließlich hat er sich nur auf ihren Wunsch hin dafür eingesetzt, dass du diese Statue meißeln kannst.«

»Woher … woher weißt du das alles?«

»Viel wichtiger ist doch, dass es auch Gaddo weiß. Eine so ungewöhnliche Frau fällt auf. Kein Wunder, dass er Nachforschungen hat anstellen lassen und …«

Er machte eine vielsagende Pause.

Elia versuchte, sich sein Entsetzen nicht anmerken zu lassen, doch es gelang ihm nicht. Hatte Gaddo etwa herausgefunden, wer Bellas Eltern waren? Ein keuchender Laut entfuhr ihm, doch Guelfuccio hob die Hand, klopfte ihm auf die Schulter, erklärte leise: »Keine Angst, soweit ich weiß, ist Gaddo Bellas Geheimnis noch nicht auf die Schliche gekommen.«

Elia schluckte, bereute nun doch, keinen Wein getrunken zu haben. Wie trocken seine Kehle war.

»G-G-G-G-geheimnis?«, stammelte er, und bis er mit etwas festerer Stimme abstreiten konnte, dass Bella tatsächlich ein solches hütete, war bereits zu viel Zeit verstrichen. Es hätte wohl ohnehin keinen Sinn gehabt, denn aus Guelfuccios Stimme ließ sich kein Zweifel heraushören, als er fortfuhr: »Ich weiß nicht, was genau Bella dir bedeutet. Ich weiß jedoch, wer sie ist und was es bedeutet, Ugolinos Urenkel zu sein. Ich habe dir in Montecatini erzählt, dass ich mittlerweile im Haushalt von Neri und Gaddo della Gherardesca lebe. Aber ich habe dir nicht gesagt, wo ich herkomme. Ich … ich war fast mein ganzes Leben lang ein Gefangener. Erst vor vier Jahren haben sich für mich die Türen jenes Kerkers geöffnet, in dem ich meine gesamte Kindheit verbracht habe. Kaiser Heinrich setzte sich für meine Freilassung ein, jedoch zu dem Preis, dass ich nie Anspruch auf Ugolinos einstigen Besitz erheben darf.«

Obwohl seine Stimme so teilnahmslos klang, als spräche er über das Geschick eines anderen, fühlte Elia die Bitterkeit, die tief in ihm saß, mehr noch die Verzweiflung, die Hoffnungslosigkeit. Fast das ganze Leben in einem Kerker … und das unschuldig.

»Ja«, bekräftigte Guelfuccio, »ich weiß, dass es zum Fluch

werden kann, Ugolinos Urenkel zu sein, und deswegen ist Bellas Geheimnis bei mir sicher.«

»Wenn du herausgefunden hast, wer Bella ist, dann kann das auch Gaddo«, sagte Elia heiser. »Ich fürchte, nur deswegen hat er meine Fähigkeiten gerühmt. Er wollte mein Vertrauen gewinnen, auf dass ich irgendwann seinen Verdacht bestätige.«

»Du musst ihn davon überzeugen, dass er mit diesem Verdacht falschliegt«, sagte Guelfuccio eindringlich.

Elia blickte ihn nachdenklich an. »Denkst du, dass ich das schaffe? Und denkst du, die Zeit ist reif, Uguccione della Faggiola zu stürzen, wie es Gaddo plant? Und den Turm fertig zu bauen?«

»Ich denke, mit Glück, Vorsicht und List könnten alle bekommen, was sie wollen. Du deinen Auftrag, Pisa seinen Turm, Bella ein sicheres Leben. Es ist nur wichtig, dass du Gaddo gegenüber nie die Vorsicht verlierst.«

Guelfuccio beugte sich vor, klopfte ihm auf die Schulter, verschwand dann in der dunklen Nacht.

Elia starrte ihm nach. Du wirst nie bekommen, was du willst, dachte er, denn deine verlorene Kindheit und Jugend kann dir keiner zurückgeben.

Und das Elend eines ganzen Lebens schien einer dunklen Welle gleich auf ihn zu schwappen.

Elia kehrte in die Werkstatt zurück, fand dort aber keinen Schlaf, was ausnahmsweise nicht an Gironimos und Fabrices Schnarchen lag, weil ihn die Gedanken an die Zukunft wach hielten. Als er sich mit dem ersten Morgengrauen erhob, fühlte er sich so schwer, als wäre er selbst zu einem Steinklotz geworden. Müden Schrittes brach er in Richtung des Mietshauses auf, in dem Bella mit Bona wohnte, obwohl er noch nicht entschieden hatte, wie viel von seinem Gespräch mit Guelfuccio er ihr anvertrauen wollte. Sein Wunsch, ihr Angst um das eigene Leben zu ersparen, war so groß wie der, sie zu warnen, auf dass sie wachsam wäre.

Als er endlich vor ihr stand, schien sie bereits aufgewühlt, noch ohne dass er ein Wort gesagt hatte. Er hatte Steinchen ans Fenster geworfen, um sie herunterzulocken, und sie trat ihm in einem Zustand entgegen, in dem er sie noch nie erlebt hatte. Nun gut, dass ihr kurzes Haar in sämtliche Richtungen abstand, verfilzt und schmutzig, war nichts Ungewöhnliches, auch nicht, dass ihre Kleidung zerknitterter war als solche, mit der ein vornehmes Mädchen vor das Haus treten würde. Befremdlich war jedoch, dass ihr Blick, der immer alles in sich aufsaugte – einerseits, um rechtzeitig Gefahr zu erkennen, andererseits, um sich an der Schönheit der Welt zu erfreuen, fahrig wirkte. Obwohl sein eigenes Herz randvoll war mit dem, was er selbst erlebt hatte, ging ihm auf, dass sie etwas erfahren haben musste, das ihr Leben ins Wanken brachte.

»Bella, was hast du denn?«

Er machte sich darauf gefasst, aus ihrem Mund den Namen Gherardesca zu hören, doch welchen sie am Ende herauspresste, war ein anderer. »Lotario.«

Der Name spülte jene Bitterkeit hoch, die er über die Nacht kurz vergessen hatte. Als er an den Mann dachte, der sein Kunstwerk vernichtet hatte – mit Worten, die zerstörerischen Hammerschlägen gleichkamen –, ballte er unwillkürlich die Fäuste.

»Dieser verdammte Lump, dieser verfluchte …«

»Sprich nicht so über ihn!«

In ihrer Stimme lag ein flehentlicher Ton, den er noch nie von ihr gehört hatte. Er passte nicht zu ihr, sie war doch stolz auf ihre Entschlossenheit, auf den Willen, sich zu nehmen, was sie begehrte. Warum wirkte sie, die ansonsten Unverwundbare, auf einmal so weich … so verletzlich?

Elia verstand die Welt nicht mehr. »Warum soll ich denn nicht so über ihn reden? Er hat noch weitaus schlimmere Verwünschungen verdient. Hast du vergessen, was er mir angetan hat?«

»Ich … ich habe ihm ja auch gezürnt … aber dann hat er mir etwas anvertraut … über meine Eltern … Er fühlt sich schuldig an ihrem Tod … und ein wenig ist er es ja auch … er war an Ruggieris Intrige beteiligt, hat meine Eltern zurück nach Pisa gelockt … ach, du verstehst es ja doch nicht.«

Hätte er nicht ein aufwühlendes Gespräch erst mit Gaddo, dann mit Guelfuccio della Gherardesca hinter sich gehabt, ganz zu schweigen von all den schlaflosen Nächten, da jeder Blick in die Zukunft ihn verzweifeln ließ, er hätte vielleicht tief durchgeatmet und sich alles in Ruhe erklären lassen. So aber brach es giftig aus ihm hervor: »Wie könnte ich es denn verstehen? Du hast deine Eltern nur einmal erwähnt, mir nie mehr von ihnen erzählt.«

Ihr Blick richtete sich auf ihn, setzte ihm unerwartet zu. Was eben in ihm schwelte, hätte er ihr lieber verheimlicht, doch sie schien zum Grund seiner Seele zu blicken. »Hätte es dich denn wirklich interessiert? Wolltest du je mehr über meine Eltern wissen? Mehr über mich? War, mein Innerstes zu erforschen, dir je das wichtigste Anliegen?«

»Keine Frau steht mir so nah wie du! Du … du hast mich zu meiner Madonna inspiriert, sie trägt deine Züge.«

»Aber ich bin keine Madonna, und wenn du mich kennen würdest, wüsstest du das.«

»Natürlich bist du keine Madonna, aber …«

Er brach ab. Wieder ahnte er, dass sie alle Missverständnisse ausräumen könnten, würden sie in ausgeruhtem Zustand darüber sprechen. So kränkten ihn die Worte noch mehr als der Vorwurf der Blasphemie. Der Blasphemie konnte sich nur schuldig machen, wer Gott nicht kannte und liebte. Bella aber warf ihm vor, dass er sie nicht kannte und liebte. Und wie sie da vor ihm stand, leicht bebend nun, im Innersten getroffen, war sie ihm wirklich so fremd wie nie.

»Lotario hat mich schlechtgemacht, nicht wahr?«, entfuhr es ihm. »Er will mir alles nehmen, was ich habe, erst meine Kunst, dann dich. Wann hat er endlich genug? Wenn ich ersoffen im Arno treibe oder mit gebrochenen Gliedmaßen in einer der dreckigen Gassen liege?«

»Ohne Lotario hättest du den Auftrag gar nicht erst bekommen.«

»Ach so!«, schrie er, weil es leichter war, dem Zorn nachzugeben, als der Verwirrung und Ohnmacht. »Du traust mir also nicht zu, es aus eigener Kraft zu schaffen? Du glaubst, dass ich auf jemanden wie Lotario … auf dich angewiesen bin?«

»Das habe ich so nicht gesagt.«

»Aber gedacht hast du es. Dabei habe ich dich damals nicht um deine Hilfe gebeten.«

»Aber abgelehnt hast du sie auch nicht. Und ohne mich wärst du mit deiner Madonna nicht weitergekommen.«

»Nun«, er brüllte mittlerweile so laut, dass aus mehreren Fenstern Murren ertönte, er möge so früh am Morgen sein Maul halten, »jetzt aber komme ich ohne dich weiter. Ich will nicht wie ein Kind an deinem Rockzipfel hängen, ich will es aus eigenen Kräften schaffen, mein Leben zum Guten zu wenden. Vielleicht werde ich zunächst kein großer Bildhauer sein, aber ein großer Baumeister – genauso wie mein Herr Giovanni

Pisano es war. Deine Hilfe brauche ich dazu nicht, und wenn du dich von mir wirklich nicht erkannt fühlst, wirst auch du leicht auf mich verzichten können.«

Schon als er sich abwandte, taten ihm seine rüden Worte leid. Nach wenigen Schritten hätte er sich am liebsten umgedreht, sein Bedauern erklärt, auch, dass sie so nicht miteinander reden sollten, dass sie doch mehr verband als trennte. Wenn sie bloß seinen Namen rufen würde, er würde sofort kehrtmachen, sie umarmen, sie küssen, sich mit ihr versöhnen. Aber sie rief seinen Namen nicht – ob aus Ärger oder weil sie wie erstarrt war, wusste er nicht. Er wusste nur, dass seine Worte kein leeres Gerede bleiben durften. Er wollte es wirklich aus eigener Kraft schaffen, er wollte ihr ein würdiger, ebenbürtiger Mann sein.

1373

»He!«, rief Cristo. »Sind wir in der Nacht nicht genug gerannt?«

Dass er Mühe hatte, Fiora einzuholen, beschämte ihn zutiefst. Und er konnte nicht verstehen, dass ihr ausgerechnet der Anblick des alten Mönchs, an dessen Fersen sie sich geheftet hatte, neue Kräfte verlieh. Ja, das dort hinten war der Eremit. Als sie damals vor seiner Hütte Azizas Namen genannt hatte, hatte er zutiefst verstört reagiert. Aber was erhoffte sie sich von ihm zu erfahren, was sie nicht schon wusste? Ihr Mann Gabriele wollte anscheinend lieber am Bau einer der Glocken für Pisas Turm mitwirken, anstatt an ihrer Seite ein behagliches Leben auf Elba zu führen. Warum dem Mönch also nachhetzen?

Kaum weniger erstaunlich war im Übrigen, dass der nicht stehen blieb. Als er bemerkte, dass er von ihnen verfolgt wurde, beschleunigte er seinen Schritt. Cristo entschied, nicht nur auf Tempo, sondern auf List zu setzen. Während Fiora dem Mönch nachlief, bog er in eine Seitengasse ab, lief diese entlang und musste an ihrem Ende nichts weiter tun, als sich dem Eremiten in den Weg zu stellen.

»Hiergeblieben!«, rief er mit stillem Triumph.

Der Mönch trug einen Laib Brot in den Händen und presste diesen unwillkürlich an sich. Dachte er denn tatsächlich, sie würden ihm das Brot stehlen wollen? Nun, es duftete verführerisch, und Cristo lief das Wasser im Mund zusammen. Fiora indes schien keinerlei Hunger zu verspüren, in ihrem Blick stand vielmehr Wut, als sie den Eremiten einholte.

»Was … was willst du von mir?«, rief der. Er wollte unwirsch klingen, doch Cristo hörte die Angst aus seiner Stimme.

»Ich weiß, wer du bist«, stieß Fiora keuchend aus. Prompt begannen die Hände des Eremiten zu zittern. Wenn er jetzt den Brotlaib fallen ließe, wäre es ein Leichtes, sich zu bücken und …

Nun, der Mönch ließ den Laib nicht fallen, und Cristo wurde gewahr, dass sein Hunger nicht größer war als die Neugierde darauf, was all das zu bedeuten hatte.

Flüchtig ging ihm durch den Kopf, dass der Eremit Lotario sein könnte, aber dann müsste der Alte an die hundert Jahre sein, und so tief waren die Falten in seinem Gesicht denn auch nicht.

»Ich weiß, wer du bist« wiederholte Fiora. »Mein Mann hat mir von dir erzählt. Gabriele heißt er, und er weiß alles von den damaligen Ereignissen. Er ist schließlich Bellas Enkelsohn, Azizas und Ninos Urenkel.«

Ganz überraschend kam diese Offenbarung für Cristo nicht, er hatte es immer schon geahnt. Er hätte trotzdem gerne mehr darüber erfahren, doch was den Eremiten erschütterte – auch seine Händen begannen nun zu beben, und die Augen traten schier aus den Höhlen –, war etwas anderes.

»Du weißt nicht, wer ich bin … du weißt bloß, wer ich war. Mit dem Menschen von einst habe ich schon längst nichts mehr gemein. Ich habe all die Jahre … Jahrzehnte für meine Schuld gebüßt.«

Schuld?, dachte Cristo verwirrt. Welche Schuld?

»Ich nehme an, auch Gabriele hat dich aufgesucht, sobald er in Pisa ankam.«

Ach herrje, dachte Cristo, warum suchen wir uns nicht ein lauschiges Plätzchen, brechen das Brot, und während wir langsam unseren Magen füllen, erklärt ihr mir alles in Ruhe, anstatt nur vage Andeutungen zu machen!

Leider blieb es vorerst bei Letzterem. Der Eremit nickte. »Ja, Gabriele war bei mir, und ich sagte ihm dasselbe, was ich nun dir sage: Lasst die Vergangenheit endlich ruhen.«

»Das kann ich nicht, wenn sie meine Zukunft bedroht!«, rief Fiora heftig.

»Ich kann mir nicht vorstellen, auf welche Weise«, sagte der Eremit. Na, da sind wir schon zwei, dachte Cristo bei sich. »Und erst recht habe ich keine Ahnung«, fuhr der Mönch fort, »wie ich dir helfen könnte.«

Ach, du auch nicht?

»Nun«, erwiderte Fiora etwas gemäßigter, »es wäre ein Anfang, wenn du mich zu Gabriele bringst.«

Cristo runzelte die Stirn. »Und deswegen haben wir so rennen müssen?«, rief er. »Hast du mir etwa nicht zugetraut, die Werkstatt zu finden, wo die Glocken für den Turm gegossen werden?«

Fiora achtete gar nicht auf ihn, ihr Blick blieb starr auf den Eremiten gerichtet. »Und vielleicht könntest du ihm sagen«, fuhr sie fort, »dass es eine Sünde ist, die Frau, mit der er sich vor Gott verbunden hat, einfach zu verlassen.«

Der Eremit zuckte unbehaglich die Schultern. »Jemandem, der so große Schuld auf sich geladen hat wie ich, steht es nicht zu, anderen Vorwürfe zu machen.«

»Wenn du ihn davon überzeugst, dass er verpflichtet ist, mir zumindest Rede und Antwort zu stehen, trägst du diese Schuld eher ab, als wenn du in deiner Eremitage hockst und den Reisenden wunderliche Geschichten erzählst, oder?«

Der Eremit seufzte schwer, nickte schließlich und winkte sie mit sich. Fiora folgte ihm zunächst schweigend, wandte sich dann aber plötzlich an Cristo. Anstatt jedoch endlich alle Rätsel zu lüften, wie er es erhoffte, sagte sie nur: »Du … du hast mir sehr geholfen, Cristo. Aber du musst dich nicht länger bemüßigt fühlen, mitzukommen. Wenn du lieber …«

»Himmel«, rief Cristo und stampfte zornig auf. »Du kannst mich doch nicht einfach wegschicken, ehe sämtliche Geheimnisse aufgedeckt sind.«

»Ich schicke dich nicht weg, ich biete dir lediglich an …«

»Ich will verdammt noch mal wissen, was es mit all dem Gerede von Schuld auf sich hat.«

Er sprach mit schroffer Stimme zu ihr, und das tat ihm augenblicklich leid, als er sah, wie in Fioras Augen plötzlich Tränen schimmerten. So energisch sie auf den Eremiten eingeredet hatte – die Anstrengung der letzten Tage schien nun doch ihren Tribut zu fordern.

»Ich … ich bin froh, dass du das sagst. Ohne dich würde ich mich unendlich verloren fühlen.«

Cristos eben noch grimmige Miene wurde weich. »So schnell wirst du mich nicht los«, sagte er, und schon im nächsten Augenblick fand er sich in einer Umarmung wieder, fast so inniglich wie im Wald, als sie sich gegenseitig gewärmt hatten. Er war glühend rot, als sie ihn wieder losließ, und senkte rasch den Kopf, damit Fiora das nicht bemerkte. Sie sollte doch nicht wissen, dass er sich beim Gedanken, wieder allein durch Pisas Gassen zu streunen und auf Gelegenheiten zu warten, sich zu bereichern, genauso verloren fühlte wie sie. »Auf dem Weg zu Gabriele könntest du mir endlich alles erklären«, sagte er und versuchte möglichst nüchtern zu klingen. »Oder zumindest erzählen, wie es mit Bella und Elia weiterging.«

»Sie haben schrecklich gestritten …«

»Sich aber doch auch wieder versöhnt, oder? Du hast eben gesagt, dass Gabriele Bellas Enkelsohn ist. Also haben Bella und Elia ein Kind bekommen!«

Fiora nickte nur stumm.

»Die beiden haben also wieder zueinandergefunden, sind glücklich geworden und …«

»So einfach war das nicht«, fiel Fiora ihm ins Wort. Sie seufzte. »Es ist ja nie einfach … nicht das Leben … nicht das Lieben.«

Und schon gar nicht einfach ist es, sich aus diesen Andeutungen einen Reim zu machen, dachte Cristo etwas ärgerlich. Aber er musste nicht weiterbohren, Fiora nahm von sich aus die Erzählung wieder auf.

IX.

Der Wein aus Vernaccia

1316

»Bist du krank?«, fragte Bona besorgt.

Sie musste die Frage mehrfach wiederholen, bis Bella sie hörte. Und auch nachdem sie sie vernommen hatte, verstand sie sie nicht. Sie sollte krank sein? Aber warum denn? Seit dem Streit mit Elia vor zwei Wochen hatte sie mehr Zeit zum Schlafen als früher. Und dass ihre Haut so fahl war, lag nur daran, dass sie so selten nach draußen ging.

»Wie kommst du darauf?«, fragte sie.

»Es wundert mich, dass du sogar jetzt am Abend nähst – und das, ohne ständig dabei zu fluchen.«

Bella blickte hinab auf ihren Schoß. Richtig, sie hatte begonnen, ein Stück Seide mit einer Stickerei zu versehen. Schließlich musste sie irgendetwas tun, um ihre Hände geschäftig zu halten.

»Du hältst mich für krank, weil ich gerade Stiche mache?«, fragte sie.

Bona grinste. »Eher wird der Turm über Nacht gerade als deine Stiche.« Sie wurde rasch wieder ernst. »Aber es ist erstaunlich, dass du hier so ruhig sitzt.«

Bella starrte auf den Stoff. »Du hast mir doch immer gesagt, ich solle mehr nähen.«

»Ich habe auch gesagt, du solltest dich vor Lotario in Acht nehmen und ihn am besten meiden, aber das hast du nicht getan. Seit du ihn zur Rede stellen wolltest, wirkst du verstört.

Du hast mir immer noch nicht gesagt, was damals vorgefallen ist. Hat er dir irgendwie wehgetan?«

Bella schüttelte den Kopf. »Lotario würde mir nie etwas antun«, brach es aus ihr hervor.

Bona fiel es für gewöhnlich schwer, ihre Gefühle für sich zu behalten, aber jetzt zog sie nur die Brauen hoch. »Deiner Mutter wollte er seinerzeit auch nichts antun, und dennoch …«

Sie schwieg vielsagend.

»Lass uns nicht über Lotario reden.«

»Bislang hast du nicht den Eindruck gemacht, du würdest stattdessen lieber über Elia reden. Ihr habt doch gestritten, nicht wahr?«

Diesmal nickte Bella.

»Und den Grund eures Streits kann man nicht wieder aus der Welt schaffen?« fragte Bona.

Bella seufzte. Mehr als einmal hatte sie knapp davorgestanden, aus ihrer Wohnung zu stürmen, zu Elias Werkstatt zu laufen, ihn zu bitten, über alles in Ruhe zu reden. Was sie davon abgehalten hatte, war ausgerechnet die Erinnerung an Lotarios Worte. Gewiss, sie hatte diesem gegenüber energisch darauf bestanden, allein zu entscheiden, wen sie liebte, mit wem sie leben wollte. Und doch war der Zweifel, den er in ihr gesät hatte, aufgegangen. Was, wenn sie an seiner Seite immer mehr Muse als Geliebte war? Was, wenn ihr Wohl für ihn immer nur an zweiter Stelle käme? Was, wenn er vor allem ein Diener der Kunst, dann erst ein Mann, *ihr* Mann sein würde?

So viele widerstreitende Gefühle breiteten sich in ihr aus, wenn sie darüber nachdachte – Wut, Ohnmacht, Sehnsucht, Trauer, Enttäuschung, Hoffnung –, und keines wurde sie wirklich Herr.

Bona machte ein paar Stiche, hielt dann inne. »Was deiner Mutter die Zahlen waren, scheint dir die Liebe zu sein.«

»Was meinst du damit?«

»Aziza hatte einfach nie genug. Nie genug von neuen Büchern, nie genug von Instrumenten wie diesem Zirkel, der so spitz war, dass man sich damit schrecklich wehtun konnte, nie genug von Zahlen. Sie wollte mit immer höheren rechnen.«

»Und du fandest, sie hätte sich mit niedrigen begnügen sollen?«

»Ich fand, dass eine Frau nicht rechnen können muss, um glücklich zu sein.«

»Dass man aber, um glücklich zu sein, lieben muss, das kannst du nicht leugnen. Du selbst hast Jalil geliebt.«

»Und zwar auf gleiche Art und Weise, wie ich lebe. Du weißt, ich liebe Süßes, und manchmal nehme ich ein, zwei Bissen zu viel davon. Aber eben nur ein, zwei Bissen, nicht gleich eine ganze Platte. Ich habe mich nie übergeben müssen, weil ich zu viel genascht habe. Ich wusste immer, wann es genug war.«

»Wie oft du mich mit Süßem vollgestopft hast, obwohl ich es hasste …«

»Daran warst du selbst schuld«, sagte Bona streng. »Warum hast du auch ständig Kratzer und blaue Flecken abbekommen und niemals still gesessen? Wie auch immer. Anders als Süßes hasst du Elia nicht, du magst ihn recht gern, und er mag dich wohl auch. Warum ist dir das nicht genug?«

»Sieht er wirklich mich, wenn er mich betrachtet – nicht bloß die nächste Madonnenstatue, die er meißeln will?«

Bona zog wieder die Brauen hoch. »Und sieht Lotario wirklich dich, wenn er dich betrachtet, nicht vielmehr deine Mutter? Er hat ständig versucht, Nino schlechtzumachen. Lass nicht zu, dass er sich zwischen dich und Elia stellt.«

»Ich denke nicht, dass er es noch einmal versucht, aber …«

»Aber die Kluft ist bereits so groß, dass du sie nicht überwinden kannst? Herrgott, Bella! Du bist früher aus dem zweiten Stock nach unten geklettert. Und einen winzig kleinen Schritt auf Elia zu kannst du nicht machen?«

Bella seufzte wieder. »Du hast ja recht«, murmelte sie. »Ich mag nicht viele Tugenden besitzen, die du dir für mich gewünscht hast. Aber mutig war ich immer und …«

Sie brach ab, als ein Klopfen sie zusammenfahren ließ. Zögerlich erhob sie sich und trat zur Tür, hoffte kurz, es wäre Elia, der ihr mit dem Wunsch nach einer Aussprache zuvorkäme. Doch als sie öffnete, stand Petrulia vor ihr, die Nachbarin, die unter ihnen wohnte. Was denn, was denn, wollte Bella schon sagte, heute habe ich doch nicht so laut getrampelt, dass du dich wieder mal davon gestört fühlst.

Doch dann sah sie, dass Petrulia eine Flasche in ihrer Hand hielt. »Die wurde eben für dich abgegeben.«

Bella nahm sie stirnrunzelnd entgegen. »Ist das Wein?«

Petrulia grinste. »Der kostbarste, beste Wein, den es gibt. Nicht bloß ein Weißwein von Elba, der zwar fruchtig schmeckt, aber nicht im Geringsten berauscht, auch kein Rotwein aus Castiglione della Pescaia, der noch den schlimmsten Säufer betäubt. Nein, es ist Wein aus Vernaccia, nicht zu leicht, nicht zu schwer, so süffig, als würde man flüssige Perlen trinken. Es heißt, er bringt noch die finstersten Männer zum Weinen.«

Bella hatte keine Lust, finstere Männer weinen zu sehen. Immer noch blickte sie ratlos auf die Flasche, während Bona näher trat. »Und wer genau hat diese Flasche für Bella abgegeben?«

»Ein Mann, der mir seinen Namen nicht verraten wollte.« Das Lächeln wurde breiter, verriet in gleichem Maße Neid wie Sehnsucht. Als sich Petulias Blick auf die Flasche richtete, stand wiederum unverhohlene Gier darin. Bella hätte ihr gern einen Schluck angeboten, aber Bona nahm ihr die Flasche rasch aus der Hand, dankte der Nachbarin für den Botendienst und schlug die Tür zu.

Als sie sich an Bella wandte, lächelte auch sie – nämlich siegesgewiss. »Ich bin sicher, der Wein kommt von Elia.«

»Wenn der mir etwas schenken würde, wäre es eine Elfenbeinstatue.«

»Habt ihr nicht wegen einer solchen Statue gestritten?«

»Nun, er hätte mir auch einen neuen Knauf für meinen Dolch machen können, aber … Wein?«

»Vielleicht will er ihn gemeinsam mit dir trinken.«

»Dann hätte er ihn mir auch selbst bringen können.« Bella machte eine kurze Pause, fuhr schließlich entschieden fort: »Jedenfalls werden wir beide ihn nun trinken. Und wir werden nicht weinen wie die finsteren Männer, wir werden lachen. Ich glaube, wir haben in der letzten Zeit viel zu wenig gelacht.«

»Einverstanden«, erwiderte Bona. »Ich trinke den Wein aber nur, wenn du dich morgen persönlich bei Elia bedankst.«

Bella zweifelte immer noch, ob der Wein wirklich von Elia stammte. Aber sie hatte nun lange genug mit Bona über ihn geredet. Besser, sie tranken schweigend und labten sich an der Wärme, die das Gesöff durch ihre Adern jagen würde – belebend und verheißungsvoll.

Noch konnte sie den edlen Tropfen nicht kosten. Sie hatte schon die Flasche an ihre Lippen gesetzt, als Bona erklärte, sie sollten den Wein aus einem Kelch trinken. Da sie nicht oft aus einem solchen tranken, nur aus Zinkbechern, dauerte es eine

Weile, bis sie ihn fand, und als sie ihn gefunden hatte, dauerte es wieder eine Weile, bis sie ihn poliert hatte. Als er endlich glänzend auf dem Tisch stand und sie einschenken wollte, hielt sie inne.

»Hast du es auch gehört?«, fragte sie. »Hat es noch einmal geklopft?«

Bella schüttelte den Kopf, lauschte angespannt. Ein diffuser Lärm schwoll nach und nach zu einem Stimmengewirr an. Sie stürzte zum Fenster, blickte auf die Straße. Jetzt im Februar waren die Tage kurz, während ihres Gesprächs hatte sich Dämmerung über die Stadt gesenkt. Trotzdem wankten nicht nur Betrunkene durch die Nacht, Edelmänner oder Söldner – nein, das Trampeln von so vielen Füßen klang, als hätte sich eine große Menge auf den Weg gemacht. Selbst der Kelch erzitterte.

Bona trat zu ihr, lugte ebenfalls auf die Straße. Man konnte jene Menge nicht sehen, durchaus aber hören, was sie schrie, und das fast aus einem Mund.

»Nieder mit Uguccione della Faggiola! Gaddo della Gherardesca soll neuer Herr von Pisa werden.«

Ihre Blicke trafen sich, und Bella las in Bonas Miene ihre eigenen Gedanken. Ein gewaltsamer Umsturz hatte Pisa noch nie zu einem friedlicheren, wohlhabenderen Ort gemacht. Und auch wenn für die Menschen dort unten der Name Gherardesca für die Zukunft stand – sie konnte nicht anders, als an die Vergangenheit zu denken und daran, was dem letzten Herrn Pisas dieses Namens widerfahren war. Immer noch fiel kein Wort. Stillschweigend trafen sie die Übereinkunft, dass dies nicht die rechte Stunde war, um sich an Wein zu laben.

In der Nacht des Umsturzes wurde Elia von lautem Stimmengewirr geweckt. Es überraschte ihn nicht, hatten sich doch schon den ganzen Tag über immer wieder Menschen zusammengerottet. Die einen fluchten auf Faggiola, nannten ihn einen grausamen Tyrannen. Andere begannen Gerüchte zu streuen: Demnach war es in Lucca zu einem Aufstand gekommen, weil Faggiolas Sohn einen der einflussreichsten Luccheser, Castruccio Castracciani, hatte einkerkern lassen. Mit diesem wiederum hatte Gaddo della Gherardesca ein Bündnis geschlossen, und offenbar wollte der dem Gefangenen zu Hilfe eilen. War das der Auftakt eines gewaltsamen Umbruchs? Oder würde sich Faggiola an der Macht halten können? Elia horchte nach draußen, glaubte zu hören, dass jene Stimmen, die sich für Gaddo erklärten, lauter wurden und jene, die zur Treue gegenüber Faggiola mahnten, leiser. Obwohl er eigentlich beschlossen hatte, in der Werkstatt zu bleiben, kam er zu dem Schluss, dass er besser zu jenen gehörte, die Gaddos Namen riefen.

Es war schon Mitternacht, als er auf den Domplatz trat. Ein Dutzend Menschen hatten sich hier mittlerweile versammelt, und im Laufe der Nacht wurden immer mehr daraus. Viele trugen zunächst eine Fackel, gegen Morgengrauen erloschen die Lichter, nicht jedoch die Erregung in den vielen Gesichtern. Mit jedem Weiteren, der hinzutrat, vermehrten sich die Gerüchte. Und hatte Elia schon bisher dazu beigetragen, dass jeweils das am schnellsten verbreitet wurde, das Faggiolas Macht am Schwinden, Gaddos Stern dagegen am Aufgehen sah, schien das am Morgen nicht länger nur sein Wunsch zu sein, sondern bereits den Tatsachen zu entsprechen.

Faggiolas Sohn hatte entschlossen, Castruccio in Pisa hinrichten zu lassen, doch noch bevor der Gefesselte hier ankam, war es Gaddo gelungen, in den Pisanern erst Mitleid für den Verfemten zu erwecken, dann Wut darüber, dass mit einem einstigen Verbündeten derart grausam umgegangen wurde. Bewies das nicht einmal mehr, dass Faggiola und seine Brut keine Treue kannten? Wenn morgen starb, wer sich gestern zu ihm bekannt hatte, war es dann nicht besser, sich heute gegen ihn zu stellen?

Gaddo della Gherardesca versprach außerdem regelmäßige Volksversammlungen, käme er an der Macht. Damit das geschah, müsste das Volk natürlich mehr tun, als wie eine Schafherde zu blöken, müsste in die andere Richtung laufen, als der Hirte es befahl, mehr noch, mit den Hinterbeinen gegen ihn ausschlagen. Mit einer Truppe Bewaffneter zogen die Pisaner los, um Castruccio mithilfe der Luccheser zu befreien.

Die Sonne wagte sich eben hinter den grauen Wolken hervor, als zum ersten Mal jemand behauptete, dass Faggiola und die Seinen aus Angst vor Castruccios Rache Pisa fluchtartig verlassen hätten und Gaddo bestrebt war, diese Lücke zu füllen.

Der Domplatz leerte sich, strebten doch nun die meisten auf den Palazzo del Commune zu, wo man eine Ansprache Gaddos erwartete, doch leiser wurde es trotzdem nicht. Bis hierher drangen die Rufe »Gherardesca! Gherardesca!«, auf die nicht minder laut geantwortet wurde: »*Fiat, fiat!* So sei es! So sei es!«

Etliche Weinschläuche begannen zu kreisen, mit denen Gaddos Fürsprecher ihren Sieg feiern wollten, doch Elia blieb nüchtern – und ein anderer auch. Dessen Gesicht war eines der wenigen, das keine roten Flecken aufwies, dessen Augen nicht leuchteten.

Elia trat zu ihm.

»Gaddo scheint es geschafft zu haben«, murmelte er.

Guelfuccio schien ihn gar nicht zu hören. Immer wieder wurde nun der Name »Gherardesca!« gerufen.

»Das letzte Mal, als dieser Name aus so vielen Kehlen tönte, wurde der Tod meines Urgroßvaters gefordert«, murmelte Guelfuccio.

»Nun, heute will niemand Gaddos Tod, nur, dass er die Herrschaft übernimmt.«

Guelfuccios Blick richtete sich auf ihn, doch Elia konnte nicht darin lesen, was er fühlte – ob eine gewisse Genugtuung, weil das schmähliche Ende seines Urgroßvaters nicht der Schlusspunkt seiner Familiengeschichte blieb, sondern nun etwas Großes folgte. Oder Verbitterung, weil Ruhm und Macht nun allein Gaddo zustanden, er selbst jedoch nicht davon zehren würde.

Schließlich wandte sich Guelfuccio ab, starrte auf etwas hinter ihm. Als Elia seinem Blick folgte, erkannte er, dass er auf den Turm gerichtet war. Jäh fühlte er, der die Ereignisse der Nacht eher unbeteiligt bezeugt hatte, die gleiche Hitze durch die Adern strömen, wie sie so viele Pisaner wach hielt und aufgeregt durch die Straßen drängte. Die Statue der Madonna wird nicht der schmähliche Schlusspunkt meiner Laufbahn bleiben, dachte er, etwas Großes wird folgen …

Guelfuccios Blick wurde lauernd. »Wenn sich die Lage beruhigt hat, wird Gaddo wohl erneut auf dich zukommen. Falls er den Turm wirklich vollendet sehen will und dich zum Baumeister ernennt, weißt du, warum.«

»Gewiss«, sagte Elia, ohne seinen Blick vom Turm zu lösen. In der Ferne schwoll Jubel an, vielleicht weil sich Castruccio sehen ließ, vielleicht Gaddo, vielleicht sie beide. »Selbstverständlich werde ich ihm nicht trauen, ich werde auf der Hut sein, und ich werde Bellas Geheimnis wahren – aber diese Chance werde ich mir auch nicht entgehen lassen.«

Bella stand im Schatten des Doms. Sie beobachtete Elia nunmehr seit einer geraumen Weile von dort. Drei Wochen waren seit dem Umsturz in Pisa vergangen, und immer noch kam es dann und wann zu Unruhen in der Stadt, wenn ein paar verbliebene Anhänger Faggiolas jene von Gaddo herausforderten. Dennoch hatten die Bürger rasch ihr Tagwerk wieder aufgenommen: Händler priesen ihre Waren, Handwerker hämmerten in ihrer Werkstatt, Bettler flehten um ein Stück Brot. Und hier auf dem Domplatz herrschte ebenfalls reges Treiben, gerade wurden jede Menge Steine herangeschafft, außerdem ein riesiges Gerät. Es bestand aus langen Stricken, Holzstangen und Haken, und es wurde, soweit Bella wusste, »Macchina« genannt. Der Baumeister der Kathedrale, Buscheto, hatte es einst erfunden, und es erfüllte den Zweck, schwere Steinquader in höhere Stockwerke zu schaffen. Sie hatte keine Ahnung, wie man das genau anstellte. Und erst recht wusste sie nicht, wozu man die Macchina brauchte und warum es ausgerechnet Elia war, der den Arbeitern dort hinten befahl, wohin man sie schieben sollte.

Nicht nur das hielt Bella davon ab, näher zu treten und ihn anzusprechen. Was immer Elia mit den Steinen und der Macchina vorhatte – die Röte in seinem Gesicht bewies, dass er sich ganz in seinem Element fühlte, und es fiel ihr schwer, ihn zu stören.

Doch während sie noch rang, ob sie sich nicht besser zurückziehen und eine günstigere Gelegenheit abwarten sollte, traf sie eine Stimme.

»Bella!«, rief jemand atemlos. »Ich bin froh, dich wohlbehalten zu sehen! Nach dem Umsturz … den Unruhen …«

Bella drehte sich langsam um. Lotario war manch schlaflose Nacht anzusehen, bedingt wohl nicht nur dadurch, dass er mit dem Bischof stundenlang diskutierte, ob Gaddo ein guter Herrscher sein würde oder nicht. Gewiss hielten ihn auch Erinnerungen an das, was in der Muda passiert war, wach, und nicht zuletzt Sorgen um sie, die ihn nun zu ihr trieben, obwohl er versprochen hatte, sich von ihr fernzuhalten.

Ehe er noch etwas sagen konnte, fuhr sie ihn an: »Wenn du mich davon abbringen willst, mit Elia zu sprechen, wird dir kein Glück beschieden sein.«

Ihre Stimme klang forscher, als ihr zumute war.

»Ich … ich will dich nicht abhalten, mit Elia zu reden«, sagte er. »Im Gegenteil, ich will dich dazu ermutigen, nicht länger zu zögern.«

Die letzten Worte kamen gepresst über seine Lippen.

»Hast du deine Meinung über Elia geändert?«

»Nein, aber ich will akzeptieren, dass du dir deine über ihn selbst bildest.«

»Was etwas leichter fiele, wenn du nicht behauptet hättest, er würde mich nicht erkennen und der Kunst immer den Vorzug geben.« Ihre Stimme klang giftig wie nie, und als sie sah, wie er schuldbewusst zusammenzuckte, tat ihr das augenblicklich leid. Sie seufzte. »Vergib. Ich fürchte, ich habe zu lange mit meinem Dolch gekämpft, und nun ist meine Zunge spitz wie dessen Klinge. Das sollte so nicht sein, wenn ich mit dir spreche. Und es sollte so auch nicht sein, wenn ich mit Elia spreche. Aber du weißt ja selbst: Am unbarmherzigsten sticht zu, wer seine Angst verbergen muss.«

»Angst vor dem Tod?«

»Angst vor der Liebe«, gab sie mit rauer Stimme zu. »Wenn ich gegen den Tod kämpfe, bin ich geschickt, wendig, listenreich. Wenn ich *für* die Liebe kämpfen soll, habe ich zwei lahme Hände, schwerfällige Beine und kriege den Mund nicht auf. Ich weiß nicht genau, was ich zu Elia sagen soll.«

»Vielleicht solltest du nicht fragen, was er für dich fühlt. Vielleicht solltest du ihm sagen, was du für ihn fühlst.«

Seine Stimme war nun fast tonlos, zeigte, wie stark er sich überwinden musste. Doch wenn es ihm gelungen war, konnte sie es auch. Sie nickte entschlossen, machte ein paar Schritte, wollte Elias Namen rufen. Doch sie hatte noch nicht einmal die Mitte des Platzes, der Dom und Turm trennte, erreicht, als Elia sie ohnehin erblickte. Er stand neben der Macchina, hatte den Männern gerade etwas befohlen, erstarrte nun. Kurz war sein Gesicht ausdruckslos, dann wurden seine Züge ganz weich. Ein breites Lächeln verzog seine Lippen, hinter dem sie Erleichterung witterte. Gleiche überkam auch sie, sie machte einen weiteren Schritt auf ihn zu, wollte die wenigen Meter, die sie noch trennten, überwinden, wollte ihm in die Arme fallen, ganz gleich was geschehen war.

»Bella!«, vernahm sie da plötzlich Lotarios Stimme.

Himmel, warum musste er sie jetzt stören! Hatte er seine Meinung so schnell geändert? Doch da rief er noch einmal ihren Namen, und diesmal entging ihr nicht, wie viel Furcht mitschwang. Und da sah sie es selbst.

Nicht weit von ihr entfernt lag jener Berg Steine, den man heute herbeigeschafft hatte, und der oberste Stein hatte zu rollen begonnen – und das geradewegs auf sie zu. Oder nein, er hatte nicht zu rollen begonnen, er war gestoßen worden, von jener schwarzen Gestalt, die die Steine hochgeklettert war.

Obwohl Bella ansonsten auf jede Gefahr sofort reagierte,

stand sie wie gelähmt. Doch bevor der Stein auf sie zugedonnert kam, sie treffen konnte, stürzte Elia auf sie zu, riss sie gerade noch zur Seite, so heftig, dass sie beide das Gleichgewicht verloren und zu Boden gingen. Ihr Gesicht schlug schmerzhaft gegen seine Brust, das Knie gegen die Pflastersteine. Benommen starrte sie auf das Blut, das über ihr Bein perlte, hob dann den Kopf.

Eine Weile konnte sie Elia nur dankbar anstarren, dann löste sie sich von ihm, rappelte sich auf. Sie wollte den Dolch ziehen, der schwarzen Gestalt nachjagen, doch es war zu spät. Auch Lotario, der schneller reagiert hatte, hatte keinen Erfolg. Eben stürzte er zum Turm hin, in dessen Schatten noch etwas zu sehen war. Zuvor aber stieß er mit einem der Arbeiter zusammen, und die Zeitspanne, da jener ihn mit Flüchen übergoss, nutzte der Angreifer, um endgültig zu verschwinden.

Er eilte zu Bella. »Geht es dir gut?«

Bella brachte kein Wort hervor.

»Sie blutet …«, stammelte Elia an ihrer statt. Er kniete vor ihr, und seine Hand ging zu ihrem Bein, versuchte das Blut abzuwischen.

»Das … das ist nicht so schlimm … aber dieser Mann …«, brachte Bella mühsam hervor.

Lotario war kreidebleich. »Er hat den Stein absichtlich angestoßen! Er wollte dich damit erschlagen.«

Elia blickte stirnrunzelnd hoch. »Wer soll es denn auf Bellas Leben abgesehen haben? Ich glaube eher, einer der Arbeiter wollte den Stein holen und zurechthauen. Er ist ihm entglitten, und dafür schämte er sich so, dass er floh.«

Es kam kaum mehr But aus der Wunde, dennoch brannte sie. Bella entzog Elia rasch das Bein, kämpfte gegen das Beben an. »Gut möglich, dass es so war … wer sollte mich schon töten wollen!«

»Nun, wer schon!«, rief Lotario. »Natürlich Gaddo della Gherardesca, der eben die Macht erlangt hat!«

»Aber Gaddo weiß nicht, wer ich bin«, rief Bella, versuchte überzeugt zu klingen, doch das Unbehagen, das in ihr hochstieg, ließ sich nicht abschütteln, und es verstärkte sich, als sich ihr Blick auf Elia richtete. Der erhob sich langsam, wirkte nachdenklich, nahezu verlegen – was auch Lotario nicht entging.

»Hast du uns irgendetwas zu sagen?«, fuhr er ihn an.

Elia zuckte die Schultern. »Ich habe gehört, dass Gaddo Nachforschungen anstellen ließ, aber wie soll er schon herausgefunden haben, wer Bella ist. Es weiß doch niemand, wer ihre Eltern sind, außer …«

»Welchem Zweck dienen denn diese Steine?«, fiel ihm Lotario hart ins Wort. Kurz konnte sich Bella nicht erklären, warum er ausgerechnet diese unsinnige Frage stellte. Doch dann ahnte sie plötzlich, worauf er hinauswollte, und sie fühlte, wie ihr das Blut aus dem Gesicht schwand.

»Habt ihr noch nicht davon gehört?«, fragte Elia. »Gaddo will der Stadt etwas geben, worauf sie seit fast anderthalb Jahrhunderten wartet: einen Campanile, dessen Glocken endlich läuten. Eine seiner ersten Entscheidungen als Stadtherr war es, den Bau des Turms wieder aufzunehmen.«

»Der Turm soll vollendet werden?«, rief Bella.

»Er wird in den nächsten Monaten ein sechstes Stockwerk erhalten – wie alle anderen aus einem Ring von dreißig Säulen und Kapitellen bestehend, jedoch mit etwas höheren Bögen ausgestattet und …«

»Und der Bauherr ist Lupo di Francesco?«, fiel Lotario ihm erneut rüde ins Wort.

»Nein.« Elias Gesicht wurde grimmig, als er sich an ihn richtete. »Dir ist es nicht gelungen, meine Zukunft zu zerstören. Du magst meine Madonna als Blasphemie bezeichnet haben, andere sahen darin große Kunst und trauen mir noch mehr zu. Ich … ich selbst plane und beaufsichtige den Bau des Turms. Zu diesem Zwecke wurde ich aus Lupo die Francescos Diensten befreit und …«

Er brach ab, war ihm doch nicht entgangen, dass Lotario Bella einen Blick zuwarf und dieser Blick nicht nur besorgt war, auch … mitleidig. Sie war nicht sicher, was sie weniger ertragen konnte, dieses Mitleid oder die Empörung, die plötzlich in Elias Miene stand, als ihm aufging, wessen er verdächtigt wurde.

»Wartet!«, rief er. »Ihr glaubt doch nicht ernsthaft, dass ich Gaddo verraten habe, wer Bella ist, und dafür diesen Auftrag bekam? Im Gegenteil, ich habe ihn nicht zuletzt übernommen, um in seiner Nähe zu sein, um herauszufinden, was er denkt und plant. Bella, du kannst doch nicht wirklich glauben …«

Er brach ab.

Bella brachte kein Wort hervor, Lotario jedoch sagte kalt: »Jedenfalls hat es jemand auf ihr Leben abgesehen.«

»Das … das behauptest du! Wie gesagt, ich bin überzeugt, es war ein Unfall und …« Er wandte sich an Bella. »Sprich zu mir! Ich weiß, dass wir nicht im Guten auseinandergegangen sind! Aber wenn du glaubst … wenn du wirklich glaubst, dass ich dein Leben der Kunst opfern würde, dann … dann …«

Er konnte es nicht aussprechen – genauso wenig wie Bella Lotario recht geben konnte. Ihm zu widersprechen, schaffte sie aber auch nicht.

»Ich … ich will nach Hause«, murmelte sie.

Elia stampfte auf. »Wie viel Gift hat er in deine Ohren geträufelt, dass du auch nur eine Sekunde zögern kannst, ihm zu widersprechen! Warum gibst du dich überhaupt noch mit ihm ab, nach allem, was geschehen ist!«

»Ich will nach Hause, um meine Wunde zu verbinden«, presste Bella hervor. »Lass uns … lass uns später reden, du hast hier ohnehin zu tun.«

Sie hatte allein gehen wollen, aber als Lotario seinen Arm ausstrecke, stützte sie sich unwillkürlich darauf. Ihr entging nicht, dass sie damit Elia noch mehr kränkte, doch sie war so randvoll mit widerstreitenden Gefühlen – Schock und Verwirrung, Angst und Ratlosigkeit –, dass sie immer noch nicht die richtigen Worte fand. Und dann hatte Elia sich schon empört abgewandt und stapfte wieder auf seine Bauarbeiter zu, und Lotario zog sie sanft mit sich.

Sie fühlte seinen Blick auf sich ruhen – und sie fühlte auch, dass nicht nur Sorge und Mitleid darin stand, auch eine gewisse … Genugtuung. »Sag kein Wort«, schnaubte Bella. »Sag kein Wort.«

»Werde ich ja nicht, aber ich lasse mich nicht davon abhalten, dich nach Hause zu begleiten.«

Die Schmerzen im Knie lenkten sie gottlob von jenem vagen Weh ab, das auf ihre Brust drückte, und bald hatte sie ihr Ziel erreicht – das Mietshaus, in dem sie mit Bona lebte. Bella hatte ihr Gesicht gesenkt, merkte darum erst spät, dass sich vor dem Gebäude mehrere Männer versammelt hatten – nicht irgendwelche Männer, Angehörige der Stadtwache.

Unvermittelt ließ Lotario sie los, schritt entschlossen auf sie zu: »Was macht ihr hier?«

Bella fühlte sich jäh wie gelähmt. Sie sah, wie einer der Männer Lotario antwortete – aber sie hörte es nicht. Zu laut war mit einem Mal das Rauschen in ihren Ohren, zu verstörend die kalte Hand, die nach ihr zu greifen schien.

Und dann drang da doch eine Stimme durch das Rauschen, die Stimme von einem ihrer Nachbarn. »Die arme Frau!«, stammelte er ein ums andere Mal. »Die arme Frau.«

Bella löste sich aus ihrer Starre. »Was ist passiert?«, rief sie verzweifelt.

Lotario wollte wohl noch verhindern, dass sie die Wahrheit so schonungslos erfuhr, doch da erklärte der Mann von der Stadtwache bereits: »Wir sind hierhergerufen worden, weil eine Frau vergiftet wurde … mit Wein … Wein aus Vernaccia.«

Wieder dieses Dröhnen in den Ohren. Das Bild vor ihren Augen schien zu wanken, die Erinnerungen waren umso klarer. Der Wein … richtig … jemand hatte ihn ihr geschenkt … sie hatte ihn trinken wollen … doch dann waren die Unruhen ausgebrochen, und später hatte sie ihn vergessen.

Sie stürzte auf das Haus zu, drängte Lotario beiseite, der verhindern wollte, dass sie es betrat, lief die Treppe hoch. Die Tür zu ihrer Wohnung stand weit offen, trotzdem verharrte sie auf der Schwelle. Denn nun sah sie es … sah die Füße einer Frau, die hinter dem Tisch auf dem Boden lag.

Bona.

Sie stützte sich am Türrahmen. Wenn auch ihre Welt zusammenbrechen mochte, sie selbst musste sich doch aufrecht halten! Als ihre Knie trotzdem nachzugeben drohten, hörte sie plötzlich ein trockenes Schluchzen. Es war der schönste Laut, den sie je vernommen hatte.

»Die Witwe Petrulia hat mich heute besucht!«, hörte sie Bona sagen, nahm sie jetzt auch ein paar Schritte von dem Leichnam entfernt wahr. »Sie wollte mir etwas von ihrem gebratenen Hühnchen abgeben, und im Gegenzug habe ich ihr ein Glas Wein angeboten. Ich konnte doch nicht wissen … ich hatte ja keine Ahnung … ach herrje …«

Bella löste sich vom Türrahmen, trat auf die Tote zu, sah, wie bläulich ihre Lippen war, wie wächsern die Haut.

»Ich hatte den Kelch schon an die Lippen gesetzt, als sie plötzlich zu zucken begann«, fuhr Bona bebend fort. »Sie rang verzweifelt nach Atem, kippte dann vom Stuhl ... ach, wie ist das nur möglich!«

Bella trat zu Bona, zog sie an sich. Nie war ihr die alte Frau so zart und klein erschienen, als wäre sie geschrumpft. Sie barg das Gesicht an ihrer Brust. »Schtscht«, versuchte sie sie hilflos zu trösten.

»Was hat das alles zu bedeuten? Warum schickt dir jemand vergifteten Wein ... warum ...«

Bona brach ab, hörte sie nun doch Schritte und erblickte, als sie aufsah, Lotario. Was immer zwischen den beiden stand – es war nicht die Zeit, um ihm gegenüber Grimm zu bekunden. Sie sah ihn verzweifelt an, stammelte: »Kannst du dir das erklären?«

Lotario starrte auf die Tote, dann auf Bona. »Vorhin auf dem Domplatz ... es war kein Unfall ... es war wirklich ein Mordversuch.«

Bella konnte es nicht länger leugnen. Und auch den anderen Verdacht, der so deutlich aus seiner Miene sprach, konnte sie nun nicht mehr zurückweisen.

Elia musste Gaddo schon vor einiger Zeit verraten haben, wer sie war, hatte sich dafür das Versprechen erkauft, zum Bauherrn des Turms ernannt zu werden. Vieleicht hatte er die Folgen nicht recht einschätzen können, vielleicht hatte er das alles nicht gewollt – aber dafür verantwortlich war er gleichwohl, und obendrein hatte er sie vorhin dreist belogen.

»Auf dem Domplatz? Ein Mordversuch!«, rief Bona verzweifelt und brach in Tränen aus.

Bella schaffte es nicht, ihr mehr zu erzählen. Und auch Lotario befahl lediglich knapp: »Pack deine Sachen.«

»Aber …«, setzte Bella an.

»Du musst dich irgendwo verstecken«, erklärte er. »Wer immer dir nach deinem Leben trachtet – beim dritten Versuch hat er vielleicht Erfolg.«

Obwohl vom Entsetzen schier ausgehöhlt, erwachte in Bella ihr üblicher Trotz. »Ich bin keine, die sich versteckt. Auch keine, die den Kampf scheut.«

»Himmel, Bella! Du kannst es unmöglich mit Gaddo aufnehmen! Er ist der mächtige Herr von Pisa.«

Bella lag noch mehr Widerspruch auf den Lippen, aber da ergriff Bona ihre Hände, drückte sie, blickte sie aus verweinten Augen an. »Tu, was er sagt. Ich könnte es nicht ertragen, dich zu verlieren.«

Wie gut Bella sie verstand. Jene qualvollen Augenblicke, da sie gedacht hatte, die Tote wäre Bona, saßen ihr noch in den Knochen. Am Ende konnte sie gar nicht anders, als zu nicken.

Lotario hatte die Kirche San Francesco im Norden Pisas lange nicht betreten. Auch an diesem Apriltag – etwa zwei Monate waren seit den Mordanschlägen auf Bella vergangen – war er zwar energischen Schrittes auf sie zugetreten, stieg aber nicht die Stufen hoch, die zu ihrem Portal führten. Stattdessen blieb er vor dem Gotteshaus stehen, sank schließlich auf die Knie. Sein Blick war unverwandt auf das Stückchen Erde neben der Treppe gerichtet.

Die Gherardesca waren hier einst verscharrt worden, doch

nichts erinnerte an sie. Nur eine noch kaum erblühte Mohnblume zitterte im Wind.

Lotario war davon überzeugt, dass Nino die Mohnblume gefallen hätte. Er war einer, der den Duft von Blumen wie den vom Meer genossen hatte, obwohl beides flüchtig blieb, der sich nie an die Macht geklammert und sich belogen hatte, dass diese nicht gleichfalls flüchtig wäre.

Er ist viel zu jung gestorben, dachte Lotario, aber er hat mehr erlebt und mehr bekommen als manch einer. Er liebte … und er wurde geliebt.

Nicht dass ihm Lotario das nicht immer noch ein wenig neidete – aber er tat es nicht auf zerstörerische Weise wie einst, als sich sein Trachten einzig darauf gerichtet hatte, Aziza von Nino fernzuhalten. Vielmehr fühlte er sich von dieser Liebe daran gemahnt, sein Versprechen zu halten, das Versprechen, das er auch jetzt wiederholte.

»Ich werde Bella beschützen«, sagte er leise. »Die Gherardesca werden sie nicht finden. Ich habe sie gut versteckt.«

Kurz erschien ein Lächeln auf seinen Lippen, weil dieses Versteck seine Idee gewesen war. Das Lächeln schwand, als er sich aufrichtete, die Kirche betrachtete. Unmittelbar neben ihr war kürzlich auf Betreiben der Gherardesca eine Kapelle errichtet worden, die künftig der letzte Ruheort aller Familienmitglieder sein sollte. Doch die Gebeine von Ugolino und seinen Söhnen und Enkelsöhnen hatte man nicht ausgegraben und dort bestattet – ein Zeichen, wie unversöhnlich der ghibellinische Zweig der Gherardesca war.

»Die Gherardesca werden sie nicht finden«, wiederholte Lotario.

Als er ging, riss der Wind das Blütenblatt einer Mohnblume ab, trieb es eine Weile vor sich her. Lotario zwang sich, es nicht mit einem Blutstropfen zu vergleichen, kein unheilvolles Zeichen darin zu sehen, einzig seine Schönheit zu bestaunen, und er versuchte auch, nicht an den Tod zu denken, obwohl sein Weg von Ninos Grabstätte zu einem weiteren Friedhof führte – dem Camposanto, dem größten der Stadt. Er hielt nicht vor einem der Sarkophage inne, die an dessen Nordwand standen und in denen berühmte Pisaner ruhten, er ging geradewegs zu einem Häuschen, das sich zwischen dem Camposanto und der Stadtmauer befand. Kaum einer wagte es, sich diesem zu nähern, denn der Totengräber der Stadt lebte hier … und seit ein paar Wochen auch Bella. Niemand würde sie hier vermuten, und falls Bruder Gismondo ihn immer noch des Öfteren heimlich beobachtete, wie Lotario vermutete, würde es ihn nicht erstaunen, dass Lotario dann und wann dieses Haus betrat. Schließlich wurden hier vor ihrer Bestattung die Toten aufgebahrt, für deren Seelenheil es zu beten galt.

Bevor er sie hier untergebracht hatte, hatte er Bella gefragt, ob sie die Nähe dieser Toten ertragen könnte.

»Ich fürchte nicht die Toten, ich fürchte nur die Lebenden«, hatte sie erklärt.

Als er allerdings heute das Häuschen betrat und sie, sobald sie ihn erkannt hatte, auf ihn zustürzte, sich an ihm festhielt wie eine Ertrinkende, ahnte er plötzlich, dass sie am meisten fürchtete, selbst keine Lebende mehr zu sein. Er konnte sie noch nicht einmal grüßen, als es schon aus ihr herausbrach. »Ich ertrage es nicht mehr.«

Lotario hatte sich bislang gezwungen, die Besuche bei ihr zu begrenzen. Sie zu beschützen, war seine Pflicht, sich an ihrem Anblick zu laben, stand ihm nicht zu.

Behutsam löste er sich aus ihrem Griff.

»Ich ertrage es nicht mehr!«, stieß sie wieder aus, und nicht nur ihre Worte verrieten, dass sie hier langsam, aber sicher zu ersticken glaubte, auch ihr Atem, der plötzlich so japsend klang, als hätte jemand seine Hände um ihre Kehle gelegt. Obwohl Lotario jegliche Berührung hatte vermeiden wollten, konnte er nicht anders, als ihr die Hände auf die Schultern zu legen, sie zu zwingen, ihn anzusehen.

»Ruhig, ruhig!«

»Himmel! Ich habe viel zu viel Ruhe.« Sie keuchte noch mehr.

»Atme, atme einfach weiter! Ich weiß, das ist schwer, wenn man denkt, man würde ersticken … gar ertrinken. Als ich damals von Ildebrandos Schiff ins Wasser gesprungen bin, war meine Panik groß. Aber ich habe einfach weitergestrampelt, habe weitergeatmet und …«

»Wer war Ildebrando?«, fragte Bella, und kurz ließ ihre Neugierde sie ihr Elend vergessen.

»Das ist nicht so wichtig. Er ist lange tot.«

»Erzähl es mir trotzdem. Vielleicht vergesse ich dann, wie lange *ich* schon tot bin.«

»Du bist nicht tot!«

»Aber es fühlt sich so an. Ich mag hier in Sicherheit sein, aber was nutzt es mir? Drei Stunden in Freiheit wären mir mehr wert als drei Jahre im Kerker.«

Lotario lächelte schmerzlich. Ihre Züge glichen Azizas, aber jene hätte niemals damit gehadert, hier Zeit zuzubringen, sie hätte sich einfach in ihre Bücher vertieft. Nino dagegen hätte wie Bella den Verstand verloren.

»Und es hat ja auch gar keinen Sinn, hier zu hocken!«, rief sie. »Daran, dass Gaddo mir nach dem Leben trachtet, wird sich nichts ändern. Soll ich mich also bis zu meinem Tod verkriechen? Dann könntest du mich gleich in die Muda und den

Schlüssel in den Arno werfen. Besser, ich verhungere schnell, als dass ich langsam an meiner Langeweile zugrunde gehe.«

»Sag so etwas nicht!«, entgegnete Lotario, obwohl er wusste, dass Nino es am Ende wohl ähnlich gesehen hatte – der Tod ihm willkommener gewesen war als eine Jahre währende Kerkerhaft.

»Nun, wenn du nicht wissen willst, was ich denke, dann lenke mich davon ab. Erzähl mir von diesem Ildebrando.«

Lotario seufzte, berichtete schließlich von dem Kaufmann, dessen Diener er einst gewesen war. Erst als er es ausgesprochen hatte, ging ihm auf, dass sie nach Aziza die Zweite war, der er die Wahrheit anvertraute. Allen anderen hatte er stets vorgemacht, Ildebrandos Sohn gewesen zu sein.

Doch Bella achtete nicht auf solche Details. »Du hast gesagt, du kannst schwimmen.«

Er nickte. »Ich war überzeugt, dass ich es nicht schaffen würde. Aber selbst als mein Geist aufgab, hat mein Körper sich weiterbewegt. Wir wollen leben, wir *müssen* leben, selbst wenn alles dagegenspricht.«

»Ich will und muss auch leben. Aber leben bedeutet nicht, hier zu hocken und den ganzen Tag nichts anderes zu tun, als mit dem Dolch das Tischbein zu treffen.«

Lotarios Blick ging zum besagten Tischbein, an dem er mehrere Kerben entdeckte. »Der Tisch wird noch zusammenbrechen.«

»Ich fürchte, ich werde auch zusammenbrechen – weil ich nicht nur zu viel Zeit habe, um mit dem Dolch zu üben, sondern auch, darüber nachzudenken, dass Elia mich verraten … meinen Tod in Kauf genommen hat, um den Turm fertig bauen zu können.«

Lotario schwieg.

»Und ich muss täglich zuhören, wie daran gearbeitet wird. Gewiss, ich könnte mir die Ohren zuhalten – aber auf diese Weise stecken all diese unseligen Gedanken erst recht in meinem Kopf fest und …«

Wieder wurde ihr Atem knapp, als legten sich unsichtbare Hände um ihren Hals.

Er blickte ebenso rat- wie hilflos auf sie herab. »Wenn du magst, kann ich dir gerne erzählen, wie ich schwimmen gelernt habe. Ildebrando hat kaum auf mich geachtet, aber der Kapitän seines Schiffes mochte mich, weil ich so gut im Knotenbinden war und …«

»Bring es mir bei!«, fiel Bella ihm ins Wort.

Lotario blickte sie verwundert an. »Das Knotenbinden?«

»Nein«, sagte sie und begann rastlos auf und ab zu gehen. »Bring mir das Schwimmen bei – und zwar im Meer.«

»Das Meer ist jetzt noch viel zu kalt.«

»Dann zeige mir das Meer wenigstens. Ich glaube, Abelardo hat mich einmal als Kind mit zum Hafen genommen, aber ich kann mich nicht daran erinnern, wie das Meer aussieht. Ich bin mir ganz sicher, dass man sich ob seines Anblicks frei fühlt. Vielleicht ertrage ich es danach eher, hier festzusitzen. Vielleicht hoffe ich danach wieder, Gaddo würde mich irgendwann vergessen. Und vielleicht kann ich selbst irgendwann Elia vergessen und was er mir angetan hat.«

Lotario hatte sie mehrfach unterbrechen wollen, erklären, dass er ihren Wunsch unmöglich erfüllen konnte. Allerdings verstand er ihre Sehnsucht, ihr Versteck für einen Tag zu verlassen, nur allzu gut. Wie gerne wollte er das eigene Leben, das ihm gleichfalls wie ein Gefängnis erschien, für kurze Zeit hinter sich lassen. Warum sollte er sich kein Beispiel an der Mohnblume nehmen, die sich vom Wind mitreißen ließ und keinen

Gedanken daran verschwendete, dass sie nicht am Tanzen, nur am Verblühen war.

Sie ritten den Arno entlang, zunächst auf festeren Wegen, dann auf immer sumpfigeren. Bella hatte Pferde nie sonderlich gemocht, sie verließ sich für gewöhnlich lieber auf ihre eigenen Beine, und auch Lotario saß so steif auf seinem, als würde er ihm nicht recht trauen. Immerhin hatte er ihnen altersschwache Gäule besorgt, deren Kräfte gerade mal ausreichten, sie zu tragen. Sie abzuwerfen, würden sie nicht auch noch schaffen. Bellas Blick war zunächst starr auf die Mähne gerichtet, erst nach einer Weile wagte sie, ihn zu heben, um das Umland zu betrachten. In diesiger Ferne waren die Umrisse der Monti Pisani zu erkennen, ganz in der Nähe Olivenhaine, deren Blätter nicht silbrig funkelten, sondern im farblosen Licht grau wirkten. Erst als sie das Meer erreichten, sie nur mehr ein schmaler Streifen Land, das zur Hälfte von Schilf bewachsen, zur Hälfte von Steinen bedeckt war, von ihm trennte, riss die milchige Wolkendecke auf und ließ ein paar Sonnenstrahlen hindurch. Die Fluten, die eben noch flüssigem Nebel geglichen hatten, nahmen ein strahlendes Blau an.

Den ganzen Weg über hatten sie nicht miteinander gesprochen, und auch jetzt konnte sie nicht sagen, was in ihr vorging. Die Schönheit des Meers ließ sich ja doch nicht in Worte pressen. Einem viel zu engen Gefängnis würden diese gleichen, dem sich die unendliche Weite und Freiheit widersetzten.

Bella sprang vom Pferd, band es aber nicht fest. So viel Schaum, wie ihm mittlerweile aus dem Maul trat, war es wohl dankbar, einfach stehen zu bleiben. Sie kämpfte sich durch Schilf, das sie kaum überragte. Kurz überlegte sie, den Dolch zu Hilfe zu nehmen, um hindurchzugelangen, aber in Gegenwart des Meeres, das mit leisem Rauschen am Ufer leckte, seine Macht und Stärke auf so unauffällige Weise bekundete, wäre es ihr lächerlich erschienen, die Klinge gegen das Schilf zu erheben.

Wir sollten nicht kämpfen, wo doch das Meer so groß ist und wir so klein sind, ging es ihr durch den Kopf. Lieben sollten wir, weil es das einzig Große ist, was wir können.

Kurz tat ihr der Gedanke an die Liebe nicht weh. Kurz schien Elias Verrat bedeutungslos, fiel die Erinnerung an Petrulias Tod ebenso von ihr ab wie die an die letzten Wochen im Totengräberhaus. Nur gegen einen anderen Gedanken konnte sie sich nicht wehren, einen, der jedes Mal, wenn sie morgens erwachte, schlagartig in ihr hochstieg. Auch das war ein Grund, warum sie vorhin kaum hatte atmen können, auf diesen Ausflug gedrängt hatte.

Sie trat noch näher an die Fluten heran, erreichte einen schmalen Streifen, nur mit Sand und Kieselsteinen bedeckt. Sie legte den Dolch auf einen Stein, nahm ihren Gürtel ab und legte ihn dazu, zog langsam ihre Tunika über den Kopf.

»Was ... was tust du denn da?«, fragte Lotario, nachdem auch er sich durchs Schilf gekämpft hatte.

Sie gab ihm keine Antwort, ließ die Tunika fallen, trat, nur mit einem dünnen Leibchen bedeckt, ins Wasser. Tausend Nadeln schienen ihre Haut zu treffen. Doch die Kälte erschreckte sie nicht, war kurz verheißungsvoll. Wenn sie sie ganz und gar lähmen würde, würde sie vielleicht endlich auch diesen verräterischen Gedanken zum Stillstand bringen.

Sie machte noch einen Schritt, stand nun knietief im Waser, hatte Mühe, einen Schmerzensschrei zu unterdrücken.

»Bleib hier!«, rief Lotario. »Du kannst nicht schwimmen. Und selbst wenn du es könntest – es ist zu kalt.«

Ich will auch nicht schwimmen … untergehen will ich … alles in der dunkeln Tiefe hinter mir lassen, dachte sie. Aber plötzlich wusste sie, sie würde ja doch strampeln wie einst Lotario, sie würde um ihr Leben kämpfen, ganz gleich wie sehr der Gedanke an die Zukunft ihr zusetzte.

Sie ging nicht tiefer ins Wasser, zum Ufer kehrte sie allerdings auch nicht zurück. Den Geräuschen entnahm sie, dass Lotario sein Schuhwerk abstreifte, ihr folgte. Als er sie erreicht hatte, waren seine Lippen bläulich, aber er unterdrückte ein Beben.

»Wie winzig wir gemessen an diesen unendlichen Wasserfluten sind«, murmelte sie, »bedeutungslos wie ein Kieselstein, ein Sandkorn, ein Blatt im Wind.«

»Für mich wirst du nie bedeutungslos sein. Ich werde auf dich aufpassen … so wie ich es mir selbst … deinen toten Eltern geschworen habe.«

Sie nickte, wusste, dass sie ihm vertrauen konnte, zögerte immer noch, endlich auszusprechen, was ihr auf dem Herzen lag. Aber das musste sie gar nicht. Als sie sich ihm zuwandte, reichte er ihr die Hand, um sie zurück zum Ufer zu geleiten. Doch als sie sie ergriff, stutzte er jäh. Hatte er zuvor seinen Blick noch schamvoll von ihrem fast entblößten Leib abgewandt, huschte der nun über sie, blieb bei den vollen Brüsten hängen, der deutlich gewölbten Leibesmitte.

»Kann es sein, dass du ein Kind von Elia erwartest?«

Sie konnte nicht nicken, nur trocken aufschluchzen.

»Ach, Bella …«, setzte er an. Sie wusste hinterher nicht, wie sie ans Ufer gekommen war, nur dass sie wenig später dort auf einem Stein saß, Lotario ihr den eigenen Umhang um die Schultern legte.

»Dass du damals geboren wurdest«, sagte er leise, »war ein Zeichen, dass die Liebe stärker ist als der Tod.«

»Wie soll ich Elia denn noch lieben können, nach allem, was geschehen ist.«

»Aber dein Kind kannst du lieben.«

Plötzlich wusste sie: Er hatte recht. Sie wusste auch, dass sie und ihr Kind sich auf Lotario würden verlassen können. Er sagte nichts mehr, nur das leise Klatschen des Meeres war zu hören, und auch in jenem Ton, so sanft, so milde, lag plötzlich eine Verheißung.

1373

»Hier«, sagte der Eremit, »hier ist es.«

Er deutete auf eine große Grube, wie sie notwendig war, um Glocken zu gießen. Cristo konnte sich nicht erinnern, je an diesem Ort gewesen zu sein – im Norden Pisas, etwas außerhalb der Stadtmauern. Er hatte auch keine Ahnung, wie man Glocken herstellte, und sah darum kurz gebannt bei den Vorbereitungen zu. Eben wurde an der inneren Höhlung gearbeitet, die der Glocke später die Form geben sollte. Zu diesem Zweck wurde erst ein eiserner Pfahl aufgestellt, auf diesen immer mehr Lehm aufgetragen, bis eine Rundung entstand, und jener mit gesiebter Asche überzogen, damit man später den Körper der Glocke leichter von der Form lösen konnte.

Fiora interessierte sich nicht für die Arbeiten. Das letzte Stück des Weges war sie dem Eremiten mit gesenktem Kopf gefolgt, nun hielt sie nach Gabriele Ausschau. Da sie ihn nicht in der Nähe der Grube fand, trat sie zu jenen Männern dort hinten, die offenbar damit beschäftigt waren, die Verzierungen der Glocke aus Wachs zu formen und in jene Schale zu kleben, die der Glocke später die äußere Form geben sollte. Das geschah wiederum mit einem grässlich stinkenden Gemisch.

»Igitt!«, rief Cristo und hielt sich schnell die Nase zu.

»Das ist Terpentin, das man mit dem Harz von Fichten und Tannen vermengt hat«, erklärte Fiora. Auch sie hatte ihre Hand vor Mund und Nase gehalten. Doch ehe sie ihr Gesicht berührte, ließ sie sie wieder sinken, stand nun wie erstarrt.

»Hast du Gabriele entdeckt?«, rief Cristo aufgeregt. Er konnte nicht recht erkennen, worauf sich ihr Blick richtete, nur, dass sie deutlich blasser geworden war.

»Es stimmt also«, presste sie mit erstickter Stimme hervor, »er ist wirklich nach Pisa gegangen, um Glocken zu bauen. Er liebt diese Kunst noch mehr als mich.«

Sie sprach es nicht aus, aber Cristo konnte sich denken, was sie im Stillen hinzufügte: Genauso wie Elia am Ende lieber ein großer Baumeister war als Bellas Geliebter. Wobei Elia noch selbstsüchtiger gehandelt hatte als Gabriele. Der hatte Fiora lediglich ohne Erklärungen verlassen. Elia hingegen, so hatte Cristo auf dem Weg hieher von Fiora erfahren, hatte sich den Auftrag von Gaddo womöglich erkauft, indem er Bellas Geheimnis verriet. Wie verloren sich Bella gefühlt haben musste, als sie wenig später bemerkte, ein Kind zu erwarten. Wie verloren auch Fiora soeben wirkte.

Ihm fiel nichts ein, womit er sie trösten konnte. »Stinkt es dort, wo Gabriele arbeitet, auch so grässlich?«, fragte er stattdessen.

Fiora schien den üblen Geruch gar nicht mehr wahrzunehmen. Sie löste sich aus der Starre, ging dann einen Schritt auf einen Mann zu, verharrte wieder. Jener Mann bereitete eben eine feine Masse zu, in die ein weißes Pulver kam, offenbar Mehl, außerdem Kälberhaare. Cristo hatte keine Ahnung, was man damit machen konnte – dass Mehl in solch großen Mengen dafür verschwendet wurde, ließ ihn jedenfalls wieder an seinen knurrenden Magen denken.

Fiora sah dagegen aus, als würde sie nie wieder Hunger verspüren. Ihr verstörter Gesichtsausdruck wandelte sich in einen schmerzlichen, als sie ausstieß: »Gabriele.«

Sie sagte den Namen ganz leise, unmöglich, dass der Mann ihn gehört hatte. Doch ganz sicher hatte er den Blick gespürt, der auf ihn gerichtet war, denn plötzlich sah er hoch. Er versteifte sich. Das Gefäß, das er eben noch gehalten hatte, entglitt seinen Händen, und prompt *stieg eine weiße Staubwolke hoch, verhüllte sein Gesicht. Eine Weile konnte er nur husten, schließlich fassungslos stammeln: »F-F-F-Fiora.«*

Dass er weiterhin hustete, gab Fiora den Mut, auf ihn zuzutreten. Ihr war anzusehen, dass sie ihm am liebsten um den Hals gefallen wäre, doch sie bezwang diese Regung, hielt etwas Abstand. Selbst als Gabriele seinerseits mit immer noch verwirrtem, zugleich aber auch leuchtendem Gesicht die letzte Distanz überwand, seine Hände hochfuhren, um sie an sich zu ziehen, verharrte sie steif. Nur das verräterische Zittern in ihren Beinen verriet, wie sie von Gefühlen übermannt wurde, und als Gabriele ihren Kopf gegen seine Brust drückte, verweilte sie dort etwas länger, als sie es sich wohl gestattete. Umso ungestümer riss sie sich schließlich von ihm los und rief vorwurfvoll: »Wie konntest du nur einfach gehen! Wie konntest du mich zurücklassen!«

Mehl staubte von ihrem Haar. Was für eine Verschwendung, dachte Cristo verdrossen. Allerdings musste er zugeben, dass seine Neugierde in diesem Moment weitaus größer war als sein Hunger. Er musterte Gabriele … Bellas Enkelsohn … Azizas und Ninos Urenkel.

Keinen von diesen hatte Cristo je leibhaftig gesehen, doch während der langen Erzählung hatten sie für ihn Gesichter bekommen, und Gabriele schien eine Mischung von all diesen zu sein. Azizas Erbe war die etwas dunklere Haut, Ninos die blauen Augen. Seine Haltung verriet Wendigkeit, wie sie wohl auch Bella zu eigen gewesen war. Nur die hilflose Stimme, mit der er nun zu sprechen ansetzte, war allein den Umständen, nicht seinen Vorfahren geschuldet.

»Ich … ich bin ein Narr«, stammelte er. »Ich hätte dir das nicht antun dürfen. Aber ich dachte, wenn ich mit dir über mein Vorhaben spreche, kann ich mich nie überwinden zu gehen. Und ich war mir ja auch sicher: Sobald du von den Pisanern, die auf Elba weilten, erfährst, dass die Glockenstube des Turms kurz vor der Vollendung steht, würdest du die gleichen Schlüsse ziehen wie ich und wissen, dass …«

Fiora trat noch einen weiteren Schritt zurück. »Von der Glocken-

stube habe ich hier zum ersten Mal gehört! Zu diesem Zeitpunkt hatte ich schon eine lange Reise hinter mir … auch eine überaus gefahrvolle.«

Obwohl in seinem Gesicht immer noch der Mehlstaub klebte, war Gabriele das Entsetzen deutlich anzusehen. »Ich hatte ja keine Ahnung, dass du mir folgen würdest … oh, wenn ich es gewusst hätte … Geht es dir denn gut? Hast du alles heil überstanden?«

»Wäre ich dann hier?«, rief Fiora nahezu trotzig. »Meine Befürchtungen haben sich jedenfalls bewahrheitet. Ich dachte immer, ich wäre dein ganzes Glück, aber so ist es nicht. Noch wichtiger ist es dir, Glocken herzustellen, und …«

Gabriels Blick weitete sich entsetzt. »Das ist es, was du denkst?«

Fiora stampfte wütend auf, doch das genügte nicht, um ihren Ärger zu bändigen. Sie sah sich nach etwas um, was sie Gabriele ins Gesicht schütten könnte.

Bitte nicht noch mehr Mehl, dachte Cristo, nimm lieber Kälberhaare! Wobei Gabriele dann wohl nicht husten, eher niesen würde und es ihn doch interessierte, was er zu seiner Rechtfertigung zu sagen hatte.

Am Ende schüttete Fiora ihm nichts ins Gesicht. Am Ende war es aber auch nicht Gabriele, der zu sprechen begann. Der Eremit, der sie hierher begleitet und zunächst Abstand gehalten hatte, trat näher. »Ich glaube, du irrst dich«, sagte er leise zu Fiora. »Ich weiß, warum dein Mann dich verlassen hat. Es ist kein Zeichen dafür, dass er dich nicht liebt – das Gegenteil ist der Fall. Er wollte euch von einem Fluch befreien.«

»Himmel!« Nun war es Cristo, der aufstampfte, und er hatte nicht übel Lust, irgendjemandem nicht nur Mehl und Kälberhaare, sondern dieses stinkende Klebemittel ins Gesicht zu schleudern. »Warum schwafelst du jetzt auch noch von einem Fluch? Ist nicht alles verwirrend genug? Warum hat Gabriele Elba verlassen? Warum fällt es dir so schwer, über die Vergangenheit zu reden? Was wurde aus Bella?«

Nicht nur Fiora drehte sich zu ihm um, auch Gabriele. »Wer bist du denn?«, fragte er verdutzt.

»Er ist ein Waisenjunge, auf den ich mich anders als auf dich stets verlassen konnte«, murmelte Fiora.

Na, na, dachte Cristo, sie muss es nicht gleich übertreiben.

Doch sie fuhr fort: »Ohne ihn würde ich nicht wohlbehalten vor dir stehen. Du bist ihm zu Dank verpflichtet, und noch mehr dazu, seine Fragen zu beantworten. Ich stelle dir die gleichen.«

Gabriele öffnete den Mund, brachte aber kein Wort hervor. Hilflos hob er die Hände, streckte sie wieder – diesmal deutlich vorsichtiger – nach Fiora aus, strich ihr übers Gesicht. Bald waren ihre Wangen weiß vom Mehlstaub.

»Ich wollte doch nie …«, setzte er endlich an. Sie schlug seine Hände nicht zurück. Ihre Unterlippe begann gefährlich zu zittern, ihre Augen füllten sich mit Tränen, und Cristo fühlte plötzlich: Diese Tränen kündeten nicht nur von Erschöpfung und Schmerz, sie kündeten von der tiefen Liebe, die Fiora trotz allem für Gabriele empfand, von der Hoffnung, dass es für alles eine Erklärung gab.

Ehe der ihr diese aber geben konnte, meldete sich ein anderer zu Wort. »Ich«, sagte der Eremit plötzlich, »ich kann all die Fragen beantworten.«

Er stammelte zwar eine Weile herum, begann seine Worte dann aber endlich in Sätze zu pressen, die einen Sinn ergaben.

X.

Das Kind aus dem Kerker

1316

Elia stand vor dem schiefen Turm und betrachtete sein Werk. Seit Baubeginn Ende Februar waren fünf Monate vergangen, und das sechste Geschoss stand nunmehr kurz vor seinem Abschluss.

»Pah!«, hörte er eine Stimme neben sich lästern, »das ist doch keine große Kunst. Die Loggienreihe sieht genauso aus wie die anderen.«

Elia beschloss, die Beleidigung an sich abprallen zu lassen. Fabrice erklären zu wollen, was er geleistet hatte, war so sinnlos, wie einem Maultier Vernunft einzubläuen.

»Weißt du was«, wandte er sich an ihn, »da sie so tüchtig geschuftet haben, und das in schwindelerregender Höhe, habe ich beschlossen, heute Mittag Wein für die Bauarbeiter auszuschenken. Wenn du auch etwas davon haben willst, stell dich dort hinten an.«

Aus Fabrices verächtlicher Miene wurde eine freudige, während sich in Elia Genugtuung ausbreitete. Der Tölpel schien nicht zu wissen, dass es jeden Mittag Wein gab, desgleichen ein reichliches Mahl, damit seine Arbeiter keine Zeit verloren, um sich anderswo zu versorgen. Und es kam auch Schadenfreude auf, wenn er sich vorstellte, wie Lupo di Francesco auf einen betrunkenen Fabrice reagieren würde. Seit einiger Zeit trug der dem Gesellen nur mehr jene langweiligen Arbeiten auf, die Tino di Camaino einst ihm zugedacht hatte – nämlich

Marmorblöcke zurechtzuhauen. Elia glaubte immer noch die Schwielen an seinen Händen zu fühlen, wenn er daran dachte – wobei er das nicht wollte. Er war nicht länger Camainos Geselle, er war sein eigener Herr, jener Meister, der dem Turm ein sechstes Geschoss gegeben hatte. Und was immer Fabrice behauptete – die eigentliche Kunst bestand gerade darin, dass es den anderen glich, das Gebäude ein harmonisches Ganzes blieb, dem man die lange, so oft unterbrochene Bauzeit nicht ansah.

Wie viel Zeit, wie viel Kraft es gekostet hatte, das zu schaffen! Bevor der Bau begonnen hatte, hatte Elia etwas angefertigt, was andere Architekten in ihrer Ehre gekränkt hätte: eine maßstabsgetreue Skizze. Von Giovanni Pisano hatte er schließlich gelernt, dass ein guter Weinbauer nicht nur genau wusste, wann die reifen Trauben zu pflücken waren, sondern auch wie er den Boden düngte, ehe er den Weinstock anpflanzte. Ein Bauvorhaben dieser Größenordnung galt es ebenso gründlich vorzubereiten, und deswegen hatte er den Turm nicht nur wieder und wieder betrachtet, sondern oft gezeichnet. Nicht nur mit seinem Verstand wollte er es nachvollziehen, vielmehr mit jeder Faser spüren, was ihm Stabilität verlieh – die Marmorelemente der unteren Geschosse nämlich, außerdem das Mauerwerk aus großen Kalksteinblöcken.

Ja, er hatte umgesetzt, was Giovanni Pisano ihm eingebläut hatte, hatte den Stein zum Leben erweckt, und doch wurde ihm nun, da er das Ergebnis betrachtete, das Herz schwer. Nicht nur, dass er Giovanni Pisano nicht damit beeindrucken konnte. Es gab auch sonst niemanden, mit dem er seinen Triumph teilen konnte.

Gewiss, Tag für Tag strömten Bürger der Stadt zum Domplatz, um sich der Fortschritte, die der Turmbau nahm, zu vergewissern. Nicht wenige sahen darin ein hoffnungsvolles

Zeichen für die Stadt. Doch letztlich konnten sie nicht nachvollziehen, wie viel Mühe tatsächlich in diesem Werk steckte, wie viel Herzblut er gegeben hatte. Gaddo della Gherardesca wiederum, der das Bauwerk großzügig finanzierte, brachte ihm durchaus eine gewisse Wertschätzung entgegen. Hatten die Mauerer erst drei Solidi am Tag bekommen und er das Doppelte, erhielten sie mittlerweile sechs und er zehn. Damit erreichte er zwar immer noch nicht das Einkommen großer Baumeister, aber es war mehr, als ein Anfänger wie er beanspruchen könnte. Was Gaddo allerdings nicht verstand, war, dass es ihm darauf nicht ankam. Gerne hätte er ganz ohne Lohn Zeit in Skulpturen gesteckt, die die oberen Stockwerke schmücken sollten.

»Ach was«, hatte Gaddo gemeint, »dort oben sieht man sie ja doch nicht. Hauptsache, der Turm wird so schnell wie möglich vollendet.«

Er lächelte auf jene Weise, die fast alle seine Zähne entblößte, und wie so oft wich Elia instinktiv vor ihm zurück. Obwohl er es nicht offen aussprach, machte Gaddo ihm damit unmissverständlich klar, dass Elia allein ihm zu dienen hatte, nicht der Kunst.

Gewiss: Obwohl Elia damit haderte, wusste er durchaus, dass es weitaus schlimmer hätte kommen können. Immerhin hatte sich der Verdacht, dass Gaddo sich nur für ihn interessierte, weil er durch ihn mehr über Bella zu erfahren hoffte, durch nichts bestätigt. Nie hatte er Elia nach der jungen Frau gefragt, ihn nie dazu gezwungen, irgendwelche Lügen auszusprechen, um ihre wahre Herkunft zu vertuschen.

Doch die Erleichterung darüber schmeckte schal. Wann immer er darüber nachdachte, erinnerte er sich an Bellas Blick damals auf dem Domplatz – zweifelnd und misstrauisch, insgeheim Lotarios Anklage recht gebend, wonach er sich den Auftrag erkauft hatte, indem er sie verriet.

Wie wütend er gewesen war, dass sie das überhaupt denken konnte! Dass sie nicht begriff, warum ihm dieser Auftrag so wichtig war – nicht nur um seinetwegen nämlich, sondern weil er sie hatte beeindrucken wollen! Alsbald war die Wut allerdings Bedauern gewichen. Schon eine Woche nach dem Vorfall auf dem Domplatz hatte er sie besuchen wollen. Doch als er an die Tür klopfte, hatte er nur Bona angetroffen, die ihm bei dieser Gelegenheit und auch bei den nächsten Malen, da er vorstellig wurde, erklärte, Bella wolle ihn nicht sehen.

Nun, wenn sie so stur war, dann würde er sich eben stur an die Arbeit machen, um sich abzulenken!

Als er nun allerdings sein Werk betrachtete, vermisste er sie mehr denn je. Wie sehr er sich gewünscht hätte, dass sie sich mit ihm über die Fortschritte freute, die der Turmbau nahm, sie mit ihm feierte. Er versuchte zwar, einmal mehr die Gedanken an sie abzuschütteln, doch als er auf den Turm zuging und sein Blick auf die leere Lünette fiel, in der eigentlich seine Madonnenstatue hätte stehen sollen, schien ihm diese wie ein Sinnbild für sein Herz.

Bella … Bella … Bella, ging es ihm wieder und wieder durch den Kopf. Er konnte gar nicht anders, als ihren Namen zu denken, er konnte gar nicht anders, als sich einzugestehen, dass sein Herz leer wie die Lünette war, dass etwas Wichtiges fehlte.

Der Stein muss leben, hatte ihm Giovanni Pisano einst eingebläut, aber jetzt ging ihm auf, dass das nur die Hälfte der Wahrheit war. Die andere lautete, dass auch ein Künstler, der den Stein erwecken wollte, leben musste … fühlen … lieben.

Aber wie sollte er sie von dieser Liebe überzeugen, wenn sie ihn nicht sehen wollte?

Elia seufzte, löste den Blick von der Lünette, beschloss, sich mit den Skizzen der geplanten Glockenstube abzulenken. Er brütete schon seit einiger Zeit über diesen. In einem Entwurf glich die Glockenstube einer riesigen Krone – aus sechs Bögen und sechs Öffnungen darunter bestehend, die von einer mächtigen Kuppel bedeckt wurden. Die andere sah einen konzentrischen Ring mit kleinerem Durchmesser als dem des Turmschachts vor, allerdings mit den gleichen Arkaden ausgestattet wie die Loggienreihen. Er hatte sich jedoch kaum vom Turm entfernt, als ihn eine Stimme zusammenfahren ließ.

»Elia!«

Erst war er nicht sicher, aus welcher Richtung der Ruf ertönt war, war doch niemand zu sehen, als er sich umblickte. Doch dann sah er nicht weit vom Turm entfernt einen Mann stehen, der sich mehrmals über die Schultern blickte, ehe er auf ihn zutrat.

Ein Fremder, der Guelfuccio begegnet wäre, hätte nie gedacht, dass er den gleichen Namen wie der Herr von Pisa trug. Eher hätte er ihn für einen Verbrecher gehalten, der vor den eigenen Taten floh. Elia dagegen wusste, dass Guelfuccio auf seinen Namen nicht stolz war, er vielmehr an ihm schleppte wie ein Arbeiter an einen Steinklotz, und dass er nicht vor dem floh, was er selbst getan, sondern vor dem, was andere ihm angetan hatten.

»Guelfuccio, ich grüße dich«, sagte Elia, »wir haben uns lange nicht gesehen. Ich wollte dir so gerne sagen, dass keine deiner Befürchtungen wahr geworden ist. Gaddo hat mich nie gefragt, wer Bella ist, was mich mit ihr verbindet und …«

»Weißt du, wo sie ist?«, fiel der andere ihm ins Wort.

»Bella?«

»Wen sonst könnte ich meinen? Wer sonst befindet sich in großer Gefahr?«

Elias Gedanken lahmten. »Gefahr?«

»Ich … ich hab es eben erfahren – von einem Diener, der sich über Gaddo geärgert hat. Er hat ihm Wein über das Wams gegossen, woraufhin Gaddo ihm eine Ohrfeige gab. Dabei war es nicht seine Schuld, Gaddo selbst hat … ach, egal.«

Elia hatte ebenfalls das Gefühl, dass man zugleich Wein über ihn vergossen und er eine Ohrfeige erhalten hatte.

»Gefahr …«, stammelte er wieder.

»Gut möglich, dass Gaddo dich seinerzeit nur angesprochen hat, weil er wirklich dein Talent erkannte, nicht weil er von dir und Bella wusste. So oder so hat er herausgefunden, wer sie ist. In den letzten Monaten hat er gleich zweimal versucht, sie ermorden zu lassen. Und nun hat er herausgefunden, wo sie sich versteckt hält. Wir müssen sie warnen!«

»Ermorden?«, rief Elia und wurde bleich.

»Hier beim Turm wurde sie fast von einem Stein erschlagen und …«

»Das weiß ich«, fiel Elia ihm ins Wort. »Ich war dabei. Aber ich dachte, es wäre ein Unfall gewesen.«

Guelfuccio hörte nicht auf ihn. »… und außerdem hat man versucht, sie zu vergiften.«

»Zu vergiften?«, wiederholte Elia fassungslos.

»Mit einer Flasche Wein, ja. Seit diesem Tag hält sie sich versteckt.«

Einmal mehr konnte Elia nur wiederholen: »Versteckt?« Doch seine Gedanken begannen zu rasen. Bona hatte ihn nicht fortgeschickt, weil Bella ihn nicht sehen wollte, sondern weil sie nicht mehr zu Hause lebte. Gewiss, dass Bona ihm nicht die Wahrheit über Bellas Verbleib anvertraut hatte, war ein Zeichen, dass sie ihm nach wie vor nicht traute. Doch wie konnte er ihr das verdenken, wenn sie nur knapp dem Tod entgangen war. Oh, er musste sich vergewissern, dass es ihr gut ging! Er musste sie davon überzeugen, dass er nichts mit alldem zu tun hatte! Er musste sie warnen … beschützen … retten! Endlich bekennen, dass er auch ohne sie ein Künstler war, jedoch kein großer, weil die Kunst auch des Herzens bedurfte.

Elia begann zu rennen, Guelfuccio folgte ihm. »Weißt du denn, wo sie steckt?«, fragte er.

Elia hielt kurz inne. »Das nicht, aber ich werde Bona fragen. Sie muss mir sagen, wo sie ist. Sie muss einfach!«

Davon war er zwar nicht wirklich überzeugt, aber er beschleunigte seine Schritte. »Wie … wie hat Gaddo nur von Bellas Herkunft erfahren?«, fragte er Guelfuccio schnaufend. »Es weiß doch kaum jemand davon …«

»Er weiß es von Bruder Gismondo«, fiel Guelfuccio ihm ins Wort, »jenem Mönch, der Lotario gleich einem Schatten folgt. Bruder Gismondo ist nicht entgangen, dass Lotario diese junge Frau wichtiger ist, als sie für einen Gottesmann, der als untadelig, fromm und über die Welt erhaben gilt, sein sollte. Ich vermute, er hat ein Gespräch belauscht und daraus seine Schlüsse gezogen.«

Der Mönch fiel ihm besser nicht in die Hände. Elia gingen viele Möglichkeiten durch den Kopf, wie er ihn bestrafen könnte, und sie alle hatten mit Steinen, Brechstangen, Hammer und Meißel zu tun. Doch das Wichtigste war jetzt nicht, Bella zu rächen. Das Wichtigste war, sie in Sicherheit zu bringen.

Atemlos kamen sie am Mietshaus an, wo Bona nun offenbar allein lebte, doch ehe er an die Tür klopfen konnte, hielt Guelfuccio ihn zurück. »Willst du dir nicht vorher überlegen, was genau du ihr sagen willst? Warum sollte sie dir anvertrauen, wo sich Bella versteckt?«

»Weil ich der Mann bin, der Bella liebt!«

Die Worte kamen ihm so schnell über die Lippen, dass er gar nicht darüber nachdachte. Aber kaum waren sie ausgesprochen, wusste er, sie waren wahr.

Guelfuccio seufzte. »Leider lassen sich Menschen von Hass viel schneller überzeugen als von Liebe …«

Nun, Bona schien keinen Hass auf ihn zu fühlen. Allerdings stand Misstrauen in ihrem Blick, als sie die Tür öffnete.

»Bella!«, rief Elia und stürzte über die Schwelle. »Wo ist Bella?«

In einem Winkel seines Herzens lebte noch die Hoffnung, dass Guelfuccio sich geirrt hatte, ihr niemand nach dem Leben trachtete und sie immer noch hier wohnte. Doch er fand sie weder in dem Raum, in dem Bona gerade über Näharbeiten gesessen hatte, noch in der Kammer nebenan.

»Ich muss sie finden! Ich muss sie warnen! Ich muss sie retten!« Er brach ab.

Bona musterte ihn nunmehr mit gerunzelter Stirn. »Hättest du nicht auf diese Idee kommen können, bevor du sie an Gaddo verraten hast?«

Natürlich, sie glaubte es auch …

»Das habe ich nicht!«, rief er flehentlich. »Wirklich!«

Und als Bona nichts sagte, nur hilflos die Schultern zuckte, fügte er hinzu: »Ich würde nicht nur die Kunst opfern, auch mein Leben, um ihres zu retten!«, rief Elia verzweifelt. »Wo … wo ist sie? Ich muss sie warnen, aus der Stadt bringen, ich muss …«

Er brach ab. Sie aus der Stadt zu bringen, würde nicht genügen. Sie musste auch fern der Stadt *bleiben*. Und wenn er mit ihr leben wollte, musste er das auch. Er würde nie zum Turm zurückkehren können … zum Werk seines Lebens … müsste den Schwur, den er in Montecatini geleistet hatte, brechen.

Doch das, was er eben gesagt hatte – dass er Kunst wie Leben für Bella opfern wollte –, war ernst gemeint gewesen. Er trat auf Bona zu, packte sie an den Schultern. »Ich schwöre dir, ich habe nichts mit den Attentaten zu tun, ich habe niemandem das Geheimnis ihrer Herkunft verraten, ich habe mich Gaddo nicht zuletzt angedient, um zu erfahren, was er plant. Ich will, dass es ihr gut geht, ich will, dass sie weiß, wie viel mir an ihr liegt.« Er atmete tief durch, wollte das Bekenntnis wiederholen, dass er sie liebte, diesmal nicht unbedacht, mit der Ernsthaftigkeit eines Gelübdes. Ehe er etwas sagen konnte, deutete Bona mit dem Kinn auf Guelfuccio.

»Und der da?«, fragte sie.

Guelfuccio hatte auf der Schwelle verharrt, trat nun etwas näher. »Ich kann mich nicht an Euch erinnern«, sagte er leise, »aber wenn es stimmt, was man mir erzählte, dann bin ich Euch schon einmal begegnet. Ich war damals noch ein Kind, das kaum laufen konnte …«

Bonas Unterlippe bebte, Tränen schimmerten plötzlich in den Augen. »Azizas und Ninos Hochzeit … Ihr … Ihr seid Enricos kleiner Sohn, nicht wahr?«

»Und zugleich bin ich Ninos Neffe, also Bellas Vetter. Ich habe mich von ihr ferngehalten, weil es oft besser ist, nicht an die Vergangenheit zu rühren. Und weil ein Mensch, dem so wenig Glück im Leben beschieden ist wie mir, immer Angst haben muss, einem anderen Pech zu bringen. Aber jetzt, da Gaddo nach ihrem Leben trachtet, muss ich sie warnen. Bitte … bitte sagt uns, wo sie steckt!«

Bona wischte sich eine Träne aus den Augenwinkeln. »Ach herrje, für diese Aufregung bin ich einfach nicht gemacht.«

Elia wollte eben seine Liebe zu Bella bekräftigen, doch ehe er auch nur ein Wort hervorbrachte, fuhr Bona ihn an: »Du musst nicht sagen, was ich ohnehin in deinem Blick lesen kann. Und obwohl ich manchmal hadere, dass die Liebe uns so oft verstört und um den Schlaf bringt – besser als der Hass ist sie allemal.« Sie wischte sich weitere Tränen aus dem Gesicht, blickte erst eine Weile auf Guelfuccio, um sich ebenso schmerzlichen wie schönen Erinnerungen hinzugeben, erklärte dann: »Wärst du allein vor mich getreten, ich weiß nicht, ob ich dir verraten hätte, wo Bella steckt. Aber mit Ninos Neffen an deiner Seite …« Sie schluchzte auf, ehe sie streng fortfuhr: »Eins sage ich dir: Wenn du mein Mädchen unglücklich machst oder nicht ausreichend vor sämtlichen Gefahren beschützt, dann bekommst du es mit mir zu tun. Ich kann dir zwar nicht mit einem Dolch drohen, jedoch mit meiner Nadel, und die ist auch spitz. Nun gut, wenn ihr sie finden wollt, müsst ihr gar nicht weit gehen. Sie lebt gleich in der Nähe des Doms, nämlich im Totengräberhaus. Was steht ihr noch hier rum. Los, beeilt euch!«

Bella lechzte immer noch nach Abwechslung, und doch war es ihr in den letzten Monaten irgendwie gelungen, ihrer Unrast Herr zu werden. Sie hatte begonnen, ihren Dolch für etwas Sinnvolles einzusetzen, und das verdankte sie dem Totengräber, bei dem sie lebte. Luigi hieß er, und seine Lippen waren stets zu einem verschmitzten Lächeln verzogen. Einmal hatte sie gesagt, das würde sie wundern, er wäre doch fast immer mit Toten zusammen.

»Gerade deswegen fällt es mir leicht zu lächeln«, hatte er erwidert. »Die Toten können mich nicht ärgern, mir keinen Kummer oder Sorgen bereiten.«

Das Lächeln war allerdings geschwunden, als er sah, dass sie ob ihrer Langeweile oft übte, den Dolch zu schleudern, und sich dabei das Tischbein als Ziel auserkoren hatte. »Ich für meinen Teil will nicht irgendwann auf dem Boden essen«, hatte er mahnend erklärt, »warum schnitzt du mit deinem Dolch nicht lieber kleine Figuren, mit denen irgendwann dein Kind spielen kann?«

Bella hatte keine Ahnung, ob sie Talent dazu hatte. Und obwohl sich ihr Leib so deutlich gerundet hatte, dass sie ihre Schwangerschaft nicht vor Luigi verbergen konnte, befremdete es sie, wenn er davon sprach. Der Gedanke, ein Kind zu bekommen, erfüllte sie zwar mit Freude, aber mit genauso viel Angst und Hilflosigkeit, auch einer tiefen Verzweiflung, weil sie nicht wusste, wie es weitergehen würde. Unmöglich könnte sie hier in diesem Totenhaus mit einem Kind leben. Doch obwohl Lotario ihr während seiner regelmäßigen Besuche stets versprach, sich etwas auszudenken, hatte er bis jetzt nie einen anderen Ort vorgeschlagen, wo sie vor Gaddo sicher war.

Am Ende schnitzte sie allein darum, um sich von all ihren Sorgen abzulenken, und tatsächlich gelang es ihr, den kleinen Stücken aus dem weichen Kiefernholz eine Form zu geben. Nun gut, es kam nicht immer das heraus, was sie geplant hatte. Wollte sie eine Katze schnitzen, war es am Ende eine Maus, und ihre Pferde glichen jenen wundersamen Tieren aus dem Morgenland, die Höcker hatten und schwere Lasten tragen konnten. Wobei die Höcker manchmal nicht am Rücken saßen, weiter unten, sodass die Tiere genau betrachtet mehr Ähnlichkeiten mit einer trächtigen Kuh hatten. Aber Hauptsache, sie konnte ihre Hände geschäftig halten und zugleich den Gedanken gebieten stillzustehen.

Wenn sie ihre Figuren betrachtete, ging ihr einmal mehr auf, wie viel mehr Kunstfertigkeit es bedurfte, nicht aus weichem Holz, sondern hartem Stein Figuren zu meißeln, und zwar solche, die lebten und liebten und litten. Wer so ein Talent hatte, so ging es ihr manchmal durch den Kopf, durfte dieses nicht leichtfertig der Liebe opfern.

Manchmal trat sie zur Fensterluke, versuchte, einen Blick auf den Turm zu erhaschen – was nur möglich war, wenn sie auf einen Schemel stieg –, und obwohl sie zunächst gehadert hatte, dass Elia für diesen Turm ihr Leben in Gefahr gebracht hatte, als sie sah, dass die sechste Loggienreihe bald fertig gestellt sein würde, war ihr das eigene Leben – gemessen an etwas so Großem, Ewigen – plötzlich klein erschienen. Geschrumpft waren auch ihr Zorn, ihre Enttäuschung, zurückgeblieben war nur die schlichte Bitte: Wenn du mich wirklich verraten hast, dann lohnt es sich hoffentlich für dich … und für Pisa.

Das Ding, das sie heute geschnitzt hatte – jetzt im Juli war es brütend heiß, und Luigi begrub gerade einen Mann, der erst gestern gestorben war, ehe er zu stinken beginnen konnte –, war ziemlich missraten. Es sah aus wie ein Engel, nicht gerade ein erhabener Engel mit langem Kleid und lockigem Haar, jedoch mit Flügeln, allerdings zu kleinen, um ihn zu tragen.

Plötzlich brach sie in Tränen aus, kam gar nicht nach, sie wegzuwischen. Sie weinte häufig, seit sie schwanger war, verachtete sich dafür und weinte darob noch mehr.

Nach einer Weile ging ihr auf, dass der Engel nicht nur zu kleine Flügel hatte, obendrein überhaupt keine Augen. Ob es sie trösten würde, wenn er sie anschauen könnte? Oder ob sie ihm, wenn sie ihm Augen zu schnitzen versuchte, nicht vielmehr eine Hakennase geben würde?

Nun, mit von Tränen verschleiertem Blick konnte sie ohnehin nicht schnitzen. Doch auch wenn sie kaum etwas sah – umso deutlicher hörte sie plötzlich, wie die Tür des Totengräberhauses quietschend aufschwang, jemand in den Raum stürmte. Ihr Körper reagierte auf die Geräusche, noch ehe ihr bewusst wurde, dass sie vorhin vergessen hatte, den Riegel vorzuschieben.

Sie sprang auf, der Engel fiel zu Boden. Fest umklammerte sie ihren Dolch, hielte ihn drohend in Richtung des Eindringlings, nein, der Eindringlinge, es waren sogar zwei.

Nun ja, sie war bereits mit dreien fertiggeworden, sogar in finsterer Nacht, und darum stürzte sie ohne zu zögern auf den ersten Mann zu. Gerade noch rechtzeitig ließ sie eine Stimme innehalten. »Bella, nicht!«

Obwohl sie die Stimme so lange nur in ihren Träumen gehört hatte, war sie ihr sofort wieder vertraut. Elia. Vor ihr stand Elia. Elia, der sie an Gaddo della Gherardesca verraten hatte. In dessen Miene aber so viel Sorge stand, dass sie sich plötzlich kaum vorstellen konnte, er hätte ihr Leben riskiert – für welchen Lohn auch immer. Und sie las noch etwas in seiner Miene: Liebe. Ehe sich die Wärme, die ihr darob emporstieg, in ihrer Brust ausbreiten konnte, ging sein Blick tiefer. Zu spät kam es ihr in den Sinn, die Hände schützend vor den Leib zu schlagen, aber es hätte ohnehin nichts genutzt.

»Du … du bekommst ein Kind?«

In langen, schlaflosen Nächten hatte sie damit gerungen, ob sie es ihm nicht sagen sollte – ganz gleich, was er getan hatte –, hatte sich am Ende jedoch immer eingeredet, dass sie nicht dazu verpflichtet war. Jetzt ging ihr schlagartig auf, dass sie einen großen Fehler begangen hatte. Es war ihr Kind … aber eben auch das seine.

Doch ehe sie das laut bekennen konnte, nahm sie aus den Augenwinkeln eine Bewegung wahr, und es zählten nicht mehr die letzten Monate, einzig dieser Augenblick. Und in diesem Augenblick bestand Gefahr für sie und das Kind! Ganz deutlich fühlte sie sie von jenem Mann ausgehen, mit dem er gekommen war, der nun mit erhobenen Händen auf sie zutrat. Sie richtete den Dolch auf ihn, zielte.

»Nicht, Bella!«, rief Elia, der die Fassung wiedergefunden hatte. »Das … das ist doch Guelfuccio, dein Vetter.«

Vage konnte sie sich erinnern, diesen Namen schon einmal gehört zu haben. Wenn sie in den Tiefen ihres Gedächtnisses gekramt hätte, ihr wäre noch mehr eingefallen. Aber dazu hatte sie keine Zeit – nicht, da auch Elia nun auf sie zutrat, sie an den Schultern packte, wieder sagte: »Du … du erwartet ja ein Kind …«

Sie hatte einen Vorwurf erwartet, weil sie es ihm so lange verschwiegen hatte, vielleicht Befremden, gar Entsetzen, weil ein Kind keinen Platz in seinem Künstlerleben hatte. Stattdessen bekundete er nichts als ehrliche Sorge: »Ich hatte solche Angst um dich, als ich erfahren habe, was passiert ist … wie dumm ich war, die Sache mit dem Stein für einen Unfall zu halten. Wenn ich es nur geahnt hätte, dass man dich sogar ein zweites Mal zu töten versuchte … oh Gott, welch ein Frevel! Gaddo weiß, wer du bist, aber ich schwöre dir: Er weiß es nicht von mir. Bruder Gismondo hat es herausgefunden und es ihm gesagt. Und wie es scheint, hat Gaddo nun auch erfahren, wo du dich versteckst. Du musst Pisa sofort verlassen … nein, *wir* müssen Pisa sofort verlassen … ich komme natürlich mit.«

Seine Stimme bebte, ihre Hände taten das nicht minder. Der Dolch entglitt ihr, doch sie machte keine Anstalten, ihn wieder aufzuheben. Von Guelfuccio, der ihr ein scheues Lächeln schenkte, drohte keine Gefahr. Er war ein Neffe von Nino, trug wohl, so tief, wie seine Schultern hingen, wie sie schwer am Erbe seines Namens, seiner Familie.

Und von Elia drohte erst recht keine Gefahr, wie hatte sie jemals denken können, er hätte sie verraten, wäre schuld daran, dass Gaddo sie zu morden versucht hatte! Allein Bruder mondo trug dafür die Verantwortung.

Wärme durchströmte sie, auch neue Sehnsucht, mit i glücklich zu sein, Hoffnung, dass es möglich wäre! Doch m diesen Gefühlen kamen neue Tränen.

»Du kannst nicht einfach gehen, du musst den Turm fertig bauen! Das ist es doch, was du immer wolltest.«

»Eigentlich wollte ich immer ein Bildhauer sein, kein Bauherr. Mit diesem Auftrag wollte ich nicht zuletzt dich beeindrucken.«

»Fern von Pisa bist du weder ein Bildhauer noch ein Bauherr. Du müsstest ganz von vorne beginnen, mit weitaus schlechteren Voraussetzungen. Dieses Opfer kann ich doch nicht annehmen. Ich werde dir ewig dankbar sein, dass du gekommen bist, um mich zu warnen, aber wenn ich wirklich fliehen muss, dann tue ich es allein. Du kannst vielleicht nachkommen, wenn der Turm vollendet ist …«

Der Griff an seinen Schultern wurde fester, er schüttelte den Kopf.

»Der Turm wartet seit fast hundertfünfzig Jahren auf seine Vollendung. Sollte noch einmal so viel Zeit vergehen, bis er fertig ist, dann sei es eben so. Ich weiche nicht von deiner … von *eurer* Seite. Pack deine Sachen. Wir … wir müssen gehen … Gaddos Männer könnten jeden Augenblick hier sein.«

Glück erfüllte Bella, fast unerträglich großes. Trotz der gebotenen Eile wollte sie Elia an sich ziehen, ihn küssen. Dass sie es nicht tat, lag nicht nur an Guelfuccio. Plötzlich waren Schritte zu hören, die sich dem Totengräberhaus näherten.

Gaddos Häscher!

Blitzschnell bückte sich Bella nach dem Dolch. Zumindest wollte sie es blitzschnell tun. Seit sich ihr Körper gerundet hatte, die Brüste voll und schwer wie nie waren, klaffte zwischen Wollen und Können ein größerer Abstand, als sie es gewohnt war. Sie bekam zwar den Dolch zu fassen, aber anstatt sich wieder aufzurichten, wurde sie vom eigenen Gewicht auf die Knie gezogen.

»Verfl…«

Der Fluch blieb ihr im Halse stecken. Als sie den Kopf hob, sah sie nicht nur, dass sich Elia schützend vor sie stellte, sich auch Guelfuccio drohend aufrichtete, sondern dass es nicht notwendig war, sie gegen Feinde zu verteidigen. Wer das Totengräberhaus betrat, war nicht Gaddos Meuchelmörder. Es war Lotario.

Mit einem Blick hatte Lotario das Wesentliche erfasst. Bella und Elia waren vereint. Elia hatte von dem Kind erfahren, sich zu diesem bekannt, sie von seiner Liebe wie von seiner Unschuld überzeugt. Und damit zerschlugen sich die Pläne, die er die letzten Wochen, Monate über gemacht hatte. Heute hatte Lotario Bella erzählen wollen, wie er ihr und dem Kind fernab von Pisa ein gutes Leben bieten könne – als Rechtsgelehrter in Bologna, wo er einst studiert hatte. Doch plötzlich wusste er: Er würde nicht mit ihr nach Bologna gehen. Er würde sie heute womöglich das letzte Mal sehen.

Widersprüchliche Gefühle stiegen in Lotario hoch, so viele, als würde sein Innerstes zu einem Strom werden, über die Ränder des Flussbetts schwappen, jeden vernünftigen Gedanken mit sich reißen. Er ging vor Liebe über … aber leider stieg aus den sumpfigen Tiefen auch so viel Unrat – Scham, weil er es sich angemaßt hatte, sie drei als Familie zu betrachten, Neid auf Elia, weil der sie für sich beanspruchte, leiser Ärger, dass Bella Pisa verlassen wollte, ohne sich von ihm zu verabschieden.

Allerdings hatte Lotario gelernt, gegen den Strom zu schwimmen. Er würde auch in diesem nicht untergehen. Das einzige Gefühl, das er sich gestattete, war ehrliche Sorge.

»Was ist passiert?«, fragte er ruhig.

Erst brachte Bella nur Gestammel hervor. Dann wurden Sätze daraus. »Ich … ich bin in Gefahr … Gaddo della Gherardesca weiß, wo ich mich versteckt habe … Ich … ich muss fortgehen … und Elia ist bereit, mich zu begleiten. Er hatte nichts damit zu tun, Bruder Gismondo hat mich an Gaddo verraten. Das hat er mir zumindest gesagt, und ich glaube ihm. Tust du es auch?«

Die lange Pause, die folgte, nutzte Lotario, um Elia zu mustern. Dessen blonde Locken hatten ihn immer ein wenig an die eigenen erinnert. In seiner Miene hingegen hatte er stets etwas gelesen, das ihm fremd war – jene Überheblichkeit, dass man auf dieser Welt schon bekam, was einem zustand, wenn man es nur lange genug selbstbewusst einforderte. Immerhin verlieh ihm genau diese eine über alle Zweifel erhabene Entschlossenheit: »Ich werde alles tun, um Bella zu beschützen … und das Kind.«

Und nun las Lotario in Elias Zügen auch etwas Vertrautes: die Bereitschaft, Opfer zu bringen. Die Bereitschaft, die Liebe an erste Stelle zu setzen. Und da war wirklich Liebe, echte Liebe, große Liebe, was zählte es, ob sie sich in seinem Herzen den Platz mit der Liebe zur Kunst teilen musste.

Er schien wirklich zu wissen, was zu tun war. Und Lotario wusste es plötzlich auch.

»Ich will allein mit dir reden«, erklärte er an Bella gerichtet.

Als sie die Kammer betraten, in der sie schlief, fiel sein Blick auf die vielen kleinen Holzschnitzereien, an denen sie in den letzten Monaten gewerkt hatte. Sie hatten merkwürdige Formen, glichen eher Fabelwesen aus Albträumen als Tieren, die es tatsächlich gab. Er war froh, dass sie seinen Blick kurz auf sich zogen, denn auf diese Weise gewann er Zeit, sich erneut dem Strom entgegenzustellen, zu dem sein Innerstes geworden war. Mit aller Macht wollte dieser Strom Worte aus seinem Mund pressen: Ich traue Elia nicht, ich weiß nicht, ob er dich verdient hat, ich selbst würde gerne für dich und das Kind sorgen.

Doch so stur, wie die Pisaner Säcke aus Sand zusammenschleppten und übereinanderhäuften, wenn der Arno wieder mal über die Ufer trat und die Gassen zu fluten drohte, gelang es auch ihm, einen Wall aus nüchternen Gedanken zu errichten: An seiner Seite würde die Vergangenheit immer mächtiger sein als die Zukunft. Elia wusste hingegen kaum etwas von der Vergangenheit, und deswegen konnte er ihr – ob er ihr nun glich oder nicht – ein neues Leben bieten.

»Es ist gut, dass du mit ihm gehst«, presste er hervor, als er endlich den Mund öffnete. »Ich habe nach einem Ausweg gesucht, aber ich habe keine Ahnung, wie ich dir und dem Kind eine Zukunft bieten könnte.«

Sie trat zu ihm. »Ich freue mich, dass du Elia endlich als meiner würdig betrachtest.«

»Das tue ich nicht. Um ehrlich zu sein, verstehe ich immer noch nicht, warum Gaddo ihm diesen Auftrag gegeben hat. Aber …« Er atmete tief durch, kniff die Augen zusammen, und als er fortfuhr, war es ihm, als würde er nicht nur zu Bella sprechen, auch zu Aziza. »Aber es ist deine Entscheidung, nicht meine. Wenn du dir sicher bist, ihm vertrauen zu können, bin ich es auch. Wenn du denkst, das Glück an seiner Seite zu finden, dann wünsche ich dir das Beste. Und wenn du dieses Glück doch nicht findest, dann bin ich für dich da.«

Jedes Wort kostete ihn Überwindung, fühlte sich an wie ein

Stich mit scharfer Klinge. Doch der Schmerz ließ nach, als er sich jäh in einer Umarmung wiederfand, noch inniglicher als die in der Muda. Bella hatte ihm schon damals vergeben – sich selbst vergab er erst jetzt. Kurz wurde er in ihren Armen ganz weich, dann zog er sich zurück.

»Ich werde mein Amt weiter ausüben ... werde meine Augen und Ohren offen halten ... werde Gaddo notfalls abhalten, euch über Pisas Grenzen hinweg gefährlich zu werden. Und nun geh mit Elia und denk nicht mehr an mich.«

Hörte sie, wie seine Stimme zitterte? Fühlte sie, wie jener Wall aus Sandsäcken vor den Fluten nachzugeben drohte? Rasch wandte er sich ab.

»Natürlich werde ich an dich denken«, sagte sie leise. »Ich weiß nicht, was du für mich bist, Freund, Gefährte, Vater, Onkel, Bruder. Ich weiß nur, dass ich für dich Hass empfunden habe, aber auch Liebe – und solche Menschen vergisst man nicht.«

»Leb wohl, Bella.«

»Leb wohl, Lotario.«

Sie wandte sich ab, und er schlug sich rasch die Hand vor den Mund, damit sie sein Schluchzen nicht hören konnte. Erst als sie den Raum verlassen hatte, ging ihm auf, dass sie nichts eingepackt hatte, noch nicht einmal Geld bei sich trug. Aber wie sollte er ihr einen Beutel Münzen zustecken, ohne der Versuchung zu erliegen, ein letztes Mal über ihr kurzes Haar zu streichen?

Stattdessen strich er über die wundersamen Tiere, die sie in den letzten Monaten geschnitzt hatte. Sie waren weder ebenmäßig noch schön, aber es waren Tiere, die, wären sie aus Fleisch und Blut, laufen, fliegen, schwimmen könnten. Sie glichen Bella ... sie glichen ihm. Wobei er nie wieder schwimmen würde. Und er würde auch nicht laufen, er würde langsamen Schrittes zurück zum Haus des Bischofs gehen und das sein, wofür ihn alle Welt seit Jahren hielt: ein frommer Diener Gottes, ein strenger Rechtsgelehrter.

Als Lotario wenig später die Kammer verließ, hatten Elia und Bella das Haus des Totengräbers bereits verlassen. Zurückgeblieben war jedoch jener junge Mann, der mit Elia gekommen war. Eigentlich sah er nicht jung aus, seine Augen glichen denen eines Toten. Als er ihn vorhin flüchtig gemustert hatte, hatte er ihn für einen Freund Elias gehalten. Nun, da er ihn prüfend anstarrte, kam ihm die Miene vertraut vor … und doch wieder nicht.

»Wer … wer bist du?«

Der andere sah an ihm vorbei, bückte sich schließlich, um aufzuheben, was dort lag – Bellas Dolch, der ihr vorhin entglitten war, den sie vergessen hatte oder den sie vielleicht dorthin, wo sie künftig leben würde, nicht mitnehmen wollte.

»Wer bist du?«, fragte Lotario wieder.

Der andere erhob sich, den Dolch fest umklammert. »Bella bedeutet dir alles, nicht wahr?«, sagte er leise.

Woher wusste er das? War er wirklich so durchschaubar?

Nun, dem Mann war wiederum deutlich anzusehen, dass er ein Gherardesca war.

»Das Kind aus dem Kerker …«, entfuhr es Lotario. »Guelfuccio.«

Ein Lächeln erschien auf den Lippen, das aussah, als hätte man es ihm mit dem Dolch ins bleiche Gesicht geschnitten. Dieser Mann kann nicht lächeln, ohne dass es wehtut, durchfuhr es Lotario.

»Das Kind aus dem Kerker … richtig …«, sagte Guelfuccio

gedehnt. »Zunächst war ich kaum mehr als ein greinender Säugling, bald bin ich zum Knaben herangewachsen, schließlich zum jungen Mann. Und all die Zeit war ich gefangen. Meine eigene Mutter hat mich im Stich gelassen, nur meine Amme ist bei mir geblieben. Manchmal haben wir uns stundenlang aneinandergeklammert, weil wir sonst niemanden hatten. Sie hat mich auch dann noch an ihren Brüsten saugen lassen, als sie längst keine Milch mehr hatte. Bis heute weiß ich nicht, ob sie mich liebte, weil sie mich als ihr Kind betrachtete, oder hasste, weil sie nur meinetwegen dieses Schicksal erlitt. Für verfluchte Menschen wie uns ist beides wohl dasselbe. Ja, das Kind aus dem Kerker ... das war ich ... das bin ich immer noch ... denn selbst wenn ich mich nun frei bewegen kann, so ist es mir doch nicht erlaubt, ein Leben zu führen, das diesen Namen verdient. Gaddo versagt es mir, zu heiraten und Kinder zu kriegen.« Er machte eine Pause, trat dicht an ihn heran, den Dolch immer noch in der Hand. Lotario starrte so gebannt in sein Gesicht – vertraut, weil es ein wenig Ninos glich, fremd, weil so viel Bitterkeit daraus sprach –, dass er nicht darauf achtete.

»Es tut mir leid, was du erleiden musstest.«

Wieder erschien ein Lächeln in Guelfuccios Gesicht, glich nun keiner scharfen Klinge, eher einer schon rostigen, die nicht mehr schneiden, nur aufreißen kann. »Das glaube ich dir sogar. Aber das ändert nichts daran, dass ich dir die Schuld daran gebe.« Er machte eine kurze Pause, ehe er seinen Namen hinzufügte: »Lotario.« Kaum war der Name verklungen, stieß er den Dolch in seinen Bauch.

Lotario trieb im Strom ... nein, nicht im Strom, er trieb im Meer, dem dunklen offenen Meer, weit entfernt vom rettenden

Ufer, weit entfernt von einem Stück Holz, an das er sich klammern konnte. Gleich … gleich würde er untergehen. Angst hatte er jedoch keine. Er hatte noch nicht einmal das Bedürfnis, dagegen anzustrampeln wie damals, als er sich von Ildebrandos Schiff hatte retten können. Leben hatte er damals wollen, mit aller Macht und um jeden Preis. Aber jetzt erwachte keine Gier, kein Trotz in ihm, er fühlte nur … Gelassenheit. Die Schwärze, die auf ihn wartete, war zwar abgrundtief, aber nicht eiskalt. Er fühlte Wärme … die Wärme des eigenen Bluts, das aus dem Körper sprudelte.

Noch war es nicht so viel, dass sämtliche Kräfte schwanden, und noch die Gelassenheit nicht so groß, dass er nicht noch eine letzte Frage stellen wollte. Er öffnete die Augen, sah nicht den Himmel, der sich über das Meer spannte, sah in Guelfuccios Gesicht. Jegliches Lächeln war daraus verschwunden.

»Warum … warum erst jetzt …«

Mit den Worten traten Speichelbläschen über seine Lippen, vielleicht auch Blut. Eigentlich wollte er ihn auch etwas anderes fragen – warum er ihm allein die Schuld an seinem Schicksal zuwies. Nicht dass er seinen Beitrag schmälern wollte, doch damit, dass Guelfuccio mit seiner Amme so lange eingesperrt gewesen war, hatte er nichts zu tun. Doch das musste er gar nicht fragen, Guelfuccios Bedürfnis zu sprechen war groß genug.

»Am liebsten hätte ich mich an Ruggieri gerächt, als ich endlich frei war«, murmelte er, »aber der war längst tot. Allerdings habe ich herausgefunden, dass du sein Schützling, sein Getreuer warst.«

Nie im Herzen, wollte Lotario sagen, aber er ahnte, das würde keinen Unterschied für Guelfuccio machen. Und eines konnte er nicht abstreiten: Anstatt selbst Rache zu üben, hatte er stets überlegt, wie er aus seinem Verhältnis zu Ruggieri größtmöglichen Nutzen schlagen konnte. Und das nicht nur, weil er Bella beschützen wollte … auch, weil er überleben wollte, Macht haben.

»Es stimmt, dass ich mich damals auf Ruggieris Seite gestellt habe. Aber ich wollte nie den Tod der Gherardesca. Nie den Tod Ninos.«

»Und doch kannst du nicht leugnen, dass du es warst, der ihn zurück in die Stadt gelockt hat! Meine Amme hat mir erzählt, dass er mit Aziza auf Sardinien weilte. Oh, wäre er nur dortgeblieben! Er hätte später alles darangesetzt, mich, Enricos Sohn, zu befreien, mich großzuziehen, mir all die Liebe zu schenken, die mir mein Vater nicht mehr geben konnte. Aber so war niemand da, der mich aus dem Kerker hätte retten können.«

»Deswegen hast du es also auf mein Leben abgesehen«, presste Lotario hervor, fühlte seine Kräfte schwinden, schaffte es dennoch, die Frage von vorhin zu wiederholen: »Warum … warum erst jetzt?«

»Ich wollte dich nicht lediglich töten, das wäre mir zu wenig gewesen. Ich wollte dir den Menschen nehmen, der dir am meisten bedeutet. Ich habe sehr lange gebraucht, um herauszufinden, dass das Bella ist, und dann …«

Und dann hast du, nicht etwa Gaddo, versucht, sie umzubringen, dachte Lotario. Nicht nur einmal, zwei Mal.

Merkwürdig, dass seine Gedanken noch so rege waren, während sein Körper langsam erstarrte. »Warum hast du sie heute nicht getötet, obwohl du die Gelegenheit dazu gehabt hättest?«, stammelte Lotario.

Er konnte die Augen nicht länger offen lassen, schloss sie, sah immer noch Rot, kein Schwarz, so als leuchte die Abendsonne über ihm. Vielleicht schenkten ihm auch Guelfuccios

Worte etwas Wärme, verrieten sie doch, dass er kein durch und durch kaltherziger Mann ohne jegliches Erbarmen war.

»Ich ... ich wollte es. Aber dann sah ich, dass sie schwanger ist ... und ich wollte doch nur sie töten ... nicht auch noch ein unschuldiges Kind ... Ich selbst war damals doch auch ein unschuldiges Kind, so klein noch, hilflos und verletzlich, noch nicht der Sprache mächtig, geschweige denn fähig, mich gegen Feinde zu verteidigen. Selbst Ruggieri hatte für ein solches Wesen Mitleid und hat mich darum am Leben gelassen.«

Seine Stimme zitterte, den Worten folgte ein Schluchzen. Vielleicht weil er Reue fühlte. Vielleicht weil er wieder an seine Kindheit dachte. Jedenfalls ertrug er es nicht länger, bei ihm auszuharren, auf seinen Tod zu warten. Guelfuccio sprang auf, lief nach draußen.

Und wieder trieb Lotario im Meer, fühlte kein Bedauern, dass er ganz allein sterben würde. Wie sollte es anders sein, in den entscheidenden Momenten seines Lebens war er doch immer allein gewesen ... oder nein, nicht immer. Da hatte es Aziza gegeben ... und Bella ... Aziza würde er vielleicht bald wiedersehen ... aber Bella ... dreh dich nicht um ... achte nicht darauf, dass ich untergehe. Es macht mir nichts aus, solange ich weiß, dass es dir und dem Kind gut geht, ich mir nun auch sicher sein kann, dass Elia dich nicht an Gaddo verraten hat. Und eigentlich gehe ich ja gar nicht unter, ich tanze mit dem Tod und ...

Der Tod kam nicht. Er blieb auch nicht allein. Jemand betrat den Raum, stieß erst einen erschrockenen Schrei aus, dann ein heiseres Schluchzen, das dem Guelfuccios glich.

Ach herrje, dachte Lotario, hat er mich im Laufe meines Lebens nicht oft genug gestört?

»O mein Gott«, stieß Bruder Gismondo aus, »o mein Gott.«

Er ließ sich neben ihn auf die Knie fallen, was Lotario noch hörte. Ob er ihn auch berührte, konnte er nicht sagen. Er versuchte, die Augen zu öffnen, es gelang ihm nicht. Er versuchte, den Mund zu öffnen, und auch das fiel ihm schwer.

»O mein Gott«, rief Bruder Gismondo wieder, »das … das wollte ich nicht … das viele Blut … warum hat er denn *dich* angegriffen … o mein Gott, das werde ich mir nie verzeihen.«

»Aber ich verzeihe dir«, presste Lotario mühsam hervor.

Wahrscheinlich hatte Bruder Gismondo Guelfuccio von Lotarios Schwäche für Bella nicht einmal aus Berechnung erzählt, wohl eher gedankenlos über einem Becher Wein.

»O mein Gott … ich wusste doch nicht, dass er … dass er …«

»Ich verzeihe dir«, sagte Lotario und nahm alle Kraft zusammen, um fortzufahren: »Allerdings nur unter einer Voraussetzung. Du musst mir etwas versprechen.«

Eine Weile erging sich Bruder Gismondo in Schluchzen, Jammern und Klagen. Eine Weile hatte Lotario Angst, in jene schwarze Tiefe gezogen zu werden, ehe er seine letzte Bitte aussprechen konnte. Aber irgendwann riss Bruder Gismondo sich zusammen. Und das war die Gelegenheit, etwas zu tun, dem er eigentlich eben abgeschworen hatte. Er strampelte, um sich über Wasser zu halten. Er kämpfte gegen den Tod an. Zumindest lange genug, um seine letzte Bitte auszusprechen.

1373

»Du bist es«, sagte Cristo zum Eremiten. »Du bist Bruder Gismondo, nicht wahr? Du hast Bella an Guelfuccio verraten und ihren Tod in Kauf genommen. Du trägst die Schuld daran, dass am Ende zwar nicht sie, aber Lotario sterben musste. Und damit konntest du nicht leben. Anstatt weiterhin ein hohes Amt in der Kirche anzustreben, hast du beschlossen, als Eremit für deine Sünden zu büßen.«

Seine Stimme nahm einen zunehmend schrillen Ton an. Eigentlich stand es ihm nicht zu, dem anderen Vorwürfe zu machen. Er wusste ja selbst: Manche Untat geschah nicht aus Bösartigkeit oder Lust an Zerstörung, schlichtweg aus einer Not heraus. Allerdings war echte Not nur, mal wieder zu viel Hunger und zu wenig Essen zu haben – nicht Enttäuschung, weil sich ein großes Vorbild als fehlbarer Mensch erwies. Und deswegen hörte er nicht auf, weiter auf den Eremiten einzuhacken, obgleich der ohnehin schon zusammenzuckte, als wäre jedes Wort ein Schlag mit dem Hammer, nur er kein Steinblock, sondern ein Sandklumpen, der zu Staub zu zerfallen drohte.

»Deswegen hast du so entsetzt auf Azizas Namen reagiert, als Gabriele … Fiora ihn nannte«, rief Cristo. »Du wusstest, dass Bella ihre und Ninos Tochter war. Und du wusstest darum auch, dass der, der Azizas Geschichte kennt und wie sie mit dem Turm verbunden ist, womöglich auch deine aufgedeckt hat. Es war für dich schon schlimm genug, dass Gabriele ein paar Tage vor uns fragte – Fiora hast du schlichtweg die Tür vor der Nase zugeschlagen. Ach, uns wäre viel erspart geblieben!«

Cristos Stimme kippte wieder bedrohlich. Hätte Gismondo Fiora alles in Ruhe erzählt, hätte er selbst in Ruhe ihre Münzen stehlen, verschwinden und sich damit ein Brathähnchen leisten können. Allerdings wäre das Brathähnchen mittlerweile längst verzehrt, selbst über die Knochen hätte sich ein hungriger Köter hergemacht, während das Abenteuer, das er gemeinsam mit Fiora durchgestanden hatte, ihm immer noch das Gefühl gab, er wäre eng mit ihr verbunden, nicht länger allein auf der Welt.

Fiora selbst machte eben ein ziemlich verwirrtes Gesicht. Erst starrte sie den Eremiten an, dann Elia. »Ich wusste, dass Elia und Bella seinerzeit aus Pisa fliehen mussten, weil ihr Leben in Gefahr war. Ich wusste nicht, dass Guelfuccio … Guelfuccio …« Sie brach ab, setzte schließlich hinzu: »Dieser arme Mensch.«

»Arm?«, rief Cristo, und es war eine Wohltat, sich ausschließlich der Empörung hinzugeben, nicht auch der Angst, dass sich seine und Fioras Wege nun bald trennen würden. »Wenn du wissen willst, was Armut ist, zeige ich dir gerne ein paar Gässchen in Pisa, wo einbeinige Bettler sitzen und Taubenscheiße vom Boden kratzen, weil sie sonst nichts zu essen bekommen.«

»Armut hat viele Gesichter«, murmelte Fiora. »Ein leerer Bauch ist bestimmt unerträglich … ein leeres, weil totes Herz ist nicht viel leichter zu ertragen. Guelfuccio muss krank gewesen sein, vielleicht nicht am Körper, aber an der Seele. Erst war er die Kindheit und Jugendzeit über weggesperrt, dann wurde er in eine fremde Welt zurückgespuckt, in der ihn niemand haben wollte. Die Gherardesca duldeten ihn unter ihrem Dach, aber ließen ihn sich wie ein Bettler fühlen: So wie ein solcher oft keine Krume vom Brot bekommt, bekam Guelfuccio keine Krume vom Leben.«

»Es rechtfertigt nicht, dass er Bella töten wollte … und am Ende Lotario ermordet hat.«

»Etwas zu verstehen, heißt nicht, es zu entschuldigen oder gar gutzuheißen.«

»Jedenfalls hat er diese Tat scheinbar ungestraft begehen können. Oder wurde er jemals zur Rechenschaft gezogen?«

Gabriele mischte sich ein. »Nicht für Lotarios Tod, soweit ich weiß«, sagte er, »der wurde einem Dieb in die Schuhe geschoben. Aber ich kann mir nicht vorstellen, dass seine Tat Guelfuccio lange froh gemacht hat. Auch den anderen Gherardesca war das Schicksal nicht sonderlich gewogen. Sie hielten sich nicht lange an der Macht. Gaddo starb schon kurze Zeit später, wurde wohl vergiftet, seinem Onkel Neri, der daraufhin sein Amt übernahm, war nicht viel mehr Glück beschieden, er wurde alsbald aus Pisa verjagt. Ich vermute, Guelfuccio folgte ihm ins Exil, aber ich habe keine Ahnung, was aus ihm wurde.«

»Ich denke, wir haben genug von den Gherardesca geredet«, erklärte Fiora. »Was aus ihnen wurde, ist nicht halb so wichtig wie die Frage, was nun aus uns wird.«

Cristo hörte nicht nur die Verzagtheit in ihrer Stimme, sie überkam ihn plötzlich selbst. Das »uns«, von dem Fiora sprach – es umfasste nur sie und Gabriele, er hatte keinen Platz darin. Besser, er folgte Gismondos Beispiel, der ein paar Schritte zurücktrat, um die Eheleute sich selbst zu überlassen, doch er musste einfach hören, was die beiden zu bereden hatten.

»Es … es tut mir leid«, hörte er Gabriele heiser sagen, »ich hatte nicht vor zu gehen, ohne dir meine Beweggründe zu nennen. Aber es blieb nun mal keine Zeit. Das Schiff der Pisaner legte schon ab, und ich dachte, du würdest mich irgendwann verstehen.«

Fiora hatte den Blick zu Boden gerichtet, hob ihn nun wieder. Grenzenlose Liebe stand darin, aber auch Resignation. »Elia wollte ein großer Künstler werden, sich erst als Bildhauer beweisen, später als Bauherr. Aber als Bellas Leben in Gefahr schien, sie obendrein schwanger war, folgte er der Stimme seines Herzens, nicht seinem Talent. Wie oft er es bereut hat, weiß ich nicht, er hat diese Last immer still getragen. Du hingegen konntest mit dieser Last nicht länger leben. Dir ist es wichti-

ger, ein großer Glockenbauer zu sein, als ein guter Ehemann. Und auch wenn es mir das Herz bricht, ich kann durchaus verstehen und ...«

»Aber das stimmt doch gar nicht!«, fiel Gabriele ihr ins Wort.

Fioras Blick begann zu flattern. »Du bist doch hier, um eine Glocke zu bauen! Dazu fühlst du dich berufen.«

»Wenn ich mich zu etwas berufen fühle, dann dazu, Vater zu sein.«

Fioras Stirn kräuselte sich. »Aber ...«

»Elia hat damals den Schwur gebrochen, den er in Montecatini leistete«, sagte Gabriele. »Und ich dachte, dass du bis jetzt nur darum kein Kind bekommen hast, weil Gott uns straft. Deswegen wollte ich Elias Schwur erfüllen. Ich wollte eine Glocke für den Turm bauen, damit dieser endgültig vollendet wird, und erhoffte mir, dass Gott uns dafür ein Kind schenkt.«

Nie war Fiora Cristo so schön erschienen wie in diesem Augenblick, da ein Strahlen ihr Gesicht erleuchtete. »Du ... du hast unsere Ehe nicht einfach aufgegeben?«

Gabriele nickte, schien noch etwas sagen zu wollen, besann sich anders. Er zog Fiora an sich, küsste sie auf den Mund, und obwohl er wusste, dass dieser Augenblick den beiden gehörte, konnte Cristo nicht anders, als hinzusehen. Auch die Zukunft gehörte nur den beiden, aber da ihm die eigene so nackt und leer erschien, konnte er nicht einfach gehen. Außerdem wollte er wissen, warum Gabriele plötzlich so verzweifelt schien, als er sich von Fiora löste, nicht auch in seiner Miene jenes Strahlen stand.

»Ich fürchte nur, ich kann meinen Schwur nicht halten«, gestand er kleinlaut ein. »Als ich nach Pisa kam, habe ich erfahren, dass die Domopera zu wenig Geld für neue Glocken hat und Erzbischof Prignani darum beschlossen hat, dass der Campanile mit alten ausgestattet werden soll. Eine von diesen wird die Glocke sein, die dem Heiligen Ranieri geweiht wurde und bislang im Palazzo del Commune hing.«

»Das war doch die Glocke, deren Läuten damals den Tod von Ugolino verkündet hat, nicht wahr?«

Gabriele nickte düster.

»Nun«, murmelte Fiora, »die Glocken werden von heute an nie wieder den Tod eines Tyrannen verkünden, sie werden die Pisaner zum Gottesdienst rufen. Vielleicht ist das ein Zeichen dafür, dass das Leben stärker ist als der Tod, die Hoffnung größer als die Angst, die Liebe größer als ...«

»Oh, ich liebe dich, Fiora«, sagte Gabriele, »ich habe dich immer geliebt, ich werde dich immer lieben. Und dass ich nicht sofort heimgekehrt bin, liegt nur daran, dass mir das Geld dazu fehlte. Ich habe schließlich alles zurückgelassen, damit es dir in der Zwischenzeit an nichts mangelt. Durch den Bau von anderen Glocken erhoffte ich mir, genug zu verdienen. Ich fürchte nur, sie können das Versäumnis, nichts für den Turm erschaffen zu haben, nicht mindern. Womöglich wird uns nie ein Kind geschenkt sein, obwohl wir es uns beide so wünschen. Ach, wenn ich geahnt hätte, dass du mir folgen würdest, in all diese Gefahren geraten ...«

»Keine Sorge!«, krähte Cristo dazwischen. »Ich habe gut auf sie aufgepasst.«

Selten hatte er so dreist gelogen. Zwar hatte er Fiora manches Mal gerettet – doch nur, weil er sie zuvor in eine brenzlige Situation gebracht hatte. Fiora jedenfalls stritt es nicht ab, sie lächelte, als sie sich ihm zuwandte. Auch Gabriele betrachtete ihn erstmals genauer.

»Du hast vorhin gesagt, er ist ein Waisenjunge? Aber warum genau ist er an deiner Seite?«

Cristo unterdrückte ein Seufzen. Wenn sie ihm erzählte, dass er ein Dieb war, der es nur auf ihr Geld abgesehen hatte, würde Gabriele ihn wohl endgültig von der Baustelle verjagen. Doch Fiora tat nichts dergleichen. Sie trat zu ihm, legte ihm die Hand auf die Schulter, fuhr ihm übers Haar. Ihn erfüllte die gleiche Wärme wie damals, als sie sich nachts im Wald aneinandergepresst hatten – und zugleich Kälte, weil sich nun ihre Wege endgültig trennen würden.

»Dass ich Cristo begegnet bin, ist ein Zeichen, dass Gott uns durchaus gnädig ist, unserer Familie nicht wegen Elias Schwur zürnt«, erklärte Fiora. »Du konntest hier zwar keine Glocke für den Turm gießen – umsonst war deine Reise dennoch nicht. Nur weil du aufgebrochen bist, bin ich dir gefolgt, und weil ich dir folgte, kreuzten sich meine und Cristos Wege. Er ist ganz allein auf der Welt und immer hungrig, und … und ich dachte, wir könnten ihn mit nach Elba nehmen und an Kindes statt aufnehmen. Gott hat uns also durchaus einen Sohn geschenkt, findest du nicht auch?«

Gabriele blickte von Fiora zu Cristo, wieder zurück zu ihr. Eine Weile wirkte er verwirrt, auch überrumpelt, doch das Strahlen in ihrem Gesicht verfehlte seine Wirkung nicht. Seine Stirn war noch gerunzelt, doch auch in seinem Blick leuchtete nun etwas auf – eine Hoffnung, der er schon lange abgeschworen hatte. Er wandte sich an Cristo. »Ja, möchtest du das überhaupt?«

Cristo stand der Mund weit offen. Er hatte sich zwar daran gewöhnt, dass die Geschichte von Bella und Elia immer wieder unerwartete Wendungen nahm. Dass das aber auch für sein eigenes Leben gelten könne, hatte er nicht erwartet. Er würde bei Fiora bleiben … sie würde seine Mutter sein … er müsste nicht mehr darben … in dreckigen Gassen ums Überleben kämpfen. Er würde auf der schönen Insel Elba leben … von Gabriele sein Handwerk lernen. Nun ja, ob er Glockenbauer werden wollte, wusste er nicht. Wahrscheinlich verbrannte man sich da manches Mal seine Finger oder schlug sich mit dem Hammer darauf. Aber er wollte alles erdulden, wenn nur …

»Du willst es doch?«, fragte nun auch Fiora plötzlich ganz bang.

Cristo wollte die Frage bejahen, brachte aber kein Wort heraus. Nur schwach nicken konnte er, und sobald er nickte, stiegen ihm Tränen in die Augen. Was für eine Schande! Er war doch keiner, der heulte!

Selbst wenn er künftig kein Gassenjunge Pisas mehr wäre – es galt, seinen Ruf zu verteidigen! Bevor ihn die Rührung endgültig übermannte, räusperte er sich und fragte mit vermeintlich gleichgültiger Stimme: »Eins verstehe ich immer noch nicht. Warum hat Elia überhaupt den Schwur von Montecatini gebrochen? Guelfuccio hat sich an Lotario gerächt – was bedeutete, dass es nun niemanden mehr gab, der Bella nach dem Leben trachten würde. Sie hätten doch zurückkehren, friedlich in Pisa leben können. Elia hätte sein Werk – den Turm – vollenden können. Warum ist das nicht geschehen? Warum wurde die Glockenstube, die Elia plante, erst in den letzten Jahren gebaut?«

Er löste seinen Blick von Fiora, trat auf den Eremiten zu, der etwas Abstand gehalten, aber hier verharrt hatte. »Es hat etwas mit jenem Versprechen zu tun, das du dem sterbenden Lotario gegeben hast, nicht wahr? Was … was genau erwartete er von dir?«

XI.

Vollendung

1317

»Es ist eine Schande«, ertönte eine Stimme dicht neben Elia.

Er zuckte zusammen, hatte er doch gar nicht bemerkt, dass er nicht länger allein auf dem Domplatz stand.

Nicht erst seitdem er heute nach Pisa zurückgekehrt war, zog er lieber den Kopf ein, anstatt Fremden offen ins Gesicht zu sehen. Schon in den letzten beiden Monaten seit ihrer Flucht aus Pisa hatte er es so gehalten. In Lucca, wohin er erst Bella gebracht, später Bona nachgeholt hatte, durfte niemand auch nur ahnen, welches Geheimnis sie verbargen.

Es hatte trotzdem seine Vorzüge, dort zu leben, nicht zuletzt weil sie bei den di Panico, der Familie von Capuana della Gherardesca, Unterschlupf gefunden hatten. Ninos Stiefgroßmutter war zwar längst gestorben, doch dass Bona vorgab, einst in Pisa ihre Dienerin gewesen zu sein, hatte ihnen Tür wie Herz geöffnet. Außerdem hatte Elia der Familie seine Künste angeboten, und sie wurden gerne angenommen, wenngleich auch nur, um ein kleines Schränkchen für Bleiweiß, das als Schminke benutzt wurde, in Auftrag zu geben.

Elia war froh gewesen, seine Hände beschäftigt halten zu können, doch seine Sehnsucht nach echter Kunst hatte diese Arbeit nicht stillen können. Immer wieder ging er zum Dom von Lucca, dessen berühmtes Holzkruzifix der Legende nach von einem Engel geschnitzt worden war. Wie groß sein Verlangen wurde, wieder solche Skulpturen zu schaffen!

Er vertraute Bella seine Gefühle nicht an, doch sie erriet sie dennoch. »Warum gehst du nicht nach Pisa und stellst Erkundigungen an, was in der Zwischenzeit geschehen ist und ob die Gefahr immer noch so groß ist?«

Und wie soll ich das machen, hätte er am liebsten entgegnet. Soll ich mich auf die Plätze stellen und laut rufen, ob jemand Bella della Gherardesca und ihrem ungeborenen Kind nach dem Leben trachtet?

Am Ende hatte er nur gesagt: »Die Geburt steht doch bevor.«

»Daran brauchst du mich nicht zu erinnern«, erwiderte Bella stöhnend und stemmte ihre Hände in die Hüften. »Ich habe das Gefühl, gleich zu platzen. Aber wenn das geschieht, brauche ich nicht deine Hilfe, höchstens die von Bona und einer Hebamme. Außerdem werde ich ziemlich laut schreien – was zwar für mich die Sache leichter machen wird, nicht aber für dich. Besser, du weilst in dieser Stunde nicht in Lucca.«

»Trotzdem …«

»Wenn du weiterhin an diesem Kästchen für eine Reliquie schnitzt, wirst du dir den Finger abschneiden, weil du es so lustlos tust.«

»Das Kästchen ist nicht für eine Reliquie bestimmt, sondern für Schminke.«

»Als ob bei einer Frau wie Lucia di Panico, deren Haut vertrocknet wie eine Reliquie ist, Schminke noch viel retten würde.«

»Bella!«, warf er mahnend ein, konnte sich ein Grinsen jedoch nicht verkneifen. Rasch wurde er aber wieder ernst, und als sie weiterhin darauf bestand, dass er Pisa einen Besuch abstattete, nickte er schließlich.

Die eigentlichen Gründe, warum er sie trotz schlechtem Gewissen hochschwanger in Lucca zurückließ, verschwieg er ihr. Sie mochte glauben, dass in ihm immer noch Hader wohnte, weil er sich für sie und gegen die Fertigstellung des Turms entschieden hatte, dass er sich manchmal fragte, ob dieses Opfer nicht doch zu groß war. Doch es war etwas anderes, was ihn manche Nacht wach hielt. Und außerdem war ihm eine Idee gekommen, wie er fern von Pisa an seine Vergangenheit als Bildhauer anknüpfen könnte.

Als er die Stadt nach langem Tagesmarsch betrat – er war noch in der Dunkelheit aufgebrochen und kam vor der Dämmerung an –, vermeinte er kurz, etwas freier atmen zu können. Obwohl er keinerlei Aufmerksamkeit auf sich zog, senkte er den Kopf tief, hob ihn erst ein wenig, als er den Domplatz erreichte, den Turm musterte, der ihm ein weiteres Stockwerk verdankte – aber nicht die Vollendung.

Und hier traf ihn nun plötzlich diese Stimme: »Es ist eine Schande!«

Er zuckte zusammen, fühlte sich ertappt, gewahrte dann, dass diese Worte nicht ihm gegolten hatten, sondern der Kaufmann zu seiner Rechten zu seinem Begleiter gesprochen hatte. »Welch eine Schande, dass unser Turm immer noch nicht fertig ist, obwohl seit fast hundertfünfzig Jahren an ihm gebaut wird.«

»Immerhin hat er eine stattliche Größe erreicht.«

»Wenn einem Mann der Kopf fehlt, macht es keinen Unterschied, ob er nun groß oder klein gewachsen ist«, sagte der Kaufmann verdrossen.

»Ohne Kopf kann niemand leben«, erwiderte der andere, »aber der Turm besteht aus Stein, und Stein ist ohnehin tot.«

Wenn ihr bloß wüsstet, ging es Elia wehmütig durch den Kopf. Unter meinen Händen haben Marmor und Elfenbein pulsiert, als würden sie Adern haben, in denen warmes rotes Blut fließt. Ich habe gehört, wie sie geatmet haben, gestöhnt, geseufzt, gelacht, ge…

»Der Zweck dieses Turms ist doch, dass er Glocken trägt«, drang wieder die übellaunige Stimme des Kaufmanns in sein Ohr, »aber diese Glocken fehlen.«

»Hm, in den großen Öffnungen im sechsten Geschoss könnte man sie aufhängen.«

»Mein Gefühl sagt mir jedenfalls«, nörgelte der Kaufmann, »dass der Turm so schnell nicht fertig gebaut wird. Es heißt, der Bauherr habe sich schon vor geraumer Zeit einfach aus dem Staub gemacht.«

Er spuckte aus – vielleicht nur, um einen üblen Geschmack loszuwerden, vielleicht als Zeichen der Verachtung. Elia trat unwillkürlich zurück.

Gleiches Urteil fällte er in dunklen Stunden auch selbst über sich. Gewiss, er hatte sich nicht aus der Verantwortung gestohlen, hatte vielmehr welche für Bella und das ungeborene Kind übernommen. Doch da war eine Stimme, die er nie recht übertönen konnte. Die Stimme, die an seinen Schwur von Montecatini gemahnte und dass er ihn gebrochen hatte. War es möglich, dass er und die Seinen dereinst deswegen bestraft werden würden? Dass Gott ihm etwas wegnahm, weil er ihm etwas schuldig geblieben war?

Selbst als die beiden Männer verschwunden waren, blieb er starr vor dem Turm stehen. Längst war Dämmerung über die Stadt hereingebrochen, als er sich endlich einen Ruck gab. Nur um diese zermürbenden Fragen zu beantworten, war er ja überhaupt erst hierhergekommen. In Pisa gab es schließlich jemanden, der das weltliche wie kirchliche Recht wie kein Zweiter kannte, der wusste, mit welchen Taten man irdische wie himmlische Strafe beschwor, der ferner Erfahrung hatte, wie es war, mit einer Schuld zu leben – Lotario.

Gewiss, es würde nicht leicht sein, ihm gegenüberzutreten. Aber die Angst vor einem Fluch, den er womöglich über sich und die Seinen gebracht hatte, war am Ende größer als jegliche Eifersucht. Und außerdem brauchte er Lotarios Hilfe auch für etwas anderes: Einst hatte der Erzbischof die Madonnenstatue mit Bellas Gesicht, die er in seinem Auftrag geschaffen hatte, aus der Werkstatt holen lassen – nicht, um sie der ursprünglichen Bestimmung zuzuführen, sondern um sie in irgendeinem Keller zu verstecken und dort verrotten zu lassen. Doch mit dieser Statue könnte er nun in Lucca sein Talent beweisen. Gut möglich, dass man sie dort allein schon darum nicht als skandalös betrachtete, weil sie im verhassten Pisa auf Ablehnung gestoßen war. Vielleicht fand sich ein Käufer – oder zumindest jemand, der davon angetan genug war, um ihm einen neuen Auftrag zu geben.

Entschlossen ging er auf das Haus des Bischofs zu. Zunächst senkte er wieder den Kopf. Doch als er kurz vor seinem Ziel einem Mönch begegnete, dessen Gesicht ihm vage bekannt vorkam, hob er ihn wieder, verlangte forsch, Magister Lotario zu sprechen. Obwohl es nicht ungewöhnlich war, dass man nach ihm fragte – manch Angeklagter bat gewiss vor der Verhandlung um Gnade –, weitete sich der Blick des Mönchs entsetzt.

»Es ist sehr wichtig«, erklärte Elia, »es … es geht um eine schwere Schuld …«

Erst blieb ein Seufzen die einzige Antwort, dann folgten flüsternde Worte: »Geh am besten zu den Eremitagen, die am linken Flussufer des Arnos errichtet wurden.«

»Dort lebt Lotario jetzt?«, fragte Elia erstaunt. Was hatte

Lotario wohl bewogen, sämtliche Ämter aufzugeben? Und würde er ihm überhaupt noch helfen können, an seine Statue heranzukommen?

Der Mönch wich seinem Blick aus. »Dort wirst du jedenfalls mehr erfahren.«

Als Elia am nächsten Tag nach Lucca zurückkehrte, stand die Sonne hoch am Himmel. Eigentlich hatte er den Morgen abwarten wollen, um sich auf den Rückweg zu machen, doch da er wusste, dass er ohnehin keinen Schlaf finden würde, war er noch mitten in der Nacht aufgebrochen. Verstört von allem, was er erfahren hatte, war kein Platz in ihm, um Angst vor Dieben zu haben. Tatsächlich war er auf den Straßen zwischen den großen Wäldern niemandem begegnet, doch verfolgt fühlte er sich dennoch – von Bruder Gismondos Worten nämlich, von den Gefühlen, die sie in ihm ausgelöst hatten.

Er war nicht sicher, was größeres Entsetzen in ihm hervorrief: Lotarios Tod oder das Versprechen, das dieser sterbend dem Mönch abgerungen hatte. Eigentlich war es vor allem Elias Aufgabe, es zu halten. Und dass Gismondo sie ihm hatte aufbürden können, hatte den von schlechtem Gewissen gezeichneten Mönch etwas befreit, Elia aber mit einer schweren Last belegt.

Gewiss, als der Mönch ihn flehentlich angeschaut hatte, hatte er bereitwillig genickt, erklärt, er würde alles tun, um Lotarios letzten Wunsch zu erfüllen. Doch nun ging ihm auf, was das genau bedeuten würde, und anstatt die Sorge, den Schwur von Montecatini zu brechen, losgeworden zu sein, kehrte er mit neuer nach Lucca zurück.

Beide Sorgen wurden allerdings nichtig, als er ihr Zuhause erreichte. Sie lebten in einem kleinen Häuschen in der Nähe des Palazzos von Capuanas Familie, das einst als Werkstatt genutzt worden war, mittlerweile aber leer stand.

Bona stand vor dem Haus und ließ Kopf wie Schultern tief hängen, was womöglich nicht bloß große Erschöpfung verriet. Und da stand eine andere Frau vor ihr. Elia konnte zwar nicht in ihrer Miene lesen, weil sie ihm den Rücken zuwandte – dass sie ihre Hand auf Bonas Schulter legte, war aber eindeutig eine Geste des Trostes.

Seine Kehle wurde ihm trocken. Am liebsten wäre er auf die Frauen zugestürzt, aber nach dem langen Marsch durchzuckte jäh ein krampfartiger Schmerz seine Beine. Bis er sich die Waden gerieben und weitere Schritte machen konnte, war die andere Frau verschwunden.

»Wer … wer war das?«

»Nun, die Hebamme.« Schon Bonas Worte erzeugten kalte Furcht, erst recht taten das ihre rot geweinten Augen, als sie sich ihm zuwandte. Und dann war da noch etwas, was Elia schier die Luft zum Atmen nahm: diese … Stille. Da war kein Laut zu hören, kein Stöhnen, kein Quäken, kein Schreien … und Bella hatte doch behauptet, sie würde sehr laut schreien, wenn sie ihr Kind gebar. Warum war sie verstummt?

Wieder packte ihn ein krampfartiger Schmerz, diesmal nicht in den Waden, in der Brust, und er sackte zu Boden.

Der Schwur, den er nicht erfüllt hatte … die Strafe, die ihn unweigerlich treffen würde … Bella … das Kind …

»Na, na«, traf ihn wie von weiter Ferne Bonas Stimme. »Dass ich nach der langen Nacht erschöpft bin und kaum aufrecht stehe, ist verständlich. Ich bin ein uraltes Weiblein, das nicht viel Aufregung verträgt. Du hingegen bist es doch gewohnt, schwere Steine zu schleppen. Da wirst du doch auch die Nachricht verkraften, dass Bella einen kleinen Jungen geboren hat.«

Mühsam hob er seinen Kopf. »Einen Jungen?«

»Sie würde ihn gerne Nino nennen – nach ihrem Vater. Eine gute Wahl, wenn du mich fragst, aber sie will, dass du damit einverstanden bist. Lass sie also nicht warten, ausruhen kannst du dich auch später.«

Elia sprang auf, und plötzlich war das gar nicht mehr schwer. »Es geht ihnen beiden gut?«

»Ja, was glaubst du denn? Bella ist schon mit weitaus schlimmeren Gefahren fertiggeworden, die Geburt eines Kindes fällt da kaum ins Gewicht. Hörst du nicht, wie kräftig es kräht?«

Elia lauschte und vermeinte tatsächlich ein Glucksen zu hören, gefolgt von Bellas Stimme, die sanft auf das Kleine einredete. Und dann war da noch ein anderer Ton – Bonas Schluchzen. »Aber warum heulst du dann?«, rief er vorwurfsvoll.

»Wie ich schon sagte: Ich bin ein uraltes Weiblein, das für so viel Aufregung nicht gemacht ist. Ich heule immer, wenn ich unglücklich bin. Aber ich heule eben auch, wenn ich glücklich bin. Nun geh schon zu Bella, geh zum kleinen Nino, überzeuge dich selbst, dass am Ende immer das Leben stärker ist … die Liebe.«

Kurz fühlte Elia die Verheißung, die in diesen Worten lag. Kurz war es so leicht, daran zu glauben. Doch ehe er über die Schwelle trat, musste er wieder an Lotario denken … seinen gewaltsamen Tod … das letzte Versprechen, das er Gismondo abgerungen hatte. Bei ihm war das Leben am Ende nicht stärker gewesen … allerdings hatte er noch mit dem letzten Atemzug seine Zuneigung zu Bella bewiesen.

Sie dürfte nie erfahren, wie er gestorben war, hatte er Gismondo erklärt. Schlimm genug, dass sich das Schicksal ihrer Eltern oft wie ein dunkler Schatten über ihr Leben legte – sein blutiges Ende sollte sie nicht belasten, auch nicht der Gedanke, dass Guelfuccio, ihr eigener Vetter, zu solch einer Tat imstande war, ja es zunächst sogar auf sie abgesehen hatte. Tod, Rache, Hass, Angst … all das sollte in ihrem Leben keinen Platz mehr haben. Wenn sie sich an ihn erinnerte, sollte sie den Beschützer, den Vormund, vielleicht den Freund in ihm sehen – kein blutüberströmtes Opfer eines Mordes.

»Keine einzige Träne«, hatte der sterbende Lotario gestammelt, »keine einzige Träne darf sie um mich weinen.«

Und um das zu verhindern, würden sie nicht nach Pisa zurückkehren. Dort bestand zwar – wie Elia von Bruder Gismondo auch erfahren hatte – keine Gefahr mehr für Bellas Leben: Nur Guelfuccio hatte nach diesem getrachtet, nie Gaddo, der gar nicht erst von ihrer Existenz wusste. Doch Lotarios gewaltsamer Tod, über den allseits gesprochen wurde, würde ihr dort nicht verborgen bleiben.

Elia trat nun doch über die Schwelle, erwiderte das Lächeln, das Bella ihm schenkte. Ihr Haar war in den letzten Monaten etwas gewachsen, kräuselte sich feucht vor Schweiß. Auch die dunklen Strähnen vom kleinen Nino wirkten lockig. »Die Locken hat er von seinem Großvater«, sagte Bella, »doch die Farbe des Haares von seiner Großmutter.«

Jeglicher Schmerz in den Beinen war nun vergessen. Elia hastete zu ihr, küsste erst Bella inniglich, dann den Kleinen ganz vorsichtig.

»Was … was hast du in Pisa erfahren?«, fragte Bella, nachdem sie dem Kleinen die Brust reichte, der kurz daran nuckelte, aber alsbald erschöpft einschlief.

»Wir … wir können unmöglich dorthin zurückkehren«, sagte Elia schnell, log sie zwar nicht offen an, verschwieg ihr aber die Wahrheit. »Gaddo ist zwar mächtig wie nie, aber das macht ihn gewiss auch misstrauisch. Du wärst dort nicht in Sicherheit, bist es vielleicht nicht einmal hier. Wir sollten noch weiter fortgehen, alles zurücklassen.«

»Aber wo sollen wir leben?«

Elia lächelte. »Dein Vater hat das Meer geliebt … und unser Sohn, der seinen Namen trägt, wird das wahrscheinlich auch tun. Wir sollten auf einer Insel leben … einer Insel wie Elba, von der ich stamme …«

»Aber du bist Bildhauer, und Elba ist berühmt für das Eisen, das dort abgebaut wird, nicht für Marmor.«

»Nun, aus Eisen lassen sich Schwerter schmieden, allerlei Geräte, außerdem Glocken gießen, vielleicht sollte ich mich in dieser Kunst versuchen?«

»Und das ist dir genug?«

»Die Liebe zu dir ist mir auf jeden Fall genug«, sagte er und küsste ihre Hände. »Ich verspreche dir«, sagt er mit rauem Ton, »meine Liebe zu dir soll nie wieder von Zweifeln beschmutzt sein.«

Er suchte wieder ihren Blick, konnte befreit lächeln, war mit sich und seiner Entscheidung im Reinen. Nicht nur, dass er ihr Lotarios Tod verschweigen würde, seinetwegen hatte er auch auf die Madonnenstatue verzichtet. Nachdem er Bruder Gismondo zugesagt hatte, Lotarios letzten Wunsch zu ehren, hatte er auch dem Eremiten ein Versprechen abgerungen – dass diese Statue nämlich an Lotarios Grab stehen sollte. Gewiss, dieser hatte sie damals als Blasphemie bezeichnet. Doch Grund dafür war seine Eifersucht auf Elia gewesen, wie er mittlerweile wusste, und dieser hatte Lotario am Ende abgeschworen. Sicherlich würde er die Statue nun als Symbol dafür sehen, dass Bella lebte und liebte und glücklich war, und als solches sollte sie seine letzte Ruhestätte bewachen.

Er selbst brauchte sie ja nicht. Als er Bella und das Kind betrachtete, war er sich sicher: Ein größeres Glück als dieses würde er in seinem Leben nicht finden. Dieses Glück war ein vollendetes, und dass Gleiches nicht auch für den Turm galt, nun, damit würde er leben müssen, damit würde auch Gott leben müssen. Irgendwann würde ein anderer das Werk schon zu Ende führen.

Epilog

1373

294 Stufen führten hoch zur Glockenstube des Turms. Cristo zählte jede einzelne, zuerst noch laut, dann, als ihm schlichtweg der Atem ausging, leise. Er hätte natürlich nie zugegeben, welch große Anstrengung der Aufstieg ihn kostete, zumal Gabriele und Fiora so glücklich waren, dass sie regelrecht zu fliegen schienen. Erst recht verbarg er vor ihnen, wie sehr ihm die Enge zusetzte, als sich der Abstand zwischen der Außenmauer und dem Schacht verringerte, die Stufen obendrein immer schiefer standen. Unselige Erinnerungen an ein besonders finsteres, dreckiges Gässchen Pisas erwachten, wo er stets mit angezogenen Beinen geschlafen hatte, weil kein Platz gewesen war, sie auszustrecken. Jedes Mal, wenn er erwacht war, hatte er vermeint, er läge in einem Grab.

Nun, irgendwann waren alle Stufen überwunden. Tageslicht fiel auf ihn, vertrieb die Erinnerungen. Er atmete nun deutlich befreiter, labte sich an der Gewissheit, dass er nie wieder in einem finsteren, dreckigen Gässchen würde schlafen müssen. Er war jetzt Gabrieles und Fioras Sohn, und als solcher warteten zwar keine Reichtümer, aber genug zu essen, ein kleines Häuschen nahe am Meer und …

»Man kann es ja gar nicht sehen!«, rief er, kaum dass er von der Glockenstube aus in die Ferne blickte.

Gabriele hatte zwar schon erwähnt, dass der Turm nicht hoch genug sei, um das Meer zu sehen, doch als Cristos Blick auf das sumpfige Schwemmland im Süden und Osten der Stadt und die Bergketten im Norden und Westen fiel, war er trotzdem ein bisschen enttäuscht.

»Wenn man denn überhaupt einen Blick aufs Meer erhaschen will«,

sagte Gabriele, »müsste man schon auf die Glockenstube klettern und sich auf die Zehenspitzen stellen. Und selbst dann hat man nur eine Chance, wenn das Licht sehr klar ist.«

Cristo blickte hoch zum Dach der Glockenstube, in der mittlerweile vier Glocken hingen. Wenn er auf eine davon stieg, könnte er es schaffen – vorausgesetzt, er rutschte nicht aus und …

»Untersteh dich!«, sagte Fiora streng.

»Ich würde es schaffen.«

»Du würdest dir den Hals brechen, doch wozu?«

Ja, wozu eigentlich? Wenn sie nach Elba zurückkehrten und in dem Häuschen lebten, in dem erst Bella und Elia, später ihr Sohn Nino und dessen Frau – Gabrieles Eltern – ihr Leben verbracht hatten, würde er das Meer noch oft genug sehen. Und bald war es so weit. In den letzten Wochen, die sie hier in Pisa verbracht hatten, hatte Gabriele schließlich genug für die Heimreise verdient. Eine seiner letzten Aufgaben war es übrigens gewesen, die schweren Glocken nach oben zu schaffen, womit er Cristos Meinung nach – insbesondere nachdem der selbst die 294 Stufen hochgestiegen war – den Schwur von Montecatini endgültig erfüllt hatte. Ob Gabriele das auch so sah, wusste er zwar nicht, aber zumindest sprach der nie wieder davon, dass er sich verflucht wähnte. Auch Fioras Entscheidung, Cristo als ihren Sohn aufzunehmen, hatte er nie als übereilt abgetan. Am Anfang hatte er ihn meist nachdenklich gemustert, doch als Cristo ihn gefragt hatte, wie genau man Glocken herstellte, hatte er das erste Mal gelächelt. Ob er wirklich Glockenbauer werden wollte, wusste Cristo nicht. Aber er wusste, dass dieses Lächeln Zuneigung verriet – und dass er es noch oft auf seine Lippen zaubern wollte.

Was Fiora anbelangte, so fiel es ihm schwer zu zeigen, wie sehr ihn ihr Angebot gerührt hatte. Er erklärte stets lapidar, dass er allein darum ihr Sohn sein müsste, weil jemand auf sie aufpassen sollte, wenn Gabriele wieder einmal wortlos verschwand.

»Ich werde Gabriele die Ohren lang ziehen, wenn er das jemals wieder tut«, hatte Fiora gesagt, »und dir werde ich die Ohren lang ziehen, wenn du mich jemals wieder in Schwierigkeiten bringst.«

»Na ja«, hatte er erwidert, »dass ich künftig nicht mehr klauen darf, ist schon schade.«

»Denk nicht mal dran!«

Wie so oft, wenn sie streng zu sein versuchte, verriet ihr Lächeln die wahren Gefühle. Auch jetzt lächelte sie, als er einmal mehr beklagte, dass man das Meer nicht sehen konnte. Sie legte ihre Hand um seine Schultern, zog ihn an sich, während sie in die Ferne starrte.

»Du hast recht, man kann das Meer nicht sehen«, sagte sie. »Aber wir müssen das Meer nicht sehen, um zu wissen, dass es da ist. Und unsere Liebe ist auch nichts, was wir sehen können, und doch ist sie da.«

Cristo wurde plötzlich die Kehle eng, weil er die Liebe, von der Fiora sprach, fühlen konnte. Nicht nur die, die er Fiora entgegenbrachte, nicht nur die, die er eines Tages für Gabriele empfinden würde. Ebenso die Liebe von Bella und Elia, die Liebe von Nino und Aziza. Der für die Ewigkeit erbaute Turm war ein Symbol für diese.

Anhang

Zeittafeln

Die Entstehungsgeschichte des Schiefen Turms von Pisa

Nach einem Sieg über die Sarazenen wird – dank der überreichen Beute – **1064** der Bau eines Pisaner Doms beschlossen.

Am 9. August **1173** erfolgt auch die Grundsteinlegung eines Campanile – eines frei stehenden Glockenturms für den Dom.

Nach Fertigstellung der ersten drei Stockwerke kommt es **1178** – wahrscheinlich wegen des schlammigen Untergrunds – zu einer Neigung. Man lässt die Bauarbeiten für über hundert Jahre ruhen.

Zwischen **1272 und 1278** wird der Bau des Campanile unter Leitung des Architekten Giovanni di Simone wieder aufgenommen. Bis ca. **1284** werden weitere Stockwerke aufgesetzt, die Achse etwas korrigiert. Unklar ist, ob in dieser Zeit bereits alle sieben Stockwerke (sechs Loggien) fertiggestellt werden oder nur sechs (fünf Loggien). Möglicherweise wird das letzte erst zwischen **1315 und 1320** gebaut.

Neben dem Turmbau ist Giovanni di Simone auch für die Errichtung des Camposanto (Friedhofs) zuständig. Zur gleichen Zeit – zwischen **1278 und 1284** – erfolgt die Dekoration des frei stehenden Baptisteriums (Taufkirche) durch Nicola und Giovanni Pisano. Erst gegen Ende des 14. Jahrhunderts wird der Camposanto fertiggestellt bzw. bekommt das Baptisterium eine Kuppel.

Anfang des 14. Jahrhunderts entstehen berühmte Kunstwerke im und um den Dom, z. B. die Kanzel (zwischen **1302 und 1310**) und das Grabmal von Kaiser Heinrich VII. (ab **1315**).

Von **1370 bis 1373** wird unter der Leitung von Tommaso Pisano, dem Sohn von Andrea de Pontedera, der Turmbau mit der Errichtung einer Glockenstube zu Ende geführt.

1384 wird der »torre pedente« (der »Schiefe Turm«) erstmals auf einem mittlerweile zerstörten Fresco dargestellt, die Neigung darauf jedoch stark übertrieben.

Geschichte der Stadt Pisa im Mittelalter

Nicht zuletzt dank erfolgreicher Schlachten gegen die Sarazenen steigt Pisa im **11. und 12. Jahrhundert** zur bedeutsamsten Seerepublik Italiens auf.

Im Streit zwischen kaiserlicher und päpstlicher Partei (Guelfen gegen Ghibellinen), der im **13. Jahrhundert** die italienischen Stadtstaaten entzweit, steht Pisa meist auf der Seite der Ghibellinen und tritt somit in Konkurrenz mit den meist guelfisch geprägten Nachbarrepubliken wie Lucca, Florenz und Siena.

1274 bricht in Pisa ein Bürgerkrieg zwischen den Parteien aus. Die den Guelfen zugeneigten Familien werden vertrieben, darunter jener Zweig der Grafen di Donoratico, die von Ugolino della Gherardesca angeführt werden.

Als sich **1275** Pisa und die Guelfenstädte der Toskana heftige Kämpfe im Arnotal liefern, verbündet sich Ugolino della Gherardesca mit den Florentinern. Vom Krieg geschwächt, schließt Pisa ein Friedensabkommen mit Lucca und Florenz. Ugolino und die anderen exilierten Rebellen dürfen zurückkehren, ihr Einfluss wächst.

1282 eskaliert ein lange schwelender Konflikt mit Genua. Beide Städte rüsten sich für den drohenden Krieg. In den nächsten Jahren kommt es auf beiden Seiten zu diversen Überfällen auf Handelsschiffe und etlichen Scharmützeln. Pisa erleidet einige Niederlagen, die endgültige Entscheidung steht aber noch aus.

Am 6. August **1284** kommt es schließlich zur Seeschlacht vor Meloria – einem winzigen Felseneiland vor Livorno –, die sich für Pisa als Katastrophe erweist. Etwa sechstausend Pisaner fallen im Kampf, mindestens neuntausend werden als Gefangene nach Genua gebracht. Derart geschwächt, ist Pisa seinen Feinden schutzlos ausgeliefert. Im September verbündet sich Genua mit Lucca, Siena und Florenz gegen die am Boden liegende Seerepublik. Am 18. Oktober machen die Pisaner daraufhin Ugolino della Gherardesca zum Podestà – verfügt er doch über Verbindungen zu den Guelfen. Tatsächlich kann Ugolino die Florentiner mit teuren Geschenken bestechen, sodass sie sich aus dem Krieg heraushalten. Auch Luccas Söldner kann er **1285** zurückschlagen. Im Juli greifen die Genuesen zwar den Hafen von Pisa an und zerstören die Hafenketten und einen Turm, ziehen danach aber ab.

1287 eskalieren die Konflikte zwischen dem Haus Gherardesca und den Visconti, da sich Letztere – obwohl guelfisch ausgerichtet – den Ghibellinen zuwenden. Als ein Parteigänger der Visconti von einem Untergebenen Ugolinos ermordet wird, steht Pisa am Rande eines Bürgerkriegs – Visconti gelingt es jedoch nicht, die Stadt gegen Ugolino aufzuhetzen. Erst als es im April **1288** zu Friedensverhandlungen mit Genua kommt, nehmen die Spannungen wieder zu. Ugolino ist gegen einen Frieden mit Genua, will er doch die Rückkehr der dort gefangenen Pisaner verhindern. Dagegen opponiert – auch bedingt durch schlechte Getreideernten – nicht nur das Volk. Die ghibellinischen Familien Gualandi, Sismondi und Lanfranchi schließen sich unter Führung des Erzbischofs von Pisa, Ruggieri degli Ubaldini, gegen Ugolino zusammen. Mithilfe einer Intrige entledigen sie sich erst Viscontis. Nach brutalen Kämpfen wird Ugolino am 1. Juli gemeinsam mit seinen Söhnen Gaddo und Uguccione sowie seinen Enkelsöhnen Nino il Brigata und Anselmuccio gefangen genommen.

Im März **1289** wird der Schlüssel des Torre dei Gualandi, wo Ugolino und seine Familie gefangen sind, von Ruggieri in den Arno geworfen und die Gefangenen dem Hungertod preisgegeben.

1290 kommt es zum neuen Krieg der Genueser, Florentiner und Luccheser gegen das nach Ugolinos Tod wieder ghibellinische Pisa, der mit der Niederlage der Ghibellinen von Pisa endet. **1293** wird ein Friedensvertrag mit Florenz, **1299** ein weiterer mit Genua geschlossen.

Pisa erhofft sich neuen Einfluss, als der – den Ghibellinen wohlgesonnene – Kaiser Heinrich VII. nach Italien zieht. **1312** übergeben ihm die Pisaner die Herrschaft der Stadt. Doch der Kaiser stirbt am 24. August **1313** – und mit ihm viele Hoffnungen auf neuen Einfluss.

Dem neuen Herrn von Pisa, Uguccione della Faggiola, bislang kaiserlicher Vikar, gelingt zwar **1314** die Eroberung von Lucca und am 29. August **1315** bei Montecatini ein Sieg über die Guelfische Liga. **1316** kommt es aber – ausgehend von Lucca – zu einem Aufstand gegen ihm. Die Pisaner machen einen Verwandten von Ugolino – Gaddo della Gherardesca aus der ghibellinisch eingestellten Familie der Grafen von Donoratico – zu ihrem Signore. Ihm folgen **1320** sein Onkel Neri, **1325** sein Sohn Fazio an die Macht. Diese Jahrzehnte erweisen sich zwar als künstlerische »Hoch-Zeit«, vor allem in den Bereichen Architektur, Skulptur und Malerei, trotzdem kann Pisa nicht an einstige Größe anknüpfen.

In den **1360er- und 70er**-Jahren verläuft die Spaltung innerhalb Pisas weniger zwischen der guelfischen und der ghibellinischen Partei, sondern zwischen »Pro- und Antiflorentinern«: Die einen (Partei der Bergolini) neigen dazu, sich der Oberhoheit des immer mächtigeren Florenz zu ergeben, die anderen (Partei der Raspanti) sehen im Stadtstaat den Erzfeind.

Piero Gambacorta neigt Ersteren zu, seine Herrschaft von **1369 bis 1392** scheint eine Zeit des relativen Friedens und Wohlstands gewesen zu sein. Doch diese wird **1392** durch einen Meuchelmord der Visconti beendet. Mit der Eroberung Pisas durch Florenz im Jahr **1406** ist das Ende der Stadt als unabhängige Seerepublik besiegelt.

Historische Anmerkung

Die Idee, einen Roman über die Entstehung des Schiefen Turms von Pisa zu schreiben, rührt aus der Zeit, als ich den Turm zum ersten Mal gesehen habe. Das war in den Neunzigern, und damals durfte man ihn wegen umfangreicher Renovierungsarbeiten nicht betreten. Um aus einer solchen Idee tatsächlich einen Roman zu machen, war ich als Autorin noch nicht versiert genug. Auch später habe ich sie immer verworfen, sobald ich mich näher mit der Entstehungsgeschichte des Turms beschäftigt habe. Da sich diese nämlich über zweihundert Jahre erstreckte, erschien es mir unmöglich, sie mit einer fiktiven Geschichte zu verknüpfen.

Das Thema gestreift habe ich jedoch immer wieder – u. a. während meiner Recherchen für meinen Roman *Grimaldi – Der Fluch des Felsens*. Damals habe ich mich intensiv mit dem mittelalterlichen Genua beschäftigt, was dazu führte, dass ich auch mehr über Pisa erfuhr, jene Stadt, die im 11. Jahrhundert zu einer der einflussreichsten Seemächte im westlichen Mittelmeer aufstieg und rund um das Jahr 1200 als größte und fortschrittlichste Stadt der Toskana galt. Genua war von jeher ein Rivale und schließlich auch der Erzfeind: Die – für Pisa verlorene – Schlacht von Meloria stellt einen Wendepunkt in der Geschichte der Seerepublik dar, auch wenn in der Forschung eifrig diskutiert war, ob wirklich Meloria oder nicht eher die Malaria für die schwindende Bedeutung der Stadt verantwortlich war.

Wie auch immer: In Zeiten von Aufstieg wie Niedergang hatte Pisa eine Vorreiterrolle im Handel mit Nordafrika, und hier trieben Wissenschaft und Kunst stets reiche Blüten. Einer der berühmtesten Söhne Pisas war Leonardo Fibonacci, jener

Mathematiker, der der westlichen Welt die indisch-arabischen Zahlen näherbrachte und damit nicht nur Kaufleuten die Kontenführung erleichterte, sondern überdies den Baumeistern geometrische Berechnungen. Pisa hat einem eigenen Kunststil seinen Namen gegeben – dem pisanisch-romanischen Stil des 11. bis 13. Jahrhunderts, in dem byzantinische und islamische Einflüsse aufgegriffen wurden – und war Heimat berühmter Künstler wie Nicola und Giovanni, die als die bedeutendsten Vertreter der sogenannten Proto-Renaissance gelten.

Nicht nur auf ihre Namen stieß ich bei Recherchen, schließlich auch auf den von Ugolino della Gherardesca. Vage konnte ich mich erinnern, schon einmal von diesem Tyrannen gehört zu haben, der mit Kindern und Kindeskindern einen grausamen Hungertod starb, doch nun las ich zum ersten Mal die Verse in Dantes »Inferno«, die sich mit seinem Geschick befassen. Als Florentiner und Guelfe war Dante natürlich voreingenommen, und Ugolinos Ende war für ihn Grund genug, dem vermeintlich verdorbenem Pisa alles Schlechte zu wünschen.

O Pisa, Schande du des Menschenstammes
Im schönen Lande, wo das sì ertönet!
Wenn deine Nachbarn dich zu strafen säumen,
So soll Caprara und Gorgona kommen,
Den Arno an der Mündung aufzustauen.
Um zu ersäufen, was in dir nur atmet.
Verklagte das Gerücht Graf Ugolino,
Dass an den Feind die Burgen er verraten,
So durftest du die Knaben doch nicht martern.
Von Schuld entband die Jugend, neues Theben,
Brigata, Uguccione und die beiden,
Die oben schon von meinem Lied genannt sind.

Zugegeben: Um diese Verse verstehen zu können, muss man sich mit dem historischen Hintergrund gründlich beschäftigt haben. Da Sie diesen Roman gelesen haben, wissen Sie, dass der Verrat der Burgen auf Ugolinos vermeintlichen Verrat bei Meloria anspielt und mit den »Knaben« seine Söhne und Enkelsöhne gemeint sind. Knaben waren sie allerdings damals – von Anselmuccio abgesehen – keine mehr, sonst hätte sich Nino den Beinamen »il Brigata« – ein im Grunde unübersetzbarer Begriff, der ihn als guten »Truppenführer« rühmt – noch nicht erwerben können.

So oder so haben mich Dantes Verse derart gepackt, dass mein Entschluss reifte, über die Gherardesca einen Roman zu schreiben, Nino zur Hauptfigur zu machen und – da ich nun einen entsprechenden »Rahmen« hatte – auf diese Weise auch die Geschichte vom Bau des Schiefen Turms zu erzählen.

Beim Turmbau habe ich versucht, weitgehend den historischen Tatsachen gerecht zu werden. Wenn man sich mit der Geschichte des Campanile befasst, gib es allerdings viele dunkle Punkte, Ungewissheiten und Zweifel, deren Klärung aufgrund des Mangels an offiziellen Dokumenten unmöglich ist. Dass die Bauzeit insgesamt etwa zweihundert Jahre umfasste, ist gesichert, jedoch umstritten, wann genau welche Bauphase stattgefunden hat. Schon das Datum der Grundsteinlegung lässt sich nicht exakt festlegen: In den Urkunden wird das Jahr 1174 genannt. Da nach dem damaligen Pisaner Kalender das neue Jahr aber bereits am 25. März begann, ist es wahrscheinlich 1173 gewesen.

Fest steht, dass die ersten drei bis vier Geschosse relativ zügig errichtet wurden – nicht gesichert ist, wer als Architekt und Bauherr fungierte. Die steinerne Tafel im Eingangsbereich führt Bonanno Pisano an, in anderen Quellen werden aber auch Guglielmo aus Innsbruck, Diotisalvi, Biduino oder Gerardo di Gerado angeführt. Wahrscheinlich war in keiner Bauphase nur ein einziger Künstler am Werk, sondern jeweils einer, der gerade keine anderen Aufträge zu erfüllen hatte und von der Domopera darum für den Turmbau eingesetzt wurde. Rund um das Jahr 1178 bemerkte man jedenfalls die beginnende Neigung, weswegen man den Bau ruhen ließ. Anfang des 13. Jahrhundert erhielt der Campanile eine vorläufige Kuppel, die allerdings wieder abgetragen wurde, als weitere Stockwerke in Angriff genommen wurden. Dass diesmal der berühmte Architekt Simone di Giovanni die Bauarbeiten leitete und versuchte, die Schiefstellung etwas zu korrigieren, ist gewiss, fraglich jedoch, wann diese Arbeiten stattfanden. Der Zeitraum zwischen 1272 und 1278 wäre ebenso denkbar wie der zwischen 1278 und 1284. Manche Forscher gehen so weit zu behaupten, dass selbst die Schlacht von Meloria den Bauarbeiten kein Ende setzte, sondern diese bis 1288 andauerten. In meinem Roman habe ich mich für die mittlere Variante entschieden. Ob auch Nicola und Giovanni Pisano, die zeitgleich am Baptisterium arbeiteten, irgendwas mit dem Bau des Campanile zu tun haben, ist nicht erwiesen, es gibt jedoch einen Vermerk, dass Giovanni Pisano sich im Jahr 1298 mit der Statik des Gebäudes auseinandergesetzt hat, womöglich um schon damals eine Glockenstube zu planen.

Ob der Turm unter Simone sämtliche Loggienreihen – also derer sechs – erhalten hat oder nur fünf, bleibt ebenfalls Spekulation. Es besteht die Möglichkeit, dass das letzte Stockwerk – wie es in meinem Roman der Fall ist – erst ab dem Jahr 1316 gebaut wurde, also während der Herrschaft von Gaddo della Gherardesca.

Wann genau wiederum der Bau der Glockenstube begonnen hat – ob schon in den Fünfzigerjahren des 14. Jahrhunderts oder erst 1370 –, ist wieder mal ungeklärt. Im Jahr 1373 dürften sie jedenfalls fertiggestellt worden sein. Ein Fresko von Antonio Veneziano, das etwa 1384 entstanden ist und leider im Zweiten Weltkrieg zerstört wurde, zeigt bereits den fertigen Turm.

Reine Legendenbildung ist übrigens, dass der Turm absichtlich schief gebaut wurde, wie in der Forschung des 19. Jahrhundert behauptet wurde. Nicht belegen lässt sich ferner die These, wonach der Turm nicht schon im Mittelalter, sondern erst im Laufe der Jahrhunderte seine Schiefstellung erhielt. Auf dem oben erwähnten Fresko wird er schließlich eindeutig schief dargestellt. Was Touristen ebenfalls häufig zu hören bekommen, ist, dass Galileo Galilei auf dem Turm seine Versuche zur Schwerkraft machte – dafür gibt es aber nicht den geringsten Beweis.

Durchaus realistische Züge trägt dagegen meine fiktive Romanfigur Elia. So unglaublich es heute klingen mag, dass ein gewöhnlicher Bildhauer einen solchen Großauftrag erhielt – im Mittelalter waren die Grenzen zwischen Kunst und Architektur fließend. Nicht nur Nicola und Giovanni Pisano haben den Bau von manchen Gebäuden geplant und geleitet, obwohl sie eigentlich als Bildhauer berühmt wurden, auch Giotto war nicht nur Maler, sondern z. B. für den Bau des Campanile in Florenz verantwortlich.

Nicht erfunden ist überdies, dass beim Grabmal von Kaiser Heinrich mindestens ein zweiter Künstler Tino di Camaino zur Hand ging. Mit den Fähigkeiten seines Meisters konnte der es allerdings nicht aufnehmen: Seine Figuren, für die in meinem Roman Fabrice und Gironimo verantwortlich sind, waren deutlich plumper.

In der Lünette über dem Turm steht wiederum wirklich eine Madonna mit Kind, wie sie Elia schuf – diese wurde aber erst im 15. Jahrhundert etwa von Francesco oder Andrea Guardi angefertigt. Dass Madonnen im Verlauf des 14. Jahrhunderts jedoch immer lebensechter dargestellt wurden, sich insbesondere das Motiv der »Madonna del Latte«, der das Christuskind nährenden Madonna, zunehmender Beliebtheit erfreute, war tatsächlich eine für die Kunstgeschichte sehr entscheidende Entwicklung.

Was das Schicksal der Familie Gherardesca anbelangt, konnte ich für meine Recherchen nicht nur auf historische Quellen zurückgreifen, sondern auch auf die Studien des Anthropologen Francesco Mallegni, dem vor einigen Jahren deren sterbliche Überreste anvertraut wurden – jene Knochen nämlich, die man im 20. Jahrhundert vom ursprünglichen Ort neben dem Eingangsbereich in die Kapelle der Gherardesca überführt hat. Mallegni hat überprüft, wie viel Wahrheitsgehalt in Dantes Geschichte steckt, und tatsächlich haben seine Untersuchungen keine Ergebnisse hervorgebracht, die dieser widersprechen. So lässt sich z. B. nachweisen, dass die fünf toten Männer bereits fünf Monate vor ihrem Tod an Mangelernährung litten, was mit der Tatsache übereinstimmt, dass sie bereits im Juli 1288 inhaftiert wurden. Woran sie letztlich starben, lässt sich aufgrund der Knochenanalyse allein nicht ausmachen. Das erlaubte mir, sie einen etwas gnädigeren Tod als den Hungertod erleiden zu lassen, zumal Stichwunden nicht zwangsläufig an einem Skelett dieses Alters nachzuweisen sind. Außerdem wies Mallegni nach, dass die Toten schon wochenlang vor ihrem Tod kein Fleisch zu sich nahmen – was die Gerüchte, Ugolino hätte seine Söhne und Enkelsöhne in der Not verspeist, ad absurdum führt.

Wenn man sich abseits dieser Knochenanalyse mit der Geschichte der Gherardesca beschäftigt, stößt man auf manche Lücken und Widersprüche. So gibt es Quellen, die irrtümlich Capuana zur Frau von Nino il Brigata machen und ihm auch die beiden Kinder Matteo und Beatrice zusprechen. Besonders viele Legenden haben sich rund um Guelfuccio, Enricos Sohn, entwickelt, regte doch die Tatsache, dass er nur knapp dem Schicksal seines Urgroßvaters entging und womöglich die ganze Kindheit und Jugend im Gefängnis zubrachte, die Fantasie seiner Zeitgenossen an. Laut einer Geschichte hat ihn seine Amme heimlich nach Siena geschmuggelt. In einer anderen Variante hat sich besagte Amme regelmäßig zu ihm in den Kerker geschlichen und zwei Kinder von ihm bekommen. Historisch belegt ist jedoch lediglich, dass er 1325 starb und nur einen illegitimen Sohn, Giovanni, hinterließ. Zu diesem Zeitpunkt hatte der ghibellinische Zweig der Familie noch die Macht über die Stadt inne. Nach Gaddo gab es weitere Herren von Pisa aus dem Hause Gherardesca. Diese Position konnten sie aber nicht lange halten – andere Familien wurden einflussreich, und die Gherardesa zogen sich auf ihre Burgen in Bolgheri, Donoratico und Castagneto zurück.

Von den großen Themen des Romans – dem Turmbau zu Pisa und dem Schicksal der Gherardesca – abgesehen, möchte ich noch weitere Punkte nennen, wo ich nicht nur meiner Fantasie freien Lauf gelassen, sondern mich auf historische Tatsachen gestützt habe.

Abelardos Weltsicht, insbesondere sein Lob der Vernunft, mag ungewöhnlich modern für seine Zeit wirken, doch habe ich mich zu dieser Figur von Raimundus Lullus inspirieren lassen, jenem großen mallorquinischen Philosophen, der mit seiner Sichtweise der Religionen und mit seiner Überzeugung, dass sie auf Basis vernünftiger Argumente in den Dialog treten müssen, seiner Epoche weit voraus war.

Die Figur des Jalil entstand, als ich erfahren habe, dass man in Pisa nicht nur stets offen für die Einflüsse byzantinischer und islamischer Kunst war, sondern sich – wie übrigens auch in Montecassino – der Einsatz muslimischer Handwerker für Sakralgebäude nachweisen lässt: Mindestens eine der Keramikfliesen, die die Fassade des Doms schmücken, weist arabische Schriftzeichen auf der Rückseite auf. Davon unabhängig lernten Pisaner Handwerker von ihren muslimischen Kollegen viel über die Herstellung und Färbung von Stoffen sowie die Produktion von Waffen.

Eine historische Figur, die in meinem Roman nur einen »Gastauftritt« hat, ist Piero Gambacorta, der von 1369 bis 1392 der Herr von Pisa war. Unter ihm erlebte die Stadt eine Zeit relativen Friedens und Wohlstand, die allerdings ein Ende fand, als Piero ermordet wurde. Dies war der Auftakt von Ereignissen, die dazu führten, dass Pisa 1406 seine Unabhängigkeit an Florenz verlor.

Obwohl damit das Ende der stolzen Seerepublik eingeläutet wurde, blieb Pisa eine Stadt der schönen Künste. Heute ist das Stadtbild vor allem durch Renaissancebauten geprägt – dort, wo sich einst die Muda befand, steht nun z. B. der prächtige Palazzo dell'Orologio. Auch das Aussehen des Domplatzes – heute als Piazza dei Miracoli, Platz der Wunder, bekannt – hat sich seit dem Mittelalter stark verändert. Damals drängten sich noch Wohnhäuser, Bauernhöfe und Werkstätten dicht um die Sakralbauten – mittlerweile stehen diese frei. Will man sich also vor Ort ein akkurates Bild vom mittelalterlichen Pisa verschaffen, so ist das ähnlich schwer, wie von der Spitze des Turms aus das Meer zu sehen. Hierfür müsste man auf die Glockenstube klettern und besonders gute Lichtverhältnisse abwarten. Allerdings muss man das Meer nicht sehen, um zu wissen, dass es da ist. Und man muss auch nicht das Echo der vielen Stimmen aus der Vergangenheit hören, die vom Aufstieg und Niedergang Pisas künden, um zu wissen, dass sie immer noch von den steinernen, für die Ewigkeit erbauten Monumenten hallen.

Lesen Sie auch >>

LESEPROBE

Ihr Aufstieg: vorherbestimmt.
Ihre Liebe: stark wie ein Felsen.
Ihre Geschichte: eine Legende.

Genua im 13. Jahrhundert: Raniero, der Erbe der reichen Familie Grimaldi, verliebt sich unsterblich in die schöne Babetje. Als die Grimaldi nach einem blutigen Umsturz aus der Stadt verbannt werden, opfert er sein Glück für die Zukunft seiner Familie und heiratet die Tochter eines Verbündeten. Mit Erfolg: Die Grimaldi erobern den Felsen von Monaco — ihre neue Heimat. Doch um die Macht zu wahren, begeht Raniero eine grausame Tat. Wie durch einen Fluch brechen fortan brutale Schlachten, perfide Intrigen und gnadenlose Schicksalsschläge über die Grimaldi herein. Der Kampf um das Fürstentum beginnt. Und um die Liebe.

Prolog

1357

Der kleine Raniero hatte Angst vor Geistern, seine Mutter hatte Angst vor Menschen. Nicht vor allen, aber vor den Feinden, die Monaco belagerten. Auf dem Meer kreuzten Genueser Galeeren, weitere Truppen hatten alle Wege ins Landesinnere besetzt. Raniero fürchtete diese natürlich auch, aber er wollte die heimatliche Burg trotzdem nicht verlassen, schon gar nicht nachts, wenn der Himmel schwarz, das Feuer der Fackel schwach und die Geister der Toten stark waren.

Isabella Grimaldi nahm darauf keine Rücksicht. Sie packte ihren Sohn so fest am Oberarm, dass er ihre spitzen Fingernägel spürte, und zerrte ihn aus dem schwülen Gemach seines Vaters, wo sie seit Wochen auf dessen Tod warteten. Alles dort war schwer – die heiße Luft, das dunkle Brennholz neben dem Kamin, die roten Vorhänge des Himmelbetts –, nur Carlo Grimaldi, einst ein stattlicher Mann, schien geschrumpft zu sein und kaum mehr als eine Feder zu wiegen.

»Dein Vater wird sterben, das ist Gottes Wille, wir aber, wir werden leben, denn das ist mein Wille«, erklärte Isabella. »Wenn wir jetzt nicht fliehen, fallen wir in die Hände unserer Widersacher.«

Sie sagte nicht, was dann geschehen würde, aber Raniero konnte es sich denken. Die feindlichen Genuesen würden sie als Sklaven im Morgenland verkaufen, in einen ihrer finsteren Kerker werfen oder auf grausame Weise töten. Was davon am schlimmsten war, das wusste er nicht, er wusste ja nicht einmal, wohin er seinen Blick richten sollte – ob ein letztes Mal zu seinem Vater, der seit Monaten im Bett lag, seit Wochen nicht mehr selber essen konnte und seit Tagen vor sich hin dämmerte, oder lieber in den dunk-

len, kalten Gang. Denn dort lauerten gewiss die Gespenster jener Sarazenen, die einst die hiesige Küste überfallen, die Menschen verschleppt oder sie gemeinsam mit Schweinen über die Klippen gestoßen hatten, weil sie die Menschen für gottlos, die Schweine für unrein hielten.

Nun ja, die Gestalt, die ihnen entgegentrat, hatte wenig mit einem Geist gemein. Bruder Filippos Leib war rundlich, seine Wangen rosig, und seine eigentliche Aufgabe lag darin, für die Seele des Vaters zu beten. Offenbar hielt er deren Weg ins Jenseits jedoch für nicht so bedrohlich wie den von Isabella und Raniero in die Freiheit.

»Ich werde euch zum Hafen bringen und so lange bei euch bleiben, bis ihr in Sicherheit seid!«, rief er.

Raniero erschauderte. Um den Hafen zu erreichen, mussten sie eine schmale Treppe nach unten nehmen. Ein falscher Schritt würde genügen, um von jenem steilen, fast senkrechten Felsen zu stürzen, auf dessen lang gestrecktem Plateau die Burg von Monaco errichtet worden war. Und nicht nur davor hatte Raniero Angst. Die kreisförmige Steilwand des Mont Agel, der gleich hinter der Burg emporragte und wegen ihrer Form auch Tête de Chien genannt wurde – Hundekopf –, war fast so gefährlich wie ein Geist. Zumindest hatte Ranieros einstige Amme erst kürzlich behauptet, dass jener Hund dann und wann erwachen, sein riesiges Maul aufreißen und alle Menschen in der Nähe verschlingen würde, auf dass auch sie versteinerten.

Als sie ins Freie traten und die kühle Nachtluft sie traf, hielt Raniero unwillkürlich den Atem an und lauschte, ob ein bedrohliches Knurren zu hören war. Doch der Berg blieb stumm, und das Einzige, was zu Stein zu werden schien, war Ranieros Herz, das schmerzhaft gegen seinen Brustkorb schlug.

»Beeil dich«, rief Isabella Grimaldi und hieb ihre Nägel noch tiefer in den Oberarm ihres Sohns, als sie ihn von der Burg weg und an einen Olivenhain entlang geradewegs zum dunklen Abgrund führte. Bald spürte er keinen Schmerz mehr. Seine Arme schienen so taub zu werden wie die Lippen, nur die Füße konnte er noch fühlen, und mit denen nahm er be-

harrlich Stufe für Stufe, die man einst an geheimer Stelle in den Felsen gehauen hatte. Bruder Filippo ging als Erstes, beleuchtete den Weg mit einer Fackel. Feucht vom Seewind war dieser und von einer Schicht grünlicher, stinkender Algen überzogen – ein Zeichen dafür, wie oft die Gischt die schiefen, mancherorts rissigen Stufen küsste. Obwohl seine Mutter es eilig hatte, verlangsamte sie ihren Schritt, um nicht auszurutschen. Bruder Filippo verließ sich unterdessen nicht nur auf eigene Vorsicht und Trittsicherheit, er begann zu beten.

»Heilige Devota, sei uns gnädig, Heiliger Nazarius, weise uns den Weg, Heiliger Celsus, lass uns nicht in die Hände der Feinde fallen!«, stieß er mit gepresster Stimme aus.

Raniero betete nicht. Devota, Nazarius und Celsus waren einen grausamen Märtyrertod gestorben, was bedeutete, dass ihre Geister noch grässlicher aussehen mussten als der sieche Leib seines sterbenden Vaters.

Die letzten zwölf Stufen waren besonders steil, deswegen legte Filippo zuvor eine kurze Pause ein.

»Warum betest du nicht auch zu Herkules?«, fragte Raniero.

Filippos Schnaufen klang so gequält wie das Zischen der Fackeln. Er hob sie etwas höher, doch obwohl in der Ferne das Knattern ihrer Segel zu hören war, konnte man von hier aus die feindlichen Galeeren nicht sehen.

»Herkules ist doch kein Heiliger, der diesen Felsen schützt.«

»Immerhin heißt der Felsen Monaco, so ähnlich wie Monoikos – der Beiname, den die Phönizier und Griechen einst dem Halbgott Herkules gaben.« Auch das hatte Raniero von seiner Amme gelernt.

»Ganz gleich, wie dieser Felsen heißt«, mischte sich seine Mutter nun ein, »mir würde es genügen, wenn der Name Grimaldi für Macht und Reichtum stünde, nicht für Tod und Niederlage …«

Bruder Filippo sah sie mitleidig an. »Solange du einen Sohn hast und dieser lebt, gibt es Hoffnung, dass aus dem nunmehr kleinen, schmutzigen Namen wieder ein angesehener, großer wird. Nun kommt!«

Mochten die tausend Augen der Nacht sie auch noch so bedrohlich an-

starren – keines hatte die Macht, sie zum Stolpern zu bringen. Wenig später hatten sie es heil bis zum Hafen geschafft, und Raniero erinnerte sich an das letzte Mal, als er hier gestanden hatte – im Sonnenschein und an der Seite seines Vaters, dessen Haar noch kräftig, wenngleich bereits grau gewesen war. Damals hatte Carlo Grimaldi Richtung Westen zu Monacos Felsen gedeutet, Richtung Osten zum Cap Martin und Richtung Norden zum Fuß des Gebirgspasses von La Turbie. »Die Mauern unseres Reiches«, hatte er erklärt, »wurden nicht von Menschenhand erschaffen, sie wurden von Gott erbaut.« Und Raniero, der die ganzen sieben Jahre, die sein Leben bislang währte, ausschließlich hier verbracht hatte, hatte sich sicher gefühlt, nicht verloren wie jetzt, da aus der farbenprächtigen, glitzernden Welt ein schwarzes Loch geworden war, in dem Meer und Nachthimmel ebenso zu verschmelzen schienen wie Furcht und Hoffnung. Willenlos folgte er seiner Mutter, die auf ein Gebäude mit schiefen Wänden, löchrigem Dach und quietschender Tür zuging. Stickige, faule Luft erwartete sie dahinter. Isabella ließ ihn los, fuhr mit ihrer Hand zur Nase.

»Wird uns denn kein Schiff von hier fortbringen?«, fragte Raniero.

»Gewiss, aber hier werden wir auf dieses Schiff warten.«

Sie schloss die Tür hinter sich, deren Quietschen nunmehr wie das höhnische Lachen eines Geistes klang. Das rasselnde Atmen, das diesem Geräusch folgte, erweckte wiederum den Eindruck, als würde der Geist an diesem Lachen ersticken.

Unsinn … Geister können nicht ersticken … weder an einem Lachen noch an einer Fischgräte … sie sind ja schon tot …

Nicht tot, jedoch uralt war die Frau, die sie in der Hafenspelunke erwartete. Raniero sah sie erst, als seine Mutter ihn zu einem der Tische zog, deren Beine krumm und deren Platten verklebt waren. Während die anderen bereits erloschen waren, brannte auf ihrem Tisch noch eine letzte Kerze, und die flackernden Schatten, die sie warf, machten aus dem starren Gesicht der Alten eine zuckende Fratze. Raniero stand bereits unmittelbar vor ihr, als er erkannte, dass sie doch Augen hatte, nicht bloß schwarze Löcher, und eine kleine, wohlgeformte Nase, nicht den Rüssel eines Schweins. Nur die Wangen waren auch im weichen Licht noch zerklüfteter als die Küste rund um Monaco.

»Er … er wird doch kommen, um uns zu retten?«, rief Isabella grußlos.

Auch die Alte grüßte sie nicht. Sie atmete weiterhin rasselnd, verkündete schließlich heiser: »Aber natürlich.«

»Warum ist er dann noch nicht hier?«

»Er muss erst einen Weg finden, um an Boccanegras Galeeren vorbeizukommen.«

»Und wenn ihm das nicht gelingt?«

Die Alte zuckte die Schultern. »Ich fürchte, diese Angst kann ich dir nicht nehmen. Solange du lebst, wirst du Angst haben, desgleichen wie sich eine Kerze im kalten Wind windet, solange sie brennt. Nur der Rauchfaden, der emporsteigt, wenn sie erloschen ist, zittert nicht.«

An der Alten selbst zitterte lediglich die Stimme, ansonsten schien sie nicht einfach nur dazuhocken, sondern fest mit der Bank verwurzelt zu sein.

Ranieros Mutter ließ sich nicht weit von ihr entfernt ebenfalls auf eine Bank fallen, obwohl auf dieser keine Seidenkissen lagen wie auf der Burg, nur Staubflocken, Muschelschalen und abgenagte Knochen. Bruder Filippo setzte sich nicht, er ging auf und ab, betete wieder zu allen Heiligen Liguriens und verfluchte dann und wann Simone Boccanegra, den Dogen von Genua und Erzfeind von Carlo Grimaldi, der sie in diese schreckliche Lage gebracht hatte.

Raniero lugte scheu zur Alten.

»Komm näher, Junge«, sagte sie, und ihr Kichern klang rasselnd wie der Atem, »ich beiße doch nicht, ich habe viel zu wenig Zähne dafür. Schon die Schale eines Apfels wäre mir zu dick.«

Nun, ihre gelblichen, spitzen Fingernägel waren gewiss scharf genug, eine Apfelschale zu durchdringen, doch ihre Hände lagen ruhig auf der Tischplatte, und als sich ihre Augen weiteten, erkannte Raniero, dass sie von einem warmen Haselnussbraun waren. Der Blick, wach und neugierig, war das Einzige, was an dem Weib jung zu sein schien.

»Wer wird kommen, um uns zu retten?«, fragte er. »Und wer bist du?«

Wieder dieses Kichern. »Ich gebe dir einen guten Rat, Junge. Einem alten Menschen solltest du nie zwei Fragen auf einmal stellen, wenn du dir zumindest eine Antwort erhoffst.«

Raniero überlegte, welche Antwort ihm wichtiger war, und dabei fiel ihm eine noch dringlichere Frage ein: »Heute Morgen habe ich eine Magd belauscht. Sie sagte, dass die Grimaldi verflucht wären, dass nur deswegen die Feinde hier sind und meinem Vater alles zu nehmen drohen, was er erkämpft hat. Ist das wahr?«

In den braunen Augen blitzte es – jedoch zu kurz, um Spott oder Schmerz zu verraten. Danach beugte sich die Alte tief über die Flamme, als gelte es, eine Maske zum Schmelzen zu bringen.

»Einst hat ein Grimaldi – dein Großvater, dessen Namen du trägst – eine schreckliche Sünde begangen«, murmelte sie, »und es heißt, dass die Grimaldi seitdem kein Glück in der Liebe finden würden. Aber ist das Glück, das die Liebe schenkt, nicht für jedermann flüchtig? Und ist es womöglich kein Fluch, vielmehr Gnade, nicht lieben zu können? Ach herrje. Ich bin so alt – und verstehe so wenig von der Liebe wie du.«

»Er versteht auch nichts vom Tod«, mischte sich Isabella ein, »und dennoch fürchtet er ihn. Wann … wann kommt er denn endlich?«

»Wenn diese Kerze heruntergebrannt ist.«

Die Kerze war lang, aber dünn. Tränen aus Wachs perlten auf die Tischplatte, verschmolzen mit den Flecken, die andere hinterlassen hatten, und bezeugten, wie viele Nächte die Alte hier gesessen und einer Kerze beim Flackern zugesehen haben musste. Raniero war plötzlich so müde, dass er den Schmutz nicht länger scheute. Während sich seine Mutter erhob, unruhig wie der Mönch die Spelunke durchquerte und abwechselnd betete und fluchte, ließ er sich auf die Bank fallen.

»Du setzt dich, das ist gut«, sagte die Alte. »Du wolltest schließlich wissen, wer ich bin … auf wen wir warten … ob die Grimaldi verflucht sind … Nun, ich heiße Giuditta, aber um auf die anderen Fragen eine Ant-

wort zu geben, muss ich eine lange Geschichte erzählen, eine sehr lange. Ob ich damit fertig bin, bis die Kerze heruntergebrannt ist, kann ich dir nicht sagen, aber wenn ich gar nicht erst zu erzählen beginne, werden wir das nie herausfinden.«

Raniero stützte seinen Kopf auf die Hände. Es war quälend, ihrer rauen Stimme zu lauschen, aber in gewisser Weise auch beruhigend, denn Giuditta lockte die Geister der Vergangenheit zwar herbei, zähmte sie aber zugleich. Um das milde Kerzenlicht versammelten sich keine furchterregenden Gestalten, die heulten und mit den Zähnen klapperten – nur stumme Seelen, die dankbar waren, dass ihnen jemand eine Stimme gab.

I.

Kampf um Genua

1283–1296

Mein Vater war Lanfranco Grimaldi, meine Mutter jedoch nie mit ihm verheiratet. Sie hieß eigentlich Carlotta, aber Lanfranco Grimaldi nannte sie stets Angelotta. Er fand, dass sie mit ihren blonden Locken einem Engel glich, und er liebte es, wenn sie weiße Kleider trug.

Angelotta liebte diese Kleider nicht. Seit sie ein kleines Kind war, träumte sie davon, Purpurrot zu tragen. Leider war sie dafür in der falschen Stadt geboren worden – denn San Gimignano ist nicht nur für seine hohen Geschlechtertürme berühmt, auch für das leuchtende Safrangelb, das von einer seltenen, aber dort überreich wachsenden Krokusart gewonnen und zum Würzen, zum Heilen und zum Färben benutzt wird. Angelotta war zudem in die falsche Familie hineingeboren worden – sie war nicht die Tochter eines Tuchhändlers, der die safrangelben Stoffe bis nach Akko oder Aleppo verkaufte, sondern die eines Färbers, in dessen Werkstätten Alaun hergestellt wurde – ein Mittel, das notwendig ist, um das Safrangelb zu binden. Es ist ein mühsames Geschäft, muss man doch Alaunstein rösten und mit heißem Wasser auslaugen, bis nur mehr Tonerde und Kristalle zurückbleiben. In den Werkstätten ist es immer schwül und heiß, und die Frauen, die dort schuften, bekommen mit der Zeit fahle, eingefallene Gesichter und husten ständig. Nur Angelotta, die ebenfalls die meisten Jahre ihres kurzen Lebens dort arbeitete, bekam in der Hitze rote Backen und hörte nicht auf, von einem purpurroten Kleid zu träumen.

Der Zufall sorgte dafür, dass sich Lanfrancos und Angelottas Wege kreuzten, so wie meist nur ein winziger Augenblick in der endlosen Kette der Zeit genügt, einen Knoten in unser Leben zu schlingen, den wir nicht mehr lösen können. Angelottas Vater Pietro machte Geschäfte mit der Familie Zaccaria, die in den Städten Smyrna und Negroponte Alaun abbaute, die Familie Zaccaria machte wiederum Geschäfte mit Lanfranco Grimaldi, der dieses Alaun mit Mastixharz aus Chios bezahlte, und so kam es, dass Lanfranco eines Tages selbst eine Lieferung von Alaunstein nach San Gimignano überwachte.

Er erreichte die große Piazza just in dem Augenblick, da Angelotta aus der heißen Werkstätte floh, einen Eimer aus dem Brunnen zog und sich ihr Gesicht mit kaltem Wasser wusch. Ihre Wangen wurden dadurch noch röter, ihre blonden Locken kräuselten sich, sodass Lanfranco sich bekreuzigte und sagte: »Ein Engel!«

Vielleicht bekreuzigte er sich auch nicht, sondern behauptete das später nur, um sich nicht eingestehen zu müssen, dass ihn bei ihrem Anblick die nackte Gier packte. In Wahrheit war es wohl nichts anderes, wenngleich Lanfranco sich von besagter Gier nicht einfach übermannen ließ. Er trat zu dem Mädchen, fragte, wie sie hieß, machte aus Carlotta eine Angelotta und nannte auch seinen Namen. Von den Grimaldi hatte Angelotta noch nie gehört, jedoch von den Stoffen, mit denen in Genua gehandelt wurde.

»Ich wünsche mir so sehr ein rotes Kleid«, sagte sie zu ihm.

Lanfranco selbst war nicht in Rot gekleidet. Wie die meisten Kaufleute von Genua trug er Grau und Braun, und zu diesem Zeitpunkt – er war nicht mehr jung, in der Ehe mit einem zänkischen Weib gefangen, und seine Glieder schmerzten nach vielen langen Reisen – hatte seine Seele bereits die gleiche Farbe angenommen.

»Ein rotes Kleid?«, fragte er. »Weißt du denn überhaupt, wie Rot hergestellt wird?«

Angelotta schüttelte den Kopf, sodass Wasser über ihr Gesicht perlte, auch über ihren Leinenkittel. Das Leinen war grau, aber die Brüste, die sich darunter abzeichneten, ließen Lanfranco an saftige Äpfelchen denken.

»Rot kann man aus *grana* machen«, erklärte er, »doch diesen Farbstoff gibt es nur in Spanien, und um ihn zu bekommen, muss man ihn den Mauren stehlen. Gott behüte, wenn man den Mauren dabei in die Hände fällt. Dann machen sie einen zum Sklaven, der anstelle ihrer Esel schwere Lasten zu tragen hat.«

Angelotta fand diese Vorstellung erheiternd und lachte. Lanfranco dachte, dass so nur Engel lachen konnten, beugte sich vor und strich ihr über die Locken.

»Man kann Rot auch mithilfe von Purpurschnecken gewinnen«, fuhr er fort. »Dafür werden die noch lebenden Tiere aufgeschnitten, ihre Drüsen entfernt, diese in Salz eingelegt und später in Urin gekocht. Und danach muss man sie tagelang im Sonnenlicht rösten, bis aus dem schwachen Gelb ein Rot wird. Später wird die Farbe mit Honig fixiert.«

Angelottas Augen hatten die Farbe von Honig, aber sie hatte noch nie welchen gekostet. Auch sonst hatte sie zu wenig von der Welt geschmeckt, um die richtige Lehre aus Lanfrancos Worten zu ziehen – dass Schönheit nämlich ihren Preis hat und dass glänzender Purpur aus nichts weiter als toten Schnecken und Pisse besteht.

»Ich wünsche mir so sehr ein rotes Kleid«, sagte sie, während hinter ihr Husten und Rufe laut wurden. Die anderen Weiber verlangten, dass sie weiterschuftete. Lanfranco lächelte und versprach, ihr das nächste Mal ein Kleid mitzubringen.

Das Kleid, das er ihr schenkte, war aus chinesischer Seide, so glatt und weich wie Angelottas Haut, aber nicht rot. Natürlich war sie enttäuscht, aber sie zeigte die Enttäuschung nicht, weil sie noch nie ein so kostbares Geschenk erhalten hatte. Und natürlich war sie befremdet, dass Lanfranco ihr selbst dieses Kleid erst an-, dann wieder auszog, um ihren nackten Körper mit Küssen zu überschütten, aber sie zeigte auch das nicht, weil er ein reicher Mann aus edler Familie war. Im Übrigen hatte er nicht nur ein Kleid, sondern einen Sack Münzen für ihren Vater mitgebracht und diesem erklärt, dass er all sein Alaun kaufen wolle, und das zum doppelten Preis. Dass er auch die Tochter kaufen wolle, ihre Unschuld, ihren hübschen Körper, sagte er nicht laut. Pietro hätte es ohnehin überhört, lauschte er dem Klimpern der Münzen doch ebenso gerne wie Lanfranco Angelottas verschämtem Kichern, als er sich auf sie legte.

Niemand sprach darüber, dass Lanfranco in den nächsten Monaten seinen Engel immer wieder besuchte, niemand beschwerte sich, dass Angelotta nicht mehr in der Werkstatt arbeitete, niemand beklagte, dass ihre Wangen dennoch fahl wie die der hustenden Weiber wurden. Angelotta trug ein Kind in sich und musste sich selbst dann noch ständig erbrechen, als ihr Leib längst dick geworden war.

Sie würde zu schwach sein, das Kind zu gebären, prophezeite ihre Großmutter, und niemand widersprach, auch Angelotta oder Lanfranco nicht. Er besuchte sie immer noch, obwohl sie nicht länger einem Engel glich, doch falls er jetzt ein Kreuzzeichen schlug, geschah es aus Angst vor dem Tod, nicht aus Gier auf ihr Leben.

Der Tod erfüllte Angelotta ihren größten Wunsch. Sie trug ein Kleid aus heller Seide, als die Wehen einsetzten, und dieses wurde von dem Schwall Blut durchtränkt, als das Kind ungestüm auf die Welt drängte. Selbst als dieses schon an der Brust seiner Mutter eingeschlafen war, sickerte noch mehr Blut aus dem geschwächten Leib und färbte jede Faser des Kleides purpurrot. Ob Angelotta das noch sah und begriff, welch hohen Preis man manchmal für seine Träume zu zahlen hat, weiß niemand. Jedenfalls lächelte sie, als sie ihr schlafendes Kind betrachtete und den Heiligen Bartolo, den Stadtpatron von San Gimignano, bat, über sein Wohl zu wachen.

Lanfranco weinte bitterlich, als er von ihrem Tod erfuhr, war er doch nicht nur ein gieriger, auch ein sentimentaler Mensch. Lange weigerte er sich, das Kind überhaupt anzusehen, geschweige denn, ihm einen Namen zu geben. Erst als Angelottas Vater Pietro erklärte, dass Lanfranco für die vielen Münzen nun mal nicht nur Säcke voller Alaun und Angelotta, nein, auch ein greinendes Balg gekauft hätte, begann er, darüber nachzudenken, wie er es nennen sollte. Er kam zu dem Schluss, dass das Mädchen den Namen einer biblischen Figur tragen möge, die gleich ihm der eigenen Mutter das Leben gekostet hatte. Angelottas Großmutter, die der schwangeren Enkelin einen frühen Tod prophezeit hatte, ihrer laut schreienden Urenkelin hingegen ein langes Leben – was das üblere Geschick sei, wüsste sie nicht –, fiel allerdings niemand aus der Bibel ein, der seine Mutter getötet hatte, nur Giuditta, die immerhin Holofernes auf dem Gewissen hatte. Wäre das vielleicht ein passender Name?

»Giuditta«, murmelte Lanfranco just in jenem Augenblick, da ihm auffiel, dass der Säugling die blonden Löckchen seiner Mutter geerbt hatte. Augenblicklich verzieh er seiner Tochter, dass sie ihre Mutter getötet hatte, und beschloss, sie nach Genua mitzunehmen und dort der Obhut einer Verwandten anzuvertrauen – die Grimaldi waren so zahlreich wie mächtig.

»Giuditta«, wiederholte er, strich über ihre Locken und küsste ihre Stirn. Vielleicht machte er wieder ein Kreuzzeichen, ganz sicher liebte er sie, doch die Liebe genügte nicht, um ihr neben einem biblischen Vornamen auch einen ehrwürdigen Familiennamen zu geben. Giuditta würde niemals den Namen Grimaldi tragen.